Peter F. Hamilton

TRÄUMENDE LEERE

Ins Deutsche übertragen von
Michael Neuhaus

BASTEI
LÜBBE

BASTEI LÜBBE TASCHENBUCH
Band 28 535

1. Auflage: Februar 2009
2. Auflage: Mai 2009

Vollständige Paperbackausgabe

Bastei Lübbe Taschenbücher
in der Verlagsgruppe Lübbe

Deutsche Erstveröffentlichung
Titel der englischen Originalausgabe: The Dreaming Void (Teil 1)

Lektorat: Dr. Frank Weinreich/Ruggero Leò
Titelillustration: Arndt Drechsler
Umschlaggestaltung: Tanja Østlyngen
Satz: Urban SatzKonzept, Düsseldorf
Gesetzt aus der Baskerville
Druck und Verarbeitung: CPI – Ebner & Spiegel, Ulm
Printed in Germany
ISBN 978-3-404-28535-8

Prolog

Die *CNE Caragana* glitt aus einem nächtlichen Himmel, ihre grau-scharlachrote Hülle wurde von dem fahlen Irisieren des schweren Ionensturms erhellt, der im Weltraum über Lichtjahre hinweg in allen Richtungen tobte. Unterhalb des Interstellarschiffs bildete Centurion Station auf der staubigen Felsoberfläche eines Planeten, der nie einen Namen erhalten hatte, eine funkelnde Sichel aus Licht. Passagiere wie Besatzung blickten mit einem Gefühl der Erleichterung auf die bewohnbare Enklave. Selbst mit dem Hyperantrieb, der sie mit fünfzehn Lichtjahren pro Stunde durchs All getragen hatte, waren dreiundachtzig Tage vergangen, bis sie Centurion Station vom Greater Commonwealth aus erreicht hatten. Das war so ziemlich die weiteste Strecke, die ein Mensch in der Mitte des vierunddreißigsten Jahrhunderts zurücklegen konnte, jedenfalls auf regulärem Wege.

Mit mäßigem Interesse musterte Inigo von seiner Couch in der Hauptlounge die näher kommende fremdartige Landschaft. Was er sah, entsprach exakt dem, was ihm Monate zuvor die Briefingdateien gezeigt hatten: eine einförmige Ebene aus uralter, erkalteter Lava, von seichten Rinnen gekräuselt, die ins Nirgendwo führten. Die dünne Argonatmosphäre verwehte in kurzlebigen Böen den Sand und jagte zarte Wirbel von einer Düne zur anderen.

Es war die Station selbst, die Inigos Aufmerksamkeit in Anspruch nahm.

Sie waren jetzt nur noch zwanzig Kilometer vom Boden entfernt, und die Lichter begannen, sich in einzelne Formen aufzulösen. Mühelos konnte Inigo die große Gartenkuppel im Zentrum der Menschensektion am nördlichsten Segment der bewohnten Sichel ausmachen. Ein gleißendes smaragdgrünes Rund und Ausgangspunkt von einem Dutzend schwarzer Transportröhren, die in große Wohneinheiten mündeten, wie es sie an jedem anderen in fremdartiger Umwelt errichteten Zufluchtsort im Commonwealth gab. Von dort aus führten die Röhren über die Lava weiter zu den würfelartigen Observatoriumsanlagen und den technischen Versorgungsmodulen.

Der pockennarbige Landstrich im Süden gehörte zu den Alien-Habitaten; Konstruktionen von unterschiedlichster Struktur und Größe, die meisten von ihnen beleuchtet. Gleich neben den Menschen befanden sich die silberglänzenden Blasen der humanoiden Golant, gefolgt von den umschlossenen Weidegebieten, auf denen die Ticoth inmitten ihrer Futterherden umherstreiften; dann kamen die riesigen, miteinander verbundenen Wassertanks der Suline, einer aquatischen Spezies. Bis auf eine Höhe von zehn Kilometern erhob sich der schmucklose Ethox-Turm über die metallumhüllten Seen der Suline, dunkel im sichtbaren Spektrum, doch mit 180° Celsius Oberflächentemperatur. Sie waren eine jener Spezies, die mit ihren andersartigen Kollegen und Mitbeobachtern nur dann in Verbindung traten, wenn es galt, die Daten der Sonden, die die Leere umkreisten, auszutauschen. Ähnlich verschlossen gaben sich die Forleene, die fünf große Kristallkuppeln für sich in Anspruch nahmen, die in leuchtendem Enzianblau schimmerten. Dennoch waren sie im Vergleich zu den Kandra, die in einem schlichten Metallkubus von dreißig Metern Kantenlänge wohnten, geradezu gesellig. Nicht ein Kandra-Schiff war auf Centurion Station gelandet, seit die Menschen sich vor zweihundertachtzig Jahren zur Mitarbeit an dem Observationsprojekt entschlossen hatten; nicht einmal die langlebigen Jadradesh hatten jemals einen von ihnen zu Gesicht bekommen. Und dabei hatten die Raiel, jene felsbrockenähnlichen Sumpfbewohner, schon vor siebentausend Jahren eingeladen, sich an dem Projekt zu beteiligen.

Ein kaum merkliches Lächeln huschte über Inigos Züge,

während er all die unterschiedlichen Zonen betrachtete. Es hatte etwas Beeindruckendes, so viele Aliens an einem Ort versammelt zu sehen, ein Umstand, der nur die Wichtigkeit ihrer Mission unterstrich. Während sein Blick über die Schatten wanderte, die die Station warf, musste er jedoch zugeben, dass die Gegenwart der hier Lebenden völlig von der jener Wesen überschattet wurde, die ihnen vorausgegangen waren.

Wachstum und Alter von Centurion Station ließen sich in etwa so leicht bestimmen wie bei einem irdischen Baum. Der Stützpunkt war über die Jahrhunderte radial expandiert. Wann immer sich neue Spezies dem Projekt angeschlossen und hier niedergelassen hatten, war angebaut worden. Der breite Landstreifen entlang der konkaven Seite der Sichel war übersät von Ruinen – verfallene Skelette einstiger Habitate, die vor Jahrtausenden schon verlassen worden waren, als die sie unterhaltenden Zivilisationen dem Niedergang anheimgefallen oder weitergezogen waren. Oder sich in ihrer Entwicklung von diesem lediglich astrophysikalischen Vorhaben mehr und mehr entfernt hatten. Genau im Zentrum waren die uralten Bauten zu simplen Haufen aus verdichtetem Metall und kristallinen Schichten verrottet, deren Entschlüsselung jenseits aller archäologischen Befähigung lag. Expeditionen zur Altersbestimmung hatten herausgefunden, dass das Herz der Station bereits vor über vierhunderttausend Jahren errichtet worden war. Natürlich war diese Spanne, soweit es die zeitlichen Maßstäbe der Observation durch die Raiel betraf, immer noch kurz.

Auf dem Lavafeld, das als Raumhafen für die Menschen diente, blinkte ein grüner Lichtring auf und leitete die *CNE Caragana* herab. Mehrere Raumschiffe waren auf dem sandfarbenen Fels neben der aktiven Landezone abgestellt; zwei bullige Tiefraumer der gleichen Klasse wie die *Caragana* sowie einige kleinere Schiffe, die zur Stationierung und Wartung der fernen Sonden eingesetzt wurden, die die Leere permanent überwachten.

Ein leichtes Zittern ging durch das Schiff, als es aufsetzte, dann schaltete sich das interne Gravitationsfeld ab. Inigo spürte, wie er ein kleines Stück aus den Couchpolstern gehoben wurde, als die siebzigprozentige Schwerkraft des Planeten übernahm. Einen Moment lang herrschte eine Stille in der Lounge, während der die Passagiere angespannt lauschten, dann brach ein erleichtertes Gemurmel aus und sie feierten ihre glückliche Ankunft.

Der Chefsteward forderte die Passagiere auf, sich zur Hauptluftschleuse zu begeben, wo entsprechende Schutzanzüge für sie bereitlagen, um zur Station hinübergehen zu können. Inigo wartete, bis seine ungeduldigeren Mitreisenden aufgebrochen waren, bevor auch er vorsichtig aufstand und die Lounge verließ. Genau genommen brauchte er gar keinen Raumanzug; seine höheren Biononics waren imstande, seinen Körper absolut sicher zu umhüllen, ihn vor der dünnen schädlichen Atmosphäre zu schützen und sogar die kosmischen Strahlungen abzuhalten, die von den gewaltigen Planeten des fünfhundert Lichtjahre entfernten *Walls* auf die Station herabgraupelten. Indessen ... er hatte den langen Weg hierher auch auf sich genommen, um seinem Erbe zu entfliehen; jetzt war nicht die Zeit, damit zu prahlen. Wie alle anderen machte er sich daran, den Anzug anzulegen.

Die Übergabeparty besaß auf Centurion Station eine lange Tradition. Jedes Mal, wenn ein Navy-Schiff mit neuen Beobachtern eintraf, kreuzten sich kurzfristig die Wege der beiden Gruppen, bevor das vorherige Team den Rückflug antrat. Die Feier fand als große Abendgala in der Gartenkuppel statt, mit dem besten Buffet, das die Programme der Kücheneinheiten hergaben. Tische wurden unter alten Eichenbäumen aufgestellt, die von Hunderten wunderbarer Lampions erstrahlten, und die Kuppel hoch droben war in einen Hof aus goldenem Zwielicht getaucht. Auf einer kleinen, von einem Wassergraben umgebenen Bühne spielte eine Solido-Projektion eines Streichquartetts stimmungsvolle klassische Musik.

Inigo traf bereits relativ früh ein, immer noch an den

Ärmeln seines ultraschwarzen, steifen Abendanzugs zupfend. Er hätte nicht behaupten können, dass ihm die senkrecht geschnittenen Schwalbenschwänze an dem Jackett wirklich gefielen. Für seinen Geschmack waren sie ein bisschen zu modisch, aber er musste zugeben, dass der Schneider daheim auf Anagaska hervorragende Arbeit geleistet hatte. Selbst heutzutage kam man, wenn man Qualität wollte, bei Zuschnitt und Anpassung nicht an einem Menschen vorbei. Er wusste, dass er gut darin aussah; gut genug sogar, um sich nicht im Geringsten unsicher fühlen zu müssen.

Der Leiter der Station begrüßte jeden der Neuankömmlinge persönlich. Inigo stellte sich an das Ende einer kurzen Schlange und wartete, bis er an der Reihe war. Zwischen den Tischen konnte er etliche Aliens umherlaufen sehen. In ihrer Garderobe, die derjenigen der Menschen angepasst war, sahen die Golants beinahe wie Witzfiguren aus. Mit ihrer grau-blauen Haut und den langen, schmalen Köpfen wirkten sie in ihrem höflichen Versuch, sich optisch anzugleichen, nur noch deplatzierter. Ein Ticoth-Pärchen hatte es sich ineinander verschlungen auf der Wiese gemütlich gemacht. Sie waren beide etwa von der Größe eines irdischen Ponys, obgleich hier auch schon die Ähnlichkeiten aufhörten. Diese Geschöpfe hier waren ganz offensichtlich raubtierartige Fleischfresser, bedeckt von dunkelgrünem Fell, das sich über kraftstrotzende Muskelbänder spannte. Jedes Mal, wenn sie sich oder den Menschen, mit denen sie sich unterhielten, etwas zuknurrten, kamen beängstigend große und scharfe Zähne zum Vorschein. Unwillkürlich überprüfte Inigo die Funktionsbereitschaft seines integralen Kraftfelds und schämte sich im gleichen Augenblick dafür. Auch einige Suline waren gekommen und glitten in großen halbkugelförmigen Glasbassins umher, die aussahen wie gigantische Sektschalen, die von kleinen Regrav-Einheiten aufrecht gehalten wurden. Ihre Translatoren plapperten in einem fort, während sie die Menschen draußen beobachteten, die bauchigen Körper verzerrt und vergrößert durch das geschwungene Glas.

»Inigo, wie ich annehme«, posaunte die überlaute Stimme des Stationschefs heraus. »Ich freue mich, Sie kennenzulernen. Und wie ich sehe, sind Sie außerdem frisch und munter für die Party. Sehr löblich, junger Mann, sehr löblich.«

Inigo lächelte mit professionellem Respekt, während er dem groß gewachsenen Mann die Hand schüttelte. »Direktor Eyrie«, entgegnete er. Der knappe Lebenslauf in den Briefing-Dateien hatte ihm nur wenig über den Leiter der Station verraten, abgesehen von der Behauptung, dass dessen Alter über tausend Jahre betrug. Inigo vermutete, dass die Daten fehlerhaft waren, wenngleich die Garderobe des Direktors fraglos archaisch genug anmutete; ein kurzes Jackett und ein dazu passender Kilt mit extrem grellem amethystfarben-schwarzem Tartan.

»Oh, bitte, nennen Sie mich Walker.«

»Walker?«, fragte Inigo.

»Kurz für LionWalker. Lange Geschichte. Aber keine Angst. Ich werde Sie heute Abend nicht damit langweilen.«

»Ah. Okay.« Inigo schaute sein Gegenüber unverwandt an. Der Stationsdirektor besaß dichtes, braunes Haar, doch hin und wieder schimmerte es darunter, als wäre seine Kopfhaut übersät mit kleinen goldenen Flecken. Zum zweiten Mal innerhalb von fünf Minuten unterdrückte Inigo den Impuls, Bionics einzusetzen; ein Feldscan hätte bestimmt offenbart, mit welcher Art von Technologie der Direktor ausgestattet war. Jedenfalls mit keiner, die Inigo erkannte. Es ließ sich nicht leugnen, das Haar verlieh LionWalker einen jugendlichen Touch. Die Eitelkeiten waren bei den heutigen Menschen, ganz egal, welchen Schlags – ob Higher, Advancer oder natürlich – nach wie vor die gleichen. Und der dünne graue Kinnbart verlieh dem Direktor etwas Distinguiertes, dies zu kultivieren, war er offenkundig äußerst bedacht.

LionWalker schwenkte sein Whiskyglas über die verdunkelte Parklandschaft; leise klirrten die Eiswürfel. »Nun, was führt Sie also zu unserem prominenten Außenposten, mein Junge? Die

Aussicht auf Ruhm? Auf Reichtum? Auf jede Menge Sex? Im Grunde genommen gibt es hier sonst sowieso nicht viel zu tun.«

Inigos Lächeln wurde etwas breiter, als er bemerkte, wie betrunken der Stationsdirektor war. »Ich wollte lediglich mithelfen. Ich glaube, diese Sache hier ist wichtig.«

»Wieso?«, fragte LionWalker barsch und seine Augen verengten sich zu schmalen Schlitzen.

»Okay. Die Leere stellt für uns ein Rätsel dar, das nicht einmal ANA zu lösen vermag. Sollten wir es jemals schaffen, sind wir in unserem Verständnis des Universums einen bedeutenden Schritt weiter.«

»Pah. Tun Sie sich selbst einen Gefallen und vergessen Sie ANA. Ein Haufen dekadenter Aristos, die geistig konserviert worden sind. Als ob die sich dafür interessieren, was mit körperlichen Menschen passiert. Es sind die Raiel, denen wir helfen; ein Volk, das eine kleine Investition wert ist. Aber sogar diese trampeligen Superhirne sind mit ihrem Latein am Ende. Sie wissen, worauf die Navy-Ingenieure gestoßen sind, als sie das Fundament für eben diese Gartenkuppel ausschachteten?«

»Nein.«

»Noch mehr Ruinen.« LionWalker nahm einen ordentlichen Schluck von seinem Whisky.

»Ich verstehe.«

»Nein, tun Sie nicht. Sie waren praktisch fossilisiert, nicht mehr als Gesteinsschichten, mehr als eine Dreiviertelmillion Jahre alt. Und nach dem, was ich den frühen Berichten entnehmen konnte, die die Raiel sich bequemt haben, uns zur Verfügung zu stellen, läuft die Observation schon wesentlich länger. Das heißt, eine Million Jahre Knabbern an dem gleichen Problem. Ich verrate Ihnen mal was. Wir wären überhaupt nicht in der Lage, mit dieser Sache fertig zu werden, wir sind viel zu unbedeutend dazu.«

»Sprechen Sie nur für sich selbst.«

»Ah, ich hätte es wissen müssen, ein Gläubiger.«

»Gläubiger? Woran?«

»An die Menschheit.«

»Das dürfte doch unter der Belegschaft hier ziemlich verbreitet sein, oder?« Inigo überlegte bereits, wie er sich wieder loseisen konnte. Der Direktor fing allmählich an, ihn zu nerven.

»Verdammt richtig, mein Junge. Eines der wenigen Dinge, die mich hier draußen, wo man mutterseelenallein ist, bei Laune halten. Oh … es geht los.« LionWalker legte den Kopf in den Nacken und starrte zur Kuppel hinauf, wo die spärliche Schicht aus dunstigem Licht allmählich verschwand. Das Kristall darüber war vollkommen durchsichtig und ließ die gewaltigen, miteinander widerstreitenden Sternennebel erkennen, die das Firmament wie zerlaufende Wasserfarbe überzogen. In dem leuchtenden Schleier funkelten Hunderte von Sternen, Nadelspitzen aus Licht, so intensiv, dass sie schon in Richtung Violett und Indigo erglühten. Nahe des Horizonts vervielfältigten sie sich, während der Planet sich träge drehte, um dem Wall ins Auge zu schauen, jener gigantischen Barriere aus massigen Sternen, die die äußerste Schale des galaktischen Kerns bildete.

»Von hier aus kann man die Leere nicht sehen, oder?«, fragte Inigo. Ihm war bewusst, dass die Frage ziemlich idiotisch war. Die Leere befand sich verdeckt auf der anderen Seite des Walls, direkt im Zentrum der Galaxis. Vor Jahrhunderten, noch bevor an einen Vorstoß aus dem Sonnensystem der Erde hinaus überhaupt zu denken gewesen war, hatten menschliche Astronomen sie für ein riesiges schwarzes Loch gehalten. Sie hatten sogar Röntgenstrahlungen von der ungeheuren Partikelspirale, die um den Ereignishorizont wirbelte, nachgewiesen, um ihre Theorie zu erhärten. Erst 2560, als Wilson Kime, Captain des Commonwealth-Navy-Ships *Endeavour*, die erste erfolgreiche Galaxisumrundung absolvierte, fand man die Wahrheit heraus. Es gab tatsächlich einen undurchdringbaren

Ereignishorizont im Innern, der allerdings keineswegs etwas so Natürliches und Unspektakuläres umschloss wie eine ultrahoch verdichtete Masse toter Sterne. Die Leere war eine künstlich geschaffene Begrenzung, die ein Milliarden Jahre altes Vermächtnis hütete.

Die Raiel behaupteten, dass sich in ihr ein ganzes Universum befand – ein Universum, das von einem Volk geschaffen worden war, das in den frühen Anfängen der Galaxis gelebt hatte. Es hatte sich dorthin zurückgezogen, um seine Reise zum absoluten Gipfel der Evolution zu vollenden. Und im Kielwasser dieser Spezies verleibte sich die Leere nun langsam die übrig gebliebenen Sterne der Galaxis ein. Was das anbelangte, so unterschied sie sich in nichts von den natürlichen schwarzen Löchern, die unverrückbar verankert im Zentrum vieler Galaxien zu finden waren; doch während diese die Schwerkraft und Entropie arbeiten ließen, um Masse anzuziehen, zeichnete sich die Leere dadurch aus, dass sie die Sterne aktiv verschlang. Ein Prozess, der sich allmählich, aber unaufhaltsam beschleunigte. Falls es nicht gelang, ihn zu stoppen, würde die Galaxis jung sterben, möglicherweise drei oder vier Milliarden Jahre vor ihrer Zeit. Das lag weit genug in der Zukunft, dass Sol bis dahin längst erkaltete Asche und die Menschheit nicht einmal eine Erinnerung sein würden. Doch die Raiel waren besorgt. Immerhin war dies die Galaxis, in der sie geboren worden waren, und sie fanden, dass sie eine Chance bekommen sollte, ihr ganzes Leben zu leben.

LionWalker stieß ein leises Prusten aus. »Nein, natürlich können Sie die Leere von hier nicht sehen. Keine Panik, mein Junge, es gibt an unserem Himmel keinen sichtbaren Albtraum. DF 7 geht auf, das ist alles.« Er zeigte in die entsprechende Richtung.

Inigo wartete, und nach ungefähr einer Minute schob sich eine azurblaue Mondsichel über den Horizont. Sie war etwa halb so groß wie der irdische Mond und wies eine schwarze, merkwürdig regelmäßige Fleckenbildung auf. Anerkennend stieß Inigo die Luft aus.

Insgesamt fünfzehn der planetengroßen Maschinen zogen innerhalb des Sternensystems des Sitzes von Centurion Station ihre Bahn. Nester konzentrisch ausgerichteter Gittersphären, von denen jede eine andere Masseeigenschaft und Quantenfeld-Intersektion besaß, mit einer Außenumhüllung von schätzungsweise dem gleichen Durchmesser wie Saturn. Die Raiel hatten sie erbaut; als »Verteidigungssystem« für den Fall, dass ein Absorptionsschub der Leere den Wall durchbrach. Noch niemand hatte sie bisher in Aktion erlebt, nicht einmal die Jadradesh.

»Okay. Das ist wirklich beeindruckend«, sagte Inigo. Natürlich wusste er bereits aus den Dateien über die DFs Bescheid. Doch eine Maschine von diesem Umfang mit eigenen Augen zu sehen, hatte schlichtweg etwas Überwältigendes.

»Sie werden sich daran gewöhnen«, erklärte LionWalker glücklich. »Aber jetzt organisieren Sie sich erst einmal was zu trinken. Ich hab dafür gesorgt, dass uns für die Alkoholsynthese programmtechnisch nur das Beste vom Besten zur Verfügung steht. Sehen Sie es von mir aus als Herausforderung an.« Der Stationsleiter wandte sich dem nächsten Neuankömmling zu.

Unverwandt DF7 im Blick behaltend, ging Inigo hinüber zur Bar. LionWalker hatte keinen Unsinn erzählt, die Drinks waren wirklich superb, sogar der Wodka, der als sprudelnde Quelle aus der Eisskulptur einer Meerjungfrau floss.

Inigo blieb länger auf der Party, als er beabsichtigt hatte. Mit einem Haufen gleichgesinnter, ihm herzlich zugetaner Leute zusammengeworfen worden zu sein, hatte seine normalerweise schlummernde gesellige Seite geweckt. Als er endlich wieder in seinem Apartment eintraf, hatten seine Biononics bereits über mehrere Stunden der Infiltrierung seiner Neuronen durch Alkohol entgegengewirkt. Dennoch hatte er einer geringen Menge von Letzterem gestattet, durch seine künstlichen Abwehrkräfte zu sickern; gerade genug, um einen leichten Rausch einschließlich aller damit verbundenen Annehmlichkeiten hervorzurufen. Er würde mit diesen Leuten noch ein ganzes weiteres Jahr zusammen sein. Niemandem war damit gedient, wenn sie ihn für einen Eigenbrötler hielten.

Er kroch in sein Bett und leitete eine komplette Desaturation ein. Das war einer der großartigen Vorzüge von Biononics: kein Kater.

Und so träumte Inigo auf Centurio Station seinen ersten Traum. Es war nicht seiner.

1

Aaron verbrachte den ganzen Tag damit, sich auf der weitläufigen Plaza von Golden Park unter die Anhänger der Living-Dream-Bewegung zu mischen. Er lauschte ihren endlosen Diskussionen über das kommende Oberhaupt ihrer Gemeinschaft, schüttete an den mobilen Verkaufsständen jede Menge Wasser in sich hinein und suchte an schattigen Plätzchen Schutz vor der sengenden Sonne zu finden. Unbarmherzig stiegen Hitze und die in Küstennähe herrschende hohe Luftfeuchtigkeit an.

Er meinte, sich zu erinnern, irgendwann gegen Morgengrauen angekommen zu sein; jedenfalls war das Marmorpflaster so gut wie leergefegt gewesen, als er darüber hinweggeschritten war. Rosa-goldfarben schimmerndes Licht hatte die Spitzen der prunkvollen weißen Metallsäulen, die das Areal umsäumten, gekrönt, als die hiesige Sonne am Horizont aufgetaucht war. Lächelnd hatte er seinen anerkennenden Blick über die Silhouette der dem Original nachgebildeten Stadt schweifen lassen, hatte die Topographie, die Golden Park umgab, mit seinen Träumen verglichen, die er dem Gaiafield entnommen hatte in den letzten ... nun ja, für eine ziemlich geraume Zeit.

Wenig später hatte sich Golden Park zusehends gefüllt. Immer mehr und noch mehr Jünger waren aus den anderen Bezirken von Makkathran2 über die Kanalbrücken geströmt oder hatten mit einer wahren Flut von Gondeln übergesetzt. Gegen Mittag mussten es schon an die Hunderttausend gewesen sein. Dicht an dicht standen sie da, die Blicke erwartungsvoll auf den Orchard Palace gerichtet, der sich am anderen Ufer des Outer Circle Canal wie eine wirre Anhäufung hoher Dünen besitzergreifend über den Anemone District erstreckte.

Und so warteten sie, nur mit Mühe ihre Ungeduld verbergend, warteten darauf, dass der Klerikerrat endlich zu einer Entscheidung gelangte. Zu irgendeiner Entscheidung. Der Rat befand sich seit nunmehr drei Tagen im Konklave. Wie lange würde man wohl noch brauchen, um einen neuen Conservator zu wählen?

Einmal an diesem Morgen hatte sich Aaron mühsam bis nahe an den Outer Circle Canal gekämpft, bis zu der zentralen Holz- und Drahtseilbrücke, die sich hinüber nach Anemone spannte. Natürlich war sie gesperrt gewesen, ebenso wie die beiden anderen Brücken in diesem Abschnitt. Während an normalen Tagen jeder, vom ultrafanatischen Glaubensgetreuen bis hin zum neugierigen Touristen, sie ungehindert überqueren und im ausgedehnten Orchard-Palace umherwandern konnte, wurde sie heute von ausgesprochen durchtrainiert wirkenden Nachwuchsklerikern, die sich einer Vielzahl von Muskelanreicherungen unterzogen hatten, bewacht. Neben der vorübergehend unpassierbaren Brücke kampierten ganze Hundertschaften von Journalisten, die aus allen Teilen des Greater Commonwealth angereist waren. Die meisten von ihnen waren ziemlich ungehalten angesichts der beharrlichen Weigerung von Living Dreams, irgendwelche Informationen durchsickern zu lassen. Sie waren leicht zu erkennen an ihren schicken, modischen Klamotten und an ihren Gesichtern, die offensichtlich von kosmetischen Scales auf Hochglanz gehalten wurde; nicht einmal Advancer-DNA schuf einen so makellosen Teint.

Hinter ihnen summte die Menge der versammelten Jünger und erging sich in Debatten über ihre favorisierten Kandidaten. Wenn Aaron die vorherrschende Stimmung richtig einschätzte, dann waren etwa fünfundneunzig Prozent von ihnen für Ethan. Sie wollten ihn, weil sie es leid waren zu warten, sich in Geduld zu üben und den Status quo hinzunehmen, den all die anderen profillosen Glaubensverwalter gepredigt hatten seit dem Tag, an dem der Träumer selbst, Inigo, aus der Öffentlichkeit verschwunden war. Sie sehnten sich nach jemandem, der ihre Bewegung zu jenem glückseligen Moment der Erfüllung führte, die ihnen immer wieder versprochen worden war, seit sie von Inigos erstem Traum gekostet hatten.

Irgendwann nachmittags bemerkte Aaron die Frau, die ihn beobachtete. Es war nichts Auffälliges an ihr, weder starrte sie ihn an, noch schien sie ihn zu verfolgen. Instinkt lenkte sein Bewusstsein auf sie – eine interessante Erfahrung, da ihm gar nicht klar gewesen war, dass er diese Eigenschaft besaß. Von da an wusste er immer schon im Voraus, wohin sie wie zufällig schlendern würde, um eine leichte Distanz zwischen sich und ihm zu halten, und dass sie niemals in seine Richtung schauen würde, wann immer er zu ihr herübersah. Sie trug ein einfaches und verschossenes orangefarbenes Top zu knielangen blauen Hosen, das aus irgendeinem neumodischen Stoff gefertigt war. Das Outfit wich ein wenig von dem der Glaubensgetreuen ab, die dazu neigten, sich in sehr viel schlichtere Wollkleidung zu hüllen, und auch von dem der Leder bevorzugenden Einwohner Makkathrans, und doch war es nicht spektakulär genug, um sofort ins Auge zu fallen. Auch ihr Antlitz stach nicht aus der Menge hervor. Sie hatte ein ziemlich flaches Gesicht und eine fast schon niedlich zu nennende Stupsnase; hin und wieder wurden ihre Augen von einer kupferroten Sonnenbrille verdeckt, die sie jedoch die meiste Zeit auf ihre kurzen schwarzen Haare zurückgeschoben trug. Ihr Alter ließ sich nicht bestimmen; wie bei jedermann im Greater Commonwealth war ihr äußeres Erscheinungsbild auf biologische Mitte zwanzig fixiert. Er war sich sicher, dass sie bereits ihre ersten Jahrhunderte auf dem Buckel hatte. Aber dafür gab es keinerlei konkreten Beweis.

Nachdem sie etwa vierzig Minuten lang wie Satelliten umeinander gekreist waren, ging er freundlich lächelnd zu ihr hinüber. Seine makrozellularen Cluster konnten keinerlei Pings ausmachen, die von ihr ausgingen, weder aktive Verbindungen zur Unisphäre noch irgendeine Sensoraktivität. Elektronisch gesehen war sie ebenso urzeitlich wie die Stadt.

»Hallo«, sagte er.

Mit einer Fingerspitze schob sie ihre Sonnenbrille zurück und grinste ihn neckisch an. »Selber hallo. Was führt Sie hierher?«

»Dies hier ist ein historisches Ereignis.«

»Kann man wohl sagen.«

»Kenne ich Sie?« Sein Instinkt hatte ihn nicht getäuscht; sie war in überhaupt nicht wie die beseelt um sie herumschlurfenden Jünger; ihre Körpersprache war durch und durch falsch; sie vermochte sich fest unter Kontrolle zu halten, fest genug, um jeden ohne entsprechendes Training – wie seines ... Trainings? – zu narren. Doch er konnte die Haltung, die sich hinter ihrer Fassade verbarg, spüren.

»Sollten Sie mich kennen?«

Er zögerte. An ihrem Gesicht war irgendetwas Vertrautes, etwas, an das er sich eigentlich hätte erinnern sollen. Aber er kam nicht drauf, aus dem einfachen Grund, dass er keine Erinnerungen besaß, die er an die Oberfläche zerren konnte, um in ihnen zu forschen. An absolut gar nichts, wie ihm jetzt, da er darüber nachdachte, bewusst wurde. Tatsächlich schien es, als hätte er vor dem heutigen Tag überhaupt kein Leben gehabt. Er wusste, dass alles irgendwie verkehrt war, doch es störte ihn andererseits auch nicht sonderlich. »Ich kann mich nicht entsinnen.«

»Sehr merkwürdig. Wie heißen Sie?«

»Aaron.«

Ihr amüsiertes Lachen überraschte ihn. »Was denn?«, fragte er.

»Nummer eins, eh? Wie goldig.«

Aaron grinste gezwungen. »Ich fürchte, ich verstehe nicht ganz.«

»Wenn Sie irdische Tiere katalogisieren wollten, wo würden Sie anfangen?«

»Nun kapier ich gar nichts mehr.«

»Sie würden mit Aal beginnen. Doppel-A. Er wäre ganz oben auf der Liste.«

»Oh«, murmelte er. »Okay, jetzt hab ich's.«

»Aaron«, kicherte sie. »Irgendjemand hatte einen ausgesprochenen Sinn für Humor, als er Sie zu mir schickte.«

»Mich hat niemand geschickt.«

»Ach wirklich?« Sie hob eine ihrer dichten Augenbrauen. »Dann sind Sie also gekommen, um bei diesem historischen Ereignis irgendwie sich selbst zu finden, stimmt's?«

»So ungefähr, ja.«

Sie senkte den kupferroten Reif wieder vor ihre Augen und schüttelte in gespielter Verwirrtheit den Kopf. »Es sind mehrere von uns hier, wissen Sie. Ich glaube nicht, dass das Zufall ist, Sie etwa?«

»Uns?«

Sie deutete mit einer weit ausholenden Geste auf die Menge um sich herum. »Sie sehen sich doch nicht als eines dieser Schafe hier an, oder? Als einen Gläubigen? Als jemanden, der denkt, dass am Ende dieses Traums, den Inigo in so großzügiger Weise dem Commonwealth geschenkt hat, so etwas wie ein Dasein zu finden sein wird?«

»Ich schätze, nein.«

»Es gibt eine Menge Leute, die genau beobachten, was hier passiert. Immerhin ist es von nicht unbeträchtlicher Bedeutung, und zwar nicht nur für das Greater Commonwealth. Falls es zu einer Pilgerreise in die Leere kommen sollte, könnte dies, wie einige Spezies behaupten, einen Absorptionsschub auslösen, der wiederum das Ende der Galaxis zur Folge haben könnte. Wollen Sie, dass das geschieht, Aaron?« Sie sah ihm forschend in die Augen.

»Das wäre eine üble Sache«, erwiderte er ausweichend. »Unzweifelhaft.« In Wahrheit besaß er dazu keine Meinung. Es war nichts, worüber er sich jemals Gedanken gemacht hatte.

»Für einige unzweifelhaft. Für andere eine Chance.«

»Wenn Sie es sagen.«

»Sage ich.« Verschmitzt leckte sie sich die Lippen. »Also, was ist? Werden Sie jetzt versuchen, mir meinen Unisphären-Code zu entlocken? Mich zu einem Drink einladen?«

»Nicht heute.«

Sie zog einen übertriebenen Schmollmund. »Und wie wär's dann mit ein bisschen bedingungslosem Sex, worauf auch immer Sie stehen?«

»Auch den werde ich erst mal auf meinem Konto bunkern, danke«, erwiderte er lachend.

»Tun Sie das.« Sie zuckte leicht mit den Schultern. »Machen Sie's gut, Aaron.«

»Warten Sie«, sagte er, als sie sich abwandte. »Wie ist Ihr Name?«

»Sie wollen mich nicht wirklich kennen«, rief sie. »Ich heiße Schlechte Neuigkeiten.«

»Machen Sie's gut, Schlechte Neuigkeiten.«

Ein aufrichtiges Lächeln lag auf ihrem Gesicht, als sie sich zu ihm umdrehte. Sie drohte ihm mit dem Finger. »Daran werde ich mich ganz besonders erinnern«, sagte sie und war fort.

Er grinste ihr nach, bis ihr Hinterkopf in der Menge verschwunden war. Nach weniger als einer Minute konnte er sie bereits nicht mehr ausmachen. Ihm wurde klar, dass er sie nur bemerkt hatte, weil sie gewollt hatte, dass er sie sah.

Uns, hatte sie gesagt, *es sind mehrere von uns hier.* Das ergab nicht gerade viel Sinn. Andererseits hatte sie jedoch viele Fragen aufgeworfen. *Weshalb bin ich hier?*, fragte er sich. Er fand keine triftige Antwort darauf, wusste nur, dass er hier richtig war, wenn er aus erster Quelle erfahren wollte, wer gewählt worden war. *Und was ist mit den Erinnerungen? Wieso kann ich mich an nichts anderes erinnern?* Es hätte ihn eigentlich beunruhigen sollen, wie er wohl wusste. Erinnerungen waren das fundamentale Kernstück der menschlichen Identität, aber selbst diese Emotion ging ihm ab. Merkwürdig. Menschen waren emotional komplexe Geschöpfe, doch das schien für ihn nicht zu gelten. Aber damit konnte er leben. Etwas tief in seinem

Innern war sich sicher, dass er das Geheimnis seiner selbst letzten Endes lösen würde. Es hatte keine Eile.

Gegen Spätnachmittag begann die Herde auszudünnen, nachdem die Bekanntmachung beharrlich auf sich warten ließ. Aaron konnte die Enttäuschung in den Gesichtern der Menschen erkennen, die auf ihrem Weg nach Hause an ihm vorübergingen; eine Empfindung, die ihr Echo im emotionalen Geflüster des örtlichen Gaiafields fand. Er öffnete seinen Geist für die Gedanken, die ihn umgaben, gestattete ihnen, durch die Pforte hereinzuspülen, die die Gaiamotes in seinem Cerebellum hervorgerufen hatten. Es war, als würde er durch einen feinen Dunst aus Geistererscheinungen gehen, der die Plaza mit einem Flackern aus irrealen Farben überzog. Bilder aus längst vergangenen Tagen, derer man nun voll Zärtlichkeit gedachte; gedämpfte Geräusche, wahrgenommen wie durch dichten Nebel.

Die Erinnerung daran, wie er der Gaiafield-Community beigetreten war, war ebenso verschwommen und unklar wie der Rest seines Lebens vor dem heutigen Tag; es schien ihm irgendwie nicht zu entsprechen, schien ihm irgendwie zu verrückt. Das Gaiafield war etwas für pubertierende Halbwüchsige, die das Teilen von Träumen und Gefühlen mit einer großen Gruppe anderer Leute für etwas Tiefgründiges und ungeheuer Gehaltvolles hielten oder für Fanatiker wie die Anhänger von Living Dream. Aber er besaß genug Erfahrung mit dem Konzept, spontan seine Gedanken und Erinnerungen zu teilen, um eine einheitliche Empfindung zu erfassen, indem er sich den unbedarften Gemütern auf der Plaza preisgab. Keine Frage, wenn dies überhaupt irgendwo möglich war, dann hier in Makkathran2, das Living Dream zur Hauptstadt des Greater-Commonwealth-Gaiafields gemacht hatte – mit allen Widersprüchen, die sich daraus ergaben. Für die Gläubigen war das Gaiafield beinahe gleichbedeutend mit den echten telepathischen Kräften, die die Einwohner des wirklichen Makkathran besaßen.

Aaron konnte ihre Sorge aus erster Hand wahrnehmen, als

der Tag sich zu seinem Ende neigte, von einigen stärkeren zornigen Untertönen durchmischt, die sich gegen den Klerikerrat richteten. In einer Gemeinschaft, in der man Gefühle und Gedanken miteinander teilte, so der allgemeine Konsens, sollte eine Wahl doch wirklich nicht so schwierig sein. Und auch ihr unterschwelliges Verlangen konnte er spüren: das Verlangen nach Pilgerschaft, die einzige wahre Hoffnung der gesamten Bewegung.

Trotz all des Kummers, der ihn in heftigen Böen umwehte, blieb Aaron, wo er war. Er hatte ohnehin nichts anderes zu tun. Die Sonne war schon fast bis an den Horizont gesunken, als sich auf dem breiten Balkon etwas tat, der sich über die gesamte Vorderfront des Orchard Palace erstreckte. Überall auf der Plaza blieben die Menschen stehen, lächelten mit einem Mal und zeigten hinüber. Eine sanfte, doch unnachgiebige Strömung in Richtung des Outer Circle Canal setzte ein. Die Sicherheitskraftfelder entlang des Ufers dehnten sich aus und fingen wie ein weiches Polster diejenigen auf, die gegen die Absperrung gedrängt wurden, als sich der Druck der wogenden Leiber hinter ihnen verstärkte. Etliche Kamera-Pods diverser Nachrichtenagenturen schwirrten wie schwarz glitzernde Festballons durch die Luft und trugen das ihre zu der jähen Aufregung bei. Innerhalb von Sekunden schlug die Stimmung auf der Plaza von Enttäuschung zu glühender Erwartung um; das Gaiafield knisterte vor Erregung, einer Erregung deren Intensität immer mehr zunahm, bis Aaron sich schließlich etwas zurückziehen musste, um von der Welle aus Empfindungen und ätherischen Schreien nicht überflutet zu werden.

Feierlich trat der Klerikerrat auf den Balkon, fünfzehn Figuren in bis zum Boden reichenden schwarzroten Roben. In ihrer Mitte befand sich eine einzelne einsame Gestalt, die in eine Robe von strahlendem Weiß gehüllt war, verziert mit goldenen Borten und ausgestattet mit einer nach vorn gezogenen Kapuze, damit man das Gesicht darunter nicht sehen konnte. Das Licht der untergehenden Sonne fiel auf das geschmeidige

Gewebe und umgab ihren Träger mit einem rot flammenden Nimbus. Ein ohrenbetäubender Jubel brach unter der Menge los. Kamera-Pods sausten so dicht an den Balkon heran, wie es diejenigen, die sie bedienten, gerade noch verantworten konnten; warnend kräuselten sich die Palastkraftfelder und hielten sie auf Abstand. Wie ein Mann streckten die Mitglieder des Klerikerrats ihren Geist in das Gaiafield aus; Unisphärenzugang erfolgte alsbald und stellte sicher, dass alle, Jünger wie Nicht-Jünger, im ganzen Greater Commonwealth an der großen Verkündigung teilhaben konnten.

Die Gestalt in der Mitte des Balkons hob die Arme und schob langsam die Kapuze zurück. Mit einem glückseligen Lächeln ließ Ethan seinen Blick über die Stadt und ihre ihm huldigenden Glaubensgetreuen schweifen. Sein hageres, ernstes Gesicht strahlte eine Güte aus, die suggerierte, dass er ganz auf ihre Sorgen und Ängste eingestellt war. Er fühlte mit ihnen, er verstand sie. Jeder konnte die dunklen Ringe unter seinen Augen erkennen, die zweifellos nur von der schweren Last herrühren konnten, die es bedeutete, ein so entsetzlich hohes Amt anzunehmen, die Hoffnungen aller Träumer auf den Schultern zu tragen. Als sein Antlitz in das feurige Sonnenlicht getaucht worden war, war der Jubel unten auf der Plaza zu einem wahren Orkan angeschwollen. Nun wandten sich auch die Ratsmitglieder zu dem neuen Kleriker-Conservator um und zollten ihm zufrieden ihren Beifall.

Ohne sein bewusstes Zutun aktivierten die untergeordneten Denkroutinen, die in Aarons makrozellularen Clustern arbeiteten, sein Zoom-Okular. Aufmerksam tastete er die Gesichter des Klerikerrats ab, versah jedes der Bilder mit einem Zahlencode, während die untergeordneten Routinen sie in makrozellularen Speicherlakunen ablegten, bereit zum jederzeitigen Abruf. Später würde er sie sorgfältig auf irgendwelche verräterischen Emotionen hin studieren, auf Indikatoren dafür, welche Position die Ratskleriker vertraten und wie sie gewählt hatten.

Er hatte gar nicht gewusst, dass er über eine Zoomfunktion verfügte, und er wurde neugierig. Auf seine Aufforderung hin führten die sekundären Denkroutinen einen Systemcheck der makrozellularen Cluster durch, die sein Nervensystem optimierten. Exoimages und mentale Icons entfalteten sich vor seinem peripheren Blickfeld aus ihrem Ruhestatus heraus auf Bereitschaft, irisierend wechselnde Buchstabenkolonnen umrahmten seine natürliche Sicht. Die Exoimages waren allesamt vorgegebene Symbole, die von seinem U-Shadow generiert wurden, dem persönlichen Interface für die Unisphäre, das ihn augenblicklich mit jeder beliebigen ihrer mächtigen Funktionen verband, ob aus dem Bereich der Information, Kommunikation, Unterhaltung oder des Handels. Die ganze übliche Palette.

Nichtsdestoweniger repräsentierten die mentalen Icons, die er jetzt betrachtete, weit mehr als nur die standardmäßigen physiologischen Enrichments, die eine Advancer-DNA dem menschlichen Körper zur Verfügung stellte. Wenn er ihre Zusammenfassungen richtig interpretierte, war er um ein paar extrem tödliche biononische Feldfunktionswaffen bereichert worden.

Ich weiß noch etwas über mich, dachte er, *ich besitze Advancer-Erbgut.* Dies war keine großartige Offenbarung, da etwa achtzig Prozent der Bürger des Greater Commonwealth über ähnliche Modifikationen verfügten, die dank der alten, schier besessenen gentechnologischen Visionäre auf Far Away in ihrer DNA angeordnet waren. Doch Biononics verengten in gewisser Weise auch das Blickfeld, was Aaron wieder mehr in die Nähe seiner wahren Ursprünge rückte.

Ethan hob die Hände, um sich Gehör zu verschaffen. Sofort wurde es still auf der Plaza und die Gläubigen hielten den Atem an. Selbst das Geplapper der Medienmeute verstummte. Ein Gefühl von Erhabenheit, gepaart mit eiserner Entschlossenheit, strömte von dem neuen Kleriker-Conservator aus und griff auf das Gaiafield über. Ethan war ein Mann, der wusste, worin seine Aufgabe bestand.

»Ich danke all meinen Freunden im Rat für die große Ehre, die mir am heutigen Tag zuteil geworden ist«, sagte Ethan. »Nun, da meine Amtszeit beginnt, werde ich das tun, wovon ich glaube, dass unser Träumer es wollte. Er hat uns den Weg gezeigt – niemand kann das bestreiten. Er hat uns gezeigt, wo das Leben gelebt werden und sich wandeln kann, bis es zur Vollendung geführt ist, wie immer auch jeder Einzelne von euch dies für sich definiert. Ich glaube fest daran, dass er es uns nicht ohne Grund gezeigt hat. Diese Stadt, die er errichtet hat. Die Hingabe, die er hervorrief. All dies diente nur einem einzigen Ziel. Den *Traum zu leben.* Und genau das werden wir nun tun.«

Erneuter Jubel brach auf der Plaza aus.

»Der Zweite Traum hat begonnen! In unseren Herzen haben wir es schon lange gewusst. Ihr habt es gewusst. Ich habe es gewusst. Wir haben erneut in die Leere geblickt. Haben uns mit dem Skylord auf unsere Schwingen erhoben.«

Aaron scannte abermals den Rat. Es war nicht mehr nötig, eine spätere Beurteilung und Analyse ihrer Gesichter vorzunehmen. Fünf von ihnen ließen schon jetzt äußerstes Unbehagen erkennen. Ringsum strebte der Beifallssturm dem unvermeidlichen Höhepunkt entgegen. Ebenso wie die Rede.

»Der Skylord erwartet uns. Er wird uns zu unserer Bestimmung geleiten. *Wir werden auf Pilgerreise gehen!*«

Das Jubelgeschrei geriet zu einem blanken Gebrüll der Verherrlichung. Es war, als hätte jemand im Gaiafield auf einen Schlag unzählige mit Lustdrogen gefüllte Feuerwerkskörper gezündet. Der Euphorieausbruch, der durch das künstliche Neuraluniversum brandete, war in seiner Stärke geradezu erschreckend.

Huldvoll winkte Ethan den Gläubigen zu, schenkte ihnen ein letztes Siegerlächeln und zog sich dann wieder in den Orchard Palace zurück.

Aaron wartete, während die Menge sich allmählich zerstreute. So viele weinten vor Freude, als sie die Plaza verließen, dass er angesichts ihrer Naivität nur den Kopf schütteln konnte. Glückseligkeit war hier universell, sozusagen obligatorisch. Die Sonne verkroch sich hinter den Horizont und schuf mit ihren letzten Strahlen eine Stadt, in der jedes Fenster von warmem, rötlich-orangefarbenem Licht erglühte – ganz so wie sie es in der echten Stadt auch taten. Lieder wehten über die Kanäle, wo die Gondolieri in traditioneller Weise ihrer Freude Ausdruck verliehen. Schließlich zogen auch die Reporter ab; in einem fort schwatzend, die einen laut und ungeniert, andere, die von Zweifeln geplagt wurden, eher leise. Draußen in der Unisphäre begannen Nachrichtensprecher und Politkommentatoren auf Hunderten von Welten mit ihren düsteren Weltuntergangsprognosen.

Nichts von all dem bekümmerte Aaron. Als die Stadtbots im Sternenlicht auftauchten und sich daran machten, den Müll wegzuräumen, den die erregte Menschenmenge hinterlassen hatte, stand er immer noch auf der Plaza. Er wusste jetzt, was er als Nächstes zu tun hatte. Die Gewissheit hatte ihn genau in dem Moment getroffen, als er Ethan sprechen gehört hatte. Er musste Inigo finden. Darum war er hier.

Zufriedenen lächelnd ließ Aaron seinen Blick über die dunkle Plaza wandern, doch von der Frau war nirgendwo etwas zu sehen. »Und wo sind jetzt die schlechten Neuigkeiten?«, fragte er laut. Dann ging er zurück in die jubilierende Stadt.

Ethan stand auf dem Balkon an der Stirnseite des Orchard-Palace und sah zu, wie die letzten Sonnenstrahlen gleich einem durchscheinenden, gold schimmernden Furnier über die Menschenmenge glitten. Ihre beinahe gottesfürchtigen Beifallsrufe hallten von den dicken Palastwänden wider. Er konnte sogar die Vibration in der steinernen Balustrade vor sich spüren. Nicht, dass ihm während seines langen, beschwerlichen Wegs bis hierher jemals irgendwelche Zweifel gekommen wären, aber dennoch war die Reaktion der Gläubigen außerordentlich beruhigend. Er wusste, dass es richtig gewesen war, auf seinen eigenen Vorstellungen zu beharren, darauf zu bestehen, die ganze Bewegung aus ihrer trägen Selbstzufriedenheit zu reißen. Das war die Botschaft der Evolution: weitergehen oder sterben. Das war der Grund, aus dem die Leere existierte.

Ethan verschloss seinen Geist vor dem Gaiafield und zog sich vom Balkon zurück, während hinter ihm die Sonne endgültig am Horizont versank. Die anderen Ratsmitglieder folgten ihm ehrerbietig; ihre roten Umhänge flatterten, als sie mit ihm Schritt zu halten versuchten.

Am oberen Ende der breiten Ebenholztreppe, die sich in die domartige Malfit Hall hinabkrümmte, wurde er von seinem persönlichen Sekretär, Hochkleriker Phelim, erwartet. Der war in ein graublaues Ornat gekleidet, das anzeigte, dass er sich nur einen Rang unter dem eines ordentlichen Ratsmitglieds befand – ein Status, den Ethan in den nächsten paar Tagen anzuheben gedachte. Die Kapuze war zurückgeschlagen, sodass sich der sanfte orangefarbene Schein des künstlichen Lichts auf Phelims kahl rasierter schwarzer Kopfhaut widerspiegelte. Sein nackter Schädel verlieh ihm ein beinahe Furcht erregendes, skelettartiges Aussehen und machte ihn inmitten der Living-Dream-Anhänger, die der in Makkathran vorherrschenden Mode folgten, das Haar lang zu tragen, zu einer ungewöhnlichen Erscheinung. Als Phelim zu Ethan trat, überragte sein Sekretär ihn noch immer um fast einen ganzen Kopf. Diese Körpergröße in Verbindung mit einer Miene, die mitunter nervtötend teilnahmslos bleiben konnte, hatte sich zum Leidwesen gewisser Leute schon oft als ungemein nützlich erwiesen; Phelim konnte sich mit jemandem unterhalten, während sein Geist gleichzeitig vollständig dem Gaiafield geöffnet war und auch jetzt war sein Gemütszustand in keiner Weise zu erfassen. Ebenfalls nichts, woran man in den Reihen von Living Dream gewöhnt war. Für die Ratshierarchie stellten Phelim und seine

Eigenarten fraglos einen Störfaktor dar. Insgeheim jedoch amüsierte sich Ethan über die Verwirrung, die sein absolut loyaler Stellvertreter gelegentlich hervorrief.

Die riesige Malfit Hall war voller Kleriker, die, kaum dass Ethan am Fuß der Treppe angelangt war, zu applaudieren begannen. Er nahm sich die Zeit für eine Verbeugung und schenkte dem einen oder anderen ein dankendes Lächeln oder freundliches Nicken, während er über den blanken schwarzen Fußboden schritt. Die Bilder an der gewölbten Decke über ihm bildeten den Skylordmel von Querencia nach. In der Malfit Hall herrschte immerwährender Morgen, der ein heiteres, türkisfarbenes Firmament erschuf, an dessen Saum gemächlich der ockergelbe Ball der massiven Welt Nikran kreiste, vergrößert auf ein Maß, das Gebirgszüge und ein paar dahinjagende Wolkenfetzen erkennen ließ. Ethans Prozession setzte sich in die Liliala Hall fort, wo an der Decke ein ewiger Sturm mit seinem wehenden Mantel aus leuchtenden Wolken zu sehen war, durch die grelle Gewitterblitze zuckten. Gelegentliche Lücken gewährten einen flüchtigen Blick auf die Mars-Zwillinge, die zur Gicon-Band-Formation gehörten – kleine, nichtssagende Planeten mit dichten roten Atmosphären, die deren Oberflächen vor jeglicher Erkundung beschützten. Unter den flackernden Wolken hatten sich ranghohe Kleriker versammelt. Ethan verweilte etwas länger bei ihnen, richtete einige Worte des Dankes an die, die er kannte, und gestattete es seinem Geist, einen leichten Stolz in das Gaiafield auszustrahlen.

An der gewölbten Tür zur Zimmerflucht, in welcher er, der Conservator und Bürgermeister von Makkathran, ab heute amtierte, wandte Ethan sich zu den Ratsmitgliedern um. »Ich möchte Ihnen nochmals für das Vertrauen danken, das Sie in mich gesetzt haben. Denen unter Ihnen, die in der Befürwortung meiner Person noch zögern, verspreche ich, dass ich meine Anstrengungen, Ihre Unterstützung und auch Ihr Vertrauen für die vor uns liegenden Jahre zu erlangen, noch verdoppeln werde.«

Falls einige von ihnen verärgert über ihre Entlassung waren, so schirmten sie derartige Gedanken vor dem Gaiafield ab.

Einzig er und Phelim betraten das private Quartier. Es bestand aus einer Reihe großer, miteinander verbundener Zimmer. Die schweren Holztüren waren ebenso aufdringlich, wie sie es in Makkathran waren; welche Spezies auch immer die Originalstadt geplant und erbaut hatte, sie hatten offenbar nicht das Bedürfnis gehabt, sich abzuschotten. Durch das Gaiafield konnte er seine persönlichen Mitarbeiter wahrnehmen, die ringsum in den Empfangsräumen umherwanderten. Die Leute aus dem Team seines Vorgängers waren dabei, ihre Sachen zu packen. Schwach sickerten dabei Gefühle der Verstimmung ins Gaiafield.

Eine Übergabe der Amtsgeschäfte war normalerweise eine einigermaßen stressfreie Sache. Nicht dieses Mal. Ethan hatte sich vorgenommen, dem Orchard-Palace binnen Stunden den Stempel seiner Autorität aufzudrücken. Schon vor Beginn des Konklaves hatte er einen inneren Kreis von Getreuen darauf vorbereitet, künftig die Leitung in den Hauptverwaltungsstellen von Living Dream zu übernehmen. Und auch wenn Ellezelin eine Hierokratie war, so sah er sich doch auch mit der Bildung eines neuen Kabinetts für die Zivilregierung des Planeten konfrontiert.

Sein Vorgänger, Jalen, hatte die Privaträume des Bürgermeisters mit Paoviool-Blöcken ausgestattet – gesteinsbrockenartige Klötze, die ihre Form den jeweiligen Erfordernissen anpassten, indem sie einen Zustand annahmen, den sie intuitiv über das Gaiafield erfassten. Ethan ließ sich in dem Sessel nieder, der sich hinter der langen, rechteckigen Schreibtischplatte bildete. Seine Unzufriedenheit manifestierte sich in einem kleinen smaragdgrünen Funkeln, das wie ein Hautausschlag aus Licht aus den Paoviool-Flächen um ihn herum hervorbrach.

»Ich will, dass dieser neumodische Schnickschnack morgen hier verschwunden ist«, sagte Ethan.

»Selbstverständlich«, sagte Phelim. »Wünscht Ihr, dass Inigos Einrichtung wiederhergestellt wird?«

»Nein. Ich will es so, wie es uns der Waterwalker gezeigt hat.«

Phelim lächelte tatsächlich. »Viel besser.«

Ethan ließ den Blick über das ovale Arbeitszimmer mit seinen schmucklosen Wänden und hohen Fenstern schweifen. Obgleich vertraut, war es, als sähe er es heute zum ersten Mal. »Um Ozzies willen, wir haben es geschafft!«, rief er und stieß langsam die Luft aus, als könnte er es selbst noch nicht glauben. »Ich schwitze. Wahrhaftig, ich schwitze. Ist das zu fassen?«

Als er seine Hand an die Stirn hob, merkte er, dass er zitterte. Trotz all der Jahre, die er auf diesen Augenblick hingearbeitet, sich dafür abgerackert und aufgeopfert hatte, hatte ihn die Tatsache seines Erfolges völlig überrascht. Hundertfünfzig Jahre war es her, dass er sich die Gaiamotes infundiert hatte, um das Gaiafield zu erfahren; und schon in der ersten Nacht hatte er Inigos Erstem Traum beigewohnt. Hundertfünfzig Jahre, und der schweigsame junge Mann von der verschlafenen Außenwelt Oamaru hatte eine der einflussreichsten Positionen erlangt, die man als einfacher Natural-Mensch noch zu erreichen vermochte.

»Ihr wart der, den alle wollten«, sagte Phelim. Er stand leicht seitlich des Schreibtisches und ignorierte die großen Paoviool-Würfel, auf die er sich hätte setzen können.

»Wir haben es gemeinsam geschafft.«

»Machen wir uns nichts vor. Ich wäre niemals auch nur für den Rat in Frage gekommen.«

»Nein, unter normalen Umständen nicht.« Abermals schaute Ethan sich in dem Arbeitsraum um. Das Ungeheuerliche des Geschehenen sickerte nur allmählich in sein Bewusstsein. Er fragte sich, wie die Leere wohl aussah, wenn er sie mit eigenen Augen erblickte. Einst, vor Jahrzehnten, hatte er Inigo getroffen. Er war nicht unbedingt enttäuscht gewesen, und doch hatte der Träumer sich nicht ganz als das erwiesen, was Ethan sich vorgestellt hatte. Nicht dass er genau gewusst hätte, wie der Träumer hätte sein sollen – ein bisschen energischer vielleicht, und dynamischer.

»Wollt Ihr anfangen?«, fragte Phelim.

»Ich denke, das wird das Beste sein. Das Kabinett von Ellezelin besteht durchweg aus zuverlässigen Living-Dream-Mitgliedern, also kann es mehr oder weniger bleiben, wie es ist. Mit einer Ausnahme. Ich will Sie als Finanzminister.«

»Mich?«

»Wir werden ein Raumschiff für die Pilgerreise bauen. Das dürfte einigermaßen teuer werden, also benötigen wir die wirtschaftlichen Mittel der gesamten Freihandelszone, um das Projekt zu finanzieren. Ich brauche jemanden im Finanzministerium, auf den ich mich verlassen kann.«

»Ich dachte, ich sollte dem Rat beitreten.«

»Ganz recht. Schon morgen werde ich Sie in Ihren neuen Rang erheben.«

»Gleich zwei leitende Positionen? Könnte interessant werden, alle Pläne unter einen Hut bringen zu müssen. Ich soll wirklich den freien Sitz im Rat einnehmen?«

»Ich werde Corrie-Lyn nahelegen, ihren Posten zu räumen.«

Phelims Miene verriet einen Anflug von Missbilligung. »Sie ist gewiss nicht Euer größter Befürworter im Rat, aber ich denke, dass sie die Pilgerreise durchaus begrüßt. Vielleicht einer unserer weniger, ah ... progressiven Kollegen?«

»Nein, Corrie-Lyn«, sagte Ethan bestimmt. »Die verbleibenden Ratsmitglieder, die die Pilgerreise ablehnen, befinden sich in der Minderheit und stellen für uns kein Problem dar. Niemand wird es wagen, mein Mandat in Frage zu stellen. Die Gläubigen würden es nicht tolerieren.«

»Na gut, dann also Corrie-Lyn. Hoffen wir, dass Inigo nicht zurückkommt, bevor unser Raumschiff gestartet ist. Ihr wisst, dass die beiden was miteinander hatten?«

»Das ist schließlich der einzige Grund, warum sie Ratsmitglied ist.« Ethan runzelte die Stirn. »Suchen wir eigentlich immer noch nach Inigo?«

»Nein, aber unsere Freunde«, teilte Phelim ihm mit. »Wir haben nicht ganz die Mittel dafür. Doch anscheinend fehlt von ihm jede Spur. Ich würde sagen, wenn Euer Aufstieg zum Conservator ihn nicht innerhalb des nächsten Monats oder so zu uns zurückbringt, sind wir über jeden Verdacht erhaben.«

»Unglücklich formuliert. So klingt es fast, als hätten wir etwas Unrechtes getan.«

»Aber wir wissen nicht, weshalb Inigo vor einer Pilgerreise zurückgeschreckt hat.«

»Inigo ist nur ein Mensch, er hat seine Fehler, wie wir alle. Nennen Sie es Angst vor der eigenen Courage, wenn man es denn freundlich ausdrücken wollte. Meine persönliche Überzeugung ist, dass er den Geschehnissen von irgendwo aus dem Verborgenen heraus zusieht und uns anfeuert.«

»Das hoffe ich.« Phelim hielt einen Moment inne, während er die Informationen, die sich in seinen Exoimages anhäuften, durchging und sein U-Shadow die lokalen Daten mit einer Zusammenfassung des Wahlausgangs abglich. »Marius wartet draußen. Er bittet um eine Audienz.«

»Es wird nicht lange dauern, oder?«

»Nein. Es gibt eine ganze Reihe von Formalitäten, die noch heute Abend erledigt werden müssen. Der Präsident des Greater Commonwealth wird anrufen, um Euch seine Glückwünsche zu übermitteln, und ebenso die Regierungschefs der Planeten der Freihandelszone wie auch Dutzende unserer verbündeten Außenwelten.«

»Wie sieht's mit der Berichterstattung in der Unisphäre aus?«

»Aufbruchstimmung.« Phelim checkte die Zusammenfassungen, die ihm sein U-Shadow lieferte. »In etwa so, wie wir es erwartet hatten. Ein paar hysterische Anti-Pilgerfahrt-Hitzköpfe behaupten, dass Ihr uns alle umbringen werdet. Die meisten der seriösen Nachrichtenchefs bemühen sich aber, sachlich zu bleiben, und zeigen lediglich die sich aus dem Vorhaben ergebenden Probleme auf. Die Mehrzahl scheint in der Pilgerreise ein politischen Versprechen zu sehen.«

»Es ergeben sich aus der Pilgerreise keine Probleme«, sagte Ethan verärgert. »Ich habe den Traum des Skylords gesehen. Er ist ein durch und durch edles Geschöpf und er wird uns ins Innere der Leere hineinführen. Wir brauchen nur noch den Zweiten Träumer zu finden. Irgendwelche Entwicklungen heute in dieser Sache?«

»Nein. Es haben sich zwar Tausende gemeldet, die behaupten, sie hätten den Skylord geträumt, aber sie sind uns nur wenig hilfreich bei unserer Suche.«

»Sie müssen ihn finden.«

»Ethan ... es hat unsere besten Traummeister Monate gekostet, die wenigen Bruchstücke zu dem winzigen Traum zusammenzufügen, den wir besitzen. Wir glauben, dass in diesem Fall keine feste Verbindung existiert, so wie Inigo sie zu der Leere hatte. Diese Fragmente könnten auf alle möglichen Weisen ins Gaiafield gelangt sein. Durch nichtsahnende Überträger. Direkt aus der Leere? Vielleicht Ozzies galaktisches Feld? Möglicherweise ein Overspill des Silfen-Mutterholms, oder irgendeine andere postphysische Spezies, die sich auf unsere Kosten ein Späßchen erlaubt. Womöglich sogar Inigo selbst.«

»Es ist nicht Inigo«, sagte Ethan. »Das weiß ich genau. Ich kenne das Gefühl seiner Träume, wir alle kennen es. Nein, diesmal ist etwas anderes. Immerhin war ich es, der diese ersten Fragmente empfangen hat, vergessen Sie das nicht. Ich habe erkannt, was sie waren. Es gibt einen Zweiten Träumer.«

»Nun, jetzt, da Ihr der Conservator seid, könnt Ihr eine wesentlich umfassendere Kontrolle der Konfluenznester des Gaiafields in die Wege leiten, um den Ausgangspunkt zu ermitteln.«

»So etwas ist machbar? Ich dachte immer, das Gaiafield befände sich außerhalb unseres direkten Einflussbereichs.«

»Die Traummeister behaupten, dass sie es könnten, ja. Gewisse Modifikationen an den Nestern sind möglich. Aber es wäre nicht ganz billig.«

Ethan seufzte. Das Konklave hatte ihn mental völlig erschöpft, und das hier war erst der Anfang. »So viele Probleme. Und alle auf einmal.«

»Ich werde Euch helfen. Das wisst Ihr.«

»Ja, das weiß ich. Und ich danke Ihnen dafür, mein Freund. Eines Tages werden wir im echten Makkathran stehen. Eines Tages werden wir unser Dasein vervollkommnen.«

»Schon bald.«

»Um Ozzies willen, das hoffe ich. Und jetzt seien Sie so gut und bitten Sie Marius herein.« Ethan stand auf, um seinen Gast zu begrüßen. Die Tatsache, dass der erste Besucher, den er hier empfing, ein Repräsentant der ANA-Fraktion war, ließ tief blicken. Die Art und Weise, wie er und Phelim während der Wahlkampagne auf Marius gesetzt hatten, hatte Ethan ganz und gar nicht gefallen. In einem idealen Universum wären sie auf eine Unterstützung von außen nicht angewiesen gewesen und schon gar nicht auf eine, die an so viele potenziell bedenkliche Bedingungen geknüpft war. Nicht dass Marius jemals etwas in Richtung *quid pro quo* vorgeschlagen hätte. Keine der Fraktionen innerhalb der annähernd postphysischen Intelligenz des Advanced-Neural-Activity-Systems auf der Erde wäre dermaßen plump.

Der Repräsentant lächelte höflich, als er hereingeführt wurde. Er war von durchschnittlicher Größe und hatte ein rundes Gesicht mit stechenden grünen Augen, die von einer großen Iris betont wurden; Nase und Mund waren auffallend schmal; die Ohren groß, jedoch so flach und eng anliegend, dass sie ebenso gut zwei Schädelwülste hätten sein können. Sein volles, kastanienbraunes Haar war golden meliert, zweifellos das Resultat der Eitelkeit irgendeines Advancer-Vorfahren. Mithilfe seiner internen Enrichments führte Ethan einen Passiv-Scan durch: Nichts an ihm deutete auf höhere Funktionen hin. Doch wenn irgendeine der Feldfunktionen des Repräsentanten aktiv war, so war sie zu hoch entwickelt, um wahrgenommen zu werden. Es hätte ihn nicht überrascht, wenn Marius mit den modernsten Biononics ausgestattet gewesen wäre, die es gab. Der lange schwarze Togaanzug, in den der Repräsentant gekleidet war, erzeugte auf seiner Oberfläche einen eigenen Dunstschleier, der ihn wie eine dünne Nebelschicht umwallte. Kaum wahrnehmbare Fäden glitten, wenn er ging, hinter ihm her.

»Eure Eminenz«, sagte Marius und vollführte eine förmliche Verbeugung. »Meine herzlichsten Glückwünsche zu Eurer Wahl.«

Ethan lächelte. Es war das Einzige, was er tun konnte, um nicht zu erschaudern. Jeder seiner aufs Höchste verfeinerten Instinkte hatte augenblicklich erfasst, wie gefährlich dieser Mann war. »Vielen Dank.«

»Ich bin hier, um Euch zu versichern, dass wir auch in Zukunft Eure Ziele unterstützen werden.«

»Dann glauben Sie also nicht, dass die Pilgerreise das Ende der Galaxis heraufbeschwören wird?« Die Frage, die ihm jedoch eigentlich unter den Nägeln brannte, lautete: Wer ist *wir?* Wobei es innerhalb von ANA so viele Fraktionen gab, die ständig irgendwelche Allianzen schlossen und wieder auflösten, dass diese Frage fast schon wieder überflüssig war. Es reichte für den Moment vollkommen aus, zu wissen, dass die Fraktion, die Marius repräsentierte, wollte, dass die Pilgerreise stattfand. Ethan hatte es längst aufgegeben, sich darüber Gedanken zu machen, dass ihre Gründe möglicherweise im Widerspruch zu seinen eigenen standen oder ob sie einfach nur ein politisches Werkzeug in ihm sahen. Nicht, dass er das jemals erfahren würde. Doch das, was zählte, war die Pilgerreise. Was zählte, war, den Gläubigen das Universum, das ihnen versprochen worden war, zu übergeben. Tatsächlich war es das Einzige, was zählte. Es war ihm egal, ob er den politischen Zielen Dritter förderlich war, solange sie seinen eigenen nicht in die Quere kamen.

»Natürlich nicht.« Marius grinste in einer Art, als hätten sie soeben in aller Vertraulichkeit darüber gescherzt, wie dumm der Rest der Menschheit im Vergleich zu ihnen doch war. »Wenn das der Fall wäre, dann hätten die, die sich bereits in der Leere befinden, diese Sache niemals ins Rollen gebracht.«

»Die Menschen müssen angeleitet werden. Ich wäre für Ihre Hilfe in dieser Sache wirklich sehr dankbar.«

»Wir werden natürlich tun, was wir können. Trotzdem – wir kämpfen beide gegen ein beträchtliches Ausmaß an geistiger Trägheit, von den Vorurteilen gar nicht zu reden.«

»Dessen bin ich mir bewusst. Diese Pilgerreise wird die Bürger des gesamten Greater Commonwealth polarisieren.«

»Nicht nur sie. Es gibt eine ganze Reihe von Spezies, denen diese Entwicklung keineswegs egal ist.«

»Das Ocisen-Empire.« Ethan spie die Worte mit so viel Verachtung heraus wie möglich.

»Man sollte es nicht unterschätzen«, erwiderte Marius in beinahe tadelndem Tonfall.

»Die Einzigen, um die ich mir Sorgen mache, sind die Raiel. Sie haben öffentlich ihren Widerstand gegen jeden angekündigt, der versuchen sollte, in die Leere vorzudringen.«

»Und das ist genau der Punkt, wo Ihr von unserer Hilfe am meisten profitieren werdet. Unser anfängliches Angebot steht nach wie vor: Wir werden die Ultra-Antriebe für Eure Pilgerschiffe liefern.«

Ethan, studiert in altertümlicher Geschichte, nahm an, dass sich so die altreligiöse Gestalt des Adam gefühlt haben musste, als man ihm den Apfel reichte. »Und was erwarten Sie im Gegenzug dafür?«

»Die Beendigung des Status quo, der gegenwärtig im Greater Commonwealth herrscht.«

»Welchen Nutzen ziehen Sie daraus?«

»Das Überleben der Art. Evolution heißt entweder Fortschritt oder Auslöschung.«

»Ich dachte, Ihr Streben gelte der Transzendenz«, bemerkte Phelim trocken.

Marius blickte nicht einmal in Phelims Richtung, unverwandt fixierte er Ethan. »Und das ist keine Evolution?«

»Eine ziemlich nachdrückliche Form von Evolution«, sagte Ethan.

»Nicht weniger nachdrücklich als die Hoffnungen, die Ihr auf diese Pilgerschaft setzt.«

»Warum schließen Sie sich uns dann nicht einfach an?«

Marius antwortete mit einem freudlosen Lächeln. »Schließt Euch uns an, Conservator.«

Ethan seufzte. »Wir haben geträumt, was uns erwartet.«

»Ah, also läuft alles wieder auf das uralte Problem der Menschheit hinaus. Wage ich den Schritt ins Unbekannte, oder mache ich es mir vor meinem Ofen bequem?«

»Ich denke, die Redensart, die hier besser passt, lautet: Von zwei Übeln wählt man besser das, welches man schon kennt.«

»Wie auch immer. Eure Eminenz, wir bieten Euch nach wie vor den Ultra-Antrieb an.«

»Den noch nie wirklich jemand zu Gesicht bekommen hat. Bisher haben Sie sich lediglich auf Andeutungen beschränkt.«

»ANA pflegt mit ihren fortschrittlichen Technologien nicht zu prahlen. Dennoch versichere ich Euch, dass es ihn gibt. Der Ultra-Antrieb ist dem Antrieb, den die Raiel benutzen, zumindest ebenbürtig, wenn nicht gar überlegen.«

Ethan gab sich Mühe, nicht zu lächeln angesichts der Anmaßung seines Gegenübers.

»Seid versichert, Conservator«, sagte Marius, »ANA würde so etwas nicht einfach leichthin behaupten.«

»Natürlich nicht. Also, wann können Sie liefern?«

»Sobald Eure Pilgerschiffe fertig sind, werden die Antriebe zur Verfügung stehen.«

»Und die anderen innerhalb der ANA, die Fraktionen, die nicht mit Ihnen übereinstimmen, werden einfach so danebenstehen und zusehen, wie Sie uns diese Supertechnologie überlassen?«

»Faktisch ja«, erwiderte Marius. »Macht Euch über unsere Interna keine Gedanken.«

»Sehr gut. Wir nehmen Ihr äußerst großzügiges Angebot an. Bitte verstehen Sie mich nicht falsch, aber wir werden natürlich auch unsere eigenen, zugegebenermaßen eher schlichten Antriebseinheiten für die Schiffe bauen – nur für den Fall.«

»Wir hatten nichts anderes erwartet.« Marius verbeugte sich abermals und verließ den Raum.

Erleichtert stieß Phelim die Luft aus. »Das ist es also! Wir sind nichts weiter als diejenigen, die bei ihrem politischen Gezerre die Dinge ins Rollen bringen sollen.«

Ethan versuchte gelangweilt zu klingen. »Wenn wir dadurch bekommen, was wir wollen, soll es mir recht sein.«

»Ich denke, es ist klug von Euch, nicht nur auf sie zu setzen. Wir müssen unsere eigenen Antriebe in das Bauprogramm mit einbeziehen.«

»Sehr richtig. Die Planungsteams haben von Anfang an unter dieser Prämisse gearbeitet.« Ethans Sekundärroutinen begannen, Daten aus den Speicherlakunen in seine makrozellularen Cluster zu übertragen. »Und nun lassen Sie uns mit ein paar simplen Anordnungen beginnen. Können wir?«

Aaron überquerte die rote Marmorbrücke, die sich über den Sisterhood Canal spannte und Golden Park mit dem Low Moat District verband. Der Low Moat District war ein schmaler Streifen aus Weideland, auf dem es keinerlei Stadtgebäude gab, lediglich Ställe und Wiesen sowie ein paar archaische Märkte.

Weit ausschreitend ging er den gewundenen Pfad entlang, der von kleinen, an Pfosten aufgehängten Öllaternen erhellt, weiter in den Ogden District führte. Auch dieser Bezirk bestand vorwiegend aus Grasland, doch befand sich hier außerdem das Gros der aus Holz errichteten Ställe der Stadt, in denen die Aristokratie ihre Pferde und Kutschen verwahrte. Hier befand sich auch das große Haupttor, das in die Mauer eingelassen worden war.

Die Torflügel standen weit offen, als er hindurchging und sich unter die kleinen Gruppen von Nachzüglern mischte, die auf ihrem Heimweg in die ausgedehnten Außenbezirke der Stadt waren. Makkathran2 war von einem zwei Meilen breiten Grünstreifen umgeben, der es von der riesigen modernen Metropole trennte, die im Verlauf der letzten zwei Jahrhunderte aus dem Boden geschossen war. Groß-Makkathran2 nahm mittlerweile eine Gesamtfläche von vierhundert Quadratmeilen ein, ein urbanes Netz, das sechzehn Millionen Menschen beheimatete, von denen neunundneunzig Prozent treu ergebene Living-Dream-Anhänger waren. Inzwischen war es zur Hauptstadt von Ellezelin avanciert. Es hatte die ursprüngliche Hauptstadt Riasi in dieser Funktion abgelöst, nachdem sich nach der Wahl im Jahre 3379 wieder eine Living-Dream-Mehrheit im planetaren Senat gebildet hatte.

In dem Park gab es kein einziges energiebetriebenes Verkehrsmittel; keine Bodentaxis, keine Untergrundbahn, nicht einmal befestigte Fußgängerwege. Und natürlich waren im Luftraum von Makkathran2 auch keine Transportkapseln gestattet. Inigos Meinung dazu war einfach genug: Den wahren Gläubigen würde es nichts ausmachen, die Strecke zu laufen; so machten es auf Querencia alle. Er wollte, dass Authentizität das beherrschende Moment in der Zitadelle seiner Bewegung war. Durch den Park zu reiten, war dagegen erlaubt, immerhin gab es auch auf Querencia Pferde.

Aaron lächelte bei der Vorstellung, als er sich jenseits des Tors auf den Weg machte. Plötzlich flackerte wie ein erlöschendes Hologramm eine flüchtige Erinnerung in ihm auf. Es hatte einmal eine Zeit gegeben, da er sich an den Hals eines riesigen Pferdes geklammert hatte, während er über eine hügelige Landschaft geprescht war. Die Bewegung war kraftvoll und rhythmisch, aber dennoch seltsam entspannt gewesen. Es schien, als würde das Pferd mehr dahingleiten denn galoppieren; immerzu geradeaus. Er wusste genau, wie er sich mitbewegen musste und lachte wild, während Ross und Reiter dahinjagten. Der Wind blies ihm ins Gesicht und zerzauste sein Haar. Über ihm spannte sich ein überraschend klarer und warmer saphirblauer Himmel. Das Pferd hatte ein kleines, robust wirkendes Horn an der Stirn; mit der traditionellen schwarzen Metallspitze darauf.

Aaron grunzte verächtlich. Es musste irgendein Immersionsdrama gewesen sein, das er in der Unisphäre abgerufen hatte. Nicht real.

Die Mitte des Parks bildete eine gleichmäßige Erhebung. Als Aaron ihren Kamm erreichte, war es, als würde er einen Riss in der Zeit durchschreiten; hinter ihm die anheimelnden altertümlichen Umrisse von Makkathran2, in ihren fremdartigen orangefarbenen Lichtschimmer getaucht, und vor ihm die modernistischen Hochhäuser und die wie mit dem Lineal gezogenen Straßennetze, die einen vielfarbigen Dunstschleier erzeugten, der sich bis weit über den Horizont zog. Mit spielerischer Leichtigkeit glitten Regravkapseln in einem streng geregelten Verkehrsstrom durch die Luft – horizontale Bänder in rasanter Bewegung, die in zykloiden Verteilern mündeten, welche die Stadt in einem pulsierenden kinetischen Tanz verbanden. Am südöstlichen Himmel konnte er die helleren Lichter von Raumschiffen erkennen, die direkt über dem Raumhafen in die Atmosphäre eintraten oder sie verließen. Eine nicht enden wollende Prozession großer Frachtschiffe sorgte für die wirtschaftlichen Verbindungen der Stadt zu Planeten, die sich außerhalb der Reichweite der offiziellen Freihandelszonen-Wurmlöcher befanden.

Als er den äußeren Rand des Parks erreichte, befahl er seinem U-Shadow, ein Taxi zu rufen. Lautlos sank aus dem Verkehrsgewimmel über ihm eine glatt schimmernde jadefarbene Kapsel herab und öffnete ihre Türen. Aaron nahm auf einem der Vordersitze Platz, von wo aus er gut über den Rumpf hinwegblicken konnte.

»Hotel Buckingham.«

Er runzelte die Stirn, als die Kapsel wieder in den breiten Strom eintauchte, der um die dunkle Parkfläche kreiste. War die Anweisung von ihm oder von seinem U-Shadow gekommen?

Am ersten Abzweigungspunkt scherten sie aus und begaben sich tiefer hinein in das Stadtnetz. Auf den von Bäumen gesäumten Boulevards, die sich vorschriftsmäßige hundert Meter unter ihnen befanden, fuhren tatsächlich einige Bodenkraftfahrzeuge das Straßenpflaster entlang. Dazwischen ritten Leute auf Pferden. Fahrräder waren offensichtlich besonders beliebt. Verwirrt schüttelte Aaron den Kopf.

Das Hotel Buckingham war ein dreißigstöckiges Fünfeck mit von Balkonen gerippter Fassade und scharfen Spitzen, die an jeder der Ecken steil in die Höhe ragten. Das Gebäude leuchtete in einem funkelnden Perlweiß, abgesehen von den unzähligen Fenstern, die dunkle Einbuchtungen schufen. Das Dach bildete ein schmaler Streifen üppigen Dschungels. In dem Blätterwerk blitzten kleine Lichter auf, dort, wo Gäste zu Abend aßen und unter freiem Himmel tanzten.

Aarons Taxi setzte ihn vor dem Hauptempfang im Zentrum des Gebäudekomplexes ab. Er nahm einen Credit-Jeton, der auf seine DNA freigeschaltet war, aus der Tasche und bezahlte die Fahrt. In einer seiner makrozellularen Speicherlakunen war zwar auch ein Credit-Code geladen, den er ebenfalls hätte benutzen können, aber der Jeton machte es schwieriger, seine Spur zu verfolgen. Es war zwar nicht unmöglich, lag aber doch auf jeden Fall außerhalb der Möglichkeiten, die ein Normalbürger besaß. Nachdem das Taxi wieder gestartet war, schaute er an den hohen, einfarbigen Mauern empor, die ihn umgaben, und kam sich plötzlich beunruhigend ungeschützt vor.

»Bin ich hier registriert?«, fragte er seinen U-Shadow.

»Ja. Zimmer 3088. Eine Penthouse-Suite.«

»Aha.« Er wandte sich um und blickte direkt auf den Balkon des Penthouses, dessen Lage er instinktiv ausgemacht hatte. »Und kann ich mir das leisten?«

»Ja. Das Penthouse kostet 1.500 Ellezin-Pfund pro Nacht. Dein Credit-Jeton verfügt über ein Limit von fünf Millionen Ellezin-Pfund im Monat.«

»Im Monat?«

»Ja.«

»Bezahlt von wem?«

»Der Jeton wird durch ein Konto bei einer Central Augusta Bank gedeckt. Die näheren Kontoangaben sind geschützt.«

»Und mein persönlicher Credit-Code?«

»Das Gleiche.«

Aaron betrat die Lobby. »Schön, reich zu sein«, sagte er sich.

Das Penthouse bestand aus fünf Zimmern und einem kleinen privaten Swimmingpool.

Nachdem Aaron die Hauptlounge betreten hatte, prüfte er sich selbst im Spiegel. Was er sah, war ein Gesicht, das etwas älter war als die Norm, ungefähr um die dreißig. Kurze, schwarze Haare und (seltsame) Augen mit einem Anflug von Purpurrot in der grauen Iris. Leicht asiatische Züge, doch mit einer robusten Haut und einem dunklen Bartschatten.

Yep, das bin ich.

Eine instinktive Reaktion, die durchaus etwas Beruhigendes hatte, ihn aber hinsichtlich seiner Identität immer noch im Dunkeln tappen ließ.

Er ließ sich in einen breiten Armsessel sinken, der vor eines der Fenster gerückt war, stellte die Lichtdurchlässigkeit auf Maximum und blickte über die nächtliche Stadt hinweg auf das unsichtbare Herz, das Inigo geschaffen hatte. Die nachgebildeten Alien-Bauwerke enthielten zahlreiche Informationen, die ihm helfen würden, seine Jagdbeute aufzuspüren. Nicht die Art von Fakten, wie sie in elektronischen Files abgespeichert waren; wenn es so leicht wäre, hätte man Inigo inzwischen längst gefunden. Nein, die Informationen, die er brauchte, waren privater Natur, was einige Beschaffungsprobleme für jemanden wie ihn, einen Ungläubigen, mit sich brachte.

Er bestellte sich etwas beim Zimmerservice. Das Hotel war teuer genug, um sich menschliche Küchenchefs leisten zu können. Als das Essen kam, nahm er dankbar dessen raffinierte Zubereitung zur Kenntnis; ein deutlicher Unterschied zu den Produkten, die eine Kücheneinheit lieferte. Während er aß, saß er in dem großen Sessel und schaute auf die Stadt. Es würde nicht einfach werden, an die hochkarätigen Kleriker und an die Ratsmitglieder heranzukommen, das war ihm bewusst. Andererseits bedeutete die Pilgerreise für ihn eine ziemlich einmalige Chance. Wenn sie in die Leere fliegen wollten, benötigten sie Schiffe. Das würde ihm genügend Tarnung verschaffen. Blieb nur noch die Frage, wen er sich herauspicken und zum Freund machen sollte.

Sein U-Shadow stellte eine umfangreiche Liste von ranghohen Klerikern zusammen und versorgte ihn mit Tratsch und Klatsch sowie Informationen darüber, wer mit Ethan verbündet war und wer nach dem heutigen Tag für die nächsten paar Jahrzehnte die Ratstoiletten schrubben würde.

Er brauchte fast die halbe Nacht, aber schließlich hatte er den Namen. Er war sogar im Stadtnews-Web genannt worden, nachdem Ethan begonnen hatte, die Hierarchie innerhalb von Living Dream umzustrukturieren. Es war zwar nicht offensichtlich, doch der Name barg eine Menge Potenzial: Corrie-Lyn.

Die Kurierkapsel erreichte Troblums Wohnung eine Stunde bevor er vor dem Navy-Prüfungsgremium seine Präsentation abhalten sollte. Er zog sich einen Umhang über und begab sich hinaus zu dem gläsernen Aufzug in der Lobby, während der smaragdgrüne Stoff sich noch seiner Leibesfülle anpasste. Die altertümliche Mechanik des Aufzugs rasselte und surrte, als der Lift sanft nach unten glitt. Natürlich befand sich die Anlage nicht wirklich in ihrem Originalzustand, technisch datierte das Gebäude über 1.350 Jahre zurück. Während dieses Zeitraums hatte es zahlreiche Modernisierungen und Restaurationsarbeiten erlebt. Außerdem war vor fünfhundert Jahren ein Stabilisierungsfeldgenerator installiert worden, der die molekularen Verbindungen in den antiken Bausteinen, Stahlträgern und Verbundplatten, aus denen das Gebäude in der Hauptsache bestand, aufrechterhielt. Im Grunde genommen wurde, solange der Generator nur Energie hatte, das Chaos auf Armeslänge auf Abstand gehalten.

Es war inzwischen über ein Jahrhundert her, seit Troblum die Verwaltung des Gebäudes übertragen worden war, nach einem einigermaßen obsessiven, siebenundzwanzig Jahre währenden Kampf. Niemand besaß noch Eigentum auf Arevalo, es war eine Higher-Welt, Teil des Zentralen Commonwealth – zu Zeiten, als das Haus errichtet worden war, noch Phase-Eins-Raum genannt. Die früheren Mieter zum Gehen zu überreden, hatte über Jahre hinweg seine gesamte Energie-und-Masse-Allokation ebenso wie seine eher dürftige Sozialkompetenz in Anspruch genommen. Er hatte Vermittler, Rechtsanwälte und auf Entschädigungszahlungen spezialisierte Geschichtsexperten eingeschaltet, hatte sogar Berufung eingelegt gegen den Stadtrat von Daroca, dem seinerzeit der Stabilisierungsgenerator zu verdanken gewesen war. Im Verlauf der Auseinandersetzungen hatte er Unterstützung von einem unerwarteten Verbündeten erhalten, die vermutlich wesentlich dazu beigetragen hatte, dass das Pendel schließlich zu seinen Gunsten ausgeschlagen hatte. Wie dem auch sei, das Ergebnis war, dass er nun die unangefochtenen Nutzungsrechte für das gesamte Gebäude besaß. Niemand außer ihm wohnte darin und nur wenige waren jemals hineingebeten worden.

Der Lift hielt in der Eingangshalle an. Troblum ging an der verwaisten Pförtnerloge vorbei zu der großen Tür aus farbigem

Glas. Draußen schwebte die Kurierkapsel eineinhalb Meter über dem Bordstein, eine schlichte, gegen Feldscans abgeschirmte Metallbox, an deren einem Ende das Signal für die Transportbestätigung pink aufleuchtete. Sein U-Shadow bestätigte Troblum ihren Inhalt und dirigierte die Kapsel in die Halle, wo sie auf seinem Trolley landete. Die Unterseite öffnete sich und setzte das Paket ab, einen dicken, versilberten Zylinder von einem halben Meter Länge. Troblum hielt die Tür auf, bis die Kapsel zurück auf die Straße geschwebt war. Dann schloss er sie wieder. Eine Sichtabschirmung baute sich um die Eingangshalle herum auf, und er begab sich zurück zum Aufzug. Der Trolley folgte ihm gehorsam.

Das Gebäude war ursprünglich eine Fabrik gewesen, was auch der Grund für die extrem hohen Decken in jedem der fünf Stockwerke war. Dann, wie üblich in jenen frühen Commonwealth-Tagen, war die Stadt expandiert und aufgeblüht, was zur Folge hatte, dass die Industrie mehr und mehr aus dem alten Zentrum hinausgedrängt worden war. Aus der ehemaligen Fabrik war ein Wohnhaus mit teuren Luxusapartments geworden. Eine der beiden Penthouse-Wohnungen, die die gesamte fünfte Etage einnahmen, hatte die Halgarth-Dynastie erworben und dem gewaltigen Immobilienbestand einverleibt, den sie auf Arevalo besaß. Die anderen Apartments waren allesamt restauriert und in Bezug auf Grundriss und Design wieder halbwegs in den Zustand von 2380 zurückversetzt worden. Doch Troblum hatte seine beträchtliche Energie allein auf die Wohnung der Halgarths konzentriert, in der er jetzt lebte.

Um alles so perfekt wie möglich hinzubekommen, hatte er sich aus den Tiefen des Stadtarchivs sowohl Bau- wie auch Innenarchitekturpläne besorgt. Ergänzend hatte er einige nicht weniger altertümliche Bildaufzeichnungen der Michelangelo-Nachrichtenshow aus jener Zeit studiert. Doch seine Hauptinformationsquelle waren die forensischen Scans des Serious Crimes Directorate gewesen, die er direkt von ANA erhalten hatte. Nachdem er all das Material ausgiebig studiert hatte,

hatte er ganze fünf Jahre damit zugebracht, das ehemals extravagante Interieur in sorgfältiger Kleinarbeit wiederherzustellen. Am Ende seiner Bemühungen hatten drei Schlafzimmer einschließlich Bad und WC sowie ein großer offener Wohnraum gestanden, den eine Frühstücksbar mit Marmorplatte vom Küchenbereich trennte. Von dem Balkon an der gegenüberliegenden Fensterwand aus konnte man einen grandiosen Ausblick über den Caspe River genießen.

Als die Prüferin vom städtischen Denkmalsschutz vorbeigekommen war, um ihre Abschlussinspektion des Projekts vorzunehmen, hatte sie das Ergebnis schlichtweg vom Hocker gerissen, wenngleich ihr der Grund für Troblums Einsatz völlig unerklärlich war. Er hatte nichts anderes erwartet, ihr eigentliches Ressort war das Gebäude an sich. Was sich zur Zeit des Starflyer-Krieges in seinem Inneren abgespielt hatte, das war sein Spezialgebiet. Zwar würde er niemals das Wort Besessenheit dafür benutzen, aber die betreffende Ära war für ihn weit mehr als bloß ein Hobby. Eines Tages, das hatte er sich fest vorgenommen, würde er die ultimative Geschichte dieses Krieges veröffentlichen.

Die Penthousetür öffnete sich für ihn. Auf dem blauen Ledersofa geradeaus an der Fensterwand saßen Solidos der drei Mädchen. Catriona Saleeb trug einen rot-goldenen Morgenrock, dessen Gürtel nur lose geschlossen war, sodass man ihre seidene Unterwäsche sah. Als sie den Kopf zurückwarf, fielen die langen schwarzen Locken ungebändigt auf ihre Schultern. Sie war die Kleinste von den dreien. Die Solido-Animationssoftware hielt ihr Abbild auf dem Stand einer quirligen Einundzwanzigjährigen, sorglos und willig. Neben ihr, an sie gelehnt und in kleinen Schlucken Tee aus einer großen Tasse schlürfend, saß Trisha Marina Halgarth. Ihre finsteren Züge wurden von kleinen dunkelgrünen, schmetterlingsflügelförmigen OCTattoos geschmückt, die von jedem ihrer rehbraunen Augen ausgehend nach hinten verliefen; die altertümliche Technologie warf leichte Wellen bei jeder Bewegung ihres Gesichts. Und schließlich war da noch, etwas abseits von den beiden kauernd, Isabella Halgarth. Sie war eine schlanke Blondine, mit langem, glattem Haar, das zu einem Pferdeschwanz zusammengebunden war. Ihr flauschiger Pullover war um einiges aufreizender als er streng genommen hätte sein sollen und endete ein gutes Stück über ihrer Taille, während ihre Jeans kaum mehr waren als eine blaue zweite Haut über ihren langen, athletischen Beinen. Die hohen Wangenknochen verliehen ihrem Gesicht etwas Aristokratisches; ein Eindruck, der durch die kühle Geringschätzung, die sie zur Schau trug, noch verstärkt wurde. Während ihre beiden Freundinnen Troblum freudige Hallos entgegenriefen, quittierte Isabella seine Rückkehr nur mit einem kaum merklichen Nicken.

Troblum seufzte bedauernd und befahl seinem U-Shadow, die Mädchen zu isolieren. Sie waren seit nunmehr fünfzig Jahren seine Gefährtinnen und er schätzte ihre Gesellschaft erheblich mehr als die irgendeines Menschen aus Fleisch und Blut. Abgesehen davon stellten sie für ihn ein Band zu der Epoche dar, die er so liebte. Dummerweise konnte er sich im Moment jedoch keine Ablenkung erlauben, egal wie angenehm sie auch sein mochte. Es hatte ihn Jahrzehnte gekostet, die Animationsprogramme weiterzuentwickeln und jedem Solido die entsprechende Persönlichkeit zu verleihen, die er heute besaß. Die drei hatten während des Starflyer-Krieges bei ihm gewohnt und waren seinerzeit in das geniale Desinformationskomplott des Starflyers hineingezogen worden. Isabella war eine der effizientesten Agentinnen des Aliens gewesen, hatte hochrangige Politiker und Funktionsträger des Commonwealth um den Finger gewickelt und auf subtile Weise manipuliert. Noch lange Zeit nach dem Krieg war das geflügelte Wort »die Isabella mit jemandem machen« commonwealthweit das Synonym dafür, jemanden nach Strich und Faden zu verarschen. Doch schließlich war die Schmach allmählich verblasst. Auch bei Menschen, die üblicherweise über fünfhundert Jahre alt wurden, verloren die Dinge irgendwann ihre Macht und Bedeutung. Heute war der Starflyer-Krieg nicht mehr als eines der prägenden Ereignisse am Beginn des Commonwealth, eine der vielen Stationen der Geschichte, so wie Ozzie und Nigel, der Bienenstock, die Galaxisumrundung der *Endeavour* und das Knacken der Planter-Nanotechnologie.

Als er noch jünger gewesen war, hatte Troblum sich nicht für die Vergangenheit interessiert. Doch dann hatte er zufällig entdeckt, dass er von einem Mann namens Mark Vernon abstammte, der in dem Krieg offensichtlich eine entscheidende Rolle gespielt hatte. Er hatte begonnen, ein wenig über seinen Vorfahren zu recherchieren, um ein paar Details in Erfahrung zu bringen und vielleicht das eine oder andere über seinen familiären Hintergrund zu erfahren. Hundertachtzig Jahre war das nun her, und er war vom Starflyer-Krieg noch immer genauso fasziniert, wie an jenem Tag, als er die ersten Files über diese Epoche geöffnet hatte.

Die Mädchen wandten sich von Troblum und dem Trolley, der ihm ins Zimmer gefolgt war, ab und plapperten munter miteinander weiter. Wie gebannt starrte Troblum auf den Zylinder, während dieser transparent wurde. In seinem Innern wurde eine hundertfünfzig Zentimeter lange Metallstrebe sichtbar. Die eine Seite endete in einer Plastikverbindung, wo, einem struppigen Schwanz gleich, die ausgefransten Enden von Lichtleiterkabeln herausragten. Die Oberfläche war pockennarbig und stumpf und außerdem in der Mitte eingedellt, als ob die Strebe von irgendetwas getroffen worden wäre. Troblum öffnete den Zylinder und ignorierte das Zischen von Gas, als das schützende Argon entwich. Seine Hände zitterten, als er die Strebe berührte, doch er konnte nichts dagegen tun; und auch nicht dagegen, dass es ihm die Kehle zuschnürte. Dann hob er die Strebe hoch, spürte wahrhaftig die Struktur ihrer abgenutzten Oberfläche auf seiner eigenen Haut. Lächelnd schaute er auf sie herab, genau so, wie ein nichtmodifizierter Natural-Mann sein neugeborenes Kind betrachtet hätte. Subkutane Sensoren steigerten den Tastsinn seiner Finger und führten im

Verein mit seinen Higher-Feldscanfunktionen eine umfassende Analyse durch. Die Strebe bestand aus einer Aluminium-Titan-Legierung, mit einer speziellen Kohlenwasserstoffkettenverstärkung. Außerdem war sie 2.400 Jahre alt. Er hielt ein Stück der *Marie Celeste*, des Starflyer-Schiffs, *in seinen eigenen Händen.*

Nach einem langen, andächtigen Augenblick schob er die Strebe wieder zurück in den Zylinder, betätigte die Luftabsaugung und verschloss sie erneut in Argon. Er würde sie niemals wieder so halten wie gerade eben, dafür war sie zu kostbar. Er würde sie in das andere Apartment schaffen, wo er seine Memorabiliensammlung aufbewahrte; ein kleiner Spezialstabilisierungsfeldgenerator würde ihre Molekularstruktur über Jahrhunderte erhalten. So wie es ihr gebührte.

Troblum bestätigte die Echtheit der Strebe und ermächtigte die Bank seines quasi-legalen Kontos auf Wessex, den letzten ausstehenden Teilbetrag an den Schwarzmarkthändler auf Far Away auszuzahlen, der das Objekt für ihn besorgt hatte. Nicht dass die Verfügbarkeit von Barmitteln für einen Higher illegal gewesen wäre. Doch die Higher-Kultur basierte auf dem Grundsatz, dass das Individuum erwachsen und intelligent genug war, um die Verantwortung für sich selbst zu übernehmen und sich im Rahmen der vereinbarten gesellschaftlichen Normen zu bewegen. *Die Regierung bin ich,* war der fundamentale politische Wesenskern dieser Kultur. Gleichwohl bot besagter Rahmen ein hohes Maß an Flexibilität. Die diskreten Methoden, die Energie-und-Masse-Allokation, den sogenannten Zentraldollar eines Higher-Staatsbürgers in bare Münze zu verwandeln, die auch auf den Externen Welten akzeptiert wurde, waren denen, die in dieser Hinsicht einen Bedarf verspürten, bestens bekannt. Die Energie-und-Masse-Allokation, kurz: EMA, war nicht mit Geld im herkömmlichen Sinne zu vergleichen. Die EMA stellte einfach nur eine Möglichkeit dar, die Aktivitäten von Higher-Bürgern zu regulieren und zu verhindern, dass Einzelpersonen übertriebene oder unverschämte Ansprüche auf kommunale Ressourcen, gleich welcher Art, erhoben.

Als der Trolley wieder aus dem Apartment hinauszuckelte, begab sich Troblum eilig in sein Schlafzimmer. Ihm blieb gerade noch genug Zeit, um zu duschen und in einen Togaanzug zu schlüpfen, bevor er sich auf den Weg machen musste.

Mit dem gläsernen Aufzug fuhr er in die Tiefgarage hinunter, wo seine Regravkapsel abgestellt war. Ein relativ altes Modell in verchromtem Purpurrot, das fast zwei Jahrhunderte auf dem Buckel hatte und um einiges länger war als die moderneren Varianten. Es besaß eine Frontkarosserie, die sich vorstreckte wie die Bugnase eines Flugvehikels von irgendeiner der Externen Welten.

Er kletterte hinein und breitete sich auf der einen Hälfte der für drei Personen ausgelegten vorderen Sitzbank aus. Im nächsten Moment glitt die Kapsel aus der Tiefgarage und kippte in Schräglage, um sich in den Verkehrsstrom hoch über ihr einzufädeln. Die altersschwachen Kompensatoren waren kaum in der Lage, den steilen Winkel auszugleichen, sodass Troblum hart in die Sitzpolster gedrückt wurde, als die Kapsel an Höhe gewann.

Die Innenstadt von Daroca war eine angenehme Mischung aus modernen Turmbauten, schönen oder bedeutenden historischen Gebäuden, wie dasjenige von Troblum, und dem üppigen, weiträumigen Mosaik aus Parklandschaften, welche die Gründungsväter angelegt hatten. Im Großen und Ganzen folgten die Luftverkehrsströme der überlieferten Streckenführung. Troblums Kapsel flog unter dem bronzenen Licht der Planetensonne Richtung Norden und über die neueren Stadtgebiete hinweg, in denen die einzelnen Gebäude weniger dicht beieinander standen und große, individuelle Häuser überwogen.

Tief am westlichen Himmel konnte er den hellen Stern, der Air darstellte, erkennen. Es war dieses Projekt gewesen, weswegen es ihn in erster Linie nach Arevalo gezogen hatte: Der Versuch, ein künstliches Weltraumhabitat von der Größe eines Gasgiganten zu erbauen. Nach zwei Jahrhunderten mühevoller Arbeit hatten die Projektverantwortlichen fast achtzig Prozent des kugelförmigen geodätischen Gitterwerks, das sowohl als Verteiler, wie auch als Generator eines einzigen, verkapselnden Kraftfelds dienen würde, zusammengefügt. Sobald es in Betrieb ging (indem es über ein Nullweite-Wurmloch direkt von der Sonne Energie abzapfte), würde das Innere mit einer Standard-Stickstoff/Sauerstoff-Atmosphäre angefüllt werden, die man den äußeren Monden und Gasgiganten des Sonnensystems entzog. In einem nächsten Schritt würden verschiedene biologische Anteile tierischer wie pflanzlicher Herkunft hinzugefügt werden, die, frei umhertreibend, einen biosphärischen Lebenszyklus etablieren sollten. Das Endergebnis – eine schwerelose Umwelt mit einem Durchmesser, der den des Saturn überstieg – würde seinen Bewohnern die ultimative Freiheit des selbständigen Fliegens bescheren und damit die gesamte menschliche Erfahrung um eine außergewöhnliche neue Dimension erweitern.

Kritiker, und die gab es in großer Zahl, behaupteten, das Ganze stelle nicht mehr als einen armseligen – und sinnlosen – Abklatsch des von Ozzie entdeckten Silfen-Mutterholms dar, wo ein kompletter Stern in eine atembare Atmosphäre eingehüllt worden war. Die Befürworter hielten dagegen, dass das Projekt einem Sprungbrett gleichkäme und ein wichtiges, inspirierendes Vermächtnis darstelle, das die Fähigkeiten und Zukunftschancen der Higher-Kultur potenziere. Ihre Argumente brachten ihnen bei einer hart umkämpften Abstimmung auf den Zentralen Welten den Sieg ein und die EMAs, um das Projekt fertigzustellen, wurden bewilligt.

Für Troblum, der zuerst und vor allem Physiker war, waren es eben diese plausiblen Gründe gewesen, die ihn zu Air gelockt hatten. Siebzig konstruktive Jahre lang hatte er daran gearbeitet, theoretische Entwürfe in physikalische Realität umzusetzen, hatte geholfen, die Kraftfeldgeneratoren, die das geodätische Gitternetz übersäten, zu bauen. Dann hatte sein Interesse am Starflyer-Krieg das Heft übernommen, und er hatte die Aufmerksamkeit von Leuten auf sich gezogen, die ein insgesamt noch viel interessanteres Bauprojekt in Arbeit hatten. Sie machten ihm ein Angebot, das er nicht ablehnen konnte. Es hatte oftmals etwas Tröstliches für ihn, wie dieser Abschnitt seines Lebens das seines ruhmreichen Vorfahren Mark widerspiegelte.

Troblums Kapsel ging auf dem Gelände der Commonwealth-Navy herunter. Es bestand aus einem Raumhafenfeld, das von zwei Reihen großer Hangars und Wartungsbuchten gesäumt wurde. Arevalo war in erster Linie eine Basis der Navy-Explorationsabteilung. Die Raumschiffe, die auf dem Feld standen, waren entweder Langstrecken-Forschungsschiffe oder standardmäßige Passagier-Raumer. In den drei mattschwarzen Türmen, die entlang der nördlichen Eingrenzung in die Höhe ragten, waren die Astrophysiklabore und wissenschaftlichen Ausbildungsstätten untergebracht. Troblums Kapsel schwebte durch die gespreizten Bogenpfeiler hindurch, über denen sich der Hauptturm erhob, und landete direkt unter ihm.

Umgeben von dem auffallend grellvioletten Schein, in den sein Togaanzug ihn hüllte, stieg er aus und ging zu dem nächstgelegenen Säulenfuß hinüber. Bis auf ein paar Offiziere auf dem Weg zu ihren Kapseln liefen nicht viele Leute hier herum. Doch Troblums Erscheinungsbild zog ihre Blicke auf sich; für einen Higher war es höchst ungewöhnlich, einen solchen Leibesumfang zu haben. Üblicherweise hielten die Biononics den Körper fit und gesund, das war ihre vorrangige Aufgabe. Es gab jedoch einige wenige Fälle, bei denen ein leicht abweichender biochemischer Aufbau das ordnungsgemäße Funktionieren der Biononics beeinträchtigte. Es ließ sich zwar durch eine kleine Chromosomenveränderung beheben, für Troblum jedoch kam das überhaupt nicht in Frage. Er war, was er war. Und er sah absolut keinen Grund, sich bei irgendjemandem dafür zu entschuldigen.

Schon die kurze Strecke von der Kapsel bis zu dem Pfeiler brachte seinen Puls zum Rasen. Als er die Eingangshalle am Pfeilersockel betrat, stand ihm der Schweiß auf der Stirn. Verborgene Sensoren scannten ihn, und er legte seine Hand auf ein kugelförmiges Prüfgerät, damit das Sicherheitssystem seine DNA bestätigen konnte. Einer der Aufzüge öffnete sich und er stieg ein. Eine zermürbende Ewigkeit lang stürzte er dann hinab in die Tiefe.

Der streng abgeschirmte Konferenzraum, in dem er seine Präsentation abhalten sollte, war wenig bemerkenswert. Ein ovales Zimmer mit einem ovalen Steinholztisch in der Mitte um den zehn perlmuttweiße Formstühle mit hohen Rückenlehnen platziert waren. Troblum ließ sich gegenüber der Tür nieder und machte sich daran, das Navy-Dienstnetz zu checken, um sich zu vergewissern, dass alle Files, die er benötigte, korrekt geladen waren.

Vier Navy-Angehörige kamen herein, drei von ihnen in identische Togaanzüge gekleidet, deren tiefschwarzer Oberflächeneffekt sich in dezenten Mustern kräuselte. Ihr Dienstrang war lediglich an kleinen roten Punkten zu erkennen, die auf ihren Schultern leuchteten. Er erkannte sie alle, auch ohne auf ihre U-Shadows zurückgreifen zu müssen: Mykala, ein Captain dritten Grades und Leiterin der örtlichen FTL-Unterabteilung, verantwortlich für Überlichtgeschwindigkeitsflug; Eoin, ein weiterer Captain, der sich auf Alien-Aktivitäten spezialisiert hatte; Yehudi, Commander des Navy-Postens Arevalo. Begleitet wurden sie von First Admiral Kazimir Burnelli. Ihn hatte Troblum nicht hier erwartet. Der Schock, den obersten Befehlshaber der Commonwealth-Navy höchstselbst vor sich zu sehen, ließ ihn augenblicklich aufstehen. Es war nicht nur seine Position, die an ihm faszinierte, nein, der Admiral war außerdem der Abkömmling zweier äußerst bedeutender Persönlichkeiten des Starflyer-Krieges und zudem berühmt für sein Alter: eintausendzweihundertundsechzig Jahre – und damit an die sieben oder acht Jahrhunderte älter, als es die meisten Higher waren, wenn sie sich in ANA downloadeten.

Der Admiral trug eine elegant geschnittene schwarze Uniform aus altmodischem Stoff. Sie passte ihm wie angegossen, betonte die breiten Schultern und einen drahtigen Oberkörper. Er war eine klassische Autoritätsperson. Er war schlank, hatte eine olivfarbene Haut und ein wohlgeformtes Gesicht. Troblum erkannte einige Charakteristika des Vaters an ihm wieder: das schroffe Kinn, das rabenschwarze Haar. Doch da waren auch die feineren Züge von Burnellis Mutter zu finden: eine Nase, die beinahe zierlich wirkte, und die hellen, freundlichen Augen.

»Admiral!«, rief Troblum aus.

»Sehr erfreut, Sie kennenzulernen.« Kazimir Burnelli streckte eine Hand aus.

Es dauerte einen Augenblick, bis Troblum begriff, was von ihm erwartet wurde. Er streckte seine eigene Hand aus – plötzlich äußerst froh darüber, dass sein Togaanzug aus einem kühlenden Stoff gewebt war und er nicht mehr schwitzte. Das File über gesellschaftliche Umgangsformen, das sein U-Shadow ihm in seine Exosicht geschoben hatte, wurde jäh wieder zurückgezogen.

»Ich werde bei dieser Präsentation die ANA:Regierung vertreten«, sagte Kazimir. So viel hatte Troblum sich bereits gedacht. Kazimir Burnelli stellte in der Befehlskette zwischen ANA:Regierung und den Schiffen der Navy-Abwehrflotte das entscheidende menschliche Bindeglied dar – eine verantwortungsvolle Vertrauensstellung, die er bereits seit über achthundert Jahren innehatte. Etwas an der Art, wie er sich gab, ließ all die Jahrhunderte erahnen, die er gelebt hatte. Da war eine Aura von Müdigkeit, die niemand, der sich in seiner Nähe befand, umhinkam zu bemerken.

Es gab so vieles, das Troblum ihn brennend gern gefragt hätte, angefangen mit: *Sind Sie so lange in Ihrem Körper geblieben, weil das Leben Ihres Vaters so kurz gewesen ist?* Oder vielleicht: *Können Sie mir Zugang zu meinem Großvater verschaffen?* Aber stattdessen sagte er nur kleinlaut: »Danke, dass Sie gekommen sind, Admiral.« Eine weitere Abschirmung legte sich um den Raum, und das Netz bestätigte Sicherheitsstufe eins.

»Also, was haben Sie uns mitgebracht«, fragte der Admiral.

»Eine Theorie über die Dyson-Paar-Generatoren«, sagte Troblum. Er aktivierte den Netzknoten des Konferenzraums, sodass die anderen an den Daten und Projektionen in seinen Files teilhaben konnten, und begann seine Ausführungen.

Bei dem Dyson-Paar handelte es sich um zwei Sterne, die drei Lichtjahre weit voneinander entfernt waren und von gigantischen Kraftfeldern umschlossen wurden. Die Schutzbarrieren waren im Jahre 1200 A. D. von den Anomine errichtet worden, und das aus gutem Grund. Die Prime-Aliens, die sich bereits von ihrer Heimatwelt Alpha aus bis nach Beta ausgebreitet hatten, waren allem biologischen Leben außer ihrem eigenen krankhaft feindselig gesinnt. Der Starflyer war einer von ihnen gewesen, der der Gefangensetzung entgangen war und durch seine Manipulationen das Commonwealth dazu gebracht hatte, das Kraftfeld um Dyson Alpha zu öffnen. Die Folge war ein Krieg gewesen, bei dem mehr als fünfzig Millionen Menschen ihr Leben gelassen hatten. Schließlich war das Kraftfeld von Ozzie und Mark Vernon wieder aktiviert und dem Krieg damit ein Ende gesetzt worden, aber es war eine erschreckend knappe Sache gewesen. Seitdem wurden die beiden Sterne von der Navy ununterbrochen bewacht.

Jahrhunderte später, als die Raiel das Commonwealth aufforderten, sich auf Centurion Station an dem Projekt zur Beobachtung der Leere zu beteiligen, hatte die Ähnlichkeit zwischen den planetengroßen Abwehrsystemen, die überall im Wallsektor verteilt waren, und den Generatoren, die das Dyson-Paar-Kraftfeld erzeugten, unter den menschlichen Wissenschaftlern für Bestürzung gesorgt.

Bislang habe man angenommen, dass die Anomine über eine technologische Basis verfügten, die der der Raiel ebenbürtig sei. Genau das stelle er jedoch in Zweifel. Seine Analyse der Dyson-Paar-Generatoren zeige, dass sie in ihrer Konzeption nahezu identisch mit den DFs von Centurion Station seien.

»Was aber doch die Annahme bestätigt, oder nicht?«, wandte Yehudi ein.

»Ganz im Gegenteil«, erwiderte Troblum gelassen und fuhr mit seinen Ausführungen fort.

Die Heimatwelt der Anomine war von der Explorationsabteilung der Navy bereits mehrfach besucht worden. Als Spezies hatten sie sich schon vor zweitausend Jahren aufgespalten; der technologisch fortgeschrittenere Zweig vergeistigte zu postphysischem Dasein, während der Rest sich zu einer einfachen, rückwärts gewandten ländlichen Gesellschaft entwickelte. Obwohl sie sich Wurmlöcher nutzbar gemacht hatten und mit ihren Forschungsschiffen die Galaxis durchkreuzten, hatten sie nie mehr als nur rund ein Dutzend nahe gelegene Sternensysteme besiedelt, von denen nicht eines über nennenswerte astrotechnische Einrichtungen verfügte. Die verbliebenen ländlichen Gemeinschaften besaßen keinerlei Kenntnis über die Dyson-Paar-Generatoren, und die Postphysischen hatten den Kontakt zu ihren entfernten Verwandten schon vor langer Zeit eingestellt. Eine großflächige Durchforstung des Raumsektors mit Navy-Schiffen, um die Herstellungsstätte der Dyson-Paar-Generatoren ausfindig zu machen, war ergebnislos verlaufen. Bis jetzt waren menschliche Astroarchäologen davon ausgegangen, dass die stillgelegte Maschinerie irgendwo im leeren Raum vor sich hinmoderte oder schlichtweg verschollen war.

Angesichts der kolossalen Größenverhältnisse, mit denen man es zu tun habe, so setzte Troblum seinen Zuhörern weiter auseinander, sei weder die eine noch die andere These wirklich überzeugend. Erstens hätte es, so fortgeschritten sie auch waren, die Anomine wenigstens ein Jahrhundert gekostet, einen solchen Generator von Grund auf zu konstruieren, gar nicht zu reden von zwei dieser Maschinen. Man bedenke nur, so Troblum, wie lange die Higher brauchten, um Air zu errichten, und das bei einem nahezu unbegrenzten Kontingent an EMAs. Zweitens wurden die Generatoren schnell benötigt. Die Prime-Aliens auf Dyson Alpha hatten bereits angefangen, Unterlichtgeschwindigkeitsschiffe zu bauen, was der Grund dafür gewesen war, warum die Anomine sie eingeschlossen hatten.

Hätten die Prime ein Jahrhundert Zeit gehabt, in dem die Anomine wie verrückt an der Konstruktion geschuftet hätten, so wären sie bis zu jedem Stern innerhalb eines Radius von fünfzig Lichtjahren expandiert, bevor die Generatoren fertiggestellt gewesen wären.

»Also liegt der Schluss nahe«, sagte Troblum, »dass die Anomine sich einfach die bereits vorhandenen Systeme der Raiel vom Wall geschnappt haben. Alles, was sie dafür benötigten, war ein entsprechend großer Wurmlochgenerator, um sie zum Dyson-Paar zu transportieren. Und wir wissen, dass sie bereits die notwendige Basistechnologie dafür besaßen.« Er machte ein kleine Pause. »Mein Vorschlag wäre, dass die Navy im interstellaren Raum um das Dyson-Paar herum eine gründliche Suchaktion startet. Der oder die Anomine-Wurmlochantriebe könnten noch immer dort sein. Vor allem, wenn es sich um eine ›One-Shot‹-Vorrichtung gehandelt hat.« Erwartungsvoll schaute er den Admiral an.

Kazimir Burnelli wartete einen Augenblick, nachdem sich das letzte von Troblums Files geschlossen hatte. »Das größte, jemals bekannt gewordene Wurmloch wurde von den Prime gebaut, um über eine Distanz von fünfhundert Lichtjahren das Commonwealth zu überfallen«, sagte er schließlich.

»Ich weiß«, entfuhr es Troblum unwillkürlich. »Es wurde das Höllentor genannt.«

»Ah, demnach kennen Sie also Ihre Geschichte. Gut. Dann sollten Sie auch wissen, dass es lediglich einen Durchmesser von ein paar Kilometern besaß. Kaum groß genug, um die Barrieregeneratoren zu transportieren.«

»Ja, aber ich rede über eine gänzlich neue Art von Wurmlochantriebstechnologie. Über ein Wurmloch, das keinen entsprechend großen Generator benötigt: Man überträgt den Exotische-Materie-Effekt einfach auf die erforderliche Größe.«

»Davon hab ich noch nie etwas gehört.«

»Es wäre auf der Basis dessen, was wir über die Wurmlochtheorie wissen, problemlos möglich, Admiral.«

»Problemlos?« Kazimir Burnelli wandte sich an Mykala. »Captain?«

»Ich denke, es wäre unter Umständen machbar«, sagte Mykala. »Aber ich müsste die Exotische-Materie-Theorie erst nochmals prüfen, bevor ich etwas Näheres dazu sagen kann.«

»Ich arbeite bereits an einer Methode«, platzte Troblum heraus.

»Irgendwelche Erfolge?«, fragte Mykala.

Troblum hatte den Verdacht, dass ihre Frage spöttisch gemeint war, konnte ihren Tonfall jedoch nicht ganz deuten. »Ich mache Fortschritte, ja. Rein theoretisch ist der Durchmesser mit Sicherheit kein Hindernis. Es ist alles nur eine Frage der verfügbaren Energie.«

»Um einen Dyson-Barriere-Generator durch die halbe Galaxis zu schicken, bräuchten Sie mindestens eine Nova«, sagte Mykala.

Nun war Troblum sicher, dass sie sich über ihn lustig machte. »Nein, so viel Energie ist wohl nicht nötig«, erwiderte er. »Wie dem auch sei, wenn sie die Generatoren auf ihrem Heimatplaneten oder in dessen Nähe gebaut haben, hätten sie immer noch ein Transportsystem gebraucht, oder nicht? Wenn sie sie an Ort und Stelle konstruiert haben, was ich sehr bezweifle, wo ist dann die Baustelle? Etwas in dieser Größenordnung hätten wir schon längst entdeckt. Ich sage, diese Generatoren sind von dort weggeschafft worden, wo immer die Raiel sie ursprünglich aufgestellt hatten.«

»Sofern sie nicht von ihren postphysischen Vertretern hergestellt wurden«, wandte Mykala ein. »Wer weiß schon, welche Fähigkeiten sie haben oder hatten.«

»Tut mir leid, aber in diesem Punkt muss ich Troblum zustimmen«, ergriff Eoin das Wort. »Wir wissen, dass die Anomine den postphysischen Zustand erst nach der Errichtung der Dyson-Barrieren erreicht haben, etwa hundert oder hundertfünfzig Jahre später.«

»Genau«, sagte Troblum triumphierend. »Sie mussten mit

einem Technologielevel vorliebnehmen, das de facto dem unseren entspricht. Irgendwo da draußen im interstellaren Raum befindet sich ein aufgegebenes Antriebssystem, das in der Lage ist, Objekte von der Größe von Planeten zu bewegen. Wir müssen es finden, Admiral. Ich habe unter Berücksichtigung der Möglichkeiten moderner Navy-Explorationsschiffe bereits eine Suchmethode ausgearbeitet, die ich Ihnen gerne –«

»Erlauben Sie, dass ich Sie hier unterbreche«, fiel ihm Kazimir Burnelli ins Wort. »Troblum, was Sie uns bis jetzt geliefert haben, ist eine äußerst überzeugende Hypothese. So überzeugend, dass ich Ihre Zahlen und Fakten umgehend an das Prüfungskomitee einer höheren Dienststelle weiterleiten werde. Sollte dessen Beurteilung positiv ausfallen, so werden Sie und ich uns über die Möglichkeiten der Navy bezüglich einer Untersuchung dieser Angelegenheit unterhalten. Und glauben Sie mir, das ist für heutige Verhältnisse schon eine ziemlich beschleunigte Vorgehensweise, okay?«

»Aber Sie könnten genehmigen, dass die Explorationsabteilung schon einmal mit der Suche beginnt. Die Befugnis dazu hätten Sie.«

»Ja, die hätte ich wohl. Aber ohne einen guten Grund mache ich sie nicht geltend. Was Sie uns dargelegt haben, ist mehr als ausreichend, um eine ernsthafte Untersuchung in die Wege zu leiten. Wir werden den vorgeschriebenen Weg einhalten. Sollte sich am Ende erweisen, dass Sie recht haben –«

»Natürlich habe ich, verdammt noch mal, recht«, platzte Troblum heraus. Ihm war durchaus klar, dass er sich nicht ganz angemessen verhielt, doch sein Ziel war so nah. Er hatte angenommen, dass das unerwartete Erscheinen des Admirals bedeutete, die Suche könne sofort beginnen. »Ich selbst verfüge nicht über genügend EMAs für so viele Schiffe, deshalb soll sich ja die Navy an der Sache beteiligen.«

»Eine Privatperson hätte auch gar nicht die Möglichkeit, eine solche Suchaktion durchzuführen«, entgegnete Kazimir.

»Der Raum um das Dyson-Paar ist nach wie vor Sperrgebiet. Dies ist eine Angelegenheit für die Navy.«

»Sicher, Admiral«, murmelte Troblum. »Das verstehe ich.« Was er tatsächlich tat. Doch minderte dies keineswegs seinen Ärger über die Mühlen der Bürokratie, die nun zu mahlen begannen.

»Wie ich sehe, haben Sie Ihre Ergebnisse hinsichtlich dieser Idee eines ›One-Shot‹-Wurmlochantriebs noch gar nicht beigefügt«, wandte Mykala ein. »Da weist ihr Plan eine erhebliche Lücke auf, wie mir scheint.«

»Die Arbeit daran befindet sich noch in einem sehr frühen Stadium«, erwiderte Troblum, was allerdings nicht ganz der Wahrheit entsprach. Er hatte diesen Teil seines Projekts zurückgehalten, eben weil er so nahe vor einem Erfolg stand. Es war als sein letztes Argument gedacht gewesen, für den Fall, dass die Präsentation nicht gut verlaufen wäre. Was sie in gewisser Weise ja auch nicht war. Aber ... »Ich hoffe, Ihnen schon bald positive Resultate vorlegen zu können.«

»Daran wäre ich wirklich sehr interessiert«, sagte Kazimir und zauberte zum Abschluss ein Lächeln auf sein Gesicht, das ihn um Jahrhunderte jünger aussehen ließ. »Danke, dass Sie uns all dies mitgeteilt haben. Und ich weiß die Mühe und Arbeit, die Sie sich gemacht haben, wirklich zu schätzen.«

»Ich auch«, erwiderte Troblum schroff. Schweigend wartete er, während sich die Abschirmung abschaltete und die anderen das Zimmer verließen. Am liebsten hätte er dem Admiral hinterhergeschrien: *Deine Mutter hat ihre Entscheidungen immer ohne ein Komitee, das sie am Händchen gehalten hat, getroffen; was deinen Großvater betrifft und was er von der Meinung anderer hielt, so ...*

Stattdessen stieß er nur verärgert die Luft aus und verschloss die Files wieder in seiner Speicherlakune. Es war immer riskant, einem Idol zu begegnen. Zu wenige wurden ihrer eigenen Legende gerecht.

Draußen stieg das erste Licht des kühlen Morgens auf, als der Delivery Man von seiner jüngsten Tochter geweckt wurde. Wieder einmal hatte Klein Rosa entschieden, dass fünf Stunden Schlaf für sie völlig ausreichend waren. Nun saß sie aufrecht in ihrem Kinderbettchen und schrie nach Aufmerksamkeit. Und nach Milch. Neben ihm regte sich Lizzie und schien aus einem tiefen Schlaf emporzukommen. Bevor sie am Ende noch ganz erwachte, schwang er sich aus dem Bett und eilte den Flur entlang zum Kinderzimmer hinüber. Wenn er sich nicht beeilte, würden Tilly und Elsie aufwachen, und dann wäre für alle hier die Nacht zu Ende.

Hinter ihm schwebte der pädiatrische Hausbot durch die Kinderzimmertür herein, ein simpler Ovoid von knapp über einem Meter Größe. Durch ihre neutralgraue Außenhülle brachte die mechanische Amme Rosas Milchfläschchen zum Vorschein. Sowohl er wie auch seine Frau Lizzie hassten die Vorstellung, das Kind allein der Obhut einer Maschine zu überlassen, auch nicht einer so hoch entwickelten wie dem Hausbot. Also setzte er sich mit der Kleinen in den großen Sessel, der neben dem Kinderbettchen stand, und begann, sie zu füttern. Mit einem anbetungswürdigen Lächeln, das sich um die Nuckelöffnung herum ausbreitete, drückte sich Rosa fester in seine Arme. Der Hausbot fuhr einen Schlauch aus, steckte ihn auf das entsprechende Gegenstück an ihrer Nachtwindel und saugte die während des Schlafs ausgeschiedene Körperflüssigkeit ab. Glücklich winkte Rosa der Maschine hinterher, als sie aus dem Kinderzimmer glitt.

»Iesehn«, gurrte sie und trank weiter.

»Wiedersehen«, verbesserte sie der Delivery Man. Mit ihren siebzehn Monaten fing Rosa gerade erst an, einen Wortschatz zu bilden. Die biononischen Organellen in ihren Zellen waren, abgesehen davon, dass sie sich selbst reproduzierten, um, während sie heranwuchs, ihre neuen Zellen zu ergänzen, quasi noch inaktiv. Umfangreiche Forschungen hatten gezeigt, dass es für einen Higher-Geborenen besser war, der Entwicklung bis etwa zum Einsetzen der Pubertät ihren natürlichen Lauf zu lassen. Danach konnten die Biononics wie vorgesehen genutzt werden. Eine ihrer Funktionen bestand beispielsweise darin, den Körper so zu verändern, wie immer ihr Wirt dies wünschte. Er war sich immer noch nicht ganz sicher, ob es eine so gute Idee war, Teenagern die uneingeschränkte Macht über ihre Physiologie zu überlassen. Immer wieder kam es aufgrund dessen zu ernsthaften, selbst verschuldeten Patzern. Er selbst konnte sich noch gut an die Zeit erinnern, als er vierzehn gewesen war und sich fürchterlich in ein siebzehnjähriges Mädchen verknallt hatte. Also hatte er versucht, seine Genitalien zu *veredeln*. Es waren fünf ungeheuer peinliche Fahrten zu einem Spezialarzt für biononische Eingriffe nötig gewesen, bis er die schmerzhaften abnormalen Geschwulste wieder los gewesen war.

Als Rosa zu Ende getrunken hatte, trug er sie nach unten. Er und Lizzie bewohnten ein klassisches georgianisches Stadthaus in Londons Holland Park District. Es war vor dreihundert Jahren mit modernster Technik restauriert worden, um von der alten Bausubstanz so viel wie möglich zu erhalten, ohne auf Stabilisierungsfelder zurückgreifen zu müssen. Um die Inneneinrichtung hatte sich Lizzie gekümmert, und das Ergebnis war eine geschmackvolle Mischung aus Möbeln und Gebrauchsgegenständen geworden, die aus der Mitte des 20. Jahrhunderts bis hin zum 27. Jahrhundert stammten, als die Replikationsfabriken von ANA die Weiterentwicklung menschlichen Designs auf der Erde praktisch zum Erliegen gebracht hatten. Zwei zusätzliche, geräumige Kellergeschosse waren hinzugekommen, was ihnen, zusammen mit all den Tanks und Zusatzsystemen, die die Kücheneinheit und den Haushaltsreplikator versorgten, einen Innenswimmingpool sowie einen Fitnessbereich beschert hatte.

Er nahm Rosa mit in den stattlichen, mit Eisenverstrebungen eingefassten Wintergarten, wo in großen Weidenkörben ihre Spielsachen verstaut waren. Draußen hatte der Februar seinen gewohnt frostigen Morgen zelebriert und die Außenseite der Glasscheiben mit schnörkeligen Eismustern geschmückt. Der einzige Farbklecks, der derzeit das Auge im Garten erfreute, war der winterblühende Kirschbaum am gekrümmten Ufer jenseits des gefrorenen Fischteichs.

Als eine Stunde später Lizzie die Treppe herunterkam, fand sie ihn und Rosa auf dem geheizten Plattenfußboden des Wintergartens sitzend und mit Leuchtbauklötzen spielend vor. Die siebenjährige Tilly und die fünfjährige Elsie folgten ihrer Mutter auf dem Fuße und begrüßten freudig ihre jüngere Schwester. Die kam sogleich eilig und mit ausgestreckten Armen auf sie zugetapst, dabei unentwegt in ihrer unverständlichen, doch aufgeregten eigenen Sprache plappernd. Gemeinsam begannen die drei Mädchen, einen Turm aus den Klötzen zu bauen; je höher er wurde, umso schneller wirbelten die Farben.

Der Delivery Man gab Lizzie einen flüchtigen Kuss und befahl der Kücheneinheit, etwas zum Frühstück zuzubereiten. Lizzie ließ sich an dem runden Holztisch in ihrer Küche nieder. Als Spezialistin für Antike und altertümliche Kultur fand sie Gefallen an der altmodischen Vorstellung von einem Raum eigens zum Kochen. Obwohl völlig überflüssig, hatte sie einen massiven eisernen Küchenherd aufgestellt, als sie vor zehn Jahren eingezogen waren. Im Winter verwandelte dessen behagliche Wärme die Küche in den Maschinenraum des Hauses. Hier hielten sie ihre Familienversammlungen ab. Manchmal benutzte Lizzie den Herd sogar, um etwas zu kochen oder zu backen, das sie und die Mädchen aus Zutaten fabrizierten, die die Speisekammer hervorgezaubert hatte. Das letzte Mal war es Tillys Geburtstagskuchen gewesen.

»Tilly hat heute Schwimmen«, sagte Lizzie, während sie an einer großen Porzellantasse mit Tee nippte, die ihr ein Hausbot gereicht hatte.

»Schon wieder?«, fragte er.

»Sie ist schon viel sicherer geworden. Es liegt wohl an ihrem neuen Lehrer. Er ist ziemlich gut.«

»Schön.« Der Delivery Man nahm das Croissant von seinem Teller und begann es aufzureißen. »Mädchen«, rief er. »Kommt her und setzt euch. Und bringt Rosa mit.«

»Sie will nicht«, rief Elsie augenblicklich zurück.

»Muss ich erst rüberkommen und euch holen?« Er wich Lizzies Blick aus. »Ich werde für ein paar Tage fort sein.«

»Was Interessantes?«

»Es gibt Anschuldigungen, nach denen einige Unternehmen auf Oronsay in den Besitz der Technologie für Stufe-drei-Replikatoren gelangt sein sollen«, sagte er. »Ich muss ihre Produkte ein paar Tests unterziehen.«

Sein augenblicklicher Job bestand darin, die Verbreitung von Higher-Technologie auf den Externen Welten zu überwachen. Hinsichtlich dieser Entwicklung waren die Externen ausgesprochen empfindlich geworden. Die Hardliner unter den Protektoratspolitikern sahen darin den ersten Akt einer kulturellen Kolonisierung, den es zu verhindern galt. Andererseits versuchten Industrielle auf den Externen Welten, an technologisch immer ausgereiftere Fertigungssysteme zu kommen, um ihre Kosten zu dämpfen. Und mindestens ebenso scharf waren radikale Higher darauf, sie ihnen zu liefern, war dies in ihren Augen doch der erste wichtige Schritt, um einen Planeten zu einer Higher-Kultur zu entwickeln. Seine Aufgabe war es nun, im Auftrag von ANA:Regierung darüber zu befinden, welche Intention sich hinter den beschafften Replikatorsystemen verbarg. Stellte sich heraus, dass die Unternehmen von radikalen Highern unterstützt wurden, schaltete er die Systeme diskret ab und setzte sie außer Funktion. Sein Hauptproblem bestand darin, eine objektive Entscheidung zu treffen; Higher-Technologien fanden zwangsläufig in dem gleichen Maße ihre Wege aus den Zentralen Welten heraus, wie die Externen Welten neue Planeten in den Randgebieten ihres Herrschaftsbereichs besiedelten. Die Trennlinie zwischen Zentral und Extern war, gelinde gesagt, nicht immer eindeutig zu ziehen, und einige Externe Welten machten öffentlich keinen Hehl daraus, wie sehr sie den Wechsel zu einem Higher-Status begrüßten. Der Ort spielte bei seiner Entscheidung stets eine große Rolle. Oronsay beispielsweise war mehr als hundert Lichtjahre von den Zentralen Welten entfernt, was die Möglichkeit, dass die Technologie lediglich durchgesickert war, so gut wie ausschloss. Wenn es dort Replikatoren gab, hatten entweder Radikale sie nach dorthin verhökert oder eine besonders raffgierige Firma hatte sie dorthin geschafft.

Lizzie hob die Augenbrauen. »Echt? Was für Produkte?«

»Raumschiffkomponenten.«

»Nun, die sollten ihnen doch im Augenblick ganz gelegen kommen da draußen. Ziemlich einträgliche Sache, könnte ich mir denken.«

Er konnte ihre leichte Belustigung durchaus verstehen. In den letzten Tagen hatte es auf Ellezelin einen wahren Ansturm von Vertretern der Raumschiffindustrie gegeben, die allesamt ganz versessen darauf waren, mit dem neuen Kleriker-Conservator ein Geschäft abzuschließen.

Die Mädchen kamen hereingeflitzt und setzten sich an den Tisch; Rosa kletterte auf den Wildlederpilz aus dem fünfundzwangigsten Jahrhundert, der ihr als Nesthäkchen-Sitz diente. Er veränderte die Form, umfasste sie fest genug, sodass sie nicht herunterfallen konnte, und dehnte seine Höhe nach oben hin aus, um sie auf eine Ebene mit der Tischplatte zu bringen. Entzückt klatschte Rosa in die Hände, als sie sich zu ihrer Familie emporgehoben sah. Elsie schob ihr feierlich eine Schale mit Honigpops hin, nach denen das Kind unverzüglich grabschte. »Aber nicht wieder alle ausschütten«, ermahnte Elsie sie streng.

Rosa gluckste ihre Schwester nur glücklich an.

»Daddy, wirst du uns zur Schule teleportieren?«, fragte Tilly mit hoher und bettelnder Stimme.

»Du weißt doch, dass ich das nicht tun werde«, erklärte ihr der Vater. »Also frag nicht.«

»Och bitte, Daddy, *bitte.*«

»Au ja, Daddy«, mischte Elsie sich ein. »Bitte portieren. Ich find das so toll. Ganz super irre toll.«

»Das kann ich mir vorstellen. Aber ihr nehmt den Bus. Teleportieren ist eine ernst zu nehmende Sache.«

»Die Schule ist ernst zu nehmend«, hakte Tilly sofort nach. »Das sagst du doch immer.«

Lizzie lachte leise.

»Das ist etwas völlig –«, begann er. »Okay, ich sag euch, was wir machen. Wenn ihr euch anständig benehmt, während ich fort bin – *und nur dann* – teleportiere ich euch am Donnerstag zur Schule.«

»Yippieh!«, rief Tilly aus. Aufgeregt hüpfte sie auf ihrem Stuhl auf und ab.

»Aber ihr müsst absolut brav sein. Und denkt daran, ich kriege alles raus. Eure Mutter wird es mir berichten.«

Augenblicklich bombardierten beide Mädchen Lizzie mit einem riesigen Lächeln.

Nach dem Frühstück düsten die Mädchen ins Badezimmer, um sich die Haare zu waschen und zu bürsten; bei Elsies langer, roter Mähne brauchte sie eine halbe Ewigkeit, um sie zu entwirren. Währenddessen kontrollierten ihre Eltern die Hausaufgabenmappen, um sich zu vergewissern, dass alles erledigt worden war, und die Hausbots legten die Schuluniformen bereit.

Eine halbe Stunde später senkte sich vor dem Haus der Bus hinab, eine längliche, türkisfarbene Regravkapsel, die nun über dem Grünstreifen schwebte, wo vor Jahrhunderten einmal die Straße hergeführt hatte. Der Delivery Man brachte seine Töchter hinaus. Beide trugen einen Umhang über ihren roten Jacken, dessen schützendes graues Flimmern die kalte, feuchte Luft von ihnen abhielt. Er überzeugte sich ein letztes Mal, dass Tilly ihre Schwimmsachen eingepackt hatte, gab beiden zum Abschied einen Kuss und winkte ihnen hinterher, während der Bus rasch wieder an Höhe gewann. Die Sache mit der gemeinsamen Fahrt zur Schule diente allein dem Zweck, das Gemeinschaftsgefühl der Kinder zu fördern und führte gewissermaßen nur das Grundkonzept der Schule fort, die kaum mehr war, als ein organisiertes Spiel- und Freizeitzentrum. Die eigentliche Erziehung würde erst dann beginnen, wenn ihre Biononics wirksam wurden. Dennoch versetzte es ihm einen kleinen Stich, sie am grauen Horizont verschwinden zu sehen. Es gab nur eine Schule in London, in Dulwich Park, südlich der Themse. Bei einer Gesamteinwohnerzahl von gerade Hundertfünfzigtausend hatte die Stadt für weitere Schulen keinen Bedarf. Selbst für Higher-Verhältnisse war die Anzahl an Kindern außerordentlich gering; doch die Erdenbewohner waren für ihre Zurückhaltung bekannt. Seit die Erde zum ersten echten Higher-Planeten geworden war, war ihre Bevölkerungszahl kontinuierlich gesunken. Zu Beginn der Higher-Kultur, als Biononics verfügbar wurden und ANA ihren Betrieb aufgenommen hatte, war das Einwohnerdurchschnittsalter das höchste im ganzen Commonwealth gewesen. Die Älteren vollzogen den Download, während die Jüngeren, die für den Übergang in einen postphysischen Zustand noch nicht bereit waren, auf die Zentralen Welten auswanderten, bis sie beschlossen, ihr biologisches Leben zu beenden. Die Folge war eine kleine Restbevölkerung mit einer außergewöhnlich niedrigen Geburtenrate.

Der Delivery Man und Lizzie stellten mit ihren drei Kindern eine bemerkenswerte Ausnahme dar. Aber andererseits hatten sie ihre Eheschließung auch registrieren lassen und in einer alten Kirche mit Freunden als Trauzeugen eine richtige Feier begangen. Von einer Externen Welt, auf der es immer noch eine funktionierende Religion gab, war sogar eigens ein christlicher Priester hergebracht worden. Es war alles ganz genau so abgelaufen, wie Lizzie es sich gewünscht hatte. Sie liebte die alten Traditionen und Rituale. Nicht genug natürlich, um tatsächlich schwanger zu werden; die Mädchen waren ausnahmslos in Wombtanks ausgetragen worden.

»Sei vorsichtig auf Oronsay«, sagte sie zu ihm, als er sein Gesicht im Badezimmerspiegel musterte. Es war, wie er zugeben musste, ziemlich flach, mit einem breiten Kinn und mit Augen, um die herum sich jedes Mal, wenn er lächelte oder die Stirn runzelte, alles in Falten legte. Die Falten blieben, unabhängig davon wie viele Anti-Alterungstechniken, Advancer oder Higher, auf die entsprechenden Hautbereiche auch angewandt wurden. Seine Advancer-Gene hatten dem drahtartigen, lehmroten Haar eine enorme Wachstumsgeschwindigkeit mitgegeben, die Elsie von ihm geerbt hatte. Die Haarfollikel im Gesicht hatte er mittels Biononics modifiziert, sodass er nicht mehr zweimal am Tag Enthaarungsgel auftragen musste. Doch diese Methode war mitnichten perfekt; jede Woche musste er sein Kinn inspizieren und Gel auf den widerspenstigen Fünf-Uhr-Bartschatten tupfen. Ein Schatten, der eher einem Fünf-Uhr-Placken glich, wie Lizzie behauptete.

»Bin ich doch immer«, versicherte er ihr. Er zog seinen neuen Togaanzug an und wartete, bis dieser sich um ihn gelegt hatte. Sein Oberflächenschleier trat hervor, ein dunkles Smaragdgrün gesprenkelt mit silbernen Funken. Ziemlich stylish, wie er fand.

Lizzie, die niemals irgendwelche Kleidung trug, deren Design einer späteren Zeit als dem 22. Jahrhundert entstammte, bedachte ihn mit einem leicht missbilligenden Blick. »Wenn es so weit von den Zentralen Welten entfernt ist, steckt bestimmt ein Vorsatz dahinter.«

»Ich weiß. Ich werd schon auf mich aufpassen, ich versprech's.« Er küsste Lizzie, um sie zu beruhigen, und versuchte die Schuldgefühle zu ignorieren, die wie ein langsam wirkendes Gift seine Gedanken besudelten. Aufmerksam forschte sie in seinem Gesicht, offensichtlich überzeugt von seiner Aufrichtigkeit, was die Lüge nur umso schlimmer machte.

Er hasste diese Momente, in denen er ihr nicht sagen konnte, was er tatsächlich tat.

»Du hast da was übersehen«, sagte sie gut gelaunt und tippte mit dem Zeigefinger an sein linkes Kinn.

Er schaute in den Spiegel und grunzte verärgert. Sie hatte recht, wie immer.

Wenig später stand der Delivery Man aufbruchbereit in der Diele und schaute Lizzie an, die eine zappelnde Rosa auf ihren Armen hielt. Er hob zum Abschied die Hand und aktivierte seine Feldinterface-Funktion. Sofort stellte die eine Verbindung mit der T-Sphäre der Erde her und er gab seine Ausreisekoordinaten an. Das integrale Kraftfeld baute sich auf, um seine Haut zu schützen. Dann wurde er von der erschreckenden, Respekt einflößenden Leere des Parallelverschiebungskontinuums verschlungen, die jegliche Wahrnehmung auslöschte. Es war diese eine, endlos lange Mikrosekunde, die er so hasste. All seine biononischen Enrichments sagten ihm, dass absolut nichts ihn umgab, nicht einmal ein Rest der Quantensignatur seines eigenen Universums. Während sein Gehirn nach irgendeinem Reiz schrie, dehnte sich die Zeit zu einer qualvollen Ewigkeit aus.

Flimmernd erstand um ihn herum Eagles Harbour. Die gigantische Station schwebte siebzig Kilometer über Südengland; eine von hundertfünfzig identischen Stationen, die zwischen sich die planetare T-Sphäre erzeugten. ANA:Regierung hatte sie aus einer Laune heraus, die man für gewöhnlich nicht mit ihr assozierte, in Form von mythologischen fliegenden Untertassen mit sieben Kilometern Durchmesser konstruiert.

Er materialisierte in einem kavernenartigen Empfangscenter am äußeren Rand der Station. Es wurde nur von wenigen anderen Personen benutzt, und die schenkten ihm keine besondere Beachtung. Vor ihm erhob sich eine gewaltige transparente Hüllensektion aus dem Boden, wölbte sich in die Höhe und gab den Blick auf die gesamte südliche Landeshälfte frei. London befand sich fast direkt unter ihm, von trägen Nebelfeldern verhüllt, die sich über die Stadt wälzten wie weißer Schlamm. Das letzte Mal, als er und Lizzie mit den Kindern hierherauf gekommen waren, war es ein klarer, sonniger Tag gewesen. Sie hatten sich an der Stationsaußenhülle die Nasen platt gedrückt, während Lizzie sie auf die historischen Orte aufmerksam gemacht und etwas über die Ereignisse erzählt hatte, aufgrund derer sie von Bedeutung waren. Sie hatte ihnen erklärt, dass die Stadt inzwischen wieder auf die gleiche Größe geschrumpft war, die sie Mitte des achtzehnten Jahrhunderts gehabt hatte. Angesichts der zurückgehenden Planetenbevölkerung hatte ANA:Regierung entschieden, dass es einfach zu viele Gebäude gab, um sie alle zu bewahren. Allein das Alter machte sie nicht zwangsläufig auch wichtig. Die historischen öffentlichen Gebäude in Londons Stadtkern waren erhalten worden, neben einigen anderen, die man für architektonisch oder kulturell wertvoll befunden hatte. Aber was die Wohnhäuser in den ausufernden Vorstädten betraf ... hier gab es Hunderttausende von Beispielen jedweder Art aus jeder Epoche. Die meisten von ihnen waren quer über das ganze Greater Commonwealth an diverse Privatpersonen oder Institutionen verschenkt oder verschachert worden, während die, die niemand haben wollte, einfach abgerissen worden waren.

Der Delivery Man warf einen letzten, sehnsüchtigen Blick hinab auf die nebelverhangene Stadt, von beinahe auf ein schmerzhaftes Maß anwachsenden Schuldgefühlen geplagt. Aber er konnte Lizzie niemals erzählen, was er eigentlich tat; sie wünschte sich Stabilität für ihre hübsche, kleine Familie. Und das mit Recht.

Nicht, dass irgendein Risiko damit verbunden wäre, sagte er sich jedes Mal, wenn er zu einem Einsatz aufbrach. Wirklich nicht. Nun ja, jedenfalls kein großes. Und falls tatsächlich mal etwas schiefgehen sollte, würde seine Fraktion ihn wahrscheinlich in einem neuen Körper wiederbeleben und nach Hause zurückschicken, bevor seine Frau irgendeinen Verdacht schöpfen konnte.

Er kehrte London den Rücken und begab sich durch die verlassene Halle des Empfangscenters zu einer der Transitröhren auf der anderen Seite. Sie saugte ihn ein wie ein alter Vakuumschlauch, trieb ihn voran ins Zentrum von Eagles Haven, wo sich die interstellare Wurmlochendstelle befand. Die geringe Zahl von Reisenden überraschte ihn ein wenig, es waren nicht mehr Passagiere auf der Station als sonst. Er hatte erwartet, hier wesentlich mehr Higher anzutreffen, die sich auf ihrer geistigen Migration zu ANA befanden. Zweifellos hatte Living Dream unter den Externen Welten politisch einiges in Aufruhr gebracht. Die Zentralen Welten betrachteten die ganze Pilgerfahrt-Sache mit der üblichen Verachtung. Dennoch wurde auch auf ihren politischen Versammlungen eine gewisse Sorge laut, wie die große Anzahl von Menschen bewies, die teilnahmen, um ihre Meinung vorzubringen.

Es war eine Tatsache, dass mit Ethans Aufstieg zum Kleriker-Conservator unter den ANA-Fraktionen ein wildes Taktieren um Einflussnahme eingesetzt hatte, da jede von ihnen das Greater Commonwealth nach den eigenen Vorstellungen gestalten wollte. Er vermochte nicht zu sagen, welches Lager am meisten von der Wahl profitieren würde; es waren so viele, und ihre internen Gefolgschaften zudem reichlich ungewiss, um nicht zu sagen trügerisch. Es war ein geflügeltes Wort, dass es innerhalb von ANA so viele Fraktionen gab, wie ex-physische Menschen in ihr existierten; bislang war ihm dahingehend noch kein überzeugender Gegenbeweis untergekommen. Die Folge waren Gruppierungen wie jene, welche die physischen Menschen isolieren und nicht länger etwas mit ihnen zu tun haben wollten (einige Anti-Tier-Extremisten plädierten dafür, sie am besten gleich ganz auszurotten), oder solche, die im Gegensatz dazu danach trachteten, alle Menschen, ob ANA oder physisch, in einen transzendentalen Zustand zu erheben.

Der Delivery Man erhielt seine Aufträge von einer Fraktionsallianz, die im Wesentlichen konservativ eingestellt war und die Dinge möglichst so belassen wollte, wie sie waren – obwohl die Frage, wie dies am besten zu bewerkstelligen sei, Gegenstand anhaltender und heftiger interner Debatten war. Er tat die

Arbeit, weil er die Einstellung seiner Auftraggeber teilte. Wenn er sich irgendwann einmal downloadete, in ein paar Jahrhunderten vielleicht, dann wären sie diejenigen, denen er sich anzuschließen gedachte. Bis dahin agierte er im materiellen Commonwealth als einer ihrer inoffiziellen Vertreter.

Die Stationsendstelle war eine einfache kugelförmige Halle, die eine Sphäre von fünfzig Metern Durchmesser beherbergte. Ihre Oberfläche glühte von dem funkelnden Blau der Cherenkov-Strahlung, hervorgerufen von der exotischen Materie, die die Stabilität des Wurmlochs aufrechterhielt.

Er schlüpfte durch die sanfte Photonenschicht und trat im gleichen Moment aus der Außenmembran einer entsprechenden Sphäre auf St Lincoln heraus. Nach wie vor war der alte Industrieplanet ein Hauptproduktionsstandort der Zentralen Welten und hatte seinen Status als Dreh- und Angelpunkt für das lokale Wurmlochnetzwerk behauptet.

Von St Lincoln nahm er eine Transitröhre zum Wurmloch nach Lytham, eine der am weitesten von der Erde entfernten Zentralen Welten; ihr Wurmlochterminus endete am Hauptsternenhafen. Nur die Zentralen Welten waren durch ein althergebrachtes Wurmloch-Netzwerk verbunden. Die Externen Welten legten viel zu viel Wert auf ihre kulturelle und wirtschaftliche Eigenständigkeit, um auf solch unmittelbare Weise an die Zentralen Welten angeschlossen zu sein. Abgesehen von einigen wenigen Ausnahmen erfolgte das Reisen zwischen ihnen nur mit dem Raumschiff.

Eine zweisitzige Kapsel brachte den Delivery Man zu dem Schiff, das ihm zugeteilt worden war. Langsam glitt er zwischen zwei langen Reihen von parkenden Raumschiffen hindurch. Ihre Größe reichte von schnittigen, nadelförmigen Vergnügungskreuzern bis hin zu hundert Meter langen Passagierlinern, die imstande waren, Reiserouten von bis zu hundert Lichtjahren zu fliegen. Die meisten von ihnen waren mit Hyperantrieb ausgestattet; obwohl einige der größeren Handelsschiffe auch Kontinuitäts-Wurmlochgeneratoren benutzten, die zwar langsamer, aber dafür bei Kurzstreckenflügen zu benachbarten Sternen weitaus ökonomischer waren. Nirgendwo auf dem gesamten Feld war ein einziges Frachtschiff zu sehen; Lytham war eine Higher-Welt, sie produzierte keine Konsumartikel und führte auch keine ein.

Die *Artful Dodger* stand ganz hinten in der Reihe. Ein erstaunlich gedrungener, fünfundzwanzig Meter in die Höhe ragender violetter Ovoid auf fünf tumorähnlichen Bulbi, die seine lang gestreckte Basis drei Meter über der Betonpiste hielten. Die Rumpfoberfläche war nichtssagend und glatt und ließ keinerlei Rückschlüsse zu auf das, was sich unter ihr verbarg. Die *Artful Dodger* wirkte wie ein typisches ziviles Hyperantriebsschiff einer betuchten Privatperson, einer Firma der Externen oder eines Higher-Ratsmitglieds mit diplomatischen Privilegien. Am anderen Ende des Felds stand ein unansehnlicher Metallturm mit mehreren dünnen Schläuchen, von denen zwei in der Serviceöffnung des Raumschiffs steckten, um die Synthesetanks mit Basischemikalien zu befüllen.

Der Delivery Man schickte die Kapsel wieder zurück ins Empfangsgebäude und trat unter das Schiff. Sein U-Shadow sprach den Smartcore des Raumers an und verifizierte seine Identität – eine komplexe Abfolge von Codes und DNA-Überprüfungen –, bevor der Smartcore schließlich bestätigte, dass er autorisiert war, das Kommando zu übernehmen. Gleichzeitig öffnete sich in der Mitte des Schiffsunterbaus eine Luftschleuse, die sich nach oben hin zu einem finsteren Tunnel ausdehnte. Die Schwerkraft um ihn herum nahm ab, kehrte sich allmählich um und zog ihn hinein. In einer Einzelkabine in der Mittelsektion kam er wieder heraus. Sie wirkte völlig neutral, eine niedrige Hemisphäre aus dunklem Material, das sich porös anfühlte, als er es berührte. Über ihm fiel aus schmalen Lamellen gedämpftes blaues Licht herein, das ihm erlaubte, etwas mehr zu erkennen. Unter seinen Füßen schloss sich die Luftschleuse. Lächelnd sah er sich in der leeren Kabine um, spürte die Kraft, die sich hinter den Zwischenwänden verbarg. Fast schien es, als würde das Raumschiff auf einer triebhaften Ebene Besitz von ihm ergreifen, als würde es all die Überlegenheit und Besonnenheit, die einen Higher ausmachten, schlicht unterlaufen. Er genoss die Macht, über die er verfügte, die Freiheit, durch die Galaxis zu fliegen. Das hier war Befreiung pur.

Die Mädchen würden es lieben, einmal in diesem Ding mitzufliegen.

»Gib mir eine Sitzmöglichkeit«, befahl er dem Smartcore, »regel' das Licht höher und aktiviere die Flugkontrollfunktionen.«

Aus dem Boden wuchs eine Akzelerationscouch, während die Lamellen sich aufhellten und ein kompliziertes Muster aus schwarzen Linien offenbarten, das die Kabinenwände überzog. Der Delivery Man nahm Platz. Exoimages poppten auf und zeigten ihm den Schiffstatus an. Sein U-Shadow holte bei der Raumhafenleitung die Startgenehmigung ein und er legte einen Flugkurs nach Ellezelin fest, zweihundertfünfzehn Lichtjahre entfernt. Draußen zogen sich die Versorgungsschläuche wieder in ihren Metallturm zurück.

»Auf geht's«, befahl er dem Smartcore.

Kompensationsgeneratoren hielten eine gleichbleibende Schwerkraft in der Kabine aufrecht, als die *Artful Dodger* sich mittels Regrav erhob. In einer Höhe von fünfzig Kilometern, der maximalen Leistungsgrenze des Regrav-Antriebs, schaltete der Smartcore auf Ingrav um, und das Schiff beschleunigte raumwärts.

Der Delivery Man begann mit der Innenausstattung herumzuexperimentieren und ließ aus den Kabinenwänden Raumtrenner und Einrichtungsgegenstände wachsen. Die schwarzen Linien zerflossen und erblühten zu einer Vielzahl von Innenlayouts, die es erlaubten, bis zu sechs Passagiere in separaten Schlafquartieren einschließlich eigenem Bad unterzubringen. Bei aller Formbarkeit bot die Kabine im Wesentlichen aber nur die verschiedenen Varianten einer Lounge. Falls man mit jemandem zusammen reiste, dachte er, von fünf anderen Begleitern gar nicht zu reden, musste man mit dem- oder denjenigen schon sehr gut befreundet sein, um sich angesichts dieser beengten Verhältnisse nicht auf die Nerven zu fallen.

Etwa tausend Kilometer über dem Raumhafen trat die *Artful Dodger* in den Überlichtgeschwindigkeitsflug ein und verschwand mit einer photonischen Implosion in einem Quantenfeldspalt, die sämtliche verstreute elektromagnetische Strahlung im Umkreis von einem Kilometer mit sich riss. Für gewöhnliche menschliche Sinne war keinerlei Unterschied festzustellen. Er hätte, soweit er es beurteilen konnte, auch in irgendeiner unterirdischen Kammer stecken können und selbst die Schwerkraft blieb unverändert. Schiffssensoren lieferten ihm eine vereinfachte graphische Darstellung von ihrem Kurs, wie er sich aus den größeren Massekonzentrationen in der zurückgelassenen Raumzeit ergab. Sie bildeten Sterne und Planeten anhand des Einflusses ihrer Quantensignatur auf die sich überschneidenden Felder ab, die sie durchflogen. Ihre Ausgangsgeschwindigkeit betrug gleichmäßige fünfzehn Lichtjahre pro Stunde, knapp am Limit für einen Hyperantrieb, den das hochentwickelte planetarische Raumüberwachungsnetzwerk von Lytham über einige Lichtjahre hinweg aufspüren konnte.

Der Delivery Man wartete, bis sie sich drei Lichtjahre außerhalb des Erfassungsbereichs des Netzwerks befanden und befahl dem Smartcore dann weiter zu beschleunigen.

Der Ultra-Antrieb der *Artful Dodger* katapultierte sie hoch auf sagenhafte fünfundfünfzig Lichtjahre pro Stunde, eine Geschwindigkeit, die selbst den Delivery Man zusammenzucken ließ. Er war bisher erst zweimal auf einem Ultra-Antriebsschiff geflogen; es gab nicht viele von ihnen; ANA hatte die Technik niemals an die Zentralen Welten herausgegeben. Wie genau die Konservativen sie in die Finger bekommen hatte, war etwas, das er sich lieber gar nicht erst fragte.

Gute drei Stunden später setzte er die Geschwindigkeit wieder auf fünfzehn Lichtjahre die Stunde herab und gestattete es dem Verkehrsnetzwerk von Ellezelin, seine Ankunft via Hyperraum zu verzeichnen. Über einen TD-Kanal setzte er sich mit der planetaren Datasphäre in Verbindung und holte die Landeerlaubnis für Riasi-Raumhafen ein.

Ellezelins ursprüngliche Hauptstadt lag an der Nordküste des Sinkang und erstreckte sich beidseits des Camoa River. Während die *Artful Dodger* dem Hauptraumhafen entgegensank, schaute er hinunter auf die Stadt. Von oben sah sie wie ein Spinnennetz aus, dessen Zentrum das planetare Parlament bildete. Das Gebäude stand noch immer, ein prunkvolles Gebilde aus Stützpfeilern und Türmen, gefertigt aus teils altertümlichem, teils neuzeitlichem Material. Doch die Regierung des Planeten war inzwischen zentralisiert und nach Makkathran2 verlegt worden. Die höheren Beamten und ihre Abteilungen waren alle mit umgezogen, danach war die Abwanderung von Industrie und Handel gefolgt. Allein die Verkehrsbetriebe waren auch heute noch stark in Riasi vertreten. Hier befanden sich die Wurmlöcher, die die Planeten der Freihandelszone Ellezelin miteinander verbanden und die den Raumhafen, an den sie angeschlossen waren, zum wichtigsten wirtschaftlichen Hauptumschlagplatz im Sektor machten.

Die *Artful Dodger* landete auf einem Feld, das sich nur unwesentlich von dem unterschied, von dem aus sie vor gut fünf Stunden gestartet war. Mit einem nicht rückverfolgbaren Credit-Jeton bezahlte der Delivery Man die Parkgebühren für einen Monat im Voraus und lehnte eine Serviceankopplung ab. Dann rief sein U-Shadow eine Taxikapsel zu dem Feld. Während er darauf wartete, nahm die Konservative Fraktion Kontakt mit ihm auf.

»Marius ist auf Ellezelin gesehen worden.«

Es war bereits das zweite Mal an diesem Tag, dass der Delivery Man zusammenzuckte. »Ich denke, das war unvermeidlich. Wissen Sie, warum er hier ist?«

»Um den Kleriker-Conservator zu unterstützen. Wie diese Unterstützung allerdings exakt aussehen soll, wissen wir noch nicht.«

»Ich verstehe. Ist er hier auf dem Raumhafen?«, fragte er widerstrebend. Wenngleich er auch kein Agent an vorderster Front war, so hatten seine Biononics, nur für den Fall, dass er doch mal in irgendeine bedrohliche Situation geraten sollte, ein paar äußerst leistungsfähige Feldfunktionen parat. Leistungsfähig genug, um alles, was Marius auffahren konnte, vor eine echte Herausforderung zu stellen. Obwohl ein offener Kampf höchst unwahrscheinlich war. Fraktionsagenten beglichen ihre Rechnungen nun mal nicht auf physische Weise. So etwas machte man nicht.

»Wir glauben, nicht. Kaum eine Stunde nach der Wahl hat er den Kleriker-Conservator aufgesucht. Anschließend ist er in der Versenkung verschwunden. Wir teilen Ihnen das nur mit, damit Sie vorsichtig sind. Es darf nicht sein, dass die Accelerators mehr über unsere Geschäfte erfahren, als sie bereit sind, uns über die ihren zu verraten. Fahren Sie schnellstmöglich los.«

»Verstanden.«

Die Taxikapsel brachte ihn hinüber zum gewaltigen Passagierterminal des Raumhafens. Dort checkte er für den nächsten Flug der United Commonwealth Starlines zurück nach Akimiski ein, der nächstgelegenen Zentralen Welt. Während der ganzen Zeit, die er in der über die riesige Haupthalle hinausragenden Abflughalle wartete, ließ er seine Scans laufen, um zu überprüfen, ob sich Marius im Raumhafengebäude aufhielt. Als die Passagiere sich vierzig Minuten später an Bord begaben, war immer noch keine Spur von ihm oder von irgendeinem anderen Higher-Agenten zu entdecken.

Merklich erleichtert nahm der Delivery Man in einem Erste-Klasse-Abteil in dem Passagierraumer Platz. Es war ein Hyperantriebsschiff, was bedeutete, dass der Flug nach Akimiski etwa fünfzehn Stunden dauern würde. Von dort aus würde er einen raschen Abstecher nach Oronsay machen, um seine Tarnung aufrechtzuerhalten. Mit etwas Glück war er in weniger als zwei Tagen wieder zurück auf der Erde. Es würde Wochenende sein, und sie würden mit den Mädchen zum südlichen Naturschutzpark in Neuseeland fliegen können. Das würde ihnen gefallen.

Die Rakas Bar nahm die gesamte dritte Etage eines Rundturms in Makkathra2's Abad District ein. Gewiss besaß das gleiche Gebäude drüben in Makkathran ebenfalls eine Bar im dritten Stock. Nach dem, was er in Inigos Träumen gesehen hatte, vermutete Aaron, dass die hiesige Ausstattung besser war, ebenso wie die Beleuchtung; von dem hier fehlenden Schmutz, der in der Originalstadt allgegenwärtig zu sein schien, gar nicht zu reden. Zahlreiche Gläubige von auswärts hatten sich hier eingefunden, die vielleicht ein bisschen enttäuscht darüber waren, wie klein die Keimzelle ihrer Bewegung im Vergleich zu den großartigen Metropolen des Greater Commonwealth tatsächlich war. Dafür gab es hier eine größere Auswahl an Drinks, als das Vorbild sie bot.

Aaron nahm an, dass dies der Grund dafür war, warum die Ehrwürdige Corrie-Lyn, ihres Zeichens Ex-Ratsmitglied, immer wieder hierher kam. Es war nun schon der dritte Abend, an dem er an dem kleinen Ecktisch saß und sie dabei beobachtete, wie sie drüben an der Theke beeindruckende Mengen an Alkohol in sich hineinschüttete.

Sie war keine hoch gewachsene Frau, obwohl ihre schlanke Erscheinung sie auf den ersten Blick größer erscheinen ließ, als sie war. Ihre elfenbeinfarbene Haut war über und über mit Sommersprossen gesprenkelt, die die höchste Dichte in einem breiten Streifen oberhalb ihrer Augen aufwiesen. Ihr Haar war von dem dunkelsten Rot, das er jemals gesehen hatte. Je nachdem, wie das Licht fiel, changierte es zwischen schimmerndem Schwarz und goldgeflecktem Rotbraun. Es war kurz geschnitten, weshalb es sich, so dicht, wie es war, stark kräuselte. Die Art, wie es ihre anmutigen Gesichtszüge umrahmte, ließ sie wie einen ausgesprochen teuflischen Teenager aussehen. In Wahrheit war sie dreihundertundsiebzig. Er wusste, dass sie keine Higher war, also musste sie über einen ausgezeichneten Advancer-Metabolismus verfügen; was vermutlich erklärte, warum sie jeden bösen Jungen unter den Tisch trinken konnte.

Zum vierten Mal an diesem Abend ging einer der nicht allzu asketischen Gläubigen zu ihr, um sein Glück zu versuchen. Immerhin pflegten die braven Bürger von Makkathran ein sehr aktives Sexualleben. Inigo hatte es vorgemacht. Die Männer, mit denen der Aufreißer hier war, schauten von ihrem Platz am großen Fenster aus grinsend und kichernd zu, wie ihr Kumpel sich auf den leeren Barhocker neben sie setzte. Corrie-Lyn trug nicht ihre Kleriker-Robe, sonst hätte er es niemals gewagt, sich ihr bis auf weniger als zehn Meter zu nähern. Stattdessen trug sie ein einfaches dunkelrotes Kleid, das unter den Armen eingeschnitten war und eine verlockende Menge Haut entblößte – Haut, die es dem Burschen sichtlich angetan zu haben schien. Kommentarlos hörte sich Corrie-Lyn seine Anmache an, nickte kurz, als er sie zu einem Drink einlud, und winkte den Barkeeper herbei.

Aaron wünschte, er könnte einfach hinübergehen und den aufdringlichen Kerl aus dem Weg schaffen. Fast schmerzte es ihn, das mit ansehen zu müssen. Exakt die gleiche Szene hatte sich an den letzten Abenden schon ein paar Mal abgespielt. Der Barkeeper kam mit zwei Schnapsgläsern und einer gekühlten Flasche golden funkelndem Adlier 88Wodka herüber. Auf Vitchan zusammengebraut, hatte er nicht wirklich etwas mit einem originalen Wodka von der Erde zu tun, abgesehen von dem Kick. Dieser hier war durch die Veredelung eines saisonalen Weines, Adlier, entstanden. Dabei kam ein Likör mit achtzig Volumenprozent Alkohol und acht Prozent Tricetholyn, einem starken Rauschmittel, heraus. Der Barkeeper füllte beide Gläser und ließ die Flasche stehen.

Corrie-Lyn hob prostend ihr Glas und trank es in einem Zug leer. Der hoffnungsfrohe Bursche tat es ihr gleich. Er lächelte gequält, als der eiskalte Likör brennend seine Kehle hinabrann, und Corrie-Lyn füllte erneut die Gläser. Abermals erhob sie ihres. Etwas zögerlich folgte der Typ ihrem Beispiel. Und wieder kippte sie ihren Drink auf ex herunter.

Von der Gruppe am Fenster drang Gelächter hinüber. Tapfer trank ihr Kumpel ebenfalls sein Glas aus. Tränen traten ihm in die Augen und sein Brustkorb bebte leicht, als würde er ein Keuchen unterdrücken. Mit mechanischer Präzision schenkte Corrie-Lyn ihnen beiden einen dritten Schnaps ein. Ein weiterer Schluck und der Inhalt ihres Glases war in ihrer Kehle verschwunden. Verärgert winkte der Grünschnabel ab und zog sich unter dem Johlen seiner Zechkumpane wieder zurück. Aaron war wenig beeindruckt; am vergangenen Abend hatte einer der Möchtegern-Freier fünf Gläser geschafft, bevor er schließlich den Schwanz eingekniffen hatte, gedemütigt und geschlagen.

Corrie-Lyn versetzte der Flasche einen Stoß, sodass sie bis zum anderen Thekenende schlitterte, wo der Barkeeper sie mit einer gekonnten Drehung seines Handgelenks auffing und ins Regal zurückstellte. Alsdann wandte sie sich wieder dem großen Bier zu, das sie vor der Unterbrechung getrunken hatte, stützte links und rechts ihres Glases die Ellbogen auf und fuhr fort, ins Leere zu starren.

Während er sie beobachtete, war Aaron sich völlig im Klaren darüber, dass es keineswegs eine Frage raffinierter Verführungskunst sein würde, Corrie-Lyns Vertrauen zu gewinnen. Er hatte nur eine einzige Chance und wenn er die versaute, würden sie Tage damit verlieren, nach einer neuen Möglichkeit zu suchen, den Hebel anzusetzen. Er stand auf und ging zu ihr hinüber. Als er näherkam, konnte er ihre Gaiafield-Emission spüren, die auf ein absolutes Minimum herabgesetzt war. Es war ein Gefühl wie eine Brise Polarluft, gerade kalt genug, um ihn erschaudern zu lassen. Ihre Silhouhette in dem ätherischen Feld war schwarz, ein Riss im interstellaren Raum. Allein das hätte bereits die meisten Leute verunsichert, Adlier-88-Schlappe hin oder her. Er nahm auf dem Barhocker Platz, den kurz zuvor der junge Mann geräumt hatte. Sie wandte leicht den Kopf und sah ihn abschätzig an, ließ mit beinahe kränkender Gleichgültigkeit den Blick über seinen billigen Anzug gleiten.

Aaron rief den Barkeeper und bestellte sich ein Bier. »Sie werden entschuldigen, wenn ich mir die übliche Prozedur der Herabwürdigung spare«, sagte er. »Ich bin wirklich nicht hier, um Ihnen ans Höschen zu gehen.«

»Tanga.« Ohne ihn anzusehen, nahm sie einen ausgiebigen Schluck von ihrem Bier.

»Ich ... äh, was?« Das war nicht ganz die Antwort, mit der er gerechnet hatte.

»An meinen Tanga.«

»Ich verspüre plötzlich einen inneren Drang, in Ihre Religion eingeweiht zu werden.«

In sich hineingrinsend schwenkte sie im Glas den Rest ihres Biers. »Zeit genug hatten Sie ja, immerhin hängen Sie schon seit Tagen hier rum.«

Sein Bier kam. Wortlos tauschte Corrie-Lyn es gegen ihr eigenes aus.

Aaron hob seine Hand in Richtung Barkeeper. »Noch mal das Gleiche. Ach, machen Sie zwei draus.«

»Und außerdem ist es keine Religion«, sagte sie.

»Natürlich nicht, wie dumm von mir. Priesterroben. Verehrung eines verlorenen Propheten. Heilsversprechungen. Spenden an den Stadttempel. Pilgerschaftspläne. Ich bitte um Verzeihung, da vertut man sich leicht.«

»Reden Sie nur weiter, Außenweltler, und Sie enden schneller kopfüber im Kanal, als Sie es sich vorstellen können.«

»Kopfüber oder kopflos?«

Endlich wandte sie sich ihm doch zu und widmete ihm ihre uneingeschränkte Aufmerksamkeit. Ihr Lächeln passte perfekt zu ihrem spitzbübischen Charme. »Was, im Namen von Ozzies Großem Universum, wollen Sie eigentlich?«

»Sie sehr reich machen, ob Sie's glauben oder nicht.«

»Warum sollten Sie das wollen?«

»Um mich selbst noch reicher zu machen.«

»Ich bin nicht sonderlich gut in Banküberfällen.«

»Ja klar, ich schätze darüber lernt man im Priesterseminar nicht viel.«

»Priester erwarten von Ihnen, dass Sie glauben. Wir können Sie auf direktem Wege ins Himmelreich führen. Sie kriegen von uns sogar eine kleine Probevorführung, damit Sie wissen, was Sie erwartet.«

»Sehen Sie, und genau da kommen wir ins Spiel.«

»Wir?«

»FarFlight Charters. Ich glaube, Ihre Nicht-Religion benötigt derzeit dringend Raumschiffe, Ratsherrin Emeritus.«

Corrie-Lyn lachte. »Oh, Sie sind ein ganz Gefährlicher, hab ich recht?«

»Nicht gefährlich, nur jemand, der gern reich wäre.«

»Aber ich bin auf dem Weg zu unserem Himmelreich in der Leere. Was soll ich da mit Commonwealth-Geld?«

»Selbst der Waterwalker benutzt Geld. Aber ich will mich nicht mit Ihnen darüber streiten; oder überhaupt über irgendetwas, was das betrifft. Ich bin lediglich hier, um Ihnen ein Angebot zu machen. Sie haben die Kontakte, die ich brauche, und so wie es für mich aussieht, scheinen Sie im Augenblick nicht gerade zufrieden mit Ihren Freunden im Klerikerrat zu sein. Und daher vielleicht geneigt, es mit ein paar ethischen Grundsätzen hier und dort nicht ganz so genau zu nehmen – Betonung auf hier. Hab ich recht, Ratsherrin Emeritus?«

»Wozu diese förmliche Anrede? Nur keine Scheu, wenn schon, denn schon, nennen Sie mich ruhig Abschusskandidatin. Alle anderen tun das auch.«

»Diese Komiker von den Unisphären-News haben für alle von uns jede Menge Etiketten. Das heißt aber nicht, dass Sie mir nicht die Namen liefern können, die ich hier oben brauche.« Er tippte sich mit einem Finger an die Schläfe. »Und ich nehme an, im Orchard-Palace hat man immer noch genügend Respekt vor Ihnen, sodass Sie mir die eine oder andere Tür dort öffnen könnten. Ist es nicht so?«

»Schon möglich. Okay, wie ist Ihr Name.«

»Aaron.«

Corrie-Lyn grinste in ihr Bier. »Ganz oben auf der Liste, was?«

»Nummer eins, Ratsherrin Emeritus. Also, was halten Sie davon, wenn ich Sie zum Essen einlade? Dann können Sie sich entweder einen Spaß daraus machen, mich noch ein bisschen hinzuhalten, oder aber mir den Code Ihres privaten Bankkontos geben, damit ich es gegebenenfalls auffüllen kann. Lassen Sie sich mit Ihrer Entscheidung ruhig Zeit.«

»Keine Angst, das werde ich.«

FarFlight Charters war eine ordnungsgemäß auf Falnox eingetragene Firma. Jeder, der ihren Datacore überprüfte, hätte lediglich herausgefunden, dass sie in Verhandlungen um diverse Raumfluglinien und Frachtkurierdienste auf sieben Externen Planeten stand. Kein großes Unternehmen, aber immerhin profitabel genug, um dreißig Mitarbeiter zu beschäftigen. Für Aaron war sie jedoch nur ein Deckmantel, der für den Fall, dass er ihn benötigen würde, eingerichtet worden war. Von wem, das wusste er nicht. Und es war ihm auch egal. Wäre die Firma allerdings echt gewesen, so hätten seine Ausgaben jedenfalls ernsthafte Auswirkungen auf die diesjährige Bilanz gehabt.

Dies war nun schon der dritte Abend, an dem er Corrie-Lyn zum Essen bei Wein und Kerzenlicht ausführte, wobei vor allem der Wein im Vordergrund stand. Aber auch die Speisen hatten aus Fünf-Sterne-Menüs bestanden. Ihre besondere Vorliebe galt dem Bertrand's in Groß-Makkathran2, einem Restaurant, neben dem das Buckingham-Hotel wie eine Bauernabsteige aussah. Er hatte keine Ahnung, ob sie damit nur seine Entschlossenheit testen wollte. Angesichts des Zustands, in dem sie sich an den meisten Abenden befand, wusste sie es wahrscheinlich selbst nicht so genau.

Allerdings war sie immer bezaubernd zurechtgemacht. Heute beispielsweise trug sie ein einfaches schwarzes Cocktailkleid, dessen kurzer Rock einen verführerischen Nebelsaum erzeugte, der jedes Mal, wenn sie die Beine übereinander schlug oder wieder nebeneinander stellte, provozierend aufwirbelte. Ihr Tisch befand sich in einem vollkommen transparenten, überhängenden Alkoven im siebenundzwanzigsten Stockwerk, von dem aus man einen atemberaubenden Blick über die gigantische nächtliche Stadt hatte. Direkt unter Aarons Füßen glitten im grellen, dichten Schein ihrer Navigationslichter Kapseln auf ihren festgelegten Routen dahin. Nachdem er sich von dem beklemmenden Schwindelgefühl und dem Kribbeln in seinen Beinen erholt hatte, war der Ausblick tatsächlich einigermaßen erbaulich. Das Sieben-Gänge-Menü, das sie aßen, war ein einziges Sinnesvergnügen. Jede Speisenfolge kam mit einem anderen Wein, den der Chefkoch eigens ausgesucht hatte. Der Ober hatte es längst aufgegeben, Corrie-Lyn stets nur ein einzelnes Glas anzubieten und ließ inzwischen immer gleich die ganze Flasche da.

»Er war ein bemerkenswerter Mann«, sagte Corrie-Lyn, nachdem sie ihre Gilkirschblatt-Schokoladentorte verspeist hatte. Sie sprach wieder einmal über ihr Lieblingsthema. Es war nicht schwer, ihr in puncto Inigo die Zunge zu lösen.

»Jeder, der es schafft, innerhalb von nur wenigen Jahrhunderten eine Bewegung wie Living Dream ins Leben zu rufen, ist etwas Besonderes.«

»Nein, nein.« Corrie-Lyn schwenkte geringschätzig ihr Glas. »Das meine ich gar nicht. Wenn Ihnen oder mir diese Träume geschenkt worden wären, gäbe es Living Dream auch. Sie inspirieren die Menschen. Jeder kann selbst sehen, was für ein herrlich einfaches Leben in der Leere gelebt werden kann. Ein Leben, das man zur Vollendung führen kann, egal, wie verkorkst oder bescheuert man ist und ganz gleich, wie lange es dauert. Doch das ist nur innerhalb der Leere möglich. Wenn man also verspricht, diese Fähigkeit jedem zugänglich zu machen, müsste man es schon ziemlich dumm anstellen, um *keine* riesige Gefolgschaft zu mobilisieren, oder? Das liegt in der Natur der Sache. Nein, wovon ich rede, ist der Mann selbst. Mister Unbestechlich. So etwas gibt es nur selten. Geben Sie einem Durchschnittsmenschen so viel Macht und er wird sie missbrauchen. Ich würde es tun. Ethan tut es mit Sicherheit, verdammte Scheiße.« Sie kippte den Rest des zweieinhalb Jahrhunderte alten mithanischen Portweins in ein nicht minder altes Kristallglas.

Aaron lächelte angestrengt. Der Alkoven war zum Hauptraum des Restaurants hin offen und Corrie-Lyn hatte ihre gewohnte Menge intus.

»Aus dem Grund hat Inigo die Hierarchie innerhalb der Bewegung wie einen Mönchsorden aufgebaut. Nicht, dass man keinen Sex haben darf«, kicherte sie. »Man sollte die verzweifelten Gläubigen nur nicht zu seinem persönlichen Vorteil missbrauchen; also vögelt man eben unter seinesgleichen.«

»So weit, so die Norm.«

»Natürlich war ich nicht gerade enthaltsam. Wir hatten eine ziemlich große Sache am Laufen, ich und Inigo. Wussten Sie das?«

»Ich glaube, Sie haben es ein- oder zweimal erwähnt.«

»Natürlich wussten Sie es. Darum versuchen Sie ja auch, mich anzugraben.«

»Ich versuche nicht, Sie anzugraben, Corrie-Lyn.«

»Schlank und fit.« Sie fuhr sich mit der Zunge über die Lippen, »das bin ich. Würden Sie doch auch sagen, oder?«

»Oh ja, durchaus.« In Wahrheit wollte er sich nicht eingestehen, wie körperlich anziehend er sie fand. Es half ein wenig, dass jeder sexuelle Impuls, den er bisher vielleicht verspürt hatte, wirkungsvoll durch ihre Zecherei neutralisiert wurde. Nach der ersten Stunde eines gemeinsamen Abends war sie nicht gerade die angenehmste Begleiterin, die ein Mann sich wünschen konnte.

Lächelnd schaute Corrie-Lyn auf ihr Kleid herunter. »Ja genau, das bin ich. Also ... wir hatten da diese Sache am Laufen, diese Affäre. Ich meine, klar, natürlich hat er sich auch mit anderen Frauen getroffen. Um Ozzies willen, der arme Scheißkerl hatte Millionen Frauen, die willig und ganz verrückt darauf waren, ihm die Klamotten vom Leibe zu reißen und sich ein Kind von ihm machen zu lassen. Und mir hat's ja auch gefallen. Ich meine, zur Hölle, Aaron, im Vergleich zu einigen von denen war ich hässlich wie die Nacht.«

»Ich dachte, Sie hätten gesagt, er war unbestechlich.«

»War er auch. Ich hab gesagt, er hat keinen Vorteil daraus gezogen. Aber er ist auch nur ein Mensch. Genauso wie ich. Es gab ein paar Ablenkungen, das ist alles. Der Sache. Der Vision. All dem ist er treu geblieben, er hat uns die Träume von der Leere geschenkt. Er hat daran geglaubt, Aaron, er hat fest an das geglaubt, was ihm gezeigt worden war. Die Leere ist tatsächlich ein besserer Ort für uns alle. Er hat auch mich dazu gebracht, daran zu glauben. Ich bin ihm immer eine ergebene Anhängerin gewesen. Ich hatte den *Glauben*. Dann begegnete ich ihm wirklich. Ich sah *seinen* Glauben, *seine* Hingabe, und erst dadurch wurde ich zu einem wahrhaften Apostel.«

Sie trank ihren Portwein aus und ließ sich auf ihrem Stuhl nach hinten sacken. »Ich bin eine Fanatikerin, Aaron, eine echte Fanatikerin. Darum hat mich Ethan aus dem Rat gekickt. Er hat nicht viel übrig für die alte Garde, für diejenigen von uns, die der Sache treu geblieben sind. Also, Mister, behalten Sie Ihren abfälligen herablassenden Schwachsinn lieber für sich, Sie Hurensohn, es interessiert mich einen Scheiß, was Sie denken. Ich hasse das Geschwafel von Klugschwätzern wie Ihnen. Sie glauben nicht und das macht Sie schlecht für mich. Ich wette, Sie haben nicht mal einen einzigen von den Träumen erfahren. Ihr Fehler, denn sie sind vollkommen real. Für Menschen ist die Leere der Himmel.«

»Sie könnte es sein, aber Sie wissen es eben nicht mit Gewissheit.«

»Sehen Sie!« Sie wedelte mit einem Finger in seine Richtung, kaum in der Lage, ihren Blick zu fokussieren. »So machen Sie es jedes Mal. Klugscheißergeschwafel. Nicht plump genug, um mir beizupflichten, oh nein. Aber clever genug, um mich dazu zu bringen, Ihnen was vorzupredigen und das Ganze dann so hinzubiegen, dass ich Sie retten kann.«

»Sie irren sich. Hier geht's nur um Geld.«

»Hah!« Sie hielt die leere Portweinflasche hoch und starrte sie mit finsterem Blick an.

Aaron zögerte. Er war sich bei ihr nie ganz sicher, wie weit sie sich unter Kontrolle hatte. Er ging das Risiko ein und wagte einen weiteren Vorstoß. »Wie auch immer, wenn die Leere die Erlösung bedeutet, wieso ist er dann verschwunden?«

Das Ergebnis war nicht ganz, was er erwartet hatte. Corrie-Lyn fing an zu schluchzen.

»Wenn ich das nur wüsste«, heulte sie. »Er hat uns verlassen. Hat uns alle verlassen. Oh, wo bist du, Inigo? Wohin bist du gegangen? Ich hab dich so sehr geliebt.«

Aaron ächzte. Inzwischen war ihr friedliches Abendessen zu einem handfesten öffentlichen Spektakel geworden. Ihr Schluchzen wurde lauter. Eilig winkte er dem Ober und schlurfte um die Stühle herum, um sich zwischen Corrie-Lyn und die neugierigen Gäste zu setzen. »Kommen Sie«, murmelte er. »Lassen Sie uns gehen.«

Es gab eine Landeplattform auf dem dreizehnten Stock, aber er hielt es für nötig, dass sie an die frische Luft kam, also fuhren sie mit einem Lift direkt in die Lobby des Wolkenkratzers hinunter.

Der Boulevard draußen vor dem Eingang war nahezu verlassen. Große, buschige immergrüne Bäume verdeckten zum Teil die schmale Straße in der Mitte. Der Fußweg längsseits wurde von schwach leuchtenden Rundbögen erhellt.

»Finden Sie mich eigentlich attraktiv?«, fragte Corrie-Lyn lallend, als er sie mit sanftem Druck weiter mit sich zog. Ein Stück neben dem Hochhaus standen einige Wohnblocks, allesamt von aufgeschütteten Gärten umsäumt. Lautlos stießen heimische Nachtvögel aus den Bäumen herab und flatterten durch die erleuchteten Bögen. Die Luft war warm und vom Geruch des Meeres erfüllt, der die feuchten Winde, die von der Küste her landeinwärts wehten, begleitete.

»Sehr attraktiv«, versicherte ihr Aaron. Er fragte sich, ob er darauf bestehen sollte, dass sie das Detox-Aerosol nahm, das er genau für einen Fall wie diesen eingesteckt hatte. Das Problem mit Trinkern dieses Formats war nur, dass sie auf keinen Fall so schnell wieder nüchtern werden wollten; besonders dann nicht, wenn sie so viel Kummer mit sich herumschleppten wie Corrie-Lyn.

»Wieso versuchen Sie's dann nicht bei mir? Liegt's daran, dass ich betrunken bin? Macht es Ihnen was aus, dass ich trinke?« Sie riss sich von ihm los, um ihn anzusehen, leicht schwankend, aus tränenverschwommenen Augen, erbarmenswert elend. Den leichten Mantel geöffnet, um mit ihrem exklusiven Cocktailkleid zu prunken, bot sie einen wenig einnehmenden Anblick.

»Erst die Arbeit, dann das Vergnügen«, erwiderte Aaron, in der Hoffnung, dass sie diese Antwort akzeptieren und, verdammt noch mal, einfach die Klappe halten würde. Er hätte doch besser eines der Taxis auf der Plattform des Wolkenkratzers nehmen sollen. Als hätte sie schließlich doch seine Verärgerung gespürt, wandte sie sich abrupt um und setzte sich in Bewegung.

Keine fünf Meter vor ihnen tauchte eine Gestalt auf dem Gehweg auf. Ein Mann in einem einteiligen Anzug, von dem sich gerade die letzten Reste der schwarzen Tarnumhüllung lösten und davonwirbelten wie Wasser in geringer Schwerkraft. Mit seinen kompletten Feldfunktionen scannte Aaron die Umgebung. Zwei weitere Personen entledigten sich ihrer Umhüllungen, während sie ihm und Corrie-Lyn folgten. Seine Kampfroutinen schalteten sich still auf Bereitschaft und analysierten die Lage. Der erste der Gruppe, mit der sie sich konfrontiert sahen, wurde als Eins gekennzeichnet. Mit einer Wahrscheinlichkeit von achtzig Prozent handelte es sich bei ihm um den Anführer. Die anderen beiden wurden als Zwei und Drei markiert. Sein Nahbereich-Exoimage zeigte, dass alle drei vor Enrichments nur so glühten. Er spürte, wie er sich tatsächlich entspannte: Indem sie sich ihm entgegenstellten, nahmen sie ihm jede Entscheidung ab. Damit ergab sich für ihn keine Alternative. Er würde einfach warten, bis sie ihm die optimale Zielmöglichkeit boten.

Plötzlich blinzelte Corrie-Lyn leicht verwirrt und spähte in die Richtung des Mannes vor ihnen, während sie ihre kleine knallrote Handtasche fest an sich gedrückt hielt. »Ich hab Sie nicht kommen sehen. Woher kamen Sie?«

»Sie sehen nicht besonders gut aus, Euer Ehren«, erwiderte Eins. »Wollen Sie nicht lieber uns begleiten?

Corrie-Lyn presste sich wieder an Aarons Seite und setzte damit seine Trefferchancen um ein Drittel herab. »Nein«, raunzte sie. »Nein, das will ich nicht.«

»Sie bringen Living Dream in Misskredit, Euer Ehren«, sagte Eins. »Was würde Inigo wohl dazu sagen?«

»Ich kenne euch«, entgegnete sie kläglich. »Ich werde nicht mit euch kommen. Aaron, lassen Sie mich nicht im Stich. Bitte.«

»Hier geht niemand irgendwohin, wohin er nicht will.«

Eins sah ihn nicht mal an, als er sagte: »Verpissen Sie sich. Wenn Sie je wieder ein Geschäftstreffen mit einem Ratsmitglied wünschen, sollten Sie jetzt besser schlau sein.«

»Ah, na gut, ich erkläre es Ihnen«, erwiderte Aaron freundlich. »Ich bin so blöd, dass ich mir die Regenerationszeit für einen IQ-Boost schlichtweg nicht leisten kann. Aus diesem Grund werde ich auch nicht mehr schlauer.«

Hinter ihm waren Zwei und Drei bedrohlich nahe gekommen. Beide zückten kleine Revolver. Aarons Routinen identifizierten sie als Jelly Guns. Bereits vor eineinhalb Jahrhunderten als tödliche Kurzdistanzwaffen entwickelt, wirkten sie auf Menschenfleisch exakt gemäß ihrer Bestimmung. Er konnte fühlen, wie Beschleuniger durch seine Neuronen glitten und seine mentale Reaktionszeit verkürzten. Biononische Energieströme synchronisierten sich mit ihnen, um seine physischen Reaktionen anzugleichen und sie entsprechend zu verbessern. Der Effekt dehnte die gesprochenen Worte so sehr aus, dass er bereits lange bevor Eins seinen Satz beendet hatte, wusste, was dieser sagen würde.

»Dann tut's mir leid für Sie.« Eins übermittelte an seine Schergen eine rasche Nachricht, die Aaron abfing. Sie bestand aus nichts anderem als einem einfachen Code. Er brauchte ihn nicht einmal zu entschlüsseln. Beide hoben ihre Waffen. Aarons Kampfroutinen setzten ihn bereits geschmeidig in Bewegung.

Herumwirbelnd stieß er Corrie-Lyn aus dem Weg und duckte sich. Der erste Schuss aus Zweis Pistole versengte die Luft, dort, wo sich weniger als eine Sekunde vorher noch Aarons Kopf befunden hatte. Der Strahl schlug in die Mauer ein und explodierte in einer Staubwolke aus Beton. Blitzartig schnellte Aarons Fuß in die Höhe und donnerte gegen das Knie von Drei. Kreischend und in einer Rosette aus aufflackernden blau-weißen Elektronen prallten ihre Kraftfelder aufeinander. Die Geschwindigkeit und Wucht hinter Aarons Tritt reichte aus, um den Schutzschild seines Gegners zu deformieren. Das Bein von Drei splitterte, als es nach hinten durchknickte, und ließ den ganzen Körper seitlich wegsacken.

Aarons Energieströme bauten einen Distorsionsimpuls auf, der im nächsten Moment auf Eins einhämmerte. Der Anführer der Gruppe wurde sechs Meter weit gegen die Gartenmauer geschleudert und schlug dort mit einem dumpfen Geräusch auf. Sein überfordertes Kraftfeld hüllte ihn in einen gefährlichen blutroten Nimbus, als ein weiterer von Aarons Distorsionsimpulsen ihn traf und geradewegs durch die Mauer zu prügeln versuchte. Sein Rücken krümmte sich unter dem Schlag und sein Kraftfeld stand kurz davor, komplett zu versagen.

Unterdessen versuchte Zwei verzweifelt, mit seiner Pistole

ein Ziel zu erfassen, das sich mit übermenschlicher Geschwindigkeit bewegte. Das Einzige, was seine optimierten Sinne ihn wahrnehmen ließen, während Aaron auf dem Gehweg hin und her tänzelte, war ein undeutlicher Schemen. Er bekam ihn nicht einmal ansatzweise ins Visier. Plötzlich wurde aus einer verwaschenen Schliere Aarons Hand, die gegen seinen Kehlkopf schlug und dabei das Kraftfeld überlastete. Augenblicklich brach Zweis Genick, sein lebloser Körper flog hoch durch die Luft. Gleichzeitig schnappte Aaron nach der Pistole in Zweis Hand und wand sie ihm mit brachialer Gewalt aus den Fingern. Mit einem knirschenden Geräusch kam die Waffe frei.

Es kostete Aaron nur den Bruchteil einer Sekunde, erneut herumzuwirbeln. Sein Kraftfeld dehnte sich in den Boden aus, um als Anker die Masseträgheit aufzufangen, und ermöglichte es ihm so, übergangslos stehenzubleiben, die Pistole auf Eins gerichtet, der sich gerade benommen wieder aufrappelte. Blut tropfte aus den malträtierten Fingern auf den Gehweg. Eins erstarrte und zog die Luft ein, als er in die Mündung des Schießeisens blickte. Aaron lockerte seinen Griff und erlaubte den Fingern, ein wenig zur Seite zu gleiten.

»Wer sind die?«, herrschte er Corrie-Lyn an, die noch immer auf dem durchnässten Gras lag, wo sie gelandet war. Fassungslos starrte sie Eins an. »*Wer?*«, verlangte Aaron noch einmal zu wissen.

»Die … die Polizei. Das da ist Captain Manby, Sonderschutzabteilung.«

»Ganz recht.« Manby keuchte, als der Schmerz ihn zusammenzucken ließ. »Also werfen Sie am besten einfach die verdammte Knarre weg. Sie stecken bereits jetzt schon so tief in der Scheiße, dass Sie das Universum niemals wiedersehen werden.«

»Wir sehn uns in der Hölle.« Aaron presste einen Finger auf den Auslöser der Pistole und hielt ihn heruntergedrückt auf Dauerbeschuss. Zusätzlich fügte er dem Sperrfeuer seinen eigenen Distorsionsimpuls hinzu. Manbys Kraftfeld hielt ganze zwei Sekunden, bevor es zusammenbrach. Die Impulse der Pistole trafen den ungeschützten Körper. Aaron wirbelte herum, eröffnete erneut das Feuer und überlastete das Kraftfeld von Drei.

Corrie-Lyn übergab sich, als sich wahre Wellen aus blutigem Matsch von den bis zur Unkenntlichkeit verwüsteten Körpern über den Boden ergossen. Als Aaron sie wieder auf die Füße zerrte, jaulte sie auf wie ein verwundetes Kätzchen. »Wir müssen von hier verschwinden«, schrie er sie an. Sie wich vor ihm zurück. »Nun kommen Sie schon, los doch! Bewegung!« Sein U-Shadow rief bereits ein Taxi.

»Nein«, wimmerte sie. »Nein, nein. Diese Menschen hatten uns nichts ... Sie haben sie einfach umgebracht. Sie haben sie umgebracht.«

»Begreifen Sie eigentlich nicht, was das alles zu bedeuten hat?«, fauchte er sie an, laut, bedrohlich, um durch Aggressivität zu verhindern, dass sie ihre Fassung wiedergewann. »Kapieren Sie nicht, was hier eben passiert ist? Sind Sie wirklich so blind? Die drei waren ein Mordkommando. Ethan will Sie tot sehen. Unwiderruflich tot. Sie können hier nicht bleiben. Sie werden weiter hinter Ihnen her sein. Corrie-Lyn! Ich kann Sie beschützen.«

»Mich?«, schluchzte sie. »Sie hatten es auf mich abgesehen?«

»Ja. Jetzt kommen Sie, wir sind hier nicht sicher.«

»Grundgütiger Ozzie.«

Er schüttelte sie. »Haben Sie mich verstanden?«

»Ja«, flüsterte sie. So wie sie zitterte, nahm Aaron an, dass sie unter Schock stand.

»Gut«, sagte er. Er setzte sich, Corrie-Lyn hinter sich her ziehend, in Richtung des landenden Taxis in Bewegung, ohne Rücksicht darauf zu nehmen, wie sie stolpernd mit ihm Schritt zu halten versuchte. Es fiel ihm schwer, ein Grinsen zu unterdrücken. Es hätte an diesem Abend nicht besser laufen können, selbst wenn er es geplant hätte.

Inigos erster Traum

Als Edeard erwachte, war sein Traum bereits eine konfuse, verblassende Erinnerung. Es war jeden Morgen das Gleiche. Egal, wie sehr er sich bemühte, nie gelang es ihm, die Bilder und Geräusche, die ihn Nacht für Nacht heimsuchten, festzuhalten. Akeem behauptete, dass er sich deswegen keine Sorgen zu machen brauche. Er sagte immer, dass die Träume aus den sanften Ausströmungen anderer schlafender Geister rings um ihn bestünden. Doch Edeard glaubte nicht, dass die Dinge, von denen er träumte, von einem Ort stammten, der auch nur annähernd so war wie ihr Dorf. Dafür waren die Bruchstücke, die dann und wann doch bei ihm hängenblieben, viel zu faszinierend und seltsam.

Durch die Spalten der Holzfensterläden sickerte das erste Licht des Morgens herein. Edeard kuschelte sich unter den Stoß von Decken auf seiner Pritsche und blieb noch eine Weile liegen. Es war ein großes Zimmer, mit weiß getünchten Putzwänden und blanken Dielen. Die Balken des Giebeldachs über ihm waren aus uraltem Martozholz, das so lange geschwärzt und gehärtet worden war, bis sie Eisen ähnelten. Von Mobiliar konnte kaum die Rede sein, zwei Drittel der Bodenfläche waren vollkommen unbedeckt. Das wenige, was vorhanden war, hatte Edeard kurzerhand zu der Seite hinübergeschoben, an der sich ein breites Fenster befand. Am Fußende der Pritsche stand eine einfache Kiste, in der er ein dürftiges Sortiment an Kleidern aufbewahrte. Außerdem gab es einen länglichen Tisch, der mit seinen leidenschaftlichen Skizzen vorstellbarer Genistar-Tiere übersät war. Schließlich noch einige Stühle sowie eine Kommode, auf der eine schmucklose weiße Schüssel und ein Krug Wasser standen. In der dem Bett gegenüberliegenden Ecke war irgendwann in der Nacht das Feuer heruntergebrannt und hatte ein paar noch schwach glimmende Glutreste im Kamin zurückgelassen. Es war schwierig, einen so großen Raum zu heizen, besonders im Winter, und Edeard konnte sehen, wie sich sein Atem in einen feinen weißen Nebel verwandelte.

Faktisch gesehen logierte er im Lehrlingsschlafsaal der Eiformergilde von Ashwell, allerdings war er dessen einziger Bewohner. Seit sechs Jahren lebte er schon hier, seit seine Eltern gestorben waren. Da war er acht Jahre alt gewesen. Meister Akeem, der einzige übrig gebliebene Former des Dorfes, hatte ihn zu sich genommen, nachdem die Karawane, der sie sich für die Reise nach Osten durch die Berge angeschlossen hatten, von Banditen überfallen worden war.

Edeard schlang sich eine Decke um die Schultern und eilte über den kalten Fußboden zu der kleinen, bogenförmig ummauerten Feuerstelle hinüber. Die Glut gab immer noch ein bisschen Hitze ab und erwärmte die Kleider, die er am Abend zuvor über die Rückenlehne eines Stuhls geworfen hatte. Hastig zog er sich an, stieg in ein Paar arg zerschlissene Lederhosen, stopfte das fadenscheinige Hemd hinein und zwängte sich anschließend in einen dicken grünen Pullover. Wie immer stanken die Sachen nach Stall und dessen diversen Bewohnern, ein Geruch aus Fell und Futter und Käfigen. Nach sechs Jahren bei der Gilde hatte er sich aber schon so sehr daran gewöhnt, dass er ihn kaum noch wahrnahm. Er setzte sich auf die Bettkante, um sich seine Stiefel anzuziehen; mittlerweile waren sie ihm wirklich zu klein geworden. Nachdem die Ställe in den vergangenen achtzehn Monaten wieder mehr Genistars gesehen und Edeard offizielle Betriebspflichten übernommen hatte, war wieder etwas mehr Geld in ihre kleine Filiale der Eiformergilde geflossen. Nicht gerade ein Vermögen, aber genug, um ein paar neue Sachen zum Anziehen und ein Paar Stiefel zu kaufen. Es war einfach nur so, dass er nie die Zeit fand, zum Schuster zu gehen. Er zuckte leicht zusammen, als er aufstand und vergeblich versuchte, seine zusammengequetschten Zehen zu strecken. Nein, so hatte das keinen Sinn, er würde sich ein Stündchen seines arbeitsreichen Tages freinehmen müssen, um beim Schuster vorbeizusehen. Er grinste. *Aber nicht heute.*

Heute war der Tag, an dem der neue Dorfbrunnen fertig werden sollte. Ein Projekt, bei dem die Eiformergilde eine ungewöhnlich große Rolle spielte. Wie auch er selbst. Edeard war sich darüber im Klaren, dass viele, nein wohl eher alle im Dorf Zweifel hegten. Doch Meister Akeem hatte den Ältestenrat diskret überredet, seinem jungen Lehrling eine Chance zu geben. Sie hatten nur deshalb zugestimmt, weil sie nichts zu verlieren hatten.

Er stürmte die Treppe hinunter und durch den schmalen Hinterhof in den gut beheizten Speisesaal der Gilde. Ebenso wie der Schlafsaal war der eine deutliche Mahnung, dass die Eiformergilde schon bessere Zeiten gesehen hatte. Wesentlich bessere! Es standen immer noch zwei lange Tischreihen mit Sitzbänken in dem weiträumigen Saal, genug, um an Festabenden fünfzig Formern und ihren Gästen Platz zu bieten. Der riesige offene Kamin am hinteren Ende des Raums besaß an jeder Seite einen eisernen, ins Mauerwerk eingelassenen Backofen und der Bratspieß war so groß, dass er es mit einem ganzen Schwein aufnehmen konnte. Doch an diesem Morgen bestand das Feuer nur aus einer kleinen Flamme, die von ein paar Ge-Affen gehütet wurde. Normalerweise ließ man Genistars nicht in die Nähe von offenem Feuer, denn sie waren ebenso ungebärdig wie jedes irdische Tier. Aber Edeards Instruktionen waren so klar und ausreichend tief verankert, dass die Ge-Affen ihre Aufgabe ohne durchzudrehen bewältigen würden.

Edeard setzte sich an den Tisch in der Nähe des Feuers. Mittels einfachem telepathischen Longtalk erteilte sein Geist den Ge-Affen eine Reihe von Befehlen. Er benutzte eine Pidgin-Version von Querencias Gedankensprache. Er visualisierte die Folge der erwünschten Ereignisse in Verbindung mit einfachen, kurzen Befehlen. Dabei achtete er darauf, dass deren emotionaler Gehalt gleich null blieb (was die Leute zu oft vergaßen, um sich dann zu wundern, dass die Genistars nicht vernünftig gehorchten).

Die Ge-Affen fingen an herumzuwuseln. Es waren relativ große Geschöpfe, gut und gerne so schwer wie ein ausgewachsener Mann. Sie wiesen sechs lange Beine an der unteren Körperhälfte und sechs noch längere Arme an der oberen auf. Die ersten beiden Paare standen so dicht beieinander, dass es den Anschein erweckte, sie würden sich ein Schultergelenk teilen, während das dritte Paar beidseits einer äußerst biegsamen Wirbelsäule weiter hinten angesetzt war. Ihre Körper waren von einem kräftigen weißen Fell bedeckt, das an den Gelenken und Handflächen kleine abgewetzte Stellen aufwies, die eine ledrige, aschfarbene Haut entblößten. Das Kopfprofil war das Gleiche wie bei allen Genistar-Varianten, eine schlichte Kugel mit einer Schnauze, die der eines irdischen Hundes sehr nahekam; am unteren Teil des Hinterkopfs, ein Stück oberhalb des stämmigen Halses, saßen die Ohröffnungen. Aus jeder sprossen drei lange, gefaltete Hautlappen hervor, die so dünn waren, dass man fast durch sie hindurchsehen konnte.

Ein großer Becher mit Tee wurde vor Edeard abgestellt, gefolgt von dicken Scheiben Röstbrot, einer Schale Obst und einem Teller mit Rührei. Er langte kräftig zu und ging in Gedanken schon einmal den kritischen Teil der für diesen Tag anstehenden Arbeiten am Grund des Brunnens durch. Sein Fernblick erfasste Meister Akeem bereits, als der alte Mann noch im Gartenhaus war, dem Domizil für ranghöhere Former, das an den Speisesaal angeschlossen war. Edeard konnte mit seinen Sinnen bereits einige Steinmauern durchdringen und körperliche Strukturen ausmachen, als wären sie Schatten, während Gedanken mit einem irisierenden Leuchten umherschwirrten. Seine Sehkraft war jetzt schon so ausgeprägt, dass sie die vieler Erwachsener übertraf. Das war etwas, das Akeem mit ungeheurem Stolz auf seinen talentierten Lehrling erfüllte. Er machte keinen Hehl daraus, dass er in der persönlichen Ausbildung durch ihn, Akeem, den eigentlichen Schlüssel zur prächtigen Entfaltung von Edeards Fähigkeiten sah.

Als der alte Former den Saal betrat, stand sein Frühstück, fix und fertig zubereitet von den Ge-Affen, bereits auf dem Tisch. Er grunzte anerkennend und drückte Edeard väterlich die Schulter. »Hast gespürt, wie ich oben in meinem Schlafzimmer aufgestanden bin, was Junge?«, fragte er und deutete auf den Teller mit Wurst und Tomaten.

»Nein, Sir«, erwiderte Edeard fröhlich. »Das kann ich nicht, nicht durch vier Wände.«

»Wart nur ab, bald kannst du es«, sagte Akeem. Er griff nach seinem Becher mit Tee. »So wie du dich entwickelst, werde ich spätestens im Hochsommer außerhalb der Dorfmauern schlafen. Ich finde, jeder hat das Recht auf ein bisschen Privatsphäre.«

»In die würde ich nie eindringen«, protestierte Edeard. Er regte sich wieder ab und grinste schuldbewusst, als er die Belustigung in den Gedanken des alten Formers bemerkte. Meister Akeem hatte vor einigen Jahren sein hundertachtzigstes Wiegenfest gefeiert, dieses Datum behauptete er jedenfalls. Die Lebenserwartung auf Querencia betrug ungefähr zweihundert Jahre, obwohl Edeard niemanden in Ashwell oder einem der umliegenden Dörfer kannte, der tatsächlich so alt geworden war.

Akeems nicht zu leugnendes Alter hatte ihm ein rundliches Gesicht mit immerhin drei Kinnen beschert, die in einen wulstigen Hals übergingen. Die blasse Haut seiner Wangen und Nase zierte ein filigranes Muster aus roten und violetten Kapillaren, das ihm ein entsetzlich trauriges Aussehen verlieh. Die spärlichen Stoppeln, die bei der flüchtigen täglichen Rasur stets stehen blieben, waren nun zum größten Teil grau, was auch nicht eben dazu beitrug, den gramerfüllten Eindruck, den jedermann, der ihn zum ersten Mal sah, von ihm erhielt, zu mildern. Einmal in der Woche benutzte der alte Mann das gleiche Rasiermesser auch für das, was von seinen silberweißen Haaren noch übrig geblieben war.

Ungeachtet seiner sich ihrem Ende zuneigenden Jahre legte Meister Akeem größten Wert darauf, zu jeder Tageszeit anständig gekleidet zu sein. Seine persönlichen Ge-Affen kannten sich in Wäschereidingen äußerst gut aus. Auch heute waren seine maßgefertigten Lederhosen tadellos sauber, die Stiefel vorbildlich gewichst, das hellgelbe Hemd frisch gewaschen und gebügelt. Er trug eine Jacke aus magentarotem und jadegrünem Zwirn mit dem »Ei in verschlungenem Kreis«-Wappen der Eiformergilde auf dem Revers. Die Jacke mochte vielleicht nicht so stattlich sein wie die Roben, die die Gildenmitglieder in Makkathran trugen, doch in Ashwell galt sie als ein Zeichen von hohem Prestige, das ihrem Träger Respekt verschaffte. Keiner der anderen Dorfältesten kleidete sich so mustergültig wie Meister Akeem.

Verlegen bemerkte Edeard, dass er an seinem eigenen Lehrlingsabzeichen herumfingerte, einer schlichten Metallplakette an seinem Kragen. Das Wappen sah so ähnlich aus wie Akeems, nur dass es lediglich aus einem Viertelkreis bestand. Die Hälfte der Zeit vergaß er, sich die Plakette morgens überhaupt anzustecken. Schließlich hatte ihm gegenüber noch nie jemand so etwas wie Respekt gezeigt. Doch wenn heute alles gut ging, würde er Anspruch auf ein Abzeichen mit halbem Kreis haben. Akeem sagte, er könne sich nicht erinnern, dass sich jemals jemand für seine Senior-Lehrlingsprüfung an eine so komplizierte Formung herangewagt hätte.

»Nervös?«, fragte der alte Mann.

»Nein«, antwortete Edeard ohne Zögern. Dann senkte er den Kopf. »Jedenfalls funktionieren sie in den Behältern.«

»Natürlich tun sie das. Das tun sie immer. Unsere wahren Fähigkeiten zeigen sich erst dann, wenn sich entscheidet, was im wirklichen Leben geht. Aber nach dem, was ich gesehen habe, glaube ich nicht, dass es irgendwelche Probleme geben wird. Aber das ist keine Garantie. Vergiss das nicht! Nichts im Leben ist sicher.«

»Was habt Ihr für Eure Senior-Lehrlingsprüfung geformt?«, fragte Edeard.

»Äh, na ja, das ist schon eine Weile her. Damals waren die Dinge noch ganz anders, ein bisschen formeller. Aber das sind sie in der Hauptstadt immer. Ich vermute, daran hat sich nicht viel geändert.«

»Akeem!«, flehte Edeard. Er mochte den alten Mann wirklich von ganzem Herzen, aber, oh, wie seine Gedanken dieser Tage manchmal auf Wanderschaft gingen.

»Ja, ja. Soweit ich mich entsinne, wurden für die Prüfung vier Ge-Spinnen verlangt; funktionierende, wohlgemerkt. Sie mussten bei der Präsentation vor dem Großmeister Dro-Seide spinnen. Also lief es letzten Endes darauf hinaus, dass jeder mindestens sechs oder sieben geformt hat, um auf Nummer sicher zu gehen. Außerdem mussten wir einen Wolf, einen Schimpansen und einen Adler formen. Ah«, er seufzte. »Harte Zeiten waren das damals. Ich kann mich noch daran erinnern, dass mein Meister die Angewohnheit hatte, mich andauernd zu schlagen. Und an die Streiche, die wir oben im Schlafsaal nachts ausgeheckt haben.«

Edeard war ein wenig enttäuscht. »Aber Ge-Spinnen und all die anderen Sachen kann ich schon längst.«

»Ich weiß«, sagte Akeen nicht ohne Stolz und tätschelte dem Jungen die Hand. »Aber wir wissen beide, wie begabt du bist. Ein Junior-Lehrling ist normalerweise siebzehn, bevor er eine solche Prüfung in Angriff nimmt, wie du dich ihr heute stellst. Und selbst dann fallen die meisten noch beim ersten Mal durch. Deshalb habe ich die Aufgabe für dich auch so schwer gemacht. Eine funktionierende umgestaltete Form ist die Standardabschlussprüfung von der Lehrlingschaft zum Gesellen.«

»Ungelogen?«

»Aber ja. Natürlich. Ich hab die restliche Gildenausbildung sträflich vernachlässigt. Es war schon schwer genug, dich lange genug zum Stillsitzen zu bewegen, damit du deine Lektionen studierst. Um dich mit der Gildenethik und all den langweiligen alten Lehren zu konfrontieren, bist du definitiv noch zu jung, ganz gleich, wie präzise und gewissenhaft ich sie dir erkläre. Nur deshalb wirst du nach dieser Prüfung weiterhin Lehrling bleiben. Auch wenn es so scheint, als würdest du die Dinge auf einer rein instinktiven Ebene begreifen.«

Edeard runzelte die Stirn. »Was für eine Art von Ethik könnte denn mit dem Formen verbunden sein?«

»Kannst du dir das nicht denken?«

»Nein, nicht wirklich. Genistars sind solch ein Segen. Sie nützen allen. Und jetzt, wo ich Euch beim Formen helfe, können wir viel mehr Standardgattungen produzieren als zuvor. Das Dorf wird wieder stark und reich werden.«

»Hmm, ich denke, da du nun bald zum Senior-Lehrling aufsteigst, sollten wir damit beginnen, diesen Gedanken etwas näher zu betrachten. Wir brauchen mehr Lehrlinge, wenn wir das tatsächlich erreichen wollen.«

»Da ist Sancia, und Klein Evox verfügt über ein beeindruckendes Longtalk.«

»Wir werden sehen. Wer weiß? Wir sollten, wenn das heute vorbei ist, vielleicht noch etwas mehr an unserer Akzeptanz bei der Dorfbevölkerung arbeiten. Die Familien tun sich schwer damit, uns ihre Sprösslinge zur Ausbildung zu überlassen. Und dein Freund Obron macht es uns nicht eben leichter.«

Edeard errötete. Obron war der größte Rabauke im Dorf, ein Junge, der ein paar Jahre älter war als er und dem es ungeheuren Spaß bereitete, Edeard das Leben außerhalb der Mauern des Gildenanwesens zur Hölle zu machen. Es war ihm gar nicht klar gewesen, dass Akeem davon wusste. »Ich sollte die Angelegenheit ein für alle Male klären.«

»Die Herrin weiß, dass du in letzter Zeit genug Ärger mit ihm hattest. Ich bin stolz darauf, dass du dich nicht zur Wehr gesetzt hast. Eiformer sind naturgemäß immer starke Telepathen. Zu dem Ethikkurs, der bei dir bisher zu kurz gekommen ist, gehört die Maxime, dass wir uns niemals verleiten lassen dürfen, unseren Vorteil zu missbrauchen.«

»Ich hab's nur nicht getan, weil …« Er zuckte die Achseln.

»Es wäre nicht richtig, und das weißt du«, schloss Akeem. »Du bist ein guter Junge, Edeard.« Der alte Mann sah ihn an, seine Gedanken eine aufgewühlte Mischung aus Sorge und Stolz.

Die Unmittelbarkeit des emotionalen Aufruhrs ließ Edeard rasch die Tränen fortblinzeln, die ihm plötzlich unerwartet in die Augen gestiegen waren. Er schüttelte den Kopf, als wollte er sich von den Gedanken des alten Mannes befreien. »Gab es in Eurer Lehrzeit auch jemanden, der Euch immer so aufgezogen hat wie Obron?«

»Sagen wir einfach, einer der Gründe, weshalb es zu meinem Aufenthalt in Ashwell kam, war, dass meine Auslegung der Gildenethik von derjenigen der Meister vom Blauen Turm abwich. Und vergiss bitte nicht, auch wenn ich dein Meister und Tutor bin, so erwarte ich doch, dass den Anforderungen der Gilde Rechnung getragen wird. Sollte mein Urteil so ausfallen, dass du die nicht erfüllst, wirst du dein Senior-Lehrlingsabzeichen heute nicht erhalten. Das bezieht sich auch auf die Erledigung deiner gewöhnlichen Pflichten.«

Edeard schob seinen leeren Teller zurück und trank seinen Tee aus. »Dann sollte ich mich wohl besser daranmachen, was Meister?«

»Wer sich respektlos zeigt, fällt ebenfalls durch.«

Edeard stülpte sich eine Wollmütze über den Kopf, um sich gegen die frostig kalte Luft draußen zu wappnen, und stiefelte in den Haupthof des Gildenanwesens hinaus. Mit seinen neun Seiten besaß es einen recht ungewöhnlichen Grundriss. Sieben von ihnen wurden von Stalltrakten gebildet, dann waren da noch die Brutanlage sowie eine große Scheune. Nicht eines der Gebäude glich in Größe oder Höhe einem anderen. Als er vor Jahren hier eingezogen war, hatte Edeard nicht schlecht gestaunt. Das Anwesen der Eiformergilde stellte die größte Gebäudeansammlung im Dorf dar; für einen, der in einer kleinen Hütte mit undichtem Strohdach zur Welt gekommen war,

war es der reinste Palast. Damals waren ihm die dichten Mäntel aus Ki-Moos, die jedes Dach leuchtend Purpurrot färbten, überhaupt nicht aufgefallen; und auch nicht, wie besitzergreifend die verschlungene Gurk-Rebe war, die die dunklen Steinmauern des Innenhofs mit ihren gezackten blassgelben Blättern bedeckte, während ihre Wurzeln sich in den Mörtel zwischen den Steinen gruben und das Mauerwerk schwächten. An diesem Morgen seufzte er bei dem Anblick nur und fragte sich, ob er wohl jemals dazu kommen würde, die Ge-Affen auf eine Reinigungsmission zu schicken. Jetzt wäre dafür zum Beispiel eine gute Zeit. Die Blätter der Gurk-Rebe waren alle abgefallen und hatten sich zu hohen, verrottenden Haufen in den Hofecken aufgetürmt, während das Moos in dieser feuchten Jahreszeit zu großflächigen, schwammigen Matten geworden war, die sich leicht beseitigen lassen würden. Doch wie alles andere in seinem Leben, würde auch das warten müssen. *Wenn Akeem doch bloß einen neuen Lehrling finden würde,* dachte er. *Wir rackern uns tagtäglich von früh bis spät ab, um ja nicht den Anschluss zu verlieren, und dabei würde nur eine einzige zusätzliche Kraft in der Gilde schon so viel ausmachen.*

Doch dazu bedurfte es wohl eines Wunders der Herrin, gestand er sich widerstrebend ein. Die Familien im Dorf sträubten sich dagegen, ihre Kinder bei der Eiformergilde in die Lehre gehen zu lassen. Zwar sahen sie durchaus ein, wie sehr sie auf Genistars angewiesen waren, doch deshalb konnten sie es sich noch lange nicht leisten, auf ein Paar zupackender Hände zu verzichten. Der Gilde ging es eben wie allen anderen in Ashwell – sie kämpfte darum, irgendwie über die Runden zu kommen.

Edeard eilte über den Hof zu den Behältern, in denen seine frisch umgeformten Katzen aufbewahrt wurden. Im Stillen fragte er die Herrin, wieso er sich nur das Leben damit schwer machte, an diesem rückständigen Ort am Rande der Wildnis zu bleiben.

Zu seiner Rechten befanden sich die größten Stallungen,

dort wo die Defaults in ihren Verschlägen herumschlurften. Bei ihnen handelte es sich um einfaches Nutzvieh, unförmige eierlegende Genistars, etwa so groß wie ein irdisches Pony, mit sechs Beinen, die einen bauchigen Körper aufrecht hielten. Die sechs oberen Gliedmaßen auf dem Rücken waren zu buckligen Höckern verkümmert. Bei den Weibchen nahmen die Eierstöcke dreißig Prozent der inneren Organe ein und brachten alle fünfzehn Tage ein Ei hervor. Die Männchen, von denen es lediglich drei gab, trotteten schwerfällig in einem großen Gehege umher, während die Weibchen einzeln in einer Reihe von fünfzehn abgetrennten Ställen untergebracht waren. Zum ersten Mal, seit Akeem ihn hierher geführt hatte, waren alle Ställe belegt; eine Quelle ungemeiner Befriedigung für Edeard. Nicht einmal ein so versierter Meister wie Akeem, und der war trotz seines hohen Alters ein einzigartiges Talent, schaffte es, ganz allein mit fünfzehn Defaults klarzukommen. Ein Ei zu formen erforderte sehr viel Geduld, und Edeard hatte mindestens so viele groteske Fehlschläge wie Erfolge zu verzeichnen. Vor allem musste das Timing stimmen. Ein Ei durfte nicht eher als zehn Stunden nach der Befruchtung geformt werden, und nicht später als fünfundzwanzig. Wie lange es dauerte, hing von der Art der gewünschten Gattung ab.

Wie oft hatte Edeard die halbe Nacht in einem Stall in einem der tief gepolsterten Formersessel gekauert und seinen Geist auf ein Ei fokussiert? Eiformen war, wie Akeem es so oft beschrieben hatte, als würde man nicht greifbaren Lehm mit unsichtbaren Händen modellieren. Die Fähigkeit war eine behutsame Kombination aus Fernblick und Telekinese. Sein Geist war in der Lage, in das Ei hineinzusehen. Nur diejenigen, die das mit perfekter Klarheit vermochten, konnten Eiformer werden. Nicht etwa, dass er gern damit angab, aber Edeards geistiges Sehvermögen war das schärfste im ganzen Dorf. Was er im Innern der Schale sah, war ein kleines Default-Genistar-Exemplar bestehend aus einer grauen, schattenartigen Substanz. Sodann griffen seine telekinetischen Kräfte hinaus und begannen es in die Gestalt zu formen, die er wollte – doch langsam, so entmutigend langsam. Aber es gab auch Grenzen. Er konnte einem Genistar nichts Zusätzliches verleihen: sieben Arme etwa, oder zwei Köpfe …

Was der Vorgang bewirkte, war eine Beeinflussung derjenigen im Werden begriffenen Strukturen, die in der Default-Physiologie bereits angelegt waren. Er konnte außerdem Einfluss auf die Größe nehmen, wenngleich das zum Teil auch durch den Gattungstyp selbst bestimmt wurde, den er formte. Und dann gab es noch Unterfamilien innerhalb jeder Standardgattung: Schimpansen ebenso wie kleinere Primaten, eine Vielzahl von Pferdearten – große, kleine, kräftige, langsame, schnelle. Es war eine lange Liste, die es gut im Kopf zu behalten galt. Formen war ungeheuer schwierig und erforderte eine immense Konzentration. Ein Former musste viel, viel mehr mitbringen als nur eine unheimliche Sehkraft und Beeinflussungsgabe. Former mussten ein *Gefühl* dafür haben, was sie im jeweiligen Augenblick taten, mussten instinktiv wissen, ob es das Richtige war, mussten das Potenzial erkennen können, das ein embryonaler Genistar barg. In den kleineren Geschöpfen würde es keinen Platz für Fortpflanzungsorgane geben, also mussten sie davon befreit werden, und auch andere Organe mussten selektiert werden, dort, wo es zweckmäßig erschien. Bloß welche? Wen wunderte es da noch, dass selbst Großmeister einen hohen Prozentsatz an untauglichen Eiern produzierten.

Edeard ging an den Default-Ställen vorbei, durchleuchtete mit seinem Fernblick das Gebäude und kontrollierte, ob die Ge-Affen mit dem Ausmisten und Füttern vorankamen. Ein paar von ihnen waren ein wenig nachlässig und undiszipliniert geworden, also frischte er ihre Instruktionen mit einer kurzen Longtalk-Botschaft auf. Ein etwas tiefer gehendes Abtasten mit seinem Fernblick informierte ihn über den Zustand der trächtigen Defaults. Von den elf, die geformt worden waren, wiesen drei Anzeichen dafür auf, dass mit Problemen zu rechnen war. Er seufzte resigniert. Zwei davon waren seine.

Nach den Defaults kamen die Pferdeställe. Sie beherbergten zurzeit neun Fohlen, von denen sieben zu jenen stattlichen, robusten Tieren heranwachsen würden, die auf den umliegenden Höfen Pflug und Karren zogen. Die meisten Aufträge, die bei der Eiformergilde zu Ashwell eingingen, betrafen Genistars, die im Ackerbau einsetzbar waren. Die Nachfrage nach domestizierten Ge-Affen und Schimpansen war zurückgegangen. Das lag, wie Edeard wusste, einzig und allein daran, dass die Leute sich einfach nicht die Zeit dafür nahmen, zu lernen, wie man diese Tiere korrekt instruierte. Nicht, dass sie jemals hierherkommen und sich von einem vierzehnjährigen Jungen irgendwas erzählen lassen würden. Das ärgerte ihn maßlos; er war sich sicher, dass sich die Produktivität des Dorfes mindestens auf das Vierfache steigern ließe, wenn sie nur auf ihn hörten.

»Geduld«, riet Akeem ihm immer, wenn er mal wieder gegen die kurzsichtigen Dummköpfe, die ihre Nachbarschaft ausmachten, wetterte. »Oft muss man, um das Richtige zu tun, zuerst das Falsche getan haben. Die Zeit wird kommen, da man deinen Worten Beachtung schenken wird.«

Edeard hatte keine Ahnung, wann das sein würde. Selbst wenn der heutige Tag von Erfolg gekrönt sein sollte, rechnete er nicht damit, dass die Leute in Scharen angerannt kamen, um ihm zu gratulieren und fortan seinen Rat einzuholen. Höchstwahrscheinlich war es seine Bestimmung, für immer der komische Junge zu bleiben, der allein bei dem verrückten alten Akeem wohnte. Das perfekte Paar, sagten sie, wenn sie davon überzeugt waren, er könne sie nicht mit seinem Fernblick erfassen.

An der anderen Seite der Pferdeställe lag das Primaten- und Schimpansengehege. Es befanden sich nur ein paar in ihrem Nest zusammengerollte, schlafende Affenbabys darin. Die anderen waren draußen und führten überall auf dem Gildenanwesen ihre Aufgaben aus. Die Auftragsbücher wiesen nicht eine Bestellung von Ge-Affen auf; selbst der Grobschmied, der sich vor Arbeit kaum retten konnte, wollte sie nicht. *Viel-*

leicht sollte ich mal ein paar von den Leuten hierher bringen, dachte Edeard, *um ihnen zu zeigen, was die Ge-Affen alles drauf haben, wenn man ihnen ordentliche Anweisungen gibt. Oder Akeem könnte es ihnen demonstrieren. Einfach irgendwas, das den Kreis durchbrechen würde und die Leute ein bisschen risikofreudiger macht.* Die Tagträume eines komischen Jungen ...

Auf die Affengehege folgten die Hundezwinger. Ge-Hunde standen nach wie vor hoch im Kurs, besonders solche, die sich zum Hüten von Rindern und Schafen eigneten. Acht Welpen wurden von zwei Hundeammen gesäugt, die er selber geformt hatte. Auf diese Weise konnten die Defaults ohne lange Säugezeit direkt wieder zur Eierproduktion eingesetzt werden. Es hatte zwölf untaugliche Eier gebraucht, bis es ihm endlich geglückt war, die erste Amme zu formen. Er hatte diese Neuerung eingeführt, nachdem er etwas über Hundeammen in einem alten Gildentext gelesen hatte. Nun war er ganz begierig darauf, zu versuchen, die Methode auf sämtliche Genistar-Arten anzuwenden. Akeem hatte ihm geholfen, als die erste Amme geschlüpft war und er war von Edeards Beharrlichkeit nicht weniger beeindruckt gewesen als von seinen Talenten als Former.

Die Hauptpforte des Anwesens war zwischen den Hundezwingern und den Wolfszwingern eingekeilt. In Letzteren waren zurzeit sechs fast ausgewachsene Exemplare dieser wilden Geschöpfe untergebracht. Stets nützlich außerhalb der Mauern des Dorfes, kamen die Wölfe vor allem als Wächter für Ashwell und seine zahlreichen abseits gelegenen Höfe zum Einsatz und auch auf der Jagd in den Wäldern waren sie ständige Begleiter und halfen dabei, sie von Querencias einheimischen Raubtieren wie von gelegentlichen Banditenbanden zu säubern.

Edeard blieb stehen und warf einen Blick hinein. Die Ge-Wölfe waren schmächtige Kreaturen, mit einem dunkelgrauen Fell, das mit den meisten Landschaften verschmolz. Ihre langgezogenen Schnauzen warteten mit spitzen Fangzähnen auf, die einen mittelgroßen Ast sauber durchbeißen konnten, ganz zu schweigen von Gliedmaßen aus Fleisch und Knochen. Die großen Welpen fiepten aufgeregt, als er sich über die Zwingerpforte beugte und sie tätschelte. Heiße Zungen leckten ihm über die Hand. Zwei der Tiere besaßen ein Paar Arme, eine weitere seiner Neuerungen. Er war gespannt, ob sie damit wohl Messer oder Knüppel zu halten vermochten. Das war ebenfalls etwas gewesen, worauf er in einem alten Text gestoßen war. Und es war natürlich wieder so eine Idee, über die die Dorfbewohner bloß den Kopf geschüttelt hatten.

Vom ganzen Innenhof mochte er das Vogelhaus am liebsten. Ein stabiler, runder Verschlag mit bogenförmigen Öffnungen ungefähr sechs Meter über dem Boden, direkt unterhalb des Dachvorsprungs. Ebenerdig gab es nur einen Eingang. Drinnen verliefen dicke Martozbalken kreuz und quer durch den ansonst leeren Raum. Über die Jahre war das Holz arg von Krallen abgenutzt worden, so sehr, dass die ursprünglichen Vierkante inzwischen oben abgerundet waren. Nur ein einziger einsamer Ge-Adler war übrig geblieben, so groß wie Edeards Oberkörper. Der Vogel verfügte über eine Doppelschwingenanordnung mit zwei Extremitäten, die die großen Vorderflügel stützten und ihm eine bemerkenswerte Wendigkeit verliehen, während die Hinterflügel ein simples Dreieck bildeten und für die Stabilität des Fluges sorgten. Sein goldenes und smaragdgrünes Gefieder bedeckte einen stromlinienförmigen Körper mit einem langen, schmalen Maul, dessen Zähne sich zu einem gezackten Grat herausgebildet hatten, einem Schnabel nicht unähnlich.

Dreifach segmentierte Augen blinzelten auf Edeard hinab, als er lächelnd nach oben blickte. Oh, wie er den Ge-Adler beneidete. Er konnte sich frei in die Lüfte erheben und das Dorf mit all seiner erdenschweren Mühsal und Bedeutungslosigkeit einfach hinter sich lassen. Er besaß ungewöhnliche telepathische Kräfte, die es Edeard erlaubten, selbst zu erfahren, wie es war, wenn man die Flügel ausbreitete und der Wind an einem vorbeistrich. Oft vergingen ganze Nachmittage darüber, dass ein völlig verzauberter Edeard seinen Geist mit dem des Ge-Adlers verschmolz, während dieser sich draußen auf Wälder und Täler herabfallen und über sie hinweggleiten ließ und ihm einen berauschenden Geschmack der Freiheit verschaffte, die es jenseits des Dorfes gab.

Begeistert von Edeards Erscheinen und der Aussicht auf einen Rundflug raschelte der Adler mit den Flügeln. *Nicht jetzt,* gab Edeard ihm widerstrebend zu verstehen. Empört schüttelte das Tier seinen Schnabel, schloss die Augen und erstarrte wieder in unnahbarer Pose.

Die Brutanlage befand sich zwischen Vogelhaus und Katzenheim. Sie bestand aus einem niedrigen, runden Gebäude, ungefähr halb so groß wie das Vogelhaus. Ihr breites, eisenbeschlagenes Holztor war geschlossen und verriegelt. Dies war der einzige Ort auf dem Anwesen, zu dem Ge-Affen keinen Zutritt hatten. Es war Edeards Aufgabe, die Anlage sauber und in Ordnung zu halten.

Auf einem windgeschützten Stein rechts neben der Tür standen neun brennende, dicke Kerzen, traditionsgemäß eine für jedes Ei in der Anlage. Er ließ seinen Fernblick über die Eier schweifen und stellte erfreut fest, dass die Embryonen sich zufriedenstellend entwickelten. Nachdem sie gelegt worden waren, mussten die Eier etwa zehn Tage ausgebrütet werden – gehegt und gepflegt und auf Gestelle gebettet, die während der Wintermonate von in einem großen Eisenofen glimmenden Kohlen warm gehalten wurden. Er musste noch vor Mittag die Asche herausholen und ein paar Stücke nachlegen. Aus einem der Eier, so schätzte Edeard, würde schon morgen ein neues Tier schlüpfen, ein weiteres Pferd.

Zum Schluss ging er noch ins Katzenheim hinüber, dem kleinsten der Gebäude, die den Innenhof umgrenzten. Standard-Genistar-Katzen waren zarte, semiaquatische Geschöpfe mit dunklem, glattem Fell und großen mit Schwimmhäuten versehenen Füßen, die keine oberen Gliedmaßen besaßen. In den Gildenlehrbüchern wurden sie als eine der sieben Standardgattungen geführt, obwohl noch kein Mensch außerhalb der Hauptstadt Makkathran jemals viel Verwendung für sie gefunden hatte. Allein die Gondolieri nahmen stets einige von ihnen mit auf ihre Barken, damit sie die Stadtkanäle von Seegras und Nagern freihielten.

Das Katzenheim war ein rechteckiger Raum, der von großen, kniehohen Steintischen dominiert wurde. Durch einige ins Dach eingelassene Fenster fiel Licht herein. Edeard nahm mittlerweile zu seinem normalen Sehvermögen immer auch seinen Fernblick zu Hilfe, wenn er sich durch die engen Durchgänge zwischen den Tischen schob, da das Ki-Moos so produktiv wucherte. Von hier aus waren die Fenster nur mehr schmale Schlitze, die einen spärlichen violetten Glanz lieferten.

Entlang der Tische waren Glasbehälter aufgestellt. Sie waren uralt, Bassins von der Größe klobiger Särge, die noch aus der Zeit stammten, als das Anwesen erbaut worden war. Gut die Hälfte wies an den Seiten Sprünge auf und das Glas war von abgestorbenen Algen verschmutzt, während Kies und ausgetrockneter Schlamm die Böden der Behälter bedeckte. Fünf von ihnen hatte Edeard generalüberholt, um seine umgeformten Katzen darin unterzubringen. Aus drei weiteren hatte er behelfsmäßige Wasserbehälter gemacht. Die Schläuche, mit denen er sie auf ihre Tauglichkeit hin überprüft hatte, lagen noch immer heillos verheddert am Boden. Alle fünf umgeformten Katzen ruhten auf den Kiesbetten in ihren Bassins und wurden von nur wenigen Zentimetern sich träge bewegenden Wassers umspült. Sie glichen aufgedunsenen, glitzernd schwarzen Fleischrhomben und waren etwa halb so groß wie ein Mensch. An ihren Körpern saßen keine Gliedmaßen, nur an den Flanken befand sich je eine Reihe von sechs ringförmigen Kiemen, aus denen dicke Hautschläuche herabbaumelten. Die Köpfe waren so klein, dass sie völlig unterentwickelt, ja fast schon missgebildet wirkten und sie besaßen weder Augen noch Ohren. Es überstieg auch die Möglichkeiten von Edeards Fernblick, auch nur den Funken eines Gedanken in den winzigen Gehirnen zu entdecken.

Guter Dinge schaute er lächelnd auf die regungslosen Klumpen hinab und durchforschte sie nach etwaigen Anzeichen von Krankheit. Als er überzeugt war, dass ihr Gesundheitszustand so gut war, wie er nur sein konnte, stand er eine Weile völlig still da, atmete in ruhigen und regelmäßigen Zügen ein und aus – ganz so, wie Akeem es ihm beigebracht hatte – und konzentrierte seine telekinetischen Kräfte, seine »dritte Hand«, wie die meisten Dorfbewohner es nannten, auf die erste Katze. Er konnte das schwarze Fleisch in seinem immateriellen Griff spüren und hob es aus seinem Bett aus schmutzigem Kies.

Eine halbe Stunde später, als Barakka, der Dorfstellmacher, seinen Wagen in den Innenhof fuhr, traf er Edeard und Akeem neben fünf Planen stehend an, auf denen die umgeformten Katzen lagen. Beim Anblick der bizarren Geschöpfe verzog der Mann angewidert das Gesicht und bedachte den alten Gildenmeister mit einem skeptischen Blick.

»Bist du dir mit denen da ganz sicher?«, fragte er, als er sich von seinem Kutschbock schwang. Der Stellmacher war ein überaus stämmiger Mann, den acht Jahrzehnte harter körperlicher Arbeit nur noch kräftiger gemacht hatten. Er trug einen dichten, verwilderten Bart, der seine grauen Augen umso tiefliegender wirken ließ. Sich an seinem zugewucherten Kinn kratzend, musterte er die Ge-Katzen. Zweifel mischten sich, klar und deutlich für Edeard zu erkennen, in seine Gedanken. Barakka gab nicht viel um die Befindlichkeiten junger Eleven.

»Wenn sie gelingen, werden sie sich für Ashwell als sehr nutzbringend erweisen«, sagte Akeem sanft. »Ist doch einen Versuch wert, oder nicht?

»Wenn du das sagst«, meinte Barakka konziliant. Verschlagen grinste er Edeard an. »Was hast du vor, Jungchen? Willst du bei uns Bürgermeister werden? Wenn die da funktionieren, sollst du meinen Segen jedenfalls haben. Ich wasche mich seit drei Monaten in Pferdejauche. Allerdings dürfte sich der alte Geepalt ziemlich auf die Füße getreten fühlen.«

Geepalt, der Dorfzimmermann, war für die vorhandene Brunnenpumpe zuständig und hätte von Rechts wegen für den frisch ausgehobenen Brunnen eine neue Pumpe bauen sollen. Er war von allen der größte Schwarzseher gewesen, als es darum gegangen war, Edeard die Erlaubnis für einen Versuch mit seiner Neuerung zu geben. Dass Obron sein Lehrjunge war, hatte dabei wenig geholfen.

»Es gibt Schlimmeres im Leben als einen verärgerten Geepalt«, sagte Akeem. »Abgesehen davon, wenn die Sache hinhaut, wird er viel mehr Zeit für profitablere Aufträge haben.«

Barakka lachte. »Du alter Gauner! Es ist deine Zunge, nicht dein Geist, die die Worte so formt, dass sich ihre Bedeutung verdreht.«

Akeem machte eine kleine Verbeugung. »Vielen Dank. Wollen wir jetzt mit dem Aufladen beginnen?«

»Wenn Melzars Mannschaft fertig ist«, sagte Barakka.

Edeards Fernblick zuckte hinaus, prüfte den neuen Brunnen und die um ihn versammelte Menge. »Sind sie. Wedard hat den Ge-Affen-Grabungstrupp schon nach oben gerufen.«

Barakka schaute ihn abschätzend an. Der neu ausgehobene Brunnen befand sich vom Anwesen der Eiformergilde aus gesehen auf der anderen Seite des Dorfes. Mit seinem eigenen Fernblick konnte er so weit nicht sehen. »Gut, packen wir sie auf den Wagen. Wie sieht's aus, Jungchen, schaffst du ein Drittel des Gewichts?«

Edeard war froh, dass es ihm gelang, jegliche Ironie daran zu hindern, zwischen seinen Oberflächengedanken hervorzublitzen. »Ich denke ja, Sir.« Aus den Augenwinkeln heraus bemerkte er Akeems dünnes vertrauliches Grinsen; doch der Geist seines Meisters blieb gelassen und ernst.

Barakka bedachte die umgeformten Katzen mit einem weiteren argwöhnischen Blick und kratzte sich abermals am Bart. »Na gut, dann wollen wir mal. Auf mein Kommando. Drei. Zwei. Eins.«

Edeard setzte seine dritte Hand ein, sorgsam darauf bedacht, nicht kräftiger zuzupacken, als er sollte. Im Verein zogen sie an. Die umgeformte Katze erhob sich sacht in die Luft und schwebte hinüber auf die Ladefläche des offenen Wagens.

»Nicht gerade klein, die Biester, was?«, sagte Barakka. Sein Lächeln wirkte ein bisschen erzwungen. »Gut, dass du mir hilfst, Akeem.«

Edeard wusste nicht, ob er protestieren oder lachen sollte.

»Wir tragen alle unser Scherflein bei«, erwiderte Akeem und warf Edeard einen warnenden Blick zu.«

»Also dann, die nächste«, sagte Barakka.

Zehn Minuten später rollten sie durchs Dorf, Barakka und Akeem auf dem Kutschbock sitzend, während Edeard mit der Ladefläche vorliebnahm, den einen Arm schützend über eine Katze gelegt.

Ashwell war ein Wirrwarr von Häusern im Windschatten eines Felsvorsprungs, der aus der Flanke eines sanften Abhangs ausgeschert war. So gut wie unmöglich zu erklimmen, bildete der Fels zusammen mit einem halbkreisförmig errichteten Wall aus Erde und Steinen zuverlässigen Schutz vor jedweden übelwollenden Truppen, die hoch zu Ross aus den wilden Landen im Nordosten einfallen mochten. Die meisten Gebäude waren einfache Steinhütten, mit Strohdächern und hölzernen Fensterverschlägen. Einige größere besaßen Fenster mit Glasscheiben, die aus den westlichen Städten importiert worden waren. Einzig die breite, parallel zum Felsen verlaufende Hauptstraße war gepflastert; die von ihr abzweigenden Gassen und Wege stellten kaum mehr dar als matschige Furchen, die von Rädern und Füßen in den Untergrund gegraben worden waren. Wenn das Eiformer-Anwesen die größte Ansammlung von Gebäuden darstellte, so war die Kirche der Lichthimmelsherrin mit ihrem konisch aus der Nordseite der flachen Kuppel emporstrebenden Turm doch mit Abstand das höchste. Früher erstrahlte die steinerne Kirche in einheitlichem Weiß, doch nach etlichen Perioden der Vernachlässigung waren große Bereiche der Fassade zu einem tristen Grau verwittert und von Ki-Moos überwuchert, das sich in den schmalen Fugen zwischen den großen Steinblöcken rasch ausbreitete.

Der Weg zum Dorftor zweigte etwa auf halber Strecke der Hauptstraße ab. Edeard blickte den Pfad hinunter und sah den Tunnel aus Backstein, der den schrägen Befestigungswall durchschnitt und an dessen anderem Ende die massiven Tore sich der Außenwelt öffneten. Oben auf dem Wall ragten zu beiden Seiten der Pforte Wachtürme empor, die große Eisenglocken an den Spitzen trugen. Beim geringsten Anzeichen von herannahendem Ärger würden die Wachen sie läuten. Edeard hatte sie niemals gehört. Ein paar der älteren Dorfbewohner behaupteten, das Geläut zum letzten Mal in jener Zeit vernommen zu haben, als Banditenbanden durch die an das Dorf grenzenden Ackerlande gezogen waren.

Als Edeard zur Kuppe des unregelmäßigen und mittels unterschiedlichster Materialien errichteten Schutzwalls hinaufschaute, fragte er sich, wie schwierig es wohl wirklich wäre, ihre Befestigung zu überwinden. Es gab bröckelige, löchrige Stellen, die mit dicken Hölzern gestopft worden waren, die nun ihrerseits unter breiten Streifen von Ki-Moos verfaulten; und selbst wenn jeder Mann und jede Frau im Dorf zu den Waffen greifen würde, könnten sie doch nur höchstens ein Drittel seiner Länge abdecken. In Wahrheit stützte sich ihre Sicherheit wohl eher auf die Illusion von Stärke.

Ein heftiger schmerzender Stich in seinem linken Schienbein ließ ihn zusammenzucken. Ein telekinetisches Zwicken, das er mit einem starken Körperschild abwehrte. Obron und zwei seiner Kumpane waren an der Seite des Wagens aufgetaucht und mischten sich unter die anderen Bewohner des Dorfes, die in Richtung des neuen Brunnens marschierten. Ein Hauch von Volksfeststimmung lag in der Luft, während der Wagen seinen feierlichen Zug durch Ashwell machte. Sie waren umringt von Menschen, die ihr Tagewerk einfach liegen und stehen gelassen hatten, um sich ihnen anzuschließen und die neue Formererfindung zu sehen.

Nun, da Edeard seinen gnädigen Tagträumen entrissen war, nahm er auch den Trubel aus Belustigung und Neugierde um sich herum wahr, der das ganze Dorf erfasst hatte. Die wenigsten rechneten damit, dass die umgeformten Katzen funktionierten, der überwiegende Teil freute sich schon darauf, mit eigenen Augen Zeuge des bevorstehenden Fiaskos zu werden. *Typisch,* dachte er. *Dieses Dorf befürchtet immer nur das Schlimmste. Genau diese Einstellung ist es, die für unseren Niedergang verantwortlich ist. Man kann eben nicht alles aufs schlechte Wetter, die miserablen Ernten und die zunehmenden Banditenüberfälle schieben.*

»Hey, Eierjunge«, spottete Obron. »Was sind das da für Missgeburten? Und wo sind deine Pumpen-Genistars?« Er lachte, ein höhnisches Gackern, in das seine Freunde sofort einfielen.

»Das hier sind –«, setzte Edeard verärgert an. Er verstummte, als ihr Gelächter nur noch lauter wurde und wünschte, der Wagen wäre ein gutes Stück schneller. Die Erwachsenen, die neben ihnen gingen, lächelten angesichts dieser typischen Rivalität unter den Lehrlingen – es erinnerte sie daran, wie es gewesen war, als sie selbst noch jung waren. Obrons Gedanken waren lebhaft und gehässig. Doch Edeard schaffte es, sein Temperament zu zügeln. Sein Tag würde kommen, wenn die Katzen sich bewährt hatten. Die Eiformergilde würde in beträchtlichem Maße an Ansehen gewinnen und die Zimmerleute gleichermaßen an Status verlieren.

Selbstgefällig klammerte er sich noch an diese Gewissheit, als der Wagen bereits neben dem neuen Brunnen vorfuhr. Es war vier Monate her, dass der alte Dorfbrunnen teilweise eingestürzt war. Schutt und Schlamm hatten sich in der riesigen Pumpe festgesetzt, die von der Zimmermannsgilde montiert worden war. Die Pumpe war ein Gebilde mit beeindruckenden Zahnrädern und Lederbälgen, die von drei an ein großes Achsrad geschirrten Ge-Pferden zusammengepresst und aufgebläht wurden. Den lieben langen Tag trotteten die Tiere im Kreis herum und förderten einen Schwall Wasser nach dem anderen nach oben, das sich aus dem Fallrohr in ein Auffangbecken ergoss. Da der schlammige Bodensatz zunächst von niemandem bemerkt worden war, waren die Ge-Pferde seelenruhig weitermarschiert, bis die Pumpe zu knirschen begonnen hatte. Sie hatte erheblichen Schaden genommen.

Nachdem das Ausmaß der Bescherung offenkundig geworden war, hatte der Ältestenrat verfügt, einen neuen Brunnen zu graben. Diesmal ganz oben im Dorf, in der Nähe des Felsens, wo das Wasser, das von den Abhängen in den Grund sickerte, abgefangen werden sollte. Außerdem gab es Überlegungen, durch ein einfaches Rohrleitungssystem jeden Haushalt direkt mit Frischwasser zu versorgen. Hierzu hätte es jedoch einer noch größeren Pumpe als der vorherigen bedurft. Genau dies war der Zeitpunkt gewesen, an dem Akeem dem Rat die Idee seines Lehrjungen zugetragen hatte.

Die Menge, die sich um den neuen Brunnen versammelt hatte, war scheinbar in allerbester Stimmung, als der Wagen anhielt. Melzar, dem neben anderen Titeln im Dorf auch der des Wassermeisters gebührte, stand neben dem offenen Loch und unterhielt sich mit Wedard, dem Steinmetz, der den Trupp von Ge-Affen überwacht hatte, die die eigentlichen Grabungsarbeiten ausführten. Beide schauten neugierig auf die umgeformten Katzen. Edeard nahm sie kaum wahr. Überall um ihn herum war vereinzeltes Kichern zu hören; hauptsächlich von den Lehrlingen, die Obron um sich geschart hatte. Seine Wangen glühten, während er sich bemühte, seine Wut so weit zurückzudrängen, dass sie sich nicht in seinen Oberflächengedanken zeigte.

»Hab Vertrauen zu dir«, wisperte jemand in seinem Geist, eine geschickt fokussierte Longtalkstimme, allein an ihn gerichtet. Der Gedanke war mit einem rosenroten Leuchten der Anerkennung verknüpft.

Er schaute sich um und entdeckte Salrana, die ihn warm anlächelte. Sie war erst zwölf Jahre alt und in die blau-weiße Robe einer Novizin der Herrin gekleidet. Von Hause aus ein liebenswertes, gutherziges Mädchen, hatte sie nie etwas anderes gewollt, als der Kirche zu dienen. Die Mutter der Herrin in Ashwell, Lorellan, war außerordentlich erfreut gewesen, sie unterweisen zu dürfen. Die Zahl der Besucher in der Dorfkirche war, abgesehen von den üblichen Festtagsandachten, niemals sehr hoch gewesen. Wie Edeard hatte auch Salrana sich nie so ganz in das normale Dorfleben einfügen können. Sie fühlten sich in gewisser Weise seelenverwandt. Er grinste zurück, während er vom Wagen herunterkletterte. Lorellan, die neben ihrem Schützling stand, entbot ihm ein gütiges Lächeln.

Vom hinteren Ende des Wagens kam Melzar angestapft. »Das wird bestimmt interessant.«

»Nun ja, besten Dank«, erwiderte Akeem. Die kalte Luft verfärbte die feinen Äderchen auf seiner Nase und seinen Wangen noch dunkler als sonst.

Unauffällig neigte er den Kopf in Richtung der wartenden Menge. Edeard verzichtete darauf, sich umzudrehen. Sein Fernblick offenbarte ihm Geepalt, der breitbeinig, mit verschränkten Armen und einem finsteren Blick in seinen hageren Zügen, in der vordersten Reihe stand. Verachtung jagte durch seine Oberflächengedanken, spürbar für jedermann. Doch Edeard war erfahren genug, um auch die unterschwelligen Strömungen von Besorgnis auszumachen.

»Wie ist das Wasser?«, fragte Barakka.

»Kalt, aber unglaublich klar«, sagte Melzar zufrieden. »Ein echter Segen, den Brunnen so nah am Felsen zu graben. Jede Menge Wasser sickert durch das Gestein über uns und es ist wunderbar rein. Wir brauchen es nicht einmal abzukochen, bevor wir uns ans Bierbrauen machen, eh? Wenn das nicht mal eine gute Neuigkeit ist.«

Edeard schlenderte näher an das Loch heran, halb damit rechnend, dass Obrons dritte Hand ihn hineinschubsen würde. Seine Stiefel schmatzten auf dem halb gefrorenen Schlamm. Er spähte über den Rand. Wedard hatte bei der Auskleidung des kreisrunden Schachts gute Arbeit geleistet, die Steine waren perfekt behauen und besser eingepasst als bei den Wänden so mancher Hütte. Dieser Brunnen würde nicht bröckeln und einfallen, so wie der letzte. Drei Meter unterhalb der Kante lauerte die Dunkelheit wie ein undurchdringlicher Nebel. Sein Fernblick tastete forschend hinab und erreichte in mehr als zehn Metern Tiefe das Wasser.

»Bist du so weit?«, fragte Melzar. Eine freundliche Stimme. Ohne die Fürsprache des Wassermeisters hätte der Rat Edeard niemals gestattet, einen Versuch mit seinen Katzen zu starten.

»Ja, Sir.«

Edeard, Akeem, Melzar, Barakka und Wedard streckten ihre dritten Hände aus und hievten die erste Katze vom Wagen. Ein jeder in der Menge setzte seinen Fernblick ein, um ihr damit in den finsteren Schacht hinunter zu folgen. Edeard verspannte sich, als sie die Wasserfläche berührte. *Was, wenn sie nun absäuft.*

»Und loslassen«, sagte Akeem so ruhig und voller Zuversicht, dass Edeard gar nicht anders konnte, als seinen Griff zu lösen. Völlig unbeeindruckt trieb die Katze dort unten herum. Erst jetzt wurde Edeard bewusst, dass er die Luft angehalten hatte. Angst und Sorge fuhren mit ihren Krakelklauen direkt durch seinen Geist, für jeden erkennbar, vor allem für Obron. Doch seine Erleichterung war für die Dorfbewohner ebenso spürbar.

Es dauerte nicht lang, und alle fünf Katzen schwammen auf dem Wasser. Melzar selbst lockerte den dicken Gummischlauch und rollte ihn langsam von der Walze, auf die er aufgewickelt war. Das vordere Ende war auffallend verworren, teilte sich mehrmals, als hätte es Wurzeln getrieben. Währenddessen lag Edeard bäuchlings auf den Steinplatten, die den Brunnenrand säumten, und ignorierte den eiskalten Schlamm, der in seinen Pullover eindrang. Ein warmer Luftstoß quoll ihm aus dem Schacht entgegen und kitzelte sein Gesicht. Er schloss die Augen und nahm sich die Freiheit, sich allein auf seine dritte

Hand zu konzentrieren, als sie die losen Schlauchenden mit den Katzenkiemen verband. Auf sein Kommando hin schlossen sich die Muskelringe um die Gummikanülen und dichteten die Verbindung ab. Die Standard-Genistar-Katzen waren mit drei großen Schwimmblasen ausgestattet, die ihnen völlige Kontrolle über die eigene Auftriebskraft bei der Fortbewegung im Wasser gewährten und es ihnen erlaubten, ruhig dahinzugleiten oder mehrere Meter tief abzutauchen. Es waren diese Schwimmblasen, die Edeard um die neuen Katzen herum geformt, auf achtzig Prozent des Gesamtkörpervolumens ausgedehnt und mit Muskeln ausgestattet hatte, sodass sie wie eine Pumpe funktionierten, wie ein Herz für Wasser. Über Longtalk befahl er seinen Geschöpfen, mit der Muskeltätigkeit zu beginnen und einen einfachen, elementaren Rhythmus zu bilden.

Sämtliche Anwesenden verstummten, als er sich wieder erhob. Aller Augen und Fernblicke waren auf den riesigen Steintrog gerichtet, der neben dem Brunnen aufgestellt worden war. Das Ende des Wasserschlauchs bog sich darüber. Eine quälend lange Minute passierte gar nichts, dann ertönte ein gurgelndes Geräusch, und ein paar kleine Wassertropfen spritzten heraus – Vorboten einer schäumenden Flut, die sich im nächsten Moment in das Auffangbecken ergoss. Mit beachtlicher Geschwindigkeit begann der Trog, sich zu füllen.

Edeard erinnerte sich an den Wasserstrahl, den die alte Pumpe hervorgebracht hatte: Dieser hier besaß ein Vielfaches an Druck. Melzar tauchte einen Becher in das Wasser und probierte es. »Frisch und sauber«, verkündete er mit lauter Stimme. »Und vor allem: Mehr als reichlich.« Er baute sich vor Edeard auf und fing demonstrativ an zu klatschen, die Menge mit aufmunternden Blicken animierend, es ihm gleichzutun. Andere fielen ein. Bald schon stand Edeard im Zentrum eines Sturms von Applaus. Abermals lief sein Gesicht knallrot an, doch dieses Mal war es ihm gleich. Akeems Arm legte sich um seine Schulter; die Gedanken des alten Mannes glühten förmlich vor Stolz. Selbst Geepalt zollte, wenn auch widerwillig, dem Erfolg seine

Anerkennung. Von Obron und seinen Kumpanen fehlte weit und breit jede Spur.

Nun ging es an die unvermeidlichen Aufräumarbeiten. Große Beutel mit dem tranigen Brei, den die Katzen verdauten, wurden gefüllt und neben dem Brunnen platziert; Hähne so eingestellt, dass mittels dünner Kanülen ein nie versiegender Wasserfluss gewährleistet wurde. Edeard verband das andere Ende jeder Kanüle mit dem Maul einer Katze und wies sie an, gemächlich daran zu saugen. Wedard und seine Lehrlinge befestigten den Schlauch an der Seite des Brunnens. Werkzeuge und Abfälle wurden beiseite geräumt. Zum Schluss schoben sie die steinerne Abdeckplatte über den Schacht und verschlossen die Katzen in ihrer behaglichen neuen Umgebung. Zu diesem Zeitpunkt standen Lehrlinge und Haushalts-Ge-Affen bereits mit großen Wasserkrügen Schlange am Trog.

»Du besitzt ein außergewöhnliches Talent, mein Junge«, sagte Melzar, während er beobachtete, wie das Wasser im Trog stieg und stieg. »Ich sehe, wir werden einen Ablauf graben müssen, um den Überschuss abzuleiten. Und dann wird's zweifellos nicht mehr lange dauern, bis der Rat mit diesem verrückten Leitungsplan für die Häuserversorgung kommt. Eine richtige Revolution, die du da in Gang gesetzt hast. Akeem, es wäre mir eine Ehre, wenn du und dein Lehrling heute bei uns zu Abend essen würdet.«

»Es wird mir ein Vergnügen sein, ein wenig von dem Wein, den du bei dir in Gefangenschaft hältst, zu befreien«, erwiderte Akeem. »Ich habe gehört, unter eurer Gildenhalle soll es ganze Verliese voll davon geben.«

»Ha!« Melzar wandte sich wieder zu Edeard um. »Magst du Wein, mein Junge?«

Edeard erkannte, dass die Frage tatsächlich ernst gemeint war und ausnahmsweise nicht aus einer Laune heraus gestellt wurde. »Ich weiß nicht recht, Sir.«

»Dann sollten wir es schleunigst herausfinden.«

Inzwischen hatte sich die Menge zerstreut. Eine seltene Atmosphäre der Zufriedenheit erfüllte das Dorf. Auf diese Weise den Frühling zu beginnen, war ein gutes Omen, ein Zeichen, dass nun bessere Zeiten nahten. Edeard stand in der Nähe des Trogs, während die Lehrlinge ihre Wasserkrüge füllten. Er war sich nicht ganz sicher, ob er es sich nicht bloß einbildete, aber sie schienen ihm ein klein wenig mehr Achtung entgegenzubringen als zuvor. Ein paar von ihnen gratulierten ihm sogar.

»Schlägst du jetzt Wurzeln am Ort deines Triumphs?«

Es war Salrana. Er grinste sie an. »Eigentlich wollte ich mich nur vergewissern, ob die Katzen nicht vor Erschöpfung kieloben treiben oder die Schläuche abgerissen sind. So was in der Art. Es gibt'n Haufen Dinge, die noch schiefgehen können.«

»Armer Edeard, immer ganz der Pessimist.«

»Nicht heute. Der heutige Tag war ...«

»Glorreich.«

Er betrachtete die tief hängenden Wolken, die den Blick auf die Sonne verstellten. »Nützlich. Für mich und für das Dorf.«

»Ich freue mich wirklich für dich«, rief sie aus. »Es erfordert so viel Courage, für seine eigenen Überzeugungen einzutreten, vor allem an einem Ort wie diesem. Melzar hatte recht: Dies ist eine Revolution.«

»Du hast gelauscht! Was würde wohl die Herrin dazu sagen?«

»Sie würde sagen, gut gemacht, junger Mann. Das hier wird für alle das Leben ein bisschen leichter machen. Ashwell hat jetzt ein Problem weniger, um das es sich Sorgen machen muss. Die Menschen brauchen das. Das Leben hier ist so hart. Aus den kleinen Grundfesten der Hoffnung können Weltreiche erstehen.«

»Das hast du doch irgendwo geklaut«, frotzelte er.

»Wenn du regelmäßig in die Kirche gehen würdest, wüsstest du wo.«

»Tut mir leid. Dazu fehlt mir einfach die Zeit.«

»Die Herrin weiß das und versteht es.«

»Du bist ein so guter Mensch, Salrana. Eines Tages wirst du die Pythia sein.«

»Und du Bürgermeister von Makkathran. Was für eine herrliche Zeit wir haben würden, wenn wir aus Querencia eine glücklichere Welt machten.«

»Keine Banditen mehr. Keine Plackerei – vor allem nicht für Lehrlinge.«

»Oder Novizen.«

»Man würde unsere Herrschaft preisen, bis dereinst die Skylords wiederkehren, um uns alle ins Innerste zu führen.«

»Oh, sieh doch nur«, quiekte sie auf und zeigte aufgeregt auf den Trog. »Er läuft über! Du hast uns so viel Wasser geschenkt, Edeard.«

Er sah, wie das Wasser über den Beckenrand zu schwappen begann. Binnen Sekunden war es zu einem kleinen Bach geworden, der schäumend über den Schlamm auf ihre Füße zuplätscherte. Lachend sprangen sie beiseite.

2

Mit peinlicher Sorgfalt nahm Justine Burnelli ihren Körper in Augenschein, bevor sie ihn wieder anlegte. Immerhin war es über zwei Jahrhunderte her, seit sie ihn zum letzten Mal getragen hatte. Während der Zwischenzeit war er in einem Exotische-Materie-Käfig aufbewahrt gewesen, der eine temporale Suspensionszone erzeugte, sodass in seinem Inneren kaum eine halbe Sekunde vergangen war.

Der Käfig sah aus wie eine schlichte violette Lichtkugel und befand sich in der ANA-Aufnahmeeinrichtung in New York, einem Gebäude, das hundertfünfzig Stockwerke tief unter Manhattans Straßen lag. Ihr Käfig war auf der fünfundneunzigsten Ebene untergebracht, zusammen mit einigen Tausend anderen völlig identischen leuchtenden Blasen. Normalerweise wurde ein Körper von ANA, nachdem die Persönlichkeit aus ihm downgeloaded worden war, fünf Jahre lang erhalten, nur für den Fall, dass es zu Kompatibilitätsproblemen kam. Doch das geschah äußerst selten. Im Schnitt verweigerte sich nur eine Person unter sieben Millionen einem Dasein innerhalb von ANA und kehrte ins physische Reich zurück. Waren diese fünf Jahre verstrichen, wurde der Körper aufgegeben. Schließlich gab es, wollte eine Persönlichkeit ANA *wirklich* verlassen, immer noch die Möglichkeit, einen simplen Klon heranzuzüchten – eine Methode, die dem unzeitgemäßen Relife-Verfahren, das auf den Externen Welten immer noch Anwendung fand, nicht unähnlich war.

Gleichwohl hielt ANA:Regierung es für zweckdienlich, unter gewissen Umständen auf physische Repräsentanten im Greater Commonwealth zurückgreifen zu können. Eine von ihnen war Justine; zum Teil durch ihr eigenes Verschulden. Sie war über achthundert Jahre alt gewesen, als die Erde ihre zentrale Datenbank für Advanced Neural Activity aufgebaut hatte, dem ultimativen virtuellen Universum, in dem angeblich jeder am Ende gleichwertig war. Nach einem so langen Leben mochte sie ihren Körper nur ungern »aufgegeben« sehen, so wie sie niemals ganz akzeptiert hatte, dass Relife eine echte Lebensverlängerung war. Für sie waren mit den Erinnerungen eines Toten zwangsgefütterte Klone einfach nicht dieselbe Person, ganz gleich, dass es keine wahrnehmbaren Unterschiede gab. Jener Geist des frühen 21. Jahrhunderts steckte ihr viel zu tief in den Knochen, um sich einfach so abschütteln zu lassen, auch wenn sie ansonsten vernünftig und abgeklärt war.

Der violette Schleier verblasste und gab den Blick auf ein blondes Mädchen frei, das sich in ihren biologischen Mittzwanzigern befand. Recht attraktiv, registrierte Justine mit einem leichten Anflug von Stolz. Das wenigste ihres Reizes ging auf genetische Manipulationen früherer Jahrhunderte zurück. Das Gesicht, in das sie blickte, war immer noch als das des leicht luderhaften Partygirls des beginnenden 21. Jahrhunderts zu erkennen, das ein Jahrzehnt lang auf den Klatschkanälen zugebracht hatte, während es sich durch die East-Coast-Society und Soap-Darstellerriege nach oben geschlafen hatte. Ihre Nase war, zugegebenermaßen, verkleinert und ein wenig zugespitzt worden. Was nun, da sie sie kritisch betrachtete, vielleicht doch eine Winzigkeit zu niedlich wirkte, vor allem im Verein mit einer Wangenpartie, die aussah wie aus Vogelknochen modelliert, so scharf und gleichzeitig doch so zart wirkte sie. Ihre Augenfarbe war in ein blasses Blau geändert worden, passend zu der nordisch hellen Haut, die honiggold gebräunt war, und zu dem vollen, weißblonden Haar, das ihr über die Schultern fiel. Ihre Statur war größer, als ihre Freunde aus dem 21. Jahrhundert sie in Erinnerung gehabt hätten; im Verlauf mehrerer Rejuvenationsbehandlungen hatte sie knapp zehn Zentimeter hinzugeschummelt. Trotz der großen Versuchung hatte sie nicht alle davon in die Beine investiert, sondern stattdessen dafür gesorgt, dass ihr Oberkörper in harmonischer Proportion zu ihrem angenehm flachen Bauch stand, der dank eines leicht beschleunigten Verdauungstrakts problemlos aufrechtzuerhalten war. Zum Glück hatte sie sich niemals für lächerliche Brüste entschieden – na ja, außer dem einen Mal anlässlich der Rejuvenation zu ihrem zweihundertsten Geburtstag, und da auch nur, weil sie gern wissen wollte, wie es war, ein Grand Canyon-Dekolleté zu haben. Und ja, die Kerle hatten Stielaugen bekommen und waren ihr mit noch blöderen Anmachen auf die Pelle gerückt. Aber da sie schon immer hatte haben können, was sie wollte, waren die neuen Möpse keine echte Bereicherung gewesen, und auch nicht wirklich sie selbst, also hatte sie sich ihrer bei der nächsten Rejuvenationssitzung wieder entledigt.

Da stand sie also in Fleisch und Blut, und immer noch in guter Verfassung, nur ohne Geist. Nachdem das Monitorprogramm ihre visuelle Überprüfung bestätigt hatte, ließ sie ihr Bewusstsein in das Gehirn zurückströmen. Die Speicherreduktion war gewaltig, ebenso wie der Verlust sämtlicher erweiterter Denkroutinen, aus denen dieser Tage ihre wahre Persönlichkeit bestand. Ihr alter biologischer neuronaler Aufbau besaß einfach nicht die Kapazität, das aufzunehmen, wozu sie in ANA geworden war. Es war beinahe wie eine Lobotomie bei vollem Bewusstsein. Ein virtueller Eingriff bei dem man tatsächlich spürte, wie der Verstand auf die Fähigkeiten eines primitiven Insekts verkümmerte. So träge! *Doch nur vorübergehend,* sagte sie sich.

Zum ersten Mal seit zweihundert Jahren schöpfte Justine Atem, schnappte mit ruckartig vorschnellender Brust nach Luft, als würde sie aus einem schlimmen Albtraum erwachen. Ihr Herz schien ihr davonrasen zu wollen. Einen Augenblick lang tat sie gar nichts – erinnerte sich nicht einmal daran, was zu tun war – dann setzten die altbewährten automatischen Reflexe wieder ein. Sie holte erneut Luft, bekam ihre Panik in den Griff, setzte die archaischen Neandertalerinstinkte durch reine Vernunft außer Kraft. Ein dritter gleichmäßiger Atemzug. Ihr Herzschlag beruhigte sich. Exoimages flackerten in ihrem peripheren Sichtfeld auf, ließen Kolonnen voreingestellter Symbole ihrer Enrichments aufziehen. Sie öffnete die Augen. Um sie herum erstreckten sich lange Reihen von violetten Blasen wie bizarre Kunstobjekte in alle Richtungen. Irgendwie war ihr fleischbasierter Verstand davon überzeugt, dass sie die Umrisse der Menschen in ihrem Innern ausmachen konnte. Das war absurd. Als Teil von ANA hatte sie sich offensichtlich gestattet, die Erinnerung daran auszublenden, wie fehlbar und anfällig das menschliche Gehirn war.

Ein zufriedenes Lächeln offenbarte perfekt weiße Zähne. *Auf jeden Fall werde ich ordentlichen echten Sex haben, bevor ich mich wieder downloade, und das nicht zu knapp.*

Von der Aufnahmeeinrichtung in New York aus teleportierte Justine direkt nach Tulip Mansion, in die Tulpenvilla. Stabilisierungsfelder hatten das antike Herrenhaus der Burnellis über die Jahrhunderte vor dem Verfall bewahrt und die Bausubstanz in ihrem ursprünglichen Zustand erhalten. Ein glückliches Lächeln umspielte ihre Lippen, als sie es nun mit ihren eigenen Augen wiedersah. Doch wenn sie ehrlich war, so hatte es ein bisschen was von einem Monstrum; ein herrschaftlicher Prachtbau, der in vier »Blütenblättern« angelegt worden war, deren scharlachrote und schwarze Dächer sich zu einem zentralen, turmartigen »Staubgefäß« emporbogen. Gekrönt wurde das Ganze von einem gemeißelten und mit Goldplättchen überzogenen Stein, der den »Staubbeutel« symbolisierte. Es war ebenso kitschig, wie es eindrucksvoll war und war über die Dekaden hinweg abwechselnd en vogue und außer Mode gekommen.

Justins Vater, Gore Burnelli, hatte das Anwesen in Rye County, gleich außerhalb von New York, gekauft und es zur Operationsbasis für die unüberschaubar zahlreichen Handels- und Finanzgeschäfte gemacht, die die Familie in der Mitte des 21. Jahrhunderts betrieb. Es war für sie immer ein Zentrum geblieben, während um sie herum das Commonwealth begründet wurde und expandierte, bis schließlich seine soziale und wirtschaftliche Geschlossenheit durch Biononics, ANA und die Aufspaltung in eine Higher- und Advancer-Kultur erschüttert worden war.

Noch heute herrschte die Familie über ein gewaltiges Geschäftsimperium, das über die Externen Welten verbreitet war. Es wurde jedoch in seiner Großunternehmensstruktur von Tausenden von Burnellis geführt, von denen nicht einer über dreihundert Jahre alt war. Gore Burnelli, ebenso wie seine ursprüngliche Clique aus nahen Verwandten (einschließlich Justine), hatte sich schon vor langer Zeit in ANA downgeloaded. Gore hatte jedoch niemals formell und rechtsgültig die Eigentumsrechte an seine ungeduldige Nachkommenschaft abgetreten. Eine reine Marotte, wie er ihnen versicherte. Ein Umstand, der nur zu ihrem eigenen Wohl sei, da auf diese Weise das Unternehmen niemals in kleine Teile zerfiel und der Familie so einen Zusammenhalt gab, an dem es vielen anderen Familien mangelte. Allerdings wusste Justine verdammt genau, dass Gore selbst in seinem erleuchteten, erweiterten, halbomnipotenten ANA-Zustand nicht im Traum daran dachte, irgendjemandem auch nur ein Fitzelchen von dem abzutreten, dessen Aufbau ihn Jahrhunderte gekostet hatte. *Marotte, pah. Wer's glaubt, wird selig.*

Sie materialisierte mitten im Ballsaal der Villa. Ihre blanken Füße berührten poliertes Eichenparkett, das fast genauso glänzte wie die riesigen goldgefassten Spiegel an der Wand. Sie lächelte, und Hunderte von Reflexionen ihres nackten Körpers lächelten verlegen zurück. Dunkelpurpurne Samtvorhänge umrahmten die hohen Glastüren, die sich zu einer Veranda mit prachtvollen weißen Glyzinien hin öffneten. Draußen schien eine helle, tiefe Februarsonne auf die stark bewaldeten Parkanlagen und die breiten Streifen aus Rhododendron. Im Ballsaal war schon so manches großartige Fest gefeiert worden, erinnerte sie sich. Ruhm, Reichtum, Glanz, Macht, Prominenz und Schönheit hatten sich in einer Weise vermischt, die Jane Austen hätte blass werden lassen vor Neid.

Die Saaltüren standen weit offen und führten auf einen breiten Flur hinaus. Justine ging hindurch, nahm all die halbvertrauten Anblicke in sich auf, hieß den warmen Ansturm der Erinnerungen willkommen. Links und rechts waren Alkoven mit Möbelstücken gefüllt, die schon antik gewesen waren, lange bevor Ozzie und Nigel ihren ersten Wurmlochgenerator konstruiert hatten. Was die Kunstwerke anging, so hätte man mit nur einem einzigen der Gemälde auf den Externen Welten einen kleinen Kontinent kaufen können.

Sie tappte den geschwungenen Treppenaufgang hinauf, der die Eingangshalle dominierte, und begab sich durch das nördliche Blütenblatt hindurch zu ihrem alten Schlafzimmer. Alles dort war noch genau so, wie sie es verlassen hatte, von Stabilisierungsfeldern intakt und von Maidbots in Schuss gehalten. Eine tröstliche Vorstellung, dass sie oder jeder andere Burnelli jederzeit hereinspaziert kommen konnte und im angestammten Zuhause einen tadellosen Empfang bereitet bekam. Das Bett war neu überzogen, mit Wäsche, die aus dem Stabilisierungsfeld genommen und aufgefrischt worden war, kaum dass sie und ANA hinsichtlich des Botschafterempfangs übereingekommen waren. Auch verschiedene Kleidungsstücke waren bereitgelegt worden. Sie ignorierte den zeitgemäßen Togaanzug und entschied sich für ein klassisches, indisch angehauchtes smaragdgrünes Kleid mit schwarzen Stiefeln.

»Ausgesprochen neutral.«

Justine machte einen Satz nach vorn, als die Stimme ertönte. Die erste Verwirrung wich rasch Ärger. Sie drehte sich um und starrte auf den Solido, der in der Türöffnung stand. »Dad, es ist mir völlig egal, wie fernab von allem Physischen du zu sein behauptest, aber man BETRITT NICHT das Schlafzimmer einer jungen Frau, ohne anzuklopfen. Besonders nicht meines.«

Gore Burnellis Gesicht ließ wenig Reue erkennen. Stattdessen schaute er interessiert dabei zu, wie sie sich auf die Bettkante hockte und die Stiefel schnürte. Er hatte die Verkörperung seines Ichs des 24. Jahrhunderts gewählt, was fraglos das Bild darstellte, für das er berühmt geworden war: ein Mensch, dessen Haut zu Gold geworden war. Über dieser trug er einen schwarzen Pullover mit V-Ausschnitt und eine schwarze Hose. Die perfekt reflektierende Oberfläche machte es schwierig, seine Gesichtszüge zu bestimmen. Ohne den goldenen Schimmer wäre er ein recht ansehnlicher Fünfundzwanzigjähriger mit kurz geschnittenen blonden Haaren gewesen. Sein Gesicht, das zu der Zeit, als er es sich hatte machen lassen, kaum mehr als miteinander verflochtene Organic-Circuitry-Tattoos gewesen war, wirkte aufgrund der absolut durchschnittlichen grauen Augen, die aus dem glänzenden Anstrich herausspähten, nur umso befremdlicher. Dass Gore hinter einer Maske aus Improvements auf die Welt blickte, hatte etwas Metaphorisches. Er galt als Pionier auf dem Gebiet erweiterter mentaler Routinen und war einer der Gründer von ANA gewesen.

»Kommt ganz drauf an«, grunzte er.

»Ein wenig Höflichkeit schadet nie«, schnappte sie. Die Feststellung, dass ihre Finger offenbar völlig aus der Übung gekommen waren, verbesserte ihre Laune zudem nicht gerade: Sie hatte echte Schwierigkeiten, ihre Schnürsenkel zu schließen.

»Eine ausgezeichnete Wahl, dich für den Empfang des Botschafters auszuwählen.«

Endlich gelang es ihr, die Schleife zuzubinden und sie hob spöttisch die Augenbrauen. »Du bist doch nicht etwa neidisch, Dad?«

»Darauf, wieder zu einer Art Turbo-Version von einem Affen zu werden? Na klar. Ich kriege Kopfschmerzen, wenn ich mein Denken auf dieses Level und diese Geschwindigkeit herunterschraube.«

»Turbo-Affe! Fast hättest du Tier gesagt, stimmt's?«

»Fleisch und Blut sind animalisch.«

»Wie viele Fraktionen unterstützt du im Moment?«

»Ich bin Konservativer, das weiß jeder. Vielleicht die eine oder andere Wahlkampfspende an die Outwards.«

»Hmmm.« Sie bedachte ihn mit einem argwöhnischen Blick. Auch wenn sie derzeit in einem Körper steckte, so wusste sie doch von den Gerüchten, dass ANA einigen ihrer internen Persönlichkeiten gewisse Sonderrechte einräumte. ANA: Regierung stritt das hartnäckig ab, aber wenn einer es schaffen konnte, ein wenig gleicher zu sein als andere, dann war es Gore Burnelli, der als einer der Gründungsväter von Anfang an dabei gewesen war.

»Der Botschafter wird bald hier sein«, sagte Gore.

Justine checkte ihre Exoimages und machte sich daran, ihre sekundären Denkroutinen neu zu ordnen. Die makrozellularen Cluster und Biononics ihres Körpers waren zwar schon seit Jahrhunderten total überholt, aber für die heutige Aufgabe würden sie völlig ausreichen. Sie setzte sich mit Kazimir in Verbindung, ihrem Sohn. »Ich bin so weit«, teilte sie ihm mit.

Als sie das Schlafzimmer verließ, verspürte sie ein kurzes Frösteln, das sie dazu bewog, noch einmal einen Blick über ihre Schulter zu werfen. *Das ist das Bett, in dem wir uns geliebt haben. Das letzte Mal, als ich ihn lebend gesehen habe.* Kazimir McFoster war eine Erinnerung, die sie niemals zwischengelagert, der sie niemals erlaubt hatte, schwächer zu werden. Es hatte seitdem viele andere, durchaus wundervolle Beziehungen in ihrem Leben gegeben, sowohl in ihrem leiblichen wie dem innerhalb von ANA, doch keine von ihnen war so intensiv und zugleich so schmerzlich wie die zu ihrem über alles geliebten Kazimir gewesen, für dessen Tod sie die Verantwortung trug.

Gore schwieg, während sein Solido ihr den großen Treppenaufgang hinab in die Eingangshalle folgte. Sie hatte den Verdacht, dass er ihre Gedanken ahnte.

Kazimir materialisierte in der großen, marmornen Halle, tauchte genau im Zentrum des großen Burnelli-Wappens auf. Er trug seine Admiralsuniform. Justine hatte in sechshundert Jahren niemals andere Kleidung an ihm gesehen. Aufrichtig erfreut lächelte er sie an und begrüßte sie, dabei sacht mit den Lippen ihre Wangen berührend, mit einer freundlichen Umarmung.

»Mutter. Du siehst großartig aus, wie immer.«

Sie seufzte. Wie sehr er doch seinem Vater ähnelte. »Vielen Dank, Schatz.«

»Großvater.« Kazimir entbot Gore eine angedeutete Verbeugung.

»Du steckst also immer noch in deinem alten Gehäuse«, sagte Gore. »Wann wirst du dich endlich uns hier in der Zivilisation anschließen?«

»Nicht heute, Großvater, danke.«

»Dad, gib's auf«, warnte Justine.

»Es ist gottverdammt widerlich, wenn du mich fragst«, schimpfte Gore. »Kein Mensch bleibt tausend Jahre in seinem Körper. Was, zum Teufel, gibt es noch für dich da draußen?«

»Das Leben. Die Menschen. Freunde. Echte Verantwortung. Wunderbare Erfahrungen.«

»Davon haben wir hier tonnenweise.«

»Und während ihr nach innen blickt, nimmt das Universum um euch herum seinen Lauf.«

»Hey, wir bekommen hier sehr genau mit, was draußen passiert.«

»Und deshalb haben wir heute auch dieses fröhliche kleine Familientreffen.« Kazimirs Mundwinkel verzogen sich zu einem kleinen triumphierenden Lächeln.

Justine hörte ihnen schon gar nicht mehr zu. Jedes Mal, wenn sie sich begegneten, ging diese Debatte von Neuem los, als wäre sie eine Art Begrüßungsritual. »Können wir, Jungs?«

Die Türen des Herrenhauses schwangen auf und sie trat, ohne auf die anderen zu warten, auf den breiten Portikus hinaus. Draußen empfing sie kalte Luft; Frost bedeckte noch immer die tieferen Mulden des Rasens, dort, wo die langen Schatten regierten. Ein paar Wolken jagten über den frischen blauen Himmel. Sich durch sie hindurchschiebend schwebte von Südosten her das Schiff des Ocisen-Empires ein. Annähernd dreieckig, maß es in der Länge fast zweihundert Meter. Es hatte nicht einmal entfernt etwas Aerodynamisches. Der Rumpf bestand aus dunklem Metall und war mit aquamarinblauen, an Flechten erinnernde Flecken gesprenkelt. Die gewellte Oberfläche war wie eine Kraterlandschaft mit Einbuchtungen übersät, aus deren Mitte schwarze Spindeln hervorwuchsen, während längliche Boxen den Eindruck erweckten, als wären sie nach dem Zufallsprinzip angeschweißt worden. Aus dem Heckteil ragte ein Verbund von Kühllamellen heraus, die allesamt in grellem Rot glühten.

Gore kicherte spöttisch. »Was für ein Ungetüm. Man sollte meinen, dass sie was Besseres zustande brächten, jetzt, wo sie den Regrav von uns haben.«

»Wir haben fünf Jahrhunderte gebraucht, um von den Gebrüdern Wright in Kitty Hawk bis zur *Second Chance* zu kommen«, belehrte ihn Justine.

Gore blickte nach oben, als das Alien-Schiff langsamer wurde, um über dem Grundstück der Villa zum Stehen zu kommen. »Was meinst du, werden sie uns bei der Landung in Schwaden aus Trockeneis hüllen? Vielleicht haben sie ja auch eine gigantische Laserkanone an Bord, mit der sie das Weiße Haus in Schutt und Asche legen.«

»Halt den Mund, Dad.«

Das Schiff sank herab. Zwei Reihen von Luken an seiner Unterseite schwangen schwerfällig auf.

»Heilige Scheiße, haben die noch nie was von Malmetall gehört?«, beschwerte sich Gore.

Lange, voluminöse Landestützen fuhren aus. Untermalt wurde der Vorgang von einem lauten, heftigen Zischen, als Hochdruckgas durch die Gitter in den Fahrwerköffnungen entwich.

Justine musste sich auf die Oberlippe beißen, um nicht loszukichern. Das Raumschiff war ein Witz, ungefähr die Art von Teufelsapparat, den Isambard Kingdom Brunel für Queen Victoria konstruiert haben würde.

Es setzte auf der Rasenfläche auf, seine Landestützen tief in das Gras und den weichen Erdboden versenkend. Etliche Kühllamellen rammten sich von oben in splitternde Sandbirken hinein und entzündeten mit ihrer Hitze das Holz. Brennende Äste regneten herab.

»Wow, was für eine verheerende Vernichtung. Wir werden alle sterben! Schnell, Kinder, rennt in den Wald, ich werde sie mit meiner Schrotflinte aufzuhalten versuchen.«

»Dad! Beende lieber deinen Solido, du weißt, wie das Empire über ANA-Persönlichkeiten denkt.«

»Dumm *und* abergläubisch.«

Sein Solido verschwand. Justine sah sein Icon in ihrem Exoimage erscheinen. »Und jetzt benimm dich«, ermahnte sie ihn.

»Das Schiff leckt, es verstrahlt das ganze Gelände«, bemerkte Gore. »Die haben nicht einmal ihren Fusionsreaktor ordentlich abgeschirmt. Und überhaupt, wer benutzt denn Deuterium?«

Justine überprüfte die Sensordaten, scannte die Schwachstellen des Schiffs. »Alles noch im grünen Bereich, kein wirklich bedenkliches Strahlungslevel.«

»Die Ocisen reagieren nicht so empfindlich auf Radioaktivität wie Menschen«, sagte Kazimir. »Mit ein Grund dafür, warum sie es sich leisten können, den Raum in ihrem Heimatsystem mittels einer Technologie zu industrialisieren, die in etwa der unsrigen aus der Mitte des 21. Jahrhunderts entspricht. Sie brauchen schlicht und ergreifend nicht die schützende Masse, wie wir sie benötigen würden.«

Ungefähr auf halber Höhe des Schiffsrumpfs öffnete sich eine multisegmentale Luftschleuse. Heraus schwebte der Botschafter des Ocisen-Empires, hoch oben auf einem halbkugelförmigen Regravschlitten thronend. Rein optisch bot der Alien keinen besonders beeindruckenden Anblick; ein kleiner, fassförmiger Körper, der in schlaffe, sich in Falten überlappende Fleischschichten gepackt war. Seine vier Augen saßen auf langen Stielen, die sich aus dem Scheitelpunkt hervorschlängelten, während vier Gliedmaßen vor seiner unteren Körperhälfte zusammengefaltet waren. Sie waren mit kybernetischen Systemen überzogen, die ihre Muskelkraft verstärkten und eine Anzahl von Manipulatorzusätzen bereitstellten, die von feinen, kleinen Zangen bis hin zu einer großen, hydraulischen Krebsschere reichten. Ein Stützkorsett umschloss des Botschafters Körper, einem Käfig aus Chromwirbeln gleichend, der knapp unterhalb der Stielaugenansätze in einem kragenartigen Abschluss endete. An verschiedenen Stellen zeigten sich auf seiner Haut wie kupferrotes Moos aussehende Flecken; kleine, gummiartige Stiele wuchsen daraus hervor, bedeckt mit winzigen saphirblauen Blüten.

Justine verbeugte sich förmlich, als der Schlitten direkt vor ihr stoppte, einen halben Meter über dem Boden schwebend, sodass sie zu den Stielaugen des Botschafters aufblicken musste. Trotz Regrav-Einheit und Stützkorsett ließ sich unschwer erkennen, dass der Botschafter von einer Welt mit geringer Schwerkraft zu ihnen gekommen war. Wie ein nasser Sack hing er in der Metall- und Kompositkonstruktion, die ihn in der Senkrechten hielt. Zwei seiner Stielaugen bogen sich herab, um sich auf gleiche Höhe mit ihrem Gesicht zu bringen.

»Botschafter, ich danke Ihnen, dass Sie uns mit Ihrem Erscheinen beehren«, sagte Justine.

»Es ist uns eine Freude, Sie zu besuchen«, erwiderte der Botschafter, seine Stimme ein flüsterndes Gurgeln, das aus einem schmalen Artikulationslappen zwischen seinen Stielaugen kam. Von den Schlittenprozessoren ins Englische übersetzt, dröhnte Justine die Antwort aus einem Lautsprecher an der Rahmenkante entgegen.

»Mein Heim heißt Sie willkommen«, entgegnete sie, der Etikette gedenkend.

Ein weiteres Stielauge des Botschafters krümmte sich herum, um auf Kazimir zu starren. »Und Sie sind der Befehlshaber der Menschenflotte.«

»Das ist korrekt«, sagte Kazimir. »Ich bin anwesend, wie Sie es wünschten.«

»Viele meiner Nestahnen haben bei dem Fandola-Angriff mitgekämpft.« Dünne Speichelfäden trieften aus dem Artikulationslappen des Botschafters, um sogleich von den Ansauglöchern in seinem Stützkragen absorbiert zu werden.

»Ich bin überzeugt, dass Sie ehrenhaft gekämpft haben.«

»Verflucht sei die Ehre«, erwiderte der Botschafter. »Wir hätten uns eines Sieges über diese Hancher-Brut erfreuen können, wenn Sie sich an jenem Tag nicht eingemischt hätten.«

»Die Hancher sind unsere Freunde. Ihr Angriff war unklug. Ich hatte Sie gewarnt, dass wir unsere Freunde nicht im Stich lassen würden. Das ist nicht unsere Art.«

Nun richtete sich auch das vierte Stielauge auf Kazimir. »Sie persönlich haben das Empire gewarnt, Flottenkommandant?«

»Das ist korrekt.«

»Sie leben schon so lange. Sie sind längst nicht mehr natürlich.«

»Sind Sie deshalb hierhergekommen, Botschafter, um mich zu beleidigen?«

»Sie überreagieren. Ich stelle nur das Offensichtliche fest.«

»Wir verschließen unsere Augen nicht vor dem Offensichtlichen«, mischte Justine sich ein. »Aber wir sind heute nicht hier, um uns mit dem zu befassen, was war. Bitte treten Sie ein, Botschafter.«

»Sehr freundlich von Ihnen.«

Justine lenkte ihre Schritte in die Eingangshalle zurück, während der Botschafter in seinem Schlitten neben ihr herglitt. Irgendwie schaffte er es, einen Abstand zu halten, der zwar nicht ausreichend gering war, um unhöflich zu erscheinen, aber doch immer noch nah genug, um ihr unangenehm zu sein.

Kazimirs Icon blinkte neben dem von Gore in ihrem peripheren Sichtfeld auf. »Du weißt«, sagte er, »dass die Ocisen erst damit angefangen haben, ihre Schlitten schwarz anzumalen, nachdem sie herausfanden, dass Dunkelheit bei den Menschen Unbehagen hervorruft?«

»Wenn das alles ist, was sie draufhaben, ist es ein Wunder, dass ihre Spezies das Atomzeitalter überlebt hat«, erwiderte sie.

»Wir sollten etwas zurückhaltender damit sein, uns über sie lustig zu machen«, wandte Gore ein. »So sehr wir auch über sie spotten, sie haben immerhin ein ganzes Imperium errichtet. Und sie hätten die Hancher mit Sicherheit vernichtet, wenn wir uns nicht eingeschaltet hätten.«

»Ich wage zu bezweifeln, dass das ein Indikator für ihre Überlegenheit ist«, entgegnete sie. »Und mit Sicherheit sind sie keine Bedrohung für uns. Ihr Technologielevel hinkt dem der Higher-Kultur um Lichtjahre hinterher, von ANA gar nicht zu reden.«

»Ja, aber momentan haben sie nur eine Möglichkeit, um an bessere Technologien heranzukommen, vor allem an Waffentechnologien. Ein nicht unerheblicher Teil des Expansionshaushalts ihres Empires fließt in den Bau von Langstreckenerkundungsschiffen, in der Hoffnung, dass sie auf eine Welt stoßen, deren Bewohner sich ins Postphysische verabschiedet haben und dass sie sich an dem, was immer diese auch zurückgelassen haben, nach Herzenslust bedienen können.«

»Hoffen wir, dass sie niemals auf ein Prime Immotile treffen.«

»Sie haben inzwischen siebzehn Versuche unternommen, das Dyson-Paar zu erreichen«, klärte Kazimir sie auf. »Und jenseits des von uns mit einer Brandmauer abgeschirmten Raumgebiets befinden sich derzeit zweiundvierzig ihrer Schiffe auf der Suche nach einer Immotile-Zivilisation.«

»Davon hatte ich keine Ahnung. Besteht denn die Gefahr, dass sie einen bösartigen Prime-Planeten aufspüren?«

»Wenn wir keinen finden, können sie es bestimmt auch nicht.«

Justine führte ihre kleine Gesellschaft in das McLeod-Zimmer und nahm am oberen Ende des großen, die Mitte des Raumes einnehmenden Eichentischs Platz. Kazimir setzte sich auf den Stuhl an der Seite seiner Mutter, während der Botschafter schwebend das andere Tischende einnahm. Seine Stielaugen bogen sich langsam herum, als hätte er Schwierigkeiten mit dem, was er sah, als er die Wände betrachtete. Die Einrichtung des Zimmers stand unter dem Motto ›Schottland‹, was zur Folge hatte, dass der Alien sich inmitten von karierten Vorhängen, antiken keltischen Zeremonienschwertern und gravitätischen, wenngleich leblosen Modellpuppen in Clankilts wiederfand. Mehrere Kollektionen von Dudelsäcken waren in Glaskästen zu bewundern. Über dem steinernen Kaminsims, der eigens von einer Burg aus den Highlands importiert worden war, hing ein beeindruckendes Paar Hirschgeweihe an der Wand.

»Botschafter«, sagte Justine förmlich, »ich repräsentiere die Regierung der Menschen auf der Erde. Ich bin körperlich, wie Sie es verlangten, und ich bin ermächtigt, im Interesse meiner Regierung mit dem Ocisen-Empire zu verhandeln. Was wünschen Sie zu erörtern?«

Drei der Augen des Botschafters krümmten sich, um sie anzublicken. »Wenn wir auch wenig davon halten, wenn lebende Wesen sich in die Abhängigkeit von Maschinen begeben, so erachten wir es doch als gegeben, dass Ihr planetarer Computer der eigentliche Herrscher des Commonwealth ist. Aus diesem Grund habe ich auf diesem direkten Treffen bestanden anstelle einer wie sonst üblichen Zusammenkunft mit dem Senat.«

Justine hatte nicht vor, sich mit einem Alien, das alles nur in den Kategorien Schwarz und Weiß zu sehen vermochte, auf eine Diskussion über politische Strukturen einzulassen. »ANA hat auch außerhalb dieses Planeten beträchtlichen Einfluss. Dem ist so.«

»Dann müssen Sie mit dem Empire zusammenarbeiten, um eine äußerst reale Gefahr abzuwenden.«

»Und um was für eine Gefahr handelt es sich, Botschafter?«

Als ob das niemand von uns wüsste.

»Eine Organisation der Menschen denkt daran, Schiffe in die Leere zu entsenden.«

»Ja, unsere Living-Dream-Bewegung will ihre Anhänger auf eine Pilgerfahrt dorthin schicken.«

»Nachdem ich mich nun schon so viele Jahre mit Ihrer Spezies auseinanderzusetzen hatte, bin ich mit den menschlichen emotionalen Zuständen einigermaßen vertraut und ich muss gestehen, dass es mich ein wenig verwundert, wieso Sie auf diese Entwicklung nicht mit Sorge und Beunruhigung reagieren. Es waren Menschen, die uns in Kenntnis von der Leere gesetzt haben, demnach sollten Sie wissen, was Ihre Living-Dream-Vereinigung auszulösen vorhat.«

»Sie haben gar nichts vor, sie wollen einfach nur das Leben ihres Vorbildes leben.«

»Sie weigern sich offensichtlich vorsätzlich, die Folgen zu sehen. Ihr Eintritt in die Leere wird eine gewaltige Absorptionsphase provozieren. Die Galaxis wird zerstört werden. Unser Empire verschlungen. Sie werden uns und zahllose andere töten.«

»Das wird nicht geschehen«, sagte Justine.

»Wir empfinden es als große Beruhigung, dass Sie beabsichtigen, Living Dream zu stoppen.«

»Das habe ich nicht gesagt. Wir glauben nur nicht, dass die Pilgerfahrt eine Absorptionsphase einleiten wird, egal welcher Größenordnung. Sie besitzen schlichtweg nicht die Möglichkeit, den Ereignishorizont, der die Leere schützt, zu durchfliegen. Selbst die Raiel haben Probleme damit, und Living Dream hat keinerlei Zugriff auf ein Raiel-Schiff.«

»Warum unternehmen sie diese Pilgerfahrt dann überhaupt?«

»Eine einfache politische Geste, sonst nichts. Es gibt nichts, worüber sich das Ocisen-Empire oder irgendeine andere Spezies in der Galaxis Sorgen machen müsste.«

»Können Sie uns garantieren, dass Ihre Living-Dream-Gruppe

nicht durch den Ereignishorizont gelangt? Andere Menschen sind schon in die Leere übergewechselt. Sie sind der Grund für diesen Pilgerschaftswunsch, ist es nicht so?«

»Nichts ist wirklich sicher, Botschafter, das wissen Sie. Aber die Wahrscheinlichkeit – «

»Wenn Sie uns keine Garantie geben können, müssen Sie die Schiffe davon abhalten zu starten.«

»Das Greater Commonwealth ist eine demokratische Einrichtung. Dieser Fall wird zudem ein wenig dadurch verkompliziert, dass Living Dream sowohl trans-stellar wirkt, als auch die legitime Regierung von Ellezelin stellt. Die Commonwealth-Verfassung ist eigens dazu gedacht, auf persönlicher wie auf Regierungsebene die Rechte jedes Mitglieds auf Selbstbestimmung zu schützen. Mit anderen Worten: Wir haben juristisch gesehen gar nicht das Recht, sie daran zu hindern, sich auf diese Pilgerfahrt zu begeben.«

»Ich habe meine Erfahrungen mit den Rechtsanwälten der Menschen. Alles kann rückgängig gemacht werden, nichts ist endgültig. Verehrte Gastgeberin, Sie spielen mit Worten, nicht mit der Realität. Das Einzige, was das Empire anerkennt, ist Kraft und Macht. Ihre Computerregierung besitzt die physische Macht, diese Pilgerfahrt zu unterbinden, habe ich nicht recht?«

»Die Macht zu besitzen, etwas zu tun, heißt nicht automatisch, dass man es auch tun wird.«, erwiderte Justine. »ANA:Regierung hat die Macht, viele Dinge zu tun. Wir tun sie nicht wegen der Gesetze, die unser Handeln bestimmen, sowohl juristisch als auch moralisch.«

»Es ist nicht Teil Ihrer Moral, diese Galaxis zu zerstören. Sie können es verhindern.«

»Wir können eindringlich dagegen argumentieren«, entgegnete sie und wünschte, sie würde nicht so sehr mit dem Ocisen übereinstimmen.

»Das Empire benötigt eine verbindliche Zusage. Die Pilgerschiffe müssen ausgeschaltet werden.«

»Ausgeschlossen«, sagte Justine. »Wir können uns nicht in die rechtmäßigen Aktivitäten eines anderen souveränen Staates einmischen. Es würde allem widersprechen, wofür wir stehen.«

»Wenn Sie die Inangriffnahme dieser Gräueltat nicht verhindern, wird das Empire es tun. Selbst Ihre Juristen werden uns das Recht zur Selbsterhaltung nicht absprechen wollen.«

»Ist das eine Drohung?«, fragte Kazimir ruhig.

»Es ist die Handlungsweise, zu der Sie uns zwingen. Warum wollen Sie das nicht einsehen? Haben Sie etwa Angst vor Ihren primitiven Verwandten? Womit können die Ihnen nur drohen?«

»Sie drohen uns nicht, wir respektieren uns nur gegenseitig. Schaffen Sie den Sprung, das zu begreifen?«

Justine versuchte die Reaktion des Botschafters auf den spöttischen Seitenhieb zu erkennen, doch er schien völlig ungerührt. Nach wie vor tröpfelte Speichel von seinem Artikulationslappen herab, während seine Arme in ihren kybernetischen Umschalungen umherklatschten wie gestrandete Fische.

»Ihre Gesetze und Ihre Scheinheiligkeit werden sich bis zum Ende aller Tage unserem Verständnis entziehen«, sagte der Botschafter. »Dem Empire ist bekannt, dass in Ihren Verfassungen stets besondere Machtbefugnisse eingebunden sind, um in Krisenzeiten Lösungen zu erzwingen. Wir fordern Sie auf, diese jetzt in Anspruch zu nehmen.«

»ANA:Regierung wird mit Freuden im Senat einen Antrag einbringen«, sagte Justine. »Wir werden darum ersuchen, dass Living Dream von unbesonnenen Handlungen Abstand nimmt.«

»Werden Sie sich mit Gewalt Geltung verschaffen, falls sie sich weigern?«

»Unwahrscheinlich«, sagte Kazimir. »Unsere Navy ist dazu da, uns vor Feinden von außen zu schützen.«

»Was ist die Leerenabsorption, wenn nicht ein Feind? Letzten Endes ist sie unser aller Feind. Die Raiel haben das erkannt.«

»Wir verstehen Ihre Besorgnis, Botschafter«, sagte Justine. »Ich kann Ihnen versichern, dass wir alles daransetzen werden, um jede Art von Katastrophe davon abzuhalten, die Galaxis zu verschlingen.«

»Die Raiel konnten die Absorption nicht verhindern. Sind Sie etwa mächtiger als die Raiel?«

»Wahrscheinlich nicht«, murmelte sie. Verstand der Botschafter eigentlich Ironie?

»Dann werden wir den Abflug der Schiffe vereiteln.«

»Botschafter, ich muss dem Ocisen-Empire von einem solchen Vorgehen abraten«, sagte Kazimir. »Die Navy wird es nicht zulassen, dass Sie Menschen angreifen.«

»Denken Sie nicht, dass Sie uns einschüchtern können, Admiral Kazimir. Wir sind nicht mehr die hilflose Spezies, gegen die Sie bei Fandola gekämpft haben. Wir besitzen jetzt Verbündete. Ich spreche für zahlreiche schlagkräftige Spezies, die nicht zulassen werden, dass die Leere ihre finale Absorptionsphase einleitet. Wir stehen nicht allein da. Glauben Sie, Ihre Navy kann die ganze Galaxis besiegen?«

Kazimir zeigte sich unbeeindruckt. »Die Navy dient ausschließlich Verteidigungszwecken. Botschafter, ich möchte Sie dringend bitten, dem Commonwealth zuzubilligen, ein internes Problem auf seine eigene Weise zu lösen. Die Menschen werden keine großflächige Absorption auslösen.«

»Wir werden Sie im Auge behalten«, donnerte der Botschafter. »Sollten Sie den Bau und den Start dieser Pilgerschiffe nicht unterbinden, so handeln wir und unsere neuen, mächtigen Verbündeten in reiner Notwehr.«

»Ich habe Verständnis für Ihre Beunruhigung«, sagte Justine. »Aber ich möchte Sie bitten, uns zu vertrauen.«

»Dazu haben Sie uns niemals einen Grund gegeben«, entgegnete der Botschafter. »Ich danke Ihnen für Ihre Zeit. Ich werde nun auf mein Schiff zurückkehren, ich empfinde Ihre Umgebung als unangenehm.«

Eine Bemerkung, die für einen Ocisen einigermaßen hintergründig war, dachte Justine. Sie stand auf und begleitete den Botschafter hinaus zu seinem Schiff. Als das ungeschlachte Fluggerät sich in den Himmel erhob, materialisierte Gore neben ihr.

»Verbündete, heh? Weißt du irgendwas darüber?«, fragte er Kazimir.

»Kein bisschen«, sagte Kazimir. »Gut möglich, dass sie bluffen. Andererseits, wenn sie es tatsächlich ernst damit meinen, die Pilgerfahrt zu stoppen, brauchen sie Verbündete. Ganz sicher schaffen sie das nicht allein.«

»Könnten es die Raiel sein?«, fragte Justine überrascht.

Kazimir zuckte die Schultern. »Das bezweifle ich. Die Raiel gehen nicht herum und schließen klammheimlich irgendwelche Abkommen ab, um eine Spezies auf die andere zu hetzen. Wenn das Empire an sie herangetreten wäre, bin ich mir sicher, dass sie es uns erzählt hätten.«

»Dann eine postphysische Spezies vielleicht?«

»Nicht auszuschließen«, räumte Gore ein. »Die meisten von ihnen sehen in Physischen bloß unkultivierte, kleine Newcomer in einem exklusiven Club. Jedenfalls die, die mit Physischen reden. Die meisten sind nicht einmal dazu bereit. Und es würde mich auch sehr wundern, wenn eine Spezies sich dazu herabgelassen hätte. Wahrscheinlich fänden sie es ziemlich spannend, einer finalen Absorptionsphase zuzusehen.«

»Und was ist mit dir?«, forschte Justine leichthin nach.

Gore lächelte. Kalt blitzten schneeweiße Zähne zwischen goldenen Lippen auf. »Ich gebe zu, dass es ein Mordsanblick wäre. Aus der Entfernung. Einer sehr großen Entfernung.«

»Was schlägst du also vor?«, fragte Justine.

»Auf jeden Fall sollten wir den Antrag im Senat auf den Weg bringen«, sagte Kazimir. »Der Botschafter hat ganz recht. Wir dürfen diese Pilgerfahrt nicht zulassen.«

»Wir können sie nicht stoppen«, entgegnete Gore übertrieben freundlich. »Steht in der Verfassung.«

»Wir müssen eine Lösung finden«, sagte Justine. »Eine politische. Und zwar bald.«

»Das ist mein Mädchen. Wirst du dich selbst an den Senat wenden? Du besitzt da draußen ziemliches Gewicht: persönliche Geschichte.«

»Und es wäre hilfreich, von den Raiel eine Bestätigung zu erhalten«, sagte Kazimir. »Die entsprechenden personellen Verbindungen hast du ja.«

»Was?« Justines Schultern sackten herab. »Oh, Qualen der Hölle. Ich hatte nicht vor, die Erde zu verlassen.«

»Ich vermute, dass der Botschafter der Hancher auch gern ein bisschen beruhigt werden würde«, fügte Gore hämisch hinzu.

Justine drehte sich um und sah ihren Vater ruhig an. »Ja, da sind eine Menge Leute und Fraktionen, auf die wir ein Auge haben sollten.«

»Ich bin überzeugt, die Regierung weiß, was sie tut. Schließlich warst du ihre erste Wahl. Besser geht's nicht.«

»Genau genommen war ich ihre zweite.«

»Wer war die erste?«, fragte Kazimir neugierig.

»Toniea Gall.«

»Dieses Miststück!«, stieß er hervor. »Die würde niemand flachlegen wollen, nicht mal in einem Silent-World-Haus am Tag nach ihrer Rejuvenation. Kein Mensch kann sie ausstehen.«

»Nun, Dad, die Geschichte hat gewollt, dass die Siedlungsperiode ein kleines goldenes Zeitalter war.«

»Verdammt klein.«

Justine und Kazimir grinsten sich an. »Aber sie war eine ganz passable Präsidentin, soweit ich mich erinnere«, sagte Kazimir.

»Bullshit.«

»Ich werde auf dem Weg zum Senat noch bei der Hancher-Botschaft vorbeischauen«, sagte Justine. »Es wäre ganz nett, wenn wir über die Truppenbewegungen des Empires Bescheid wüssten.«

»Und ich mach mich daran, unsere Überwachungssysteme innerhalb des Empires neu einzustellen. Mal sehen, ob wir nicht ein klareres Bild bekommen von dem, was vorgeht«, sagte Kazimir.

Nachdem Justines Körper aus Tulip Mansion herausteleportiert war, zog sich Gores Primärbewusstsein wieder in die Geborgenheit der unermesslichen Weite von ANA zurück. Was den Speicherplatz der perzeptuellen Realität anbetraf, so war sie eher genügsam. Manche Leute hatten sich ganze Universen als Privattummelplatz geschaffen, hatten selbstregulierende Parameter angelegt, um die Konfiguration aufrechtzuerhalten. Die Körper, oder Kerne, oder Zentren, die sie in ihren Gedankenmodellen ausfüllten, waren vielseitig, da mit Fähigkeiten ausgestattet, die allein durch die jeweilige Umgebung definiert wurden. Wie weit sich solche Wirkungsbereiche erstreckten, war nicht mehr ganz klar. ANA war den Grenzen des physikalischen Räderwerks, das sie geboren hatte, längst entwachsen. Das operative Medium wurde nun in die Raumzeit-Quantenstruktur rund um die Erde getunnelt, eine einzigartige Domäne schaffend, in der ihre mannigfachen post-menschlichen Intelligenzen agieren konnten. Die zahlreichen Refugien breiteten sich in den Quantenfeldern mit der Beharrlichkeit und fragilen Schönheit von Sternennebeln aus, ein sich ständig wandelndes Gefüge, in Abhängigkeit von den Launen ihrer Schöpfer. Es war nicht länger eine Maschine oder künstliches Leben. Es war wirklich lebendig geworden.

Wozu es sich einmal entwickeln würde, war Thema einer beachtlichen und obsessiv geführten internen Debatte.

Die Fraktionen befanden sich zwar nicht im offenen Krieg um ANAs letztgültige Konfiguration, aber es herrschte ein erbitterter Widerstreit der Meinungen. Gore war nicht ganz aufrichtig gewesen, als er behauptet hatte, ein Konservativer zu sein. Es war zwar durchaus so, dass er den Gedanken, den Status quo zu erhalten, unterstützte. Dies aber nur, weil er fand, dass die extremeren Fraktionen mit ihren Lösungsvorschlägen entschieden zu schnell bei der Hand waren. Abgesehen von den Dividers natürlich, deren Ziel es war, ANA in ebenso viele Teile, wie es Fraktionen gab, zu spalten und jeden dann seiner eigenen Wege gehen zu lassen. Mit ihnen konnte er sich ebenfalls nicht anfreunden. Nein, was er wollte, waren mehr Zeit und mehr Information. Nur auf diese Weise, so seine Überzeugung, würde die Richtung, die sie einschlagen sollten, um einiges klarer werden.

Er tauchte an einem langen Strand auf. Wenige Hundert Meter vor ihm ragte eine felsige Landzunge ins Meer, darauf stand ein alter, steinerner Turm mit bröckelnden Mauern und einem weißen Pavillon an der landeinwärts gerichteten Seite. Heiß brannte die Sonne ihm auf Kopf und Hände; er trug ein leichtes, kurzärmliges Hemd und knielange Hosen. Seine Haut war normal, ohne irgendwelche Enrichments. Das Eigenbild und die Umgebung waren dem frühen 21. Jahrhundert entnommen, einer Zeit, als das Leben noch einfacher war, und das ganz ohne empfindungsfähige Maschinen. Der Ort war Hawksbill Bay, Antigua, wohin er immer mit seiner Jacht, der *Moonlight Madison*, geschippert war. In jenen Tagen hatte sich eine Ferienanlage an der Küste befunden, doch in seiner Vorstellung hatte das Land jenseits des Strands nur aus einem Gewirr von Palmen und üppigem Gras zu bestehen, mit zwischen den Ästen umherschwirrenden farbenprächtigen Papageien. Auch den Wind, der beständig durch die echte Karibik wehte, gab es hier nicht. Dafür war die See mit ihren Fischschwärmen in Küstennähe von erstaunlich hellem Türkis.

Ein einfacher Pfad führte die Landspitze hinauf zum Turm. Der Pavillon mit seinem Stoffdach überschattete eine breite Holzterrasse und einen kleinen Swimmingpool. An dem einen Ende stand ein schwerer, ovaler Tisch mit fünf gut gepolsterten Stühlen. Nelson Sheldon saß bereits dort, einen großen Drink vor sich auf dem Tisch.

In den Tagen vor ANA war Nelson Sicherheitschef der Sheldon Dynasty gewesen, dem größten und mächtigsten Wirtschaftsimperium, das jemals existiert hatte. Als sich die Gesellschaft und Ökonomie des Commonwealth aufgespalten und umgestaltet hatten, hatte die Dynasty sich zunächst einen Großteil ihres Reichtums und ihrer Macht erhalten können, aber die Dinge waren nicht mehr dieselben. Nachdem dann Nigel Sheldon gegangen war, hatte sie ihren Zusammenhalt verloren und war über die Externen Welten zersprengt worden; nach wie vor eine Größe, mit der man politisch wie wirtschaftlich rechnen musste, aber nicht mehr von gleichem Einfluss wie zuvor.

Zwei Jahrhunderte, die er damit zugebracht hatte, sich um das Wohlergehen der Dynasty zu kümmern, hatten aus Nelson einen Pragmatiker erster Güte gemacht. Was bedeutete, dass er und Gore die ganze ANA-Entwicklung in mehr oder weniger ähnlicher Weise sahen.

Gore setzte sich an den Tisch und schüttete sich einen Eistee aus dem Glaskrug ein. »Hast du auf alles Zugriff gehabt?«

»Ja. Mich würde mal interessieren, wer der große Verbündete des Empires sein soll. Der oder gar die Verbündete.«

»Wahrscheinlich nur ein Bluff.«

»Du überschätzt die Ocisen, die haben für einen Bluff nicht genug Phantasie. Wenn du mich fragst, haben sie es geschafft, irgendeine uralte, reaktionäre Rasse für ihre Sache zu gewinnen, die schon beim Gedanken an die gute alte Zeit 'nen Ständer kriegt und 'nen Hinterhof voll ausrangierter Waffen hat.«

»ANA:Regierung wird sich dieser Angelegenheit mit ernsthafter Aufmerksamkeit widmen müssen«, sagte Gore. »Wir können keine Invasion von Alien-Kriegsschiffen im Commonwealth gebrauchen. Kenn ich schon, passiert mir nicht noch mal. Das war schließlich einer der Gründe dafür, warum wir begonnen haben, ANA aufzubauen, damit die Menschheit sich niemals wieder technologisch im Nachteil befindet. In der Galaxis liegt jede Menge üble Hardware herum.«

»Neben anderem«, stimmte Nelson ihm weise zu. »Vor allem

werden wir der Leere baldmöglichst unsere ernsthafte Aufmerksamkeit widmen müssen – genau, wie es die Accelerators wollten.«

»*Ich* will, dass wir der Leere unsere Aufmerksamkeit widmen«, erwiderte Gore. »Wir können wohl schwerlich behaupten, Meister der kosmologischen Theorie zu sein, wenn wir sie nicht einmal durchblicken. Es ist lediglich die Analysezeitskala, wegen der sich alle uneins sind.«

»Und die Analysemethoden. Und ja, ich stimme mit dir überein, dass wir unbedingt rauskriegen müssen, wie das verdammte Ding erzeugt wird. Nicht zuletzt deshalb sitze ich hier mit dir zusammen bei unserer kleinen Verschwörung.«

»Stell dir einfach vor, wir wären eine sehr kleine Fraktion.«

»Was auch immer. Ich hab schon vor langer Zeit aufgehört, mich mit Semantik herumzuärgern. Das Ziel allein ist entscheidend und wenn du es nicht definieren kannst: Pech gehabt. Und unser Ziel ist es, den Schaden wiedergutzumachen, den die Accelerators angerichtet haben.«

»Absolut, ja. Die Konservativen werden überaus aktiv sein an dieser Front, wir können uns darauf verlassen, dass sie ordentliche Arbeit leisten. Ich würde gern versuchen, ein paar Schritte vorauszudenken. Nachdem wir keine Tiere mehr sind, reagieren wir nicht mehr nur auf eine eingetretene Situation. Wir sollten in der Lage sein, sie kommen zu sehen. Letzten Endes muss irgendetwas unternommen werden bezüglich dieses Problems mit der Leere. Ihre internen Mechanismen zu verstehen, ist gut und schön, aber wir können nicht zulassen, dass sie weiterhin die Galaxis bedroht.«

Nelson hob ein Glas an die Lippen und prostete Gore zu. »Weiter so, nur nicht unterkriegen lassen. Wo die Raiel gescheitert sind ...«

»Wo die Raiel uns gesagt haben, dass sie gescheitert sind. Wir haben keine unabhängige Bestätigung.«

»Von wem auch? Außer den Raiel selbst wird ja niemand so alt.«

»Blödsinn. Die Hälfte der Postphysischen in dieser Galaxis ist schon um einiges länger hier als sie.«

»Ja, genau. Nur die, die da in Frage kommen, machen sich nicht mal mehr die Mühe, mit irgendwem zu kommunizieren. Sie sind alle mucksmäuschenstill oder tot oder transzendiert. Oder sie haben bewusst die Evolutionsbremse gezogen. Sofern du also nicht vorhast, herumzulaufen und sie mit einem großen Stock aus ihren Löchern hervorzustochern, sind die Raiel unsere einzige Quelle. Machen wir uns nichts vor, ANA ist gut, großartig sogar, wir sind, Scheiße noch eins, beinahe zu Urgöttern geworden, aber hinsichtlich unserer Entwicklung hängen wir noch weit hinter den Raiel hinterher, und die sind immerhin vor Millionen von Jahren schon auf der galaktischen Bühne erschienen. Die Leere hat sie bezwungen. Ganze Sternensysteme haben sie in Verteidigungsanlagen umgewandelt. Sie sind mit einer kompletten Armada in den verdammten Ort eingedrungen und haben es doch nicht geschafft, ihn auszuschalten oder zu vernichten oder sonst wie zur Hölle zu schicken.«

»Sie haben es auf die falsche Weise versucht.«

Nelson lachte. »Und du weißt, wie man's richtig macht?«

»Wir besitzen einen Vorteil, den sie niemals hatten. Wir verfügen über Insiderwissen. Einen Maulwurf.«

»Der Waterwalker? In Ozzies Namen, bitte sag, dass das nicht dein Ernst ist.«

»Du weißt, wer ganz zu Beginn Inigos Träumen die meiste Aufmerksamkeit geschenkt hat? Die Raiel. Sie hatten keine Ahnung, was sich im Inneren befand. Sie bauten Schiffe, die theoretisch in der Lage waren, jeder Quantenumgebung zu widerstehen, aber nicht eines von ihnen ist jemals zurückgekehrt. Wir sind es gewesen, die ihnen gezeigt haben, was drinnen ist.«

»Ja, ein äußerst flüchtiger Blick, auf eine einzelne Stadt auf einem standardmäßigen H-kongruenten Planeten.«

»Du vergisst etwas Wesentliches.« Gores Arm strich über

Hawksbill hinweg, um auf die mächtige, schwarze Felssäule zu zeigen, die einige Hundert Meter vom Land entfernt aus dem Wasser ragte. Wellen brachen sich an ihr, die See zu schäumender Gischt aufwühlend. »Bring irgendeinen Menschen aus einer früheren Zeit als dem 25. Jahrhundert hierher, und er würde denken, er befände sich inmitten einer physikalischen Realität. Würden nun aber du oder ich diese Umgebung durch ihn beobachten, würden wir rasch merken, dass künstliche Faktoren mit im Spiel sind. Der Waterwalker gibt uns die gleiche Möglichkeit. Seine telepathischen Fähigkeiten haben uns einen äußerst informativen Blick auf die Beschaffenheit des Universums werfen lassen, das sich hinter diesem verdammten Ereignishorizont verbirgt. Für alle sieht es genauso aus wie unser Universum mit seinen Planeten und Sternen. Das ist es jedoch mit allergrößter Sicherheit nicht. Dieser Skylord aus dem Zweiten Traum hat das bestätigt. Die Leere besitzt ein Innerstes, das in höchstem Maße charakteristisch für sie ist, auch wenn wir es bislang noch nicht sehen.«

»Zu wissen, dass es darin anders ist, gibt uns keinen echten Vorteil.«

»Falsch. Wir wissen, dass auf physischer Ebene nichts erreicht werden kann. Weder können wir ihr mit Quantenzerstörern zu Leibe rücken, noch haben wir die Möglichkeit, eine Armee hineinzuschicken, um den Kontrollraum des Oberschurken dem Erdboden gleichzumachen. Die Leere ist die ultimative postphysische Entität in der Galaxis und möglicherweise aller Galaxien, die wir sehen können. Wir werden wohl oder übel mit ihr in irgendeiner Form kommunizieren müssen, wenn wir zu einer Lösung des Problems, das sie für unsere Sterne und Planeten darstellt, gelangen wollen. Ich glaube nicht, dass die Firstlife jemals wollten, dass sie eine Gefahr darstellt; sie hatten einfach keine Ahnung, dass draußen noch etwas existierte, für das sie vielleicht irgendwann zu einer Bedrohung werden könnte. Genau da müssen wir ansetzen. Wir wissen, dass Menschen hineinkommen können, auch wenn wir nicht sicher sind, wie sie es geschafft haben. Wir wissen, dass Menschen in der Leere leben, die auf ihr inneres Gefüge eingestellt sind. Durch sie sind wir vielleicht in der Lage, eine Veränderung zu bewirken.«

»Der Waterwalker ist tot. Er ist es seit Jahrtausenden interner Zeit.«

»Auch wenn er einzigartig war, was ich nicht eine Sekunde lang glaube, ist Zeit nicht unser Problem, nicht da drin. Das wissen wir alle. Wir müssen nur in die Leere hineinkommen und auf irgendeine Weise diese lächerliche, kleine Verbindung zu ihrem Innersten herstellen. Das ist der Schlüssel des Ganzen.«

»Du willst die Leere besuchen? Durch den Ereignishorizont fliegen?«

»Nicht ich. So sehr es meinem Ego auch gefallen würde, das Verbindungsglied zu sein, gibt es keinen empirischen Beweis dafür, dass ich drinnen telepathische Kräfte besäße. Selbst wenn wir ANA hineinschaffen würden, hätten wir keine Gewissheit, dass über sie eine Kommunikation zustandekäme. Nein. Wir müssen eine Methode anwenden, die mehr Aussicht auf Erfolg besitzt.«

Nelson schüttelte verwirrt und nicht im Geringsten enttäuscht den Kopf. »Nämlich?«

»Ich arbeite noch daran.«

Es war kein vielversprechender Start in den Tag. Araminta hatte nicht verschlafen. Nicht direkt. Sie besaß ein Advancer-Erbgut, das sie mit einem kompletten Satz makrozellularer Cluster ausstattete, die alle effizient funktionierten; sie konnte ihre sekundären Denkroutinen kompetent instruieren. Also wurde sie natürlicherweise pünktlich von einem Phantompiepen in den Ohren und einem synchronen blauen Blinken an den Sehnerven geweckt. Es waren die Augenblicke nach diesem Aufwachappell, mit denen sie ihre Schwierigkeiten hatte. Ihre Wohnung bestand nur aus zwei Räumen – einer Nasszelle und einem Wohn-Schlafzimmer; mehr konnte sie sich von ihrem Servierinnengehalt nicht leisten. Wenn auch das Apartment billig war, so war das breite Bett mit seiner A-Schaum-Matratze doch äußerst bequem. Zusammengerollt lag sie in ihrem Baumwollpyjama nach dem Wecksignal da, behaglich wie ein Küken im Nest. Vages Morgenlicht stahl sich durch die Vorhänge herein, nicht hell genug, um wirklich zu stören, während das Zimmer sich selbst auf einer anheimelnd warmen Raumtemperatur hielt. Hätte sie sich die Mühe gemacht, die Betriebsprogramme der Wohnung zu überprüfen, hätte sie gesehen, dass alles fertig und bereit war. Die Kleidung für den Tag war gewaschen und ausgelüftet und in der Küchennische stand ein kleines leichtes Frühstück bereit.

Also kann ich auch ruhig noch ein bisschen dösen.

Der zweite Weckalarm riss sie erneut aus dem Schlaf, verscheuchte den seltsamen Traum. Dieser Appell war deutlich brutaler als der erste, was beabsichtigt war. Eine dringende Aufforderung, ihren faulen Hintern, zur Hölle noch mal, endlich aus den Federn zu schwingen – und eine, die sie niemals gebraucht hatte. Während sie den Lärm und das Licht unterband, hegte sie die Vermutung, dass sie vermutlich die Sekundärroutinen durcheinandergebracht, irgendwie die Weckrufabfolge umgeschaltet hatte. Dann stellte sich ihr Blick auf die Zeitanzeige in ihrem Exoimage ein.

»Scheiße!«

Und so brach ein wenig Hektik aus, als sie in ihre Klamotten sprang, gleichzeitig den Assam-Tee trank und dazu noch ein paar Bissen Toast herunterwürgte. Die behagliche Dusche wurde durch ein Hygienespray für die Reise ersetzt, das niemals hielt, was die Werbung versprach, nämlich vielbeschäftigte, mondäne Zeitgenossen frisch und sauber zu halten, während sie zwischen Meetings und Clubs hin und her düsten. Stattdessen stürzte sie mit ihrem mehr schlecht als recht frisierten mausbraunen Haar aus der Wohnung, die Augen rot gerändert und vom Reisespray brennend, die Haut apart nach Pinienbad duftend.

Na toll. Das bringt mir bestimmt ein paar fette Trinkgelder ein, dachte sie mürrisch, während sie in die Tiefgarage des Gebäudes hinunterhetzte. Schnurrend suchte sich ihr Trikepod seinen Weg hinaus auf die überfüllten Straßen von Colwyn City und reihte sich in den morgendlichen Ansturm von Berufspendlern ein. Theoretisch hätte nur leichter Verkehr herrschen sollen, die meisten Leute heutzutage benutzten Regravkapseln, schwebten gemütlich über die Bodenfahrzeuge hinweg, es sei denn, sie landeten auf den ausgewiesenen Parkbuchten entlang der Straße oder auf den Abstellfeldern der Hausdächer. Doch zu dieser frühen Stunde waren die nicht ganz so gut Betuchten der Stadt auf dem Weg zur Arbeit, bevölkerten zusammen mit den Stadtbahnen das Asphaltstraßennetz mit ihren Pods, Autos und Motorrädern bis hart an die Grenzen seiner Kapazitäten.

Araminta war eine halbe Stunde zu spät, als ihr Pod im Hinterhof des Nik's zum Stehen kam. Als sie durch die Küchentür hineinstürmte, erntete sie vom Rest des Personals vorwurfsvolle Blicke. »Sorry!« Das Restaurant war schon gerammelt voll mit Frühstücksgästen – hauptsächlich mittlere Angestellte, die ihr Essen lieber naturbelassen mochten, zubereitet von Köchen anstatt von Kücheneinheiten und serviert von Menschen anstelle von Bots.

Als Arminta sich die Schürze umband, beugte sich Tandra zu ihr herüber. Argwöhnisch schnupperte sie und wedelte mit der Hand. »Reisespray, hm. Schätze, du warst gestern nicht mehr zu Hause?«

Araminta ließ den Kopf hängen und wünschte, sie hätte tatsächlich eine Ausrede wie diese. »Ist spät geworden gestern Abend, wieder so ein Gestaltungskurs.«

»Schätzchen, du treibst Raubbau mit deiner Gesundheit. Du bist jung und attraktiv. Sieh zu, dass du da wieder rauskommst.«

»Ich weiß. Das werde ich.« Araminta holte tief Luft und ging hinüber zu Matthew, der so sauer war, dass er ihr nicht mal einen Rüffel verpasste. Sie schnappte sich drei fertige Teller vom Tresen, checkte die Tischnummer, verzog den Mund zu einem Lächeln und schob sich durch die Schwingtür.

Die Frühstücksphase im Nik's dauerte normalerweise circa neunzig Minuten. Es gab zwar kein Zeitlimit, aber gegen Viertel vor neun eilten die letzten Gäste üblicherweise in ihre Büros oder Läden. Hin und wieder blieben noch ein oder zwei Touristen hängen oder es zog sich ein Geschäftstreffen hin. Nicht so heute. Araminta tat ihre Buße, indem sie die Reinigungsbots überwachte, während die Tische neu hergerichtet wurden, um den Kauflustigen und Durchreisenden ihren Morgenkaffee zu servieren. Das Nik's befand sich in ausgezeichneter Lage, im Geschäftsviertel, fünf Blocks entfernt von den Anlegedocks unten am Fluss.

Nach zehn begannen die Tische sich wieder zu füllen. Das Restaurant hatte eine geschwungene Vorderfront mit einer schmalen Terrasse. Araminta checkte die Tische im Freien, ordnete die Blumen in den kleinen Vasen und nahm Bestellungen für heiße Schokoladen und Cappuccinos auf. So konnte sie wenigstens Matthew aus dem Weg gehen. Er hatte immer noch kein Wort zu ihr gesagt, ein schlechtes Zeichen.

Irgendwann nach elf tauchte die Frau auf; sie ging zwischen den Tischen umher und sprach die Gäste an. Araminta sah, dass einige von ihnen verärgert reagierten und sie abwiesen. Seit Ethan vor zehn Tagen die Absicht einer Pilgerfahrt bekanntgegeben hatte, waren immer wieder Living-Dream-Anhänger der örtlichen Kirche hereingekommen und hatten die Leute belästigt. Allmählich wurde es zu einem Problem.

»Kann ich Ihnen helfen?«, fragte Araminta die Frau mit einem scharfen Unterton in der Stimme; hier bot sich eine Chance, bei Matthew ein paar Punkte gutzumachen. Ihr Gegenüber war in ein dunkelgraues Kaschmirkostüm mit einem locker fallenden Rock gekleidet; unmodern, aber teuer. In etwa die Art von Outfit, das Araminta vielleicht vor der Scheidung getragen hätte, damals, als sie noch genug Geld gehabt hatte. »Hier sind noch ein paar freie Tische.«

»Ich sammle Unterschriftenzertifikate«, erwiderte die Frau. Sie wirkte sehr entschlossen. »Es geht darum, den Stadtrat dazu zu bewegen, Ingravkapseln über Colwyn City zu verbieten.«

»Wieso?« Die Frage war heraus, noch ehe Araminta wirklich darüber nachgedacht hatte.

Die Frau verengte die Augen. »Die Regrav sind schon schlimm genug, aber zumindest gibt es für sie eine Höhen- und Tempobegrenzung innerhalb des Stadtgebiets. Haben Sie sich jemals darüber Gedanken gemacht, was passiert, wenn ein Ingrav-Antrieb versagt? Die fliegen halbballistische Parabeln, was bedeutet, sie stürzen mit annähernd orbitaler Geschwindigkeit ab.«

»Ah ja, ich verstehe.« Sie sah, dass Matthew sie aufmerksam beobachtete.

»Stellen Sie sich vor, eine von ihnen kracht auf eine Schule. Oder ein Krankenhaus. Und dabei brauchen wir sie gar nicht. Es ist ein himmelschreiendes Konsumverhalten ohne jedes Verantwortungsgefühl. Die Leute kaufen sie nur, um mit ihnen anzugeben. Und außerdem gibt es Studien, die belegen, dass der Ingrav-Effekt die geologischen Verwerfungen strapaziert. Das könnte ein Erdbeben auslösen.«

Araminta war stolz darauf, dass sie nicht laut auflachte. »Ich verstehe.«

»Das Stadtverkehrsnetz wurde auch gar nicht für solche Geschwindigkeiten geschaffen. Die Anzahl registrierter Beinahezwischenfälle nimmt beständig zu. Wollen Sie nicht auch mit Ihrem Zertifikat beitragen? Helfen Sie uns dabei, unser Leben sicher zu halten.«

Aramintas U-Shadow wurde ein File vorgelegt. »Ja, natürlich. Aber Sie müssen einen Tee oder Kaffee bestellen, mein Chef ist heute Morgen ohnehin nicht gut auf mich zu sprechen.« Verstohlen blickte sie zu Matthew hinüber, während sie der Petition ihr Unterschriftenzertifikat hinzufügte und damit bestätigte, dass sie eine Bürgerin Colwyn Citys war.

»Typisch«, knurrte die Frau. »Die denken immer nur an sich

selbst und ihren Profit.« Dennoch nahm sie Platz und bestellte einen Pfefferminztee.

»Was hat sie für ein Problem?«, fragte sie Matthew, als Araminta den Tee abholte.

»Das Universum ist ein übler Ort, sie muss sich einfach nur ein bisschen entspannen.« Sie schenkte ihm ein sonniges Lächeln. »Deshalb sind wir hier.«

Bevor er auch nur antworten konnte, tänzelte sie bereits wieder zurück auf die Terrasse.

Um halb zwölf glich ihr U-Shadow die morgendliche Immobiliensuche ab, die er in den Maklerbüros der Stadt hatte durchlaufen lassen, und verschob das Ergebnis in eine ihrer Speicherlakunen. Sie hatte Pause und saß in dem kleinen Personalaufenthaltsraum neben der Küche. Sie brauchte nicht lange, um alle Angebote durchzugehen.

Wonach sie suchte, war eine geeignete Wohnung oder vielleicht sogar ein kleines Haus irgendwo in der Stadt. Es gab nicht viele Objekte, die ihren Kriterien gerecht wurden: billig, renovierungsbedürftig, zentral gelegen. Drei der Angebote markierte sie als potenziell in Frage kommend und checkte anschließend, was die Kandidaten vom Vortag machten. Die Hälfte von ihnen war bereits weg. Man musste wirklich schnell sein heutzutage, dachte sie wehmütig. *Und Geld haben, oder wenigstens einen akzeptablen Kredit.*

Ihr Traumprojekt war eine Komplettrenovierung; eine kleine Immobilie rundum auf Vordermann zu bringen, um sie dann mit Profit weiterzuverkaufen. Sie wusste, dass sie gut darin sein würde. In den letzten acht Monaten, seit ihrer Trennung von Laril, hatte sie fünf Umbau- und Gestaltungskurse mitgemacht und dazu noch jeden Text zum Thema Innenausstattung studiert, den ihr U-Shadow aus der Unisphäre hatte ziehen können. Immobiliensanierung war eine riskante Sache, aber alle Fälle, mit denen sie sich befasst hatte, hatten gezeigt, dass der wahre Schlüssel zum Erfolg aus Einsatz, harter Arbeit und jeder Menge Marktforschung bestand. Und es war etwas, von dem sie überzeugt war, es ganz allein hinzukriegen. Sie würde von niemandem mehr abhängig sein. Doch zunächst einmal brauchte sie Geld ...

Punkt zwölf war Araminta wieder im Restaurant und kümmerte sich darum, dass die Tische für den Lunch eingedeckt wurden. Dann prägte sie sich die Tagesgerichte ein, an denen der Küchenchef werkelte. Die Anti-Ingrav-Kreuzritterin war wieder abgezogen und hatte ein Drei-Viotia-Pfund-Trinkgeld hinterlassen. Und Matthew behandelte sie endlich wieder wie einen Menschen.

Um zehn nach zwölf kam Cressida herein. Sie war eine Kusine Aramintas mütterlicherseits, Teilhaberin einer mittelgroßen Anwaltskanzlei, hundertunddreiundzwanzig Jahre alt und atemberaubend schön mit ihrem flammend roten Haar und einer Haut, die durch teure kosmetische Scales ihre seidenglänzende Vollkommenheit behielt. Sie trug einen Zweitausend-Viotia-Pfund-Togaanzug in Platin-Smaragdgrün. Allein durch ihr Eintreten ins Nik's erhöhte sich das Niveau des Lokals schlagartig. Außerdem war sie Aramintas Rechtsanwältin.

»Schätzchen.« Cressida winkte und eilte zu ihr, um sie herzlich zu umarmen; Küsschen hier, Küsschen da, das war nie ihr Ding gewesen. »Hör zu, ich hab Neuigkeiten für dich«, sagte sie atemlos. »Dein Chef hat bestimmt nichts dagegen, wenn ich dich ihm für ein paar Minuten wegnehme, oder?« Ohne sich damit aufzuhalten, sich von der Richtigkeit ihrer Annahme zu überzeugen, schnappte sie sich Aramintas Hand und zog ihre Kusine mit sich zu einem Ecktisch.

Araminta zuckte zusammen, als sie zu spüren glaubte, wie Matthews starrer Blick ihr Laserlöcher in den Rücken brannte. »Was ist passiert?«

Cressida grinste sie breit an. Ihr flüssiger knallroter Lipgloss verlief, um sich der extremen Dehnung anzupassen. »Der gute, alte Laril hat sich vom Planeten verdrückt.«

»*Was?*« Araminta konnte nicht ganz glauben, was sie da hörte. Laril war ihr Ex-Ehemann. Eine Ehe, die achtzehn ganz und gar elende Monate gedauert hatte. Alle in ihrer Familie hatten sie vom ersten Augenblick, als sie ihn kennengelernt hatte, vor dieser Verbindung gewarnt. Sie hatten recht behalten. Jetzt konnte sie es zugeben. Sie war einundzwanzig gewesen, er dreihundertundsieben. Damals hatte sie ihn für charmant, elegant, reich gehalten. Er hatte ihr Ticket sein sollen, heraus aus dem langweiligen, klein (karierten) und provinziell anmutenden Langham, einer Stadt auf dem Suvorov-Kontinent, siebentausend Meilen weit entfernt. Jeder in ihrer Familie hatte in Laril nur einen weiteren alten Knacker in ihm gesehen, von denen sich mehr als genug im Commonwealth herumtrieben, besonders auf den relativ unzivilisierten Planeten, die die äußeren Randgebiete der Externen Welten ausmachten. Übersättigte alte Leute, die genug Geld hatten, um absolut jugendlich auszusehen, die aber dennoch die wirklich Jungen um ihren Elan und ihren Übermut beneideten. Jeder Partner, den sie sich angelten, war um Jahrhunderte jünger, in der nichtigen Hoffnung, dass dessen Tatkraft sich auf wundersame Weise auf sie selbst übertrug. Bei Laril war das nicht ganz der Fall gewesen. Obwohl ziemlich nah dran.

Ihr Familienzweig väterlicherseits betrieb ein Geschäft, zur Lieferung und Wartung landwirtschaftlicher kybernetischer Geräte; ein Unternehmen, das das größte im ganzen Verwaltungsbezirk war und zudem eines, in dem Araminta wenigstens die ersten fünfzig Jahre ihres Lebens hätte arbeiten sollen. Nach dieser Lehrzeit erachtete man die Familienmitglieder als erwachsen und wohlhabend genug, um zu neuen Weidegründen aufzubrechen (eine bedrückend hohe Zahl von ihnen baute quer durch Suvorov Tochterunternehmen auf) und Platz für die nachrückenden Youngsters zu machen. Das war eine Aussicht, die Araminta so deprimierend fand, dass sie sich lieber bei einem Prime Motile als Liebessklavin verdingt hätte, als dieses Schicksal auf sich zu nehmen. Und dann war Laril, ein selbständiger Geschäftsmann mit einer Andribot-Lizenz neben anderen erfolgreichen Unternehmen, auf der Bildfläche erschienen und es war, als hätte der Märchenprinz persönlich sie entdeckt. Angesichts des Umstandes, dass in diesen Tagen das Alter einer Person keine bedeutende physikalische Größe mehr darstellte, war das Wenn und Aber ihrer Familie wegen der drei Jahrhunderte Alternsunterschieds einfach nur *unglaublich* spießig gewesen. Allerdings war genau dieser Unterschied dann für den Ausgang der Geschichte verantwortlich gewesen.

Die Tatsache, dass ihre Familie mehr oder weniger recht gehabt hatte damit, dass er sie nur ausnutzte, hatte ihr Leben nach der Scheidung bloß umso schlimmer gemacht. Sie konnte jetzt unmöglich jemals wieder nach Langham zurück. Zum Glück neigte Cressida nicht dazu, sie vorschnell zu verurteilen und sah Aramintas kolossalen Fehler lediglich als Teil des reichen Erfahrungsschatzes an, den das Leben für einen bereithielt.

»Wenn du es nicht verbockst«, hatte sie zu einer weinenden Araminta bei ihrem ersten Zusammentreffen gesagt, »hast du jetzt eine gesunde Basis, von der aus du eine Verbesserung deiner Situation in Angriff nehmen kannst. Okay, welche Rechte räumt dir die Scheidungsklausel in dem Ehevertrag ein?«

Araminta, die es, als sich die Scheidung anbahnte, bereits einiges an Überwindung gekostet hatte, ein Familienmitglied (und mochte es noch so entfernt sein) auch nur um rechtlichen Beistand zu bitten, musste zu ihrer Schande bekennen, dass ihre Eheschließung eine der altmodischen Art gewesen war, eine von der Sorte »bis dass der Tod uns scheidet«. Sie hatten sich diesen Schwur in der Kirche von Langham sogar vor einem zugelassenen Priester gegeben. Damals war das alles sehr romantisch gewesen.

»Kein Vertrag?«, hatte Cressida gleichermaßen entsetzt wie entgeistert gefragt. »Du meine Güte, Schätzchen, du bist unterwegs zu einem wahren Mount Herculaneum, was Verbesserungen deiner Situation betrifft, oder?«

Und Larils Anwälte taten ihr Bestes, um zu verhindern, dass Araminta jemals auch nur einen Fuß auf diesen Berg setzten konnte. Mit einer Gegenklage sorgten sie dafür, dass ihre eigenen Vermögenswerte, die ganzen siebenhundertzweiunddreißig Pfund, die sie auf ihrem Sparkonto angehäuft hatte, eingefroren wurden. Selbst Cressida mit all den Mitteln, die ihr über ihre Firma zur Verfügung standen, fand es schwierig, Larils juristischen Schutzwall zu durchbrechen. Und was seine geschäftlichen Aktivitäten anbetraf, so hatten sich diese als viel zu undurchsichtig erwiesen, um ihn darauf festnageln zu können. Sein ganzes früheres Gerede davon, Dreh- und Angelpunkt eines Dynasty-ähnlichen Netzwerks von profitablen Unternehmen zu sein, war entweder erstunken und erlogen oder nichts weiter als ein Deckmantel für einige erstaunliche finanzielle Unregelmäßigkeiten. Faszinierenderweise besaß Viotias Finanzbehörde keinerlei Belege dafür, dass Laril irgendwann in den letzten einhundert Jahren Steuern entrichtet hatte und zeigte nun ein reges Interesse an seinen Aktivitäten.

»Er hat sich verpisst. Den Planeten verlassen. Ist abgehauen. Hat die Biege gemacht. Die Wurzeln gekappt. Such dir was aus.« Cressida ergriff Aramintas Hand und drückte sie fast schmerzhaft. »Er hat nicht einmal seine Anwälte bezahlt.« Ihr offenkundiges Entzücken über diesen Umstand war nachgerade unanständig. »Und jetzt sind die lediglich ein weiterer Name auf der Liste von fünfzig Gläubigern, die hinter dem Arsch her sind.«

Aramintas kurzzeitig erfreuter Gesichtsausdruck verfinsterte sich wieder. »Das heißt, ich krieg also gar nichts?«

»Ganz im Gegenteil. Seine festen Vermögenswerte, also sein Stadthaus und die Imbisskonzession für das Stadion, die wir direkt zu Anfang mit Erfolg haben einfrieren können, gehören rechtmäßig dir. Zugegebenermaßen vielleicht nicht ganz die Art von Vermögenswerten, bei denen ein naives junges Mädchen ein feuchtes Höschen kriegt.«

Araminta lief puterrot an.

»Aber andererseits auch nicht zu verachten. Dummerweise ist da noch das Problem mit den Steuerschulden. Die sich, fürchte ich, auf dreihundertsiebenunddreißigtausend Viotia-

Pfund belaufen. Und wenn der NRS ihm auch nur die Hälfte der Unternehmungen, von denen du mir erzählt hast, nachweisen könnte, würden sie auf den Rest ebenfalls Anspruch erheben. Blutsaugende Bande. Wie auch immer, sie können ihm gottverdammt gar nichts nachweisen – dank der exzellenten Verschleierung und gewisser Unterlagen, die dein windiger Ex hat verschwinden lassen. Dann wäre da noch mein Honorar, das, in Anbetracht der Tatsache, wie sehr die Familie und ich deinen spät entwickelten Stolz zu würdigen wissen, zehn Prozent ausmacht. Der Rest gehört dir, frei und ohne Abzüge.«

»Wie viel?«

»Dreiundachtzigtausend.«

Araminta verschlug es die Sprache. Das war ein Vermögen. Sicher nicht annähernd der Gegenwert des korporativen Megakonzerns, den Laril vorgegeben hatte zu besitzen und zu kontrollieren, aber immer noch mehr, als sie erwartet und in ihrem Scheidungsantrag gefordert hatte. Seit dem Tag, als sie in Cressidas Büro aufgetaucht war, hatte sie allenfalls zu hoffen gewagt, dass sie vielleicht, nur vielleicht, mit dreißig- oder vierzigtausend aus dieser Sache herausgehen würde, dass Laril zahlen würde, um sie einfach loszuwerden. »Oh, grundgütiger Ozzie, du nimmst mich auf den Arm«, flüsterte sie.

»Nicht die Spur. Ein befreundeter Richter, den ich ganz gut kenne, hat uns zugesagt, die Angelegenheit unter Berücksichtigung deiner wirklich tragischen Notlage zu beschleunigen. Deine Ersparnisse sind jetzt wieder freigegeben, und heute Nachmittag um vier Uhr werden wir Larils Geld auf dein Konto transferieren. Herzlichen Glückwunsch. Du bist jetzt wieder eine freie und unabhängige Frau.«

Araminta befürchtete, jeden Augenblick in Tränen auszubrechen und fast wie aus eigenem Antrieb schlugen sich ihre Hände vors Gesicht.

»Wow!« Cressida legte ihr einen Arm um die Schulter und schüttelte sie scherzhaft. »Und wie nimmst du schlechte Neuigkeiten auf?«

»Es ist vorbei? Wirklich vorbei?«

»Yep. Wirklich und wahrhaftig. Also, was hältst du davon, wenn du und ich jetzt losziehen und das Ganze ordentlich feiern? Sag deinem Boss, wo er sich sein Menü hinstecken kann, kipp irgendeinem Gast einen Teller Suppe über den Kopf. Dann unternehmen wir zusammen eine Tour durch die coolsten Clubs in der Stadt und machen die Hälfte der männlichen Einwohnerschaft fertig. Wie wär das?«

»Oh.« Araminta hob den Kopf und wischte sich mit dem Handrücken die Tränen aus den Augen. Bei der Erwähnung von Matthew fiel ihr ein, dass sie ja eigentlich hier war, um zu arbeiten. »Ich muss wieder zurück. Mittags ist hier die Hölle los. Sie verlassen sich auf mich.«

»Hey, mach mal halblang. Werd dir erst mal darüber klar, was hier eben passiert ist.«

Araminta nickte kleinlaut und ließ ihren Blick durch das Restaurant schweifen. Alle ihre Arbeitskollegen gaben sich die größte Mühe, nicht in ihre Richtung zu sehen und Matthew wirkte schon wieder reichlich verstimmt.

»Ich weiß. Tut mir leid. Es wird eine Weile dauern, bis ich es wirklich kapiert hab. Ich kann einfach nicht glauben, dass alles vorbei ist. Ich muss ... Oh, Ozzie, es gibt so vieles, was ich tun möchte.«

»Na prima! Dann lass uns von hier verschwinden und erst mal ordentlich auf den Putz hauen. Am besten fangen wir mit einem angemessenen Essen an.«

»Nein.« Araminta sah, dass Tandra sie besorgt anschaute, und gab ihr mit diskret hochgerecktem Daumen Entwarnung. »Ich kann nicht einfach abhauen, das wäre den anderen gegenüber nicht fair. Sie müssen erst einen Ersatz für mich besorgen. Ich werde ordnungsgemäß kündigen und den Rest der Woche noch für sie arbeiten.«

»Verflucht noch mal, du bist entschieden zu nett. Kein Wunder, dass dein sauberer Ex dich nach Strich und Faden ausnutzen konnte.«

»Es wird nicht wieder vorkommen.«

»Verdammt richtig, das wird es nicht.« Cressida erhob sich und lächelte stolz. »Weil ich mir nämlich von jetzt an jede deiner Verabredungen genauestens ansehen werde. Komm wenigsten auf einen Drink mit heute Abend.«

»Hm, ich müsste nachher wirklich nach Hause und mich um ein paar Dinge kümmern.«

»Dann Freitagabend. Komm schon! Kein Mensch bleibt freitagabends zu Haus.«

Araminta konnte das Grinsen auf ihrem Gesicht nicht verhindern. »In Ordnung. Freitagabend.«

»Ozzie sei Dank. Und sieh zu, dass du dir vorher noch ein paar anständige Böse-Mädchen-Klamotten organisierst. Wenn schon, dann sollten wir die Sache richtig angehen.«

»In Ordnung. Ja, okay, mach ich.« Sie konnte fast körperlich spüren, wie ihre Stimmung sich veränderte, wie eine wärmende Flüssigkeit, die ihre Adern durchströmte. »Äh, woher kriege ich solche Klamotten?«

»Oh, keine Sorge, Schätzchen, das werd ich dir schon zeigen.«

Araminta brachte ihre Mittagsschicht zu Ende und teilte Matthew anschließend mit, dass sie aufhören wollte, aber gern bereit sei, zu bleiben, solange er sie noch brauchte. Zu ihrer Überraschung drückte er ihr einen Kuss auf die Wange und gratulierte ihr dazu, dass sie sich zu guter Letzt doch noch von Laril hatte losreißen können. Tandra war angesichts der Neuigkeiten ganz traurig und wich nicht von ihrer Seite, während die anderen sich um sie herum versammelten, um die frohe Botschaft zu hören und sie hochleben zu lassen.

Um halb drei am Nachmittag schlüpfte sie in ihren leichten Mantel und trat zur Tür hinaus. Die kalte Frühlingsluft, die sie empfing, wirkte ernüchternd und ermöglichte es ihr, wieder klar zu denken. Dennoch ging sie den gleichen Weg, den sie schon so viele Nachmittage gegangen war. Die Ware Street hinunter, an der Hauptkreuzung links und dann geradeaus die abschüssige Daryad Avenue hinab. Die Gebäude zu beiden Seiten waren fünf oder sechs Stockwerke hoch, ein typischer Mix aus gewerblichen Objekten. Regravkapseln glitten über sie hinweg, während der U-Bahntunnel, der unterhalb der Straßenmitte verlief, aufgrund des regen Kabinenverkehrs regelrecht summte. Um diese Zeit bevölkerten nur wenige Fahrzeuge die Straße, doch Araminta blieb trotzdem an jeder Kreuzung stehen, bis die Verkehrssolidos ihre Form und Farbe wechselten. Die anderen Fußgänger nahm sie kaum wahr.

Das Glayfield war ein Bar-Restaurant am unteren Ende der Steigung und nahm zwei Stockwerke eines alten Gebäudes aus Holz und Verbundmaterial ein; einst war es ein Teil des ersten Landecamps auf dem Planeten gewesen war. Sie durchquerte die dunkle, verlassene Bar und stieg die Treppe hinauf ins Restaurant. Auch das war so gut wie leer. Oben an der Stirnseite befand sich ein überdachter Balkon, auf dem ihres Erachtens die Tische viel zu eng nebeneinandergestellt waren; eine Bedienung würde sich, wären sie alle besetzt, nur mit Mühe zwischen ihnen hindurchquetschen können. Sie setzte sich an einen Tisch in der Nähe des Geländers, von dem aus sie einen ausgezeichneten Blick auf die Daryad Avenue hatte.

Dies war der Ort, zu dem sie an den meisten Nachmittagen kam, um nach ihrer Schicht im Nik's ein wenig abzuschalten, um einfach nur dazusitzen und bei einer heißen Orangenschokolade die Leute zu beobachten und den Schiffen hinterherzusehen. Rechts von ihr krümmte sich die Avenue in die eigentliche Innenstadt hinauf; eine Mauer aus in den Himmel wachsenden Gebäuden, gleichsam ein Spiegel all der zahlreichen Bauphasen und -stile, die in Colwyns hundertundsiebzig Jahre währender Geschichte gekommen und gegangen waren. Zu ihrer Linken durchschnitt dagegen in einer sanften Nordbiegung der Cairns River das Land, während er auf den zwanzig Meilen entfernten Great Cloud Ocean zuströmte. Der Fluss war in der Stadt eine halbe Meile breit, der obere Teil eines tiefen Mündungsgebiets, das einen hervorragenden natürlichen Hafen abgab. Zu beiden Ufern waren mehrere Marinas angelegt worden und boten Ankerplätze für Tausende von Privatyachten, von kleinen Segeljollen bis zu regrav-unterstützten Vergnügungskreuzern. Zwei gigantische Brücken spannten sich über das Wasser, die eine ein einziger freischwebender Bogen aus kohlenstofffaserverstärkten Nanoröhren, die andere eine traditionelle Hängebrücke mit reinweißen Trägern, die extravagante dreihundert Meter hoch waren. Rechts und links der Träger glitten Kapseln dahin, wohingegen der Bodenverkehr dieser Tage kaum mehr existierte. Die Brücken wurden hauptsächlich nur noch von Fußgängern genutzt. Sie führten zu den vornehmen Vierteln am Südufer hinüber, wo sich die wohlhabenden Bürger der Stadt inmitten langer, begrünter Prachtalleen und ausgedehnter Parkanlagen niedergelassen hatten.

Am nördlichen Ufer, kaum eine halbe Meile vom Glayfield, hatte man die Docks bis hinaus in die Watten errichtet; zwei Quadratmeilen Güterverladegerät, Lagerhäuser, Kais, Landefelder und Anhängerrampen. Dies war das Drehkreuz, von dem aus der Kontinent Izyum erschlossen worden war, der zweite Sternenhafen des Planeten. Auf Viotia gab es keine Schwerindustrie; größere Maschinensysteme und fortschrittliche Technologien wurden durchweg importiert. Nur fünfundsiebzig Lichtjahre von Ellezelin entfernt, befand Viotia sich am Rand der Freihandelszone. Ein Markt, der, wie die ansässige Bevölkerung murrte, zwar zugänglich für Unternehmen auf Ellezelin sein mochte, aber jeden anderen, der in diesem Handelsnetz verfangen war, stark benachteiligte.

Eine Wurmlochverbindung zwischen Viotia und Ellezelin gab es nicht. Noch nicht. Aber es wurde gemunkelt, dass in weiteren hundert Jahren, wenn Viotias Wirtschaft hinreichend gewachsen war, eine geöffnet werden würde. Schlagartig würde dann die ganze Palette an Billigprodukten von Ellezelin zur Verfügung stehen, wodurch Viotia sich in eine Handelskolonie verwandeln würde. In der Zwischenzeit kamen und gingen die Schiffe von den Externen Welten.

Araminta sah ihnen zu, während sie an ihrer Orangenschokolade nippte. Ein Band aus gewaltigen Frachtern, mit Metallhüllen so stumpf wie Blei, schwer und behäbig, senkrecht herabschwebend vom Himmel. Hinter ihnen stiegen die abgehenden Schiffe von der Planetenoberfläche auf, stießen durch Viotias legendäre pinkfarbenen Wolken und beschleunigten rasch, sobald sie die Stratosphäre erreichten. Araminta musste grinsen, als ihr bei diesem Anblick die Anti-Ingrav-Frau wieder einfiel. Wenn es stimmte, was sie sagte, was würden dann wohl die Raumschiff-Feldeffekte mit der Geologie unter der Stadt veranstalten? Vielleicht wäre ein einfaches Wurmloch die Antwort. Ihr gefiel die Idee, ein Rückfall in die First-Commonwealth-Ära, als man vornehm und elegant mit dem Zug zwischen Sternensystemen reiste. Es war eine Schande, dass die Externen Welten solche Verbindungen kurzerhand ablehnten, aber ihnen war ihre politische Selbstbestimmung viel zu wichtig, um die Rückkehr zu einer Einheitskultur zu riskieren, vor allem angesichts der Gefahr einer Higher-Kultur, die ihre hart erkämpfte Unabhängigkeit erdrückte.

Araminta blieb heute länger hier als sonst. Lange nachdem sie sich normalerweise auf den Heimweg gemacht hätte, saß sie noch immer da. Die Sonne neigte sich bereits dem Horizont zu und tauchte die Wolken in ein natürliches Gold-Rosarot, als die dunstige Mesosphäre des Planeten die ersterbenden Strahlen des Klasse-K-Sterns zerstreute. Hell erstrahlten auf dem Cairns die Ozeanlastkähne, die langgestreckten Rümpfe mittels Regravturbinen knapp übers sanft wogende Wasser gehoben, während sie vorsichtig aus den Docks herausmanövrierten und Kurs auf die offene See und die Inseln dahinter nahmen.

Der Anblick der Stadt, wie er sich in Momenten wie diesem bot, hatte für sie immer etwas ausgesprochen Beruhigendes; ein riesiges Konstrukt aus menschlicher Aktivität, das effizient vor sich hin brummte. Eine Bestätigung dafür, dass Zivilisation tatsächlich funktionierte, dass nichts und niemand ihr das Wesentliche unter den Füßen wegtreten konnte. Und jetzt, endlich, konnte sie damit anfangen, aktiv daran teilzunehmen, konnte beginnen, sich ein eigenes Leben aufzubauen.

Die Files der Immobilienvermittlungen drifteten langsam über ihr Exoimage-Display und erlaubten ihr, in weitaus detaillierterer Weise, als sie sich bisher die Mühe gemacht hatte, zu planen, was man mit ihnen alles anstellen könnte. Ohne das nötige Geld waren dergleichen Überlegungen nichts als Tagträume gewesen, aber an diesem Abend nahmen sie zum ersten Mal Gestalt an. Einem Teil von ihr machte dieser Gedanke Angst. Wenn sie jetzt Mist baute, würde sie für die nächsten Jahrzehnte wieder als Kellnerin an irgendwelchen Restauranttischen stehen. Sie hatte nur einen einzigen Wurf. Dreiundachtzigtausend waren ein ordentliches Sümmchen, aber sie musste es so anlegen, dass es für sie arbeiten konnte. Trotz aller Bedenken freute sie sich auf die Herausforderung. Sie markierte den Beginn ihres wirklichen Lebens.

Die Sonne versank inmitten eines warmen, scharlachroten Leuchtens. Es schien perfekt zu Aramintas Stimmung zu passen. Schon füllten die ersten Gäste des Abends das Restaurant. Sie hinterließ ein großzügiges Trinkgeld und ging auf der Treppe nach unten. Normalerweise wäre sie jetzt zum Nik's zurückgeschlendert, hätte unterwegs vielleicht ein paar Besorgungen gemacht und dann ihren Trikepod nach Hause gebracht. Aber an diesem Tag war überhaupt nichts normal. Musik dröhnte durch die Bar. Menschen lehnten an der Theke, orderten Drinks und Aerosole. Araminta schaute an sich herunter. Sie trug einen zweckmäßigen Rock, marineblau, der ihr bis über die Knie reichte, und ein weißes Top mit kurzen Ärmeln, das aus einem speziellen selbstreinigenden Stoff gefertigt war, schließlich passierte bei der Arbeit hin und wieder das ein oder andere Malheur. Alle um sie herum hatten sich die größte Mühe gegeben, sich für den Abend herauszuputzen. Im Vergleich zu ihnen kam sie sich ein wenig mittelmäßig vor.

Andererseits, wer sind sie schon, sich über mich das Maul zu zerreißen?

Es war ein befreiender Gedanke. Ein Gedanke, wie sie ihn nicht mehr gehabt hatte, seit sie Langham verlassen hatte. Damals, als die Zukunft noch voller Möglichkeiten gewesen war, zumindest in ihrer Phantasie.

Araminta schlängelte sich durch bis zur Theke und betrachtete die Bierzapfhähne und Flaschen. »Einen Green Fog, bitte«, sagte sie zu dem Barmann. Sie erntete ein leicht irritiertes Lächeln, dessen ungeachtet mixte er ihn tadellos. Sie trank ihn langsam, darauf achtend, dass ihr der rauchende Dunst nicht in die Nase stieg. Ein Niesen würde auch den letzten Rest an Glaubwürdigkeit buchstäblich hinwegblasen.

»Ist 'ne Weile her, dass ich jemand einen trinken gesehen hab«, sagte eine Männerstimme.

Sie drehte sich um und blickte den Mann an. Er war auf jene akkurate Art gutaussehend, wie es jeder heutzutage war, mit perfekt angepassten Gesichtszügen, was, wie sie annahm, bedeutete, dass er wenigstens ein paar Rejuvenationsbehandlungen hinter sich hatte. Wie der Rest der Barkundschaft hatte auch er sich in Schale geworfen, in seinem Fall in ein schlichtes grau-purpurfarbenes Togajackett, das ihn mit einem sanften Schimmer umhüllte.

Und er ist nicht Laril.

»Hatte schon länger keinen Freigang mehr«, gab sie zurück. Dann musste sie über ihre eigene Antwort grinsen. Hatte *sie* das gerade gesagt?

»Darf ich Ihnen noch einen bestellen? Übrigens, ich heiße Jaful.«

»Araminta. Und nein, keinen Green Fog, das war für mich bloß reine Nostalgie. Was trinkt man denn zurzeit so?«

»Es heißt, dass Adlier 88Wodka unglaublich abgeht.«

Sie stürzte ihren Green Fog in einem Zug herunter, versuchte, dabei nicht allzu sehr das Gesicht zu verziehen. Und schubste das leere Glas quer über die Theke. »Dann fangen wir am besten damit an.«

»Bist du wach.«

Araminta schreckte zusammen beim Klang seiner Stimme. Sie war nicht wirklich wach, hatte eher wohlig vor sich hin gedöst, zufrieden im Nachglanz einer langen, leidenschaftlichen Liebesnacht schwelgend. Ihr Geist war von einem seltsamen Traumbild erfüllt, als würde sie von einem Engel durch einen düsteren Himmel verfolgt. Ihre leise Bewegung reichte für Jaful aus. Seine Hände glitten ihren Körper hinauf und schlossen sich um ihre Brüste. »Ah«, murmelte sie leise, immer noch schläfrig, während der Engel entschwand. Jaful rollte sie auf den Bauch, was verwirrend war. Dann drang sein Schwanz wieder in sie ein, hart und beharrlich. Es war keine besonders angenehme Stellung. Jeder Stoß drückte ihr Gesicht tief in die weiche Matratze. Sie wand sich und versuchte, in eine annehmbarere Position zu kommen, was er als ihre völlige Zustimmung deutete. Aus heißem Keuchen wurden Schreie der Geilheit. Araminta machte mit, so gut sie konnte, aber die Lust war allenfalls minimal. *Total aus der Übung*, dachte sie und bemühte sich, nicht laut loszulachen. Vermutlich hätte er es nicht verstanden. Immerhin tat sie zumindest ihr Bestes, die verlorene Zeit wieder aufzuholen. Sie hatten es drei oder vier Mal miteinander gemacht, nachdem sie in seiner Wohnung gelandet waren.

Jaful kam mit einem glückseligen Schrei. Araminta zog mit ihm gleich. *Yep, an den kleinen Kniff kann ich mich noch ganz gut erinnern.* Nach achtzehn Monaten mit Laril beherrschte sie den vorgetäuschten Orgasmus wie aus dem Effeff.

Jaful ließ sich auf den Rücken fallen und stieß einen langen Atemzug aus. Er grinste sie an. »Wahnsinn. So eine Nacht hatte ich schon lange nicht mehr, wenn überhaupt.«

Sie senkte ihre Stimme um einige Oktaven. »Du warst großartig.« Es war so lächerlich. Als würden sie ihren Text aus einem Drehbuch ablesen.

Aufgegabelt in einer Bar. Ab zu einem One-Night-Stand zu ihm nach Hause. Gegenseitiges Zuschütten mit Komplimenten. Beide spielten ihre Rolle in dem Ritual absolut perfekt.

Aber es hat Spaß gemacht.

»Ich spring mal unter die Dusche«, sagte er. »Sag der Kücheneinheit einfach, was du möchtest. Sie verfügt über ein paar recht ordentliche Syntheseroutinen.«

»Mach ich.« Sie sah ihm nach, wie er durch das Zimmer ging und in der Nasszelle verschwand. Erst dann schaute sie sich neugierig um. Es war eine schicke Junggesellen-Stadtwohnung, so viel ließ sich an den schlichten, doch teueren Möbeln und den zeitgenössischen Kunstgegenständen ersehen. An der dem Bett gegenüberliegenden Wand befand sich ein einzelnes Fenster, das von schneeweißen Vorhängen verdeckt war.

Als sie das Geräusch der Keimdusche vernahm, begann sie ihre Sachen zusammenzusuchen. Ihre Unterwäsche (eher praktisch als sexy, stellte sie mit einem Seufzen fest) lag in der Nähe des Betts. Der Rock auf halber Strecke zwischen dem Bett und der Tür. Ihr weißes Top im Wohnzimmer. Sie streifte es über und schaute zurück ins Schlafzimmer. Die Dusche lief immer noch. Brauchte er immer so lange, oder hielt er sich nur an den Teil des Drehbuchs, der ihr höflicherweise Gelegenheit gab, in aller Ruhe zu verschwinden? Sie zuckte die Schultern und ließ sich selber hinaus.

Es lag nicht daran, dass mit Jaful irgendetwas nicht stimmte. Ohne Frage hatte sie sich die meiste Zeit in seinem Bett gut amüsiert. Es war einfach nur so, dass sie nicht wusste, worüber sie beim Frühstück miteinander hätten reden sollen. Es wäre entsetzlich geworden. So behielt sie die Sache wenigstens in angenehmer Erinnerung. »Mehr Übung«, sagte sie sich selbst und lächelte lasterhaft. *Und warum auch nicht? Dies ist endlich wieder das richtige Leben.*

Das Gebäude besaß eine große Lobby. Als sie auf die Straße hinaustrat und in das grelle, pinkfarbene Sonnenlicht blinzelte, blieben ihr genau noch zwölf Minuten, um rechtzeitig ihre Morgenschicht im Nik's anzutreten. Ihr U-Shadow teilte ihr mit, dass sie sich im Spalding District befand, praktisch auf der anderen Seite der Stadt. Also rief sie ein Taxi. Es dauerte etwa dreißig Sekunden, bis die gelbe und violette Kapsel drei Meter vor ihr wenige Zentimeter über dem Asphalt zum Stehen kam. Verwirrt sah sie dabei zu, wie sich die Tür öffnete. In ihrem ganzen Leben hatte sie noch nie ein Taxi gerufen; es war immer Laril gewesen, der sie bestellt hatte. Und nach der Scheidung konnte sie sich die Dinger natürlich nicht leisten. *Und nochmals: Ein Hoch auf die Freiheit!*

Sobald sie im Nik's war, eilte sie in den Personalumkleideraum.

Tandra, die gerade herauskam und sich noch ihre Schürze zuband, schaute sie abschätzend an. »Weißt du, irgendwie sehen die Sachen da genauso aus wie die, die du gestern, als du gegangen bist, anhattest.« Sie schnupperte argwöhnisch. »Yep, Reisespray, schon wieder. Ist irgendwas mit deiner Rohrleitung nicht in Ordnung, oder was?«

»Weißt du, ich werde dich wirklich vermissen, wenn ich gehe«, erwiderte Araminta und gab sich Mühe, nicht zu lachen.

»Wie heißt er? Wie lange läuft das schon mit euch?«

»Da ist nichts. Du weißt doch, dass ich mit niemandem was habe.«

»Oh, komm schon!«

»Ich brauch 'nen Kaffee.«

»Nicht viel Schlaf gekriegt, was?«

»Ich hab Immobilienfiles gecheckt, das ist alles.«

Tandra grinste spöttisch. »Schätzchen, so hab ich es noch nie jemanden nennen gehört.«

Nachdem die Frühstücksschicht vorbei war, ging Araminta wie gewohnt die Maklerangebote durch. Doch dieses Mal war es anders. Diesmal setzte sich ihr U-Shadow mit den Vermittlungsbüros in Verbindung, die ihr mittels eines vollsensitiven Relaisbots virtuelle Rundgänge durch die fünf vielversprechendsten Objekte gewährten. Auf dieser Grundlage machte sie für den Nachmittag einen Besichtigungstermin aus.

In dem Moment, da sie durch die Tür eintrat, wusste sie, dass dieses Objekt genau das Richtige für sie war. Die Wohnung befand sich in der zweiten Etage eines umgebauten dreistöckigen Hauses im Philburgh District. Eineinhalb Meilen nördlich der Docks gelegen und drei Häuserblocks weit vom Fluss, war sie mit ihren zwei Schlafzimmern absolut perfekt für jemanden, der für ein bescheidenes Gehalt in der Innenstadt arbeitete. Es gab sogar einen kleinen Balkon, von dem aus man den Cairns sehen konnte, wenn man sich nur weit genug über das Geländer lehnte.

Mithilfe ihrer modernen, von einem halben Dutzend professioneller Objektausbaufirmen empfohlenen Analyseprogramme führte sie den amtlichen Gutachtenscan durch. Die Wohnung benötigte dringend eine Renovierung, der jetzige Verkäufer hatte dreißig Jahre in ihr gewohnt und wenig gemacht. Die Sanitäranlagen mussten erneuert werden, die Haushaltseinheiten ersetzt. Aber die Bausubstanz war absolut in Ordnung.

»Ich nehme sie«, teilte sie dem Makler mit.

Nach einer Stunde zähen Verhandelns mit dem Nochbesitzer einigte man sich auf einen Kaufpreis von achtundfünfzigtausend. Mehr als ihr eigentlich lieb gewesen wäre, aber er ließ ihr immer noch einen ausreichenden Etat, um die Wohnung vernünftig zu modernisieren. Zum Leben blieb zwar nicht mehr wahnsinnig viel übrig, aber wenn sie die Arbeiten innerhalb von drei oder vier Monaten abschloss, würde sie keinen Bankkredit brauchen.

Es würde hart werden. Allein das Wohnzimmer mit seinem kaputten Staubkapillarboden und den in die Jahre gekommenen Lichtfaserwänden ... Sie konnte den vor ihr liegenden Berg an Arbeit förmlich sehen. Dies war der Moment, in dem sie einen kleinen Augenblick lang Zweifel verspürte. *Komm schon,* sagte sie sich, *du kriegst das schon hin. Auf genau diese Chance hast du gewartet, du hast dir das hier verdient.*

Sie holte tief Luft und verließ die Wohnung. Sie musste dringend nach Hause und duschen. Reisespray hielt schließlich nicht ewig. Und danach würde sie sich vielleicht einfach in ein paar andere Klamotten werfen und wieder ausgehen. Es gab eine Menge Bars in Colwyn City, von denen sie schon viel gehört hatte und in denen sie noch nie gewesen war.

Troblum erwachte gleichzeitig in zwei Schlafzimmern seines Penthouses. Sein eigentliches Selbst ruhte auf einem Bett aus Spezialschaum, der seinen schweren Körper komfortabel stützte und für eine angenehme Nachtruhe sorgte. Es stand in Catrionas Zimmer, einem Raum, der mit pinkfarbenen Stoffen und Ornamenten verziert war; viele der Oberflächen waren flauschig, ein extrem mädchenhaftes Zimmer, an das er sich inzwischen jedoch einigermaßen gewöhnt hatte. Sein Parallelsensorium rührte von einer Zwillingsverbindung zu dem Solido von Howard Liang her, einem Starflyer-Agenten, der Teil der Desinformationsmission gewesen war. Howard hielt sich im Hauptschlafzimmer des Penthouses auf und teilte dort ein riesiges rundes Bett mit den drei Mädchen. Eine weitere Seite der Solidos, mit deren Verfeinerung Troblum Jahre zugebracht hatte. Nun fielen, wann immer ihm der Sinn danach stand, die vier Charaktere begierig in einer Miniorgie übereinander her. Die Möglichkeiten, wie ihre gelenkigen jungen Körper sich vereinigen konnten, waren nahezu unendlich, und sie konnten immer weiter- und weitermachen, solange Troblum es wollte. Stunde um Stunde tauchte er ein, leerte mit seinem eigenen Körper bis zur Neige den Kelch der Lust, die Howards sorgfältig angeordnete Nervenbahnen erfuhren. Er war ebenso

Puppenspieler wie Puppe. Das Quartett spiegelte in seiner Konstellation nicht unbedingt eine historische Wirklichkeit wider. Jedenfalls hatte er nie irgendeinen Anhaltspunkt dafür gefunden. Aber sie war auch nicht undenkbar, was die Projektion in gewisser Weise legitimierte.

Das Bild und das Gefühl der herrlichen nackten, ihn umschmiegenden Körper verblasste, als sein tatsächlicher Körper sich wieder Geltung verschaffte und die Verbindung mit Howard abbrach. Nachdem die Dusche ihn mit dermalen Erfrischungssporen besprüht hatte, ging er weiter in die ausgedehnte Lounge. Warm strömte bronzefarbenes Sonnenlicht über seine prickelnde Haut. Sein U-Shadow meldete ihm, dass immer noch keine Mitteilung von Admiral Kazimir vorlag. Er entschied sich, das als gute Nachricht aufzufassen. Zumindest bedeutete die Verzögerung, dass über die Angelegenheit noch nachgedacht wurde. So, wie er die Navy-Bürokratie kannte, war das Prüfungskomitee wahrscheinlich noch gar nicht offiziell zusammengetreten. Seine Theorie hatte sich gegen eine ganze Menge konventioneller Auffassungen durchzusetzen. Kurz zog er in Erwägung, sich direkt mit dem Admiral in Verbindung zu setzen, um zur Eile zu drängen, doch seine persönlichen Protokollroutinen rieten ihm davon ab.

Er hüllte sich in einen seiner Umhänge und nahm den Lift hinab in die Lobby. Es war nur ein kurzer Spaziergang hinunter zum Caspe River, wo sich am Ufer des sanften Gewässers sein Lieblingscafé befand. Das Gebäude war aus weißem Holz errichtet und so geformt, dass es einem Folgail ähnelte, einem Vogel, der noch majestätischer war als der irdische Schwan.

Sein üblicher Tisch unter einer der Flügelwölbungen war frei und er nahm daran Platz. Er gab beim Café-Intranet seine Bestellung auf und wartete, während ihm ein Servierbot einen frisch gepressten Apfel-Gonbeer-Saft brachte. Der Küchenchef, Rowury, war mehrere Tage in der Woche im Café anwesend, um für seine begeisterte Gourmet-Kundschaft zu kochen. Für eine Kultur, die sich mit ihrer egalitären Einstellung brüstete, konnten Higher, was einige Traditionen und Künste anbetraf, bisweilen ziemliche Snobs sein. »Anständiges« Essen stand bei ihnen ganz oben auf der Liste. Es gab etliche Restaurants und Cafés in Daroca, in denen die Küchenchefs für ihre Gourmetgäste eine richtige Show abzogen.

Das erste Gericht, das gebracht wurde, bestand aus einer Schüssel geraspelter Getreideflocken mit Früchten und Joghurt, alles natürlich angebaut und von landwirtschaftlichen Idealisten erzeugt sowie von fünf verschiedenen Planeten importiert. Sogleich machte sich Troblum daran, sie auszulöffeln. Rowury hatte sich eine köstliche Verfeinerung einfallen lassen, der Geschmack war subtil, aber dennoch ganz eigen. Es war eine Schande, dass er nicht noch eine Schüssel davon bekommen konnte, doch abgesehen vom Delbread-Toast waren die Mengen hier begrenzt. Wenn man Nachschlag, eine zweite oder eine Riesenportion wollte, musste man in einen der vollautomatisierten Fresstempel gehen.

Troblum wollte sich gerade seinem Tee widmen, als sich jemand zu ihm an den Tisch setzte. Verärgert blickte er auf. Das Café war voll – unvermeidlich. Aber das war noch lange keine Entschuldigung für flegelhaftes Benehmen. Doch zu einer Zurechtweisung sollte er nicht kommen.

»Ich hoffe, es macht Ihnen nichts aus«, sagte Marius, während er sich auf dem Stuhl niederließ. Sein schwarzer Togaanzug zog dünne Strähnen aus Finsternis hinter ihm her, als würde er sich in Zeitverzögerung bewegen. »Man hört ja viel Gutes über den Laden hier.«

»Bitte, nehmen Sie doch Platz«, erwiderte Troblum mürrisch. Ihm war klar, dass er seinen Unmut über Marius' Erscheinen nicht zu deutlich zeigen sollte, immerhin hatte der Fraktionsrepräsentant dafür gesorgt, dass in Troblums Privatprojekt EMA-Mittel in einer Größenordnung eingeflossen waren, an die normalerweise nur sehr große staatliche Betriebe herankamen. Es waren die Ansprüche, die im Gegenzug an ihn gestellt wurden, die er als lästig empfand, nicht die Herausforderungen selbst. Die waren interessant, nur kosteten sie immer so wahnsinnig viel Zeit. »Oh, Sie waren bereits so frei.«

Der Servierbot brachte für Marius eine zweite Tasse. »Wie läuft's denn so, Troblum?«

»Bestens, wie Sie wissen.« Seine Feldfunktionen orteten eine raffinierte Abschirmung, die sich um den Tisch herum ausbreitete und ihren Ursprung bei Marius hatte. Nicht zu offensichtlich, aber ausreichend, um zu verhindern, dass irgendjemand hörte oder scannte, worüber sie sprachen. Er hatte den Repräsentanten nie gemocht, und es war ungewöhnlich, dass sie sich persönlich begegneten. Ein unvereinbartes Treffen jedoch war beispiellos, und die Frage nach seinem Grund ließ bei Troblum leichte Beunruhigung aufkommen. *Irgendetwas, das sie für sehr wichtig halten.*

Marius nippte an seinem Tee. »Ausgezeichnet. Assam?«

»So was in der Art.«

»Die auf der Erde Gebliebenen sind nicht wenig stolz darauf, ihr uraltes Erbe zu erhalten. Obwohl ich bezweifeln möchte, dass sie tatsächlich hinausgehen und die Blätter eigenhändig pflücken. Was meinen Sie?«

»Das ist mir scheißegal.«

»Es gibt so einige Dinge, die sich Ihrer Kenntnis entziehen, nicht wahr, mein Freund?«

»Was wollen Sie?«

Marius richtete seine grünen Augen auf Troblum, ein winziger Anflug von Abneigung offenbarte sich in seinen Zügen. »Natürlich. Lassen wir das Herumgerede. Es geht um den kleinen Vortrag, den sie vor der Navy gehalten haben. Der bezüglich des Dyson-Paares.«

»Was ist damit?«

»Eine interessante Theorie.«

»Es ist keine Theorie«, entgegnete Troblum gereizt. »Das muss die Erklärung für den Ursprung der Festung der Dunkelheit sein.«

»Der was?«

»Festung der Dunkelheit. So wurde der Dyson-Alpha-Generator anfänglich bezeichnet. Ich glaube, es war Jean Douvoir, der ihn zuerst so genannt hat. Er war bei der ursprünglichen *Second-Chance*-Erkundungsmission dabei, wissen Sie? Der Name war eigentlich ironisch gemeint, aber nach dem Krieg kam er mehr und mehr aus der Mode, vor allem während des Brandmauer-Einsatzes, die Leute hatten einfach keine – «

»Troblum.«

»Ja?«

»Das ist mir scheißegal.«

»Ich hab die ungekürzten Logbücher der *Second Chance* in meinem persönlichen Sicherheitskubus gespeichert, falls Sie sie sich ansehen möchten.«

»Nein. Aber ich glaube Ihrer Theorie.«

»Oh, um Ozz – «

»Hören Sie«, unterbrach ihn Marius barsch. »Im Ernst, ich glaube Ihnen. Es war glänzend argumentiert. Immerhin war Admiral Kazimir von Ihrer Präsentation hinreichend beeindruckt, um eine umfassende Überprüfung in die Wege zu leiten, und er ist alles andere als leicht zu überzeugen. Man nimmt Sie sehr ernst.«

»Na, dann ist doch alles gut. Oder?«

»Im Großen und Ganzen ja, da bin ich mir ziemlich sicher. Trotzdem möchte ich Ihnen nahelegen, sich vielleicht noch einmal ein paar Gedanken darüber zu machen, woher Ihre umfassenden Kenntnisse über die Festung der Dunkelheit eigentlich stammen.«

»Oh.« Nun war Troblum wahrhaft beunruhigt. »Ich habe niemals erwähnt, dass ich dort war.«

»Das weiß ich. Der Punkt ist, dass wir auf keinen Fall möchten, dass ANA:Regierung von den Untersuchungen, die Sie und Ihre Mitarbeiter bezüglich der dunklen Festung angestellt haben, irgendetwas erfährt. Nicht im Augenblick. Verstehen Sie?«

»Ja.« Troblum zog tatsächlich den Kopf ein. Es war absolut

lächerlich, aber er empfand aufrichtige Reue. Vielleicht hätte er sich klarmachen sollen, dass seine Präsentation ein klein wenig zu viel Aufmerksamkeit auf ihn lenken würde. »Glauben Sie, dass die Navy meinen Background überprüfen wird?«

»Nein. Dafür besteht im Augenblick keine Veranlassung. Sie sind bloß ein Physiker, der um EMA-Mittel bettelt. Nichts Ungewöhnliches also. Und so möchten wir auch, dass es bleibt.«

»Alles klar, ich verstehe.«

»Gut. Wenn also das Prüfungskomitee dem Admiral rät, dass keine weiteren Maßnahmen ergriffen werden sollten, würden wir es vorziehen, wenn Sie kein Theater machen.«

»Und was ist, wenn sie eine genaue Untersuchung befürworten?«

»Wir sind zuversichtlich, dass dieser Fall nicht eintritt.«

Troblum lehnte sich zurück und versuchte, sich einen Reim auf das alles zu machen. Er hatte sich immer schon schwer damit getan, die Beweggründe und Gedankengänge anderer Menschen einzuschätzen. »Aber wenn Sie so großen Einfluss auf die Navy haben, wieso machen Sie sich dann überhaupt solche Sorgen?«

»Wir können nicht direkt auf die Navy einwirken, nicht mit Kazimir als Kettenhund. Aber Ihr beratendes Prüfungskomitee besteht zum größten Teil aus Außenstehenden, von denen ein paar mit uns sympathisieren, genauso wie Sie.«

»Ah ja.« Troblum konnte spüren, wie Verzweiflung seine Gedanken zu umnebeln begann. »Werde ich die Angelegenheit nach der Pilgerfahrt erneut vorbringen können?«

»Wir werden sehen. Wahrscheinlich, ja.«

Das waren zwar keine ausgesprochen guten Neuigkeiten, aber immer noch besser als eine klare Absage. »Und mein Antriebsprojekt?«

»Das kann weiterlaufen, vorausgesetzt, Sie gehen mit dem, was Sie tun, nicht hausieren.« Marius rang sich ein beschwichtigendes Lächeln ab. Es wirkte wie ein Fremdkörper in seinem Gesicht. »Wir wissen Ihre Mitarbeit wirklich zu schätzen, Troblum, und wir möchten unsere Beziehung zu beiderseitigem Nutzen auf jeden Fall fortsetzen. Es ist nur so, dass die Ereignisse derzeit in eine kritische Phase eintreten.«

»Ich weiß.«

»Ich danke Ihnen. Ich werde Sie jetzt allein lassen, damit Sie in Ruhe Ihr Essen genießen können.«

Mit verdächtig gutem Timing tauchte im selben Moment, als Marius aufstand und ging, der Servierbot wieder auf. Wie benommen starrte Troblum auf den Teller, den man vor ihm abstellte, ein Berg aus dick gebutterten Pfannkuchen, beschichtet mit Schinken, Yokkäse, Garfoul-Rührei und Blutwurst sowie einem ordentlichen Schlag Erdbeeren obendrauf. An den Seiten des Turms flossen, wie Lava nach einem Vulkanausbruch, Ahornsirup und Aftonsoße herab. Der Tellerrand war kunstvoll mit Miniröstis, gebackenen Weinsalfuds und glänzenden Grilltomaten garniert.

Zum ersten Mal seit Jahren war Troblum nicht im Entferntesten hungrig.

Inigos zweiter Traum

Seit Monaten hatte sich Edeard auf die Reise gefreut. Jedes Jahr im Spätsommer organisierten die Dorfältesten eine Karawane nach Witham, der nächstgelegenen größeren Stadt in der Provinz Rulan, um dort Handel zu treiben. Traditionsgemäß nahmen alle Senior-Lehrlinge daran teil. Es gehörte zu ihrer Ausbildung in der freien Natur, von der sie grundlegende Kenntnisse besitzen mussten, bevor sie sich als Gesellen qualifizieren konnten. Sie lernten, wie man kleinere Tiere jagte, Bewässerungsgräben freiräumte, welche Früchte genießbar und welche Beeren und Wurzeln giftig waren und wie man mit einem Pflug umging. Zudem wurde ihnen beigebracht, wie man in der Wildnis einen Lagerplatz aufschlug.

Selbst die Tatsache, dass Obron für drei Wochen sein Reisegefährte sein würde, hatte Edeards Begeisterung nicht schmälern können. Endlich würde er aus Ashwell herauskommen. Sicher, er war auf all den umliegenden Bauernhöfen gewesen, doch niemals weiter als eine halbe Tagesreise entfernt. Die Karawane bedeutete, dass er eine Menge mehr von Querencia zu sehen bekommen würde – die Berge, Wälder, andere Menschen als die Dorfbewohner, unter denen er seit fünfzehn Jahren lebte. Und er hatte die Gelegenheit zu erfahren, wie man anderswo die Dinge handhabte, würde Möglichkeiten finden, neue Ideen zu erforschen. Es gab so vieles, das dort draußen auf ihn wartete. Er war überzeugt, dass es eine fantastische Reise werden würde.

Die Wirklichkeit wurde seinen Erwartungen beinahe gerecht. Ja, Obron war eine Qual, aber es ließ sich noch ertragen. Seit Edeards durchschlagendem Erfolg mit den Ge-Katzen hatten die andauernden Schikanen nicht unbedingt aufgehört, aber sie hatten deutlich nachgelassen. Zwar redeten sie miteinander nicht als Freunde, doch bis jetzt hatte sich Obron auf der Reise halbwegs wie ein zivilisierter Mensch benommen. Edeard nahm an, dass dies zum Teil Melzar zu verdanken war, der die Karawane anführte und bevor sie aufgebrochen waren mehr als deutlich gemacht hatte, dass er keinen Ärger dulden würde.

»Das Ganze mag euch vielleicht wie ein Vergnügungsausflug vorkommen«, hatte Melzar zu den versammelten Lehrlingen am Abend vor der Abreise in der Dorfhalle gesagt. »Aber denkt immer daran, dass diese Reise Teil eurer regulären Ausbildung ist. Ich erwarte, dass ihr hart arbeitet und lernt. Falls einer von euch mir unterwegs *irgendwelche* Schwierigkeiten macht, schicke ich ihn auf der Stelle nach Hause. Und wenn einer von euch sich nicht genug anstrengt oder in meinen Augen keinen befriedigenden Stand in Landeskunde erreicht, werde ich eure Meister davon in Kenntnis setzen und ihr werdet um ein Jahr zurückgestuft. Haben wir uns verstanden?«

»Ja, Sir«, hatten die Lehrlinge unwillig gemurmelt. Doch als sie hinausmarschiert waren und Melzar nicht hinsah, hatte es so manch verstohlenes Grinsen gegeben.

Sie hatten fünf Tage veranschlagt, um bis Witham zu kommen. Die Karawane war siebzehn Lehrlinge und acht Erwachsene stark. Drei große Wagen transportierten den Proviant und die Güter; außerdem trieben sie über dreißig landwirtschaftliche Nutztiere mit sich. Alle ritten auf Ge-Pferden; für einige der Lehrlinge war es das erste Mal, dass sie auf einem dieser Tiere saßen. Kurzerhand bestimmte Melzar Edeard dazu, bei ihrer Unterweisung zu helfen. Auf diese Weise erhielt er die Möglichkeit, mit Jungen ins Gespräch zu kommen, die ihn vorher überhaupt nicht beachtet hatten; immerhin war er von allen Senior-Lehrlingen in Ashwell der mit Abstand jüngste. Doch hier draußen auf der Straße begannen sie ihn als einen der ihren zu akzeptieren und in ihm nicht länger den verschrobenen Burschen zu sehen, über den Obron sich andauernd beschwerte. Zudem hatte Melzar ihm die Aufsicht über die Ge-Wölfe übertragen, die sie als Wachtiere mitführten.

»Du kommst mit diesen Viechern besser zurecht als jeder andere von uns, mein Junge«, hatte er gesagt, als sie in jener ersten Nacht ihr Lager aufgeschlagen hatten. »Sorg dafür, dass sie ihre Arbeit ordentlich tun. Behalte drei von ihnen hier bei uns und lass die anderen vier draußen ihre Runden drehen.«

»Jawohl, Sir, das krieg ich hin.« Und das war nicht einmal geprahlt, handelte es sich dabei doch um ziemlich simple Kommandos.

An diesem Abend gab es bei den Lehrlingen kein anderes Thema als Banditen und wilde Stämme. Jeder legte sich mächtig ins Zeug, um die schrecklichste Geschichte von allen zum Besten zu geben. Schließlich machten Alcie und Genril mit einem Kannibalenstamm das Rennen, der angeblich in den Talman-Bergen hauste. Edeard verzichtete darauf, zu erwähnen, dass seine eigenen Eltern, als sie sich einer Karawane angeschlossen hatten, ums Leben gekommen waren. Aber darüber wusste ohnehin jeder Bescheid. Einige warfen ihm verstohlene Blicke zu, um zu sehen, wie er reagierte. Und seine Entspanntheit brachte ihm verhaltene Anerkennung ein. Nach einer Weile kam Melzar herüber und ermahnte sie, es mit ihren Schauerlichkeiten nicht zu übertreiben, die Banditen seien nicht halb so schlimm wie die Märchen, die man sich über sie erzählte.

»Im Grunde genommen sind sie Nomadenfamilien, weiter nichts. Sie sind nicht in irgendwelchen Banden organisiert. Wie denn auch? Wären sie eine echte Gefahr für uns, würden wir die Miliz aus der Stadt rufen und sie jagen lassen. Gut, es gibt immer ein paar schwarze Schafe, die die anderen in Verruf bringen, aber eigentlich sind sie nicht viel anders als wir.«

Edeard war sich da nicht so sicher. Er vermutete, dass Melzar sie lediglich zu beruhigen versuchte. Aber das Geplauder ging weiter, wenn auch etwas gedämpfter, als sie über ihre Gildenmeister zu lästern begannen. Nach dem, was er so alles zu hören bekam, hatte Edeard mit Akeem offenbar einen wahren

Heiligen gefunden. Obron ging sogar so weit zu behaupten, dass Geepalt die Zimmermannlehrlinge verprügelte, wenn sie etwas falsch machten.

Witham mochte vielleicht fünfmal so groß sein wie Ashwell, doch herrschte auch hier eine Atmosphäre des Stillstands. Es war auf hügeligem, stark kultiviertem Ackerland errichtet, beidseits eines mitten durch den Ort verlaufenden Flusses und ungewöhnlicherweise verfügte es über zwei Kirchen der Herrin.

Edeard schluckte jede Enttäuschung herunter, als sie durch die großen Tore ritten. Die Häuser hier waren aus Stein oder besaßen dicke Fachwerkrahmen, die irgendeinen Materialverbund stützten. Die meisten Fenster bestanden, im Gegensatz zu den hölzernen Läden, die man in Ashwell hatte, aus Glas. Und die Straßen waren alle mit Kopfsteinen gepflastert. Später fand er heraus, dass die Häuser über vergrabene Tonrohre mit Wasser versorgt wurden, und dass die Kanalisation funktionierte.

Sie brachten zwei Tage auf dem zentralen Marktplatz zu, handelten mit Kaufleuten und Einheimischen und deckten sich anschließend mit Gütern ein, die in Ashwell nicht hergestellt wurden, Glas beispielsweise. Den Lehrlingen war erlaubt worden, einige Beispiele ihrer eigenen Arbeiten zum Verkauf oder Tausch mit hierherzubringen und Edeard war mehr als erstaunt, als Obron ein wunderschön geschnitztes und auf tiefschwarzen Hochglanz poliertes Kästchen aus Martozholz zum Vorschein brachte. Wer hätte gedacht, dass ein Ekelpaket wie er etwas so Zauberhaftes zustandebringen konnte? Vier ganze Pfund gab ihm ein Kaufmann dafür.

Edeard selbst hatte sechs Ge-Spinnen im Gepäck. Stets am schwierigsten von allen Standardgattungen zu formen, waren sie wegen der Dro-Seide, die sie sponnen, überaus begehrt. Und diese hier waren gerade erst geschlüpft und würden noch für weitere acht oder neun Monate leben. In dieser Zeit würden sie genug Seide produzieren, um daraus etliche Gewänder oder Waffenröcke herzustellen. Drei Frauen aus der Webergilde überboten sich gegenseitig, um sie zu erwerben. Zum ersten Mal in seinem Leben war sein Fernblick nicht imstande zu erkennen, wie erpicht sie auf die Tiere waren, während sie mit ihm feilschten. Sie überdeckten ihre Gefühle mit eiserner Gelassenheit, die Bewusstseinsoberflächen so glatt wie ein Genistar-Ei. Er konnte nur hoffen, dass es bei ihm genauso war, als er sich einverstanden erklärte, sie für fünf Pfund das Stück zu verkaufen. Ob sie seine Euphorie wohl spürten? Bestimmt. Es war mehr Geld, als er in seinem Leben jemals auf einem Haufen gesehen, geschweige denn in der Hand gehalten hatte.

Irgendwie gelang es ihm nicht, es sehr lange bei sich zu behalten. Der Markt war riesig, mit so vielen märchenhaften Dingen an jeder Ecke. Allein die Kleider waren von einer Qualität, wie man sie in Ashwell selten fand. Er kam sich beinahe ein wenig illoyal dabei vor, hier einzukaufen, aber er brauchte so dringend einen ordentlichen langen Ölmantel für den kommenden Winter und entdeckte einen mit gestepptem Futter. Des Weiteren fand er an einem anderen Verkaufsstand ein Paar kniehohe Stiefel mit stabilen Seidenharzsohlen, die mit Sicherheit jahrelang halten würden und somit eine gute Investition darstellten. Außerdem gab es hier breitkrempige Lederhüte zu kaufen, die im Sommer die Sonne und im Winter den Regen abhielten, wie ihm der Lederer-Lehrling erklärte. Sie war ein bildhübsches Mädchen und schien aufrichtig besorgt zu sein, dass er den richtigen Hut für sich wählte. Er zog das Schachern um den Preis soweit er es wagte in die Länge.

Seine Lehrlingskameraden lachten, als er in seinem neuen Staat wieder zurückkam. Was nicht hieß, dass sie ihr eigenes Geld nicht ebenfalls sofort wieder ausgegeben hätten. Und nur die wenigsten hatten es so zweckdienlich angelegt wie Edeard.

An diesem Abend erlaubte Melzar ihnen, sich ohne Begleitung in den Wirtshäusern der Stadt umzusehen, allerdings unter Androhung der entsetzlichsten Strafen, falls es einem von ihnen einfallen sollte, sich nicht zu benehmen. Edeard schloss sich Alcie, Genril, Janene und Fahin an. Den ersten Teil des Abends verbrachte er hauptsächlich damit, nach dem Lederer-Lehrmädchen Ausschau zu halten, doch als sie im dritten Wirtshaus eintrafen, hatten die ungewohnten Biere der Stadt bereits dazu geführt, dass sie zu nichts anderem mehr in der Lage waren, als noch mehr Bier zu trinken. Und zu singen. Der Rest des Abends blieb für immer jenseits ihrer Erinnerung.

Als er zusammengesackt unter einem der Ashwell-Karren zu sich kam, wusste Edeard, dass er im Sterben lag. Offensichtlich war er vergiftet und dann ausgeraubt worden. Viel zu viel fehlte von seinem Geld, er konnte kaum stehen, er konnte nichts essen und er stank schlimmer als die Ställe. Außerdem war es die erste Nacht, nach der er sich nicht erinnern konnte, von seinen seltsamen Träumen heimgesucht worden zu sein. Dann stellte er fest, dass eine Massenvergiftung stattgefunden haben musste, denn sämtliche Lehrlinge befanden sich in dem gleichen Zustand wie er. Und sämtliche Erwachsenen fanden es umwerfend komisch.

»Wieder eine Lektion gelernt«, dröhnte Melzar. »Alle Achtung. Wenn ihr in dem Tempo weitermacht, Leute, werdet ihr euren Abschluss in Rekordzeit schaffen.«

»Die Sau«, schnaufte Fahin, als Melzar davonstiefelte. Er war ein groß gewachsener Junge, so dünn, dass er fast wie ein Skelett aussah. Als Lehrling einer Ärztin hatte er es geschafft, eine der wenigen Brillen in Ashwell zu ergattern, um sein schlechtes Sehvermögen auszugleichen, auch wenn sie nicht ganz passend für ihn war. Zudem vergrößerte sie seine Augen für jeden, der ihm gegenüberstand, auf ein geradezu beunruhigendes Maß. Irgendwann im Verlauf des Abends hatte er seine Jacke verloren, und nun stand er da und bibberte, und das nicht nur wegen der kühlen Morgenluft. Noch niemals hatte Edeard ihn so blass gesehen.

Fahin durchsuchte den Lederranzen, den er stets bei sich trug. Er war angefüllt mit Schachteln getrockneter Kräuter, kleinen Fläschchen und einigen aufgerollten Leinenverbänden. Der Ranzen hatte ihn in den Wirtshäusern den ganzen Abend lang zur Zielscheibe zahlreicher spöttischen Bemerkung gemacht, dennoch hatte er sich beharrlich geweigert, auf ihn zu verzichten.

»Meinst du, sie lassen uns auf den Karren mitfahren?«, fragte Janene kläglich, als sie zu den Erwachsenen hinübersah, die laut lachend die Köpfe zusammensteckten. »Ich glaube nicht, dass ich heute Morgen in der Lage bin, auf einem Ge-Pferd zu reiten.«

»Keine Chance«, sagte Edeard.

»Wie viel Geld habt ihr noch?«, fragte Fahin. »Ich meine, ihr alle.«

Zögernd begannen die Lehrlinge in ihren Taschen zu kramen. Fahin schaffte es, zwei Pfund in kleinen Münzen zusammenzusammeln und eilte sodann in Richtung Kräuterstand davon. Als er zurückkam, machte er sich daran, Tee aufzubrühen, leerte etliche Schachteln mit getrockneten Blättern hinein und fügte den Inhalt eines Fläschchens aus seinem Ranzen hinzu.

»Was ist das?«, fragte Alcie, als er an dem Kessel schnupperte und mit tränenden Augen zurückwich. Edeard konnte es ebenfalls riechen, irgendetwas in der Art von süßlichem Pech.

»Grorinde, Flonsamen, Duldulvogel-Augen, Nanaminze.« Fahin drückte ein paar Limonen über dem kochenden Wasser aus und rührte den Sud um.

»Das ist ja ekelhaft!«, rief Obron aus.

»Es wird uns kurieren, das verspreche ich bei der Herrin.«

»Bitte sag, dass man das Zeug einreiben muss«, flehte Edeard.

Fahin wischte sich die beschlagenen Brillengläser ab und goss sich selbst einen Becher ein. »Am besten in einem Zug runter damit«, sagte er und machte es ihnen vor. Er verzog das Gesicht, und seine Backen blähten sich auf. Einen Augenblick lang dachte Edeard, dass er alles wieder ausspucken würde.

Unschlüssig blickten die anderen Lehrlinge auf den Kessel. Fahin füllte den Becher erneut. Edeard konnte die Skepsis in den Gedanken der anderen spüren. Er selbst empfand aufrichtiges Mitgefühl mit Fahin, der sich nach Kräften bemühte zu helfen und von den anderen angenommen zu werden. Er streckte seine Hand aus und griff nach dem Becher. »In einem Schluck?«

»Ja«, sagte Fahin und nickte.

»Du wirst doch nicht ...«, schrie Janene entsetzt auf.

Edeard kippte das Gebräu hinunter. Im nächsten Moment meldete sich der Geschmack in seinem Mund; so ungefähr, dachte er, musste es sein, wenn man Viehmist kauen würde. »O Herrin! Das ist ... Arrgh.« Seine Magenmuskeln krampften sich zusammen und er beugte sich nach vorn, befürchtete, sich übergeben zu müssen. Eine seltsame Benommenheit nahm von ihm Besitz. Er setzte sich hin und holte, wie nach einem heftigen Bauchtritt, tief Luft.

»Wie fühlst du dich?«, fragte Genril.

Edeard stand kurz davor, Fahin etwas ausgesprochen Gemeines an den Kopf zu werfen. »Um ehrlich zu sein, kann ich überhaupt nichts fühlen. Obwohl ich immer noch Kopfschmerzen hab.«

»Das dauert ein bisschen«, keuchte Fahin. »Wart mal fünfzehn Minuten oder so. Der Flonsamen muss erst in die Blutbahn gelangen. Und du solltest einen halben Liter Wasser hinterhertrinken. Das hilft.«

»Und wofür waren jetzt die Limonen?«

»Um den Geschmack zu überdecken.«

Edeard fing an zu lachen.

»Wirkt das Zeug tatsächlich?«, fragte Alcie ungläubig.

Edeard zuckt nur mit den Schultern. Fahin füllte einen weiteren Becher auf.

Die Angelegenheit wurde zum Ritual. Tapfer würgte jeder Lehrling den abscheulichen Trunk hinunter. Sie schnitten Grimassen und johlten und feuerten sich gegenseitig an. Leise ging Edeard zur Marktpumpe und holte sich eine Flasche Wasser. Fahin hatte recht, das Gebräu half wirklich, wieder einen klaren Kopf zu bekommen. Nach etwa einer Viertelstunde fühlte er sich wieder ganz gut. Nicht hundertprozentig zwar, aber das Gesöff hatte definitiv die schlimmsten Symptome gelindert. Er konnte sogar in Richtung Frühstück denken, ohne dass ihm schlecht wurde.

»Danke«, sagte er zu Fahin. Der hoch gewachsene Junge lächelte ihn erfreut an.

Hinterher, als sie die Wagen beluden und die Ge-Pferde zäumten, gingen die Lehrlinge viel gelassener miteinander um, waren die Hänseleien und Streiche weit weniger rabiat als zuvor. Edeard nahm an, dass es von nun an immer so sein würde. Sie hatten gemeinsam an etwas teilgehabt und Beziehungen geknüpft. Oft hatte er die älteren Dorfbewohner um ihre sorglosen Freundschaften beneidet, um die Art, wie sie miteinander auskamen. Es waren Ausflüge wie dieser, auf denen eine solche Saat Wurzeln schlug. In hundert Jahren würden vielleicht er und Genril über verkaterte Lehrlinge lachen. Natürlich würde es dann eine viel größere Karawane sein, und Ashwell bis dahin zu gleicher Größe angewachsen wie Witham.

Melzar führte die Karawane auf einer leicht veränderten Route zurück. Sie bogen nach Westen ab, um den Weg durch die Ausläufer des Sardok-Gebirges zu nehmen. Tiefe Täler und weite, größtenteils bewaldete Fluren prägten das Bild, die zahlreichen einheimischen Tierarten Lebensraum boten. Es gab nur wenige Pfade neben denen, die von den Chamalan-Herden getrampelt worden waren, die auf den Wiesen zwischen den Wäldern weideten. Fernblick und auch die witternden Ge-Wölfe machten Drakken-Fallgruben aus, die groß genug waren, um ein ganzes Pferd mitsamt seinem Reiter zu verschlucken. Die Drakken waren Wühltiere von der Größe von Katzen, mit fünf, in Querencia-üblicher Weise angeordneten Beinen – zwei auf jeder Seite und eine weitere, kräftige und außerordentlich gelenkige Gliedmaße hinten, die sie bei ihrem in großen Sätzen ausgeführten Lauf unterstützte. Die vorderen beiden Gliedmaßen hatten sich zu gefährlich scharfen Klauen herausgebildet, die sich mit phänomenaler Geschwindigkeit durch das Erdreich buddeln konnten. Die Drakken waren Rudeltiere und lebten in weitläufigen unterirdischen Bauten, in denen oftmals über hundert Bewohner hausten. Einzeln waren sie harmlos, aber sie griffen in Gruppen an, die selbst ein gut bewaffneter Mensch nur mit Mühe abwehren konnte. Ihre Fähigkeit, nah unter der Bodenoberfläche große Hohlräume zu schaufeln, verschaffte ihnen die Möglichkeit, ihre Beute lebend zu fangen; selbst die größten einheimischen Kreaturen waren vor den Fallgruben nicht sicher.

Eine zweimal jährlich stattfindende Jagd hatte dafür gesorgt, dass die Drakken aus der Gegend rund um Ashwell so gut wie verschwunden waren, aber hier in der Wildnis waren sie noch weit verbreitet. Doch die beständige Ausschau nach ihnen schärfte Edeards Sinne, während sie die endlose hügelige Landschaft durchquerten. Am dritten Tag nach ihrem Aufbruch von Witham erreichten sie den Rand des Vorgebirges und betraten einen der mächtigen Wälder, die teilweise bis an den Fuß der Sardoks heranreichten.

Noch nie war Edeard in einem Wald von solchen Ausmaßen gewesen; Melzars Bekunden nach datierte er zurück bis auf die Ankunft der Menschen auf Querencia vor zweitausend Jahren. Schon allein die Größe der Bäume schien seine Behauptung zu bestätigen; hoch und dicht aneinandergedrängt ragten sie empor, die Stämme schwarz und auf den untersten fünfzehn Metern kahl, bis sie sich zu einem dicht verflochtenen Baumkronendach ausbreiteten. Nur wenige Pflanzen wuchsen in ihrem Schatten, und im Sommer, wenn sie voll üppiger Blätter waren, sickerte auch nur wenig Regen hindurch. Ein riesiges Vlies aus totem, vertrocknetem Laub bedeckte die Erde, verbarg Unebenheiten und Mulden und zwang die Menschen, ihren Fernblick zu benutzen, um die Ge-Pferde sicher um Spalten und Wurzelknorren zu führen.

Stille herrschte in der Düsternis unter dem natürlichen, grünenden Dach, und das leiseste Flüstern wurde in der unbewegten Luft zu einem lauten Zurufen verstärkt, dessen Widerhall sich über die ganze, langsam dahintrottende Karawane fortpflanzte. Nach und nach stellten die Lehrlinge ihre Gespräche ein, wurden schweigsamer und nervöser.

»Wir werden unser Lager in einem Tal, das ich kenne, aufschlagen«, verkündete Melzar kurz nach Mittag. »Es ist noch eine Wegstunde entfernt und der Wald ist dort nicht ganz so trostlos wie hier. Und einen Fluss gibt es da auch. Die Brutzeit der Trilan ist eine gute Weile vorüber, sodass wir also unbesorgt schwimmen gehen können.«

»Wir halten dort schon an?«, fragte Genril. »Ist das nicht ein bisschen früh?«

»Mach dir keine falschen Hoffnungen, mein Junge. Heute Nachmittag wirst du auf Galbyjagd gehen.«

Augenblicklich hellten sich die Mienen der Lehrlinge auf. Zwar war ihnen vor Beginn der Reise bereits in Aussicht gestellt worden, dass sie ihre ersten Jagderfahrungen machen durften, aber dass es Galbys sein würden, damit hatten sie nicht gerechnet. Edeard hatte oft so manchen geübten Jäger davon berichten gehört, wie er geglaubt hatte, ein Galby in die Enge getrieben zu haben, nur um es im nächsten Moment in die Freiheit davonspringen zu sehen. Die Hinterbeine dieser Tiere waren übergroß und extrem kräftig, manchmal schnellten sie bis zu fünfzehn Meter weit durch die Luft.

Wie Melzar gesagt hatte, veränderte der Wald sein Gesicht als sie einen sanften Hügelabhang erreichten. Die Bäume wurden kleiner, sie standen weiter auseinander und gestatteten einigen Bündeln aus Sonnenlicht, durch das Blätterdach zu strömen. Allmählich tauchten auch wieder die ersten Grashalme auf und verdichteten sich rasch zu einem lückenlosen Teppich. Büsche wuchsen in den ausgedehnten Breschen zwischen den Bäumen, mit Blättern, deren Farben von Sattgrün bis hin zu einem dunklen Violett variierten. Edeard konnte kaum mehr als ein Paar der Beeren, die er sah, mit Namen benennen, es musste hier Dutzende von unterschiedlichen Sorten geben.

Im gleichen Maße, wie Licht und Luftfeuchtigkeit zunahmen, tauchten auch die Yifliegen und Beißflügel auf. Bald schwirrten sie in großen Schwärmen über ihren Köpfen, um sich sodann im Verein auf sie zu stürzen und in jedes unbedeckte menschliche Hautfleckchen zu zwicken. Edeard war permanent damit beschäftigt, sich die Plagegeister mit seiner dritten Hand vom Leibe zu halten.

An einem kleinen Fluss hielten sie die Wagen an und zäunten die Genistars ein. Dies war auch der Moment, an dem Melzar die fünf Revolver und zwei Flinten verteilte, die er mit sich führte. Der Großteil der Waffen war Dorfeigentum, wenngleich Genril seinen eigenen Revolver besaß, der sich, wie er behauptete, bereits seit den Tagen der Ankunft im Besitz seiner Familie befand. Der Lauf seiner Waffe war länger als der der anderen und bestand aus einem weißlichen Metall, das erheblich leichter war als der solide Kanonenstahl, den man in der Waffengilde in Makkathran produzierte.

»Herausgeschnitten aus dem Schiff selbst«, erklärte er stolz, während er den Mechanismus überprüfte. Auch der klickte und surrte mit einer Geschmeidigkeit, die den in der Stadt angefertigten Pistolen fehlte. »Mein erster Vorfahre hat einen Teil des Rumpfs gerettet, bevor Ebbe und Flut das Schiff in den Bauch des Meeres hinabgezogen haben. Seitdem ist er in unserem Familienbesitz.«

»Blödsinn«, schnaubte Obron. »Das würde ja bedeuten, dass das Ding über zweitausend Jahre alt ist.«

»Na und?«, erwiderte Genril herausfordernd, während er etwas Öl aus einer kleinen Kanne tropfte und es mit einem weichen Lappen auf der Waffe verrieb. »Die Schiffserbauer wussten, wie man wirklich solides Metall herstellt. Denkt doch mal nach, ihr Deppen, sie *mussten* starkes Metall besitzen, ihre Schiffe sind vom Himmel gefallen und sie haben trotzdem überlebt. Und draußen im Universum kamen sie von Schiffen, die zwischen Planeten hin und her geflogen sind.«

Edeard enthielt sich eines Kommentars. Er hatte noch nie sonderlich viel von dieser Schiffs-Legende gehalten. Obwohl er zugeben musste, dass es eine *tolle* Legende war.

Melzar hängte sich eine der beiden Flinten über die Schulter und holte eine Schachtel Munition aus seiner Tasche hervor. Er händigte jedem Lehrling, der einen Revolver bekommen hatte, sechs Pistolenkugeln aus. »Das genügt völlig«, sagte er, als sie sich beschwerten und behaupteten, mehr davon zu brauchen. »Wenn ihr es nicht schafft, ein Galby mit sechs Schüssen zu treffen, ist es entweder außer Schussweite gehüpft oder verspeist gerade fröhlich eure Leber. So oder so, mehr gibt es nicht.«

Nur fünf Lehrlinge hatten eine Waffe erhalten (einschließlich Genril). Edeard gehörte nicht zu ihnen. Neidisch sah er zu, wie die anderen ihre Kugeln in die Revolverkammern schoben.

Melzar ging in die Hocke und begann Linien auf den Boden zu zeichnen. »Kommt alle her«, rief er. »Wir teilen uns in zwei Gruppen auf. Die Schützen stellen sich entlang des Kamms da hinten auf.« Seine Hand wies in den Wald, dorthin, wo der Boden jäh anstieg. »Der Rest von uns fungiert als Treiber. Wir bilden eine lange Kette mit einem Ende *hier*, die sich in einem großen Bogen vorwärtsbewegt, bis wir auf einer Höhe mit dem ersten Schützen sind. Damit sollten wir alles, was größer ist als ein Drakken, vor uns her und hoffentlich in die Schusslinie treiben. *Unter keinen Umständen* geht einer von euch weiter als bis zum ersten Schützen. Es ist mir egal, ob ihr die besten Freunde seid oder Longtalk benutzt, keiner von euch latscht mir vor die Mündung irgendeiner Kanone. Ist das klar?«

»Jawohl, Sir«, antworteten alle im Chor.

»Also gut, nach dem ersten Durchlauf werden die Waffen weitergegeben, und wir gehen zu einer anderen Stelle.« Er warf einen Blick auf den Himmel, der sich inzwischen zu verdunkeln begann. »Wir werden genug Licht haben, um das Ganze heute Nachmittag dreimal durchzuziehen, also wird jeder Gelegenheit bekommen, einmal eine Pistole einzusetzen.«

»Sir, mein Vater hat gesagt, dass nur ich unsere Pistole benutzen darf«, meldete sich Genril.

»Ich weiß«, erwiderte Melzar. »Du darfst sie mitnehmen, wenn du in der Treiberkette bist, aber ohne Munition. Und jetzt aufgepasst: Wenn ihr einer der Treiber seid, müsst ihr immer in Fernblickweite mit denjenigen links und rechts von euch bleiben. Oder konkret gesagt: Ich will, dass ihr nicht mehr als etwa sechzig Meter Platz zwischen euch lasst. Anweisungen loszumarschieren, stehenzubleiben oder euch zu versammeln werden mündlich oder in Longtalk erteilt. Ihr werdet sie in beiderlei Form in der Kette weitergegeben. Und ihr werdet sie zu jeder Zeit genauestens befolgen. Die Treiberkette bekommt drei Ge-Wölfe zur Seite gestellt, die dabei helfen, den Galbys Feuer unterm Hintern zu machen. Bei diesem ersten Durchlauf werden Edeard und Alcie je einen von ihnen kontrollieren, den dritten übernehme ich. Niemand sonst erteilt ihnen Befehle, ich will nicht, dass sie kopfscheu gemacht werden. Irgendwelche Fragen? Nein? Gut. Dann los, und möge die Herrin über uns lächeln.«

Edeard rief einen der Ge-Wölfe zu sich herüber und machte sich zusammen mit der Gruppe, die Melzar folgte, auf den Weg. Toran, einer der Bauern, führte die Pistolenträger hinauf auf den steinigen Kamm.

»Ich versteh nicht ganz, was das soll«, beklagte sich Fahin, während er neben Edeard herschlurfte. »Wir alle haben das Pistolenschießen an den Zielscheiben draußen vor der Dorfmauer bis zum Abwinken geübt, und außerdem kann man Galbys nicht essen.«

»Hast du nicht zugehört?«, sagte Janene. »Hier geht's um Erfahrungen in der Praxis. Es ist ein himmelweiter Unterschied, ob du auf eine Zielscheibe schießt oder ob du hier draußen in den Wäldern bist, mit gefährlichen Tieren überall um dich herum, die dich angreifen können. Der Ältestenrat muss wissen, ob er sich auf uns verlassen kann, wenn es im Ernstfall das Dorf zu verteidigen gilt.«

Sieht man mal davon ab, dass Melzar behauptet hat, die Nomadenfamilien seien keine Bedrohung, dachte Edeard. *Aber wozu dann die Dorfmauer? Ich muss unbedingt Akeem danach fragen, wenn wir wieder zurück sind.*

»Und was ist, wenn die Galbys keine Lust haben, sich in die Schusslinie zu begeben?«, fragte Fahin. »Wenn sie stattdessen in unsere Richtung rennen?« Er packte seinen Ranzen etwas fester, als könnte der ihn vor den Bestien des Waldes beschützen.

»Das werden sie nicht«, sagte Edeard. »Sie werden versuchen uns auszuweichen, weil wir zu mehreren sind.«

»Ja, theoretisch«, grummelte Fahin.

»Hör auf zu jammern, um der Herrin willen!«, rief Obron. »Melzar weiß, was er tut; er macht das seit fünfzig Jahren mit jeder Karawane so. Abgesehen davon, Galbys sind nicht gefährlich. Sie sehen nur so aus. Wenn dir eins zu nahe kommt, schütz dich einfach mit deiner dritten Hand.«

»Was, wenn wir einen Rennfuchs aufscheuchen?«

Die Lehrlinge stöhnten.

»Rennfüchse leben unten in den Ebenen«, erwiderte Alcie gereizt. »Sie sind keine Bergtiere. Es ist wahrscheinlicher, dass du einen in Ashwell erwischst als hier.«

Fahin verzog das Gesicht, er schien wenig überzeugt.

Als sie sich dem Waldrand näherten, wandte Melzar sich über Longtalk an sie: »Fangt jetzt an, euch zu verteilen. Denkt daran, dass ihr die Leute links und rechts von euch im Fernblick behaltet. Wenn ihr den Sichtkontakt verliert, nehmt Longtalk zu Hilfe.«

Edeard hatte auf einer Seite Obron und auf der anderen Fahin neben sich. Er war nicht gerade glücklich darüber. Wenn irgendjemand es vermasselte, dann Fahin. Der schlaksige Junge war nun wirklich nicht der Freilandtyp; und Obron würde voraussichtlich keinem von ihnen helfen. *Gut, das Schlimmste was passieren kann, ist, dass Fahin zurückfällt. Glücklicherweise hat er keine Pistole. Und wenn er uns nicht mehr sieht, kann er immer noch laut brüllen.* Er schickte den Ge-Wolf los, damit dieser von einer Seite zur anderen patrouillierte. Sein Fernblick war von einer allgegenwärtigen Spannung erfüllt, die Gedanken eines jeden in der Treiberkette funkelten schier vor Erwartung.

Sie rückten weiter vor und schwärmten dabei aus, während Melzar ihnen Anweisungen gab, bis sie die Kette gebildet hatten. Die Bäume wuchsen hier wieder höher, und ihr dunkelgrünes Blätterdach versperrte den Lehrlingen die Sicht auf den wolkenverhangenen Himmel.

»Vorrücken«, kommandierte Obron. Edeard grinste und gab die Anweisung weiter an Fahin, der das Gesicht verzog.

Edeard war froh, dass er seine neuen Stiefel trug. Der unebene Waldboden hier war mit Stöcken und Zweigen übersät und gespickt mit scharfkantigen Steinen. Seine Knöchel waren zwar wund, wo das neue Leder drückte, aber seine Füße wurden durch das robuste Schuhwerk gut geschützt.

Während sein Fernblick die vor ihm liegende Gegend absuchte, verfiel er in einen langsamen Trott, stets darauf bedacht, in einer Linie mit dem Rest der Treiberkette zu bleiben. Schließlich kam von Melzar die Anweisung, mit einem ordentlichen Radau die Treibjagd zu beginnen. Sogleich fing Obron lauthals an zu brüllen, während Fahin grelle Pfeiftöne ausstieß. Edeard schnappte sich einen kräftigen Stock vom Boden und drosch damit im Vorbeigehen auf die Baumstämme ein.

In diesem Teil des Waldes wuchsen deutlich mehr Büsche. Hauptsächlich große Zebradornsträucher mit schwarzweiß gemusterten Blättern und klebrigen (hochgiftigen) weißen Beeren und Düsterkraut, das wie undurchdringliche schwarze Wolken am Waldboden kauerte. Sein Fernblick erfasste kleine Kreaturen, die den Menschen verängstigt aus dem Weg huschten. Keine von ihnen war groß genug, um ein Drakken sein zu können, geschweige denn ein Galby. Unter seinen Füßen wurde der Boden zunehmend weicher, ein feuchter Lehm, aus dem bei jedem seiner Fußtritte Wasser quoll. Der Geruch von vermoderndem Laub stieg ihm streng in die Nase. Er war sicher, Schimmelsporen riechen zu können.

Inzwischen war Obron außer Augensichtweite, irgendwo hinter den Büschen. Edeards Fernblick konnte ihn auf der anderen Seite der dichten Baumstämme ausmachen.

»Etwas aufschließen«, forderte er ihn über Longtalk auf.

»Ja, ja«, gab Obron unbekümmert zurück.

Dann wurde die Kette von einer Welle der Erregung erfasst, einem leichten Luftkräuseln gleich, das sich von einem zum anderen fortpflanzte. Irgendwo oben an Melzars Ende jagte ein Galby davon, leider nicht ganz in Schusslinienrichtung. Edeards Herz begann schneller zu schlagen. Er war sich bewusst, dass er lächelte, doch es war ihm egal. Das hier war etwas, das er sich seit dem Tag, an dem er erfahren hatte, dass er an der Karawane teilnehmen würde, immer gewünscht hatte. Hier gab es Galbys! Er würde Gelegenheit bekommen, eines aus seinem Versteck aufzuscheuchen, und wenn er richtig viel Glück hatte, vielleicht später eines von ihnen zu schießen.

Über ihm ertönte ein Schrei. Edeards Fernblick schnellte gerade rechtzeitig nach oben, um ein paar Vögel durch die Baumkronen schießen zu sehen. Ein Stück weiter voraus befand sich ein Gebüsch, eine mit dichtem Zebradorn überwucherte Stelle, wie geschaffen für ein Galby, um sich darin einzunisten. Er sandte seinen Fernblick hinein, doch da waren nur dunkle Bereiche und einige abschüssige kleine Rinnen, mit denen er nichts anzufangen wusste. Er schickte den Ge-Wolf los, damit der in das Gebüsch schlich, während er selbst außen herumging. Jetzt konnte er auch Fahin nicht mehr sehen, doch sein Fernblick erfasste nach wie vor das Bewusstsein des Jungen.

Die Erkenntnis traf ihn wie ein Faustschlag, das mentale

Äquivalent des Schocks, mit einem Eimer kaltem Wasser übergossen zu werden. Seine Finger verloren augenblicklich ihren Griff um den Stock, und seine Beine erstarrten in der Bewegung. Etwas *Schlimmes* drohte sich anzubahnen. Er wusste es.

»Was?«, stieß er keuchend hervor. Er hatte Angst, und schlimmer noch, Angst vor der Angst. *Das ergibt doch keinen Sinn.*

Im Innern des Gebüschs hob der Ge-Wolf, den er beiläufig dirigierte, den Kopf und knurrte in Reaktion auf den Tumult, der in seiner schwachen Longtalk-Verbindung brodelte, bedrohlich auf.

»Edeard?«, rief Fahin. »Was geht da vor?«

»Ich hab keine …« Edeard legte die Arme an den Körper, beugte die Knie und ging vorsichtig in die Hocke. Instinktiv schloss er seine dritte Hand um sich selbst und baute den stärksten Schutzschild auf, zu dem er imstande war. *Herrin, was ist los mit mir?* Er stieß mit seinem Fernblick so weit vor, wie er es vermochte, ließ ihn umherstreichen wie einen Leuchtstrahl. Doch die Bäume standen zu dicht, als dass er irgendein brauchbares Bild von etwas bekommen konnte, das sich nicht in unmittelbarer Nähe befand.

»Alles klar bei dir?«, fragte Obron. In seiner mentalen Stimme schwang Spott.

Edeard konnte spüren, wie beide Lehrlinge zögerten. Der Ge-Wolf wand sich und zappelte, versuchte aus dem Gebüsch heraus und wieder zu ihm zurückzukommen. Irgendwo raschelte trockenes Laub. Edeard wirbelte herum und hob abwehrbereit seinen Stock. »Ich glaube, hier ist jemand.« Er schickte seinen Fernblick in die Richtung, aus der, wie er meinte, das Geräusch gekommen war und fokussierte ihn so scharf, wie es nur ging. Doch das Einzige, was er entdecken konnte, waren ein paar winzige Nager, die auf dem Waldboden herumwuselten. Sie konnten das Geräusch nicht verursacht haben.

»Was soll das heißen: hier ist jemand?«, fragte Fahin. »Wer?«

Edeard biss die Zähne aufeinander und strengte sich an, seinen Fernblick bis an die äußersten Grenzen auszudehnen. »Ich weiß nicht, ich kann sie nicht ausmachen.«

»Hey, wir fallen zurück«, drängte Obron ungeduldig. »Nun komm schon, wir müssen weiter.«

Edeard starrte zurück in das Gehölz. *Das ist vollkommen idiotisch*, sagte er sich. Aber die seltsame Furcht ließ ihn nicht los. Er warf einen letzten Blick auf den Wald hinter sich und wandte sich dann um. Der Pfeil kam aus einem der hohlen Bäume zu seiner Linken, so schnell, dass er ihn nicht einmal sah; einzig sein Fernblick erfasste den leisen Hauch einer Bewegung. Sein Schild zog sich enger, als er aufkeuchte, sein Geist vor Schreck aufschrie.

Der Pfeil traf ihn am linken Brustmuskel. Sein telekinetischer Schild hielt. Die Wucht des Aufschlags war stark genug, um ihn zurücktaumeln zu lassen. Er strauchelte und landete auf seinem Hinterteil. Der Pfeil fiel hinab auf den Lehm und das Unkraut neben ihm; ein langer, geschwärzter Schaft mit dunkelgrünen Nadelhabichtfedern und üblen Widerhaken an der metallenen Spitze, von der eine sämige, violette Flüssigkeit tropfte. Voller Entsetzen starrte Edeard das Geschoss an.

»Edeard?«

Sein Geist wurde förmlich überflutet von telepathischen Stimmen. Es schien, als würde die gesamte Treiberkette ihn rufen und Antwort verlangen.

»Pfeil!«, übermittelte er ihnen so kraftvoll er konnte. Sein Blick wich nicht von dem, was neben ihm lag und das er nun allen zeigte. »Giftpfeil!«

Etwa dreißig Meter von ihm entfernt nahm ein Bewusstsein Gestalt an, leuchtend saphirblau funkelnd inmitten der ungeordneten grauen Schatten, aus denen Edeards geistige Sicht des Waldes zusammengesetzt war.

»Was?« Edeard riss den Kopf herum. Ein Mann trat hinter einem Baum hervor, in eine Art zerlumpten Umhang gehüllt, der beinahe die gleiche Farbe wie die Baumstämme hatte. Sein

Haar war verwildert, lang und geflochten und starrte nur so vor rotbraunem Dreck. Noch mehr Dreck war in seinem Gesicht verschmiert und verklumpte seinen Bart. Er fletschte die Zähne, Wut und Verwirrung entströmten seinem Geist. Mit einer Hand griff er sich über die Schulter und zog einen weiteren Pfeil aus dem Köcher. In einer fließenden Bewegung legte er ihn in den größten Bogen ein, den Edeard jemals zu Gesicht bekommen hatte, und nahm, während er die Sehne spannte, sorgfältig Ziel.

Edeard schrie auf, mit Stimme und Geist, ein markerschütternder Laut, der vielfach entlang der Treiberkette widerhallte. Selbst sein Angreifer zuckte zusammen, als er die Sehne losließ.

Edeard streckte die Hände vor und folgte unter Aufbietung aller Kräfte mit seiner dritten Hand der Bewegung. Der Pfeil zersplitterte, bevor er die Hälfte der Strecke zwischen Schütze und Ziel zurückgelegt hatte.

Diesmal war es der Waldmensch, der Entsetzen in den Äther abstrahlte.

»Banditen.« Wie ein schwaches Echo wiederholte sich rings um Edeard Melzars Ruf, mündlich wie telepathisch. »Überfall. Bildet Gruppen, konzentriert eure Kräfte. Und schützt euch mit Schilden. Toran, hilf uns!«

Edeard rappelte sich wieder auf, sich der Schreie der anderen und der adrenalinverstärkten emotionalen Schwingungen, die sich durch den Wald fortpflanzten, kaum bewusst. Weitere Banditen tauchten aus ihren Verstecken auf. Pfeile schwirrten durch die Luft. Sein Geist griff nach dem Ge-Wolf, lenkte ihn in fieberhafter Eile. Doch ihm blieb keine Zeit. Der Waldmensch hatte seinen Bogen zu Boden geschleudert und stürmte nun direkt auf ihn zu. In seiner Hand blitzte ein Messer auf.

Ein jäher telekinetischer Stoß traf Edeard und warf ihn fast wieder zu Boden. Mühsam parierte er ihn, spürte die Kräfte wie eisige Finger über seine Haut hinweggleiten. Der Bandit machte Anstalten, es mit einer Herzquetsche zu versuchen, eine Angriffsmethode, über die die Lehrlinge nur in banger Ehrfurcht sprachen, wenn sie sich daheim in Ashwell versammelten. Der Einsatz von Telekinese im Körper eines anderen galt als äußerstes Tabu. Jeden, der bei dieser Schandtat erwischt wurde, erwartete die Verbannung. Für immer.

Und jetzt rauschte dieser Bandit auf Edeard zu. Das Messer gezückt. Mordlust in seinen Gedanken. Und mit einer dritten Hand, die alles daran setzte, lebenswichtige Organe anzugreifen.

Die Angst hatte Edeard gänzlich verlassen. Nicht einmal an die anderen dachte er noch. Ein Irrer hatte es allen Ernstes darauf abgesehen, ihm den Garaus zu machen. Aus mehr bestand das Universum für ihn in diesem Moment nicht. Und wie Akeem im Verlauf ihres allzu kurzen Unterrichts in telekinetischen Verteidigungstechniken erklärt hatte, ging in solchen Fällen nichts über einen starken Schlag, um den anderen außer Gefecht zu setzen.

Edeard richtete sich auf, ließ die Arme sinken und schloss die Augen. Er formte seine dritte Hand. Wartete. Das Stampfen der nackten Füße des Banditen auf den Waldboden drang an sein Ohr. *Warten.* Der Mann setzte zu einem Berserkerschrei an. Das Messer hob sich, der Griff umklammert von weiß hervortretenden Knöcheln. *Warte … pass den richtigen Augenblick ab.* Edeards Fernblick zeigte nun die perfekten Umrisse des Mannes, er konnte sogar die Beinmuskulatur erkennen, die sich bis zum Äußersten spannte, als er zum Sprung ansetzte. *Jede Sekunde –*

Der Versuch, ihm das Herz zu zerquetschen, brach ab, alle telekinetischen Kräfte flossen darein, seinen Angriffssprung zu unterstützen, dem Messerstoß mehr Kraft zu verleihen.

– jetzt.

Der Bandit hob vom Boden ab. Edeard stieß mit seiner dritten Hand unter den Schatten in der Luft und ließ sie im gleichen Moment jäh nach oben schnellen. Der Kraftakt presste ihm ein ungebändigtes Brüllen aus der Kehle. Noch niemals hatte er eine solche mentale Anstrengung unternommen, nicht einmal zu seines Oberpeinigers Obron besten Zeiten.

Vom einen Augenblick zum nächsten verwandelte sich der halb triumphierende Schrei des Banditen in blankes Entsetzen. Edeard öffnete die Augen und sah gerade noch, wie ein dreckverkrustetes Paar Stiefel über seinen Kopf hinwegsegelte.

»LECK MICH!«, brüllte er und korrigierte mit einem kleinen Schubs die Flugbahn um eine Winzigkeit zur Seite. In vier Metern Höhe donnerte der Bandit mit dem Kopf gegen den dicken Stamm eines Baums. Es gab einen hässlichen, dumpfen Schlag. Edeard zog seine dritte Hand zurück. Wie ein Stein sackte der Mann nach unten und schlug mit einem leisen Ächzen auf dem Waldboden auf. Sofort fiel der Ge-Wolf über ihn her.

Edeard wandte sich ab. All seine Gefühlsregungen kehrten mit der Macht einer Springflut zurück, als der Ge-Wolf an dem reglosen Körper zu reißen und zu zerren begann. Er hatte völlig vergessen, wie wild diese Kreaturen waren. Seine Beine zitterten so sehr, dass sie unter ihm wegzuklappen drohten, und ihm drehte sich der Magen um.

Das laute Krachen von Schüssen dröhnte durch den Wald. Alarmiert wirbelte Edeard herum. *Das müssen welche von uns sein. Oder?*

Dann waren überall Rufe und Schreie zu hören. Edeard wusste nicht, was er tun sollte. Einer der Schreie war sehr hoch: Janene.

»O Herrin, bitte!«, jammerte Obron. Sein Geist verströmte das Grauen wie eine kleine Nova.

Edeards Fernblick zuckte hinaus. Zwei Rennfüchse rasten direkt auf den weinenden Lehrling zu. Edeard hatte noch nie einen gesehen, aber er wusste sofort, was sie waren. Nur geringfügig kleiner als ein Ge-Wolf, aber wesentlich schneller, vor allem im Sprint; ein stromlinienförmiges Raubtier mit tiefschwarzem Fell, das fest genug war, um wie ein Panzer zu schützen. Der Kopf wies ebenso Fangzähne wie Hörner auf, und von beidem entschieden zu viel. Das Hinterbein war kräftig und stark und befähigte seinen Besitzer zu weiten Sprüngen, wenn er sich vom Boden abstieß, um sich endgültig auf seine Beute zu stürzen.

Und ... sie trugen Halsbänder.

Edeard begann in ihre Richtung zu laufen und streckte seine dritte Hand nach ihnen aus. Sie waren etwa vierzig Meter entfernt, aber er spürte dennoch ihre stahlharten Muskeln, die sich in wildem Rhythmus bewegten. Er hatte keine Ahnung, ob die Kreaturen Herzen besaßen wie Menschen oder andere Landbewohner, ganz zu schweigen davon, wo genau im Körper diese steckten. *Also vergiss die Herzquetsche.* Seine telekinetischen Kräfte drangen in das Gehirn des vorderen Tiers ein und *zerschnitzelten* einfach alles Gewebe, das er dort fand. Mitten im Sprung brach es zusammen; sein schlaffer Körper pflügte beim Aufprall eine Furche in den Teppich aus trockenem Laub. Der andere Rennfuchs wankte zur Seite, sein dämonenhafter Kopf pendelte hin und her in dem Versuch, die Bedrohung auszumachen. Er blieb stehen, knurrte gefährlich, als Edeard auf ihn zugerannt kam. Das Tier duckte sich, als ob es sich zum Sprung bereitmachte.

»Was tust du?«, schrie Obron.

Edeard war sich darüber im Klaren, dass er sich völlig irrsinnig verhielt. Es war ihm egal. Rücksichtslos trieb das Adrenalin ihn voran. Er sah dem Rennfuchs in die Augen und knurrte zurück, lachte ihn beinahe aus. Dann, bevor sie auch nur eine Bewegung machen konnte, schloss sich seine dritte Hand um die Kreatur und hob sie vom Boden. Der Rennfuchs kreischte wütend auf. Seine Gliedmaßen traten ins Leere, trampelten so schnell, dass sie zu undeutlichen Schemen verschwommen.

»Machst du das etwa?«, fragte Obron fassungslos.

»Na klar«, gab Edeard grinsend zurück.

»O Scheiße. *Pass auf!*«

Drei Banditen stürmten auf sie zu. Sie waren genauso gekleidet wie der, der Edeard angegriffen hatte: einfache, ausgefranste Tarnumhänge, Gürtel mit speziellen Futteralen für Dolche. Einer von ihnen trug einen Bogen.

Edeard sandte ein einzelnes Longtalk-Kommando aus und rief den Ge-Wolf zu sich.

Die Banditen wurden langsamer. Bestürzung flackerte in ihren Gedanken auf, als sie den wütenden Rennfuchs sahen, der vergeblich in der Luft zappelte. Weitere Pistolenschüsse schallten durch den Wald.

»Schütz dich«, befahl Edeard scharf, als der Bandit mit dem Bogen einen Pfeil einlegte. Obrons Schild verhärtete sich.

Schließlich kamen die drei Banditen zum Stehen, immer noch ungläubig auf den sich windenden Rennfuchs starrend. Behutsam und bedächtig drehte Edeard das Raubtier herum, bis es genau in ihre Richtung blickte. Dann sondierte er die Gedanken der Kreatur, registrierte die simplen reizauslösenden Ströme. Sie waren so ähnlich wie bei einem Genistar, wenn auch die stärksten Impulse von Angst geleitet waren. *Irgendeine Art von Bestrafung/Belohnung-Training wahrscheinlich.* Der Bandit mit dem Bogen schoss seinen Pfeil ab. Obron jaulte auf, als Edeard das Ding souverän aus dem Weg schlug.

Es entstand eine weitere Pause, während der die Banditen dabei zusahen, wie das Geschoss gegen einen Baum knallte. Telekinetische Finger jagten über Edeards Haut, die er jedoch mit Leichtigkeit abwehrte. Alle drei Banditen zückten kurze Säbel. Edeard jagte einen Befehl in den Geist des Rennfuchses und spürte, wie sich dessen ursprünglicher innerer Antrieb wandelte. Das Tier gab seinen Versuch davonzulaufen auf und knurrte stattdessen zähnefletschend die Banditen an. Einer von ihnen schaute erschrocken in seine Richtung. Sachte ließ Edeard die Kreatur wieder zu Boden.

»Töte«, säuselte er.

Sofort setzte sich der Rennfuchs mit unvorstellbarer Geschwindigkeit in Bewegung. Dann stemmte sich sein Hinterbein in den Boden und katapultierte ihn in einem flachen

Bogen nach vorn. Die telekinetischen Schilde um die Banditen verfestigten sich. Gegen ein einziges rasendes Raubtier hätten sie vielleicht sogar gehalten. Doch im gleichen Moment traf sie der Ge-Wolf von der Seite.

»O Herrin«, flüsterte Obron erschaudernd, als ihr Geschrei einsetzte. Er wurde kreidebleich angesichts des Gemetzels, konnte seinen Blick jedoch nicht davon abwenden.

»Komm.« Edeard ergriff seinen Arm. »Wir müssen Fahin suchen. Melzar hat gesagt, dass wir zusammenbleiben sollen.«

Stolpernd folgte ihm Obron. Eine Salve von Pistolenschüssen hallte durch die Bäume. Edeard nahm an, dass die anderen kamen, um ihnen zu helfen. Aus dem aufgeregten Gebrüll wurden allmählich unterscheidbare Laute. Edeard hörte die gerufenen Namen einiger Lehrlinge heraus. Der Longtalk war ein einziges Tohuwabohu aus hysterischen, meist von emotionalen Ausströmungen überlagerten Gedankenfetzen. Einige grauenvolle Eindrücke drohten ihn zu übermannen. Schmerz, gepaart mit Unmengen von Blut, das aus einer langen, klaffenden Schnittwunde in Alcies Schenkel spritzte. Ein Pfeil, der in einem Waffenrock steckte und von dessen Eintrittsstelle aus sich rasche Taubheit ausbreitete. Lehmverkrustete Gesichter, die versuchten, Fausthieben auszuweichen. Der Schmerz des Aufschlags. Getarnte Banditen, zwischen den Bäumen davonrennend, von Gewehrläufen verfolgt. Ein dahinjagender Rennfuchs, wie eine grauschwarze Schliere. Blut, das eine große Pfütze um einen zerfetzten Körper herum bildete.

Edeard rannte um das Zebradorndickicht herum. »Fahin! Fahin, wir sind's. Wo bist du?« Er konnte niemanden sehen. Auch in seinem Fernblick nicht ein verräterisches Aufflackern von Gedanken. »Fahin!«

»Er ist weg«, keuchte Obron. »Ob sie ihn erwischt haben? O Herrin!«

»Siehst du hier irgendwo Blut?« Edeard untersuchte das Laub und den Boden.

»Nein, nichts. Oh –«

Edeard folgte Obrons Blick und sah einen Banditen, der zwischen den Bäumen hindurch floh. Der Mann hatte einen Säbel in der Hand, triefend von Blut. Eine jähe Welle von Zorn spülte über Edeard hinweg, und er streckte seine dritte Hand aus, packte den Burschen am Fußgelenk und stieß ihn mit aller Kraft zu Boden. Noch während der Bandit fiel, drehte Edeard den Säbel herum und brachte die Klinge in die Vertikale. Der Schmerzensschrei, den der Mann ausstieß, als er durchbohrt wurde, ließ Edeard entsetzt zurückprallen. Das sterbende Bewusstsein des Banditen heulte frustriert und gequält auf. Dann erlosch das Flimmern seiner Gedanken.

»Er war mindesten fünfzig Meter weit weg«, flüsterte Obron entgeistert und in nicht geringem Maße geschockt.

»Fahin!«, rief Edeard. »Fahin, kannst du mich hören?« Sein Fernblick machte ein winziges, irisierendes Glimmen aus, das plötzlich im Innern des Gebüschs zum Vorschein kam. »Fahin?«

»Edeard?«, fragte plötzlich ängstlich die Longtalkstimme des schlaksigen Jungen.

»Ja! Ja, ich bin's. Ich und Obron. Mach schon, komm da raus. Hier ist es sicher. Glaube ich.«

Beide sahen, wie Fahin aus den Büschen hervorkroch. Sein Gesicht und seine Hände waren entsetzlich zerschunden, sein leichter Wollpullover fehlte. Das Haar und seine nur noch von einem Ohr herabbaumelnde Brille waren völlig von Beerensaft verklebt. Erstaunlicherweise hielt er sich immer noch an seinem Lederranzen fest. Obron half ihm auf die Beine und sah sich plötzlich spontan umarmt. »Ich hatte solche Angst«, nuschelte Fahin kläglich. »Ich bin weggelaufen. Es tut mir leid. Ich hätte helfen sollen.«

»Schon in Ordnung«, sagte Obron. »Ich war auch keine große Hilfe.« Er drehte sich um und sah Edeard lange und nachdenklich an. Sein Geist straffte sich ernst. »Edeard hat mich gerettet. Er hat 'ne ganze Reihe von ihnen getötet.«

»Nein«, protestierte Edeard. »Das ist gar nicht–« Er brach

ab, als ihm bewusst wurde, dass er tatsächlich heute Menschen getötet hatte. Sein schuldbewusster Blick stahl sich zurück zu dem Banditen, der von seiner eigenen Klinge durchbohrt worden war. Ein Mann war gemordet worden, und er hatte es getan. Aber sein Säbel war voller Blut gewesen. Und die anderen Banditen ... *sie hätten uns niedergemetzelt. Ich hatte keine Wahl.*

Manchmal musste man das Falsche tun, um das Richtige zu erreichen.

»Kann irgendwer noch irgendwelche Banditen sehen oder spüren?«

Edeard hob den Kopf, als er Melzars kraftlose Anfrage über Longtalk empfing. Auch Obron und Fahin schauten sich um.

»Irgendjemand?«, fragte Melzar nach. »Okay, dann kommt bitte alle zu mir. Falls jemand verletzt ist, sollen die anderen ihn stützen oder tragen. Fahin, bist du hier?«

Irgendwie ließ die Tatsache, dass Melzar am Leben war, Edeard die Welt ein bisschen weniger angsteinflößend erscheinen. Er brachte sogar ein kleines Grinsen zustande. Obron stieß ein erleichtertes Pfeifen aus.

»Ja, Sir, ich bin hier«, erwiderte Fahin.

»Guter Junge, beeil dich bitte, wir haben Verletzte.«

»O Herrin«, ächzte Fahin. »Ich bin doch bloß Lehrling. Die Frau Doktor würde mich nicht mal ein paar ihrer Kräutertinkturen herstellen lassen.«

»Gib einfach dein Bestes«, sagte Edeard.

»Aber –«

»Du hast unseren Katzenjammer kuriert«, sagte Edeard. »Niemand wird gegen dich stänkern, wenn du den Verwundeten hilfst. Wir erwarten ja gar nicht, dass du so gut bist wie die alte Doc Seneo. Aber Fahin, du musst etwas tun. Du kannst dich nicht von verletzten Menschen abwenden. Das kannst du einfach nicht tun. Sie brauchen dich.«

»Er hat recht«, sagte Obron. »Ich glaube, ich hab Janene

schreien gehört. Was würden ihre Eltern sagen, wenn du einfach gingest?«

»Stimmt, ja«, erwiderte Fahin. »Du hast natürlich recht. O Herrin, wo ist meine Brille. Ich kann nicht alles mit Fernblick machen.« Er drehte sich um und machte Anstalten, wieder ins Gebüsch zurückzukriechen.

»Hier ist sie«, sagte Edeard. Mit seiner dritten Hand schob er die Brille sanft auf ihren Platz auf Fahins Nase und wischte gleichzeitig den Beerenbrei von den Gläsern.

»Ah, danke«, sagte Fahin.

Dann eilten sie durch den Wald zu Melzar. Andere Gestalten bewegten sich mit ihnen in die gleiche Richtung. Vereinzelte Lehrlinge sandten ihnen über Longtalk panikerfüllte Hallos. Vor Edeards innerem Auge stieg wieder das Bild von Alcie auf, von der tiefen Wunde in seinem Schenkel. Sie hatte ziemlich schlimm ausgesehen.

Toran und die Lehrlinge mit den Schusswaffen hatten sich mit Melzar zu einem Verteidigungstrupp versammelt. Edeard wechselte ein paar beruhigende Worte mit Genril, der völlig aufgelöst war. Aufgeregt erzählte er, er hätte nur noch eine Kugel im Revolver und sei sicher, mindestens einen Banditen getroffen zu haben. »Ich sag dir, ich hab echt Bammel gekriegt, als diese Rennfüchse auf uns los gingen. Einen hat Toran mit seiner Flinte gekillt. Grundgütige Herrin! Er ist ein verdammt guter Schütze.«

»Du hättest erst mal sehen sollen, was Edeard gemacht hat«, entgegnete Obron trocken. »Der braucht nicht mal 'ne Flinte.«

»Was?«, fragte Genril. »Was hast du gemacht?«

»Nichts«, erwiderte Edeard. »Ich weiß, wie man mit Tieren umgeht, das ist alles. Aber das kennst du ja schon.«

»Wie stark bist du eigentlich?«, fragte Obron.

»Ja, genau«, meinte Genril. »Wir haben deinen Longtalk bis auf den Hügelkamm rauf gehört, es war, als hättest du direkt neben mir gestanden und mir in den Schädel gebrüllt. Herrin, ich hab fast den Kopf eingezogen, als dieser Pfeil auf dich zugeflogen kam.«

»Spielt das eine Rolle?«, fragte Edeard. Er blickte sich um und fragte sich, wo die anderen waren. Von den zwölf Lehrlingen und vier Erwachsenen, die in der Treiberkette gewesen waren, hatten es bislang erst fünf hierher geschafft, einschließlich Genril, Obron und ihm. In diesem Moment tauchte Canan, der Zimmermann, auf, mit Alcie auf seinen Armen. Er war bewusstlos. Beklommen schaute Fahin seine Freunde an, als er den behelfsmäßigen Verband auf der Wunde sah, der schon völlig blutdurchtränkt war. Seine Gedanken begannen fahrig zu werden.

»Geh«, wies Edeard ihn mit ruhiger Longtalkstimme an. »Tu, was du kannst.«

»L-l-legt ihn auf den Boden«, sagte Fahin. Dann kniete er sich neben Alcie hin und fing an, in seinem Ranzen herumzuwühlen.

Edeard wandte sich zum Wald um, sandte seinen Fernblick aus. *Wo sind die anderen?* Sein Herzschlag beschleunigte sich, als er eine Bewegung ausmachte. Ein paar Lehrlinge kamen durch die Bäume auf sie zugerannt.

»Alles ist gut«, sagte Melzar beruhigend. »Ihr seid jetzt sicher.«

»Wir haben Janene verloren«, weinte einer von ihnen. »Wir haben versucht, sie zu retten, aber sie hat einen Pfeil abgekriegt. Ich lief–« Er brach schluchzend zusammen.

»Neun«, flüsterte Edeard, als er später seine Nachtwache hielt. »Neun von zwölf«

Melzars Hand legte sich auf seine Schulter. »Ohne dich hätte es keiner von uns geschafft«, sagte er leise. »Deine Warnung hat uns gerettet. Mich gerettet, vielmehr. Ich verdanke dir mein Leben, Edeard. Wir alle tun das.«

»Nein.« Edeard schüttelte traurig den Kopf. »Ich hab euch

nicht gewarnt. Ich hatte Angst. Das ist alles. Ihr habt meine Furcht gehört.«

»Ich weiß. Es war – sehr eindrucksvoll. Was ist passiert? Was hat dich alarmiert?«

»Ich ...« Er runzelte die Stirn, dachte an das Grauen, das ihn ergriffen hatte. Es hatte keinen Grund dafür gegeben. »Ich hab etwas gehört«, sagte er lahm.

»Wie auch immer, ich bin jedenfalls froh.«

»Wieso haben wir sie nicht wahrnehmen können? Ich dachte immer, dass ich einen guten Fernblick hätte. Sie waren näher an mir dran als Obron und Fahin, und ich hatte keine Ahnung.«

»Es gibt Möglichkeiten, seine Gedanken zu verdecken, sie vor Fernblicken zu verbergen. Wir in Ashwell sind mit dieser Technik nicht sehr gut vertraut. Ich hab aber noch nie erlebt, dass sie jemand so gut beherrscht wie diese Banditen heute. Weiß die Herrin, von wem sie das gelernt haben. Und dann diese gezähmten Rennfüchse. Wirklich äußerst erstaunlich. Wir müssen Boten in die anderen Städte schicken, um sie vor dieser neuen Entwicklung zu warnen.«

»Glaubt Ihr, dass da draußen noch mehr von denen sind?«, fragte Edeard und stellte sich dabei ganze Armeen von Banditen vor, die auf ihre kleine Karawane zumarschierten.

»Nein. Wir haben sie heute in die Flucht geschlagen. Und selbst wenn hier noch weitere herumschleichen sollten, haben sie jetzt erst einmal Pause zum Nachdenken. Ihr Überfall ist gescheitert. Dank dir.«

»Ich wette, Janene und die anderen halten ihn für alles andere als gescheitert«, erwiderte Edeard verbittert. Es war ihm gleich, dass er sich Melzar gegenüber ungehörig benahm. Nach dieser Sache hier schien das alles kaum noch eine Rolle zu spielen.

»Es gibt keine Antwort, die ich dir darauf geben könnte, Junge. Es tut mir leid.«

»Warum haben sie das getan?«, fragte Edeard. »Warum

leben diese Menschen hier draußen und schaden anderen? Warum wohnen sie nicht in Dörfern, in einem Haus? Sie sind nichts als Barbaren.«

»Ich weiß, Junge. Aber dies ist das Einzige, das sie kennen. Sie wurden in der Wildnis erzogen und werden ihre Kinder auf genau die gleiche Weise erziehen. Es ist ein Teufelskreis, den wir nicht durchbrechen können. Es wird immer Menschen geben, die sich außerhalb der Zivilisation stellen.«

»Ich hasse sie. Sie haben meine Eltern umgebracht. Und jetzt haben sie meine Freunde getötet. Wir sollten sie ausmerzen. Sie alle. Es ist für uns die einzige Möglichkeit, jemals in Frieden zu leben.«

»Aus dir spricht der Zorn.«

»Das ist mir egal, es ist das, was ich fühle. Das, was ich immer fühlen werde.«

»Wahrscheinlich ist es das. Im Augenblick würde ich dir sogar fast zustimmen. Aber es ist mein Job, euch alle wieder heil nach Hause zu bringen.« Melzar beugte sich ein wenig hinab und studierte Edeards Gesicht und seine Gedanken. »Wirst du mir dabei helfen?«

»Ja, Sir, das werde ich.«

»Gut, und jetzt ruf unsere Ge-Wölfe zurück.«

»Ach ja. Was ist mit dem Rennfuchs?« Edeard war sich immer noch des Tieres bewusst, das an der Grenze seines Fernblicks herumlungerte. Es war verwirrt, vermisste seinen ehemaligen Herrn.

»Der Rennfuchs?«

»Edeard hat ihn gezähmt«, sagte Obron. »Er hat ihn sich mit seiner dritten Hand geschnappt und dann auf die Banditen gehetzt.«

Die Blicke aller Lehrlinge richteten sich auf Edeard. Obwohl Erschöpfung und Angst ihre Gedanken beherrschten, ließen viele von ihnen Überraschung und sogar ein wenig Interesse erkennen.

»Ich hab's euch doch schon erzählt«, sagte Edeard mürrisch.

»Ich weiß, wie man mit Tieren umgeht. Das können alle in meiner Gilde.«

»Niemand hat jemals einen Rennfuchs gezähmt«, sagte Toran. Melzar funkelte ihn verärgert an.

»Die Banditen schon«, wandte Genril ein. »Ich hab doch die Halsbänder gesehen, die sie umhatten.«

»Sie hatten bereits gelernt zu gehorchen«, erklärte Edeard. »Meine Befehle waren einfach bloß stärker, mehr nicht.«

»In Ordnung«, sagte Melzar. »Ruf auch den Rennfuchs hierher. Wenn du ihn kontrollieren kannst, nehmen wir ihn mit, um die Karawane zu beschützen. Wenn nicht, nun ja …« Er klopfte auf sein Gewehr. »Aber ich sag's dir besser gleich, mein Junge, die Dorfältesten werden auf keinen Fall zulassen, dass du ihn behältst.«

3

Aarons Ansicht nach hatte Riasi vom Verlust seines Hauptstadt-Status nur profitiert. Nach wie vor besaß es die für eine Metropole typischen großen Gebäude ebenso wie die ausgedehnten öffentlichen Parks, ein gut finanziertes Verkehrsnetz und die hervorragenden Freizeitanlagen. Aber mit dem Umzug der Ministerien und den Bürokraten über den Ozean nach Makkathran2 waren der Stress und die Hektik aus dem Alltag gewichen. Und desgleichen die exorbitanten Kosten für Wohnraum. Geblieben war eine wohlhabende Stadt, die alle nur erdenklichen Annehmlichkeiten bot; infolgedessen waren ihre Bewohner relativ entspannt und wussten das Leben zu genießen.

Das machte die Dinge für Aaron erheblich einfacher. Der Flug mit dem Taxi von Makkathran2 hatte neun Stunden gedauert; sie waren auf dem Raumhafen gelandet, eine Ankunft unter Hunderten anderer. Zum Glück hatte Corrie unterwegs die meiste Zeit geschlafen. Als sie aufwachte, tat sie friedlich, was immer er ihr sagte. Also wanderten sie auf den Fußgängerwegen durch die riesige Fluggasthalle und besuchten so ungefähr jede Cocktailbar, die es dort gab. Erst danach ging er zu den Taxis zurück und machte einen Abstecher zum alten Parlamentsgebäude im Zentrum der Stadt. Es war bereits später Vormittag, und in den umliegenden Distrikten herrschte reger Betrieb. Sie wechselten ein weiteres Mal das Taxi. Dann noch einmal. Drei Taxis später fanden sie sich schließlich in einem Wohngebiet am Ostufer des Camoa River wieder.

Während des Flugs von Makkathran2 hatte Aaron eine Parterrewohnung in einem fünfzehnstöckigen Hochhaus gemietet. Sie war anonym genug. Eine sichere Bleibe, wie er es nannte. In

Corrie-Lyns Augen war sie das wahrscheinlich sogar. Aber Aaron war sich vollkommen darüber im Klaren, dass sein mehrfacher Taxiwechsel und die nicht zurückverfolgbare Zahlung für das Apartment mit einem Jeton absoluter Amateurkram waren. Jeder auch nur halbwegs fähige Police Officer würde sie binnen vierundzwanzig Stunden ausfindig gemacht haben.

Zwei Tage lang tat er gar nichts. Den gesamten ersten Tag brauchte Corrie-Lyn allein schon dazu, um wieder nüchtern zu werden. Er erlaubte ihr, alles an Essen und Kleidung zu ordern, was sie wollte, verbot ihr jedoch jede Form von Alkohol oder Aerosolen. Am zweiten Tag war sie völlig ungenießbar, ein Zustand, der noch durch einen Monsterkater verschärft wurde. Es war ihm klar, dass das alles zu großen Teilen auch mit der Verarbeitung eines seelischen Schocks zusammenhing, dass sie mit dem, was mit Captain Manbys Einsatzkommando geschehen war, ins Reine zu kommen versuchte. In dieser Nacht hörte er sie in ihrem Schlafzimmer weinen.

Aaron beschloss, beim Frühstück am nächsten Morgen aufs Ganze zu gehen und zu versuchen, sie ungeachtet ihrer Gemütsverfassung irgendwie zu erreichen. Er kombinierte die ausgeklügeltsten Synthesen der Kücheneinheit mit Delikatessen, die er frisch von einem ortsansässigen Feinkosthändler besorgt hatte. Eröffnet wurde das Mahl mit Olberon-Blaufrucht, gefolgt von French Toast mit karamelisierter Banane; das Hauptgericht bildeten Buchweizencrêpes mit Entenspiegelei, gegrillten Uban-Champignons und geräuchertem Ayrshire-Schinken, gekrönt von einem köstlichen Kaviaromelette. Der Tee war original Assam, was im Übrigen das Einzige war, das er nach dem Aufstehen trinken konnte – der Morgen war einfach nicht seine Zeit.

»Wow«, sagte Corrie-Lyn bewundernd. Mit verschlafenen Augen und in einen flauschigen blauen Frotteemorgenmantel gehüllt war sie aus ihrem Schlafzimmer geschlendert gekommen. Als sie sah, was auf dem Frühstückstisch ausgebreitet war, wurde sie augenblicklich munter.

»Da steht Zucker für die Blaufrucht«, sagte er zu ihr. »Aus Dranscome-Knollen raffiniert, der beste in der Galaxis.«

Corrie-Lyn streute etwas von dem silbrigen Puder über ihre Blaufrucht und kostete einen Schnitz. »Hm, das ist gut.« Mit ihrem Löffel pulte sie einen weiteren Happen heraus.

Aaron setzte sich ihr gegenüber und nahm seinen ersten Schluck Tee. Ihr Tisch stand direkt an einer Fensterwand und bot ihnen einen Ausblick hinaus auf den Fluss. Mehrere große Schiffe schipperten bereits Richtung Meer auf der kräuselnden Wasseroberfläche den Camoa hinab; kleinere Flussfahrzeuge kurvten emsig hin und her. Er sah sie nicht; seine Augen waren auf die leicht geöffnete Vorderseite ihres Morgenmantels gerichtet, die die Rundungen ihrer Brüste erkennen ließ. Fest und tadellos geformt, stellte er anerkennend fest; ganz gewiss hatte sie einen großartigen Körper. Sein Blick wanderte hinab zu ihren Beinen und bestätigte seine Vermutung. Es gab keinerlei wie auch immer gearteten mentalen Direktiven, dass er mit ihr schlafen sollte. Also nahm er an, dass die hormonellen Wallungen vollständig seine eigenen waren. Er musste grinsen. *Immer noch ganz normal.*

»Sie sind kein Vertreter einer Raumschiffvermietung«, sagte Corrie-Lyn unvermittelt und zog verärgert die Augenbrauen hoch.

Er bemerkte, dass er einigen seiner Empfindungen gestattet hatte, ins Gaiafield durchzusickern. »Nein.«

»Was sind Sie also dann?«

»Eine Art Geheimagent, schätze ich.«

»Sie *schätzen?*«

»Genau.«

»Sie wissen es nicht?«

»Nicht wirklich.«

»Was soll das heißen?«

»Ganz einfach. Wenn man nichts weiß, kann man auch nichts verraten. Es gibt eben nur gewisse Dinge, von denen ich weiß, dass ich sie ausführen muss.«

»Sie meinen, Sie besitzen keinerlei Erinnerung daran, wer Sie sind?«

»Nicht wirklich, nein.«

»Wissen Sie denn, für wen Sie arbeiten?«

»Nein.«

»Woher wissen Sie dann, dass Sie für sie arbeiten sollen?«

»Wie bitte?«

»Wer sagt Ihnen, dass Sie nicht für das Ocisen-Empire arbeiten, dass Sie nicht dabei mithelfen, das Greater Commonwealth zu stürzen? Oder was, wenn Sie ein übrig gebliebener Starflyer-Agent sind? Es wird behauptet, dass Paula Myo sie durchaus nicht alle erwischt hat.«

»Kaum denkbar, aber zugegeben, ich weiß es nicht.«

»Wie können Sie dann mit sich leben?«

»Ich denke, es ist unwahrscheinlich, dass ich so etwas tue. Wenn Sie mich jetzt darum bäten, würde ich mich jedenfalls weigern. Also hätte ich wohl auch nicht eingewilligt, bevor meine volle Erinnerung gelöscht wurde.«

»Ihre volle Erinnerung.« Corrie-Lyn schmeckte der Vorstellung mit der gleichen Hingabe nach, mit der sie von der Blaufrucht gekostet hatte. »Jemand, der nichts dagegen hat, dass man seine Erinnerung löscht, um einen illegalen Auftrag auszuführen, ist so oder so reichlich extrem. Und außerdem haben Sie Menschen getötet. Sie waren sogar auffallend gut darin.«

»Meine Gefechtssoftware war einfach besser. Und außerdem wird man sie wiederbeleben. Wahrscheinlich spaziert ihr Freund Captain Manby schon wieder quietschfidel in der Gegend herum und sucht nach uns. Stellen Sie sich vor, wie motiviert der Mann jetzt ist, dank mir.«

»Ohne Ihre Erinnerung können Sie nicht wissen, was Ihre wahre Persönlichkeit ist.«

Aaron griff nach seinem French Toast. »Na und?«

»Um Ozzies willen, beunruhigt Sie das nicht?«

»Nein.«

Verwundert schüttelte sie den Kopf. »Das muss eine künstlich erzeugte Empfindung sein.«

»Nochmals – na und? Auf diese Weise bin ich bei dem, was ich tue, viel effizienter. Beim Relifen ist die Neuausrichtung von Persönlichkeitsmerkmalen ein nützliches Verfahren. Wenn Sie gern ein Managertyp wären, brauchen lediglich Ihre neuralen Strukturen verändert zu werden, um Ihnen das nötige Selbstvertrauen und Durchsetzungsvermögen zu geben.«

»Man suche sich einen Beruf aus und mache sich dazu passend. Wirklich klasse, und so typisch menschlich.«

»Was ist denn Ihre Definition vom heutigen Menschen? Higher? Advancer? Unmodifiziert? Was ist mit dem ›Bienenstock‹? Huxley's Haven hat sich eine geordnete Gesellschaft bewahrt, die seit fast eineinhalbtausend Jahren funktioniert; jeder Einzelne in ihr wird von gentechnischen Prädeterminationen bestimmt, und sie ist immer noch erstaunlich gut in Schuss, mit einer ebenso gesunden wie glücklichen Bevölkerung. Und jetzt sagen Sie mir, klipp und klar: Wer von uns hat das Rennen um die Menschheit gewonnen?«

»Ich diskutiere mit Ihnen nicht über Evolutionstheorien. Nebenbei bemerkt, das Ganze lenkt nur von der Frage ab, was Sie eigentlich sind.«

»Ich dachte, wir wären uns längst darüber einig, dass keiner von uns weiß, was er ist. Ist es das, was Sie an mir fasziniert?«

»In Ihren perversen Träumen!«

Aaron grinste und kaute geräuschvoll auf einem Stück Toast.

»Also, was ist Ihr Auftrag?«, fragte Corrie-Lyn. »Was *sollen Sie tun,* Living-Dream-Ratsmitglieder entführen?«

»Ex-Ratsmitglieder. Aber nein, darum geht es nicht.«

»Was wollen Sie dann von mir?«

»Ich muss Inigo finden. Und ich glaube, Sie können mir dabei helfen.«

Corrie-Lyn ließ ihren Löffel sinken und starrte ihn ungläubig an. »Sie machen Witze.«

»Keineswegs.«

»Sie erwarten von mir, dass ich Ihnen helfe? Nach allem, was Sie mir eben erzählt haben?«

»Ja. Wieso nicht?«

»Aber ...«, stotterte sie.

»Living Dream versucht Sie umzubringen. Über eines sollten Sie sich im Klaren sein: Die Burschen werden nicht einfach aufgeben. Wenn überhaupt, dann hat dieser Vorfall letztens sie nur noch entschlossener gemacht. Die einzige Person in der Galaxis, die Ihren lieben neuen Kleriker-Conservator noch bremsen kann, ist Inigo selbst.«

»Also für die arbeiten Sie, für die Anti-Pilgerfahrt-Lobby.«

»Niemand weiß, ob Inigo die Pilgerfahrt stoppen würde, wenn er wieder zurückkäme. Sie kennen ihn besser als irgendein anderer. Habe ich nicht recht, mit dem, was ich sage?«

Sie nickte hilflos. »Ja, könnte schon sein.«

»Dann helfen Sie mir, ihn zu finden.«

»Das kann ich nicht«, sagte sie mit leiser Stimme. »Was erwarten Sie, wenn nicht einmal Sie wissen, was Sie mit ihm anstellen werden, falls wir ihn finden?«

»Niemand, der sich so gut versteckt hält wie er, würde sich jemals überrumpeln lassen, selbst wenn es uns gelänge, ihn aufzuspüren. Ihm dürfte klar sein, dass eine Menge ernst zu nehmender Leute nach ihm suchen. Abgesehen davon, falls ich ihn aus dem Weg haben wollte, warum sollte ich mir dann die Mühe machen, ihm hinterherzujagen? Solange er von der Bühne verschwunden ist, kann er keinen der Akteure steuern, oder? Wenn ich ihn also aufspüren soll, dann werde ich ihn wohl unversehrt zurückbringen müssen.«

»Also ... ich weiß nicht«, sagte sie schwach.

»Ich hab Ihnen das Leben gerettet.«

Corrie-Lyn lächelte ihn listig an. »Ihre Software hat mir das Leben gerettet. Und das auch nur, weil Sie mich brauchen. Ich bin Ihre größte Hoffnung, schon vergessen?«

»Sie sind meine Wahl Nummer eins.«

»Dann stellen Sie sich schon mal darauf ein, mit Nummer zwei ein Schwätzchen zu halten.«

»Nicht einmal meine Leber würde einen weiteren Abend im Rakas verkraften. Ich brauche Sie *wirklich*, Corrie-Lyn. Und was ist mit Ihnen? Was brauchen Sie? Haben Sie nicht auch ein Interesse daran, ihn zu finden? Möchten Sie nicht erfahren, warum er auf und davon ist und Sie und all die Millionen, die an ihn glaubten, im Stich gelassen hat? Hat er womöglich seinen Glauben verloren? War Living Dream die ganze Zeit tatsächlich nicht mehr als ein *Traum?*«

»Bitte keine Schläge unter die Gürtellinie.«

»Sie können nicht einfach die Hände in den Schoß legen und nichts tun. Zu dieser Sorte Mensch gehören Sie nicht. Sie wissen, dass Inigo gefunden werden muss, bevor die Pilgerschiffe aufbrechen. Und irgendjemand *wird* ihn finden. Niemand kann sich ewig verstecken, nicht in diesem Universum. Die Politik würde es einfach nicht zulassen. Und nun sagen Sie mir: *Wer* sollte ihn Ihrer Meinung nach finden?«

»Ich ... ich kann nicht«, sagte Corrie-Lyn.

»Ich verstehe. Ich kann warten, zumindest noch eine Weile.«

»Danke.« Sie begann mit gesenktem Kopf ihren French Toast zu essen, beinahe als würde sie sich für ihren Entschluss schämen.

Nach dem Frühstück bekam Aaron sie fast drei Stunden lang nicht zu Gesicht. Sie zog sich in ihr Schlafzimmer zurück und kam nicht wieder heraus. Dann registrierte sein U-Shadow eine Unisphärennutzung; sie ging Standardinformationsfiles von Living-Dream-Tempeln in der Stadt durch. Er konnte sich schon denken, wonach sie suchte, nach einem Freund, dem sie vertrauen konnte, was bedeutete, dass das Blatt möglicherweise dabei war, sich zu seinen Gunsten zu wenden. Wenn sie auch nur einen Fuß nach draußen setzten, würde es nicht lange dauern und Manby oder dessen Ersatzmann klebten ihnen an den Fersen; mit aus allen Rohren feuernden Kanonen.

Als sie schließlich wieder ins Zimmer zurückkam, trug sie einen roten Pulli mit Kragenausschnitt und ein Paar enge, schwarze Hosen. Eine Silberkette schlang sich in großen Schlaufen einige Male um ihren Hals, bevor sie sich um ihre Hüften legte. Das Haar war geschickt in Form gebracht geworden und mit purpurnen und grünen Funken durchsetzt, die gelegentlich aufglühten. Er schenkte ihr ein bewunderndes Lächeln, das sie ignorierte.

»Ich muss mit jemandem sprechen«, verkündete sie.

Aaron versuchte, sein Grinsen nicht zu offensichtlich werden zu lassen. »Klar, kein Thema. Ich hoffe, Sie bestehen nicht darauf, allein loszuziehen. Da draußen treiben sich ein paar echt üble Zeitgenossen rum.«

»Sie können meinetwegen mitkommen, aber die Unterhaltung ist privat.«

»Okay. Darf ich fragen, ob Sie bereits ein Treffen vereinbart haben?«

»Nein.«

»Gut. Nehmen Sie mit niemandem Verbindung auf. Die Ellezelin-Cybersphäre besitzt Regierungsüberwachungsprogramme in ihren Datenknoten. Manbys Leute würden wie ein Planetenkiller-Asteroid über sie hereinbrechen.«

Beunruhigung flackerte in ihrem Gesicht auf. »Ich hab bereits auf die Unisphäre zugegriffen.«

»Das ist in Ordnung. Wahrscheinlich können sie Ihren U-Shadow-Zugriff nicht zurückverfolgen«, log er. »Wissen Sie schon, wo diese Person sich aller Voraussicht nach aufhält?«

»Im Daeas-Tempel, das ist drüben auf der Südseite der Stadt.«

»Also gut, wir nehmen ein Taxi in den Distrikt und landen ein paar Häuserblocks davon entfernt. Wenn wir dann erst einmal im Tempel sind, versuchen wir, mit Ihrem Freund auf Sichtkontakt zu kommen.«

»Er ist kein Freund«, rutschte es ihr heraus.

Aaron zuckte die Schultern. »Wie auch immer. Sobald wir ihn gefunden haben, können Sie unter vier Augen Ihr privates Pläuschchen mit ihm halten, okay? Ihn anzurufen sollte unsere letzte Möglichkeit bleiben. Und bitte, lassen Sie mich das tun. Mein U-Shadow hat ein paar Tricks auf Lager, mit denen sich die Überwachungssysteme aushebeln lassen sollten.«

Sie nickte, schnappte sich ihre knallrote Handtasche und schlang sich einen langen, beigefarbenen Schal um die Schultern. »Gehen wir.«

Aaron war während des Taxiflugs über die Stadt völlig entspannt. Er schaute auf die Gebäude hinab und genoss die Perspektive, als die Hochhäuser unter ihnen hinwegschnellten. Ihre Bewohner hatten fraglos an ihren Dachgärten viel Freude, fast die Hälfte von ihnen besaßen irgendeine Art von Terrasse, die von Grün eingefasst war; und überall gab es Swimmingpools, wohin man auch blickte.

Er hatte keine Ahnung, was bei Corrie-Lyns Treffen herauskommen würde. Auch kümmerte es ihn nicht wirklich. Das Einzige, was er mit Sicherheit zu sagen vermochte, war, dass er genau wissen würde, was er zu tun hatte, wenn es an der Zeit dafür war. Es hatte, so dachte er bei sich, durchaus auch seine höchst angenehmen Seiten, sich auf einer solch einzigartigen Stufe der Unwissenheit zu bewegen wie er.

Sie landeten auf einer Kreuzung am Rande des Daeas District, in einem Gewerbegebiet, das von den monolithischen Gebäuden beherrscht wurde, die einst das Außenweltamt von Ellezelin beherbergt hatten. Jenes Ministerium, das federführend bei der Einrichtung der Freihandelszone und damit verantwortlich für die wirtschaftliche und diplomatische Dominanz Ellezelins über die benachbarten Sternensysteme gewesen war. Jetzt beherbergten die Gebäude exklusive Hotels, Kasinos und Malls. An kunstvoll verzierten Steinfassaden vorbei hielten sie auf den Tempel zu, wobei Aaron darauf achtete, dass sie den ein oder anderen Umweg nahmen. Er wollte Zeit, um die Umgebung zu scannen und sie auf mögliche – besser gesagt wahrscheinliche – Gegner hin zu überprüfen.

»Wussten Sie darüber Bescheid, dass er weg wollte, bevor er dann tatsächlich ging?«, fragte Aaron.

Corrie-Lyn sah ihn unbehaglich an. »Nein«, seufzte sie. »Aber unser Verhältnis hatte sich schon eine ganze Weile vorher abgekühlt. Ich war zwar nicht ausgeschlossen, aber zum inneren Kreis hab ich zu dieser Zeit auch nicht mehr gehört.«

»Wer gehörte zum inneren Kreis?«

»Genau das ist der Punkt. Niemand, im Grunde genommen. Schon seit Längerem hatte sich Inigo mehr und mehr von uns zurückgezogen. Seit Jahren. Weil wir uns so nahe standen, hat es eine ganze Weile gedauert, bis mir klar wurde, wie weit er sich bereits von uns entfernt hatte. Sie wissen ja, wie das ist.«

»Ich kann's mir vorstellen«, erwiderte er, was ihm ein Stirnrunzeln einbrachte. »Es gab also keinen einzelnen einschneidenden Vorfall?«

»Ah, Sie reden vom legendären Letzten Traum, richtig? Nein, nicht dass ich wüsste. Aber andererseits müssen die Gerüchte ja irgendwoher kommen.«

Schon bevor die Bewegung im Parlament die Mehrheit errungen hatte, hatte sich der Oberste Ratsherr von Living Dream in Riasi damit gebrüstet, dass man keine Meile weit gehen konnte, ohne in der Stadt auf einen Tempel zu stoßen. Die Gebäude hatten keine spezifische Form: Solange es eine Halle gab, die groß genug war, um die Gläubigen aufzunehmen, sowie ausreichend Büroraum und Platz für Unterkünfte besaß, erfüllte es die Kriterien. Angesichts des im Daeas District herrschenden Wohlstands war es nur logisch, dass der hiesige Tempel besonders beeindruckend ausfiel. Es war ein zeitgemäßer Berzaz-Kubus mit einem spiralförmigen Streifen an der Außenseite, der in einem 15-Grad-Winkel abwärts führte und dessen schimmernde Fließlicht-Oberflächen sich automatisch der Sonneneinstrahlung anpassten. Dadurch wurde jedes Stockwerk von einem spektromatischen Wasserfall eingefasst. Der Gesamteffekt ergab das Bild eines Gebäudeblocks, der sich selbst in den Boden zu schrauben versuchte. Umgeben war er von einer weitläufigen Plaza mit einem Brunnen an jeder Spitze. Lange Fontänen spritzten aus der Mitte schräg geneigter Ringe, die mit Ingrav ausgestattet waren, um das Wasser nach oben fließen zu lassen.

Sorgfältig scannte Aaron die belebte Plaza, führte eine minutiöse Prüfung des Schauplatzes durch und ließ seine Gefechtssoftware Fluchtwege ermitteln. Sein U-Shadow extrahierte unterdessen die städtischen Grundrisspläne der benachbarten Gebäude einschließlich ihrer Versorgungstunnel und Verkehrswege. Direkt gegenüber des Haupteingangs des Tempels befand sich eine Einkaufspassage mit einem gewölbten Kristalldach, das sich über fünfzig erstklassige Läden und Boutiquen auf drei Ebenen spannte. Sie besaß mehrere Zugänge auf drei Straßen und fünf unterirdischen Lagerdepots, außerdem sieben Taxiplattformen und zehn Dachlandefelder. Es würde schwierig sein, sie komplett abzudecken, selbst für ein umfangreiches Überwachungsteam. Gleich daneben schloss sich ein altes Ministeriumsgebäude an, das nun verschiedene Finanz- und Exportgesellschaften beherbergte. Es gab nicht allzu viele Möglichkeiten, um hinein- oder hinauszugelangen, doch dafür verfügte das Haus über eine große Tiefgarage, in der jede Menge teure Regravkapseln standen. Der am Gebäude vorbeiführende Boulevard war von Geschäften und Vergnügungssalons gesäumt. Die waren durchmischt mit Bars und Restaurants, im Freien stehende Tische boten einer lebendigen Kaffeehauskultur Platz. Aarons U-Shadow rief drei Taxis herab, parkte sie auf einem öffentlichen Feld in der Nähe, wies sie an zu warten und bezahlte sie – mit drei unabhängigen und absolut nicht zurückverfolgbaren Münzguthaben.

»Möchten Sie, dass ich reingehe und versuche, ihn zu finden?«, fragte Corrie-Lyn.

Aaron musterte den Haupteingang des Tempels, ein gedrungener Torbogen, den zu beiden Seiten Fließlicht umströmte und ihn wie einen dunklen Durchgang aussehen ließ. Zahlreiche Menschen gingen ein und aus, die meisten von ihnen in auf Querencia üblicher Weise gekleidet. Die kräftigen Farben der Klerikerroben waren leicht auszumachen.

»Ich nehme an, dass es sich bei Ihrem Kontakt um einen Living-Dream-Kleriker handelt, eingedenk Ihres eigenen Rangs vermutlich um einen einigermaßen hochgestellten.«

Sie nickte knapp. »Yves. Er ist immer noch Abgeordneter hier. Ich kenne ihn seit fünfzig Jahren. Ein durch und durch treuer Verfechter von Inigos Vision.«

»Alte Garde demnach.«

»Ja.«

»Okay, höchst unwahrscheinlich, dass wir ihm über den Weg laufen, während er hier irgendwelche Botengänge erledigt. Ich schätze, er hockt brav in seinem Büro.«

»Das befindet sich oben in der vierten Etage. Ich komme möglicherweise rauf, ich habe einige Befugnisse. Aber ich bin nicht sicher, ob ich Sie mitnehmen kann.«

»Jede Befugnis, die Sie mal hatten, dürfte mittlerweile längst aufgehoben sein. Und wenn Sie Verbindung zu einem Living-Dream-Netzwerk herstellen, wird das einen Alarm auslösen, den man noch auf der guten, alten Erde sehen kann.«

»Was wollen Sie also dann, das ich tue?«

»Wenn Redlichkeit sich nicht auszahlt ... ich hab da ein paar Tricks auf Lager, die es uns ermöglichen sollten, ohne viel Aufhebens zu seinem Büro hochzukommen. Das Einzige, was Sie tun müssen, ist beten, dass er uns nicht im selben Moment, in dem wir ›Hallo‹ zu ihm sagen, verpfeift.«

»*Ich* sage hallo«, korrigierte sie ihn mit Nachdruck.«

»Von mir aus.« Inzwischen hatte seine Software inmitten des Gewühls von Fußgängern auf der Plaza drei mögliche Gegner identifiziert. Er schaute auf das schillernde Gebäude und hatte plötzlich das sichere Gefühl, in eine Falle zu tappen, die hinter ihm zuschnappen würde. Das Dumme war nur, dass es nicht reichen würde, Corrie-Lyn auf die drei Verdächtigen hinzuweisen, um sie davon zu überzeugen, dass sie ihr Möglichstes tun musste, um ihm zu helfen. Dazu bedurfte es eines Schocks, der mindestens so aufrüttelnd war wie die Sache mit Captain Manby in Groß-Makkathran. Nur würde sie diesmal ausgeschlafen und nicht zugedröhnt sein. Sie musste begreifen, dass Living Dream ihr Feind war, in jeglicher Hinsicht.

»Wir gehen durch die Vordertür rein«, sagte er. »Es wäre unklug, unnötige Aufmerksamkeit auf uns zu ziehen, indem wir uns von hinten hineinzuschleichen versuchen.«

»Der Tempel hat an jeder Seite einen Eingang, der in die Hauptempfangshalle führt. Sie sind alle offen, bei uns ist jeder willkommen.«

»Ich habe rein bildlich gesprochen«, sagte er. »Kommen Sie.« Sein U-Shadow teilte ihm mit, dass die Stadtpolizei von Riasi soeben eine Warnmeldung erhalten hatte, dass zwei für ihre Gewaltbereitschaft bekannte politische Aktivisten in der Stadt gesichtet worden waren. »Ladies und Gentlemen, Elvis ist wirklich und wahrhaftig wieder im Gebäude«, murmelte er, ohne wirklich zu wissen, warum.

Corrie-Lyn stieß angesichts seines unsinnigen Gebrabbels genervt die Luft aus und stakste in Richtung Tempeleingang los. Aaron folgte ihr grinsend. Die Gedanken innerhalb des Gaiafields der Plaza waren ebenso angenehm wie verlockend, eine Melange der Gefühle, die so betörend war, dass sich ihm die Nackenhaare sträubten. Fast war es, als würde die Innenseite seines Schädels liebkost. Etwas Wundervolles wohnte in dem Tempel, verhieß ihm das Gaiafield. Er brauchte bloß einzutreten …

Aaron hatte für diese plumpe Art der Verführung nur ein müdes Lächeln übrig; sie war das mentale Äquivalent zu frisch gebackenem Brot an einem winterlichen Morgen. Er konnte sich durchaus vorstellen, dass sie auf zufällig vorbeikommende Passanten eine ziemliche Anziehungskraft ausübte. Das Problem war nur, dass es solche Leute hier nicht gab; die Mehrheit der Einwohnerschaft Ellezelins zählte samt und sonders zur

Living-Dream-Anhängerschaft. Doch wie alle anderen Tempel im Greater Commonwealth beherbergte auch dieser ein Gaiafield-Konfluenznest, da war es unvermeidlich, dass der Grad der Verlockung auf der Plaza maximal war.

Niemand würdigte sie auch nur eines Blickes, als sie den Torbogen mit seinem Moiré-Vorhang aus Licht betraten. Aarons Level-eins-Feldscan zeigte ihm, dass die drei Verdächtigen auf dem Platz sich in Richtung des Tempels in Bewegung gesetzt hatten. Er hoffte, dass sie nicht imstande waren, eine so schwache Abtastung zu erfassen; über Biononics schienen sie jedenfalls nicht zu verfügen.

In den Eingang waren Sensoren integriert, Standardsysteme, die ihre Gesichter und Signaturen aufzeichneten und sie auf versteckte Waffen hin überprüften. Zugangskontrollen, mit denen jedes öffentliche Gebäude ausgestattet war. Aarons Biononics lenkte sie mühelos um.

Drinnen wurde der Sirenenruf im Gaiafield schwächer und wich einem einzelnen harmonischen Ton. Dekor und Äther verschmolzen zu einer Einheit, um eine Atmosphäre des Friedens zu stiften. Sogar die Lufttemperatur war angenehm kühl. Die Empfangshalle war ein Nachbau des Großen Audienzsaals im Orchard-Palace, in dem der Bürgermeister geehrte Bürger empfing. Hier dagegen sprachen Kleriker im Flüsterton zu kleinen Grüppchen von Menschen.

Aaron und Corrie-Lyn schritten durch die Halle und durch den Wandelgang, der zum Ostportal führte. Rechts von ihm ging ein Korridor ab, der keine sichtbare Absperrung besaß. Aarons biononische Felder manipulierten die Elektronik, mit der er gesichert war, und deaktivierten das Kraftfeld. Dann hielt er einen Moment inne, um das Gebäudenetzwerk zu checken, doch nirgends wurde Alarm geschlagen.

»Da rein«, befahl er Corrie-Lyn leise.

Ein Aufzug brachte sie in den vierten Stock hinauf und öffnete sich zu einem fensterlosen schmalen Korridor. Als sie auf ihn hinaustraten, informierte ihn sein U-Shadow, dass bei allen drei wartenden Taxis soeben die Betriebsprogramme kontrolliert worden waren. Aaron überlegte, wann der beste Zeitpunkt war, Corrie-Lyn zu sagen, dass man sie wieder ins Visier genommen hatte. Je länger er damit wartete, desto schwieriger würde es werden, sie später wieder mit heiler Haut aus dem Tempel zu bringen. Sie musste gerade kopflos genug sein, um sich bereitzuerklären, ihn bei seiner Mission zu unterstützen, aber nicht dermaßen verängstigt, dass sie völlig den Verstand verlor.

Während die Aktivität im Tempel nach wie vor auf ein Minimum beschränkt blieb, schritt er mit ihr mehrere Gänge entlang, bis sie schließlich vor Yves' Amtszimmer standen. Der Raum war von einer aktiven Abschirmung umgeben, doch Aarons Feldscan drang problemlos hindurch. Drinnen befand sich nur eine einzige Person, von Enrichments keine Spur.

Corrie-Lyn legte Aaron eine Hand auf die Brust. »Nur ich«, sagte sie. Ihre Stimme war zu einem rauen Tonfall abgesunken. Er wusste nicht, ob sie ihn auf den Arm nahm oder ob ihre Eindringlichkeit unverstellt war. Aber so oder so, in dem Amtszimmer schien keine Gefahr zu lauern, also lächelte er zuvorkommend und wies auf die Tür.

Nachdem sie im Zimmer verschwunden war, ging er weiter den Korridor entlang und überprüfte die übrigen Räume. Plötzlich trat hinter ihm eine Frau in einer schmucklosen braunblauen Klerikerrobe aus einem der Räume heraus. Sie runzelte die Stirn und sagte: »Kann ich Ihnen –«

Aaron streckte sie mit einem schwachen Betäubungsimpuls aus den Waffenenrichments in seinem linken Unterarm nieder. Noch während sie zusammensackte, trennte sein Scramblerfeld ihre Verbindung zur Unisphäre und blockte den automatischen Hilferuf an die Polizei und den städtischen Sanitätsdienst, der von ihren multizellularen Clustern ausgesandt wurde. Er machte sich nicht einmal die Mühe, sie in ein leeres Zimmer zu zerren. Dergleichen lag außerhalb seines Zeitplans.

Als er sich umwandte, um wieder zu Yves' Büro zurückzugehen, fuhren plötzlich sämtliche Aufzüge Richtung Erdgeschoss. Indem er seinen Level-eins-Feldscan bis an die Grenzen seiner Leistungsfähigkeit ausdehnte, konnte er gerade noch ausmachen, dass sich dort unten Waffen aufluden. Schnurstracks marschierte er in Yves' Zimmer. »Wir müssen sofort von hier –«, setzte er an, dann fluchte er leise.

Corrie-Lyn saß in einer Ecke der riesigen Ledercouch. In der anderen hatte es sich Yves bequem gemacht. Ihre rote Handtasche war geöffnet, in ihrer geschlossenen Faust hielt sie ein Aerosol. Hastig zog sie die Hand von ihrem Gesicht zurück, schuldbewusst, ertappt. Dennoch beschwerte ein glückseliger Ausdruck ihre Augenlider und umspielte ihre Lippen. Aaron konnte nicht fassen, dass er es verabsäumt hatte, ihre Tasche zu durchsuchen, während sie schlief. Sowas war absolut unprofessionell.

»Oh ... hi«, lallte sie. »Yves, das ist der Typ, von dem ich dir erzählt hab, mein Retter. Aaron, das ist Yves, wir sind gerade dabei, etwas Aufholarbeit zu leisten.«

Yves winkte Aaron zu, brachte ein verträumtes Lächeln hervor. »Cool.«

»Scheiße!« Aaron zog den Mann mit einem Betäubungsimpuls aus dem Verkehr. Er wollte gerade die Waffe auf Corrie-Lyn richten, als seine taktischen Programme die Aktion unterbrachen. In ihrem augenblicklich ohnmachtsnahen Zustand würde es zwar wesentlich einfacher für ihn sein, sie hier herauszubekommen, aber andererseits musste sie sich der Gefahr bewusst werden, in der sie sich befand, um die richtige Entscheidung zu treffen und ihm zu vertrauen.

Yves kippte rücklings über das Couchende und landete mit einem leisen Plumps auf dem Boden. Seine Beine blieben an der Kante hängen, die Schuhe zur Zimmerdecke weisend. Fassungslos starrte Corrie-Lyn auf ihren alten Freund, während dessen Füße langsam zur Seite wegrutschten.

»Was *tun* Sie?«, jammerte sie.

»Meinen Arsch riskieren, um Ihren zu retten. Können Sie gehen?«

Corrie-Lyn robbte förmlich über das Sofa, um von oben auf den zusammengesunkenen Körper zu spähen. »Sie haben ihn umgebracht! Yves! Oh, Ozzie, was sind Sie bloß, Sie Dreckskerl?«

»Er ist betäubt. Was ihm ein perfektes Alibi verschafft. Was ist jetzt? Können Sie gehen?«

Sie wandte den Kopf, um Aaron prüfend anzusehen, offensichtlich ein Unterfangen, das großer Anstrengung bedurfte. »Er ist okay?«

»Oh, zum Teufel!« Er hatte keine Zeit, um für sie jetzt den Seelenklempner zu spielen. »Yep, ihm geht's prima. Und jetzt vergessen Sie ihn, wir müssen schnellstmöglich hier raus.« Er zerrte sie von der Couch und warf sie sich über die Schulter.

Corrie-Lyn begann erneut zu jammern. »Lassen Sie mich runter.«

»Sie können nicht mal aufstehen, geschweige denn gehen. Und wir müssen *rennen.*« Der Feldsanitätsbeutel in seinem Oberschenkel öffnete sich und warf ein Medikamentenpellet aus. Aaron klatschte es Corrie-Lyn oberhalb der Karotis gegen den Hals. »Das sollte Sie in einer Minute wieder auf die Beine bringen.«

»Nein, nein, nein«, protestierte sie. »Lassen Sie mich in Ruhe.«

Aaron ignorierte sie und trat hinaus auf den Gang. Zappelnd hing Corrie-Lyn über seiner Schulter, trommelte mit den Armen vergebens auf seinen Rücken und verfluchte ihn laut. Mehrere Kleriker rissen ihre Türen auf, um nach dem Grund für den Tumult zu sehen. Aaron betäubte einen nach dem anderen.

»Was passiert da?«, lallte Corrie-Lyn.

»Wir sehen zu, dass wir hier rauskommen. Ihre alten Freunde haben uns entdeckt.«

Ihre Arme hörten auf, auf ihn einzudreschen und sie fing an zu weinen. Betroffen schüttelte Aaron den Kopf; er hatte sie eigentlich für tougher gehalten. Er erreichte den Aufzug, und seine Biononics generierten ein kleines Disruptorfeld. Die Lifttüren begannen rissig zu werden, ihre Oberfläche verdunkelte sich, als würden sie sekündlich um Jahrhunderte alterten. Dann zerbröselten sie zu Flocken und Staub, ergossen sich in den Schacht und prasselten auf die Fahrstuhlkabine, die unten im Erdgeschoss wartete. Aaron spannte seinen Griff fester um Corrie-Lyn und sprang in den Schacht. Sie kreischte laut auf, als die Finsternis an ihr vorbeistürzte, ein authentischer Schrei voller Panik und nackter Angst.

Sein integrales Kraftfeld dehnte sich aus und bremste ihre Landung. Ein weiterer Disruptorimpuls zuckte aus seinen Biononics, und die Fahrstuhldecke unter seinen Füßen bröckelte auseinander. Zwei einigermaßen perplexe Police Officers hoben den Blick, als er von oben auf sie herabfiel. Beide waren von Schutzfeldgeflechten umgeben, die sie vor dem Aufprall schützten. Die Waffenenrichments in Aarons Unterarm mussten ihr Leistungslevel um zwei Stufen erhöhen, um die Netze mit einem Betäubungsimpuls zu durchdringen. Dann trat er aus dem Lift, auf den Schultern immer noch eine inzwischen deutlich stiller gewordene Corrie-Lyn. Mehrere Polizisten hielten sich in dem Gang zwischen Aufzug und Empfangshalle auf. Brüllend forderten sie ihn auf stehenzubleiben, doch er achtete nicht auf sie. Ein Sperrfeuer aus Energieschüssen peitschte gegen sein Kraftfeld und hüllte ihn und Corrie-Lyn in eine kreischend violette Aureole. Aaron verlangsamte nicht einmal sein Tempo. Als er in der Empfangshalle auftauchte, rannten Kleriker wie Besucher lauthals und digital um Hilfe schreiend in Deckung. Die Polizisten suchten hinter den Torbögen zu drei Korridoren Schutz, während sie ihn mit ganzen Salven beschossen. Aaron nahm die Decke der Halle ins Visier und feuerte mehrere Niedrigenergie-Disrupterimpulse ab. Große Brocken von Kompositbruchstücken stürzten herab und erfüllten die Luft mit einem widerwärtigen Staub; Stahl- und Karbonträger gaben unter alarmierendem Geächze nach. Die Police Officers wichen zurück, um sich vor der einstürzenden Halle in Sicherheit zu bringen. Aaron lief in Richtung Haupteingang weiter, während Corrie-Lyn in qualvollem Entsetzen über das Chaos, das um sie herum tobte, keuchte und stöhnte.

Draußen gab die Stadtcybersphäre unterdessen Notstands- und Warnmeldungen an alle heraus, die sich innerhalb eines Radius' von zwei Häuserblocks um den Tempel befanden. Menschen hasteten in wilder Panik über den Platz, ein Exodus, der, wie Aarons taktische Programme entschieden, gegen ihn arbeitete. Intelligente Polizeisoftware wurde in die Distriktcybersphäre geladen, übernahm das Kommando und schirmte das lokale Netzwerk vor jeder Subversion ab, die er versuchen könnte. Sie sperrte den Kapsel- und den Bodenverkehr, überwachte die Sensoren und schloss ihn ein.

Aarons U-Shadow nahm sich die ungeschützten Systeme vor, die den Plazabrunnen steuerten und änderte die Ausrichtung des Ingrav-Effekts auf die schräg geneigten Ringe. Die großen Wasserdüsen begannen sich zu bewegen, dann schwangen sie plötzlich herum und richteten ihren Strahl seitlich aus. Von einer Seite zur anderen ausschlagend, fegten sie wie eine riesige Wasserkanone jedes Individuum vom Platz. Haltlos purzelten Menschen über den steinernen Boden, hin und her geworfen von Wellen aus peitschendem Nass. Aaron erreichte den Tempelausgang und setzte zum Spurt über die Plaza an, den Blicken der Polizei zum Teil durch die aufwallenden Gischtwolken entzogen. Seine Biononics verstärkten seine Beinmuskulatur, der Feldeffekt potenzierte und beschleunigte jede Bewegung. Die ersten hundert Meter legte er in knapp sieben Sekunden zurück. Hilflos um sich schlagende Leute wurden an ihm vorbeigeschwemmt, während hinter ihm die Düsen unermüdlich von links nach rechts und zurück pendelten. Einige Police Officers wurden herausgepickt, um sich eine gnadenlose Tracht Prügel abzuholen. Ihre Kraftfelder hatten der auf sie einpeitschenden Flut nur wenig entgegenzusetzen und sie fielen um wie die Kegel. Andere, die einfach ziellos Energieschüsse in die wütende Gischt abfeuerten, verursachten dadurch knisternde Ionenwirbel, die brühend heißen Wasserdampf spuckten. Die Leidtragenden auf dem Boden versuchten angesichts der gefährlichen Schwaden außer Reichweite zu krabbeln und brüllten die Polizisten an, doch endlich das Feuer einzustellen.

Als Aaron etwa zwei Drittel seines Sprints über die Plaza zurückgelegt hatte, ging dem Brunnen das Wasser aus. Zwei Energieschüsse schlugen in sein Kraftfeld ein und ließen einen Funkenregen niedergehen. Der Treffer brachte ihn zum Straucheln und er glitt auf einem nassen Stein aus.

»Nicht so schnell«, heulte Corrie-Lyn auf, als er wieder Halt gefunden hatte. »Oh, Ozzie, NEIN.«

Aarons Sensorfeld sondierte die Umgebung. Der Tempel war im Begriff einzustürzen. Er brach stufenweise, sich dabei leicht drehend, in sich zusammen, als wolle das Gebäude den Effekt, den seine Fließlicht-Oberfläche hervorrief, nun praktisch umsetzen. »Hab wohl mehr kaputt gemacht, als ich dachte«, grunzte er. Staub und Rauch brachen aus dem Eingang hervor wie die Schadstofffahne eines antiken Raketentriebwerks und quollen über den Platz.

Er erreichte den Eingang der Einkaufspassage. Eine große Menschenmenge hatte sich hier versammelt, um dem Spektakel auf der Plaza zuzusehen. Als Aaron aus dem Chaos auftauchte und auf sie zuzustürmen begann, wichen sie hastig zurück und stoben wie verängstigte Vögel in alle Richtungen davon; niemand im Commonwealth war an zivile Unruhen gewöhnt, und schon gar nicht die Bürger von Riasi.

Als er am Eingang kurz anhielt, erhielten mindestens fünf Police Officers Gelegenheit, ihn eindeutig in die Schusslinie zu nehmen. Energie krachte mit ungebremster Wucht in sein Kraftfeld und löste eine Furcht erregende Sternenexplosion von Photonen aus, deren Kreischen laut genug war, um selbst Corrie-Lyns Geheul zu übertönen. Um ihn herum fingen ungeschützte Flächen an zu knistern und zu schwelen. Aus der Deckung des Tumults heraus feuerte er seinerseits drei Blitze ab und nahm die Konstruktionsträger um den Bogengang ins Ziel. Die Kristalldecke sackte, lange Risse erschienen im Glas. Hinter ihnen stürzte mit jäh zunehmender Geschwindigkeit der Tempel endgültig zusammen. Trümmerbrocken mähten über den Platz und beschädigten die umliegenden Gebäude. Zehntausende von Glasscherben flogen, tödlichen Schrapnell-Ladungen gleich, durch die Luft. Die Officers stellten das Feuer ein und suchten irgendwo Deckung.

Corrie-Lyn schluchzte hysterisch bei dem Anblick, dann begann der Bogengang der Passage zusammenzubrechen. Sie erstarrte, als um sie herum plötzlich gigantische Dolche aus dem Kristalldach zu Boden stürzten. Sirenen heulten auf, während hellblauer Löschschaum aus den verbliebenen Austrittsöffnungen über ihnen strömte. Aaron hechtete in das dritte Geschäft, das handgearbeitete Damenwäsche verkaufte. Von der Decke tropfte schmieriger Schaum zu Boden. Von seinem Kraftfeld glitt der jedoch einfach ab. Zwei übrig gebliebene Verkäufer sahen ihn und rasten im gleichen Moment auf den Notausgang zu.

»Können Sie gehen?«, fragte er Corrie-Lyn. Sein U-Shadow attackierte unterdessen die Polizeiprogramme in den Sphärenknoten der Passage. Er störte die internen Gebäudesensoren und versuchte, Netzverbindungen zu kappen. Dann sandte er einen Ruf an eines der abgestellten Taxis aus und wies es an, auf der Rückseite der Arkaden zu landen.

Als Aaron Corrie-Lyn von seiner Schulter hievte, verschränkte sie die Arme vor ihrer Brust. Es war das Einzige, zu dem sie imstande war. Ihre Beine zitterten wie Espenlaub, unfähig, ihr Gewicht zu tragen.

»Scheiße!« Er warf sie sich wieder über die Schulter und hastete mit ihr in den hinteren Bereich des Geschäfts. Hinter einer Tür führte eine Treppe in den Kellerlagerraum, die er eilig hinabstieg. Sein Feldscan offenbarte ihm einen ganzen Schwarm von Polizei-Regravkapseln, die in geringer Höhe über der Plaza herumschwirrten, während einige unerschrockene Officers sich ihren Weg durch das Trümmerfeld bahnten. Sie schienen einige äußerst leistungsfähige Waffen bei sich zu tragen.

Es war kühl in dem Lagerraum, die Luft unbewegt und trocken. An der Decke flackerten Lampen, die einen viereckigen Raum mit glatten Betonwänden enthüllten, der reihenweise mit Metallregalen vollgestellt war. Am hinteren Ende stapelten sich alte Reklamedisplays. Sein U-Shadow meldete sich und teilte ihm mit, dass der Versuch, den Zugriff der Polizeisoftware auf in der Nähe befindliche Elektronik zu blocken, nicht ganz ohne Erfolg geblieben war. Man wisse zwar, dass er hier sei, aber nicht, was er tue.

Das große Malmetalltor zur Verladerampe rollte zur Seite und er trat auf die schmale, unterirdische Zulieferstraße hinaus, die den Geschäften der Einkaufspassage gemeinsam diente. Sie war völlig verlassen, das polizeiliche Verkehrsverbot hielt auch jede Frachtkapsel davon ab, sie zu nutzen. Zehn Meter weiter, auf der anderen Seite, befand sich eine Zugangsluke zu einem Versorgungstunnel. Sein U-Shadow knackte das Schloss und die Luke sprang auf. Er kletterte hinein, eine widerstandslose Corrie-Lyn vor sich her schiebend. Hinter ihm schlug die Lukentür zu.

Aaron scannte die Umgebung. Es gab kein Licht in dem Tunnel, abgesehen von einem gelben Kreis, der um den Notfallhandgriff der Lukenklappe herum leuchtete. Die Decke war nicht hoch genug für ihn, um aufrecht zu gehen, er musste sich bücken. Zusammengekauert hockte Corrie-Lyn an der Wand gleich neben der Klappe.

»Keine optischen Sensoren im Tunnel«, ließ sein U-Shadow ihn wissen. »Lediglich Feuer- und Wasseralarm.«

»Wasser?«

»Für den Fall einer Überflutung. Eine Auflage der Stadt.«

»Typischer Bürokratie-Overkill«, murmelte er. »Corrie-Lyn, wir müssen weiter.«

Sie gab keine Antwort. Noch immer zitterten ihre Arme und Beine unkontrolliert. Nichtdestotrotz setzte sie sich in Bewegung, als er sie anstieß. Gemeinsam arbeiteten sie sich in dem Tunnel voran, vornübergebeugt wie Primaten. Alle fünfzig Meter erreichten sie eine weitere Zugangsluke.

An der sechsten hielt er an und ließ seine Feldscanfunktionen den unmittelbaren Bereich dahinter prüfen. Er konnte niemanden in der Nähe feststellen. Sein U-Shadow entriegelte die Luke und sie krochen auf den unteren Absatz eines Treppenschachts hinaus, der von blau getönten Polyphoto-Wandstreifen erleuchtet wurde.

»Das Gebäudenetzwerk zeigt keine ungewöhnlichen Aktivitäten«, sagte sein U-Shadow. »Die Polizeiprogramme konzentrieren ihre Überwachungsroutinen momentan auf den Tempel und die Passage.«

»Nicht mehr lange«, erwiderte er. »Sie werden den Suchradius in Kürze erweitern. Mach eine der Privatkapseln für mich klar.«

Er zerrte Corrie-Lyn auf die Beine. Sie mit einem Arm unter der Schulter stützend, half er ihr die Treppen hinauf. Die Tür am oberen Ende öffnete sich in die Tiefgarage des alten Ministeriumsgebäudes. Sein U-Shadow hatte bereits das Steuerungsnetzwerk einer Luxuskapsel infiltriert und rangierte sie unmittelbar über den Treppenschacht.

Sekunden später glitt die Kapsel aus dem Startkanal der Garage hinauf und an der Gebäuderückseite aus dem ehemaligen Ministerium ins Freie. Sie erhob sich in einem flachen Winkel nach oben und reihte sich in den nahen Verkehrsstrom ein. Sofort wurde sie von Polizeiprogrammen gecheckt, die Aarons U-Shadow mit einem authentischen Besitzerzertifizierungscode versorgte. Wie betäubt starrte Corrie-Lyn auf die träge aufwallenden Staubwolken hinunter, die hinter ihnen zurückblieben. Ihre Glieder hatten endlich aufgehört zu zittern. Er war sich nicht sicher, ob es an dem leichten Suppressionsmittel lag, das er ihr verabreicht und das nun endlich das Aerosol aus ihrem Organismus herausgespült hatte, oder ob bei ihr nun ein schwererer Schockgrad einsetzte.

Eine kleine Flotte von städtischen Notruf- und Rettungskapseln jagte in Richtung Tempel an ihnen vorbei.

»Sie haben einfach auf uns geschossen«, sagte sie. »Ohne Warnung oder uns vorher zum Stehenbleiben aufgefordert zu haben. Sie haben einfach das Feuer eröffnet.«

»Ich bin in einen Liftschacht gesprungen in dem Versuch, zu entkommen«, rief er ihr ins Gedächtnis. »Das ist ein ziemlich eindeutiges Schuldeingeständnis.«

»Um Ozzies willen! Wenn Sie kein Kraftfeld gehabt hätten, wären wir jetzt tot. Das entspricht absolut nicht der Art und Weise, wie die Polizei vorgehen sollte. Es war doch die Polizei, oder?«

»Ja. Die städtische Polizei, ganz richtig.«

»Und doch sind wir herausgekommen«, stellte sie verblüfft fest. »Es waren … wie viele, zehn? Zwanzig?«

»So ungefähr, ja.«

»Sie sind einfach herausspaziert, als ob nichts Sie aufhalten könnte. Ganz egal, was die unternommen haben.«

»Das ist, neben anderem, der Sinn und Zweck von Higher-Biononics. Die einzige Möglichkeit, ihr mit Standardwaffen beizukommen, ist überwältigende Feuerkraft. Und so viele Kanonen hatten sie nicht.«

»Sie sind Higher?«

»Ich verfüge über waffenfähige Biononics. Was die kulturelle Seite angeht, bin ich mir nicht ganz so sicher. Der Higher-Lebensstil erscheint mir persönlich etwas nutzlos, auf gewisse Weise fast wie derjenige der Vor-Commonwealth-Aristokratie.«

»Was ist das?«

»Stinkreiche Leute, die ein Leben voller Annehmlichkeiten und dekadentem Firlefanz führten, während die gewöhnlichen Menschen sich den Arsch abgerackert haben, um sie durchzufüttern und ihnen ihren Lebensstil zu erhalten.«

»Oh. Richtig.« Sie klang nicht sehr interessiert. »Inigo war Higher.«

»Nein, war er nicht«, entgegnete Aaron mechanisch.

»Doch, war er wirklich. Er hat es nur allen verheimlicht. Nur zwei von uns haben je davon erfahren. Ich glaube nicht, dass der neue Kleriker-Conservator sich der Wahrheit über sein großes Vorbild bewusst ist.«

»Sind Sie –?«

»– sicher? Ja, bin ich.«

»Merkwürdig. Es gibt keine Unterlagen darüber, was heutzutage eine verdammt große Leistung darstellt.«

»Wie ich schon sagte, er hat es niemandem erzählt. Kein Mensch hätte einem Higher, der das Universum mit seinen Träumen beglücken wollte, auch nur irgendeine Beachtung geschenkt, nicht hier draußen, auf den Externen Welten. Er musste so normal wie möglich erscheinen. Um als einer von uns akzeptiert zu werden.«

Aaron gab ein amüsiertes Grunzen von sich. »Higher sind auch Menschen.«

»Ein paar von ihnen.« Sie sah ihn mit vielsagendem Blick an.

»War Yves der andere Kleriker, der über Inigo Bescheid wusste?«

»Nein.« Sie keuchte erschrocken auf und schaute sich über die Schulter. »O Ozzie, Yves! Er war bewusstlos, als der Tempel eingestürzt ist.«

»Es geht ihm bestimmt gut.«

»Gut?«, schrie sie, endlich doch wieder munter werdend. »Gut?! Er ist tot!«

»Na ja, wahrscheinlich wird er ein Relifing benötigen, okay. Aber das ist heutzutage höchstens eine Sache von einigen Monaten.«

Sie stieß ein ungläubiges Schnauben aus und lehnte sich gegen den transparenten Kapselrumpf, um auf die Stadt hinunterzublicken.

Schock, Wut und Angst, befand er. Größtenteils Angst. »Sie müssen sich entscheiden, was Sie als Nächstes tun wollen«, sagte er in einem so mitfühlenden Ton, wie er konnte. »Ob Sie sich mit mir zusammentun, oder …« Er zuckte die Achseln »Ich könnte Ihnen ein paar nicht zurückverfolgbare Geldmittel zukommen lassen, die Ihnen dabei helfen würden, unterzutauchen.«

»Sie mieser Dreckskerl.« Sie trocknete sich die Augen und blickte dann an sich herunter. Ihr roter Pullover hatte große, feuchte Flecken und die untere Hälfte ihrer Hosen war bedeckt von blauem Schaum. Die Knie waren aufgeschürft und verdreckt vom Herumgekrieche im Tunnel. Resignierend ließ sie die Schultern sinken. »Er hat sich immer an einen besonderen Ort begeben«, sagte sie mit leiser, emotionsloser Stimme.

»Inigo?«

»Ja. Dies ist nicht das erste Mal, dass er sich für eine Schaffenspause von der Bildfläche verdrückt hat und es Living Dream überlässt, seine Abwesenheit zu decken. Aber die anderen Male hat es nicht so lange gedauert. Höchstens ein Jahr.«

»Verstehe. Wohin ging er?«

»Anagaska.«

»Das ist seine Geburtswelt.«

»Ja.«

»Eine Externe Welt. Eine der allerersten. Advancer durch und durch«, sagte er mit bedeutungsvollem Blick.

»Ich will mich nicht mit Ihnen streiten.«

»Hat er Sie jemals mit dorthin genommen?«

»Nein. Er sagte, er würde seine Familie besuchen. Keine Ahnung, ob das stimmte.«

Aaron checkte die Dateien über Inigos Familie. Die Informationen waren äußerst spärlich. Die Familie suchte keine öffentliche Aufmerksamkeit, vor allem nicht nach der Gründung von Living Dream. »Seine Mutter ist migriert, schon vor langer Zeit. Ihr Download in ANA fand 3440 statt, nachdem sie zuvor …«

»Zu einer Higher geworden war, ja, ich weiß.«

Er verzichtete darauf, diesen Punkt zu vertiefen; aber es war im Grunde genommen so gut wie unmöglich, zur Higher-Kultur überzutreten, ohne dass es darüber irgendwelche Unterlagen gab. Corrie-Lyn musste sich geirrt haben. »Es findet sich nirgendwo etwas über irgendwelche Geschwister«, sagte er.

Corrie-Lyn schloss die Augen und stieß langsam die Luft aus. »Seine Mutter hatte eine Zwillingsschwester. Es gab da ... ich weiß nicht genau, was, aber irgendein Ereignis vor langer Zeit. Inigo hat mal so eine Andeutung gemacht; ein heftiges Trauma, das beide Schwestern gleichermaßen durchgemacht haben. Jedenfalls, was immer es war, was sie auseinander getrieben hat, sie haben sich niemals wieder richtig versöhnt.«

»Darüber steht nichts in den Unterlagen, ich wusste nicht einmal, dass er eine Tante hatte.«

»Jetzt wissen Sie es. Und wie geht es jetzt weiter?«

»Wir machen uns nach Anagaska auf. Versuchen, dort die Tante oder ihre Kinder ausfindig zu machen.«

»Und wie kommen wir da hin? Ich vermute mal, die Polizei wird die Raumhäfen und Wurmlöcher strengstens überwachen.«

»Möglicherweise wird sie das. Aber ich besitze mein eigenes Raumschiff.« Überrascht hielt er inne, als die Kenntnis um das Raumschiff aus irgendwelchen Tiefen der Erinnerung in seinem Bewusstsein auftauchte.

Corrie-Lyns Augen weiteten sich neugierig. »Ach ja?«

»Ich glaube, schon.«

»Du lieber Ozzie, Sie sind wirklich 'ne Nummer.«

Siebzehn Minuten später glitt die Kapsel herab, um neben einem Feld auf Riasis Raumhafen zu landen. Aaron und Corrie-Lyn kletterten heraus und schauten an dem chromvioletten Ovoiden empor, der auf fünf bulbusförmigen Landestützen ruhte.

Sie stieß einen anerkennenden Pfiff aus. »Das sieht ganz schön teuer aus. Gehört das wirklich Ihnen?«

»Ja.«

»Origineller Name«, sagte sie, als sie unter die geschwungene Rumpfunterseite trat. »Worauf bezieht er sich?«

»Keine Ahnung.« Sein U-Shadow öffnete eine Verbindung zum Smartcore der *Artful Dodger* und belegte mit einem DNA-Nachweis sowie einem Code, an den er sich plötzlich erinnerte, seine Identität. Der Smartcore bestätigte seine Kommandogewalt.

»Halten Sie sich fest«, sagte Aaron zu Corrie-Lyn und ergriff ihre Hand. Der Unterbau des Raumschiffs wölbte sich einwärts und dehnte sich zu einer finsteren Röhre. Die Schwerkraft um sie herum kehrte sich um, und sie glitten hinauf in die Öffnung.

Sholapur war einer von den Commonwealth-Planeten, die nicht so recht funtionierten. Alle Voraussetzungen für Erfolg und Normalität waren gegeben: eine standardmäßige H-kongruente Biosphäre, ein Stern der Klasse G, Ozeane, große Kontinente mit ausgedehnten Wüstenlandschaften, Gebirgen, Ebenen, Laubwäldern und Dschungeln, hübsche Küstenstriche und lang gestreckte, mäandernde Archipele. Die einheimische Flora hatte mehrere für Menschen essbare Pflanzen zu bieten, während die wilden Tiere nicht wild genug waren, um eine ernsthafte Gefahr darzustellen. Tektonisch betrachtet war der Planet unbedenklich. Die Zwillingsmonde waren klein und umkreisten ihn im Abstand von siebenhunderttausend Kilometern, um exakt die Art von Gezeiten und Wellengängen zu schaffen, die jeden passionierten Wassersportler, gleich welcher Couleur, glücklich zu machen vermochten.

So gesehen gab es an Sholapur also nichts zu bemängeln. Wären da nur nicht die Menschen.

Die Besiedlung hatte 3120 begonnen, in dem Jahr, als ANA offiziell zur Erdregierung erklärt worden war. Ein Ereignis, das viele der politisch, kulturell und spirituell Unzufriedenen aufgescheucht und aus den Zentralen Welten fortgetrieben hatte. Die fantastischste Maschine, die jemals erbaut worden war, übernahm fortan offensichtlich die Macht, und die Higher-

Kultur war so tonangebend geworden, dass das Rad nie mehr zurückgedreht werden konnte. Zu Millionen waren sie aufgebrochen, um die seinerzeit fernsten Externen Welten zu besiedeln. Und mit seinen 470 Lichtjahren Distanz zur Erde hatte Sholapur für jeden, der nach einem entlegenen Zufluchthafen gesucht hatte, ein verlockendes Angebot dargestellt.

Zunächst lief alles glatt. Geschäftliche Investitionen wurden getätigt, denn die Einwanderer waren erfahrene Fachleute. Städte und Industrieparks schossen aus dem Boden, landwirtschaftliche Strukturen wurden aufgebaut. Doch diejenigen, die von den Zentralen Welten eintrafen, waren nicht nur unzufrieden mit der Higher-Kultur, sondern neigten generell dazu, sich engstirnig und intolerant gegenüber anderen Ideologien und Lebensstilen zu zeigen. Schon Streitigkeiten um Lappalien hatten gute Chancen, sich zu Grabenkriegen auszuwachsen, die ganze ethnische oder weltanschauliche Gemeinschaften einschlossen. Die Binnenabwanderungen nahmen zu und verwandelten urbane Gebiete in Miniaturstadtstaaten; jeweils mit extrem unterschiedlichen Überzeugungen und Gesetzen. Zusammenarbeit zwischen ihnen belief sich auf ein Minimum. Im Jahr 3180, nachdem eine weitere Debatte mit tätlichen Auseinandersetzungen unter den Senatoren geendet hatte, wurde das planetare Parlament »zeitweilig außer Kraft gesetzt«. Und dies hatte mehr oder weniger das Ende von Sholapurs ökonomischer und kultureller Entwicklung markiert. Fortan wurde der Planet vom Rest des Commonwealth als hermetisch abgeschlossener Raum betrachtet. Selbst die Externen Welten, die stets offen für Unabhängigkeit und Autonomie eintraten, betrachteten Sholapur als eine Art peinlichen Underdog-Verwandten. Die benachbarten besiedelten Welten nannten ihn bloß »Planet der Hitzköpfe« und pflegten allenfalls einen äußerst zurückhaltenden Kontakt. Trotz alledem wurde Sholapur nach wie vor von vielen Raumschiffen angeflogen. Einige der dort ansässigen Mikro-Staaten hatten Gesetze (oder Gesetzeslücken), die für einen ganz bestimmten Händlertypus durchaus einträglich sein konnten.

Inmitten einer zerplatzenden Blase aus violettblauer Cherenkov-Strahlung trat in fünftausend Metern Höhe über der Planetenoberfläche das Raumschiff *Mellanie's Redemption* aus dem Hyperraum aus. Es gab keine planetare Verkehrsleitstelle, mit der Troblum hätte Kontakt aufnehmen können; stattdessen beantragte er eine Anfluggenehmigung für Ikeo City und erhielt die Erlaubnis zur Landung.

Die *Mellanie's Redemption* besaß eine Länge von dreißig Metern. Sie war ein changierend glänzender Konus mit nach vorn geschwungenen Seitenflossen, die auf den ersten Blick aerodynamisch wirkten. In Wirklichkeit jedoch stellten sie zusätzliche Wärmeabstrahler dar, die erforderlich waren, um das ganz an die Erfordernisse des Kunden angepasste Energiesystem auslasten zu können. Die Kabinenanordnung bestand aus einer zentralen, kreisförmigen Lounge, die von zehn Schlafzellen und einem Bad umringt war. Viel größere Hyperantriebsschiffe waren kaum zu bekommen, es lohnte sich einfach nicht, welche zu bauen. Raumfluggesellschaften benutzten sie fast ausschließlich für Passagiere, die betucht genug waren, um für einen schnellen Transport zu zahlen. Die meisten Raumschiffe setzten einen kontinuierlichen Wurmloch-Antrieb ein; sie waren zwar langsamer, konnten jedoch in jeder gewünschten Größe hergestellt werden und bewältigten das Gros des interstellaren Handels rund um die Externen Welten.

Ursprünglich war die *Mellanie's Redemption* ein Schiff für Sonderflüge gewesen, das dringende Fracht oder Passagiere zwischen den Externen Welten beförderte. Eine die meiste Zeit unsichere Unternehmung. Die Gesellschaft, in deren Diensten sie gestanden hatte, war von einer finanziellen Krise in die nächste geschlittert, bis Troblum ihnen ein Angebot für ihren superschnellen, doch völlig unrentablen Vogel gemacht hatte. Er hatte vorgegeben, ihn zu einer großen Privatyacht umrüsten zu lassen, was eine kleine Notlüge gewesen war. Es waren die drei großen Frachträume, die das Schiff perfekt für ihn machten; ihr Fassungsvermögen war ideal, um die Technik für das Projekt aufzunehmen, an dem er arbeitete: Das ›One-Shot‹-Wurmloch der Anomine nachzubauen. Marius hatte dem Kauf zugestimmt und prompt waren die Extra-EMAs auf Troblums Konto eingegangen. Obwohl das Schiff eigentlich auf Arevalo verbleiben sollte, bis Troblums Projekt in die Testphase eintreten konnte, fand er es für einige der Transaktionen, in die er involviert war, unverzichtbar. So war ihm das zusätzlich nachgerüstete Tarnkappenfeld der Navy-Klasse besonders zustatten gekommen, als es darum ging, sich von Arevalo davonzustehlen, ohne dass Marius davon Wind bekam.

City war eine etwas übertriebene Bezeichnung für Ikeo, das einen fünfzig Meilen langen Küstenstreifen mit einer kleinen Stadt in der Mitte und zahllosen verstreuten Villen auf den Felsklippen, die sich beidseits erstreckten, umfasste. Das Selbstverständnis der Provinz ließ sich am besten als das einer freien Handelszone bezeichnen. Ikeo beherbergte etliche Einmannunternehmen, die sich auf die Bergung von Artefakten spezialisiert hatten. Die Provinz verfügte über einen bürgerfinanzierten Polizeiapparat, den ihre ärmeren Nachbarstaaten ein strategisches Verteidigungssystem nannten.

Im Blickpunkt mehrerer bodenbasierter Kursverfolgungssensoren sank die *Mellanie's Redemption* hinab. Sie landete auf Feld 23 des stadteigenen Raumhafens, einem zwei Kilometer durchmessenden Kreis aus gemähtem Rasen, der vierundzwanzig Betonflächen, ein paar schwarze, kuppelförmige Wartungshangars sowie eine Lagerhalle aufwies, die einem intersolaren Dienstleistungs- und Versorgungsunternehmen gehörte.

Es gab keinerlei Ankunftsformalitäten. Als Troblum die kurze Lufttreppe herunterschritt, schwer schnaufend unter dem jähen Ansturm von Hitze und Luftfeuchtigkeit, der ihn wie ein Hammer traf, kaum dass er das Schleusentor geöffnet hatte, fuhr neben dem Raumschiff eine Personenkapsel vor.

Sie brachte ihn einige Meilen aus der Stadt hinaus zu einer

romantischen Villa auf einem niedrigen Kliff. Ein kunstvoll gestalteter Pool- und Terassenbereich geschmückt mit bunten Gewächsen umgab das einstöckige Haus an drei Seiten. Über große, strategisch positionierte Felsbrocken strömten Kaskaden herab, die sich plätschernd in den Pool ergossen. Die Aussicht hinunter auf den weißen Strand war spektakulär. Ein paar hydrodynamische Gleitboote ankerten direkt vor der Küste.

Stubsy Florac erwartete ihn an der Bar gleich neben dem Pool. Nicht, dass ihn irgendjemand in seinem Beisein Stubsy, »Stummelchen«, genannt hätte; was seine Körpergröße anbetraf, war Florac ziemlich empfindlich. So empfindlich, dass er davon abgesehen hatte, sie im Zuge der Rejuvenationsbehandlung korrigieren zu lassen. Denn damit hätte er ja praktisch zugegeben, dass die Tatsache, einen Kopf kürzer zu sein als die meisten Erwachsenen, ihn so sehr geärgert hatte, dass er etwas dagegen unternehmen musste. Er trug knielange Sporthosen und ein einfaches, hellblaues Hemd. Das stand bis zur Gürtellinie offen, um eine haarige Brust und einen ersten, leichten Bauchansatz zu entblößen. Als er Troblum erblickte, grinste er breit und schob sich die übergroße Sonnenbrille zurück auf die Stirn. Sein Haaransatz war bedeutend höher und dünner, als Troblum bei Bürgern der Externen Welten zu sehen gewohnt war.

»Hey! Altes Haus!«, rief Florac ihm entgegen. Er streckte seine Arme aus und wackelte in den Hüften. »Machst du 'ne Diät, oder was?« Laut lachte er über seinen eigenen Witz. Alle seine Gefährtinnen lächelten.

Sieben von ihnen waren allein im Poolbereich zu sehen. Sie lagen entweder auf Sonnenliegen oder saßen an dem Tisch am schattigen Ende des Beckens und schlürften Drinks, die größtenteils aus Eis und Früchten bestanden. Troblum hatte immer ein etwas ungutes Gefühl bei den Mädchen, die Stubsy sich in seiner Villa hielt. Nicht gerade Klone, aber durchaus den Standardanforderungen genügend. Zunächst einmal waren sie allesamt ein gutes Stück größer als ihr Boss, zwei von ihnen sogar größer als Troblum. Selbstredend waren sie ausnahmslos hübsch, mit langem, seidigem Haar und durchtrainierten Körpern, als würden sie irgendeiner antiken olympischen Athletenriege angehören. Und sie trugen enge Bikinis – sich zum Essen feinmachen bedeutete hier, in ein Paar Shorts und Badesandalen zu schlüpfen. Ein Feldscan auf niedriger Stufe verriet ihm, dass die Frauen mit diversen modernen Waffensystemen ausgestattet waren; die Hälfte der Muskelpakete, die sich unter ihrer straffen Haut spannten, waren in Wirklichkeit Kraftfeldgewebe. Wenn sie sich im Verein auf Troblum stürzten, wären sie wahrscheinlich sogar in der Lage, seine biononische Verteidigung zu durchbrechen. Davon abgesehen gebärdeten sie sich wie Kreuzungen aus Flittchen und Chefsekretärinnen. Troblum war sich durchaus im Klaren darüber, welches Bild so ein Rennstallarrangement vermitteln sollte, er konnte bloß nicht erkennen, wozu. Stubsy musste noch wesentlich mehr Schwachstellen besitzen als nur seine geringe Größe.

Troblums abgetragene alte Toga wallte um seinen umfangreichen Leib, als er die Arme hob. »Findest du, dass ich abgenommen hab?«

»Hey, komm schon, ich verarsch dich doch nur. Und bei dem, was ich erreicht habe, darf ich das auch.«

»Was du erreicht zu haben vorgibst.«

»Jau, stoß den Pflock ruhig noch ein bisschen tiefer rein. Ich glaube nämlich nicht, dass er beim ersten Mal mein Herz vollständig durchbohrt hat. Wie geht's dir, Mann? Ist ja 'ne ganze Weile her.« Stubsy umarmte Troblum, wobei seine Arme nur zu etwa einem Drittel um ihn herumreichten. Nichtsdestoweniger drückte er ihn an sich, als hätte er ein verschollen geglaubtes Elternteil wiedergefunden.

»Viel zu lange«, erwiderte Troblum.

»Und du hast immer noch dein Schiff. Nettes Teil. Ihr Higher-Typen versteht es wirklich zu leben.«

Troblum schaute herunter auf Stubsys Kopf. »Dann komm doch und schließ dich uns an.«

»Sachte, sachte! Ich bin noch nicht bereit dafür. Okay? Mann, sag so was nicht mal im Scherz. Ich bräuchte mindestens zehn Jahre, um alle meine kranken Erinnerungen zu löschen, bevor sie mich auch nur einen Fuß auf eine der Zentralen Welten setzen lassen würden. Hey, möchtest du was trinken? Oder ein paar Sandwiches vielleicht? Ich sag nur Alcinda – sie weiß wirklich, wie man eine Kücheneinheit kommandiert.« Er senkte die Stimme und zwinkerte. »Nicht das Einzige, wovon sie eine ganze Menge versteht, huh.«

Troblum gab sich Mühe, nicht konsterniert das Gesicht zu verziehen. »Vielleicht ein Bier.«

»Klar, kommt sofort.« Florac wies mit einer einladenden Geste auf ein paar Stühle, die um einen Tisch herum standen. Sie setzten sich, während eines der Mädchen einen großen Maßkrug mit hellem Bier herüberbrachte. »Hey, Somonie, sei bitte so nett und bring es für meinen Freund hier raus, ja??«

Ein Mädchen in einem grellpinken Bikini nickte knapp und begab sich ins Haus.

»Wo hast du's aufgetan?«, fragte Troblum.

»Bei einem Kontaktmann von mir. Hey, haben Sie mir das Gehirn amputiert, ohne es mir zu sagen, oder was? Wenn ich dir was über meine Leute verrate, was bleibt denn dann in diesem Universum für mich?«

»Eben.«

»Du weißt, dass ich über ein gut funktionierendes Netzwerk verfüge, das da unten im zivilisierten Commonwealth die Augen und Ohren für mich offenhält. Diese Woche ist es der Typ, in der nächsten ein anderer. Wer weiß schon, wo die Scheiße hochkochen wird. Wenn du mir in den Rücken fallen willst, musst du dir vorher gefälligst dein eigenes Netzwerk aufbauen.«

»Hab ich längst.«

Florac blinzelte, sein kumpelhaftes Grinsen verschwand. »Ach ja?«

»Sicher. Hunderte solcher Typen wie du.«

»Du machst mich fertig, weißt du das?« Er lachte, zu laut, und hob sein Glas. »Typen wie ich. Oh Mann!«

»Ich meinte, auf welchem Planeten wurde es gefunden? Meinen Recherchen nach wurde es von Vic Russell, als er von der Boongate-Verlegung zurückkam, wieder dem Serious Crime Directorate übergeben. Es war schon damals veraltet. Das SCD hätte es bestimmt entsorgt.«

»Keine Ahnung«, meinte Florac schulterzuckend. »Schätze, dass es schon in jenen Tagen Leute wie dich und mich gegeben hat.«

Troblum erwiderte nichts. Der Artefaktjäger mochte vielleicht recht haben. Bei all seinen Charakterschwächen und seinem widerwärtigen Lebensstil hatte er doch stets authentische Ware geliefert. Eine große Anzahl der Stücke in Troblums Museum stammte von Florac.

Somonie kam aus der Villa zurück. Sie trug ein längliches, umgebungskonstantes Gehäuse. Es musste einiges wiegen, denn ihre Armmuskeln traten deutlich hervor. Sie stellte es vor Troblum und Stubsy auf dem Tisch ab.

»Bevor wir fortfahren«, sagte Troblum. »Ich habe den SCD-Seriencode. Den echten. Also. Möchtest du die Kiste immer noch öffnen?«

»Ist mir scheißegal, welche gottverdammte Nummer du zu haben glaubst, Mann, ehrlich. Und *hey*, stell dir vor, du bist nicht das einzige Arschloch im Commonwealth, dem wegen diesem Scheiß hier einer abgeht. Ich bin nur deshalb zuerst zu dir gekommen, weil ich mir eingebildet hab, dass wir inzwischen fast so was wie Freunde sind. Und was machst du? Du versuchst mir komisch zu kommen und gibst einen Scheißdreck auf meinen guten Ruf. Weißt du was, Schweinebacke? Von mir aus kannst du zu deinem Schiff zurückwalzen und dich verdammt noch mal wieder verpissen von dieser Welt. Meiner beschissenen Welt.«

»Okay, okay, dann sehen wir uns das Ding doch mal an«, erwiderte Troblum. »Ich würde nur ungern deine Freundschaft verlieren.« Stubsy Florac war ihm herzlich egal, es gab Dutzende von Aasgeiern wie ihn. Aber es war eine interessante Behauptung; er hätte nicht gedacht, dass es außer den Museen noch andere Artefaktsammler gab. Unwillkürlich fragte er sich, ob sie sich wohl überreden lassen würden zu verkaufen. Vielleicht konnte Florac ja ein paar Nachforschungen ...

Floracs U-Shadow übertrug einen Schlüssel an das Gehäuse. Dessen oberer Teil entfaltete sich, um ein altertümliches Ionengewehr zu enthüllen. Es war von einem leicht flimmernden Schutzschild umgeben, doch Troblum konnte deutlich den meterlangen Waffenlauf erkennen, welcher in einem kurzen, schwarzen Metallgriff mündete, der mehrere Befestigungspunkte und an der Unterseite einen freien Induktionsteckplatz besaß.

»Na ja«, sagte Stubsy mit einem Ausdruck von Bescheidenheit im Gesicht, der fast ein wenig verlegen wirkte. »Das andere Teil fehlt. Offensichtlich. Aber zum Teufel, was soll's, hiermit ist unser Geschäft abgeschlossen, richtig? Und das ist es, was zählt.«

»Es gibt kein ›anderes Teil‹«, sagte Troblum. »Das Ding hier ist für jemanden gedacht, der in einem Kampfanzug steckt; es wird auf den Unterarm aufgesteckt.«

»Ohne Scheiß?«

Es kostete Troblum einige Mühe, gelassen zu klingen. Die Waffe sah tatsächlich authentisch aus. »Würdest du bitte das Feld abschalten?«

Das Flimmern verschwand. Troblums Feldfunktion strich über das antike Gewehr. Tief in der Laufummantelung befanden sich lange Ketten von speziell angeordneten Molekülen, die einen eindeutigen Code ergaben. Er leckte sich den Schweiß von seiner Oberlippe. »Sie ist echt«, flüsterte er heiser.

»Yo!« Stubsy klatschte triumphierend in die Hände. »Hab ich dich etwa jemals enttäuscht?«

Troblum konnte nicht aufhören, auf die Waffe zu starren.

»Nur auf persönlicher Ebene. Hättest du die Bezahlung dafür gern jetzt gleich?«

»Mann, aus dem Grund mag ich dich so. Ja. Ja, bitte. Ich hätte die Bezahlung dafür sehr gern jetzt gleich.«

Troblum wies seinen U-Shadow an, den Kaufpreis zu transferieren.

»Möchtest du nicht zum Essen bleiben?«, fragte Stubsy. »Vielleicht 'ne kleine Party mit einem der Mädchen?«

»Schalt bitte das Schutzfeld wieder ein. Die hohe Luftfeuchtigkeit hier tut ihm nicht gut.«

»Kein Thema. Also, welche von ihnen willst du?«

»Du hast nicht die geringste Ahnung, wie bedeutend dieses Artefakt ist, stimmt's?«

»Ich kenne seinen Preis, Mann, mehr muss ich nicht wissen. Die Tatsache, dass irgendein Bulle damit vor tausend Jahren einen Alien abgeknallt hat, lässt bei mir nicht wirklich irgendwelche Glocken läuten.«

»Vic Russell arbeitete mit Paula Myo. Und ich weiß, dass du von der schon gehört hast.«

»Klar, Mann, der lebende Albtraum dieses Planeten. Wusste nur nicht, dass sie damals auch schon da war.«

»O ja, sie war schon da. Lange bevor es zum Starflyer-Krieg kam. Und es war auch kein Alien, den Vic erschossen hat, es war Tarlo, ein Direktoratskollege, der vom Starflyer korrumpiert worden war und Vic und dessen Frau verraten hat. Zweifellos war Tarlo einer der wichtigsten Starflyer-Agenten, die es je gab.«

»Ozzie, jetzt kapier ich: Das hier war die Wumme, die ihn umgenietet hat. Und das hat dich so heiß auf sie gemacht.«

»So etwa in der Art.«

»Wie sieht's aus, bist du auch noch an anderem originalen Alien-Kram interessiert?«

»An allem, was zum Vermächtnis des Starflyer gehört. Warum? Hast du eine weitere Sektion seines Schiffs ausfindig gemacht?«

Stubsy schüttelte den Kopf. »Ich fürchte, nein, Mann. Aber eine von meinen Nachbarinnen. Sie hat sich auf abgedrehte Alien-Technologien und andere interessante kleine Stücke spezialisiert. Du weißt schon, die merkwürdigen Materialproben, die Crews auf Erkundungsmissionen aufgesammelt haben. Zeug, von dem man in der Unisphäre nie was erfährt. Zeug, das ANA oder die Navy lieber geheim halten möchten. Falls ich dich mit ihr in Kontakt bringen soll, ich habe einen Unisphären-Code. Sie ist sehr vorsichtig. Ich verbürge mich für sie.

»Sag ihr, wenn sie irgendwann einmal über irgendwelche Anomine-Relikte stolpern sollte, wäre es mir eine Freude, mich mit ihr zu unterhalten«, erwiderte er, wohl wissend, dass sie dergleichen niemals würde. »An anderen Dingen habe ich kein Interesse.«

»Okay, wollte nur gefragt haben.«

Troblum wuchtete sich aus seinem Stuhl hoch, insgeheim froh, dass er nicht seine Biononics einsetzen musste, um ein Muskelverstärkungsfeld zu erzeugen; andererseits besaß diese Welt eine Punkt-acht-Standardgravitation. »Könntest du bitte deine Kapsel für mich rufen?«

»Das Geld ist eingegangen, also ist alles geklärt. Das ist noch ein Grund, Mann, warum ich dich mag. Wir müssen nicht rumhängen und Smalltalk miteinander machen.«

»Genau.« Troblum hob das umgebungskonstante Gehäuse vom Tisch. Es war schwer; er konnte spüren, wie ihm auf der Stirn und im Nacken der Schweiß ausbrach, als er es sich in die Armbeuge klemmte. Ob Stubsy schon mal was von Regrav gehört hatte?

»Hey, Mann, du bist der einzige Higher, den ich kenne. Also würde ich dich gern mal was fragen. Was ist ANAs Ansicht zum Thema Pilgerreise? Ist das alles nur ein Haufen Schwachsinn oder hat uns die Leere bald alle am Arsch?«

»ANA:Regierung hat in der Unisphäre ein klares Statement abgegeben. Sie hält die Pilgerfahrt für bedauerlich, glaubt aber nicht, dass die Aktivitäten von Living Dream eine direkte physische Gefahr für das Greater Commonwealth darstellen.«

»Das hab ich auch abgerufen, klar. Das übliche Regierungsgelaber. Aber ... was denkst du, Mann? Sollte ich besser mein Raumschiff bevorraten und zusehen, dass ich hier wegkomme?«

»Und wohin? Wenn die Anti-Pilgerfahrt-Fraktion recht hat, ist die ganze Galaxis dem Untergang geweiht.«

»Du bist'n echter Witzbold, was? Komm schon, Mann, Klartext, bitte. Sitzen wir in der Scheiße oder nicht?«

»Die Kontaktpersonen, die ich innerhalb von ANA hab, machen sich keine allzu großen Sorgen, und ich auch nicht.«

Stubsy dachte einen Moment lang ernsthaft darüber nach, bevor er wieder in seine gewohnt nervige Rolle verfiel. »Besten Dank, Mann, ich schulde dir was.«

»Eigentlich nicht. Aber wenn mir was einfällt, sag ich dir Bescheid.«

In der Kapsel, auf dem Weg zurück zu seinem Schiff, zerbrach sich Troblum den Kopf über Stubsys Frage. Vielleicht war es unklug von ihm gewesen, zuzugeben, dass er Verbindungen innerhalb von ANA besaß, andererseits war das eine ziemlich allgemeine Information. Abgesehen davon hielt er Stubsy nun wirklich nicht für so was wie einen Agenten, der für Marius' Gegenspieler arbeitete – von welchen es, zugestandenermaßen, einige gab. Sicher, der Starflyer hatte Agenten gehabt, die noch viel undenkbarer gewesen waren als Stubsy. Aber wenn Stubsy Agent einer ANA-Fraktion war, dann spielten sie ein verdammt langes Spiel. So wie Troblum es verstanden hatte, würde sich das Pilgerschaftsproblem eher früher als später lösen. Troblum schüttelte den Kopf und legte den Fall vorerst zu den Akten. Es war eine interessante Theorie, aber er befürchtete, zu viel in die Sache hineinzuinterpretieren. Bis zu einem gewissen Grad war Paranoia durchaus gesund, doch er wollte Marius von diesem Verdacht nur ungern berichten. Wahrscheinlich wurde Stubsy lediglich von aufrichtiger Sorge getrieben, geboren aus Unkenntnis und den üblichen Vorurteilen. Das erschien Troblum wesentlich wahrscheinlicher.

Die Kapsel kam bei der *Mellanie's Redemption* an, und Troblum trug die umgebungskonstante Kiste vorsichtig in das Raumschiff. Er widerstand dem Impuls, sie für eine letzte Überprüfung noch einmal zu öffnen, und verstaute sie stattdessen in seiner Schlafkabine für den Rückflug nach Arevalo.

Das Erste, was für Araminta auf eine Betriebsstörung hindeutete, war der Funkenschauer, der knapp unterhalb des Handgelenk-Multisteckplatzes für Werkzeuge aus dem Leistungsarm des Roboters stob. Als es passierte, kniete sie gerade neben der Tür des Julia-Balkons und versuchte, deren überdimensionierten Aktuator auszubauen. Die Einheit war seit wenigstens einem Jahrzent nicht mehr gewartet worden. Als sie die Verkleidung öffnete, sah sie, dass jedes einzelne Teil über und über mit einer Schmutzschicht überzogen war. Sie rümpfte verärgert die Nase und griff nach dem kleinen Allzweck-Toolkit, das sie bei Askahar's Infinite Systems gekauft hatte, einem Unternehmen, das sich auf recyceltes Zubehör fürs Baugewerbe spezialisiert hatte. Ihr U-Shadow schnappte sich die Nutzungshinweise aus dem Speicher des Kits und filterte sie durch ihre makrozellularen Cluster bis hinauf in ihr Gehirn; angeblich verliehen sie ihr eine intuitive Befähigung, diese ganzen technischen Dingsdas zu bedienen. Sie konnte nicht mal herausfinden, welches davon eine reelle Chance hatte, mit dem schmierigen Zeugs fertigzuwerden. Die Reinigungswerkzeuge waren für empfindliche Geräte mit allenfalls einer leichten Staubschicht gedacht. Nicht für so einen Komposthaufen.

Dann, als sie näher heranging, um sich die Aktuatorkomponenten genauer anzusehen, zuckten grelle Lichtblitze vor ihr auf. Sie fuhr gerade noch rechtzeitig herum, um die letzte Funkenkaskade auf den Stoß Abdeckfolie, der in der Ecke der

Apartmentlounge aufgestapelt war, herabregnen zu sehen. Kleine Rauchwölkchen begannen sich gen Decke zu kräuseln. Der Bot kam zuckend zum Stillstand, als sich das gesamte untere Segment seines Leistungsarms schwärzte. Sie konnte dabei zusehen, wie sein pockennarbiges, silbernes Gehäuse durch die Hitze im Innern zusehends trübe und matt wurde.

»Heilige Mutter Ozzies!«, schrie sie auf und begann in dem Versuch, die kleinen, glimmenden Stellen auszutreten, die die Funken entfacht hatten, wie wild auf den Folien herumzutrampeln. Ihr U-Shadow hatte nicht mehr den geringsten Zugriff auf die Maschine, der Bot war vollkommen tot. Zu allem Überfluss verbreitete sich jetzt auch noch eindeutiger Geruch verbrannten Öls in der Luft. Ein anderer Bot glitt davon und holte einen Feuerlöschkolben aus der Küche. Er kehrte zurück und verspritzte blauen Schaum auf den Arm seines dahingeschiedenen Kollegen. Resignierend seufzte Araminta auf, als die aufquellende Flüssigkeit an einer Stelle auf die Dielenbretter troff. Holz war wieder ungemein im Kommen, weshalb sie dem Bot aufgetragen hatte, die originalen Bodendielen bis auf die Maserung abzuschleifen. Sobald sie fertig waren, würde sie die Abdeckfolie auslegen, sich ans Tapezieren und die restlichen Raumverschönerungen machen und zum Schluss die Dielen mit einer Spezialpolitur lackieren, um das goldene und rote Wellenmuster des Ameisenholzes zur Geltung zu bringen.

Araminta kratzte mit den Fingernägeln an dem feuchten Fleck, doch allzu schlimm schien es nicht zu sein. Einer der Bots würde das Holz an dieser Stelle einfach noch ein wenig abschleifen müssen. Sie besaß insgesamt fünf dieser vielseitigen Maschinen, die in der Wohnung verschiedene Arbeiten ausführten. Sie stammten allesamt aus zweiter oder dritter Hand und waren ebenfalls bei Askahar's Infinite Systems gekauft.

Nachdem die unmittelbare Brandgefahr gebannt war, rief ihr U-Shadow Burt Renik an, den Inhaber von Askahar's Infinite Systems.

»Na ja, da kann ich nichts machen«, meinte der, nachdem sie ihm erklärt hatte, was passiert war.

»Aber ich hab ihn erst vor zwei Tagen bei Ihnen gekauft!«

»Ja, aber weswegen haben Sie ihn gekauft?«

»Na, entschuldigen Sie mal! Sie haben ihn mir empfohlen.«

»Ja, den Candel 8038; er hat genau die Power, die man für den Anschluss von Hochleistungsaufsätzen braucht. Aber Sie sind zu mir gekommen, anstatt zu einem Vertragshändler zu gehen.«

»Was reden Sie da? Ich konnte mir kein neues Modell leisten. Die Bewertungsdatenbank der Unisphäre hat behauptet, er sei zuverlässig.«

»Genau. Und deshalb hab ich auch eine Menge von den Renovierungseinheiten verkauft. Aber die, die Sie erstanden haben, hat eine herstellerseitige Zehnjahresgarantie, die vor über zehn Jahren bereits abgelaufen ist. Und jetzt muss ich Ihnen bei allem Wohlwollen in Ozzies Universum leider sagen: Sie haben bekommen, wofür Sie bezahlt haben. Ich hab noch ein paar neuere Modelle auf Lager, falls sie Ersatz benötigen sollten.«

Araminta wünschte, sie könnte ihm an seinen U-Shadow-Filtern vorbei ein Sensorienpaket unterschieben, eines, das in etwa die gleichen Schmerzen erzeugen würde wie ein ordentlicher Schlag auf die Nase. »Nehmen Sie ihn in Zahlung?«

»Ich könnte Ihnen ein Angebot machen für alle Komponenten, die sich noch wiederverwerten lassen, aber dazu müsste ich den Bot in eine Werkstatt bringen, um zu überprüfen, was noch von ihm übrig ist. Ich könnte, äh ... Mitte nächster Woche zu Ihnen rauskommen und ich müsste eine kleine Abholgebühr verlangen.«

»Um Ozzies willen, Sie haben mir einen Blindgänger verkauft.«

»Ich habe Ihnen das verkauft, was Sie haben wollten. Sehen Sie, ich biete Ihnen die Wiederverwertung von Einzelteilen nur als Zeichen meines guten Willens an. Ich führe ein Geschäft, ich will, dass meine Kunden wiederkommen.«

»Nun, diesen einen haben Sie jedenfalls verloren.« Sie beendete das Gespräch und wies ihren U-Shadow an, nie wieder einen Anruf von Burt Renik entgegenzunehmen.

»Verdammter Mist!« Rasch korrigierte ihr U-Shadow ihren Renovierungszeitplan, fügte dem voraussichtlichen Fertigstellungstermin drei weitere Tage hinzu; unter der Annahme, dass sie keinen Ersatz für den 8038 kaufen würde. Eine realistische Annahme. Ihre Budgetberechnung ging nicht ganz so auf, wie sie es ursprünglich geplant hatte. Nicht, dass sie sich verausgabt hatte, aber die Zeit, die sie brauchen würde, um die ganzen alten Installationen und unzeitgemäßen Ausstattungen herauszureißen, würde wesentlich länger ausfallen, als sie zunächst gedacht hatte.

Araminta setzte sich wieder auf den Boden und starrte auf den ruinierten Bot. *Nein, ich werde nicht weinen. So erbärmlich bin ich nicht.*

Wenngleich der Verlust des 8038 ein herber Schlag war. Sie konnte nur hoffen, dass die übrigen Bots durchhielten. Ihr U-Shadow begann, Diagnosechecks bei ihnen durchzuführen, während sie versuchte, den Schleifaufsatz von dem schaumverschmierten Multisteckplatz des 8038 zu lösen. Das Zubehörteil war teuer und, im Gegensatz zum Bot, brandneu.

Der gegenwärtige Zustand der Wohnung trug nicht eben dazu bei, ihre Laune zu bessern. Fünf geschlagene Tage hatte sie nun schon in ihr herumgewerkelt, hatte sie bis auf die nackten Wände herunter völlig entkernt und das alte Haushaltseqipment ausgebaut. Das ganze Apartment sah einfach fürchterlich aus. Ausnahmslos jede Fläche war mit feinen Partikeln bedeckt und Sägespäne verstärkten den völlig heruntergekommenen Eindruck. Wenig motivierend war auch, dass jedes noch so kleine Geräusch durch die leeren Räume hallte. Nachdem sie heute ein wenig Ordnung geschaffen hatte, konnte sie mit der Sanierungsphase beginnen. Sie war sicher, dass das ihren Enthusiasmus wieder etwas anfeuern würde. Es hatte in den letzten Wochen Momente gegeben, da war sie von blanker Panik schier übermannt worden und hatte sich gefragt, wie sie nur so dämlich hatte sein können, alles auf diese vorsintflutliche, beknackte Wohnung zu setzen.

Endlich lockerte sich der Schleifaufsatz und sie zog ihn heraus. Unter der direkten Kontrolle ihres U-Shadows schleppten die verbleibenden Bots ihren defekten Kameraden aus der Wohnung, um ihn im gemieteten Müllcontainer zu entsorgen. Jedes Mal, wenn sie während des Abtransport gegen die Treppe rummsten, zuckte Araminta zusammen, aber die anderen Bewohner waren nicht zu Hause und würden niemals erfahren, woher die Dellen stammten.

Nachdem sie den Schleifaufsatz auf einen anderen Bot – einem Braklef 34B, nur acht Jahre alt – gesteckt hatte, wandte sie ihre Aufmerksamkeit wieder dem Balkontür-Aktuator zu. Sie wusste, wenn sie nun wegen des kaputten Bots den Kopf hängen ließ, würde es damit enden, dass sie vor Selbstmitleid zerfloss und nichts mehr auf die Reihe bekam. Und das konnte sie sich schlicht und ergreifend nicht leisten.

Das Einfachste war, entschied sie, den Aktuator auszubauen und den Schmutz manuell abzurubbeln; anschließend konnte sie mit ihren Spezialgeräten die Systeme auf einen zeitgemäßen Stand bringen. Ihr anderer Werkzeugkasten, der größere, enthielt einen Satz Energieschlüssel. Mit größerer Entschlossenheit als ihr, ohne zu Aerosolen zu greifen, eigentlich zugestanden hätte, machte sie sich ans Werk.

Während sie arbeitete, ging ihr U-Shadow die lokalen und intersolaren Nachrichten durch, fasste die interessanten Themen zusammen und ließ sie in einem stillen neuralen Regen in ihr Bewusstsein rieseln. Gleich nachdem sie die Wohnung gekauft hatte, hatte sie die tägliche Überprüfung des Immoblienmarktes gestrichen. Es würde sie nur zu sehr ablenken, vor allem wenn etwas wirklich Gutes angeboten würde. Stattdessen gluckste sie angesichts der Nachrichtenbilder in ihrer peripheren Sicht leise in sich hinein, während sie erfuhr, dass der Sohn eines Stadtrats des Landbetrugs angeklagt wurde. Gerüchten zufolge waren die Ermittler auch Daddy, der im Stadtkomitee für Flächennutzungsplanung saß, dicht auf den Fersen. Außerdem war letzte Nacht wieder einmal Debbina, die erstgeborene Tochter des Milliardärs Sheldonite Likan, verhaftet worden, wegen Erregung öffentlichen Ärgernisses. Auf dem Bild, das sie zeigte, wie sie am Morgen von ihren Anwälten flankiert aus dem Colwyn-Central-Polizeirevier trat, trug sie immer noch das schwarze Spraykleid vom Vorabend und das blonde Haar in einer völlig derangierten Frisur. Araminta erfuhr auch, dass Hansel Industries, eines von Ellezelins Top-100-Unternehmen, darüber nachdachte, einen Industriedistrikt gleich außerhalb von Colwyn zu eröffnen; die näheren Einzelheiten waren von Wirtschaftsprognosen begleitet. Araminta konnte es sich nicht verkneifen, sich die Auswirkung dieser Nachricht auf die Immobilienpreise anzeigen zu lassen.

Was die intersolare Politik anging, so schien das einzige derzeitige Thema der jüngste Senatsantrag zu sein, der von der Erdsenatorin Marian Kantil eingebracht worden war. In ihm forderte sie, dass Living Dream von unbesonnenen Aktionen bezüglich ihrer Pilgerfahrt Abstand nehmen sollte. Ellezelins Senator hatte auf den Antrag reagiert, indem er den Saal verlassen hatte. Ihm waren die Senatoren von Tari, Idlib, Lirno, Quhood und Agra gefolgt – Planeten der Freihandelszone. Araminta war nicht sonderlich überrascht zu erfahren, dass sich Viotias Senator ebenso der Stimme enthalten hatte wie sieben weitere Externe Welten; alle aus dem äußeren Bereich der Zone und alle mit einem hohen Anteil von Living-Dream-Anhängern in ihrer Bevölkerung. Der Bericht zeigte des Weiteren eine riesige Produktionswerft am Rand von Groß-Makkathran, wo die Pilgerschiffe zusammengebaut werden sollten. Araminta unterbrach die Reinigung des Aktuators, um genauer zuzuschauen. Eine Armada von städtischen Baumaschinen ebnete derzeit fünfzehn Quadratmeilen Landschaft für eine Betonfläche ein. Die erste Maschinenstaffel befreite den Boden mittels Dispersantstrahlen von kleinen Erhebungen und Böschungen und lockerte alles, was über die erforderliche Höhe hinaus überstand. Die hieraus resultierenden Schutthalden aus pulverisierter Erde und Sand wurden von Regravmodulen emporgehoben und dann mittels Kraftfeldern zu dicken, festen Strömen gebündelt, die sich bis zu den Laderäumen gewaltiger Erzlastkähne durch die Luft krümmten. Die schwebten an jenem Ufer der Flussmündung, das später die Wasserseite der Werft ausmachen sollte. Der Planierkolonne folgte eine Kette von eher einfachen Maschinen, die mächtige Stahlträger in den Untergrund trieben, um das Gewicht der Raumschiffgerüste zu stützen. Die Pilgerfahrtsflotte sollte aus zwölf walzenförmigen Schiffen bestehen, jedes eine Meile lang und imstande, zwei Millionen Pilgerer in Suspension aufzunehmen. Living Dream nannte sie bereits die »erste Welle«.

Ein wenig ungläubig, wie so viele Leute so blöde sein konnten, schüttelte Araminta dan Kopf und schaltete um auf die Lokalberichte über Wirtschaft und Prominenz.

Zwei Stunden später traf Cressida ein. Stirnrunzelnd blickte sie auf die Abdrücke, die ihre funkelnden Lederpumps mit den diamantbesetzten Riemchen in der dicken Schmutzschicht auf dem Flurboden hinterließen. Ihr Kleid aus Kaschmirwolle zog sich enger um sie zusammen, um ihre Haut davor zu bewahren, mit der staubigen Luft in Berührung zu kommen. Eine Hand hielt sie schützend vor ihren Mund; goldene und purpurne Nagelapplikationsmuster flossen in Zeitlupe ineinander.

Unsicher lächelte Araminta ihre Kusine an. Plötzlich fühlte sie sich ungeheuer verlegen, wie sie so dastand in ihren verdreckten Arbeitsklamotten, die Haare zusammengerafft und unter ein Käppi gesteckt, die Hände unter dem schwarzen Schmierfett fast nicht mehr zu erkennen.

»Da liegt ein kaputter Bot in deinem Container«, sagte Cressida. Sie klang einigermaßen verärgert.

»Ich weiß«, seufzte Araminta. »Das hat man davon, wenn man was Billiges kauft.«

»Ach? Das ist einer von deinen?« Cressida hob ihre Augenbrauen. »Soll ich die Lieferfirma für dich anrufen und dafür sorgen, dass er ersetzt wird?«

»Verlockendes Angebot. Ozzie weiß, dass er eigentlich kein wirkliches Schnäppchen war gemessen an meinem Budget, aber nein, ich werde meine Schlachten von jetzt an selber schlagen.«

»Das ist meine Familie – unvernünftig und dickköpfig bis zum Schluss.«

»Vielen Dank.«

»Ich bin aus zwei Gründen hier. Erstens, um mich umzuschauen. Okay, das habe ich getan. Ich bin offensichtlich einen Monat zu früh dran. Zweitens, weil ich alle schockierenden Details über Dienstagnacht erfahren will. Du und dieser verdammt gutaussehende Knabe namens Keetch, ihr seid ziemlich früh von der Bildfläche verschwunden. Und, Schätzchen, ich meine *alle* Details.«

»Keetch kann man wohl kaum als Knabe bezeichnen.«

»Pah! Er ist mindestens ein Jahrhundert jünger als ich. Also, raus damit, liebe Kusine. Was ist passiert?«

Araminta grinste verschämt. »Das weißt du sehr genau. Wir sind zu ihm gefahren.« Mit einer müden Geste deutete sie auf den baufälligen Flur. »Hierher konnte ich ihn ja wohl kaum bringen.«

»Ausgezeichnet. Und?«

»Und was?«

»Was macht er? Ist er Single? Wie ist er im Bett? Wie oft hat er bereits angerufen? Verzehrt er sich nach dir und ist schon total verzweifelt? Hat er dir Blumen oder Schmuck geschickt oder ist er einer von der ganz rührenden Sorte und versucht's mit Pralinen? In welchem Hotelbett wirst du das Wochenende verbringen?«

»Wow, mach mal halblang.« Aramintas Grinsen wurde leicht

säuerlich. Tatsächlich war Keetch mehr als zufriedenstellend im Bett gewesen und hatte seit Dienstag bereits mehrmals bei ihr anzurufen versucht. Anrufe, die sie nicht die Absicht hatte zu beantworten. Der Reiz der Freiheit, das Spiel zu bestimmen, zu experimentieren, niemandem Rechenschaft schuldig zu sein, seine eigenen Entscheidungen zu treffen, schlicht und einfach nur Spaß zu haben; das war alles, was sie im Augenblick wollte. Ein unkompliziertes Leben ohne Verpflichtungen oder Bindungen. Eines, wie sie es schon viel eher hätte führen sollen, anstatt zu heiraten. »Keetch war sehr nett, aber ich werde ihn nicht wiedersehen. Ich hab hier viel zu viel zu tun.«

»Jetzt bin ich wirklich beeindruckt. Erst ab in die Kiste und dann ab durch die Tür? Hinter deiner unschuldigen Fassade verbirgt sich ein Herz aus Stahl, hab ich recht?«

Araminta zuckte die Schultern. »Wenn du meinst.«

»Falls du jemals eine juristische Laufbahn einschlagen möchtest, würde ich mich glücklich schätzen, dich protegieren zu dürfen. Wahrscheinlich gibst du in weniger als siebzig Jahren einen ganz annehmbaren Teilhaber ab.«

»Donnerwetter, das sind ja tolle Aussichten.«

Cressida senkte ihre Hand lange genug, um zu lachen. »Na gut, ich hab's versucht. Also, wie sieht's aus, gehn wir Mittwoch wieder auf die Piste?«

»Klar, sicher.« Araminta genoss ihre Frauenabende. Cressida schien jeden exclusiven Club in Colwyn City zu kennen und stand auf allen Gästelisten. »Erzähl mal, wie ist es dir denn so ergangen, nachdem wir abgezwitschert sind? Hast du dir jemanden geangelt?«

»In meinem Alter? Um Mitternacht hab ich schon kuschelig unter meiner Bettdecke gelegen.«

»Mit wem?«

»Ich hab ihre Namen vergessen. Weißt du, du solltest wirklich mal einen Gang zulegen und an einer Orgie teilnehmen. Sie können fantastisch sein, vor allem wenn man Partner hat, die *ganz genau* wissen, was sie tun.«

Araminta kicherte. »Nein, vielen Dank. Ich glaube nicht, dass ich dafür schon bereit bin. Was ich tue, ist für mich schon abenteuerlich genug.«

»Nun, wenn du so weit bist ...«

»... lass ich es dich wissen.«

Cressida atmete etwas von dem Staub in der Luft ein und begann zu husten. »Ozzie, diese Wohnung weckt einfach zu viele Erinnerungen an meine frühen Jahre. Hör zu, ich ruf dich später an. Tut mir leid, dass ich dir keine große Hilfe bin. Ich bin echt schlecht im Umgang mit Innengestaltungsprogrammen.«

»Ich will es allein schaffen. Ich *werde* es allein schaffen.«

»Okay, sagen wir fünfzig Jahre, was diese Sache mit der Teilhaberschaft betrifft. Du hast genau das, was man dafür braucht.«

»Erinnere ich dich an dich?«, fragte Araminta honigsüß.

»Nein. Ich glaube, du bist gerissener – bedauerlicherweise. Bis dann, Schätzchen.«

Das Mittagessen bestand aus einem Sandwich, das sie in ihrer Lasttransportkapsel zu sich nahm, während sie quer durch die Stadt zum ersten der drei Anbieter auf ihrer Liste flog. Die Lastkapsel hatte, genau wie ihre Bots, schon bessere Tage gesehen; dem Logbuch nach war Araminta in dreißig Jahren der fünfte Besitzer. Absolut zuverlässig, hatte der Verkäufer ihr versichert. Natürlich war sie nicht so schnell wie ein neues Modell und wenn der große, hintere Laderaum bis zum zulässigen Gesamtgewicht gefüllt war, würde sie nicht ganz ihre maximale Flughöhe erreichen. Aber Araminta hatte ein Gutteil mehr Vertrauen in diese Kapsel als in den 8038er Bot, denn wegen seines Alters musste das Transportvehikel jährlich einen strengen Flugtauglichkeitstest des Verkehrsamts von Viotia bestehen, und der letzte hatte zwei Monate bevor sie es gekauft hatte stattgefunden.

Die Kapsel setzte auf dem Gelände von Boveys Bad- und Kücheneinrichtungen auf, einer von acht Großhandelsfilialen, die zusammen ein kleines anfliegbares Einkaufszentrum im Groby District bildeten. Sie betrat das Geschäft und ließ den Blick über die offenen Ausstellungsräume wandern, durch die ein breiter Gang mit zahlreichen Abzweigungen führte. Badezimmer und Küchen wechselten sich ab, zeigten allesamt eine stattliche Auswahl an verschiedenen Größen, Stilen und Preisklassen, obwohl die Musterräume in der Nähe des Eingangs besonders aufwendig gestaltet worden waren. Neidvoll betrachtete sie die exklusiveren Luxuseinheiten, träumte von der Wohnung, die sie eines Tages ausbauen würde und in der eine solche Extravaganz einfach ein Muss war.

»Kann ich Ihnen helfen?«

Araminta wandte sich um und blickte auf einen Mann, der in die blau-kastanienbraune Einheitsmontur der Filiale gekleidet war. Er war relativ groß, sein biologisches Alter auf etwa Ende zwanzig fixiert, die dunkle Haut kontrastiert von sandblondem Haar. Schöne, regelmäßige Gesichtszüge, dachte sie, ohne zu wohlgestaltet zu sein. Seine Augen waren hellbraun und verrieten ein gesundes Maß an Humor. Wenn sie sich in einem Club begegnet wären, hätte sie sich mit Sicherheit von ihm zu einem Drink einladen lassen – vielleicht hätte sie sich sogar erboten, ihm zuerst einen zu spendieren.

»Ich bin auf der Suche nach einer Küche und nach einem Bad. Beides sollte hochwertig aussehen und sich auch so anfühlen, aber praktisch nichts kosten.«

»Ah, das kann ich gut verstehen und Ihnen unter Umständen Entsprechendes bieten. Ich bin übrigens Mr Bovey.«

Sie fühlte sich nicht wenig geschmeichelt, dass der Besitzer persönlich in den Verkaufsraum herabgestiegen war und sich ausgerechnet sie herauspickte, um ihr zu helfen. »Sehr angenehm. Ich bin Araminta.«

Höflich schüttelte er ihr die Hand. Es kam ihr so vor, als würde er kurz überlegen, ob er ihr einen flüchtigen Begrüßungskuss geben sollte. Es war einer von diesen Momenten, in denen sie wünschte, sie hätte eine Verbindung zum Gaiafield, die es ihr ermöglichen würde, seine Emotionen einzuschätzen, vorausgesetzt, er übertrug sie. Was er als Geschäftsinhaber und demzufolge Profi jedoch niemals tun würde. *Verdammt. Los, Mädchen, konzentrier dich.*

»Können Sie mir die ungefähren Maße nennen, damit ich weiß, womit ich's zu tun hab?«, fragte er.

Araminta grinste ihn leicht anzüglich an, dann riss sie sich zusammen. Vielleicht war es ja gar nicht zweideutig gemeint gewesen. Obwohl es ganz so geklungen hatte.

»Bitte sehr«, sagte sie, während ihr U-Shadow ihm die Dateikopie vorlegte. »Ich wäre Ihnen sehr dankbar, wenn Sie mir mit dem Preis etwas entgegenkommen könnten. Dies ist mein erstes Renovierungsprojekt, und ich möchte nicht, dass es auch mein letztes wird.«

»Ah.« Sein Blick wanderte zu ihren Händen, auf denen immer noch Schmutzstreifen, die sich in die Haut geätzt hatten, zu erkennen waren. »Chef und Arbeitskraft zugleich, davon kann ich ein Liedchen singen.«

»Eine völlig erledigte Arbeitskraft heute, fürchte ich. Einer von meinen Bots hat den Geist aufgegeben. Noch mehr kostspielige Fehlgriffe kann ich mir nicht leisten.«

»Ich verstehe.« Er zögerte. »Sie haben ihn nicht zufällig bei Burt Renik gekauft?«

»Doch«, erwiderte sie automatisch. »Warum?«

»Okay, nur für die Zukunft, und das habe ich Ihnen niemals gesagt: Er ist nicht gerade einer der seriösesten Anbieter.«

»Ich weiß, dass er nicht Goldstandard ist, aber ich hab das Modell extra in der Bewertungsdatenbank gecheckt. Es schien mir in Ordnung.«

Diesmal zuckte er zusammen. »Das nächste Mal, wenn Sie etwas im Fachhandel kaufen, einschließlich irgendetwas von mir, machen Sie sich vorher auf Dave's Coding schlau.« Sein U-Shadow übergab ihr die Adresse. »Die Bewertungsdatenbank ist schön und gut, all diese ›unabhängigen‹ Verbraucherberichte – nun ja, die Datenbank wird komplett von Unternehmen finanziert und betrieben, darum werden sie auch niemals eine wirklich schlechte Beurteilung dort finden. Dave's Coding dagegen ist wirklich unabhängig.«

»Vielen Dank«, sagte sie kleinlaut, während sie die Adresse in einer ihrer Speicherlakunen ablegte. »Ich schau's mir bei Gelegenheit an.«

»Keine Ursache. In der Zwischenzeit versuchen Sie's wegen der Küche mal in Gang sieben. Ich denke, wir können Ihre Bestellung gleich von dort aus liefern.«

»Danke.« Sie ging weiter zu Gang sieben, mehr als nur ein bisschen enttäuscht, dass er sie nicht begleitete. Vielleicht flirtete er ja aus Prinzip niemals mit einer seiner Kundinnen. *Eine Affenschande.*

Der Mann, der in Gang sieben wartete, trug eine identische blau-braune Einheitskluft. Er sah vielleicht fünf Jahre älter aus als Mr Bovey, dabei sogar noch etwas größer, und besaß die schlanke Figur eines Marathonläufers. Seine Haut war von nordischer Blässe und das rotblonde Haar kurz geschoren, abgesehen von einem schmalen Kamm am Scheitelpunkt seines Kopfes. Seltsamerweise sprach aus seinen grünen Augen die gleiche Art von Belustigung über die Welt wie aus denen von Mr Bovey.

»Ich würde diese beiden Küchentypen empfehlen«, sagte er zur Begrüßung und deutete auf einen kleinen Ausstellungsbereich. »Sie entsprechen ziemlich genau den von ihnen angegebenen Maßen, und diese hier ist ein Auslaufmodell. Ich hab noch zwei davon auf Lager, könnte Ihnen also ein Superangebot machen.«

Araminta fühlte sich leicht überrumpelt. Offensichtlich hatte Mr Bovey ihre Datei an seinen Angestellten weitergeleitet. Das gab ihm aber noch lange kein Recht, beim Verkaufsgespräch mit der Tür ins Haus zu fallen und so zu tun, als würden sie auf Du und Du miteinander stehen. »Sehen wir sie uns erst mal an«, erwiderte sie und versuchte, den Unmut in ihrer Stimme zu dämpfen.

Wie sich herausstellte, war das Auslaufmodell vollauf zufriedenstellend, und es war in der Tat ein günstiges Angebot. Zusätzlich zu einer Mittelklasse-Kücheneinheit mit einer Reihe von multichemikalischen Aufbewahrungsbehältern bekäme sie eine Frühstücksbar mit Hockern sowie einen Kühlschrank, einen Nahrungszubereiter, einen Maidbot sowie alle nötigen Regale und Schränke. Ausgeführt war das Ganze in edlem Weiß mit schwarz-goldenem Rand. »Wenn Sie die Anlieferungskosten tragen, nehm ich sie«, sagte sie zu dem Mann.

»Wann immer Sie wollen, ich klär das für Sie.«

Sie ignorierte den flirtenden Unterton und wies ihren U-Shadow an, die Anzahlung zu leisten.

»Badezimmer: Gang elf«, informierte er sie mit ungebrochener Begeisterung.

Der Verkäufer, der sie in Gang elf erwartete, hatte es sich gestattet, bis in seine biologischen Fünfziger hinein zu altern, was selbst für Viotia ungewöhnlich war. Seine tiefdunkle Haut begann bereits faltig zu werden, sein Haar gräulich und dünn. »Ich hätte da vier, die Ihnen zusagen könnten«, sagte er zur Begrüßung.

»Hallo«, gab sie bissig zurück.

»Äh ... ja?«

»Ich bin Araminta, freut mich, Sie kennenzulernen. Ich bin auf der Suche nach einem Bad für meine Wohnung. Könnten Sie mir vielleicht helfen?«

»Was ...?«

»Diese ganze Stille-Post-Tour, die Sie hier abziehen, ist wirklich nicht sehr höflich. Sie könnten wenigstens guten Tag sagen, bevor Sie auf meine Datei zugreifen, die man sich hier offenbar wild weiterreicht. Ich bin ein lebendes Wesen, wissen Sie?«

»Ich glaube ... ah.« Der überraschte Ausdruck auf seinem Gesicht schwand. Araminta fand dies noch viel beunruhigender als die plumpe Vertraulichkeit zuvor.

»Sie wissen nicht, was ich bin, hab ich recht?«, fragte er.

»Was meinen Sie?«

»Ich bin Mr Bovey. Wir alle hier sind Mr Bovey. Ich bin ein multipler Mensch.«

Araminta war sich sicher, dass sie vor Verlegenheit knallrot wurde. Natürlich wusste sie, was ein Multiple war; eine Persönlichkeit, die sich mittels einer Anpassung der Gaiafield-Technologie auf verschiedene Körper verteilte. Diese Methode, behaupteten diejenigen, die sie praktizierten, sei der wahre Evolutionssprung der Menschheit, alle anderen würden nur in Sackgassen münden. Ein multipler Mensch konnte niemals sterben, es sei denn, es wurde jeder Körper getötet, was extrem unwahrscheinlich war. Auf eine stille, unmissionarische Weise glaubten die Multiples fest daran, dass eines Tages alle zu Ihresgleichen werden würden. Möglicherweise würden danach alle Persönlichkeiten zu verschmelzen beginnen, zu einem einzigen Bewusstsein mit Abertrillionen von Körpern – ein weit besseres Ende, als sich in die künstliche Unantastbarkeit von ANA herunterzuladen.

Einen menschlichen Irrglauben, so nannten es ihre Gegner; eine groß angelegte Verschwörung, um es den Prime-Aliens auf Dyson Alpha gleich zu tun. Noch lautstärkere Widerredner warfen ihnen gar vor, dass die multiple Lebensweise auf übrig gebliebene Starflyer-Agenten zurückzuführen sei, die die verdorbene Ideologie ihrer toten Meister fortzuführen versuchten.

»Es tut mit leid«, sagte sie beschämt. »Das wusste ich nicht.«

»Schon okay. Nicht zuletzt mein Fehler, weil ich davon ausgegangen bin, dass Sie Bescheid wüssten. Die meisten Leute in der Branche wissen darüber Bescheid.«

Araminta brachte ein schiefes Grinsen zustande. »Ich schätze, gleichbleibend guter Service ist ein großes Plus.«

»Schließlich muss ich besser sein als dieser Burt Renik.«

»Definitiv.«

»Also gut. Sind Sie und ich dann bereit, um uns Badezimmer anzusehen?«

»Aber immer.«

Die Sache endete damit, dass Araminta das dritte Badezimmer, das der ältere Mr Bovey ihr zeigte, kaufte. Sie tat es nicht ohne ein leichtes Schuldgefühl. Er unterbreitete ihr ein wirklich gutes Angebot und das schlichte gold-grüne Design war einfach perfekt für die Wohnung.

Nachdem sie erst einmal ihre Befangenheit abgelegt hatte, machte es sogar richtig Spaß, sich mit ihm zu unterhalten. Dennoch konnte sie nicht ganz das komische Gefühl einer gewissen Zerrissenheit abschütteln, das sie empfand, als sie mit Mr Boveys älterem Körper redete und gleichzeitig wusste, dass es sich um dieselbe Person handelte, von der sie begrüßt worden war. Und dass dieser Mensch, der sie gerade so freundlich anlächelte, sich wahrscheinlich soeben parallel mit einem anderen Kunden befasste.

»Sagen Sie uns einfach Bescheid, wann wir liefern sollen«, sagte er, als ihr U-Shadow die Anzahlung überwies.

»Wickeln Sie ... ich meine, einige von Ihnen oder einer von Ihnen ... auch die Anlieferung ab?«

»Lassen Sie's gut sein, die Sprachregelung hinkt uns Multiples noch etwas hinterher. Und ja, ich werde derjenige in der Lastkapsel sein und den Bots helfen, falls sie auf der Treppe steckenbleiben sollten. Vielleicht nicht unbedingt dieser Körper in Anbetracht seines Alters, aber definitiv ich.«

»Ich freu mich schon darauf, den Rest von Ihnen kennenzulernen.«

»Ein paar meiner Ichs sind jung und gutaussehend. Nennen Sie es Eitelkeit, aber auch ich bin nicht immun gegen die ganz gewöhnlichen menschlichen Schwächen. Ich werde versuchen, sie für die Lieferung einzuplanen.«

»So gutaussehend wie Sie?«

»Hey, mehr Rabatt gibt es nicht. Sie haben mich ohnehin schon ausgequetscht wie eine Zitrone.«

Sie lachte. »Dann mach ich mich mal besser wieder an die Arbeit.«

Auf dem ganzen Rückflug zu der Wohnung hörte Araminta nicht auf zu lächeln. Mr Bovey war wirklich reizend gewesen. All seine Versionen! Sie hatte das Gefühl, dass es mehr gewesen war, als nur das Bemühen um einen guten Kunden. Und ob er das mit den jungen und gutaussehenden Körpern wohl ernst gemeint hatte? Eigentlich war sogar der letzte, den sie gesehen hatte, der ältere, recht annehmbar gewesen. Und was, wenn er sie fragte, ob sie mit ihm ausgehen wollte? Würde sie am Ende mit zwanzig Mr Boveys um einen Tisch herum sitzen?

Wenn er fragt.

Und wenn er es tut, was sag ich ihm dann?

Die ganze Vorstellung war ungewöhnlich, aber höchst interessant.

Und was, wenn der Abend gut verläuft? Bitte ich dann seine zwanzig Persönlichkeiten zu mir nach Hause in meine Wohnung?

Oh, hör auf damit.

Sie lächelte noch immer, als sie die Treppe hochstieg und die Apartmenttür öffnete. Dann, beim Anblick der Wohnung, sackte ihre Laune jäh wieder in den Keller. Die Bots hatten mit dem Aufräumen ein paar Fortschritte gemacht; aber der mit dem Saugaufsatz war vollkommen verstopft. Keiner der Bots verfügte über Selbstwartungsfunktionen, also war sie gezwungen, ihn per Hand zu entrümpeln. Auch hatte sie immer noch nicht den Balkontür-Aktuator wieder zusammengesetzt. Es mochte gut und gerne noch eine ganze Weile dauern, bevor Mr Bovey die neue Küche und das Bad anliefern konnte, was ihr ausreichend Zeit geben würde, darüber nachzudenken, was von ihrer beider Begegnung zu halten war.

Am späten Nachmittag, als sich das Chaos in der Wohnung etwas gelichtet hatte, machte sie sich daran, die Abdeckfolie auf den Bodenbrettern der Lounge auszubreiten. Dies war der Moment, in dem ihr U-Shadow ihr mitteilte, dass gerade ein Anruf von Laril hereinkam. »Bist du sicher?«, fragte sie.

»Ja.«

Sie überlegte, ob sie Cressida anrufen sollte, vielleicht hatte die Finanzbehörde ja eine Belohnung auf ihn ausgesetzt. »Von wo kommt der Anruf?«

»Das Routing verweist auf Oaktier.« Eine Zusammenfassung glitt in ihr peripheres Sichtfeld.

»Eine Welt im Zentralen Commonwealth«, las sie. »Was macht er da?«

»Das weiß ich nicht.«

»Nun denn.« Sie setzte sich auf den Würfel, der ihr portables Bett darstellte, und zog sich die Handschuhe aus. Wischte sich die Stirn. Holte tief Luft. »Okay. Stell ihn durch.« Larils Bild tauchte in der Primärperspektive ihrer Exosicht auf und vermittelte den Eindruck, als stünde er ihr direkt gegenüber. Sofern er tatsächlich eine Echtdarstellung übertragen ließ, hatte er sich nicht sehr verändert. Schütteres, kurz geschnittenes braunes Haar, ein rundes, pausbäckiges Gesicht mit einem umfänglichen Hals und die dichten dunklen Barststoppeln wie immer länger, als sie es mochte. Vor allem weil sie kratzten, wie sie sich erinnerte. Nicht ein einziges Mal in all den Jahren hatte er sich die Mühe gemacht, sie mit Gel vollständig zu entfernen, so oft sie ihn auch darum gebeten hatte.

»Danke, dass du den Anruf angenommen hast«, sagte er. »Ich war mir dessen nicht sicher.«

»Ich auch nicht.«

»Ich höre, es geht dir gut; du hast ja dein Geld bekommen.«

»Das Geld wurde mir vom Gericht zugesprochen. Laril, Was machst du? Wieso bist du auf Oaktier?«

»Liegt das nicht auf der Hand?«

Es dauerte ein paar Sekunden, bis es ihr klar wurde, und noch länger, es zu akzeptieren. Es musste ein Trick sein, irgendeine ganz krumme Tour. »Du hast vor, zu migrieren?«, fragte sie ungläubig.

Er lächelte sie mit dem gleichen unbekümmerten Lächeln an, das schon bei ihrer ersten Begegnung zum Einsatz gekommen war. Es war ungeheuer gewinnend, warm und vertrauenerweckend. Nur hatte sie, nachdem sie verheiratet gewesen waren, nicht mehr allzu viel davon gesehen.

»Das steht uns letztlich allen bevor«, sagte er.

»Nein! Ich fass es nicht. Du willst ein Higher werden? Ausgerechnet du?«

»Der erste Schwung Biononics war letzte Woche dran. Sie haben damit begonnen, einige Basisfelder zu integrieren. Wirklich eine interessante Erfahrung.«

»Aber …«, stieß sie hervor. »Um Ozzies willen. Die Higher werden dich niemals akzeptieren. Was willst du machen, die Hälfte deiner Erinnerungen löschen?«

»Das ist ein ziemlich weit verbreiteter Mythos. Weißt du, die Higher-Kultur ist nicht die alte römisch-katholische Kirche; niemand verlangt von dir, dass du die Beichte ablegst und für deine vergangenen Sünden Abbitte tust. Es ist deine momentane Haltung, die zählt.«

»Ich weiß, dass sie keine Kriminellen nehmen. Es gab mal vor Jahrhunderten so einen Fall. Jollian glaubte, vor dem, was er getan hatte, durch eine Erinnerungslöschung und die Migration in die Inneren Welten davonlaufen zu können. Doch Paula Myo hat ihn geschnappt und seine Biononics entfernen lassen, sodass ihm auf den Externen Welten als dem Menschen, der er zum Zeitpunkt seiner Verbrechen gewesen war, der Prozess gemacht werden konnte. Ich glaube, er hat ein paar Hundert Jahre Lebenssuspension bekommen.«

»So denkst du also von mir? Du glaubst, dass ich mich für den Präzedenzfall Jollian eigne? Nun, vielen herzlichen Dank, Araminta. Aber es gibt da ein paar Dinge, die du nicht ganz außer Acht lassen solltest. Erstens ist nicht Paula Myo hinter mir her. Und sie ist es deshalb nicht, weil ich zweitens kein Verbrechen begangen hab.«

»Hast du das dem Finanzamt von Viotia schon gesagt?«

»Meine Geschäftsführung war ein ziemliches Durcheinander, zugegeben. Davor will ich mich auch gar nicht verstecken. Ich hab sogar meinem Higher-Berater von meinen Finanzen erzählt. Und weißt du, was er zu mir gemeint hat?«

»Sag's mir.«

»Die Higher-Kultur sei im Begriff davon abzurücken, dass Geld etwas Schlechtes ist.«

»Wie außerordentlich praktisch für dich.«

»Hör zu, ich wollte nur anrufen, um mich bei dir zu entschuldigen. Nicht, um dich um irgendetwas bitten. Und ich wollte mich vergewissern, dass es dir gut geht.«

»Ein bisschen spät, findest du nicht?«, gab sie wütend zurück. »Ich bin nicht Teil irgendeiner Therapiesitzung, die du abschließen musst, bevor sie dich nehmen.«

»Du verstehst das alles vollkommen falsch. Vielleicht ist ja deine Verbitterung daran schuld, dass du nicht begreifst, was ich eigentlich sage.«

»Ozzie! Das hier *ist* deine Therapiesietzung.«

»Wir brauchen keine Therapie, um Higher zu werden, es ist schlicht unausweichlich. Sogar du wirst letzten Endes migrieren.«

»Niemals.«

Sein Abbild produzierte ein nachsichtiges schiefes Lächeln. »Ich erinnere mich, auch mal so gedacht zu haben. Vermutlich als ich in meinen Zwanzigern war. Ich weiß, dass es für jemanden deines Alters nicht viel Sinn ergibt, wo doch jeder Tag noch ein Neuanfang ist, aber nach ein paar Jahrhunderten auf den Externen Welten fängt man an, sich zu langweilen und unbefriedigt zu fühlen. Jeder Tag wird zu einem ständigen Kampf. Politiker erweisen sich als korrupt und unfähig, Projekte werden niemals fristgerecht oder im Rahmen des Budgets abgeschlossen, Bürokraten machen sich einen Spaß daraus, deine Pläne zu durchkreuzen, und dann ist da noch der ewige Streit ums Geld.«

»Den du verloren hast.«

»Danke, aber ich hab mich und meine Familie über drei

Jahrhunderte lang ernährt. Sogar du hast noch von den Früchten dieser Arbeit profitiert. Aber um ehrlich zu sein, alles in allem hab ich nicht sehr viel erreicht, oder? Ein paar zehntausend Dollar, die man nach dreieinhalb Jahrhunderten vorzuweisen hat. Das ist nicht exakt das Gleiche wie im Universum seine Spuren zu hinterlassen, nicht wahr? Und ich spreche nicht nur von mir, es gibt Milliarden von Menschen, denen es genauso geht. Die Externen Welten sind ganz unterhaltsam und spannend mit ihrer Marktwirtschaft, ihren aufeinanderprallenden Ideologien und ihrem Drang nach außen. Als junger Mensch hat man in einem solchen Umfeld bestens Erfolg. Aber dann kommt der Tag, an dem man zurückblicken und Bilanz ziehen muss. Das hast du für mich getan.«

»Oh, komm schon! Du gibst mir die Schuld an dem Mist, den du gebaut hast?«

»Nein. Ich gebe dir nicht die Schuld. Verstehst du nicht? Ich möchte mich bei dir bedanken. Ich war alt, aber du musstest erst kommen, um es mir zu zeigen. Der Unterschied zwischen uns war so groß, dass nicht einmal ich noch länger die Augen davor verschließen konnte. Es gibt keinen größeren Narren als einen alten Narren, und die größte Narrheit bestand darin, dass ich mir selbst etwas vorgemacht hab. Ich war es leid, dieses Leben, doch ich hab es mir selbst nur nicht eingestehen wollen. Indem ich den miesen Schweinehund herausgekehrt hab und mir eine junge Frau nahm, habe ich nur ein weiteres Mal verleugnet, was aus mir geworden war. Aber nicht einmal das hat funktioniert, stimmt's? Ich habe uns beide unglücklich gemacht.«

»Das ist noch relativ milde ausgedrückt«, murmelte sie; wenngleich es auch etwas Befriedigendes hatte, ihn zugeben zu hören, dass alles allein sein Fehler gewesen war. »Ich hab mich wegen dir von meiner Familie abgewendet.«

Er lächelte sie verschlagen an. »Und das war so schlecht?«

»Ja, okay«, erwiderte sie mit einem koboldhaften Grinsen. »In dem Fall hast du mir einen Gefallen getan. Ich bin wirklich nicht dazu geschaffen, zwei Jahrhunderte lang Regelungstechnik für die Landwirtschaft zu verhökern.«

»Das war mir in dem Moment klar, als ich dich sah. Und? Wie geht's voran in der Welt der Immobiliensanierung?«

»Schwieriger als ich dachte«, gestand sie. »Es gibt so viele blöde Kleinigkeiten, die mich nerven.«

»Ich weiß. Denk dir deinen Frust von heute multipliziert mit dreihundert Jahren, dann hast du 'ne ungefähre Ahnung davon, wie ich mich gefühlt hab.«

»Und jetzt tust du es nicht mehr?«

»Nein.«

»Ich kann mir nicht vorstellen, dass die Higher-Kultur frei von Bürokratie oder Korruption oder von Schwachköpfen oder inkompetenten Politikern ist. Es ist vielleicht nicht so offensichtlich, aber es gibt das alles bestimmt.«

»Nein, gibt es nicht. Nun ja . . ., na schön, aber nicht in einem solchen Ausmaß wie in den Externen Welten. Sieh mal, für nichts davon besteht irgendein Grund. So viele der sozialen Probleme, unter denen die Externen Welten leiden, sind auf den Handel, das Kapital und den Materialismus zurückzuführen. Das ist, was die Volkswirtschaft nach alter Schule produziert. Genau genommen sind Probleme das Einzige, was sie produziert. Die kybernetisierte Produktion und die Ressourcenverteilung, auf denen die Higher-Kultur basiert, nehmen all diese Probleme aus der Gleichung heraus. Und sie lässt uns alles aus einem reiferen, klügeren Blickwinkel betrachten. Wir streiten uns nicht mehr um Lappalien, wir können es uns leisten, die Dinge aus einer langfristigeren, vernünftigeren Perspektive zu sehen.«

»Du redest, als wärst du schon einer von ihnen.«

»*Von ihnen.* So viel also zu deiner Perspektive. Higher-Kultur ist in erster Linie ein Bewusstseinszustand, unterstützt allerdings durch physischen Wohlstand.«

»Ihr seid das, was die Externen Welten ebenfalls anstreben zu sein: Jeder ist ein Millionär.«

»Nein. Jeder hat den gleichen Zugriff auf Ressourcen. Daran mangelt es euch. Obwohl ich darauf hinweisen sollte, dass Externe Welten letzten Endes immer zur Higher-Kultur übertreten. Wir sind der Gipfel menschlicher sozialer und technologischer Errungenschaften. Mit anderen Worten: Dies ist es, wonach die Menschheit von jeher getrachtet hat, seit der Urmensch einen Knüppel vom Boden geklaubt hat, um sich bei der Nahrungssuche in den afrikanischen Ebenen einen Vorteil gegenüber allen anderen Raubtieren zu verschaffen. Wir vervollkommnen uns, wann immer wir Gelegenheit dazu haben.«

»Warum gehst du dann nicht direkt zu ANA und downloadest dich? So vervollkommnen sich doch die Higher, oder?«

»Schlussendlich werde ich das, nehme ich an. Aber Higher ist erst einmal die nächste Stufe für mich. Ich würde gern eine gewisse Zeit in meinem Körper verbringen, die nicht von so viel Mühsal gekennzeichnet ist. Ein paar Jahrhunderte, in denen ich einfach ausspannen kann und lernen. Es gibt so vieles, was ich noch tun und erleben möchte, aber bisher niemals konnte. Die Möglichkeiten hier sind wirklich erstaunlich.«

Araminta lachte still in sich hinein; zumindest das klang nach dem alten Laril. »Dann wünsche ich dir mal viel Glück.«

»Danke. Ich wollte die Dinge wirklich nicht so stehen lassen, wie sie zwischen uns waren. Solltest du jemals irgendwas brauchen, ruf mich bitte an, auch wenn es nur eine Schulter zum Ausweinen ist.«

»Klar. Werd ich machen«, log sie, wohl wissend, dass dieser Fall niemals eintreten würde. Sie empfand eine unanständige Befriedigung, als er das Gespräch beendete. Offenbar funktionierten Schlussstriche in beide Richtungen.

Die Menschen hatten keine Gesichter. Jedenfalls keine, die er kannte. Es waren Dutzende, Männer, Frauen, sogar Kinder. Sie befanden sich vor ihm. Rannten. Liefen davon wie in Panik geratenes Vieh vor einem tödlichen Raubtier. Ihre Schreie drohten, ihm das Trommelfell zu zerreißen. Worte kämpften sich aus der Mauer von Geräuschen nach oben. Die meisten waren flehentliche Bitten um Hilfe, um Erbarmen, um Zuflucht, um ihr Leben. Wie sehr sie auch rannten, er hielt immer mit ihnen Schritt.

Das groteske Gedränge fand in einer Art großen Halle mit kristallglänzenden Vertiefungen entlang der kuppelförmigen Decke statt. Reihen von geschwungenen Stühlen behinderten die verzweifelte Menge, während sie in Richtung der Ausgänge lief. Er wollte oder konnte sich nicht umdrehen. Er hatte keine Ahnung, wovor sie flohen. Energiewaffen kreischten auf und die Menschen warfen sich zu Boden. Er jedoch blieb stehen, schaute herab auf ihre lang hingestreckten Körper. Auf seltsame Weise vermochte ihn das Grauen nicht zu erreichen. Er wusste nicht, was es sein konnte. Doch er war hier mit diesen Menschen, war Teil ihres Entsetzens, welcher Schrecken auch immer sich hier gerade abspielen mochte. Dann glitt eine Art Schatten wie sich ausbreitende Dämonenflügel über den Boden.

Keuchend fuhr Aaron in seinem Bett auf. Seine Haut war kalt und nass von Schweiß. Sein Herz hämmerte. Es dauerte einen Moment, bis ihm wieder einfiel, wo er war. Die Lichter in der Schlafkabine flackerten auf und ließen ihn die gewölbten Schiffstrennwände erkennen. Blinzelnd starrte er sie an, während der Traum allmählich verblasste.

Irgendwie wusste er, dass die merkwürdigen Bilder mehr als nur ein Traum gewesen waren. Sie mussten eine Erinnerung aus seinem früheren Leben sein, eine Erinnerung an ein Ereignis, das stark genug war, in seinen Neuronen haften geblieben zu sein, während der Rest seiner Identität gelöscht worden war. Er war neugierig und erschrocken zugleich.

Wo, zur Hölle, bin ich da bloß hineingeraten?

Doch was immer auch der Grund für den Tumult gewesen war, bei Licht betrachtet erschien er ihm kaum schlimmer als alles, das diese Mission bislang mit sich gebracht hatte. Sein

Herzschlag hatte sich auch ohne biononische Unterstützung wieder beruhigt. Er atmete tief durch und kletterte aus der Koje.

»Wo sind wir?«, fragte er den Smartcore der *Artful Dodger.*

»Sechs Stunden vor Anagaska.«

»Sehr gut.« Er streckte sich und rollte mit den Schultern. »Gib mir eine Dusche«, befahl er dem Smartcore. »Fang mit Wasser an; schalt um auf Sporen, wenn ich es sage.«

Die Kabine begann sich zu verändern, die Koje schob sich zurück in die Schiffswand, der Boden verfestigte sich zu einer Oberfläche aus schwarz-weißem Marmor. Goldene Austrittsöffnungen wuchsen aus jeder der vier Ecken, dann spritzte warmes Wasser heraus.

Selbst angesichts seines offensichtlichen Higher-Ursprungs war es eine Überraschung gewesen, festzustellen, dass das Schiff mit einem Ultra-Antrieb ausgestattet war. Bisher hatte Aaron diese Technologie für nicht mehr als ein Ammenmärchen gehalten. Das war auch der Moment gewesen, da ihm klar wurde, dass er für irgendeine ANA-Fraktion arbeiten musste. Das war ein Gedanke, den er noch um einiges interessanter fand als den Antrieb. Denn das bedeutete, dass die Pilgerfahrt weit, weit ernster genommen wurde, als die Leute im Allgemeinen dachten.

Nachdem die Sporen seine Haut gereinigt und getrocknet hatten, zog er sich einen schlichten dunkelvioletten einteiligen Anzug an und trat in die Hauptlounge hinaus. Seine kleine Kabine zog sich in den Schiffsrumpf zurück, um mehr Bodenfläche zu schaffen. Corrie-Lyns Kabine war noch belegt, ein einfacher, blasenartiger Umriss, der in den halbkugelförmigen Raum hineinragte. Sein gestriger Vorschlag, sich gemeinsam eine Schlafstelle zu teilen, hatte ihr nur einen eisigen Blick und ein augenblickliches »Gute Nacht«, entlockt.

Wahrscheinlich würde sie nicht eher wieder herauskommen, bis sie gelandet waren.

Die Kücheneinheit lieferte ihm ein ausgezeichnetes Frühstück, bestehend aus Benjiit-Spiegeleiern und luftgetrocknetem Wiltshire-Räucherschinken mit Toast und dicker englischer Marmelade. Aaron besaß einen ausgeprägten Sinn für Tradition. *So zumindest hat es den Anschein*, grübelte er.

Während er die dritte Scheibe Toast in sich hineinstopfte, kam wider Erwarten Corrie-Lyn aus ihrer Kabine. Sie trug ein (für ihre Verhältnisse) sittsames türkis- und smaragdfarbenes knielanges Kaschmirstrickkleid, das der Schiffssynthetisator für sie generiert hatte. Ihre Kabine zog sich in die Wand zurück. Sie holte sich einen großen Becher Tee von der Kücheneinheit, bevor sie Aaron gegenüber Platz nahm.

Den Gefühlszustand einer Person zu erkennen war ein wesentlicher Bestandteil von Aarons Assessmentroutine. Doch an diesem Morgen war Corrie-Lyn so unlesbar wie ein schweigender Solido.

Eine Weile starrte sie ihn schweigend an und schlürfte ihren Tee, offensichtlich unbeeindruckt von der Peinlichkeit der Situation.

»Haben Sie etwas auf dem Herzen?«, fragte er sanft, die Stille durchbrechend. Dass er derjenige war, der sie brach, sagte einiges aus. Es gab nicht viele Menschen, die es schafften, dass ihm in ihrer Gesellschaft mulmig zu werden begann.

»Nicht auf *meinem* Herzen«, erwiderte sie, ein wenig zu ernst.

»Das heißt? Oh, kommen Sie, Sie sind eine attraktive Frau. Ich war quasi verpflichtet zu fragen. Wahrscheinlich wären sie noch gekränkter gewesen, wenn ich es nicht getan hätte.«

»Davon rede ich nicht.« Verächtlich winkte sie ab. »Ich spreche von dem Traum, den Sie hatten.«

»Ich ... Traum?«

»Schon vergessen? Ich bin kein Living-Dream-Ratsmitglied geworden, nur weil ich so einen geilen Arsch hab. Ich tauche in die Träume der Menschen ein, erforsche ihren emotionalen Zustand und versuche ihnen dabei zu helfen, sich mit sich und der Welt in Übereinklang zu bringen. Träume sagen viel aus.«

»Oh, Scheiße! Ich hab ihn ins Gaiafield durchsickern lassen.«

»Offensichtlich. Ich würde Ihnen gern sagen, dass Sie ein zutiefst gestörtes Individuum sind. Aber das wäre vermutlich kaum eine große Offenbarung, habe ich recht?«

»Ich habe gewiss einige Schlachten gesehen und erlebt. Kein Wunder, dass mein Unterbewusstsein solchen Mist wieder hochkommen lässt.«

Sie lächelte ihn triumphierend an. »Aber Sie erinnern sich nicht mehr an jede Schlacht, nicht wahr? Jedenfalls nicht an die, die vor dieser bestimmten Inkarnation stattfanden. Das bedeutet, an welchem Ereignis Sie auch immer beteiligt waren, es muss wirklich epochal gewesen sein, wenn es in Ihrem Unterbewusstsein fortbestehen konnte. Die Löschverfahren sind im Allgemeinen recht zuverlässig heutzutage, und ich nehme an, dass Sie Zugriff auf die allerbesten besaßen.«

»Jetzt machen Sie mal 'nen Punkt. Das war viel zu verrückt, um eine Erinnerung zu sein.«

»Die meisten Träume werden von der Erinnerung erzeugt, abgesehen von denen Inigos natürlich. Sie wurzeln in der Realität, im Erleben. Was Sie gesehen haben, ist das Geschehen, an das sich Ihre wahre Persönlichkeit erinnert. Träume sind etwas sehr Wahrhaftiges, Aaron, Sie können sie nicht einfach ignorieren oder ein Aerosol nehmen, um sie zu verbannen. Solange Sie sich dem, was Sie geträumt haben, nicht stellen, werden Sie niemals wirklich mit sich im Reinen sein.«

»Schnitz ich Ihnen gerade 'nen Heiligenschein?«

»Sarkasmus ist ein sehr bemitleidenswerter sozialer Abwehrmechanismus, vor allem unter diesen Umständen. Wir wissen beide, wie gestört wir sind. Sie können sich und Ihre Gefühle nicht vor jemandem abschirmen, der so viel Erfahrung hat wie ich. Das Gaiafield wird Ihnen zeigen, wozu Sie bestimmt sind.«

Aaron überzeugte sich sorgfältig davon, dass die Gaiamotes vollständig abgeschottet waren. Nichts war erlaubt, aus seinem

Schädel zu entkommen. »Also gut«, knurrte er. »Was habe ich geträumt?«

»Etwas aus Ihrer Vergangenheit.«

»Hey, wow. Ganz offensichtlich befinde ich mich in Gesellschaft eines wahrhaft galaktischen Meisters der Kunst.«

Unbeeindruckt trank Corrie-Lyn einen weiteren Schluck von ihrem Tee. »Was viel bedeutsamer ist: von einem dunklen Kapitel in Ihrer Vergangenheit. Unter Berücksichtigung dessen, dass die Erinnerung die Löschung überstanden und sich in so starker Weise manifestiert hat, würde ich vermuten, dass es sich um eine Art Knackpunkt in Ihrer psychologischen Entwicklung handelt. Die Leute in Ihrem Traum hatten sehr große Angst; man kann auch von Entsetzen sprechen. Wenn so viele Menschen voller Panik davonrennen, muss es sich schon um eine ziemlich tödliche Bedrohung handeln. Und so etwas ist im heutigen Commonwealth eher selten, selbst auf den äußersten Externen Welten.«

»Möglicherweise habe ich einen Evakuierungseinsatz bei irgendeiner Katastrophe durchgeführt. Ungewöhnlich, aber nicht undenkbar. Es gehen eine Menge Dinge auf den Externen Welten vor, bei denen die weiter entwickelten Planeten gern mal wegsehen.«

Corrie-Lyn schaute ihn traurig lächelnd an. »Sie befanden sich *über* ihnen, Aaron. Erinnern Sie sich nicht? Sie sind nicht *mit ihnen* davongerannt. Sie waren derjenige, vor dem sie Angst hatten. Sie und das, was Sie verkörpert haben.«

»So ein Unsinn.«

»Männer. Frauen. Kinder. Alle sind vor Ihnen geflohen. Ausnahmslos völlig hysterisch und von Grauen gepackt. Ich frage mich, was Sie wohl mit ihnen vorhatten. Wir haben ja letzthin am Tempel schon festgestellt, dass Sie überhaupt keine Skrupel besitzen.«

»Nicht unclever«, erwiderte er mit höhnischem Grinsen. »Ich hab Sie wütend gemacht und jetzt kommen Sie daher und fahren Ihre kleinen psychologischen Retourkutschen. Lady, ich muss Ihnen leider sagen, dass Sie nichts, aber auch gar nichts aufzubieten haben, um mir Angst einzujagen Das ist, bei Ozzie, nichts als die reine Wahrheit.«

»Ich will Ihnen gar nichts einjagen, Aaron«, erwiderte sie voller Ernst. »Darum geht es bei Living Dream, dem wahren Living Dream, nicht. Wir existieren, um das menschliche Leben zu seiner Erfüllung zu führen. Die Verheißung der Leere gehört zu einem großen Teil dazu, ja. Aber sie ist nicht der einzige Baustein, um zu erkennen, wer wir sind, um unsere wahre Natur zu begreifen. Ich möchte das Potenzial, das in Ihnen steckt, freisetzen. In Ihrem Geist schlummert mehr als nur sinnlose Gewalt, das kann ich spüren. Sie könnten so viel mehr sein, als Sie heute sind, wenn Sie mich Ihnen nur helfen lassen würden. Wir könnten gemeinsam Ihre Träume erforschen.«

»Nennen Sie mich von mir aus altmodisch, aber meine Träume gehören mir.«

»Die Dunkelheit, die Sie zum Schluss gesehen haben, die interessiert mich.«

»Dieser Schatten?« Trotz seines Widerstrebens war Aaron neugierig, was genau sie davon mitbekommen hatte.

»Ein *geflügelter* Schatten – was bei den meisten Menschen eine starke Resonanz hervorruft, egal, von welcher kulturellen Strömung sie beeinflusst sind. Aber es war mehr als nur ein einfacher Schatten. Es besaß für Sie eine signifikante Bedeutung. Eine Verkörperung Ihres Unterbewusstseins, nehme ich an. Schließlich hat er Sie nicht sonderlich überrascht. Im Gegenteil, Sie schienen sich fast wohl mit ihm zu fühlen.«

»Wie auch immer. Wir haben uns im Augenblick um wichtigere Dinge zu kümmern. Wir landen in fünfeinhalb Stunden.« Irgendetwas in seinem Verstand sagt ihm, dass es besser war, das Gespräch jetzt zu beenden. Sie versuchte nur, ihn abzulenken, ihn zu überrumpeln. Das durfte er nicht zulassen, er musste sich auch weiterhin völlig auf die Mission konzentrieren, auf seinen Auftrag, Inigo zu finden.

Corrie-Lyn hob eine Augenbraue. »Wollen Sie ernsthaft

behaupten, dass Sie das nicht interessiert? Wir sprechen hier gerade über Ihr wirkliches Ich.«

»Ich versichere Ihnen noch einmal, ich bin glücklich mit dem, was ich bin. Also, Sie sagten, Inigo sei nach Anagaska gereist, um seine Familie zu besuchen.«

Entmutigt sah sie ihn an. »Ich sagte, dass er sich gelegentlich auf seine Heimatwelt zurückgezogen hat, wenn ihm alles zu viel wurde. Das Einzige, was ich weiß, ist, dass er Familie besaß. Jede weitere Schlussfolgerung liegt ganz allein bei Ihnen.«

»Seine Mutter ist migriert und downloadete sich später in ANA. Was ist mit der Tante?«

»Keine Ahnung.«

»Hatte diese Tante Kinder? Cousins, mit denen er aufgewachsen sein könnte?«

»Keine Ahnung.«

»Gab es Familiengrundbesitz? Einen Zufluchtsort, an dem er sich sicher gefühlt hat?«

»Keine Ahnung.«

Er lehnte sich zurück, widerstand gerade noch rechtzeitig dem Impuls, sie zornig anzustarren. »Seine offizielle Biographie behauptet, dass er in Kuhmo aufgewachsen sei. Bitte sagen Sie mir, dass das keine Lüge ist.«

»Ich nehme an, dass das zutrifft. Das heißt, ich habe jedenfalls keinen Grund, daran zu zweifeln. Living Dream hat dort sein Bibliotheksgebäude gebaut.«

»Zentraler Anbetungsort für Ihren lebenden Gott, was?«

»Es wundert mich überhaupt nicht, dass Sie sich nicht selbst kennen wollen. Sie sind ein richtiger Scheißkerl, und das wissen Sie auch.«

Tausend Kilometer über Anagaska glitt die *Artful Dodger* wieder in den Echtraum zurück. Aaron befahl dem Smartcore, Verbindung mit dem lokalen Raumüberwachungsnetzwerk aufzunehmen und um Landeerlaubnis auf dem Kuhmo-Raumhafen zu bitten. Die Genehmigung wurde augenblicklich erteilt, und das Raumschiff setzte zum Anflug auf das Zentrum des von Wolken verhangenen Ostkontinents an.

Als sie im Jahr 2375 vom CST als H-kongruent bestätigt und zur Besiedlung freigegeben worden war, war Anagaska eine wenig bemerkenswerte Welt gewesen in dem, was damals Phase-Drei-Raum genannt wurde, der eine lang währende, langsame Entwicklung vorherbestimmt gewesen war. Doch dann hatte der Starflyer das Commonwealth in einen Krieg gegen die Prime-Aliens gestürzt, und ihre Zukunft hatte sich radikal geändert.

Einer der siebenundvierzig Planeten, die während der letzten großen Angriffswelle der Prime auf das Commonwealth verwüstet worden waren, war Hanko. Seine Sonne war Ziel von Eruptionsbomben und Quantenzerstörern geworden, die das schutzlose Klima des Planeten und seine Biosphäre wochenlang einer Flut von lebenszerstörender Strahlung ausgesetzt hatten. Die hundertfünfzig Millionen starke Bevölkerung war unter Stadtkraftfeldern auf einer sterbenden Welt gefangen gewesen, auf der selbst die Luft tödlich verseucht war. Evakuierung war die einzige Option gewesen. Und dank Nigel Sheldon und des CTS-Unternehmens, das Hankos Wurmlochverbindung betrieb, waren Hankos Bewohner über zweiundvierzig Lichtjahre hinweg nach Anagaska verbracht worden.

Unglücklicherweise bestand Anagaska zu dieser Zeit aus kaum mehr als wild wucherndem Wald, unberührter Prärie und lebensfeindlichem Dschungel; gerade einmal fünf im Vorfeld einer geplanten Besiedlung errichtete Forschungsstationen boten einigen wenigen Hundert Wissenschaftlern Platz. Doch Nigel hatte selbst für dieses Problem eine Lösung gehabt. Das Innere der Wurmlöcher, die Hankos Bevölkerung zu ihrer neuen Heimat transportierten, wurde auf eine unterschiedliche, in Relation zu dem äußeren Universum extrem langsame Temporalflussgeschwindigkeit gesetzt. Nachdem der Krieg inzwischen beendet war, flossen in die Schaffung einer

Infrastruktur auf Anagaska und den anderen sechsundvierzig Fluchtplaneten Billionen von Dollar. Es war mehr als ein Jahrhundert erforderlich gewesen, um die notwendigsten öffentlichen Einrichtungen und Wohnmöglichkeiten zu schaffen und Städte und Ortschaften aus dem Boden zu stampfen, die von ihrer Anlage und Architektur her beinahe stalinistisch anmuteten. Doch als sich das Wurmloch von Hanko schließlich auf Anagaska öffnete, hatte jeder, der hinaustrat, zumindest ein Dach über dem Kopf und ausreichend zu essen, während sich alle mit vereinten Kräften daranmachten, die Landwirtschaft und Industrie ihrer neuen Heimat aufzubauen.

Vielleicht war es unvermeidlich, dass die Fluchtplaneten sich nach einem solchen Trauma wirtschaftlich nur sehr zögerlich entwickelten. In einer Zeit, in der sich überall im Commonwealth tiefgreifende Veränderungen vollzogen, kamen ihre Hauptstädte nur schleppend voran. Und was die entlegenen Ortschaften betraf, so wurden diese zu fast im Stillstand verharrenden, rückständigen Nestern. Niemand musste darben, niemand war nachgerade arm. Aber es fehlte ihnen an dem Tatendrang, der den Rest der Menschheit erfasste, als Bionics verfügbar wurden, ANA online ging und neue politische und kulturelle Blöcke sich bildeten.

Kuhmo war so eine rückständige Stadt. Nur wenig hatte sich dort zwischen dem Tag, an dem ihre neuen Bewohner aus den gigantischen Regierungstransporten herausgestolpert waren und der Ära, in der Inigo das Licht der Welt erblickt hatte, geändert. Als Inigo ein Kind gewesen war, hatte noch die massige, hexagonale Arkologie das Zentrum der Stadtzone dominiert, die errichtet worden war, um seine Vorfahren zu beherbergen. Aber die unbewohnten oberen Level waren da schon in alarmierender Weise verfallen, während die unteren Ebenen unterprivilegierten Familien und drittklassigen Geschäften billige Unterkunft boten. Tatsächlich existierte die Arkologie noch sechzig Jahre nachdem Inigo Kuhmo den Rücken gekehrt hatte; ein monströser städtebaulicher Schandfleck, für den kein Geld zur Sanierung oder zum Abriss vorhanden war.

Ein Jahrhundert später schließlich war das obere Drittel der Arkologie mit Geldern, die Anagaskas Föderalregierung zur Erhaltung der öffentlichen Sicherheit zur Verfügung gestellt hatte, zerlegt und abmontiert worden. Dann hatte Living Dream dem Gemeinderat ein Angebot unterbreitet, das dieser unmöglich ablehnen konnte. Schlussendlich wurde die Arkologie ganz niedergerissen und ihre Bewohner in vornehmen, modernen und eigens zu diesem Zweck angelegten Vororten untergebracht. Dort, wo das Monstrum einst gestanden hatte, tauchten schon bald die ersten Fundamente eines neuen Gebäudekomplexes auf, nicht annähernd so groß, aber dafür umso bedeutender. Living Dream hatte mit dem Bau dessen begonnen, was zu Anagaskas Haupttempel werden sollte, mit großer Bibliothek und einer angeschlossenen freien Akademie. Das geheiligte Zentrum wirkte wie ein Magnet auf die Frommen des Planeten und einer erklecklichen Anzahl nahe gelegener Sternensysteme dazu. Viele Besucher blieben und veränderten den Charakter von Kuhmo für immer.

Aaron stand unter den hohen Novikbäumen, die den Park um den Tempel beherrschten, und schaute hinauf zu den spitz zulaufenden Türmchen mit ihren prunkvollen Umkränzungen aus steinernen Skulpturen. Abfällig rümpfte er die Nase. »Viel schlimmer als das hier konnte die Arkologie auch nicht sein«, stellte er fest. »Und das soll der ultimative Tempel eures Anführers sein? Seine Bekundung an seinen Geburtsort, dass es ihn weiter und höher gezogen hat? Verdammt! Er muss seine Heimatstadt wirklich gehasst haben, dass er ihr so etwas angetan hat. Das Einzige, was mir das hier sagt, ist, dass ich mich in Kuhmo vor falschen Freunden in Acht nehmen muss.«

Corrie-Lyn seufzte und schüttelte den Kopf. »Ozzie, was sind sie bloß für ein Philister.«

»Aber immerhin weiß ich, was mir gefällt. Und, Lady, das

hier tut es nicht. Selbst die alten Big-15-Welten hatten eine bessere Architektur vorzuweisen.«

»Was wollen Sie also tun? Den Tempel mit einem Disruptorimpuls in Schutt und Asche schießen?«

»Verführerisch, das muss ich zugeben. Aber nein. Zuerst werden wir uns ein bisschen der Informationsbeschaffung widmen.«

Das Inigo-Museum, in Wahrheit ein Schrein, erwies sich als mindestens genauso übel, wie Aaron es erwartet hatte. Zunächst einmal konnten sie nicht einfach so herumwandern. Sie mussten sich draußen am Haupteingang einer Kolonne von Andächtigen anschließen und bekamen einen ›Fremdenführer‹ zur Seite gestellt. Die Tour war förmlich und straff durchorganisiert. Jedes einzelne Objekt kam mit auf alle Sinne abzielenden und gleichermaßen salbungsvollen Inhalten daher, die ins Gaiafield ausgestrahlt wurden.

Also biss Aaron die Zähne zusammen und setzte ein duldsames Lächeln auf, während sie in Inigos Haus seiner Kindheit herumgeführt wurden, das sorgsam von seinem ursprünglichen, zwei Kilometer weit entfernten Standort entwurzelt und unter Einsatz authentischer Methoden und Materialien der Zeit liebevoll in seinen alten Zustand zurückversetzt worden war. Mit jedem Raum ging eine langweilige, wenngleich andächtige Schilderung seiner Kindertage einher. Da gab es Solidos von seiner Mutter Sabine. Anrührige Dramenstückchen über seine Großeltern, deren Haus dies eigentlich war. Einen traurigen, seinem Vater Erik Horovi gewidmeten Bereich, der Sabine wenige Monate nach Inigos Geburt verlassen hatte. Eine Rekonstruktion der Entbindungsstation des örtlichen Krankenhauses.

Aaron sah Eriks Solido nachdenklich an und schickte seinen U-Shadow in dessen öffentlichen Datenspeicher, auf der Suche nach nützlichen Informationen. Erik war achtzehn Jahre alt gewesen, als Inigo geboren wurde. Auf Nachfrage erfuhr Aaron, dass Sabine einen Monat vor ihrem achtzehnten Geburtstag gestanden hatte, als sie mit Inigo niedergekommen war.

»Hatten die hier damals kein Empfängnisverhütungsprogramm?«, fragte er den Museumsführer brüsk.

Corrie-Lyn stöhnte und lief rot an. Das freundliche Lächeln des Führers geriet geringfügig aus den Fugen und kehrte sodann in etwas verkrampfterer Form wieder zurück. »Verzeihung?«

»Empfängnisverhütung. Das ist doch ziemlich üblich bei Teenagern, egal welcher Kultur.« Er hielt einen Moment inne, überflog die im Grunde genommen nicht vorhandene Information über Sabines Eltern. »Es sei denn, die Familie war nach alter Schule streng katholisch oder initiierten Taliban oder Hardcore-Protestanten angehörig. War sie das?«

»Nein, das war sie nicht«, erwiderte der Führer steif. »Inigo war stolz darauf, dass er sich von keiner der haarsträubenden mittelalterlichen religiösen Sekten der Erde ableitete. Es bedeutet, seine Ziele blieben rein.«

»Verstehe. Demnach war seine Geburt also geplant?«

»Seine Geburt war ein Segen für die Menschheit. Er ist der eine, der vom Waterwalker auserwählt wurde, um uns zu zeigen, was sich in der Leere befindet. Warum fragen Sie? Sind Sie so etwas wie ein Unisphärenjournalist?«

»Ganz bestimmt nicht. Ich bin Kulturanthropologe. Natürlich interessieren mich da Fortpflanzungsrituale.«

Der Führer schaute ihn argwöhnisch an. Aarons U-Shadow war darauf gefasst gewesen, jegliche Anfrage, die der Mann ins lokale Netz senden mochte, augenblicklich zu blocken. Sie waren, ohne einen Alarm auszulösen, durch den Museumseingang gekommen, was hieß, dass Living Dream noch keine commonwealthweite Warnung herausgegeben hatte. Aber sie würden fraglos schnell genug auf jedes Personenfile reagieren, das zu ihm oder Corrie-Lyn passte, egal, von welchem Planeten es kam. Und die Tatsache, dass es von Anagaska stammte, kaum zwei Tage nach dem Vorfall in Riasi, würde ihnen sofort verraten, was für eine Art von Raumschiff sie benutzten. Das konnte er nicht zulassen.

»Wohl kaum ein Ritual«, wandte der Führer verschnupft ein.

»Anthropologen glauben, dass alles, was wir tun, sich unter dem Aspekt des Ritualhaften zusammenfassen lässt«, sagte Corrie-Lyn in beschwichtigendem Ton. »Aber sagen Sie, ist das hier wirklich Inigos Bude im Studentenwohnheim?« Beflissen wedelte sie mit der Hand in Richtung des tristen holographischen Zimmers, das sich vor ihnen befand. Diverse unansehnliche und heruntergekommene Möbelstücke, die denen in 3-D-Color dargestellten glichen, waren in transparenten Stasiskammern ausgestellt.

»Ja«, erwiderte der Führer, wieder in seinen Zustand der Abgeklärtheit zurückfindend. »Ja, das ist es. Hier hat er seine Ausbildung als Astrophysiker begonnen; der erste Schritt auf dem Weg, der ihn nach Centurion Station führte. Die Bedeutung dieser Umgebung kann gar nicht hoch genug eingeschätzt werden.«

»Donnerwetter«, gurrte Corrie-Lyn.

Aaron war beeindruckt, dass sie nicht eine Miene dabei verzog.

»Was sollte das alles?«, stellte Corrie-Lyn ihn zur Rede, als sie in einer Taxikapsel saßen und auf dem Weg zurück zum Raumhafen-Hotel waren.

»Ihnen kam die ganze Sache also nicht merkwürdig vor?«

»Okay, zwei geile Teenager haben beschlossen, ein Baby zu machen. Das ist doch nichts Besonderes.«

»Doch, das ist es. Sie gingen beide noch zur Schule. Dann verschwindet Erik auf einmal ein paar Monate nach der Geburt. Weiterhin haben Sie mir erzählt, dass Inigo eine Tante besaß, die äußerst effektiv aus seiner Familiengeschichte herausgeschrieben wurde. Und Sie behaupten, Inigo wäre Higher, was entweder bei seiner Geburt oder relativ früh in seinem Leben geschehen sein muss; das heißt, vor seiner Centurion-Mission.«

»Wie kommen Sie darauf?«

»Weil er sich, wie Sie sagten, die allergrößte Mühe gegeben hat, es vor seinen Anhängern zu verbergen. Es ist nicht logisch anzunehmen, dass er sich Biononics verschafft hat, nachdem er mit Living Dream begann.«

»Einverstanden, aber was entnehmen Sie dieser ganzen Theoretisiererei?«

»Sie sagt mir nur, was für ein Haufen Schwachsinn seine offizielle Vergangenheit ist«, entgegnete Aaron, mit einer abfälligen Handbewegung in Richtung des immer kleiner werdenden Museums hinter ihnen weisend. »Diese ganze Farce ist eine perfekte Methode, Inigos wahre Geschichte zu verschleiern. Sie liefert eine einwandfreie Alternativgeschichte, mit gerade genug Berührungspunkten zur nachprüfbaren Realität, um nicht in Frage gestellt zu werden. Außer natürlich, man ist hartnäckig wie wir und hat zufällig Kenntnis von ein paar unbequemen Fakten, die nicht ganz ins Bild passen wollen. Wäre er schon als Higher geboren worden, müsste eines seiner Elternteile Higher gewesen sein. Sabine war es mit fast an Sicherheit grenzender Wahrscheinlichkeit nicht und Erik hat sein Kind praktischerweise wenige Monate nach der Geburt im Stich gelassen.«

»Es war zu viel für den Jungen, das ist alles. Wenn Inigos Geburt, wie sie annehmen, ein Unfall war, würde das niemanden groß überraschen.«

»Nein. Das ist es nicht. Ich glaube keineswegs, dass es ein Unfall war. Ganz im Gegenteil.« Er gab seinem U-Shadow Anweisung, die nicht zu Living Dream gehörenden örtlichen Archive nach besonderen Ereignissen aus dem Jahr vor Inigos Geburt zu überprüfen. Sie hatten schon beinahe das Hotel erreicht, als endlich eine Rückmeldung kam.

»Aha, da haben wir es.« Er ließ sie in die Datei Einblick nehmen. »Archiv der lokalen Nachrichtenagentur. Wurde vor zweihundert Jahren von einer intersolaren aufgekauft und von der Stadtbehörde in den Status ›eingestellt‹ heruntergestuft. Deshalb sind die Dateien auch so gut versteckt. Der Kunsttrakt der Kuhmo-Akademie ist achteinhalb Monate vor Inigos Geburt abgebrannt.«

»Richtig. Hier steht, der Trakt sei Mittelpunkt eines Bandenkriegs gewesen«, bemerkte Corrie-Lyn, während sie hastig die Datei überflog. »Ein Haufen hitzköpfiger Kids hat sich einen Revierkampf geliefert.«

»Ja, genau. Und jetzt starten Sie eine Suche nach Gang-Kultur in Kuhmo. Vor allem im Hinblick auf Vorfälle, bei denen Waffen im Spiel gewesen sind. Los, machen Sie schon. Ich wette tausend zu eins, dass Sie keine weiteren Dateien finden werden, weder aus der Zeit fünfzig Jahre vor diesem Datum noch aus den fünfzig Jahren danach. Schauen Sie sich die Geschichte von diesem Ort an, bevor Inigo seine Monstrosität hierhin gesetzt hat. Es gab nichts, worum es sich überhaupt zu streiten *gelohnt* hätte; nicht mal für Kids auf der untersten Sprosse der Gesellschaft. Der Gemeinderat hat immer nur zwischen drei Parteien gewechselt, und von denen war praktisch eine wie die andere. Deren Absichtserklärungen waren es auf jeden Fall: Steuern senken, der Verschwendung öffentlicher Gelder Einhalt gebieten, Investoren in die Region holen und dafür sorgen, dass die Parks immer schön sauber bleiben. Verdammt, sie haben es nicht mal geschafft, aus eigener Kraft diese Arkologie loszuwerden. Das Ding stand fast neunhundert Jahre da. Neun*hundert*, um Ozzies willen! Und die ganze Zeit über haben sie nicht mal ansatzweise die Kurve gekriegt. Kuhmo ist die ultimative Spießbürger-Endstation, dümpelt seit tausend Jahren in immer gleichem Trott vor sich hin. Böse Jungs wollen kein Stück von dieser Hölle, das wäre ungefähr so wie eine Verurteilung zur Suspension, mit sensorischer Folter als Zugabe. Die wollen nur von hier weg.«

»Okay, *okay*, ich geb's ja zu. Inigo hat eine zweifelhafte Familiengeschichte. Worauf wollen Sie hinaus?«

»Meine Theorie lautet: Radikale Infiltration; es betrifft exakt jenen Zeitraum. Und der steht mit Sicherheit nicht in irgendwelchen neueren Dateien, gut verborgen oder nicht.«

»Und wie finden wir heraus, was wirklich geschah?«

»Es gibt nur eine Möglichkeit. Wir müssen das Protektorat fragen.«

Corrie-Lyn ächzte frustriert und ließ den Kopf in die Hände sinken.

Der Versorgungshangar befand sich am Rand von Darocas Raumhafen. Einer von dreiundzwanzig identischen, schwarz schimmernden Würfeln in einer Reihe, in der letzten Reihe aus einem Block von zehn. An Blöcken gab es insgesamt achtzehn; es war ein großer Raumhafen, viel größer als der auf dem Navy-Gelände am anderen Ende der Stadt. Darocas Bürger waren ein ausgesprochen reiselustiges Volk und das Air-Projekt hatte beträchtlich dazu beigetragen, die Zahl der Schiffe in den letzten paar Jahrhunderten rapide anwachsen zu lassen. Ohne Verbindung zur Unisphäre und ihrem Leitsystem konnte ein Mensch den ganzen Tag lang auf dem Areal umherirren, ohne einen Hangar vom anderen unterscheiden zu können. Eine ausgeklügelte Modifikation der Raumhafenleitungssoftware hielt für jede ungebetene Person eine beinahe identische Desorientierungsfunktion für den Fall bereit, dass sie versuchen sollte, mithilfe von Navigationselektronik Troblums Hangar zu finden. Während die anderen Gebäude ihre Tore ständig öffneten, um Raumschiffe aufzunehmen oder auf die Rollbahn zu entlassen, blieb das von Troblum, außer für seine äußerst seltenen Flüge, hartnäckig verschlossen. Wenn die Tore sich beiseite schoben, verhinderte eine Sicherheitsabschirmung jeden visuellen oder elektronischen Blick ins Innere der Halle. Selbst die kleine Belegschaft, die Tag für Tag pflichtgetreu erschien, stellte ihre Kapseln draußen ab und kam durch eine kleine Seitentür herein. Danach musste sie drei weitere abgeschirmte Türen passieren, um in den zentralen Hangarbereich zu gelangen. Nahezu zwei Drittel des großen Gebäudes wurden von außerordentlich hoch entwickelten Synthese- und Produktionsmaschinen eingenommen. Sämtliche Systeme waren Spezialanfertigungen; ihre derzeitige Anordnung hatte Troblum über fünfzehn Jahre der beständigen Optimierung gekostet. Das war auch der Grund, warum er andere Menschen brauchte, die ihm halfen. Neumann-Kybernetik und Biononic-Extrusion waren hervorragende Systeme für den Alltagsbedarf. Aber für alles, was über das Übliche hinausging, musste man zunächst einmal die Maschinerie entwickeln, um die Maschinen zu bauen, die das Gerät fabrizierten.

Troblum hatte kein Problem damit, die modifizierte Exotische-Materie-Theorie hinter einem Planetenverschiebungs-FTL-Antrieb der Anomine zu entwickeln und sogar die grundlegende Generatortechnik, die er sich wünschte, zu beschreiben. Aber es war schwer, diese Abstrakta in physikalische Realität umzusetzen. Um damit überhaupt beginnen zu können, benötigte er Informationen über Novabomben-Technologie. Aber selbst nach annähernd 1200 Jahren hielt die Navy Einzelheiten über diese entsetzliche und mächtige Waffe streng unter Verschluss. An diesem Punkt kam Emily Alm ins Spiel.

Es war Marius gewesen, der den Kontakt zwischen ihnen hergestellt hatte. Emily arbeitete für die Waffenabteilung der Navy auf Augusta. Nach dreihundert Jahren war ihr das schlichtweg langweilig geworden.

»Es ergibt keinen Sinn mehr für mich«, hatte sie Troblum bei ihrem ersten Treffen gesagt. »Seit Jahrhunderten haben wir keine wirklich neuartigen Waffen gebaut. Das Einzige, was das Labor macht, ist, die Systeme, die wir haben, zu verbessern. Jedes auch nur ansatzweise neue Konzept, mit dem wir kommen, wird fast auf der Stelle von denen da oben verworfen.«

»Sie meinen ANA:Regierung?«, hatte er sie gefragt.

»Wer weiß schon, von wem die Anweisungen ursprünglich stammen? Ich weiß nur, dass sie von Admiral Kazimirs Dienststelle kommen und wir jedes Mal im Dreieck springen vor Wut. Es ist verrückt. Wieso, frag ich Sie, leisten wir uns überhaupt eine Forschungsabteilung für Waffentechnologie? Meines Wissens nach hat die Abschreckungsflotte schon seit fünfhundert Jahren keine Schiffe oder Bewaffnungen mehr ausgetauscht.«

Das Problem, das er ihr umriss, schien ihr interessant genug, um ihren Download in ANA zu verschieben. Nach Emily waren nach und nach andere zu seiner zusammengewürfelten Mannschaft gestoßen. So Dan Massell, dessen Fachkompetenz in funktionaler Molekularanordnung konkurrenzlos war, oder Ami Cowee, um bei der Exotischen-Materie-Formatierung zu helfen. Etliche Fachleute waren über die Jahre gekommen und gegangen, hatten an dem Neumann-Kybernetik-Array mitgearbeitet und waren wieder ihres Weges gezogen, wenn ihre Entwicklung das benötigte Nachfolgemodell konstruierte. Doch diese drei hatten ihm seit den Anfangsjahren die Treue gehalten. Ihr Alter und ihre Higher-bedingte Ausdauer und Geduld bedeuteten, dass sie wahrscheinlich die Einzigen waren, die ihn so lange zu ertragen vermochten. Das und ihre gemeinsame Begeisterung für das Projekt.

Als Troblums altersschwache Kapsel auf dem Feld vor dem Hangar aufsetzte, war er verwundert, lediglich Emilys und Massells Kapseln neben der schimmernden schwarzen Wand auf dem Beton stehen zu sehen. Er hatte Ami ebenfalls erwartet.

Dann, kaum dass er den zweiten kleinen Büroraum durchquert hatte, wurde ihm klar, dass irgendetwas nicht stimmte. Es fehlte das leise Vibrieren von Maschinen. Sobald der Schild vor der dritten Tür erloschen war, zeigte ihm sein auf Niedrigstufe arbeitendes Feld an, dass hinter ihr keine elektronische Aktivität stattfand. Der Hangar war zweigeteilt und die *Mellanie's Redemption* war am einen Ende abgestellt, eine dunkle, klobige Präsenz in fast der gleichen Schattierung wie die Assemblierungssektion. Troblum trat unter den Schiffsbug und schaute sich verständnislos um. Die Neumann-Kybernetik-Module, die vor ihm aufragten, waren größer als ein Haus; zu einem Gitterwürfel zusammengefügt aus etwas, das aussah wie durchsichtige Kristallgussblöcke von den Maßen gewerblicher Personenkapseln. Ein jeder erglühte in seinem eigenen, ihm innewohnenden primären Licht. Es war, als ob ein Regenbogen zersprungen wäre, dessen Teile anschließend wieder zu einem transparenten Kasten zusammengeschoben worden waren. Im Zentrum, drei Meter über Troblums Kopf, befand sich ein scharlachrot-schwarzer Konus, der Ejektormechanismus des terminalen Extruders. Eigentlich hätte er von einem ungeheuer komplexen Netz aus Quantenfeldern, sich überkreuzenden Zuleitungspressoren, Elektronenausrichtern und Molekularverschlussinjektoren umgeben sein sollen. Doch er konnte nicht einmal ein Energieglimmen erkennen.

Wenn alles glatt gegangen war in den letzten fünf Tagen, sollte der Planetenverschiebungsantrieb eigentlich zu zwei Dritteln fertiggestellt sein, Atom für Atom zu einer stabilen Matrix aus superdichter Materie zusammengefügt, die zusammengehalten wurde von ihrem eigenen integralen Kohärenzbindungsfeld. Mittlerweile hätte der Zylinder im Extruder zu sehen sein müssen, schimmernd vor neu angeordneter exotischer Strahlung, als würde er seine eigene Galaxis enthalten.

Stattdessen saßen Emily und Massell auf einem kistenähnlichen Atomar-D-K-Phasenverbindungsgehäuse am Sockel der Kybernetik und tranken Tee. Als er eintrat, sahen ihm beide schweigend und mit kummervollen Mienen entgegen.

»Was ist passiert?«

»Irgendeine Art von Instabilität«, erwiderte Emily. »Tut mir echt leid, Troblum. Der Bindungsfeldaufbau stimmte nicht. Ami musste es abschalten.«

»Und sie hat mir nichts davon gesagt!?«

»Konnte dir nicht gegenübertreten …«, sagte Massell. »Sie wusste, wie enttäuscht du sein würdest. Meinte, sie wollte nicht dafür verantwortlich sein, wenn dir das Herz bricht.«

»Das ist nicht – Arrrgh«, stöhnte er. Seine Biononics sonderten eine Flut von Hemmstoffen ab, als sie erkannten, dass seine Gedanken immer aufgeregter wurden. Er erschauerte, als hätte ein eisiger Hauch arktischer Luft ihn erfasst. Doch sein Fokus war absolut klar. Die Empfehlungen des protokollarischen Anstandsprogramms poppten in seiner Exosicht auf. »Danke, dass ihr gewartet habt, um es mir persönlich mitzuteilen«, sagte er so ruhig wie möglich. »Ich werde Ami anrufen und ihr sagen, dass es nicht ihre Schuld war.«

Emily und Massell tauschten einen ausdruckslosen Blick. »Das ist nett von dir«, sagte sie.

»Wie stark war die Instabilität?«

Massell zuckte zusammen. »Nicht gut. Wir werden die ganze Wirkung erneut überprüfen müssen, denke ich.«

»Können wir sie nicht einfach stabilisieren?«

»Das hoffe ich, aber auch das wird wie ein Dominoeffekt auf die internen Strukturen wirken.«

»Vielleicht auch nicht«, wandte Emily mit verhaltenem Optimismus ein. »Wir haben uns ein paar Spielräume vorbehalten. Innerhalb der Basisparameter lässt sich noch einiges machen.«

Troblum verstummte und versank in einen Zustand von Niedergeschlagenheit, dem selbst die Hemmstoffe nicht viel entgegenzusetzen hatten. Wenn Emily sich irrte, wenn sie eine komplette Neukonfiguration vornehmen mussten, würde die Neumann-Kybernetik komplett umgebaut werden müssen. Es würde Jahre dauern. Abermals. Und er hatte seine ganzen Hoffnungen in diesen Antriebsgenerator gesetzt, hatte wirklich geglaubt, am Ende dieser Woche über eine funktionierende Vorrichtung zu verfügen. Es war die einzige Möglichkeit, wie er die Leute dazu bringen konnte, seine Theorie zu akzeptieren. Marius würde es nicht erleben, dass die Navy eine Suchaktion unterstützte, dessen war er sich sicher. Dies hier war alles, was ihm noch geblieben war, seine letzte Möglichkeit für einen Beweis.

»Es ist doch kein Problem für dich, die Betriebsmittelzuweisung zu bekommen, oder?«, meinte Massell mit aufmunternder Stimme. »Ich meine, du hast es immerhin geschafft, deine Theorie auf dieses Level zu pushen.« Seine Geste schloss den schweigenden Koloss der Neumann-Kybernetik ein. »Du musst doch ein paar einflussreiche Freunde im Ausschuss haben. Und das hier war eigentlich gar kein so großer Rückschlag; es hat nur an einer einzigen Sache gehapert, die nicht ganz korrekt ausjustiert war.«

Geflissentlich vermied Troblum, in Emilys Richtung zu sehen. Massell war keiner von Marius' Kandidaten gewesen. »Ja, ich schätze, ich kann die nötigen EMA für einen Umbau bekommen.«

»Na bestens! Sollen wir gleich loslegen, oder möchtest du lieber ein paar Tage warten?«

»Gib uns ein paar Tage«, sagte Troblum, nachdem er die Empfehlungen des protokollarischen Anstandsprogramms konsultiert hatte. »Wir können nach dieser Sache alle eine kleine Auszeit gebrauchen. Ich werd mich daranmachen, mir die Telemetrie anzusehen. Ich ruf euch dann an, wenn ich zu wissen glaube, wie der neue Bindungsfeldaufbau auszusehen hat.«

»Okay.« Massell glitt von der Kiste herab und lächelte ihn ermutigend an. »Es gibt da so eine gewisse Air-Technikerin, der ich einen kleinen Kurzurlaub versprochen hab. Dann werd ich ihr mal Bescheid geben, dass ich jetzt Zeit dafür hätte.« Er warf Emily einen ausdruckslosen Blick zu und ging.

»Werden wir die Mittel bekommen, um weiterzumachen?«, fragte sie.

»Ich weiß nicht. Möglicherweise nicht von unserem gemeinsamen Freund.« In Troblums Hinterkopf nistete sich der hässliche, kleine Gedanke ein, dass dies hier genau das Ergebnis war, das Marius zum größtmöglichen Vorteil gereichte. Aber wie weit würde der Repräsentant der Accelerator-Fraktion gehen? »Aber auf die eine oder andere Weise werde ich sie schon auftreiben. Ich hab immer noch ein paar eigene EMAs übrig.«

Ein Ausdruck von Skepsis machte sich in ihrem Gesicht breit, als sie den Blick über die gewaltige Ansammlung von höchstentwickelten Apparaturen schweifen ließ. »Na gut. Falls du irgendwelche Hilfe bei der Prüfung der Daten brauchst, sag einfach Bescheid.«

»Danke«, erwiderte er.

Troblums Büro fiel eher bescheiden aus. Eine Ecke in einem der angeschlossenen Räume, der ausreichend Platz für einen großen Lehnsessel inmitten einer Solido-Hochkapazitätsprojektionsmatrix bot. Er ließ sich in die abgewetzten Polster sacken und starrte durch das schmale Fenster auf die Assemblierungssektion in der Halle. Jetzt, wo er allein war und die Wirkung der chemischen Präparate nachließ, fehlte ihm der Mut, mit einer Diagnoseüberprüfung zu beginnen. Der Antrieb hätte sanft und glatt aus dem Extruder und in den modifizierten Bugfrachtraum der *Mellanie's Redemption* gleiten sollen. Und er, Troblum, wäre mit Ablauf der Woche bereit gewesen, dem Commonwealth zu beweisen, dass er recht gehabt hatte. Er wäre bereit gewesen, ein völlig neues Kapitel in der galaktischen Geschichte aufzuschlagen. Higher sollten eigentlich darüber erhaben sein, sich frustrieren zu lassen, doch jetzt, in diesem Moment, hätte er am liebsten die Scheiße aus der Neumann-Kybernetik geprügelt.

Etwas später an diesem Nachmittag erhielt Troblum vom Hangar-Sicherheitsnetz die Mitteilung, dass auf dem Feld draußen eine Kapsel gelandet war. Stirnrunzelnd schaltete er das Sensorbild in seinem periphären Sichtfeld um und sah, wie sich der Boden der Kapsel aufschob und Marius heraustieg.

Troblum fürchtete tatsächlich um sein Leben. Die Warnung in dem Restaurant war deutlich genug gewesen. Doch Troblum war so sicher gewesen, dass die Konstruktion des Antriebs seinen Erwartungen gerecht werden würde, dass er den Verdacht, der ganze Fertigungsprozess könnte durch Vorsatz aus dem Lot geworfen worden sein – Sabotage! –, nicht loszuwerden vermochte. Und es gab nur eine Person, die dazu in der Lage gewesen wäre. Er warf einen Blick auf die *Mellanie's Redemption.* Selbst mit seinen fraktionsbeschafften Biononics würde Marius nicht imstande sein, das Kraftfeld des Schiffs zu durchdringen.

Doch darauf würde er es nicht ankommen lassen. Troblum hatte keinen Zufluchtsort, und er hatte definitiv keine Freunde – nicht einen, an keinem Ort der Galaxis. Und wenn Marius hier war, um ihn zu beseitigen, dann handelte er auf Weisung der Accelerators. Sich in dem Raumschiff zu verkriechen, hieße nur, das Unvermeidliche aufzuschieben.

Ich sollte mir unbedingt mal ein paar Gedanken darüber machen, wie ich aus dieser Sache wieder rauskomme.

Widerstrebend gab er dem Hangarnetz den Befehl, den Nebeneingang zu öffnen.

Kurz darauf betrat Marius das Büro, kam hereingeschwebt in seiner üblichen aalglatten, gleichgültigen Art. Er schaute sich in dem Zimmer um, wobei er es nicht einmal für nötig hielt, seine Abscheu zu verbergen. »Hier also verbringen Sie Ihre Tage.«

»Haben Sie etwas dagegen?«

»Aber nicht doch, keineswegs.« Marius schenkte ihm ein dünnes Lächeln. »Jeder sollte ein Hobby haben.«

»Haben Sie eines?«

»Keines, das Sie zu würdigen wüssten.«

»Also, weshalb sind Sie hier? Ich hab getan, was Sie verlangt haben, ich habe die Navy nicht bedrängt.«

»Ich weiß. Und das ist nicht unbemerkt geblieben.« Durch das Bürofenster musterte Marius das riesige Aufgebot an Neumann-Kybernetik. »Mein Beileid. Sie haben viel Arbeit und Mühe in den heutigen Tag gesteckt.«

»Woher wissen Sie …«

Die gespenstisch grünen Augen des Repräsentanten richteten sich wieder auf Troblum. »Seien Sie nicht kindisch. Nun, ich bin hergekommen, weil Sie mehr Mittel benötigen und wir noch ein anderes kleines Projekt haben, das Sie vielleicht interessieren wird.«

»Ein Projekt?« Nun, da offensichtlich doch keine unmittelbare Gefahr bestand, massakriert zu werden, kam Troblum nicht umhin, ein leichtes Zwicken von Neugier zu verspüren.

»Eines, das Ihnen schwerfallen wird abzulehnen, wenn Sie erst einmal die Einzelheiten erfahren haben. Es handelt sich um einen FTL-Antrieb, den wir in Produktion nehmen wollen. Wer weiß? Vielleicht springt bei dieser Sache etwas heraus, aus dem Sie Ihren Nutzen ziehen könnten.«

Troblum konnte sich absolut nicht vorstellen, welche Art von Antrieb die ANA-Fraktion benötigen könnte, besonders nicht nach dem letzten ultrageheimen Projekt, an dem er für Marius gearbeitet hatte. »Und Sie helfen mir, zusätzliche EMAs für einen Umbau hier locker zu machen?«

»Die Budgets sind knapp in diesen unsicheren Zeiten, aber ein rascher und erfolgreicher Abschluss unseres Antriebsprogramms hätte vielleicht ein paar nicht ausgeschöpfte Etats zur Folge, die wir zu Ihren Gunsten umleiten könnten. Wie auch immer, wir haben da noch etwas, das Sie möglicherweise interessieren könnte, eine Art Bonus, wenn Sie so wollen.«

»Und der wäre?«

»Bradley Johanssons Genom.«

»Was? Unmöglich. Es ist doch nichts mehr von ihm übrig.«

»Nicht ganz. Er hat sich in einer Klinik auf einer der Isolierten Welten mehrmals einer Rejuvenation unterzogen. Vor einigen Jahrhunderten hatten wir eine Zugriffsmöglichkeit.«

»Ist das Ihr Ernst?«

Marius hob lediglich eine Augenbraue.

»Das klingt gut«, sagte Troblum. »Wirklich gut. Ich muss fast nicht darüber nachdenken.«

»Ich benötige *jetzt* eine Antwort.«

Wieder einmal war Troblum sich im Ungewissen darüber,

was geschehen würde, wenn er nein sagte. Er konnte zwar keine aktiven eingebetteten Waffen an dem Repräsentanten ausmachen, aber das hieß nicht, dass der Tod nicht schnell und unwiderruflich sein würde. Frei nach der Devise Zuckerbrot und Peitsche. »Na schön. Aber zuerst brauche ich ein paar Tage, um zu analysieren, was hier passiert ist.«

»Wir möchten, dass Sie sofort zu unserer Assemblierungsstation fliegen.«

»Wenn ich das Problem hier nicht zu meiner eigenen Zufriedenheit beheben kann, dürfte ich für Sie nicht von großem Nutzen sein. Ich denke, das wissen Sie.«

Marius' verhärtete seinen Blick, seine Augen verdunkelten sich von Smaragdgrün zu annähernd Schwarz. »Also gut, ich gebe Ihnen achtundvierzig Stunden. Nicht mehr. Ich erwarte, dass Sie dann unterwegs sind.« Er transferierte eine Flugplandatei zu Troblums U-Shadow.

»Das werde ich.« Es war ein hohes Maß an biononischem Eingreifen nötig, um zu verhindern, dass Troblum zitterte, als der Repräsentant das Bürozimmer verließ. Gegen die Schweißflecken indessen, die sich entlang der Wirbelsäule auf seinem Anzug bildeten, konnte er nichts tun. Als die Sensoren ihm zeigten, dass die Kapsel des Repräsentanten vom Hangarfeld abhob, wandte er seinen Blick wieder der Assemblierungssektion zu. Es passte alles einfach zu gut zusammen: Das Riesenproblem kurz vor dem Durchbruch. Das großzügige Angebot, ihm bei seinen Schwierigkeiten zahlungstechnisch unter die Arme zu greifen und dann auch noch die sagenhafte Verheißung, demnächst Bradley Johansson klonen zu können. Troblum ließ sein biononisches Feld sich ausdehnen, um durch die inaktive Kybernetik zu strömen.

»Was hat dieser Scheißkerl gemacht?«, murmelte er. Um ihn herum schalteten sich die Solido-Projektoren ein und erfüllten die Luft mit einem vielfarbigen Blizzard aus Gleichungen, die, wenn sie sich gegenseitig beeinflussten, hell auffunkelten. Irgendwo dort in dem Konstruktionsplan, den auszuarbeiten ihn fünfzehn mühevolle Jahre gekostet hatte, musste sich ein Fehler verstecken, eine winzige, wohlüberlegte Störung. Die einzige Person, die sie dort eingebaut haben konnte, war Emily. Er rief die Bereiche auf, mit denen sie direkt befasst war. Ein Gefühl zerrte an ihm, während er mit der Überprüfung der Daten begann. Es dauerte eine Weile, bis er merkte, dass es Traurigkeit war.

Von dem Büro aus, das er in dem Hangar aufgesucht hatte, der nur fünf Plätze von Troblums entfernt war, konnte der Delivery Man gerade noch sehen, wie Marius' Kapsel sich wieder in den Luftraum erhob. Alles, was er dazu benutzte, waren seine Augen, insofern gab es für den Accelerator-Repräsentanten keine Möglichkeit zu bemerken, dass er unter direkter Beobachtung stand. »Er ist weg«, berichtete er. »Und der Hangar da drüben hat die regulären Leitprotokolle des Raumhafens verfälscht – man findet nicht hin, wenn man nicht eingeladen ist. Definitiv das perfekte Nest für ein paar Böse-Jungs-Aktivitäten. Wünschen Sie, dass ich dort eindringe?«

»Nein, vielen Dank«, erwiderte die Konservative Fraktion. »Wir werden uns vorläufig auf passive Beobachtung beschränken.«

»Und was ist mit diesem Troblum, auf den der Laden registriert ist?«

»Die Unterlagen lassen darauf schließen, dass er so eine Art Starflyer-Krieg-Enthusiast ist. Die Fluglogs seines Raumschiffs sind recht interessant, er hat einige ziemlich abgelegene Orte besucht.«

»Denken Sie, er ist ein weiterer Repräsentant?«

»Nein. Er ist Physiker, mit ein paar hochrangigen Navy-Kontakten.«

»Er hat mit der Navy zu tun?«

»Ja.«

»In welcher Hinsicht?«

»Er sammelt Relikte und Daten aus dem Starflyer-Krieg. Sein Interesse grenzt schon fast an Fanatismus.«

»Warum also würde Marius ihm einen persönlichen Besuch abstatten?«

»Gute Frage. Wir werden weitere Recherchen über ihn anstellen.«

»Kann ich jetzt nach Hause gehen?«

»Ja.«

»Fein.« Wenn er es innerhalb der nächsten zehn Minuten bis zu Arevalos interstellarer Wurmlochendstelle schaffte, konnte er noch rechtzeitig zum Tee mit den Mädchen wieder daheim sein.

Inigos dritter Traum

Es war ein herrlicher Sommerabend. Die helle Sonne färbte sich kupferrot über dem Anwesen der Eiformergilde, als Edeard über den neunseitigen Hauptinnenhof ging. Zufrieden sog er die Luft ein, während er die Gruppe von fünf Ge-Schimpansen beobachtete, die den letzten Flecken Ki-Moos vom Hundezwingerdach entfernten. Mit ihren kräftigen, kleinen Klauen rissen sie lange, schmutzige Streifen aus dem dichten, purpurfarbenen Bewuchs und ließen so den matten Schiefer wieder ans Tageslicht treten. Die Hundezwinger waren die letzten der Innenhofgebäude, die noch herausgeputzt werden mussten. Ringsum waren sämtliche Dächer und Regenrinnen bereits gesäubert und repariert. Es gab keine undichte Stelle mehr, durch die es auf die jungen Genistars herabtropfen konnte, nicht einen Ablauf, der jedes Mal, wenn es regnete, überfloss. Auch die Außenwände profitierten von der neuen Schimpansenbrigade. Die ehemals wuchernden Gurk-Reben waren auf hübsche gelbe Vierecke zwischen Türen und Fenstern heruntergestutzt worden, die es dem Steinmetzlehrling ermöglichten, die Mauerfugen mit frischem Mörtel aufzufüllen. Ein zusätzlicher willkommener Nebeneffekt dieses viel zu lang vernachlässigten Rückschnitts war eine Rekordernte an Früchten in diesem Jahr; beinahe bis zum Boden hinab hingen in schweren Trauben die saftigen, weinroten Beeren.

Edeard blieb stehen und ließ Gonat und Evox vorbei, die die Ge-Pferdefohlen für die Nacht in den Stall zurückbrachten. »Alle ordentlich gestriegelt und fertig?«, fragte er die beiden jungen Lehrlinge. Er ließ seinen Fernblick über die Tiere streifen und überprüfte ihr kurzes, raues Fell auf schmutzige Stellen.

»Selbstverständlich sind sie das«, rief Evox empört. »Ich weiß doch, wie man einen Ge-Affen instruiert, Edeard.«

Edeard grinste gutmütig, sich plötzlich bewusst werdend, dass er in seiner Art und Weise, wie er über die drei neuen Gildenlehrlinge wachte, beinahe schon wie Akeem war. In einer Box drüben in den Default-Ställen konnte er Sancia spüren, wie sie auf einem Stuhl ruhig dasaß, während ihre dritte Hand um ein Ei herumfloss und subtil die Beschaffenheit des Genistar-Embryos formte. Die drei Gildenjüngsten waren wirklich talentiert. Ungeduldig freilich, aber begierig zu lernen. Zwei der neuen Ge-Pferde waren von Evox geformt worden, der unheimlich stolz auf seine Fohlen war.

Für Akeem und Edeard hatte es einen wirklichen Wendepunkt bedeutet, die zusätzlichen Lehrlinge aufzunehmen. Evox war bereits wenige Tage nach der verhängnisvollen Karawane nach Witham zu ihnen gestoßen. Noch vor Anbruch der kalten Jahreszeit waren auch Sancia und Gonat in den Lehrlingschlafsaal eingezogen; und nun dachten bereits zwei weitere Bauern darüber nach, ihre Kinder ebenfalls zur Gilde zu schicken, zumindest für die kommenden Wintermonate. Nach einem hektischen halben Jahr der Einführung und Umstellung hatten sich die Dinge auf dem Anwesen wieder relativ beruhigt. Edeard hatte sogar festgestellt, dass er auf einmal ein wenig von jenem kostbaren Gut besaß, das ihm bislang als das luxuriöseste überhaupt vorgekommen war: Freizeit. Und obendrein hatten sie auch noch die Ge-Schimpansenbrigade darauf angesetzt, mit der so dringend nötigen Renovierung zu beginnen. Während die Lehrlinge bei dieser Gelegenheit gleich ihre Instruktionsfähigkeiten übten, hatten die Schimpansen ein paar Innenreparaturen ausgeführt, Wände getüncht, Böden gewienert und sogar Vorräte eingekocht und in Fässern eingelagert. Der kommende Winter würde bei Weitem nicht so düster werden wie die letzten.

»Wie geht's den Katzen?«, fragte Gonat.

»Wollte gerade nachsehen«, erwiderte Edeard. Die Ge-Katzen waren in puncto Wasserförderung ein so durchschlagender Erfolg gewesen, dass der Rat den Auftrag erteilt hatte, am anderen Ende der Felswand hinter dem Dorf einen weiteren Brunnen zu graben. Neben seiner Aufgabe, sich um die Nachzucht von Ersatztieren für den bereits bestehenden Brunnen zu kümmern, hatte Edeard nun auch noch ein komplett neues Nest zu betreuen. Tatsächlich wurden die Katzen nicht ganz so alt, wie er gehofft hatte; wenn es hoch kam, waren es zwei Jahre. Und sie waren immer noch ungeheuer schwierig zu formen. »Vergesst nicht, dass wir morgen eine Lieferung vom Doddit-Hof kriegen. Seht zu, dass in den Lagern genug Platz ist.«

»Jaja«, seufzten Gonat und Evox unisono. Mit ihren mentalen Kräften schoben und trieben sie die Fohlen in den Stall, bevor Edeard ihnen noch mehr Arbeit aufhalsen konnte. Der ganze Innenhof hallte von dem Schreien, Fauchen, Blöken und Bellen der mannigfaltigen Tierarten wider. Nachdem die Lehrlinge inzwischen die Grundlagen des Formens beherrschten, hatte die Gilde auf einen Schlag ihre Brutquoten verdoppelt. Inzwischen befanden sich sage und schreibe zwanzig Defaults in den Ställen; Akeem hatte bereits mit Wedard gesprochen, um noch weitere zu bauen. Der Großteil der Tiere ging nach wie vor an die Bauernhöfe im Umland, aber auch die meisten Haushalte im Dorf hatten ihre verwaisten Nester wieder sauber gefegt und nach Ge-Schimpansen oder einem Affen verlangt. Die Nachfrage nach Ge-Wölfen war nach dem Vorfall mit der Witham-Karawane dramatisch gestiegen. Alles war so, wie Edeard es sich gewünscht hatte. Er war jedoch immer noch deprimiert darüber, dass die älteren Dorfbewohner sich hartnäckig weigerten, sich von ihm einen einfachen Auffrischungskurs in Tierunterweisung geben zu lassen. Stattdessen wiesen sie ihn nur ruppig darauf hin, dass sie bereits Genistars herumkommandiert hatten, als seine Eltern noch gar nicht geboren waren. Wohl wahr; aber wenn man es seitdem immer falsch gemacht hatte, würde sich nie etwas ändern und das Ende vom Lied wäre, dass sich rund um Ashwell ein

Haufen unerzogener Genistars tummeln und die Leute nerven würde. Also versuchte Edeard heimlich, dafür zu sorgen, dass wenigstens die Kinder eine ordentliche Einführung in die Kunst erhielten. Die Mutter der Herrin, Lorellan, half ihm auf ihre stille Art dabei, indem sie Edeard erlaubte, bei ihrer eigenen Unterrichtung der Dorfjugend zu hospitieren. Niemand wagte es, dagegen Einwände zu erheben.

Edeard kam in der Haupthalle an und stürmte die Treppen hinauf, froh, dem Innenhof entronnen zu sein. Ein weiterer Nebeneffekt des wachsenden Erfolgs ihrer Gilde und der gestiegenen Anzahl von Tieren war der zunehmend üble Geruch, der aus den Ställen drang. Er war in der Woche, als Evox zu ihnen gestoßen war, aus dem Lehrlingsschlafsaal ausgezogen und hatte stattdessen ein Gesellenzimmer genommen. »Ich kann dich jetzt noch nicht zum Meister ernennen«, hatte Akeem mit ernster Miene gesagt, »ganz gleich, was du jenseits dieser Mauern getan hast oder wie tüchtig du bist. Die Gildenvorschriften müssen eingehalten werden. Um zum Meister zu werden, musst du mindestens fünf Jahre als Geselle gedient haben.«

»Ich verstehe«, hatte Edeard geantwortet und dabei insgeheim über die Vorschriften gelacht. *O Herrin, bewahre uns vor der Art und Weise, auf die alte Leute die Welt in Ordnung zu halten versuchen ...*

»Und ich wäre dir sehr verbunden, wenn du die Gilde ein bisschen ernster nehmen würdest, wenn's recht ist«, hatte Akeem ihn angeblafft.

Augenblicklich hatte Edeard seine Belustigung gedämpft. Akeem schien wirklich alles zu bemerken, egal, wie gut man seine Gefühle verbarg.

In seinem neuen Zimmer gab es sogar ein paar Möbel. Einen ganz passablen Schreibtisch, den er persönlich bei der Zimmermannsgilde in Auftrag gegeben hatte, sowie einen Schrank und eine Schubladenkommode, um seine anwachsende Garderobe unterzubringen. Sein Bett besaß eine weiche Gänsedaunenmatratze. Nach einigen grauenvollen Desastern hatte er die Feinheiten des Wäschewaschens schließlich seinem persönlichen Ge-Affen übertragen; daher konnte er sich nun einmal wöchentlich über frische Bettlaken freuen, nach dem Lavendel duftend, der auf dem Kräuterbeet des kleinen gildeneigenen Küchengartens wuchs, der inzwischen ebenfalls vorbildlich gepflegt wurde.

Rasch wusch er sich, wozu er sich des großen Porzellankrugs bediente. Noch war das Gildengelände nicht an das rudimentäre Wasserleitungsnetz des Dorfes angeschlossen, aber Melzar hatte versprochen, dass es zum Ende des Monats so weit sein würde. Gemeinsam versuchten er und der Grobschmied einen haushaltstauglichen Ofen zu entwickeln, der den einzelnen Hütten nach Bedarf heißes Wasser liefern sollte, und fertigten dabei verschiedenerlei unansehnliche, mit Schläuchen umwickelte Apparate an. Bisher waren die Schläuche allesamt geplatzt oder undicht geworden, aber sie machten Fortschritte.

Edeard kratzte mit Akeems uraltem Zweitrasiermesser über seine spärlichen Stoppeln am Kinn und zuckte bei jedem der kleinen Schnitte, die die schartige Klinge hinterließ, gepeinigt zusammen. Ein neues Rasiermesser stand als Nächstes auf seiner Einkaufsliste – und ein vernünftiger Spiegel. Die Ge-Schimpansen hatten einen Stapel frisch gewaschener Kleider dagelassen, aus dem er sich ein weites, weißes Baumwollhemd aussuchte, das er zu seinen schmucken Hosen aus Dro-Seide trug.

Er hatte im Dorf etliche Weberinnen aufgetan, die ihm als Gegenleistung für Ge-Spinnen seine Garderobe anfertigten. Akeem nannte den nicht zugelassenen Tauschhandel durchaus geschäftstüchtig, ermahnte ihn jedoch, darauf zu achten, dass er ihren offiziellen Geschäften damit nicht in die Quere kam. Edeard besaß immer noch die Stiefel, die er in Witham gekauft hatte. Ein bisschen abgetragen nach einem Jahr, doch nach wie vor heil und bequem; das einzige Problem war, dass sie allmählich zu eng wurden. Im vergangenen Jahr war er fast fünf Zentimeter gewachsen, was nicht hieß, dass er auch nur irgendwie an Masse zugelegt hatte. Seine Horrorvorstellung war, irgendwann mal so auszusehen wie Fahin, falls er immer weiter in die Höhe schoss, ohne dabei auch kräftiger zu werden.

Wieder zurück in der Halle öffnete er den Deckel des kleinen Steinfasses in der Ecke gegenüber dem Kamin und holte seine lederne Schultertasche hervor. Es war ein relativ sicherer Ort, mehr oder weniger geschützt vor zufälligen Fernblicken. Er prüfte den Tascheninhalt, um sich davon zu überzeugen, dass er nicht von den anderen Lehrlingen entdeckt worden war und schlang sich den Tragriemen über den Arm.

»Sehr adrett«, sagte Akeem.

Edeard machte vor Schreck einen Satz, umklammerte die Tasche wie ein ertappter Dieb. Er hatte gar nicht bemerkt, dass der alte Mann in der Eingangshalle saß. So ziemlich jeder hatte versucht, die Art und Weise, wie die Banditen sich abgeschirmt hatten, zu reproduzieren. Mit unterschiedlichem Erfolg. Wie viel mentale Anstrengung Akeem in dieses Unterfangen investiert hatte, vermochte Edeard nicht zu sagen. Sein Meister hatte schon immer die Begabung besessen, einfach nur ruhig dazusitzen und ganz natürlich mit seiner Umgebung zu verschmelzen.

»Danke«, erwiderte Edeard. Schuldbewusst zupfte er an seinem Hemd

»Du gehst aus?«, fragte Akeem, insgeheim amüsiert. Er deutete auf den langen, für fünf Personen gedeckten Tisch. Die Tasche schien ihn gar nicht zu interessieren.

»Äh, ja. Ich hab alles, was zu erledigen war, gemacht. Mit dem Formen der neuen Pferde und Hunde für Jibits Hof fange ich morgen erst an. Drei von den Defaults sind dabei, Eier auszustoßen; die Männchen sind in ihren Pferchen.«

»Einige Dinge sind für andere Spezies definitiv leichter«, bemerkte Akeem und musterte Edeards Garderobe abermals mit einem vielsagenden Blick. »Und welches der vornehmen Etablissements unseres Orts gedenkst du heute Abend zu beehren?«

»Ähm, das Wirtshaus kann ich mir nicht leisten. Ich wollte mich nur mit einigen von den anderen Lehrlingen treffen, das ist alles.«

»Wie schön. Sag mal, sind ein paar von deinen Lehrlingskollegen zufällig weiblich?«

Edeard hielt seine Gedanken mit aller Gewalt in Zaum, aber gegen seine glühenden Wangen konnte er nichts tun. »Ich nehme an, Zehar wird auch da sein. Eventuell noch Calindy.« Unschuldig zuckte er mit den Achseln.

Ausnahmsweise machte Akeem nun einen etwas unbeholfenen Eindruck, auch wenn er seine Gedanken durch einen starken Schild abgeschirmt hatte. »Junge ... vielleicht sollten wir irgendwann einmal über diese Dinge reden.«

»Dinge?«, murmelte Edeard beunruhigt.

»Mädchen, Edeard. Ich meine, immerhin bist du jetzt sechzehn. Bestimmt denkst du hin und wieder an sie. Du weißt, wonach du jederzeit Doc Seneo fragen kannst, falls die ... äh, *Dinge* sich einmal positiv für dich entwickeln sollten.«

Edeards Gesichtsausdruck blieb vollkommen unbewegt, während er zur Herrin betete, dass dieses Grauen ein Ende nehmen möge. »Ich ... äh, ja. Ja, das werde ich tun. Danke.« *Zu Doc Seneo gehen und sie um ein Fläschchen Vinak-Saft bitten? Grundgütige Herrin, lieber hack ich ihn mir vorher ab.*

Akeem lehnte sich auf seinem Stuhl zurück und ließ seinen Blick zur Decke wandern. »Ah, ich kann mich noch gut an meine eigenen amourösen Abenteuer erinnern, damals in Makkathran. Oh, diese Stadtmädchen in all ihrer Pracht. Diejenigen, die aus gutem Hause waren, taten den ganzen Tag über nichts anderes, als sich für die Feste herauszuputzen, in die sie sich dann am Abend stürzten. Ach Edeard, wie sehr wünschte ich, du könntest sie sehen. Da ist nicht eine unter ihnen, bei der es nicht auf den ersten Blick um dich geschehen wär. Natürlich haben sie allesamt den Teufel im Leib, wenn du ihnen erst das Mieder aufgeschnürt hast, aber Himmel, was für ein Anblick.«

»Ich muss jetzt *wirklich* gehen, sonst komme ich zu spät«, platzte Edeard heraus. Jemand von Akeems Alter sollte nun wirklich nicht Worte wie ›amourös‹ oder ›Mieder‹ in den Mund nehmen dürfen.

»Oh, ja, natürlich.« Der alte Meister wirkte irgendwie belustigt. »Wie egoistisch von mir, dich hier festzuhalten.«

»So spät bin ich auch noch nicht dran.«

»Ich sprach nicht von heute Abend.«

»Äh …«

»Ich kann dir nicht mehr viel beibringen, Edeard. Du bist beinahe schon hinausgewachsen über deinen Meister. Ich finde, du solltest nach Makkathran gehen, um dort bei der Gilde im Blauen Turm weiterzulernen. Vielleicht erinnert man sich dort noch an meinen Namen. Und wenn schon nicht das, so macht doch zumindest mein Titel einige Vorrechte geltend; ich kann dir ein Empfehlungsschreiben mitgeben.«

»Ich … Nein. Nein. Ich kann unmöglich gehen.«

»Wieso nicht«, fragte Akeem sanft.

»Nach Makkathran? Ich? Niemals. Überhaupt, es ist so weit weg, dass ich nicht mal weiß, wie weit genau. Wie soll ich dahin kommen?«

»Auf dem gleichen Weg wie alle, mein Junge, mit einer Karawane. Es ist weder unmöglich noch zu weit. Edeard. Du musst lernen, deinen Blick über den Horizont zu heben, vor allem in dieser Gegend. Ich möchte nicht erleben, wie du hier in Aswell erstickst. Und genau das wird passieren, wenn du dableibst. Ich will nicht, dass dein Talent vergeudet wird. Es gibt mehr auf dieser Welt, in diesem Leben, als ein einsames Dorf am Rande der Wildnis. Allein schon die Reise nach Makkathran wird dir das beweisen.«

»Ich werde mein Talent wohl kaum vergeuden, wenn ich

hierbleibe. Das Dorf braucht mich. Seht doch bloß, was sich allein mit mehr Genistars schon alles getan hat.«

»Ach, wirklich? Dieses Dorf ist deinetwegen bereits ziemlich nervös, Edeard. Du bist stark, du bist klug. Sie sind keines von beidem. Oh, versteh mich nicht falsch, das hier ist ein wunderbarer Ort für jemanden wie mich, um den Rest meiner Tage zu verbringen. Aber er ist nichts für dich. Ashwell hat bereits Jahrhunderte vor deiner Zeit überdauert; und es wird auch noch weitere Jahrhunderte bestehen. Glaub mir. Ein Ort, dessen Bewohner so starrköpfig und fest verwurzelt sind in dem, was sie ausmacht, wird ohne dich nicht im finsteren Herzen des Honious verschwinden. Ich werde das Empfehlungsschreiben noch diese Woche aufsetzen. Die Barkus-Karawane soll Ende des Monats hier eintreffen. Ich kenne Barkus von früher, er schuldet mir noch den ein oder anderen Gefallen. Du kannst mit ihnen reisen.«

»Diesen Monat?«, flüsterte er überrascht. »So bald?«

»Ja. Es ist niemandem damit gedient, wenn wir es lange vor uns herschieben. Ich bin mir in dieser Angelegenheit vollkommen sicher.«

»Aber die neuen Ge-Katzen ...«

»Das krieg ich schon hin, Edeard. Bitte, mach mir die Sache nicht schwerer, als sie ist.

Edeard ging zu seinem alten Meister hinüber. »Danke, Sir. Das ist –«, er grinste. »Jenseits aller Vorstellungskraft.«

»Hah. Wir werden sehen, wie dankbar du mir in einem Jahr sein wirst. Die Meister vom Blauen Turm sind nicht so nachgiebig, wie ich es geworden bin. Sie werden dir mit Freude den Gehorsam einprügeln. Deine Knochen werden grün und blau sein, noch bevor der erste Tag halb vorbei ist.«

»Ich werd's überleben«, erwiderte Edeard. Er legte dem alten Mann eine Hand auf die Schulter, ließ es für dieses eine Mal zu, dass die Liebe, die er für ihn empfand, in seinem Geist widerstrahlte. »Ich will Euch alle Ehre machen. Was immer auch passiert, ich werde es ertragen, für Euch. Ich werde ihnen niemals irgendeinen Grund geben, an Eurem Schüler zu zweifeln. Und ich werde Euch stolz auf mich machen.«

Akeem ergriff die Hand und drückte sie fest. »Ich bin bereits stolz auf dich. Jetzt komm. Du vertrödelst deine Zeit, während deine Freunde längst zechen. Geh jetzt. Ich werde unterdessen mit unseren jungen Schlaubergern ein weiteres vorzügliches Abendessen genießen, ihren tiefgründigen Gesprächen lauschen und versuchen, ihnen Antworten auf ihre herausfordernden Fragen zu geben.«

Edeard lachte. »Ich bin ein schlechter Lehrling, dass ich meinen Meister so im Stich lasse.«

»Fürwahr, das bist du. Und jetzt mach endlich, dass du rauskommst, um der Herrin willen. Gib mir Gelegenheit, das, was von meiner Beherztheit noch übrig ist, zusammenzunehmen, sonst flüchte ich am Ende auch noch ins Wirtshaus.«

Edeard wandte sich um und ging aus der Halle. Fast blieb er noch einmal stehen, wollte Akeem fragen, was er eigentlich gemeint hatte mit *sie sind deinetwegen bereits ziemlich nervös.* Aber andererseits war dafür auch morgen noch Zeit.

»Edeard«, rief Akeem.

»Ja, Meister?«

»Ein Wort der Warnung noch: Bewahre Schweigen darüber, dass du uns verlassen wirst, auch gegenüber deinen Freunden. Missgunst ist keine wohlgefällige Blüte, und sie hat die Angewohnheit, Knospen sich mehrenden Ärgers zu treiben.«

»Ja, Meister.«

Die Sonne war schon hinter der Kuppe des Schutzwalls versunken, als Edeard einen Weg abseits der Hauptstraße hinaufeilte und auf den Granitfelsen an der Rückseite des Dorfs zuhielt. Schon zeigten sich wie Bäume im Dunst die leuchtenden Farben des Nachthimmels im Blau des Tages. Direkt über ihm war der alte Buluku. Die listige Schlange offenbarte sich als ein violettblauer Strom, der in einer Weise die Himmel durchglitt, die keiner von Querencias wenigen Astronomen jemals zu begreifen vermochte. Zweifellos veränderte er sich nicht mit den Jahreszeiten, umlief noch nicht einmal die Sonne. Während Edeard zusah, kräuselte sich träge ein Band aus elektrisch-blauem Licht der Länge nach durch ihn hindurch. Es war eine Wanderschaft, die etliche Minuten dauern würde; zu schwach aber, um einen Schatten auf den trockenen Lehm des Weges zu werfen. Odins See driftete bereits auf den nördlichen Horizont zu; ein annähernd ovaler Flicken aus blauem und grünem Nebel, der die Sommernächte besuchte. Die Lehren der Herrin besagten, dass er das Herz der Leere bildete, den Ort, an den die Seelen der Männer und Frauen von den Skylords getragen wurden, auf dass sie den Rest ihres Daseins in stiller Glückseligkeit verträumten. Doch nur den Guten und Würdigen wurde der Segen einer solchen Reise zuteil und die Skylords waren schon so lange nicht mehr an Querencias Himmeln gesehen geworden, dass sie inzwischen nur mehr Legende waren und ein bloßer Glaube, an dem die Anhänger der Herrin festhielten. Aus den ausgefransten Rändern von Odins See herausragend, waren die Riffe zu erkennen; scharlachrote Vorsprünge, an denen die Skylords, die die Seelen der weniger Würdigen trugen, zerschellten und ihren langen Sturz in den Honious und die Vergessenheit antraten.

Oft hatte Edeard sich gefragt, ob wohl zu viele unwürdige Menschen von den Skylords emporgetragen worden waren, sodass es einfach keine der mächtigen Wesen mehr gab. Es würde den Menschen ähnlich sehen, in ihrer Gleichgültigkeit diesem Universum die Zerstörung zu bringen. Glücklicherweise besagten die Lehren der Herrin jedoch auch, dass es Menschen waren, die von ihrer Seele getrennt worden waren; deshalb hatten die Firstlifes auch die Empyreische Herrin gesalbt, damit sie die Menschen wieder zurückführte auf den Pfad, der sie erneut zum Herzen der Leere geleiten würde. Leider war es eine traurige Tatsache, dass nicht mehr viele

Leute in diesen Tagen auf die gütigen Worte der Herrin hörten.

»Rufst du die Skylords an?«, fragte eine Stimme.

Edeard lächelte und drehte sich um. Sein Fernblick hatte sie nicht aus dem Auge gelassen, seit sie vor zehn Minuten aus der Kirche gekommen war. Sie war einer der Gründe, warum er gerade diesen Weg gewählt hatte. Salrana trat aus den Schatten des Marktplatzes hervor. Hinter den verwaisten Ständen erhob sich in friedlichem Vorsatz die Kirche über die anderen Dorfgebäude. Schimmernd brach sich der Schein der Altarlampen in ihrem kristallenen Dach.

»Sie antworten nicht«, sagte er. »Tun sie nie.«

»Eines Tages werden sie es. Abgesehen davon bist du noch gar nicht wirklich dafür bereit, ins Innerste zu entschweben.«

»Nein. Das bin ich nicht.« Edeard war für ihren Scherz nicht ganz in der richtigen Stimmung. Angesichts der Entfernung zwischen hier und Makkathran hätte er ebenso gut ins Innerste reisen können. *Wie wird sie es aufnehmen, wenn sie erfährt, dass ich Ashwell verlasse?*

Er war nicht der Einzige, der in diesem Sommer größer geworden war. Auch Salrana war in den letzten paar Jahren etliche Zentimeter gewachsen; ihre Schultern waren breit, so als sollte sie sich zu einem typischen, kräftigen Bauernmädchen entwickeln. Doch während ihre Altersgenossinnen Pfund um Pfund zulegten, um für ihr Jahrhundert harter Plackerei auf dem Land gewappnet zu sein, war sie schlank und geschmeidig geblieben. Sicher, ihre schlichte blauweiße Novizinnenrobe war ihr um einiges enger geworden mit der Zeit, doch das hatte lediglich zur Folge, dass Edeard sie mitunter in einer ganz und gar unpassenden Weise angaffte. Zu allem Überfluss war sie dabei, ihren Babyspeck zu verlieren und die vollendetsten Wangenknochen zu offenbaren, die Edeard jemals erblickt hatte. Ein jeder konnte sehen, wie schön sie einmal werden würde. Zum Glück litt sie nach wie vor unter Pickeln, war ihr Haar immer noch mädchenhaft und zerzaust. Andernfalls wäre es in ihrer Nähe nicht mehr auszuhalten gewesen. Unter den gegebenen Umständen betrachtete er ihre Freundschaft gleichermaßen mit Freude wie mit Bangen. Sie war noch viel zu jung, um bei jemandem den Wunsch zu wecken, mit ihr ins Bett gehen zu wollen, obwohl er nicht umhin konnte, sich zu fragen, wie lange es wohl noch dauern würde, bis sie alt genug dafür war. Jedes Mal, wenn ihm solche Gedanken kamen, befiel ihn die Angst, dass die Herrin ihn mit einem gigantischen Blitzschlag niederstrecken könnte, geradewegs aus dem Honious selbst hervorkrachend. Wenngleich natürlich auch Ihre Priesterinnen meist heirateten.

Irrelevant jetzt. Selbst wenn ich zurückkomme, wird es nicht für Jahre sein. Sie wird mit irgendeinem Dorftrampel zusammen sein und drei Kinder haben.

»Was hast du? Du bist so komisch«, sagte Salrana in neugieriger Unschuld. »Ist alles in Ordnung?«

»Ja. Das ist es in der Tat. Ich hab ein paar gute Neuigkeiten. Großartige Neuigkeiten.« Er hob eine Hand. »Ich erzähl sie dir später, versprochen.«

»Meine Güte, ein Geheimnis, und das in Ashwell. Wetten, dass ich's bis morgen Nachmittag raus hab.«

»Wetten, dass nicht?«

»Um was?

»Nein, ich will nicht unfair sein. Es handelt sich um eine persönliche Sache.«

»Jetzt bist du aber grausam. Ich werde zu der Herrin beten und sie um Errettung für dich bitten.«

»Zu gütig.«

Sie trat ganz dicht an ihn heran, immer noch honigsüß lächelnd. »Bist du unterwegs rauf zu den Höhlen?«

»Äh, ja, ein paar der anderen meinten, dass sie vielleicht hinwollten. Ich dachte, ich schau mal vorbei.«

»Aha, und wann werde ich gefragt?«

»Ich glaube nicht, dass Mutter Lorellan möchte, dass du nachts in den Höhlen herumgeisterst.«

»Pah. Die gute Mutter weiß so einiges nicht, was mich betrifft.« Herausfordernd schüttelte sie ihr Haar, straffte die Schultern. Ein paar Sekunden verharrte sie in der kämpferischen Pose, dann fing sie an zu kichern.

»Nun, dann werde ich mal dafür beten, dass sie's nicht rauskriegt«, sagte er zu ihr.

»Danke, Edeard.« Scherzhaft strich sie ihm über den Arm. »Wer hätte das vor einem Jahr gedacht. Wir beide glücklich. Und du: nun einer von den Jungs.«

»Ich musste erst eine Schlacht überstehen, bis sie mich akzeptiert haben.« *Ich habe Menschen getötet.* Selbst jetzt noch konnte er das Gesicht des Banditen vor sich sehen, kurz bevor er gegen den Baum gekracht war, die Bestürzung, die Angst.

»Natürlich musstest du das, das ist eben so bei Jungs. Und darum gehst du heute Abend auch wieder in die Höhlen. Wir alle müssen hier unseren Weg zu leben finden, Edeard. Wir werden eine lange, lange Zeit in Ashwell sein.«

Er konnte nicht antworten, lächelte sie nur starr an.

»Und pass auf diese Zehar auf. Sie gibt bereits überall damit an, wie sie dich herumkriegen will. Und sie war dabei äußerst anschaulich. Für einen Bäckerlehrling.«

»Sie ... ist? Sie will ...?«

Salranas Gesichtsausdruck bekam etwas Diabolisches. »O ja.« Kichernd warf sie ihm einen Handkuss zu. »Lass mich bitte alle Einzelheiten erfahren. Ich bin schrecklich gespannt zu hören, ob du wirklich so schlimme Sachen machen kannst.« Dann sah er sie nur noch von hinten, wie sie, mit beiden Händen ihren Rock hochhaltend, die Steigung heruntersauste, den ganzen Weg über in einem fort kichernd.

Edeard stieß langsam die Luft aus. Seine Gefühle waren ebenso schwankend wie seine Beine. Wenn es jemals einen Grund gab, in Aswell zu bleiben, so blickte er ihm gerade hinterher. Sein Fernblick folgte ihr noch lange nachdem sie um eine Ecke auf die Hauptstraße eingebogen war, um sich zu vergewissern, dass sie in Sicherheit war, bevor sie sich wieder an ihre Besorgungen machte.

Es gab eine ganze Anzahl von Höhlen in dem schroffen Fels hinter Ashwell. Viele von ihnen waren über die Dekaden hinweg erweitert und für die langen Wintermonate zu Vorratskammern umgewandelt worden, in denen Temperatur und Luftfeuchtigkeit kaum jemals schwankten. Einige der größeren wurden als Scheunen genutzt. Für die interessierte sich Edeard nicht. Stattdessen steuerte er auf eine schmale, seltsam verwinkelte Felsspalte am westlichen Ende des Steilabhangs zu, nur dreißig Meter entfernt von der Stelle, wo der das Dorf umschließende Schutzwall begann.

Er musste ein paar glatt geschliffene Gesteinsbrocken hochklettern, um die Spalte zu erreichen, die obere Kante zu ergreifen und sich in die Finsternis zu schwingen. Jeder, der auch nur ein bisschen größer gewesen wäre als er, hätte echte Schwierigkeiten gehabt, durch die Öffnung zu kommen; er selbst würde sie wahrscheinlich nur noch ein weiteres Jahr benutzen können. Als er sich im Innern der Höhle befand, tat sich ein Durchgang vor ihm auf und das sanfte Longtalk-Hintergrundraunen des Dorfes riss abrupt ab. Seine unmittelbare Welt schrumpfte zu einer nasskalten, bedrückenden Dunkelheit zusammen; selbst sein Fernblick vermochte durch Fels dieser Stärke hindurch nichts zu erkennen. Das Einzige, was er ausmachen konnte, war der freie Hohlraum um ihn herum. Erst nachdem er um eine Biegung geschritten war, sah er vor sich das Flackern von gelblichem Licht.

Sieben Lehrlinge hatten sich in der engen Höhle mit ihrer hohen, zerklüfteten Decke versammelt und saßen um ein paar zerbeulte alte Lampen herum, deren Dochte schwarz und nicht zu knapp qualmten. Ihr Gespräch verstummte, als er eintrat, dann erblühte ein kollektives Lächeln auf ihren Gesichtern und hieß ihn willkommen. Es war ein gutes Gefühl, dazuzugehören. Sogar Obron hob erfreut eine Hand. Fahin winkte zu ihm herüber. Edeard war sich der beinahe katzenhaften Aufmerksamkeit, mit der Zehar ihn ansah, äußerst bewusst und begrüßte sie mit einem nervösen Grinsen. Sie schenkte ihm ein raubtierartiges Lächeln.

»Wir hatten schon gar nicht mehr mit dir gerechnet«, sagte Fahin.

»Bin ein bisschen aufgehalten worden«, erklärte Edeard. Er öffnete seine Tasche und holte eine große Weinflasche hervor, die ihm ein paar anerkennende Pfiffe einbrachte, als er sie hochhielt.

Fahin beugte sich näher zu ihm heran. »Dachte schon, du hättest Angst vor Zehar«, murmelte er in verschwörerischem Flüsterton.

»Gütige Herrin, hat sie es eigentlich jedem erzählt außer mir?«

»Ich hab zufällig mitbekommen, wie Marilee davon sprach. Als sie versucht hat, Kelina zu überreden, ihr etwas Vinak-Saft aus Seneos Arzneischrank zu besorgen. Ich dachte, dass du auch daran beteiligt wärst.«

»Nein«, knurrte Edeard.

»Okay. Nun, sollte Bedarf entstehen, mit Betonung auf *stehen,* frag mich einfach. Ich kann dir ein Fläschchen besorgen, ohne dass jemand es merkt, vor allem nicht Seneo.«

»Ich werd dran denken, besten Dank.«

Fahin nickte ostentativ gleichgültig. Eine Haltung, die von seinen unbeteiligten Oberflächengedanken noch verstärkt wurde. Er schnallte sich seinen alten Lederranzen vom Rücken und kramte ein paar getrocknete Kestric-Blätter hervor. Sofort rückten sie ins Zentrum des unverhohlenen Interesses der anderen Lehrlinge.

Edeard veränderte seine Sitzposition und machte den Wein auf. Er war dunkelrot, was, wie Akeem behauptete, stets ein Zeichen für Qualität war. Edeard hingegen war sich da nicht ganz so sicher. Alle Weine, die man in Ashwell bekam, besaßen einen starken Beigeschmack, der gut und gern bis zum nächsten Tag anhalten konnte. Er nahm an, dass er sich irgendwann daran gewöhnt haben würde, aber was das wirkliche Mögen betraf …

»Fahin, wo siehst du dich in fünfzig Jahren?«, fragte Edeard.

Der schlaksige Lehrling der Ärztin blickte von dem kleinen Schiefermörserstößel auf, den er sich gerade bereitlegte. »Du bist heute Abend ziemlich ernst drauf, mein Freund. Allerdings hat sie wohl diese Wirkung auf Leute.«

Für einen Augenblick dachte Edeard, er spräche von Salrana, dann huschte Fahins Blick, stark vergrößert hinter seinen überdimensionalen Linsen, kurz zu Zehar hinüber.

»Nein«, erwiderte Edeard gereizt. »Im Ernst, komm schon, was ist in fünfzig Jahren? Worauf arbeitest du hin?«

»Na, ich werde natürlich Doktor sein. Seneo ist in Wirklichkeit wesentlich älter, als den meisten Leuten bewusst ist. Und sie sagt, ich wäre ihr vielversprechendster Lehrling seit Jahrzehnten.« Mit gleichmäßigen Bewegungen begann er mit dem Stößel die Kestric-Blätter im Mörser zu zerreiben.

»Und das ist es dann? Dorfarzt?

»Ja.« Fahin wandte den Blick von Edeard ab, seine Gedanken nahmen eine gewisse Schärfe an. »Ich bin nicht wie du, Edeard. Hol mich der Honious, ich bin nicht mal wie Obron. Ich bin überzeugt davon, dass du unsere Eiformergilde über das nächste Jahrhundert hinweg zu neuer Größe führen wirst. Wahrscheinlich wirst du in dreißig Jahren Bürgermeister sein. Ashwells Name wird Berühmtheit erlangen, Menschen werden kommen, und dieses Land wird wieder aufs Neue erblühen. Wir alle erhoffen uns das von dir. Also, angesichts der Umstände erscheint mir, Dorfdoktor und dein Freund in solchen Zeiten zu sein, nicht als das geringste aller Ziele.«

»Du glaubst wirklich, dass ich all das vollbringen werde?«

»Du *kannst* es vollbringen.« Fahin zerdrückte die letzten Blattstückchen zu einem feinen Pulver. »Entweder das, oder du wirst eine Barbarenarmee anführen, um Makkathran zu plündern und die alte Ordnung zu stürzen. Du hast die Kraft dazu, das eine wie das andere zu tun. Ich hab es gesehen. Wir alle haben das. Es ist die Art von Kraft, die die Menschen in ihren Bann zieht.«

»Sag so etwas nicht«, entgegnete Edeard. »Nicht mal im Scherz.«

»Wer scherzt denn hier?« Fahin schüttete das Kestric-Pulver in eine kleine, weiße Tonpfeife und gab etwas Tabak dazu.

Edeard starrte seinen Freund mit einiger Beunruhigung an. *Ist es das, was die Leute denken? Ist das der Grund, warum ich sie nervös mache?*

»Weißt du eigentlich, dass die Torwachen sagen, sie würden nachts manchmal mit ihren Fernblicken immer noch Rennfüchse herumstreunen sehen?«, meinte Fahin. »Was hast du mit ihnen vor? Willst du sie da draußen lassen?«

»Was? Nein! Ich hab ihn weggeschickt, als wir wieder angekommen sind; du warst doch dabei, du hast doch gesehen, wie ich's gemacht hab. Und woher wollen die Wachen das überhaupt wissen, die alten Trottel. Die pennen doch sowieso den größten Teil der Nacht und abgesehen davon können sie auf diese Entfernung kein Tier vom anderen unterscheiden.«

»Diese Rennfüchse haben Halsbänder.«

»Aber es sind nicht meine!«, beharrte er. »Warte mal, da ist mehr als einer? Du weißt doch, dass ich nur einen gebändigt hab. Wann haben sie sie gesehen?«, fragte er, plötzlich neugierig geworden.

Fahin strich ein Zündholz an und saugte fest an dem Holm seiner Pfeife, die Flamme tief in den Pfeifenkopf ziehend. »Ich bin nicht sicher.« Er paffte ein wenig Rauch hervor. »Ist wohl inzwischen ein paar Monate her.«

»Warum hat mir kein Mensch was davon gesagt? Ich könnte sie ausfindig machen, wenn sie wirklich da sind.«

»Warum wohl?« Das Zündholz erlosch, und Fahin nahm einen tiefen Zug. Fast augenblicklich trübte sich sein Blick.

Mit wachsender Bestürzung starrte Edeard auf seinen Freund. Sie hatten sich hier alle getroffen, um ein wenig zu trinken und zu rauchen und miteinander zu schwatzen, so wie es die Lehrlinge seit Ashwells Gründung immer gemacht hatten. Aber in letzter Zeit, seit sie von der Witham-Karawane zurückgekehrt waren, rauchte Fahin fast jeden Abend.

»Gütige Herrin«, murmelte Edeard, als die anderen Lehrlinge herüberkamen. *Vielleicht ist es genau das Richtige, diesen Ort zu verlassen.* Fahin gab die Pfeife an Genril weiter. Eine lächelnde Zehar streckte ihre Hand nach Edeards Wein aus. Er nahm bewusst einen kräftigen Schluck, bevor er ihr die Flasche reichte.

Das Erste, was Edeard tat, als er aufwachte, war entsetzlich zu würgen. Als er sich umzudrehen versuchte, schlug er mit der Schläfe hart auf kalten Dielenbrettern auf. Er brauchte einen Augenblick, um zu realisieren, dass er nicht auf seiner schönen weichen Matzratze lag. Aus irgendeinem unerfindlichen Grund war er auf dem Boden neben dem Bett ausgestreckt, noch komplett angezogen, abgesehen von einem Stiefel. Und er stank!

Abermals stöhnte er auf, spürte wie die Säure seine Kehle hochstieg. Er gab jeden Versuch, sie hinunterzuschlucken, auf, und übergab sich heftig. Und während er sich erbrach, nahm die Furcht von ihm Besitz, presste ihm den kalten Schweiß aus jeder Pore. Er zitterte am ganzen Leib, als er sich kläglich den Sabber von den Lippen wischte, in seinem Elend beinahe weinend. Katzenjammer konnte er hinnehmen, sogar den von Rotwein, aber das hier war mehr als nur die Strafe für übermäßigen Genuss. Er hatte sich schon einmal so gefühlt. Der Wald. Die Banditen.

Sein Körper reagierte auf den Alkohol und ein paar Züge an der Pfeife. Sein Geist jedoch schrie auf einer machtvollen instinktiven Ebene auf, warnte ihn vor einer tödlichen Gefahr, die sich aus der Finsternis um ihn herum näherte. Er zwang sich dazu, sich aufzurichten. Fahl sickerte das schwache Pastelllicht des Nachthimmels durch die geschlossenen Fensterläden in sein Zimmer. Nichts war so, wie es nicht sein sollte, außer ihm selbst. Er wimmerte, allein durch die pure Intensität der Angst, die ihn durchströmte, beinahe gelähmt. Er rechnete fest damit, dass ihn jeden Moment etwas Grauenhaftes einhüllte. In seinem Schädel tobte ein qualvolles Hämmern. Es fiel ihm schwer, sich zu konzentrieren, aber allmählich gelang es ihm, ein wenig Fernblick zusammenzukratzen und die nähere Umgebung zu prüfen.

Die drei Lehrlinge lagen fest schlummernd in ihrem Schlafsaal. Unter Aufbietung all seiner Kräfte trieb er seine Fähigkeit weiter voran, hätte fast laut aufgeschrien wegen des Schmerzes, der hinter seinen Augen aufflammte. Auch Akeem befand sich schlafend auf seinem Bett. Draußen im Hof verdösten die jungen Genistars die Nacht, schlurfend und wankend, wie es ihre Art war. Ein Katzenpärchen schritt grazil die Dächer entlang, auf der Jagd nach winzigen Nagern. Am Tor, in seiner althergebrachten steinernen Hütte, lag zusammengerollt der Ge-Wolf. Er schwenkte bedächtig den großen Kopf hin und her und bewachte gehorsam die Straße.

Edeard ächzte ob der Anstrengung, die es ihn kostete, so weit hinauszuforschen, bis sich sein Fernblick im Nichts verlor. Er zitterte und fror noch immer. Die Vorderseite seines Hemds war ekelhaft verklebt und der Gestank wurde schlimmer. Der Brechreiz kündigte sich wieder an. Er befreite sich aus dem Hemd und torkelte hinüber zum Nachttisch, auf dem ein Glas Wasser stand. Gierig trank er mehrere große Schlucke. In der unteren Schublade des kleinen Schränkchens befand sich ein Beutel getrockneter und mit einem Öl, das Fahin hergestellt hatte, durchtränkter Jewn-Blütenblätter. Er öffnete ihn, schloss die Augen und schob sich eines der Blätter in den Mund. Es schmeckte widerlich, aber mit einem letzten Schluck aus dem Glas würgte er es herunter.

In all seinen sechzehn Jahren hatte er sich noch niemals so elend gefühlt. Und immer noch wollte die Angst sich nicht legen. Tränen drohten seine Augen zu füllen, er zitterte wieder, schlang die Arme um sich.

Was ist mit mir?

Er wankte zum Fenster und stieß die Holzläden auf. Kalte Luft strömte herein. Odins See war beinahe hinter dem Horizont versunken, was bedeutete, dass es nicht später als wenige Stunden nach Mitternacht sein konnte. Matt schimmernd im flimmernden Licht der Nebel lagen die niedrigen, strohgedeckten Dächer des Dorfes. Nichts rührte sich. Aber aus irgendeinem Grund machte ihm der Anblick dieser friedlichen Ruhe nur noch mehr Angst. Für einen kurzen Moment hörte er Schreie, sah Flammen. Dann rebellierte abermals sein Magen, und er beugte sich rasch über den Fenstersims.

Herrin, warum tust du mir das an?

Als er sich wieder aufrichtete, blickte er instinktiv zum Dorftor mit seinen zwei Wachtürmen hinüber. Von den Wachen war nichts zu sehen. Aber andererseits waren sie bald eine halbe Meile entfernt, und es war finstere Nacht. Edeard kam wieder zu Atem und hielt sich grimmig entschlossen an der Fensterkante fest. Erneut flog sein Fernblick hinaus. *Wenn alles mit ihnen in Ordnung ist, geh ich schnurstracks wieder ins Bett.*

Die Türme waren aus glattem Stein; in den letzten Jahrzehnten hatte man sie von innen mit dicken Holzverstrebungen verstärkt, obgleich es nicht ein Loch in den Wandungen gab, allerdings einige besorgniserregend lange Risse, die zickzackförmig von oben nach unten verliefen. Die Brustwehren waren geräumig genug, um zehn Wachen zu fassen, die mit einer Anzahl schwerer Waffen auf jeden Feind das Feuer eröffnen konnten, der dumm genug war, die Tore zu stürmen. Der östliche Turm war heute Nacht nicht besetzt. Auf der westlichen Brustwehr stand unter der Alarmglocke ein einzelner Mann. Er hatte das Gesicht ortseinwärts gerichtet, blickte über das Dorf. Zu seinen Füßen auf den Steinplatten lagen drei Leichen.

Edeard taumelte vor Schreck zurück, versuchte, seinen Fernblick neu zu fokussieren. Er jagte hin und her, bevor er sich wieder auf die Brustwehr zentrierte. In den Gedanken des einzelnen Mannes blitzte ein Anflug von Befriedigung auf. »Grüße«, sagte der Mann über Longtalk.

Edeards Kehle schnürte sich zusammen, verschlug ihm den Atem. »Wer bist du?«

Geistiges Gelächter verspottete ihn. »Wir wissen, wer du bist. Wir wissen alles über dich, du Held. Wir wissen, was du unseren Kameraden angetan hast. Deswegen gehörst du heute Nacht mir. Und ich verspreche dir, dass du nicht schnell sterben wirst.«

Entsetzt keuchte Edeard auf und brachte sich mit einem Sprung weg von dem Fenster. Trotzdem konnte er immer noch die schwache Berührung des Fernblicks, den der andere auf ihn gerichtet hielt, spüren. Er legte alle Kraft, die er aufzubringen vermochte, in seinen Longtalk und rief: »Akeem! Akeem, wacht auf! Die Banditen sind da! Sie sind im Dorf!«

Sein mentaler Schrei war wie ein Signal. Das gedämpfte Glimmen von Bewusstseinen nahm Gestalt an in den Durchgängen und Gassen, die sich durch die Häuser und Gildenanwesen wanden. Edeard kreischte auf. Sie waren überall!

So viele! Jeder Bandit der Wildnis muss heute Nacht hier sein.

»Was, im Namen der Herrin, ist da los?«, erreichten ihn jetzt Akeems benommene Gedanken.

»Banditen«, rief Edeard abermals, mit Stimme und Geist. »Hunderte von ihnen. Sie sind schon hier.« Er verpasste jedem Ge-Wolf, der sich auf dem Grundstück befand, einen mentalen Stich und versetzte sie in Angriffsbereitschaft. Lautes, gefährliches Knurren stieg vom Innenhof auf.

In der Straße vor der Gilde tauchten fünf Banditen auf, stark und dreist. Sie versuchten nicht einmal, sich irgendwie zu tarnen. Weder besaßen sie die schmutzverkrustete Haut noch die wilden Haare derjenigen im Wald. Diese hier trugen schlichte dunkle Waffenröcke und ihre Füße steckten in handfesten

Stiefeln. Auch Pfeil und Bogen waren nirgends zu sehen. Seltsamerweise trug jeder von ihnen zwei Gürtel, die um ihre Schultern geschlungen waren und sich vor der Brust überkreuzten. An den Riemen waren kleine Metallbehälter befestigt, zusammen mit einer Vielzahl von Messern. Ein Raunen und Flüstern brandete aus dem Äther, als sie mit Longtalk ihre Absprachen trafen. Dann nahm Edeard die Rennfüchse wahr, die neben ihnen herliefen; jeder hatte zwei der gezähmten und abgerichteten Bestien dabei.

»O gütige Herrin, nein«, keuchte er. Sein Geist bekam mit, wie Akeem über Longtalk die anderen Ältesten rief, Alarm schlug mit blitzschnellen und präzisen Gedanken.

Doch es war zu spät. Flammen züngelten zwischen Ashwells Hausdächern empor. Fackeln, rußend von brennendem Öl, wirbelten durch die Luft, von telekinetischen Kräften gelenkt, um mit absoluter Präzision auf den Strohdächern zu landen. Das Feuer breitete sich rasch aus, begünstigt durch die trockenen Monate eines guten Sommers. Schon bald legte sich ein grässlicher orangefarbener Schein über das Dorf.

Aufgeregt rannten die Ge-Wölfe im Hof hin und her. Mit wilder Entschlossenheit streckte Edeard seine dritte Hand aus und riss das Tor für sie auf. Das war der Moment, in dem er das Geräusch zum ersten Mal hörte. Ein höllisch donnerndes Dröhnen, als würden hundert Pistolen gleichzeitig feuern. Grelles Licht zuckte durch sein geöffnetes Fenster, und sein Geist konnte die dreckige Schadenfreude in den Gedanken der Banditen spüren, die von der Straße zu ihm heraufdrangen. Die Ge-Wölfe brachen gepeinigt zusammen, ihre Bewusstseine entsandte Leuchtfeuer aus entsetzlichen Schmerzen, während ihr Fleisch zerfetzt wurde. Ein paar schafften es, der seltsamen Waffe zu entgehen, nur um im nächsten Moment auf die Rennfüchse zu prallen. Das metallische Dröhnen ebbte ab, während die Tiere kämpften, sich ineinander verbissen, aneinander zerrten und sich dabei herumwarfen und und wanden.

Plötzlich hörte Edeard eine Frau schreien. Es tobte viel zu viel Aufruhr, viel zu viel Schmerz in allen Winkeln von Ashwell, um sie mit seinem Fernblick ausmachen zu können, aber er wusste genau, was dieser Laut zu bedeuten hatte. Was er für jede Bewohnerin des Dorfes, die lebend aufgegriffen wurde, zu bedeuten hatte. Für jede Frau, und für jedes Mädchen.

Er sendete einen einzelnen, durchdringenden Gedanken zur Kirche. »Salrana!«

»Edeard!«, gellte ihre panikerfüllte Longtalkstimme zurück. »Sie sind hier, sie sind in der Kirche!«

Sein Geist fand sie sofort, sein Fernblick fokussierte sich auf sie, als würde er sie mit einem gewaltigen Lichtbündel anstrahlen. Sie kauerte in ihrem Zimmer im Haus der Mutter, das die Hinterseite der Kirche bildete. In der Kuppel selbst rückten drei Banditen durch den Mittelgang an, zu gleichen Teilen Triumph und Verachtung verströmend. Neben ihnen rannten pirschend ihre Rennfüchse umher. Mutter Lorellan war bereits aus dem Bett und steuerte auf den Ort der Andacht zu, um sich den Kirchenschändern entgegenzustellen. Für eine zutiefst fromme Frau funkelte ihr Geist in außergewöhnlich mächtiger Wut.

Die Banditen und ihre Rennfüchse würden sie in Stücke reißen, dessen war Edeard sich sicher. »Mach, dass du da wegkommst«, befahl er Salrana. »Sofort. Raus aus dem Fenster und in den Garten. Lass sie nicht an dich herankommen, bleib in Bewegung. Lauf in Richtung Marktplatz, er ist gepflastert, da brennt es nicht. Wir treffen uns an der Kornwaage.«

»Oh, Edeard ...«

»Tu es. Tu es jetzt.«

Er rannte hinüber zum Fenster. Es würde kein so großer Sprung sein hinab auf die Straße. Das Massaker, das die Rennfüchse unter den überlebenden Ge-Wölfen anrichteten, war beinahe vorbei. Um die, welche auch immer von ihnen als Sieger hervorgingen, würde er sich schon kümmern. Flammen jagten über die Strohdächer der terassenförmig angelegten

Hütten gegenüber. Türen wurden aufgerissen und Männer stürmten heraus, die Schilde fest um ihre Körper, die Messer hoch in der Hand. Die Banditen hoben ihre Waffen, und das Getöse begann von Neuem. Wie betäubt sah Edeard, wie ihre gedrungenen Pistolen eine blau-purpurrote Flamme ausspuckten. Auf irgendeine Weise vermochten sie Dutzende von Kugeln abzufeuern und luden sich in Windeseile wieder auf. Die Dorfbewohner wankten und schlugen vor Schmerzen wild um sich, als die Geschosse ihre Schilde durchbrachen.

»Ihr Schweine!«, brüllte Edeard und sprang.

»Nein! Tu das nicht.« Akeems Longtalk war stark genug, um das halbe Dorf innehalten zu lassen. Sogar die Waffen blieben für einen kurzen Moment still.

Edeard landete auf dem Boden. Seine ungeschützte Ferse jagte einen jähen Schmerz sein Bein hinauf. Er wandte sich dem nächsten Banditen zu und beugte die Knie, als ob er eine Ringkampfhaltung einnehmen wollte. Irgendwie spürte er, dass sowohl Akeem als auch der Angreifer im Wachturm in diesem Moment den Atem anhielten. Der Bandit vor ihm hob seine geheimnisvolle Waffe und stieß ein erfreutes Knurren aus. Edeard streckte seine dritte Hand aus und schloss sie um die Pistole. Er war sich nicht sicher, ob sein eigener Schild so viele auf ihn einprasselnde Geschosse abwehren konnte, aber wie bei jeder Feuerwaffe musste man auch bei dieser zuerst einmal abdrücken. Die Augen des Banditen weiteten sich vor Erstaunen, als er feststellte, dass seine eigene Abschirmung Edeards Kräften nicht standhalten konnte. Dann musste die Straße ein fassungsloses Kreischen erdulden, als die Finger des Banditen in rascher Folge umgeknickt wurden. Unter dem fassungslosen Blick des Banditen drehte Edeard die Waffe herum, bis der Mann direkt in das Mündungsrohr glotzte. Dann betätigte er den Abzug. Die Entladung war beeindruckend, auch wenn es knapp eine Sekunde dauerte, bis etwas fauchend im Mechanismus der Waffe erwachte. Der Schuss pustete dem Banditen den Kopf weg. Blutige Fetzen landeten klatschend im Staub.

Drei andere Banditen rissen ihre Waffen hoch. Edeard spannte sich an und packte sie fest mit seiner dritten Hand, sodass sie sich nicht mehr zu rühren vermochten. »Schnappt sie euch«, sagte er zu den überlebenden Dorfbewohnern, die aus den brennenden Häusern heraustaumelten.

»Oh, dein Tod wird köstlich sein«, sandte der Bandit im Wachturm.

Hinter Edeard krachte ein Pistolenschuss. Er zuckte zusammen und wirbelte herum, nur um zu sehen, wie der fünfte Bandit auf seine eigene Waffe stürzte, von einem Rudel Ge-Schimpansen überwältigt, das von Akeem instruiert worden war.

»Ich sagte ›Tu das nicht‹«, schalt Akeem ihn über Longtalk.

»Danke schön«, erwiderte Edeard. Die Dorfbewohner machten mit den Banditen in einer Art und Weise kurzen Prozess, die er einigermaßen beunruhigend fand. Edeard ließ die drei blutigen Kadaver los. Dann wandten sich alle ihm zu, seine Anweisungen erwartend.

»Geht aufs Gildengelände«, sagte er zu ihnen und erkannte gleichzeitig, wie sehr sein Befehl zu einem unheimlichen Echo von Melzars Anweisungen damals im Wald geriet. »Bildet Gruppen. Das wird euren Schilden echte Festigkeit verleihen.«

»Du auch, Junge«, sagte Akeem, als Edeard eine der Waffen der Banditen vom Boden aufhob. Sie war wesentlich schwerer, als er erwartet hätte. Eine rasche Inspektion mit seinem Fernblick ließ einen außerordentlich komplizierten Mechanismus erkennen. Abgesehen von der Abzugsvorrichtung kapierte er überhaupt nichts davon. In dem Metallbehälter vor dem Griff schienen nicht mehr viele Kugeln übrig zu sein. »Ich muss Salrana helfen.«

»Nein. Hier ist alles verloren. Bring dich in Sicherheit. Überlebe, Edeard, bitte. Bleib heute Nacht einfach am Leben. Lass nicht zu, dass sie gewinnen.«

Edeard begann die Straße hinaufzurennen, zuckte jedes Mal zusammen, wenn sein stiefelloser Fuß den Boden berührte. »Sie werden dieses Dorf nicht zerstören.«

»Das haben sie bereits, Junge. Such irgendwo Deckung. Hau ab.«

Er ließ seinen Fernblick ausströmen, schickte ihn voraus, um ihn vor weiteren Banditen zu warnen. Sah einen Rennfuchs, der eine Gasse entlangsprang. Als er auftauchte, war Edeard fast auf gleicher Höhe mit ihm. Er stieß der Kreatur seine dritte Hand in den Schädel und zerfetzte ihr das Gehirn. Sie stürzte in das dämonisch flackernde Feuer eines lodernden Strohdachs. Die Straße war eine Schlucht aus tanzenden Flammen, wie der leuchtende Morgen so hell. Schreie, Rufe und Schüsse zerrissen das misstönende, konstante Grollen der Gluten.

»Du hast es raus, was?«, höhnte der Wachturm-Bandit.

Edeard trieb seinen Fernblick hinaus in den Turm, aber der Mann war nicht mehr da. Rasch prüfte er die nähere Umgebung, doch außer dem zerstörten Haupttor und den toten Dorfwachen fand er nichts. »Wo ist er hin?«, fragte Edeard ärgerlich. »Akeem, hilf mir, ich kann die Hälfte von ihnen nicht wahrnehmen.« Im selben Moment hörte er leise einen Waffenmechanismus klicken, und er verhärtete sein Schild. Der nachfolgende Kugelhagel kam aus einem der Häuser, an denen er soeben vorbeigelaufen war. Er hatte Glück, wie ihm erst im Nachhinein klarwurde, dass nicht alle Geschosse ihn trafen, dass der Bandit sein Ziel bereits nicht mehr genau im Visier hatte. Es rettete ihm das Leben. Dies und die ruhige Longtalkstimme, die sein Geist in der nächsten Sekunde empfing: »Nein, nicht ihn.«

Nichtsdestotrotz reichte die Wucht der auf ihn einprasselnden Geschosse aus, ihn rücklings und halb betäubt zu Boden zu werfen. Instinktiv schlug er mit seiner dritten Hand in Richtung der Schüsse. Ein Bandit kam torkelnd aus dem Haus, taumelte auf die Straße und schüttelte dabei wie wild den Kopf. Edeard griff nach dem lodernden Strohdach über ihm und zerrte daran. Flammenwogen lösten sich aus dem zusammenfallenden Gebälk, stürzten hinab auf den Banditen und zwangen ihn in die Knie. Glücklicherweise wurden seine Schreie gedämpft.

»Ist alles in Ordnung mit dir?«, fragte Akeem.

Ächzend wälzte Edeard sich wieder auf die Beine. Überall waren Flammen. Das tosende Feuer jagte riesige, Funken sprühende Bälle aus Stroh in den Nachthimmel hinaus. Fenster und Türen spien züngelnde, orangefarbene Luftschlangen hervor. Die Hitze auf seinem nackten Oberkörper war kaum auszuhalten, er war sich sicher, seine Haut Blasen werfen und aufplatzen zu spüren. »Ich bin hier«, erwiderte er. »Aber ich kann sie nicht erfassen, ich hab keine Ahnung, wo sie sind.« Doch er wusste, dass der Wachturm-Bandit auf dem Weg zu ihm war, sich still und unbemerkt durch die tanzenden Flammen und ineinandersackenden Hausmauern stahl.

»Versuch das hier«, sagte Akeem. Sein Longtalk dehnte sich aus wie aufsteigender Vogelgesang. Er schien jeden Winkel in Edeards Schädel auszufüllen. Ein Geschenk des Wissens – Gedanken und bisweilen Erinnerungen, die ihren Empfänger lehrten, wie eine bestimmte mentale Aufgabe zu bewerkstelligen war. Edeard hatte Hunderte von Anleitungen zur Kunst des Formens in sich aufgesaugt, aber diese war viel, viel komplexer. Als der Gesang endete, begann er, seinen Fernblick und seine dritte Hand zu einer symbiotischen Macht zu verbinden, die eine graue Dunkelheit um ihn herum wob. Es war, als würde er inmitten eines dichten Nebelflecks stehen.

»Und jetzt, bitte«, flehte Akeem, »bring dich in Sicherheit. Vergeude nicht dein Leben, Edeard, jetzt ist nicht die Zeit für sinnlose Gesten. Bitte. Denk daran: der Blaue Turm in Makkathran. Gehe dorthin. Sei jemand.«

»Ich kann euch nicht im Stich lassen«, schrie er in die schreckliche Nacht.

»Das Dorf ist bereits verloren. Geh jetzt. Geh, Edeard. Lass nicht alles umsonst gewesen sein.«

Edeard wollte aufbegehren, wollte hinausbrüllen, dass sein Meister sich irrte, dass seine tapferen Lehrlingsfreunde und starke Lehrer wie Melzar und Wedard den Gegenschlag anführen würden. Doch auf all die lodernde Verheerung ringsumher blickend, wusste er, dass das nicht stimmte. Immer noch erfüllten Schreie die Luft, zugleich mit dem Knurren der Rennfüchse und dem tödlichen Lärm der Pistolen. Der Widerstand zog sich auf einige wenige Gildenanwesen und -hallen zusammen. Der Rest des Dorfes war im Begriff, bis auf die Grundmauern niederzubrennen. Es gab nichts, was noch gerettet werden konnte. Außer Salrana.

Mühsam richtete sich Edeard auf und begann wieder Richtung Marktplatz zu rennen. Einmal huschte ein Bandit die Straße entlang an ihm vorbei, keine fünf Meter entfernt. Der Mann ahnte keine Sekunde, wie nah sie sich waren. Es wäre so leicht für Edeard gewesen, ihn zu töten, eine kleine Befriedigung seiner Rachegelüste daraus zu ziehen. Aber das hätte dem Wachturm-Banditen nur verraten, wo er war, und ungeachtet all seiner Wut und Verzweiflung war Edeard sich vollkommen darüber im Klaren, dass er weder die Fähigkeiten noch die Kraft dazu besaß, diese Konfrontation zu gewinnen.

Er raste an drei weiteren Banditen vorbei, bevor er auf den Marktplatz stürmte. Das ganze Karree war von einer einzigen Flammenwand umgeben, aber zwischen den Ständen war es kühler. Zwei Banditen drückten dort eine Frau zu Boden und lachten gröhlend, während ein dritter sie vergewaltigte. Ihre Rennfüchse streiften um die kleine Gruppe herum und hielten Wache.

Edeard konnte nicht einfach dastehen und nichts tun. Er kannte die Frau, auch wenn er ihren Namen nicht wusste; sie arbeitete in der Gerberei, half dort, die Tierhäute zu präparieren.

Das Erste, an dem die Banditen merkten, dass etwas nicht stimmte, war, dass ihre Rennfüchse plötzlich aufhörten, sie zu umkreisen. Alle sechs Bestien hielten inne und schwangen ihre Köpfe herum. Ihre riesigen Mäuler entblößten Fänge von der Größe menschlicher Finger.

»Was –«, entfuhr es einem der Banditen. Er brachte seine Waffe in Anschlag, doch es war schon zu spät. Die Rennfüchse stürzten sich auf sie. Kurz darauf hallte der Platz um die Stände von noch mehr Schreien wider.

»Ah, da steckst du also«, sagte eine Longtalkstimme hämisch. »Ich hatte schon Sorge, dass du vor mir weggelaufen wärst.«

Wütend fletschte Edeard die Zähne und starrte in den rauchverhangenen Himmel. So sehr er sich auch anstrengte, es gelang ihm nicht, ausmachen, von wo der Longtalk ausging.

»Erzähl, was treibst du da, abgesehen davon, dass du meine Leute massakrierst? Oh, ja, jetzt seh ich's.«

In diesem Moment bemerkte Edeard Salrana, die zusammengekauert hinter dem Tresen an der Kornwaage hockte und mit verwirrtem Gesichtsausdruck nach oben blickte. Er sprintete auf sie zu.

»Er ist am Marktplatz«, gab der Bandit über das ganze Dorf hinweg an seine Leute durch. »Umzingelt ihn.«

Edeard nahm Angreifer wahr, die ihre Richtung änderten und auf ihn zusteuerten.

»Oh, die ist ja ganz allerliebst. Das blutjunge Ding von der Kirche, hab ich recht? Ja, jetzt erkenne ich sie. Glückwunsch, mein kleiner, zäher Freund. Eine hervorragende Wahl. Ganz ohne Frage ist sie's wert, alles für sie zu riskieren.«

Edeard erreichte die Kornwaage und ließ seine Tarnung fallen. Erschrocken keuchte Salrana auf, als er direkt vor ihr auftauchte.

»Hab dich.«

Edeard spürte die Genugtuung, die aus dem Longtalk des

Banditen sprach, nur zu deutlich. Extrem schwach konnte er das Trommeln von Füßen fühlen, Beinmuskeln, die sich mit aller Kraft dehnten, *um zu ihm zu kommen, um den gefürchteten Jungen zu fassen.*

»Ganz zum Schluss werde ich dir die Augenlider abschneiden, damit du keine andere Wahl hast, als dabei zuzusehen, wie ich sie ficke«, sagte der Bandit. Eine finstere Vorfreude brach sich in seiner Longtalkstimme Bahn. »Es wird das Letzte sein, was du siehst, bevor du stirbst. Mit diesem Wissen wirst du direkt in den Honious fahren; ich werde sie für mich selber behalten. Sie kommt mit mir, mein unerschrockener Held. Und ich werd sie mir jeden einzelnen Abend vornehmen. Ja, deine Liebste wird die nächsten Jahrzehnte damit verbringen, meine Kinder zu gebären.«

»Steh auf«, schrie Edeard und zerrte an Salranas Arm. Sie weinte, ihre Gliedmaßen waren schlaff und reagierten kaum. »Lass nicht zu, dass er mich kriegt«, schluchzte sie. »Bitte, Edeard. Töte mich. Das könnte ich nicht ertragen. Ich könnte es nicht, lieber will ich die Ewigkeit im Honious zubringen.«

»Niemals«, sagte er. Er legte seine Arme um sie und umschloss sie mit seiner Tarnung.

»Schafft die Rennfüchse zum Marktplatz«, befahl der Bandit. »Setzt sie auf sie an. Lasst sie ihre Witterung aufnehmen.«

»Komm mit«, flüsterte Edeard. Er setzte sich in Richtung Hauptzugang in Bewegung und blieb dann abrupt stehen. Über zehn Banditen stürmten mit ihren Rennfüchsen die Straße hinauf auf sie zu. Dabei achteten sie weder auf die kopfscheuen Hühner noch auf die aufgeregt plappernden Ge-Schimpansen, die sich vor den wirbelnden Flammen, die die Gebäude verzehrten, in Sicherheit zu bringen versuchten. »Herrin!« Suchend blickte er sich um, nicht wagend, seinen Fernblick einzusetzen, für den Fall, dass der teuflische Bandit es bemerken würde.

»Ist mir egal, ob das Feuer die Verfolgung erschwert. Findet ihn!«

Die Stimme des Banditen klang wütend, was die erste gute Neuigkeit war, die Edeard in dieser Nacht zuteil wurde. Jetzt, da er seinen Blick umherschweifen ließ, sah er erst, wie verheerend das Feuer sich ausgebreitet hatte. Jedes Gebäude brannte lichterloh. Eine stinkende, gewaltige Rauchsäule türmte sich Hunderte von Metern über dem Dorf auf und versperrte die Sicht auf Sternbilder und Nebel. Unterhalb ihrer düsteren Okklusion stürzten Hausmauern ein, trieben Lawinen von brennenden Möbeln und zerstörten Balken hinaus auf die Gassen. Selbst die Banditen wurden vorsichtiger, wenn die schmaleren Durchgänge blockiert waren. Natürlich, wie konnte es anders sein, schnitt das lodernde Verderben Edeard sämtliche Fluchtwege ab. Was er brauchte, war eine Ablenkung, und zwar bald. Mit seiner dritten Hand stieß er einen Stapel Bierfässer an und brachte ihn zum Kippen. Etliche der Fässer zerbarsten. Schäumend ergoss sich eine gewaltige Bierwelle über das Pflaster und breitete sich weitflächig aus. Gleichzeitig griff er nach dem Geist so vieler Genistars, wie er nur habhaft werden konnte, und zog sie allesamt zum Marktplatz, indem er ihnen dort einen Zufluchtsort bot. Die Tiere flohen aus ihren Stallungen und jagten in wilder Flucht die engen Dorfschneisen hinab. Verwirrte Rennfüchse setzten ihnen hinterher, ließen alle Zurückhaltung fahren, um ihren ursprünglicheren Jagdinstinkten zu folgen.

»Fast schon clever«, meldete sich der Bandit. »Glaubst du, dass du damit deine Witterung erschwerst? Okay, warum ersparst du uns das nicht alles, du Held?«

Die Banditen auf dem Marktplatz formierten sich zu einer Linie und eröffneten das Feuer, nahmen mit ihren aufflammenden Waffenmündungen in weiten Bögen das Gelände unter Beschuss. Genistars jaulten auf und winselten, als Kugeln sich durch ihr Fleisch fraßen. Panisch sprangen und jagten sie schutzsuchend davon, während ihnen ein Geschosshagel nach dem nächsten folgte. Rennfüchse fauchten und knurrten vor Hass und vor Schmerz, wenn auch sie getroffen wurden. Dutzende von Tieren stürzten leblos aufs Pflaster. Blut vermischte sich mit Bier und strömte über die abschüssigen Wege.

Edeard und Salrana ließen sich zu Boden fallen, als die Kugeln um sie herum in die Stände einschlugen. Holz zerbarst, Splitter sausten durch die Luft. Sie begannen zu kriechen. Es dauerte nicht lange, bis das Feuer wieder eingestellt wurde. Edeard wartete auf die nächste höhnische Longtalkbemerkung, doch sie blieb aus. »Jetzt, schnell«, drängte er sie. Hand in Hand rannten sie zu der Gasse, die um das Grundstück der Zimmermanngilde herumführte. Draußen vor den Mauern patrouillierten Banditen mit ihren Rennfüchsen. Das Innere des Anwesens brannte lichterloh, da das Feuer nun auch auf die Holzvearbeitungshallen und -lager übergriff und riesige Flammen in den rauchverklumpten Nachthimmel spie. Das Schieferdach des Hauptgebäudes war bereits eingestürzt. Edeard fragte sich, ob drinnen wohl noch jemand lebte, sich vielleicht in einem der Keller versteckend. Bestimmt hatte Obron eine Möglichkeit gefunden, sich zu retten. Er konnte sich eine Welt ohne Obron nicht denken.

Sie kamen an eine Kreuzung, und Salrana machte Anstalten, nach rechts abzubiegen.

»Nein, nicht da lang«, zischte er.

»Aber da geht's runter zum Wall«, flüsterte sie zurück.

»Genau damit werden sie rechnen. Die Rennfüchse werden uns in dem Moment gewittert haben, wo wir über die Befestigungsmauern zu klettern versuchen.«

»Wohin sollen wir dann?«

»Hoch zum Felsen.«

»Aber ... werden sie die Höhlen nicht durchsuchen?«

»Wir verstecken uns nicht in den Höhlen«, versicherte er ihr. In der Nähe stieß er auf etwa ein Dutzend noch lebender Genistars, hauptsächlich Hunde, neben einigen Schimpansen und sogar einem Fohlen. Er befahl ihnen, kreuz und quer über ihre eigene Spur zu laufen, um falsche Fährten zu legen. Obwohl er annahm, dass nicht einmal Rennfüchse imstande sein würden, sie in all dem Rauch und der Asche, die in der Luft lagen, zu verfolgen.

Es dauerte einige Minuten, bis sie an der Stelle ankamen, wo der neue Brunnen ausgehoben wurde. Bislang hatten Wedard und sein Trupp erst knapp fünf Meter ausgeschachtet und kaum das obere Drittel mit Stein eingefasst. »Los, da rein«, forderte Edeard sie auf. Eine schmale Leiter führte hinab zu dem hölzernen Gerüst am Boden des Lochs, auf dem Ge-Affen ihre Tage damit zugebracht hatten, sich immer tiefer in den Stein und Lehm hineinzugraben.

»Sie werden bestimmt hier reingucken«, sagte Salrana verzweifelt.

»Nur, wenn er offen ist«, erwiderte Edeard grimmig und deutete auf die große steinerne Abdeckung, die den Schacht nach Fertigstellung einmal verschließen sollte.

»Du meinst, du kriegst den Brocken da bewegt?«, fragte sie skeptisch.

»Das werden wir in einer Minute wissen. Aber ich bin mir ziemlich sicher, dass niemand mit seinem Fernblick durch ihn hindurchsehen kann.«

Salrana begann die primitive Leiter herunterzuklettern. In ihrem Geist brodelte es vor Angst. Edeard folgte ihr, blieb jedoch auf einer Sprosse stehen, als sein Kopf sich auf gleicher Höhe mit der Brunnenkante befand. Das Ganze hier war ein äußerst riskantes Unternehmen, eines, von dem jetzt ihrer beider Leben abhing. Doch ihm fiel partout keine Möglichkeit ein, wie sie aus dem Dorf herauskommen sollten, wie sie unbemerkt vor den Rennfüchsen und den in Alarmbereitschaft versetzten Banditen flüchten könnten. Er feuerte eine Longtalkanfrage an das Anwesen der Eiformergilde ab. »Akeem?«, fragte er leise. Er erhielt keine Antwort. Er wagte immer noch nicht, seinen Fernblick zu benutzen. Einen letzten wilden Blick auf die tobende Feuersbrunst werfend, die sein Zuhause gewesen war, griff er mit seiner dritten Hand hinaus und hob die riesige Steinplatte an. Still hob sie sich empor, schwebte einen Moment lang wenige Zentimeter über dem Boden, bevor sie sich schließlich mit einem langsam mahlenden Geräusch auf den Brunnenschacht senkte. Das orangefarbene Flackern der Flammen, die Geräusche einstürzender Gemäuer, die Laute menschlicher Qual – alles verstummte von einem Moment auf den anderen.

Edeard wartete etliche Stunden. Eng aneinandergeklammert kauerten er und Salrana auf den Planken am Boden des Schachts und zogen jeweils aus dem anderen so viel Trost, wie es angesichts ihrer Lage eben nur ging. Schließlich fiel sie in einen von Zucken und Stöhnen begleiteten unruhigen Schlaf. Er selbst wollte sich diesen Luxus nicht gönnen.

Ist das alles meine Schuld? Wollten sie Rache für den Überfall damals im Wald? Aber sie haben doch angefangen. Die allerschlimmsten Schuldgefühle jedoch bereitete ihm die Frage, die fortwährend an seiner Seele nagte: *Hätte ich mehr tun können?* Nun, da er nüchtern und der schlimmste Kater vorbei war, dachte er ununterbrochen über dieses merkwürdige Gefühl nach, das ihn so jäh hatte erwachen lassen. Es *war* das gleiche gewesen wie die Unruhe, die er im Wald verspürt hatte; eine unbestimmte Vorahnung, dass irgendetwas nicht stimmte. Normalerweise behaupteten allein die ranghohen Priesterinnen der Empyreischen Herrin von sich, einen bescheidenen Zeitblick zu besitzen; selbstredend verliehen von der Herrin höchstselbst. So etwas war denkbar. *Wenn ich nur nicht so dumm gewesen wäre. Hätte ich doch bloß auf die Warnung gehört ...*

Er wollte den Steindeckel nicht öffnen. Das Bild, das sie, wie er wusste, erwarten würde, war schier zu entsetzlich, um überhaupt nur daran zu denken. *Meine Schuld. Alles meine Schuld.*

Stunden nachdem sie sich hierher geflüchtet hatten, sickerten durch den Rand der Abdeckung, dort, wo die Steinkante nicht vollkommen abschloss, einige fahle Lichtstrahlen herein. Edeard wartete weiter. Der Sonnenaufgang würde die Banditen nicht automatisch vertreiben. Es gab hier im Umkreis von zig Meilen absolut nichts mehr, wovor sie sich fürchten mussten. Es würden die anderen Dörfer sein, die fortan jedem Einbruch der Nacht mit Grauen entgegensehen müssten.

»Wir hätten nie für möglich gehalten, dass sie so gut organisiert sind«, sagte Edeard verbittert. »Gerade ich hätte es erkennen müssen.«

»Sei nicht albern«, erwiderte Salrana. Erneut streckte sie in der Dunkelheit ihre zarten Arme nach ihm aus, legte sie um seine Hüften. »Wie hättest du das wissen sollen? Das ist etwas, das zu sehen sogar die Fähigkeiten der Mutter übersteigt.«

»Hatte Mutter Lorellan einen Zeitblick?«

»Keinen besonders guten, nein. Gestern Abend war sie wegen irgendwas beunruhigt, konnte es aber nicht genau benennen.«

»Sie konnte ihre eigene Ermordung nicht voraussehen? Was ist das denn für ein Zeitblick?«

Erneut fing Salrana an zu schluchzen.

»Oh, Herrin, es tut mir leid«, sagte er und drückte sie fest an sich. »Ich hab nicht nachgedacht. Ich bin so blöd.«

»Nein, Edeard. Du bist gekommen, um mir zu helfen. Mir, unter allen in Ashwell, all deinen ganzen Freunden, deinem Meister. Warum? Warum ausgerechnet mir?«

»Ich ... Die ganzen Jahre über war es immer wie ›du und ich gegen den Rest der Welt‹. Du warst der einzige Freund, den ich hatte. Ich glaube nicht, dass ich es ohne dich geschafft hätte. Wie oft habe ich daran gedacht, einfach abzuhauen, hinaus in die Wildnis.«

Sie schüttelte entsetzt den Kopf. »Dann wärst du ein Bandit geworden, wärst einer der Eindringlinge gewesen letzte Nacht.«

»Sag so etwas nicht. Niemals. Ich hasse sie. Erst meine Eltern, und jetzt ...« Er konnte nicht anders, als den Kopf hängen zu lassen und zu weinen. »Alles. Alles ist vorbei. Ich war nicht in der Lage, ihnen zu helfen. Alle hatten sie Angst davor, wie stark ich geworden war. Dann, als sie mich wirklich gebraucht hätten, war ich zu absolut nichts nütze.«

»Nein, das stimmt nicht«, sagte sie. »Du hast mir geholfen.«

Lange Zeit saßen sie einfach nur aneinandergeschmiegt da. Nach einer Weile versiegten Edeards Tränen. Er trocknete sich das Gesicht, fühlte sich idiotisch und elend. Salranas Hände tauchten auf und legten sich um seine Wangen. »Willst du mich?«, flüsterte sie.

»Äh ... ich. Nein.« Es fiel ihm nicht leicht, darauf zu antworten.

»Nein?« Ihre Gedanken, ohnehin schon zerbrechlich, sandten eine Welle verwirrten Schmerzes hinaus. »Ich dachte –«

»Nicht jetzt«, sagte er und nahm ihre Hände. Er wusste, was es war, der niederschmetternde Kummer, die Verlassenheit, die Furcht; es lag alles so offensichtlich in ihren Gedanken. Sie brauchte Trost, und körperliche Nähe war der größte Trost, den es gab. Angesichts seines eigenen angeschlagenen Zustands hätte gewiss auch er neuen Mut daraus geschöpft. Doch sie bedeutete ihm zu viel, und es hätte sich zu sehr nach einem Ausnutzen der Situation angefühlt. »Ich würde wirklich gern, aber du bist noch zu jung. Viel zu jung.«

»Linem hat im letzten Jahr ein Kind bekommen, und sie war nicht ganz so alt, wie ich es heute bin.«

Er konnte nicht anders als grinsen. »Das perfekte Vorbild einer Novizin für ihre Herde.«

»Herde? Ich bin wohl die Einzige, die übriggeblieben ist von dieser Herde.«

Augenblicklich fiel Edeards Grinsen in sich zusammen. »Ja, die Einzige.«

Salrana schaute zu der steinernen Abdeckung hinauf. »Glaubst du, da oben ist noch jemand am Leben?«

»Ja, ein paar. Natürlich. Ashwell ist zäh und nicht unterzukriegen, jedenfalls hat Akeem das immer gesagt. Nur so hat es sich in den letzten paar Jahrhunderten so erfolgreich allem Wandel widersetzen können.«

»Und du würdest wirklich wollen?«

»Ich –« Die Art und Weise, wie sie so leichthin von einem Thema zum anderen springen konnte, brachte ihn aus der Fassung, besonders wenn *das Eine* ein ganz bestimmtes Thema betraf. »Ja«, räumte er vorsichtig ein. »Dir muss doch klar sein, wie hübsch du einmal sein wirst.«

»Lügner! Ich muss dreimal die Woche zu Doc Seneo, um mir Gesichtssalbe zu holen.«

»Du wächst zu einer richtigen Schönheit heran«, beharrte er leise.

»Danke, Edeard. Weißt du, du bist wirklich süß. Ich habe niemals an einen anderen Jungen gedacht. Es warst immer nur du.«

»Ähm. Ah ja.«

»Es wäre schrecklich, als Jungfrau zu sterben, findest du nicht?«

»Herrin! Du bist die schlimmste Novizin in der ganzen Leere.«

»Red nicht so'n Stuss. Die Herrin muss ein erfülltes Liebesleben gehabt haben. Sie war Rahs Frau. Halb Makkathran behauptet, von den beiden abzustammen. Das sind eine ziemliche Menge Kinder.«

»Wenn das nicht Blasphemie ist.«

»Nein, es ist menschlich. Darum haben die Firstlifes auch die Herrin gesalbt, um uns daran zu erinnern, wie wir unsere wahre Natur wiederentdecken.«

»Na ja, im Augenblick sollten wir uns vielleicht erst mal Gedanken um unser Überleben machen.«

»Ich weiß. Also, wie alt muss ich denn werden? So alt wie du?«

»Ähm, vermutlich, ja. Ja, das kommt ungefähr hin.«

»So lange kann ich nicht warten. Bist du letzte Nacht mit Zehar mitgegangen?«

»Nie im – Hey, das geht dich gar nichts an.« Aus irgendeinem idiotischen Grund wünschte er sich plötzlich, dass er sich auf Zehars Annäherungsversuche eingelassen hätte. *Inzwischen hatte sie wahrscheinlich den Tod gefunden; schnell, wenn sie Glück gehabt hatte.*

»Du wirst einmal mein Ehemann sein. Ich hab ein Anrecht darauf, alles über deine alten Liebschaften zu erfahren.«

»Ich bin nicht dein Ehemann.«

»Noch nicht«, neckte sie ihn. »Aber mein Zeitblick sagt mir, dass es so sein wird.«

Kapitulierend warf er die Hände in die Höhe.

»Wie lange bleiben wir noch hier unten?«, fragte sie.

»Ich weiß nicht genau. Auch wenn da nichts mehr ist, das sie verjagen könnte, glaube ich nicht, dass sie sich hier allzu lange aufhalten werden. Die anderen Dörfer dürften inzwischen längst wissen, was passiert ist. Der Rauch ist fast bis zu Odins See aufgestiegen, und die Bauern sind sicher, den ganzen Weg über mit Longtalk um Hilfe schreiend, geflohen. Ich rechne damit, dass die Provinz eine Miliz mobilisiert und die Verfolgung aufnimmt.«

»Eine Miliz? Können sie das machen?«

»Jede Provinz hat das Recht, in Krisenzeiten eine Bürgerwehr aufzustellen«, erwiderte er, während er sich an die Einzelheiten zu erinnern versuchte, die Akeem ihm über Querencias Verfassungsrecht beigebracht hatte. »Und ein solcher Fall liegt hier zweifellos vor. Allerdings schätze ich, dass die Banditen längst über alle Berge sein werden, bevor irgendeine annehmbare Streitmacht in der Lage ist, sie zu ergreifen, geschweige denn, sie in der Wildnis zu verfolgen. Und dann diese Waffen, die sie hatten.« Er hielt seine Trophäe hoch, runzelte angesicht ihrer fremdartigen Form nachdenklich die Stirn – auch in Erinnerung an ihre immense Feuerkraft. »Von Dingern wie diesen hab ich noch nie was gehört. Sie sehen aus wie etwas, das die Menschen noch von vor dem Flug in die Leere besaßen.«

»Und das war's? Es wird keine Gerechtigkeit geben?«

»Doch, die wird es geben. Vorausgesetzt, dass ich am Leben bleibe, werden sie ihre Unverfrorenheit noch verfluchen. Mit dem Überfall auf unser Dorf, haben sie ihr eigenes Todesurteil gefällt.«

Sie klammerte sich fest an ihn. »Verfolge sie nicht. Bitte, Edeard. Sie sind dort draußen zu Hause, es ist ihre Wildnis. Sie sind vertraut mit dieser Art von Leben, mit dem Töten und der Brutalität. Sie kennen es nicht anders. Ich könnte es nicht ertragen, wenn du ihnen in die Hände fallen würdest.«

»Ich hab nicht vor, es sofort zu tun.«

»Danke.«

»Okay, ich denke, es dürfte jetzt Nachmittag sein. Wagen wir mal einen Blick.«

»In Ordnung. Aber was, wenn sie noch da sind und uns sehen ... Ich kann nicht seine Hure werden, Edeard.«

»Sie werden keinen von uns kriegen«, versprach er und meinte es auch so. Zur Bekräftigung klopfte er auf seine Waffe. »Und jetzt lass uns nachschauen, was da draußen los ist.« Er begann, seine dritte Hand an den kalten Stein zu legen. Lippen berührten die seinen. Erwidernd öffnete sich sein Mund, und über dem nachfolgenden Kuss verging eine lange, lange Ewigkeit.

»Nur für den Fall«, murmelte Salrana und presste sich an ihn. »Ich will, dass wir beide wissen, wie es war.«

»Ich ... ich bin glücklich«, sagte er verlegen. Etwas Besseres fiel ihm nicht ein.

Dieses Mal war es viel schwieriger, die mächtige Steinplatte zu bewegen. Kaum dass er angefangen hatte, wurde ihm bewusst, wie erschöpft er war, und wie hungrig und verängstigt. Dennoch verrückte er den Stein um ein paar Zentimeter, bis über ihnen eine schmale Sichel grauen Himmels zu erkennen war. Weder aufgeregte Rufe noch prüfende Fernblicke drangen hinab in den Schacht. Angesichts des winzigen Spalts und aufgrund des Umstands, dass er sich unterhalb des Erdbodens befand, war es ihm nicht möglich, seinen Fernblick über eine größere Entfernung hinauszuschicken. Stattdessen rief sein Geist nach dem einzigen Ge-Adler der Gilde. Seine Erleichterung, als der majestätische Vogel antwortete, war kaum zu beschreiben. Das Tier hockte hoch oben auf den Felsen, bekümmert und verwirrt. Was es Edeard jedoch zeigte, als es sich in die Lüfte erhob, ließ dessen neu erwachten Mut rasch wieder sinken.

Es war nichts mehr geblieben. Nichts.

Jedes Haus war nur noch ein Haufen schwelender Trümmer; die Gildenanwesen mit ihren starken steinernen Mauern waren zusammengestürzt. Er konnte kaum mehr den ehemaligen Straßenverlauf erkennen. Eine dünne Schicht aus schmutzigem Rauch trieb träge über den Ruinen.

Als der Adler tiefer herabstieß, konnte Edeard die Leichen erkennen. Verkohlte Fetzen flatterten schlaff an schwarz gewordenem Fleisch. Noch schlimmer waren die Dinge, die aus dem Schutt herausragten. Eine Bewegung erregte plötzlich die Aufmerksamkeit des Adlers, und er schwenkte geschickt auf einer Flügelspitze herum.

Der alte Fromal saß neben den Ruinen seines Hauses, den Kopf in den Händen, sich vor und zurück wiegend, sein rußverdrecktes runzliges Gesicht von Tränen verschmiert. Ein kleiner nackter Junge rannte wieder und wieder um die zerstörten Marktstände herum. Er war verletzt und blutete stark, das Gesicht zu einer wilden Grimasse der Entschlossenheit verzerrt, mit Augen, die offenbar blind geworden waren für die physische Welt.

»Sie sind weg«, sagte Edeard. »Machen wir, dass wir hier rauskommen.« Er ließ die verhasste Waffe fallen und schob die Platte zur Seite.

Das Schlimmste von allem war der Gestank; der widerwärtige Geruch der rauchenden Holzüberreste, gesättigt mit dem nach verbranntem Fleisch. Edeard musste sich fast übergeben. Es waren nicht nur Genistars und Haustiere, die da geröstet worden waren. Er riss einen Streifen Stoff aus seinen zerschlissenen Hosen, befeuchtete ihn in einer Pfütze und band ihn sich vors Gesicht.

Sie brachten den rennenden Jungen zum Stehen, dessen Schock zu tief saß, um ihn mit Vernunft zu erreichen. Sie führten den alten Fromal fort von den heißen, glimmenden Kohlen, die hundertundzwanzig Jahre lang sein Zuhause gewesen waren. Sie entdeckten den kleinen Sagat, in eines der umgeworfenen Fässer neben dem arbeitenden Brunnen gekauert.

Sieben waren es, die sie und der Adler fanden. Sieben Überlebende eines Dorfes, das einst über vierhundert Seelen gezählt hatte.

Sie versammelten sich draußen gleich vor den zerbrochenen Toren, im Schatten der nutzlos gewordenen Befestigungsmauern, wo der Gestank nach Kadavern nicht ganz so schlimm war. Nach einer Weile ging Edeard noch einmal zurück, versuchte, ein paar Kleider und etwas Essbares aufzutreiben, obwohl sein Herz nicht einen Moment bei der Sache war.

So traf sie kurz vor Einbruch der Dämmerung das Schutzaufgebot des Dorfes Thorpe-By-Water an. Über einhundert Männer auf Pferden und Ge-Pferden, gut bewaffnet und mit Ge-Wölfen, die neben ihnen hertrotteten. Weder konnten sie den Anblick, der sie erwartete, fassen, noch wollten sie akzeptieren, dass es organisierte Banditen gewesen waren, die ihn zu verantworten hatten. Statt die Verfolgung aufzunehmen und die Mörder der Gerechtigkeit zuzuführen, drehten sie um und ritten schnurstracks wieder heim nach Thorpe-By-Water, für den Fall, dass ihren eigenen Angehörigen Gefahr drohen sollte. Die Überlebenden nahmen sie mit. Keiner von ihnen kehrte jemals zurück.

Edeard benutzte seinen Longtalk, um Salrana die Neuigkeit mitzuteilen: »Die Karawane ist da.«

»Wo?«, gab sie zurück. »Ich kann sie nicht spüren.«

»Sie sind gerade bei Molbys Hof angekommen, in ungefähr einer Stunde sollten sie an der Dorfbrücke sein.«

»Das ist zum Fernblicken eine ganz schöne Strecke, sogar für dich.«

»Der Ge-Adler hilft mir ein bisschen«, gab er zu.

»Mogler!«

Edeard lachte. »Wir treffen uns in einer halben Stunde auf dem Platz.«

»In Ordnung.«

Er beendete die Instruierung der Ge-Schimpansengruppe, die die Ställe ausmisten sollten, und entschuldigte sich bei Tonri, dem Senior-Lehrling des Guts. Alles, was er für seine Höflichkeit zurückbekam, war ein desinteressiertes Grunzen. Thorpe-By-Waters Eiformergilde hatte ihn nicht eben mit offenen Armen empfangen. Sein faktischer Status war nach wie vor eine große, offene Frage. Bis jetzt hatte ihn der neue Meister noch nicht mal zum Gesellen gemacht. Edeards Antrag, ihn als solchen anzuerkennen, hatte unter den anderen Lehrlingen einiges Murren ausgelöst, da sie fanden, er müsse der Junior sein. Dass sein Talent so offensichtlich größer war als das ihre, ja, sogar als das ihres Meisters, änderte für sie nichts an der Situation.

Dagegen war Salrana von Thorpe-By-Waters Mutter in der Kirche der Herrin weitaus bereitwilliger aufgenommen worden. Doch auch sie war hier nicht glücklich. »Dies wird niemals unser Zuhause sein«, hatte sie nach der ersten Woche traurig zu Edeard gesagt. Es war zwar nicht so, dass die Bürger von Thorpe-By-Water die Flüchtlinge von Ashwell mieden, aber sie trugen auch nicht unbedingt dazu bei, dass sie sich hier heimisch fühlten. Die ganze Rulan-Provinz lebte nun in Angst und Schrecken vor den Banditen. Wenn sie Ashwell überfallen konnten, das drei Tagesritte vom Rand der Wildnis entfernt gelegen war, dann konnten sie auch an jedem anderen Ort der Provinz zuschlagen. Das Leben hatte sich unumstößlich verändert. Draußen auf den Fluren und in den Wäldern waren jetzt beständig Patrouillen unterwegs; und die Handwerker mussten alle nicht dringlichen Arbeiten stehen und liegen lassen, um bei der Verstärkung der Dorfmauern zu helfen. Ausnahmslos jeder in der Provinz Rulan würde ärmer sein in diesem Winter.

Unter den gleichen abweisenden Blicken, die er in den letzten drei Wochen Tag für Tag erduldet hatte, betrat Edeard den Marktplatz. Mit seinen Ständen und dem Kopfsteinpflaster war er dem in Ashwell bemerkenswert ähnlich. Größer natürlich, Thorpe-By-Water war ein bedeutenderes Dorf, in einer Gabelung des Flusses Gwash gelegen, die ihm an zwei Seiten einen natürlichen Schutz bot. Zwischen den beiden rasch dahinströmenden Wasserläufen war ein Kanal ausgehoben worden, mit einer stabilen Zugbrücke in der Mitte, der die Verteidigungsanlagen des Orts vervollständigte. Edeard nahm an, dass ihnen die Lage zwischen den Flussläufen möglicherweise etwas mehr Sicherheit gewähren würde als Ashwell. Es gab in der Tat nur eine einzige Stelle, an der man in das Dorf hineinkam. Es sei denn, die Angreifer benutzten Boote. Aber woher wollten Banditen genügend Boote bekommen ...

Beiläufig nahm sein Fernblick Salrana wahr, die auf ihn zugeeilt kam. Vor einem der vielen Fischstände begrüßten sie sich. Sie war in die blaue und weiße Novizinnenrobe der Herrin gekleidet; dieses Mal eine, die ihr noch ein wenig zu weit war.

»Fast wie vorher«, sagte Edeard, während er sie von oben bis unten beäugte. Die Blicke der anderen jungen Männer auf dem Marktplatz, die sie auf sich zog, entgingen ihm nicht.

Sie wand sich in ihrer Robe, zupfte an den langen, weiten Ärmeln. »Ich hatte ganz vergessen, wie schlimm dieser Stoff kratzt, wenn er noch neu ist«, sagte sie. »In Ashwell hatte ich nur ein einziges Mal eine neue, damals, bei meiner Initiationszeremonie; die anderen waren alle schon getragen. Aber die hiesige Mutter hat mir gleich fünf Stück anfertigen lassen.« Sie musterte seine Kleider mit einem abschätzenden Blick. »Immer noch keine Weberin gefunden?«

Edeard strich sich über sein uraltes Hemd mit den auffallend hässlichen Flicken. Auch seine Hosen waren zu kurz, und die Stiefel so alt, dass schon das Leder an den Stulpen einriss. »Man braucht Geld, wenn eine Weberin dir ein Hemd machen soll. Lehrlinge werden von ihrer Gilde eingekleidet. Und Lehrlinge ohne Status bekommen das Beste von dem, was die anderen nicht wollen.«

»Er hat dich noch immer nicht zum Gesellen gemacht?«

»Nö. Ist alles Politik. Seine eigenen Gesellen sind zu absolut nichts zu gebrauchen, was zum größten Teil an seiner miserablen Ausbildung liegt. Sie verlieren jedes Mal an die sechs von zehn Eiern. Das ist einfach erbärmlich. Nicht mal Akeems Lehrlinge haben so viele verloren. Abgesehen davon sind sie alle fünf Jahre älter als ich. Also würde er, indem er mich auf eine Stufe mit ihnen stellt, nur eingestehen, wie unfähig er selbst in Wirklichkeit ist. Ich hab gar nicht zu würdigen gewusst, was ich an Akeem hatte.« Er verstummte, als ihn die schmerzhafte Erinnerung überfiel. Sie hätten sich die Zeit nehmen sollen, die Leichen zu bergen, um ihnen und damit dem Dorf ein angemessenes, von der Herrin gesegnetes Begräbnis zu geben.

»Doch, das hast du gewusst«, sagte sie in dem Versuch, ihn zu trösten.

»Ja. Danke.« Gemeinsam schlenderten sie über den Marktplatz. Immer wieder blickte Edeard neidvoll auf die mannigfaltigen Kleider, die an den Ständen feilgeboten wurden. Als Lehrling war es ihm nicht erlaubt, mit den Eiern, die er geformt hatte, Handel zu treiben; die gehörten sämtlich der Gilde. Akeem hatte, was diesen Punkt anbelangte, mehr als einmal dezent ein Auge zugedrückt, fest vertrauend auf das Prinzip der stillen Belohnung. Nun jedoch sah Edeard sich völlig mittellos dastehen, ohne Freunde und ohne Respekt. Es war, als ob er wieder zehn Jahre alt wäre.

»Letzte Nacht kam einer der Spähtrupps herein«, erzählte Salrana, während sie weitergingen. »Die Mutter war heute

Morgen beim Dorfältestentreffen; der Führer des Trupps hat berichtet, dass sie nirgendwo eine Spur von irgendwelchen Banditen gefunden hätten, geschweige denn von einer größeren Gruppe. Offenbar spricht man bereits davon, die Spähtrupps zu verringern.«

»Idioten«, grunzte Edeard. »Was erwarten sie denn zu finden? Wir haben ihnen doch gesagt, dass die Banditen sich tarnen können.«

»Ich weiß.« Sie machte ein hilfloses Gesicht. »Offensichtlich scheint hier unser Wort nicht viel zu gelten.«

»Wer oder was, glauben sie, hat Ashwell zerstört?«

»Hab etwas Geduld mit ihnen, Edeard; gerade noch ist ihre gesamte Welt auf den Kopf gestellt worden. Das ist niemals einfach.«

»Wohingegen wir ja die reinste Spazierfahrt hinter uns haben, nicht?«

»Das ist nicht nett.«

»Tut mir leid.« Er holte tief Luft. »Ich hasse das einfach: Nach allem, was wir durchgemacht haben, werden wir behandelt, als wären wir das Problem. Ich hätte wirklich diese Knarre behalten sollen.« Er hatte sie am Grund des Brunnenschachts zurückgelassen, weil er nichts, aber auch gar nichts von den Hinterlassenschaften eines Banditen in seinem Besitz wissen wollte. Die Waffe brachte nur Unheil. Später hatte er die ruhelosen winzigen Teile, die er in ihrem Innern wahrgenommen hatte, aufzuzeichnen versucht. Der Schmied von Thorpe-By-Waters hatte beinahe Tränen gelacht, als er ihm die Skizzen gezeigt hatte, und ihm versichert, so ein Ding zu bauen sei völlig unmöglich. Und nun hatten die Leute wegen der ganzen Dauerschusspistolengeschichte so ihre Zweifel.

»Du hast das Richtige getan«, sagte sie. »Wie schrecklich wäre das Leben, wenn jeder so eine Waffe besäße.«

»Wirklich schrecklich ist, dass die Banditen sie haben und wir nicht«, gab er zurück. »Was sollte sie daran hindern, sich über die gesamte Provinz auszubreiten? Und noch weiter? Wie wär's mit der ganzen Region?«

»Das wird nicht geschehen.«

»Nein, das wird es nicht, weil nämlich der Statthalter eine Armee aufstellen wird. Zum Glück gibt es mehr von uns als von ihnen, also können wir sie besiegen, ganz egal, wie entsetzlich ihre Waffen auch sind. Aber das bedeutet Blutvergießen in einem Maße, wie wir es noch niemals erlebt haben.« Am liebsten hätte er seine Faust gegen den nächstbesten Stand gerammt. »Woher haben sie diese Pistolen bloß? Was meinst du, haben sie sie wohl auf einem der Schiffe gefunden, mit denen wir hergekommen sind?«

»Vielleicht haben sie das Schiff, mit dem sie ankamen, niemals verlassen«, erwiderte sie mit schwacher Stimme.

»Vielleicht. Ich hab keine Ahnung. Warum nur will niemand auf uns hören?«

»Weil wir Kinder sind.«

Er wandte sich zu ihr, wollte sie wutentbrannt anfahren, doch dann sah er den tiefen Kummer in ihren Gedanken, ihr erschöpftes Gesicht, betupft mit grünlicher Salbe. Sie war so schön. Irgendwie wusste er, dass Akeem es gutgeheißen hätte, dass er alles aufs Spiel gesetzt hatte, um sie zu retten. »Es tut mir leid. Ich weiß auch nicht, wieso ich das alles an dir auslasse.«

»Weil ich die Einzige bin, die zuhört«, sagte sie ihm.

»Herrin, in mancher Hinsicht ist es hier noch schlimmer als in Ashwell. Die Ältesten sind so ... zurückgeblieben. Die müssen hier Inzucht betreiben wie die Köter.«

Salrana grinste. »Red etwas leiser«, ermahnte sie ihn.

»Okay«, grinste er zurück. »Nicht mehr lange, hoffe ich.«

Am Rand des Marktplatzes begannen sich Menschen zu versammeln, um die Ankunft der Karawane mitzuerleben. Edeard konnte zweiunddreißig Wagen zählen, die die Straße entlang und über die Zugbrücke auf sie zugerollt kamen. An die meisten waren Landtiere gebunden: Pferde, Esel, Ochsen, Kühe;

einige hatten Pferche, in denen sie riesige Schweine transportierten. Zahllose Ge-Wölfe trotteten längsseits des Trosses her. Es gab mehr Vorreiter mit Pistolen, als Edeard jemals zuvor gesehen hatte. Die Wagen dagegen waren genauso gewaltig und beeindruckend, wie er sie in Erinnerung hatte; mit metallbeschlagenen Rädern, die so hoch waren wie er groß. Die meisten Fuhrwerke waren mit gewölbten Baldachinen aus dunklem Ölstoff überdacht, während andere komplett mit geteertem Holz überbaut waren, sodass sie beinahe wie winzige fahrende Hütten aussahen. Ganze Familien hockten auf den Kutschböcken eng zusammengerückt, winkten und lachten, während sie auf den Marktplatz zurumpelten. Jeden Sommer reiste die Karawane quer übers Land, verkaufte Tiere, Saatgut, Eier, Werkzeuge, Essen, Trinken und schicke Kleider aus Makkathran selbst. Nicht immer hatte sie auch Ashwell besucht, aber Edeard konnte sich noch gut an die Aufregung erinnern, wenn es mal wieder so weit gewesen war.

Noch bevor die Wagen angehalten hatten, riefen die Dorfbewohner schon zu den fahrenden Familien hinauf, wollten wissen, was sie alles mitgebracht hatten. Es war eine gutmütige Menge, die jedoch wenig Geduld für die Willkommensrede aufbrachte, die der Bürgermeister dem Karawananführer hielt. Die Begrüßung war kaum abgeschlossen, da war der Handel bereits in vollem Gange. Wein- und Bierproben wurden heruntergereicht, vorwiegend an die Lehrlinge. Edeard kaute auf einem Stück Trockenfleisch herum, das mit einem Gewürz verfeinert war, von dem er noch nie zuvor gekostet hatte. Salrana indessen pickte sich vereinzelte Früchte und eingelegte Gemüsestücke von den Tabletts, wenngleich sie, als es an exotisches Schokoladenkonfekt ging, nicht ganz so zurückhaltend war.

Als der Abendhimmel sich verdunkelte, war Edeard schon erheblich besser gelaunt. Viele der Dorfbewohner machten sich auf und gingen zum Abendessen nach Hause, bevor sie erneut zurückkehrten, um sich in das traditionelle nächtliche Festgetümmel zu stürzen. Er und Salrana begaben sich zur

Hauptkarawane. Die letzten übrig gebliebenen Dorfbewohner verließen den Platz, das Pärchen aus Ashwell dabei geflissentlich ignorierend.

Auch Barkus, der Karawanenmeister, war noch genau so, wie Edeard ihn in Erinnerung hatte. Ein Mann etliche Jahrzehnte in seinem zweiten Jahrhundert, doch immer noch munter und rüstig. Er besaß den stattlichsten Backenbart, den Edeard jemals gesehen hatte, mächtige weiße Koteletten, die sich um die Rundungen seiner Kinnbacken sträubten und rosige Wangen umrahmten. Sein tonnenartiger Oberkörper war in ein rotes Seidenhemd und eine extravagante blau-goldene Weste gekleidet. »Und was kann ich für euch zwei Hübschen tun?«, gluckste er, als Edeard und Salrana sich näher an seinen Wagen heranschoben. Ohne ihre Arbeit zu unterbrechen, die darin bestand, die Wagenplane über ein Gestell aus Martozholz auszubreiten, um so ein geräumiges Zelt zu errichten, schaute seine große Familie sie an. »Ich glaube, wir haben keine Bierproben mehr.« Er blinzelte Edeard zu.

»Ich würde mich Euch gern nach Makkathran anschließen, wir beide möchten das.«

Barkus stieß ein dröhnendes Gelächter aus. Zwei seiner Söhne kicherten, während sie die Stangen für die Plane in den harten Boden rammten. »Sehr romantisch, ja, wirklich, ganz ohne Zweifel. Ich bewundere deinen Mut, junger Herr, und auch den deinen, werte Dame meiner Herrin. Aber bedauerlicherweise haben wir keinen Platz für Mitreisende. Nun, ich bin mir sicher, dass sich, falls ihr beide von, äh ... wie sollen wir es nennen, *Zuwachs gesegnet* sein solltet, sich eure Eltern als nicht als halb so furchterregend herausstellen werden, wie ihr denkt. Glaubt mir. Geht nach Hause und erzählt ihnen, was passiert ist.«

Salrana straffte sich. »Ich bin nicht schwanger. Ich nehme meine Hingabegelübde sehr ernst.«

Eine unverfrorene Lüge, die um ein Haar Edeards lautstarke Empörung hervorgerufen hätte. »Mein Name ist Edeard, und das ist Salrana; wir sind die Überlebenden von Ashwell.« Er war sich der Stille, die seine Eröffnung verursacht hatte, durchaus bewusst. Barkus' ganze Familie starrte sie an. Einige Fernblickstränge, die ihren Ursprung am anderen Ende des Wagens hatten, strichen über sie hinweg. »Ich glaube, Ihr kanntet meinen Meister, Akeem.«

Barkus nickte langsam. »Ihr kommt am besten herein. Und die Übrigen wieder marsch an die Arbeit.«

Der Wagen war einer von denen, die sich gut und gern mit einer Hütte vergleichen lassen durften. Das Innere war mit wunderschönem, altem goldenen Holz eingepasst und mit verschlungenen Schnitzereien verziert, die von einer Kunstfertigkeit zeugten, wie sie von Geepalt und seinen Lehrlingen wohl niemals erreicht worden wäre. Jeder Bereich der Wände und der Decke bestand aus Kläppchen und Türen, von denen einige nicht größer waren als Edeards Faust, bis hin zu anderen, die höher und breiter waren als er selbst. Barkus öffnete ein Paar horizontal eingelassener Klappen, die sich zu langen, gepolsterten Bänken herabsenkten. Nahe der Decke glitten zwei Läden zur Seite und enthüllten rauchige Glaspaneele. Barkus rieb ein Streichholz an, stieß es durch ein kleines Loch am Ende des Glases und entzündete einen Docht. Im nächsten Augenblick war die Hütte vom vertrauten, behaglichen Schein einer Jamolar-Ölflamme erfüllt.

Lächelnd schaute Edeard sich um, ausgesprochen beeindruckt.

»Ich erinnere mich mit großer Zuneigung an deinen Meister«, sagte Barkus. Mit einer knappen Geste bedeutete er ihnen, auf der Bank ihm gegenüber Platz zu nehmen. »Er ist vor langer Zeit mit uns gereist. Ich war damals gerade mal so alt wie du. Und auch deine Mutter der Herrin, Novizin Salrana, hat uns nur Güte und Freundlichkeit gezeigt. Viele werden sie beide vermissen und um sie trauern. Es war eine entsetzliche Sache.«

»Danke«, sagte Edeard. »Ich will mich nicht aufdrängen, aber keiner von uns beiden kann in Thorpe-By-Water bleiben.

Wir sind hier nicht willkommen, und in jedem Fall liegt es viel zu nah an Ashwell.«

»Ich verstehe. Die ganze Provinz ist erschüttert von dem, was passiert ist, obwohl ich bereits eine Menge verschiedener Versionen gehört hab. Einschließlich einigen, die, wie ich sagen muss, ein wenig günstiges Licht auf dich werfen, junger Mann. Ich hab meinen Mund gehalten zu solchen Geschichten, weil ich mich an dich noch von meinem letzten Besuch her erinnere, damals, im Sommer vor vier Jahren. Und ich erinnere mich auch noch daran, wie Akeem über dich sprach. Er war beeindruckt von deinem Talent, und der alte Akeem war nicht so leicht zu überzeugen, vor allem nicht von jemandem, der noch so jung ist.«

»Edeard hat sein Leben riskiert, um mich zu retten«, sagte Salrana.

»Auch davon habe ich gehört.«

»Vor jener verhängnisvollen Nacht hat Akeem mich gebeten, nach Makkathran zu gehen, um dort im Blauen Turm meiner Gilde zu studieren. Ich will – nein, ich *werde* seinen Wunsch in Erfüllung gehen sehen.«

Barkus lächelte sanft. »Ein ehrbares Ziel, junger Mann.«

»Wir werden für die Reise arbeiten«, sagte Edeard eindringlich. »Ich will nichts umsonst.«

»Ich auch nicht«, sagte Salrana.

»Ich würde nichts anderes erwarten«, entgegnete Barkus. Er wirkte besorgt. »Trotzdem, es ist ein langer Weg. Wir werden Makkathran nicht vor dem nächsten Frühjahr erreichen und das auch nur, wenn alles gut geht. Viele Karawanen haben ihre gewohnte Tour bereits vorzeitig abgebrochen, um die Provinz zu verlassen. Die Geschichten über Ashwells Schicksal sind zahlreich, aber sie haben uns alle verunsichert. Soweit ich mich erinnere, sagte Akeem, du hättest eine starke dritte Hand?«

»Das stimmt. Aber mein eigentliches Talent ist das Formen. Es gibt jede Menge wilde Defaults in den Wäldern und Hügeln dieser Provinz. Bis zum Wintereinbruch könnte ich ein Rudel Ge-Wölfe für Euch formen, an denen keine Banditenbande jemals vorbeikommen wird, ganz gleich, wie gut sie getarnt ist. Ich kann sie mit einem stärkeren Geruchssinn ausstatten, als jeder von denen besitzt, die Ihr bisher einsetzt. Und ich kann auch Adler formen, die im Umkreis von mehreren Meilen über dem Konvoi kreisen, um nach dem geringsten Anzeichen für einen Hinterhalt oder Überfall Ausschau zu halten.«

»Ich bin sicher, dass du das kannst.« Doch Barkus schien immer noch nicht ganz überzeugt.

»Außerdem könnte ich Euch und Eurer Familie das hier beibringen«, sagte Edeard und webte seine Tarnung um sich selbst. Barkus schnappte keuchend nach Luft, beugte sich blinzelnd nach vorn. Edeard konnte den Fernblick des Karawanenmeisters in der Hütte hin und her huschen spüren. Leise stand er auf und setzte sich neben den völlig entgeisterten Barkus. Dann hob er seine Tarnung wieder auf. »Wie sollen die Banditen jemanden angreifen, den sie nicht sehen können?«

»Gütige Herrin!«, ächzte Barkus. »So was hab ich ja noch nie erlebt ...«

»Akeem hat es mir geschenkt.«

Rasch gewann Barkus seine Fassung zurück. »So, hat er das. Akeem hatte recht mit dem, was er über dich sagte und ich schätze, die Hälfte der Geschichten stimmen auch. Also schön, Kinder, ich werde euch beide als Familienneuzugang aufnehmen. Ihr könnt bis Makkathran mitkommen. Und in der Tat werdet ihr für eure Reise arbeiten müssen. Wir werden sehen, ob ihr, wenn wir die Ulfsen-Berge erreichen, immer noch glaubt, dass solcher Adel sich lohnt. Aber wie dem auch sei, Edeard, diese Abmachung gilt nur unter der einen Bedingung, dass du niemandem dein kleines Tarnkunststückchen lehrst. Können wir uns darauf einigen?«

»Ja, Sir, gewiss. Obwohl ich nicht ganz verstehe, wieso.«

»Du hast es doch niemandem in Thorpe-By-Water gezeigt, oder?«

»Nein, Sir.«

»Da hast du einen guten politischen Instinkt bewiesen, mein Junge. Und dabei wollen wir es auch belassen, nicht wahr? Es gibt schon genug Probleme, die unsere arme alte Welt verpesten, auch ohne dass jedermann unsichtbar in der Gegend rumzuschleichen vermag. Obschon, falls es dir gelingen sollte, eine Möglichkeit zu finden, wie man diesen Trick mit Fernblick durchschaut, so wäre ich dir ausgesprochen dankbar, wenn du es mich umgehend wissen lassen würdest.«

»Ja, Sir.«

»Guter Junge. In drei Tagen brechen wir mit dem ersten Licht der Morgendämmerung auf. Solltest du an diesem Morgen nicht hier sein, tun wir es trotzdem. Wenngleich ich auch annehme, dass dein derzeitiger Meister gegen deine Auswanderung nicht viel einzuwenden haben wird.«

»Ich glaube nicht, Sir.«

»Makkathran!«, jubelte Edeard, als sie sich wieder von Barkus' Wagen entfernten. Nun, da der Karawanenanführer ihnen versprochen hatte, sie mitzunehmen, waren all seine Sorgen und Zweifel verflogen. Bis eben hatte er noch gedacht, dass es ein Davonlaufen sein würde. Dass er ein Feigling war, wenn er all die Provinzen zwischen sich und die Banditen brächte und es den Menschen hier überließ, mit dem Problem fertigzuwerden. Dass es unredlich war, zuzulassen, dass ihr Blut zum Schutz des Landes vergossen wurde, während er selbst ein sicheres, behagliches Dasein in der Stadt fristete. Doch jetzt würden sie fortgehen und damit hatte es sich. »Stell dir bloß vor.«

»Ich kann es noch gar nicht fassen.« Salranas Lächeln war breiter und sorgenfreier denn je. »Glaubst du, es wird dort genauso wundervoll sein wie in den Geschichten, die wir gehört haben?«

»Wenn es auch nur ein Zehntel so fantastisch ist, wie man

sich erzählt, wird es weit jenseits all dessen liegen, was wir uns jemals erträumt haben.«

»Und wir werden in Sicherheit sein«, seufzte sie.

»Ja.« Er legte ihr seinen Arm um die Schulter. In einer brüderlichen Weise! »Wir werden in Sicherheit sein. Und was für ein herrliches Leben wir in der Hauptstadt der Welt führen werden.«

4

Der Fehler war erstaunlich schnell zu finden gewesen. Doch Troblum nahm an, dass Emily Alm weder viel Zeit gehabt hatte, ihn einzubauen, noch davon ausgegangen war, dass er nach ihm suchen würde, jedenfalls nicht sofort. Sie hatte mehrere Modifikationen am Bauplan vorgenommen; für sich gesehen, war jede von ihnen relativ harmlos, was sie noch etwas schwieriger aufspürbar machte. Doch die Gesamtwirkung reichte aus, um den Bindungseffekt aus dem Lot zu bringen. Es kostete ihn weniger als eine Stunde Arbeit, den Fehler zu beheben. Anschließend startete er den Generierungsprozess neu.

Nachdem dies erledigt war, stellte sein U-Shadow eine sichere Einmal-Verbindung zu seiner Appartmentwohnung her. Jetzt, nachdem er wusste, dass Marius die Absicht hatte, ihn zu manipulieren und alles nur Erdenkliche tun würde, um zu bekommen, was er wollte, war Troblum klar, dass er einen Fluchtweg brauchte. Es gab nur einen einzigen, der ihn außer Reichweite selbst des Repräsentanten bringen würde: Hinaus zu den Kolonien. Nach dem Starflyer-Krieg war jede der alten Dynastien mit einer Flotte von überzähligen Lifeboats zurückgeblieben. Raumschiffe, die in der Lage waren, die gesamte Führungselite einer jeden Dynastie auf die andere Seite der Galaxis auszufliegen, wo sie in Sicherheit waren, falls das Prime-Alien die Oberhand gewann. In Anbetracht der phänomenalen Geldsummen, die in ihre Konstruktion geflossen waren, hatten die Anführer der Dynastien nicht im Traum daran gedacht, sie, bloß weil das Commonwealth den Sieg davongetragen hatte, mal eben zu verschrotten. Stattdessen waren die Lifeboats aufgebrochen, um neue, vom Commonwealth vollständig unabhängige Welten und Kulturen zu begründen. Mehr als vierzig Schiffe waren gestartet – obwohl selbst diese Zahl nicht sicher war, denn die Anführer der Dynastien wollten kaum zugeben, wie viel Geld sie auf Kosten der Allgemeinheit in ihre eigene Rettung gepumpt hatten. In den nachfolgenden Jahrhunderten waren weitere Kolonieschiffe auf den Weg gebracht worden. Nicht länger mehr ausschließlich den Dynastien vorbehalten, hatten sie sogar ein noch viel breiteres Spektrum an Religionen, Sippen und Ideologien transportiert, die sich in einem Maße nach jenen Freiheiten sehnten, die ihnen selbst die Externen Welten niemals hätten bieten können. Der letzte größere Aufbruch hatte im Jahre 3000 A. D. stattgefunden, als Nigel Sheldon höchstpersönlich eine Flotte von zehn Raumschiffen der größten Klasse, die jemals gebaut worden war, angeführt hatte, um anderenorts eine »neue Menschheitserfahrung« zu leben. Es kursierten zu der Zeit nachhaltige Gerüchte, dass die Schiffe eine transgalaktische Flugreichweite besaßen.

Nachdem die ultrasichere Verbindung zu seinem Appartment stand, benutzte Troblum eine gleichermaßen gesicherte Leitung für seinen U-Shadow, um die Unisphäre nach den Bestimmungsorten der Kolonieschiffe innerhalb der Galaxis zu durchforsten. Es waren über hundert Abflüge verzeichnet, und im Weiteren gab es zu jedem von ihnen Tausende von Artikeln. Zahlreiche dieser Artikel hatten Spekulationen darüber zum Inhalt, weshalb sich kein einziges der Kolonieschiffe jemals wieder gemeldet hatte, nicht mal für eine kurze »Sindangekommen«-Botschaft.

Natürlich lagen auch keine Berichte von irgendwelchen Navy-Schiffen vor, die irgendwo in der Galaxis über eine von Menschen besiedelte Welt gestolpert wären. Nicht dass sie auch nur den Bruchteil von einem Prozent der vorhandenen H-kongruenten Sterne erforscht hätten. Und selbstverständlich gehörte es zum Kern der Living-Dream-Glaubenslehre, das die meisten dieser Reisen, wenn auch nicht alle, in die Leere geführt hatten. Gleichwohl gab es auch mehrere ernsthafte wissenschaftliche Arbeiten über berechnete wahrscheinliche Standorte, obwohl die zerfallenden Dynastien alles daran gesetzt hatten, dergleichen Elaborate zu unterdrücken. Aber selbst unter der Annahme, dass die Analysen korrekt waren, waren die Gebiete, die abgegrast werden mussten, gewaltig, mit Durchmessern von Hunderten von Lichtjahren. Andererseits war die *Mellanie's Redemption* ein feines Schiff. Sie sollte den kleinen Trip hinaus in den Drasix-Cluster, knapp fünfzigtausend Lichtjahre entfernt, schon schaffen. Das war das Ziel, zu dem die Schiffe der Brandt-Dynastie angeblich geflogen waren.

Troblum war sicher, er würde das Commonwealth nicht vermissen. Es gab niemanden, an den er in irgendeiner Weise gebunden war und die meisten der Koloniewelten wiesen im Allgemeinen eine ganz annehmbare Zivilisationsstufe auf. Falls er die Brandt-Welt tatsächlich finden sollte, würden sie dort vermutlich froh und dankbar sein über seine Biononics-Kenntnisse – etwas, das erst lange nachdem ihre Schiffe gestartet waren, entwickelt worden waren. Blieb noch das Problem, was aus seinen Starflyer-Krieg-Artefakten werden sollte. Sich von ihnen zu trennen, kam überhaupt nicht in Frage, das könnte er niemals ertragen. Wenn er sie jedoch andererseits in den Hangar schaffte, würde Marius es möglicherweise mitkriegen. Er begann, dem Apartmentnetz Anweisung für die Transportvorbereitungen zu geben, und machte anschließend einen schmerzvollen Anruf bei Stubsy Florac.

Die Neumann-Kybernetik brauchte zweiunddreißig Stunden, um einen Planetenverschiebungs-FTL-Antrieb zu erzeugen. Ehrfürchtig stand Troblum unter dem funkelnden Zylinder, als der terminale Extruder seine Arbeit einstellte, und bewunderte seine anmutige Eleganz. Seine Feldfunktionen registrierten einen dichten Knoten aus Energie und hyperbeanspruchter Materie, alles in perfekter Balance. Es war so viel exotische Aktivität vorhanden, dass sie beinahe schon als Singularität für sich durchging.

Wenn sich die Kolonien schon nicht für Biononics interessieren, dann wollen sie das hier bestimmt.

Zufrieden sah er dabei zu, wie Kraftfelder den Zylinder in die *Mellanie's Redemption* manövrierten. Der modifizierte Bugfrachtraum schloss sich wieder, und Troblum versetzte die Apparatur in Stand-by-Modus. Niemand würde in der Lage sein, die Verschlüsselung der Steuerungsbefugnis zu knacken; wie er annahm, nicht einmal ANA. Das Gerät gehörte ihm, und nur ihm allein.

Nachdem alles geschützt und abgesichert war, ging er wieder zurück ins Büro und stellte Emily Alms Fehler im Bauplan wieder her. Dann machte er sich daran, auf einer wesentlich tiefgreifenderen Funktionsstufe noch ein paar neue hinzuzufügen. Nun war der Antrieb wahrhaft einzigartig.

Einige Stunden später rief Marius an. »Sind Sie mit Ihrer Analyse schon fertig?«

»So gut wie. Ich fürchte, ich werde eine vollständige Umbildung der exotischen Belastungskanäle initiieren müssen.«

»Das klingt übel, und dabei hab ich nicht mal die leiseste Ahnung, wovon Sie da reden.«

»Es sieht gar nicht gut aus, nein.«

»Ich bin sicher, unsere Fonds werden den Schaden abdecken. Doch im Augenblick bedürfte ich eines kleinen Gefallens.«

»Und zwar?«

»Ich möchte, dass Sie einen Kollegen zu unserer Station bringen.«

»Einen Passagier?«, fragte Troblum alarmiert. Wenn noch jemand mit an Bord war, würde er niemals ungehindert fliegen können, wohin er wollte. Mit wachsendem Unbehagen wurde ihm bewusst, dass es bei diesem Ansinnen möglicherweise genau darum ging. Hatte Marius vielleicht etwas bemerkt? Er hätte schwören können, dass es nichts gab, das seine Verschlüsselung zu durchbrechen vermochte, aber andererseits hatte er es schließlich mit einer ANA-Fraktion zu tun.

»Ist das ein Problem für Sie? Ihr Schiff kann mehr als eine Person aufnehmen und es ist ein relativ kurzer Flug. Immerhin befinden wir uns immer noch innerhalb des Commonwealth.«

Diese Sache stellte definitiv eine Behinderung dar. »Kein Problem«, log er. »Ich muss vorher nur noch ein paar Flugvorbereitungen treffen.«

»Das sollte wohl kaum mehr als eine Stunde in Anspruch nehmen. Angenehme Reise.«

Nicht die geringste höfliche Nachfrage, ob er dazu überhaupt bereit war. Vielmehr hatte das Ganze wie ein Befehl geklungen. Seine Verärgerung kämpfte mit aufkeimender Neugier: *Wozu brauchen sie mich so dringend?*

»Troblum?«

»Wa–« Troblum wirbelte so schnell herum, wie sein Leibesumfang es zuließ. Vor ihm stand ein Mann im Büro, ein sehr großer Mann, auf dessen totenkopfähnlichem Schädel sich Stoppeln von rötlich braunem Haar kräuselten. Er trug einen schlichten grauen Anzug, der ungewöhnlich lange Gliedmaßen betonte. »Wer zum Teufel sind Sie?« Troblums Biononics hatten ihn augenblicklich in ein Verteidigungskraftfeld gehüllt, seine Waffenenrichments wurden aktiv und fassten den Eindringling ins Ziel.

»Ich bin Lucken. Ich glaube, Sie erwarten mich?«

»Sie sind ...«

»Ihr Passagier, ja. Ist das Schiff bereit?«

»Wie sind Sie hier hereingekommen?«

Luckens Gesichtsausdruck blieb vollkommen unbeeindruckt. »Benötigen Sie Hilfe bei den Vorbereitungen zum Flug?«

»Äh, nein.«

»Dann fangen Sie bitte an.«

Wütend über die anmaßende Arroganz, die ihm entgegenschlug, zupfte Troblum sich das Vorderteil seines Togaanzugs zurecht. »Die Versorgungsschläuche sind bereits angeschlossen. Sobald die Tanks voll sind, fliegen wir los. Möchten Sie schon mal in Ihre Kabine?«

»Gehen Sie ebenfalls jetzt an Bord?«

»Nein. Ich habe hier noch wichtige Arbeit zu erledigen.«

»Dann werde ich warten. Ich gehe mit Ihnen zusammen aufs Schiff.«

»Ganz wie Sie wünschen.« Troblum lehnte sich in seinem Stuhl zurück und schaltete den Solido-Projektor wieder ein. Nur um zu demonstrieren, wie egal der Fremde ihm war.

Lucken rührte sich nicht von der Stelle. Und er ließ Troblum nicht einen Moment aus den Augen.

Es würde ein langer Flug werden.

Die Station war ein regelrechter Trip in die Vergangenheit. Es war fünfzig Jahre her, dass Troblum sie zuletzt gesehen hatte und er hätte niemals geglaubt, dass er jemals zu ihr zurückkehren würde – tatsächlich wunderte es ihn, dass sie überhaupt noch intakt war.

Die *Mellanie's Redemption* benötigte drei Tage, um von Arevalo zu dem namenlosen roten Zwergstern zu fliegen. Nicht ein Planet, weder gasförmig noch fest, umkreiste den matten Fleck aus rötlichem Licht, lediglich ein großer Diskus aus unförmigen Kohlenwasserstoffasteroiden. Es waren nun nicht mehr ganz so viele, wie noch zu Zeiten seines ersten Besuchs, die gekommen waren, um hier zu arbeiten. Er grinste in sich hinein, als er an den Versuchsablauf von damals dachte. Es war das letzte Mal gewesen, dass er so richtig betrunken gewesen war und sich einen Teufel darum geschert hatte, was für einen Narren er aus sich machte.

Zehn astronomische Einheiten von dem Stern entfernt und achttausend Kilometer über ihrem Zielpunkt stürzte die *Mellanie's Redemption* aus dem Hyperraum. Troblum beschleunigte mit sieben g und nahm direkten Kurs auf das Zentrum des dunklen, fünf Kilometer durchmessenden Toroiden. Eine Staffel Abwehrkreuzer ließ ihre Tarnung fallen und umflog das Raumschiff in raschen, engen Wenden. Sie waren über hundert Meter lang und sahen aus wie Quecksilbertropfen, die mitten in der Verformung erstarrt waren, um wellige, geriffelte Körper zu bilden, aus denen seltsame, pseudopodienartige Aufsätze wuchsen. Ihr Flug wirkte so elegant und geschmeidig, dass sie an einen Schwarm Wassergeschöpfe gemahnten, die mit einem Neuankömmling herumtollten. Nichtsdestotrotz war an der Zahl von Abtastsonden, die auf die *Mellanie's Redemption* ausgerichtet waren, absolut nichts Verspieltes. Troblum hielt den Atem an, während er wartete, ob die hoch entwickelte Abschirmung des Bugfrachtraums den Scan ablenken würde. Sie tat es, aber andererseits hatte er ja auch mitgeholfen, diese Kreuzer zu konstruieren – vor mittlerweile siebzig Jahren. Er fand es interessant, dass in den dazwischenliegenden Jahrzehnten nichts Neueres entwickelt worden war. Die menschliche Technologie näherte sich immer schneller den Grenzen ihrer Entwicklungsstufe. Vielleicht hatte Emily Alm ja recht mit dem, was sie über die Navy gesagt hatte: In Anbetracht ihrer Wissensbasis gab es im Universum nichts wirklich Neues, lediglich mehr oder weniger innovative Varianten dessen, was bereits entwickelt worden war.

Die Kreuzer eskortierten sie in die Station. Die *Mellanie's Redemption* fiel unter den Rand des Toroiden ab und glitt in eine breite, innere Röhre, die beinahe so lang war wie sein Durchmesser. Über das normale Sensorennetz des Schiffes betrachtete Troblum die Konstruktion und konnte erkennen, dass große Bereiche wieder aktiviert worden waren. Der titaniumschwarze Rumpf war mit langen, schmalen Stacheln überzogen, ganz als hätte sich ein eisiger Frost über die ganze Station gelegt. Die meisten dieser Stacheln waren von einem durchscheinenden Weißblau; obwohl dazwischen, scheinbar ohne ein bestimmtes System, verschiedene kleinere in matt-purpurnem Licht aufleuchteten, als ob in ihnen einige Photonen der nahen Sonne eingesperrt wären.

Troblum steuerte die *Mellanie's Redemption* zur Basis eines roten Stachels, der eine Länge von annähernd siebenhundert

Metern aufwies. Ein Hangartor stand dort offen und erwartete sie. Als es sich wieder hinter ihnen schloss, drängte sich ihm unwillkürlich das Bild einer antiken Gefängniszellentür auf, die schicksalhaft zuschlug.

»Danke, dass Sie mit Troblum Lines geflogen sind, wir wünschen Ihnen einen angenehmen Tag«, sagte er vergnügt.

Lucken öffnete die Luftschleuse und ging hinaus. Der Mann hatte, seit er an Bord gekommen war, nicht ein Wort gesprochen. Und auch nicht geschlafen. Stattdessen hatte er die ganze Zeit in der zentralen Kabine gehockt. Als Troblum einen kleinen Koffer aktivierte und seinen smaragdgrünen Umhang anzog, war sein Passagier bereits verschwunden.

In der gigantischen, strahlend weißen Halle wirkte die *Mellanie's Redemption* klein und seltsam fehl am Platz. Weiße Schläuche hatten sich aus dem Boden hervorgeschlängelt und an ihre Versorgungsstutzen angedockt. Nirgends waren ein Außenschott oder ein tatsächlicher Weg in die Station hinein zu sehen. Als Troblum den gewölbten Boden entlangschritt, passte sich die Gravitation ihm an, sodass er sich stets in aufrechter Stellung befand. Auf rein visueller Ebene war dieser Effekt einigermaßen desorientierend.

Eine Frau wartete unter dem Schiffsbug auf ihn. Sie war etwa so groß wie er, vollkommen kahl und hatte perfekt runde Augen, die ihr flaches Gesicht dominierten. Ihr Hals war mehr als zwanzig Zentimeter lang, doch unter dem Panzer aus zahllosen schlanken Goldreifen nicht zu erkennen. Es war, als ob ihr Hals eine segmentierte metallene Gliedmaße wäre. Ihre Haut besaß den Oberflächenglanz eines Togaanzugs, der auf Stahlgrau abgestimmt war. Troblum nahm an, dass ihre Haut biononisch modifiziert war, der Effekt war eindeutig zu anschmiegsam. Viele Higher, die sich dem Download näherten, fanden Gefallen daran, mit ihren physiologischen Modifikationen herumzuexperimentieren.

»Grüße«, empfing sie ihn mit einer angenehmen, fast mädchenhaften Stimme. »Ich habe schon viel von Ihnen gehört.«

»Bedauerlicherweise kann ich das Kompliment nicht zurückgeben«, erwiderte er, von dem protokollarischen Anstandsprogramm, das in seiner Exosicht aufpoppte, ablesend.

»Mein Name ist Neskia, ich leite diese Station. Mein Vorgesetzter hat sich voll des Lobes über Ihre Fähigkeiten geäußert. Unsere Fraktion möchte Ihnen danken, dass Sie zurückgekommen sind.«

Als ob ich eine Wahl gehabt hätte. »Alles schön und gut, aber warum bin ich eigentlich genau hier? Weist der Schwarm Fehlfunktionen auf?«

»Keineswegs.« Sie machte eine graziöse Geste und verbog, während sie sich in Bewegung setzte, in einer fließenden, schlangenartigen Bewegung ihren Hals, um ihr Gesicht auf seines auszurichten. Troblum folgte ihr entlang der Biegung, sein Koffer schwebte dicht hinter seinem Kopf. Über ihnen öffnete sich irisartig eine kreisrunde Tür. Die innere Beschaffenheit der Station hatte sich unzweifelhaft in den siebzig Jahren verändert.

»Oh.«

»Sie klingen enttäuscht«, sagte sie und zögerte an der Tür.

Troblum war sich nicht sicher, ob das Rund in der Wölbung herumgeschnellt war, um senkrecht stehen zu bleiben, oder ob die lokale Schwerkraftverschiebung sogar noch verrückter war, als seine normalen Sinne vermuteten. Aber er sträubte sich dagegen, die Sache mit einem Feldscan zu überprüfen. Desorientierungsversuche waren wirklich allzu läppisch. »Nein, ganz und gar nicht. Ich vermute, dass ich den Schwarm inspizieren und sicher machen soll, nur für den Fall, dass das Worst-Case-Pilgerfahrtsszenario sich bewahrheiten sollte. Es hat in den vergangenen Jahren einige Fortschritte gegeben, die durchaus zu seiner Verbesserung genutzt werden könnten.«

»Der Schwarm hat sich bis zu seinem Verteilungspunkt zerstreut. Er ist regelmäßig upgegraded worden. Wir rechnen nicht damit, dass die Expansion der Leere ein Problem darstellen wird.«

»Ach, wirklich? Deshalb also halten Sie diese Station hier am Laufen.«

»Unter anderem.« Sie trat durch die Tür und in einen Gang, der die alte, schlichte grau-blaue Gestaltung zeigte, die Troblum kannte. Offenbar hatten sie nicht alles geändert.

»Ich habe Ihnen eine Suite in Sektor 7-B-5 zugewiesen«, sagte Neskia. »Sie können sie ganz nach Ihrem Geschmack umgestalten, sagen Sie einfach dem Stationssmartcore, was Sie wünschen.«

»Vielen Dank. Und der Grund meines Hierseins?«

»Wir sind dabei, zwölf Ultra-Antriebsmaschinen für die Pilgerflotte zu konstruieren. Ihre Erfahrung auf dem Gebiet der Konstruktionstechniken, die wir benutzen, ist unübertroffen.«

Troblum blieb so abrupt stehen, dass ihm sein Koffer um ein Haar gegen den Hinterkopf knallte. »Ultra-Antrieb?«

»Ja.«

»Sie meinen, es gibt ihn wirklich? Ich hatte immer gedacht, das wäre nur ein Gerücht.«

»Nein, es ist kein Gerücht. Sie werden in einem kleinen Team arbeiten, wir haben etwa fünfzig Experten rekrutiert. Die Neumann-Kybernetik, die den Schwarm aufgebaut hat, wird die eigentliche Fertigung übernehmen.«

»Faszinierend.« Seine niedergedrückte Stimmung aufgrund des Umstands, dass er erpresst und schikaniert worden war, begann sich merklich zu heben. »Ich muss etwas über die Theorie wissen, die hinter dem Antrieb steht.«

»Selbstverständlich.« Ihre riesigen Augen blinzelten kurz. »Sobald Sie sich etwas eingelebt haben, werden wir Ihnen nähere Informationen darüber zukommen lassen.«

»Ich hab mich bereits eingelebt.«

Araminta wartete in der Wohnung darauf, dass Shelly eintraf, um diese ordnungsgemäß und rechtskräftig in Besitz zu nehmen. Das musste sie nicht, Cressidas Unternehmen hatte den

Verkauf abgewickelt – was bedeutete, dass alles in Ordnung war. Aber eine persönliche Beaufsichtigung der Übergabe verlieh dem Ganzen diesen gewissen professionellen Touch; und in der Geschäftswelt war ein gutes Renommee unbezahlbar.

Vom Balkon aus beobachtete sie, wie Shellys Kapsel draußen auf dem gekennzeichneten Parkfeld landete, gefolgt von einer größeren Frachtkapsel, die das öffentliche Feld in Beschlag nahm. Die Wohnung wirkte eigentümlich unattraktiv, nun, da Araminta die Dekorationsobjekte verteilt hatte; durchweg sorgfältig ausgewählte Stücke, die besonders hervorhoben, wie geräumig und modern die Immobilie war.

»Alles in Ordnung?«, fragte Shelly, als Araminta ihr die Tür öffnete.

»Sicher. Ich wollte mich nur vergewissern, ob Sie zufrieden sind.«

»Oh, ja. Ich kann's kaum erwarten, endlich einzuziehen.« Shelly stiefelte bereits an ihr vorbei, selig lächelnd beim Anblick der leergeräumten Zimmer. Sie war ein schlankes, hübsches Mädchen, das ihr eigenes Salongeschäft in diesem Distrikt hatte. Araminta war ein klein wenig neidisch auf sie, hauptsächlich weil Shelly ein Jahr jünger als sie war und offensichtlich erfolgreich. *Aber andererseits hat sie auch nicht den Laril-Fehler gemacht.*

Shellys Blick fiel auf den großen Blumenstrauß, der auf der Küchenanrichte stand. »Oh, vielen Dank, das ist wirklich ganz reizend.«

»Gern geschehen.« Aramintas U-Shadow transferierte den Aktivierungscode für die Wohnung an Shelly. »Falls es noch irgendwelche Probleme geben sollte, rufen Sie mich bitte einfach an.« Sie musste sich flach an die Wand drücken, als sie die Treppen hinunterging. Ein Regravlifter transportierte soeben ein großes schwarzrotes Sofa in die Wohnung hinauf. Es war nicht ganz das, was Araminta ausgesucht hätte, aber ... Sie zuckte die Schultern und verließ das Haus.

Ihre alte Lastkapsel trug sie über Colwyns Innenstadt hinweg und in den Bodant District, wo sie auf einem öffentlichen Parkfeld aufsetzte. Es war ein trüber Morgen, mit schmuddeligen rötlich-braunen Wolken, die sich zu Regenfronten verdüsterten, als der Wind vom Meer herüberblies. Araminta kletterte aus der Kapsel und schaute lächelnd zu dem sechsstöckigen Apartmentblock auf. Die Architektur war weitestgehend Standard, mit weißen Balkonen, von denen farbenfrohe Ranken und blühende Kletterpflanzen herabtröpfelten. Die Ecken bestanden aus schwarzen Glaspilastern, von lila und blauen Refraktionspunkten belebt, die auf und ab wuselten wie kletternde Nager. Bei Nacht war die Wirkung auffällig und stark, aber unter dem nasskalten Licht des Tages fehlte ihr jeglicher Schwung. Auf dem Dach thronte eine goldene, kristallene Kuppel, die einen Gemeinschaftspool nebst Fitnesseinrichtungen barg und unter einem breiten Saum aus geschmackvoll angelegten Gärten entlang der Gebäudefront fand eine private Tiefgarage Platz.

Cressidas elegante purpurfarbene Kapsel glitt aus den tiefhängenden Wolken herab und landete neben der Aramintas. »Himmel, Darling, was für ein Coup.« Die Anwältin war in einen pelzartigen schwarzweißen Mantel gehüllt, der sie bei jeder Bewegung wohlig umschmiegte. Sie schaute an der Vorderfront des Wohnblocks hinauf und verengte die Augen, als sie drei Balkone sah, auf denen sich Berge von alten Einrichtungsgegenständen türmten. »Ich hab die Zugangscodes und die Bestätigungen der Besitzer. Also nichts wie rauf, worauf warten wir noch?«

Araminta hatte die komplette vierte Etage gekauft, mit allen fünf Wohnungen. Der gesamte Apartmentblock stand für eine Grundsanierung an, eine Gelegenheit, bei der sie unmöglich hatte nein sagen können, als Ikor, einer der ursprünglichen Bauträger, ausgestiegen war. Cressida trat in das erste Apartment und verdrehte die Augen. »Ich kann nicht glauben, dass du das wirklich gemacht hast.«

»Warum nicht? Es ist eine großartige Chance für mich.« Araminta grinste angesichts des Entsetzens ihrer Kusine und ging zu den Balkontüren hinüber. Das Glas wich wie ein Vorhang vor ihr zur Seite und sie trat hinaus. Ein Brummen und Bohren drang an ihr Ohr, das davon kündete, dass die anderen Investoren bereits dabei waren, ihre Etagen für den Neubezug herzurichten. »Es ist neunzig Jahre alt und braucht eben eine gründliche Generalüberholung. Und sieh dir mal die Aussicht an.«

Cressida presste die saphirblau geschminkten Lippen zusammen, als sie über den Park des Bodant District hinweg auf den dahinterliegenden Cairns sah. Entlang des Flussufers, das ihnen gegenüberlag, war eine Marina zu erkennen, die geschwungenen Deco-Gebäude so strahlend weiß, als wären sie soeben aus dem Fusionsschmelzofen gekommen. »Du hast die falsche Seite vom Park erwischt, Schätzchen. Da drüben spielt die Musik, dort wird das schnelle Geld gemacht. Abgesehen davon liegt der Helie District nur ein paar Straßen von hier entfernt. Also wirklich!«

»Hör auf rumzumeckern. Ich hab schließlich bewiesen, dass ich so was kann, und das weißt du.«

»Ich weiß auch, was du für diese Bruchbuden bezahlt hast. Ehrlich, Schätzchen, hundert K für jede. Haben sie dich gekidnappt und dir ein Messer an die Kehle gehalten?«

»Die Wohnungen haben jeweils drei Schlafzimmer. Sie bedürfen wesentlich weniger Arbeit als das Apartment. Die beiden größten haben diesen Ausblick. Und mit dem Apartment hab ich vierzig K Profit gemacht.«

»Trotzdem, ich fasse es immer noch nicht, dass dir die Bank das Geld hierfür gegeben hat.«

»Ein üblicher Gewerbekredit. Sie fanden mein Geschäftsmodell gut«, erklärte Araminta stolz.

»Klar, und Ozzie kehrt zurück, um uns alle zu retten. Komm schon, mir kannst du's doch sagen. Du hast mit der kompletten Belegschaft der zuständigen Dienststelle gepennt, stimmt's?«

»Es ist bloß einfache Ökonomie.«

»Ha! Das beweist nur, dass du null Ahnung hast, worüber du sprichst. Ökonomie ist niemals einfach.«

»Ich richte eine von ihnen – möglicherweise diese hier – als Musterwohnung her und verkaufe die übrigen dann als Off-Plan-Investition an Leute, die sich von der Qualität des Endergebnisses überzeugt haben. Mit den Anzahlungen werde ich die Hypothek tilgen, während ich die Apartments dann von Grund auf saniere.«

»Und das hier soll das beste sein? Hilfe!«

»Ja, und Helie ist ein aufstrebendes Viertel. Sei doch nicht so negativ. Das nervt.« Ihr Ton klang gereizter, als sie eigentlich beabsichtigt hatte.

Sofort entschuldigte sich Cressida. »Tut mir leid, Schätzchen. Aber in meinem Leben gibt's inzwischen keine Risiken mehr. Um ehrlich zu sein, bewundere ich dich sogar dafür, dass du so ein Wagnis eingehst. Und du wirst zugeben müssen, ein Wagnis ist es.«

»Natürlich ist's ein Wagnis. Ohne kommt man nie auf einen grünen Zweig im Leben.«

»Was ist nur aus dem kleinen Farmersmädchen aus Langham geworden?

»Es ist gestorben, und niemand ist zur Beerdigung gekommen.«

Eine perfekt geformte Augenbraue hob sich überrascht. »Was hab ich da bloß auf die Welt losgelassen?«

»Ich dachte, du würdest dich freuen zu sehen, wie ich vorankomme?«

»Tu ich auch. Willst du die ganze Arbeit wieder allein machen?«

»Größtenteils, ja. Ich hab mir ein paar neue Bots zugelegt und weiß jetzt, an wen ich mich wenden muss, falls ich irgendwelche Zubehörteile oder Aufsätze brauche. Das hier wird ein Prestigeprojekt werden, du wirst sehen, durchweg alle Apartments werden Prämien einheimsen.«

»Davon bin ich überzeugt. Wusstest du übrigens, dass sämtliche Hotels in der Stadt restlos ausgebucht sind?«

»Ist das von Belang?«

Cressida wischte mit einer Hand über das Balkongeländer und stützte sich anschließend mit dem Ellbogen darauf. »Na ja, ganze Heerscharen von Living-Dream-Anhängern überschwemmen derzeit die Stadt. Es kursieren Gerüchte im Gaiafield, nach denen sich der Zweite Träumer auf Viotia aufhalten soll.«

»Wirklich? Das hab ich in der Tat noch nicht gewusst, aber andererseits hab ich auch seit Wochen schon keine Newsshow mehr abgerufen. Ich bin zurzeit ein hart arbeitendes Mädchen.«

»Behalt's für dich, aber die Regierung macht sich einigermaßen Sorgen hinsichtlich des Drucks, der dadurch auf den Wohnungsmarkt entsteht, und bezüglich einiger anderer Dinge – wie beispielsweise der Aufrechterhaltung der öffentlichen Ordnung.«

»Ach komm, ich bitte dich!«

»Nein, ernsthaft. In den letzten sieben Wochen sind mehr als zwei Millionen Gläubige bei uns angekommen. Und weißt du, wie viele davon wieder abgereist sind?«

»Nein.«

»Nicht einer. Und wenn die alle auf die Idee kommen, ihren Wohnsitz hierher verlegen zu wollen, dürfte das die Bevölkerungspolitik maßgeblich verändern.«

»Wir nehmen also wieder Einwanderer auf, na und? So entwickeln sich nun mal Planeten. Es wird eine Riesennachfrage nach Wohnungen geben. Das kann mir doch nur recht sein.«

»Alles, was ich damit sagen will, ist, dass in Zeiten ziviler Unruhe auch die Immobilienpreise in den Keller gehen.«

»Ist das dein Ernst?«, fragte Araminta, jäh alarmiert; immerhin verfügte Cressida über ziemlich gute Beziehungen.

»Du weißt, dass es hier immer schon unterschwellige Ressentiments gegenüber Ellezelin gab. Falls die Anzahl der Living-Dream-Anhänger im augenblicklichen Tempo weiter ansteigt, könnte das zu echten Problemen führen. Wer hier will am Ende schon in einer Hierokratie leben müssen?«

»Ja, aber was ist mit dieser Pilgerfahrt? Die wird sie doch

sicher wieder zurück nach Ellezelin treiben, oder? Und es ist ja auch nicht gesagt, dass sie diesen blöden Zweiten Träumer tatsächlich finden, am allerwenigsten hier. Die ganze Sache ist nichts als eine politische Kraftprobe ihres neuen Kleriker-Conservators. Nicht wahr?«

»Wer weiß. Aber dennoch, bei allem Respekt, würde ich vorschlagen, Schätzchen, dass du dir irgendeinen Trottel suchst, an den du diese Apartments möglichst kurzfristig abstoßen kannst.«

Araminta musste daran denken, wie erpicht Ikor darauf gewesen war, ihr die Wohnungen zu verkaufen. Und es war ein gutes Geschäft gewesen, zumindest hatte es zu der Zeit so ausgesehen. *Bin ich vielleicht der Trottel?* »Ich denke«, erwiderte sie, »es könnte nicht schaden, wenn ich mich nach einem umsehe.«

Mr Bovey ließ einen kleinen Chor von Flüchen los, als vier von ihm versuchten, die altmodische Steinbadewanne durch den Flur und in das Badezimmer zu manövrieren. Es war ein heikler Winkel, und der hintere Flur des Apartments war nicht sonderlich breit.

»Kann ich helfen?«, zwitscherte Araminta aus der Küche, wo sie und drei Bots damit beschäftigt waren, auf den letzten Drücker ein paar Änderungen an den neuen Versorgungsleitungen vorzunehmen und sie für die Einbauten, die sie geordert hatte, betriebsbereit zu machen.

»Das krieg ich schon hin«, grunzten quadrophone Stimmen zurück.

Boveys ungesunde Hartnäckigkeit ließ sie kichern. »Okay.«

Es vergingen weitere zwanzig Minuten, bevor einer von ihm in der Küche auftauchte. Es war der Bovey, dem sie zum ersten Mal im Macrostore-Badezimmergang begegnet war, der mit der tiefdunklen Haut und dem alternden Körper. Er mochte zwar in seinem biologischen Spätherbst sein, doch harte Arbeit scheute er jedenfalls nicht. Seine faltige Stirn glänzte von Schweiß.

»Ich hab uns Tee gemacht«, sagte sie und deutete auf den Kessel sowie eine Ansammlung uralter Becher. »Sie sehen aus, als könnten Sie eine Pause gebrauchen.«

»Das kann man wohl sagen, meine anderen Ichs sind alle wesentlich jünger.« Mit einem anerkennenden Lächeln betrachtete er die dampfenden Tassen und das Päckchen mit Teewürfeln. »Sie haben es wahrhaftig ebenfalls geschafft, was?«

»Nicht, bevor nicht meine Kücheneinheit endlich eintrifft«, erwiderte sie mit einem gequälten Seufzen.

»Bei der nächsten Fuhre ist sie dabei, ich versprech's«, versicherte er ihr und nahm sich eine der Tassen. Seine Blicke musterten den Hydratorherd und die Packungen mit Fertiggerichten. »Sie wohnen tatsächlich hier?«

»Ja. Die Miete, die ich dadurch einspare, macht einiges aus. Ich meine, was soll das? Ich besitze fünf Apartments, und sie sind gar nicht mal so schlecht – es tropft nicht durchs Dach, und der Rest ist bloße Ästhetik. Ein paar Monate werd ich das schon durchstehen.«

»Wissen Sie, ich kann Ihre Einstellung wirklich nur bewundern. Es gibt nicht viele in Ihrem Alter, die ein Projekt wie dieses auf sich nehmen würden.«

Sie zwinkerte mit den Augen. »Und was ist mein Alter?«

»Ehrlich? Ich hab keine Ahnung. Aber Sie kommen rüber wie ein First-Lifer.«

»Na gut, ich geb's zu.«

»Dürfte ich Ihnen vielleicht eine Alternative zu dem hydratisierten Essen heute Abend anbieten? Ich kenne da ein nettes Restaurant.«

Sie grinste. Ihre Hand schloss sich um ihren eigenen Becher Tee. »Das wäre ganz wunderbar. Oh, bevor ich's vergesse, ich mag keinen Curry!«

»Das ist in Ordnung, ein paar meiner Ichs mögen ihn auch nicht.«

»Sie haben unterschiedliche Geschmäcker?«

»Klar. Geschmack beruht auf nichts anderem als Biochemie, und die ist bei jedem menschlichen Körper auf subtile Weise anders. Und, seien wir ehrlich, was das betrifft, steht mir eine ziemliche Palette zur Auswahl.«

»Okay«, sagte sie und senkte verlegen ihren Blick. »Jetzt muss ich mal fragen. Ich war noch nie mit einem Multiple aus. Kommen dann alle mit und sitzen mit mir an einem Tisch?«

»Nein, das wäre wohl ein bisschen zu viel des Guten, oder? Abgesehen davon muss ich den Macrostore am Laufen halten, Lieferungen erledigen, Installationen machen, all diese Dinge eben. Mein Leben geht die ganze Zeit über weiter.«

»Oh. Ja.« Es war eine eigenartige Vorstellung. Obwohl auch nicht unbedingt unangenehm.

»Ja, wenn Sie auch ein Multiple wären, wäre es möglicherweise etwas anderes.«

»Inwiefern?«

»Wir würden im ganzen Restaurant die romantischen Zweiertische reservieren und den Laden komplett übernehmen. Überall würden Ichs von Ihnen und von mir gleichzeitig fünfzig verschiedene Unterhaltungen miteinander führen und dabei versuchen, die gesamte Speise- und Weinkarte auf einmal zu probieren. So eine Art Monsterdate im Schnelldurchlauf.«

Sie lachte. »Haben Sie das jemals gemacht?«

»Erzähl ich Ihnen heute Abend.«

»Also gut. Welches von Ihren Ichs kriege ich denn, um mit mir an diesem romantischen Zweiertisch Platz zu nehmen?«

»Sie haben die Wahl. So viele Ichs, wie sie wollen, egal welche.«

»Eins reicht mir, und Sie wären mir schon vollkommen recht.«

Araminta grübelte lange darüber nach, was sie an diesem Abend anziehen und welche Kosmetik-Scales sie applizieren sollte. Sie machte sich genau nach Plan zwei Stunden vorher zurecht. Betrachtete sich anschließend einen Moment lang im Spiegel und verwarf das vollständige Bild. Fünfzig Minuten später schwebten sämtliche Koffer in ihrem Schlafzimmer geöffnet in der Luft. Ausnahmslos alle Klamotten, die sie sich in den letzten zwei Monaten zugelegt hatte, lagen auf dem Boden ausgebreitet oder waren über Möbelstücke geworfen und ließen zum Auf- und Abschreiten nur noch wenig Platz. Sie experimentierte mit vier verschiedenen Stilen von Scale-Membranen. Ihr Haar war erst funkelnd, dann matt, gegelt und danach toupiert, geschmückt mit roten Szintillatoren, blauen Szintillatoren, grünen, blau-weißen ...

Schließlich – elf Minuten vor Toresschluss – traf sie eine endgültige Entscheidung: Geh ganz normal. Mr Bovey war nicht der Typ, der viel auf Äußerlichkeiten gab.

Seine Kapsel landete draußen auf dem Feld und sie nahm den Lift hinunter in die Lobby. Die Türen öffneten sich zu einem staubigen Raum, in dem sich Gerümpel und vor kurzem angelieferte Kisten türmten. Alles illuminiert von einer viel zu hellen, provisorischen Beleuchtung.

Mr Bovey trug einen schlichten, blassgrauen Togaanzug mit minimalem Oberflächenschimmer. Er lächelte, als die Türen aufglitten, und sagte: »Eine Dame, die pünktlich ist, das ist mal – oh, wow.«

Sie gestattete sich die Andeutung eines billigenden Nickens, während er nur dastand und glotzte. Vor ihrem inneren Auge stieg das Bild plötzlich vernachlässigter Kunden auf, von abrupt zum Stillstand gekommenen Installationen und von Lieferungen, die soeben zur falschen Adresse geflogen wurden.

»Sie sehen«, er schluckte, als versuchte er, seine Fassung wiederzugewinnen, »großartig aus. Einfach toll.«

»Nun ja, vielen Dank.« Sie ließ die Hände auf dem Rücken

und hielt ihm, wie ein naives Mädchen, die Wange für einen förmlichen Begrüßungskuss hin. Ihr Outfit schien also die richtige Wahl gewesen zu sein: ein schwarzes, ärmelloses Kleid aus glattem, seidenartigem Stoff mit einem weiten Dekolleté, das von ein paar dünnen schwarzen Kettchen mehr schlecht als recht zusammengehalten wurde und den Anschein erweckte, als würde sie es jeden Moment sprengen. Ihr Haar schimmerte matt kastanienbraun und war zu nur wenigen Wellen frisiert, die ihr anmutig bis über die Schultern fielen. Keine Scales, außer die im Vergleich zu ihrer natürlichen Pigmentierung leicht dunkleren Lippen und smaragdgrüner Wimpernglanz mit dezentem Funkeln. Am entscheidendsten jedoch war das durchtriebene, halb angedeutete Lächeln, das dafür bürgte, das männliche Gehirn vollständig zu vernebeln – ausnahmslos jedes.

Mr Bovey erholte sich wieder. »Wollen wir?«

»Gern.«

Das Restaurant, in dem er reserviert hatte, war das Richard's. Klein, aber geschmackvoll, nahm es zwei Etagen in einem alten, weißen Steinhaus im Udno District ein. Der Eigentümer war gleichzeitig der Küchenchef, wie Mr Bovey erklärte, und besaß ein kleines Boot, mit dem er ein paar Mal in der Woche die Flussmündung hinabfuhr, um eigenhändig den Fisch für die Spezialitäten des Hauses zu fangen.

»Was ist nun? Haben Sie jetzt schon Verabredungen mit anderen Multiples gehabt?«, fragte sie, nachdem sie bestellt hatten.

»Natürlich«, eröffnete er ihr. »Nicht, dass es auf Viotia noch viele von uns gäbe.«

»Was ist mit Heiraten? Findet das bei Multiples nur untereinander statt?«

»Ich bin ein einziges Mal verheiratet gewesen. Mit einer Multiple namens Mrs Rion. Es war«, er runzelte die Stirn, als würde er nach einer Erinnerung suchen, »ganz nett.«

»Das hört sich ziemlich schrecklich an.«

»Ich tue ihr Unrecht. Wir hatten eine gute Zeit zusammen, solange es dauerte. Der Sex war fantastisch.« Er grinste schamlos. »Stellen Sie sich vor, dreißig von ihr, dreißig von mir. Alle unsere Ichs in Aktion, jede Nacht. Ihr Einzelmenschen vermögt nicht einmal in einer Orgie so nah an das physische Paradies zu gelangen.«

»Was wissen Sie schon über meine Orgienqualitäten.« Kaum ausgesprochen, spürte sie, wie ihre Ohren zu glühen begannen. Aber es war das zweite Mal an diesem Abend, dass sie ihn verblüffte, und dabei währte ihr Date noch nicht einmal eine Stunde. *Cressida wäre stolz auf mich.*

»Wie auch immer ...«, sagte er. »Nach sieben Jahren haben wir die Ehe gecancelt. Keine Feindseligkeiten, wir sind immer noch Freunde. Glücklicherweise hatten wir uns nicht auch geschäftlich zusammengetan. Ich sage Ihnen: Schließen Sie immer einen vorehelichen Vertrag ab, ganz egal, was Sie sind.«

»Wohl wahr. Ich selbst hab das auf die harte Tour herausfinden müssen.«

»Sie waren verheiratet?«

»Ja. Es war ein Fehler. Aber es stimmt schon, was Sie meinten, ich bin noch jung. Meine Kusine sagt immer, Fehler sind die einzige Methode zu lernen.«

»Ihre Kusine hat recht.«

»Und? Werden Sie heute Abend versuchen, mich zu bekehren?«

»Sie zu bekehren?«

»Mir dieses ganze Multiple-Konzept zu verkaufen. Ich dachte, Sie halten Multiples für unausweichlich.«

»So ist es in der Tat. Aber deshalb bin ich noch kein Missionar. Obwohl einige von uns es durchaus sind«, räumte er ein.

»Und Sie verabreden sich – äh ...«

»Außer*konfessionell?* Aber natürlich tue ich das. Menschen sind immer interessant, völlig gleichgültig, welchem Typus sie angehören.«

»Higher scheinen mir einigermaßen langweilig zu sein. Falls das ein wenig voreingenommen klingt, sollte ich vielleicht dazu sagen, dass mein Ex derzeit dabei ist, zu migrieren.«

»Keine ganz objektive Einschätzung demnach.«

Araminta hob ein Glas. »Bei Ozzie, ich hoffe nicht.«

»Die Entwicklung zum Higher ist falsch, das ist der Weg von Technokraten. Wir dagegen sind eine humanistische Lösung im Hinblick auf Unsterblichkeit und Evolution.«

»Aber auch Sie sind immer noch auf Technik angewiesen.«

»Eine sehr geringe Abhängigkeit. Lediglich ein paar Gaiamotes, um unsere Gedanken anzupassen. Ein ganz simpler Prozess.«

»Ah-hah! Sie *versuchen*, mich zu bekehren.«

Er grinste. »Sie sind paranoid.«

»Das sind alle Geschiedenen. Sind eigentlich irgendwelche Ihrer Ichs auch Frauen?«

»Nein. Es gibt einige Multiples, die auch multisexuell sind, aber für mich ist das nichts. Hat zu viel von Selbstbefriedigung, könnte ich mir denken.«

»Mir ging da nur gerade was durch den Kopf, und Sie sind mir darauf eine Antwort schuldig, weil es sonst nämlich nicht fair wäre.«

»Was wäre nicht fair?!«

»Na ja, Sie *wissen*, dass ich heute Abend mit niemand anderem aus bin –«

»Ah.« Sein Lächeln wurde verschlagen. »Sie möchten wissen, ob es angesichts all der Arbeit, die meine Persönlichkeiten im Makrostore verrichten, noch ein weiteres meiner Ichs gibt, das sich in diesem Moment in einem anderen Restaurant mit einer weiteren Frau unterhält? Richtig?«

»Genau«, gab sie zu.

»Warum überhaupt ein anderes Restaurant?«, fragte er und machte eine weit ausholende Geste, die sämtliche Tische ringsum mit umschloss. »Hand aufs Herz, woher wollen Sie wissen, dass einer von denen nicht ich bin?«

Erschrocken holte sie Luft und schaute sich um.

Jetzt lachte Mr Bovey. »Aber so ist es nicht«, versicherte er ihr. »Die einzige Person, an der ich heute Abend interessiert bin, sind Sie, und nur Sie ganz allein.« Sein Blick senkte sich auf ihren Ausschnitt. »Wie könnte es anders sein?«

»Das ist«, sie nahm einen weiteren Schluck von ihrem Wein, »sehr schmeichelhaft, vielen Dank.«

Was den Abend wieder in mehr oder weniger normale Bahnen zurücklenkte.

Frei fliegen die mächtigen Geschöpfe inmitten wunderbar schillernder Ströme aus Licht, die hell vor dem endlosen Dunkel der äußeren Bereiche erglühen. Sie kurven um scharlachrote Vorsprünge herum, die sich über Lichtjahre hinweg spannen, ziehen ihre Bahnen und stoßen herab auf das gefleckte Gewebe aus blassem, frostigem Gas. Und während sie fliegen, kitzeln die Gedanken dessen, was ihre Körper streift, ihren Geist, als würden sie die Erinnerungen eines fremden Daseins durchreisen. Solch eine Vorstellung ist nicht weit von der Wahrheit, vor allem nicht so nahe am Nukleus ihres Universums.

Dieses eine Geschöpf – das, welches sie bewohnt –, dreht sich träge um seine primäre Achse, sich seiner gleichartigen Verwandten, die es umgeben, bewusst. Die Schar ist über Millionen von Kilometern verstreut. Mehr als einen Planetendurchmesser weit entfernt wälzt sich ein anderes ihresgleichen ebenfalls herum, breitet ein zur Größe eines Gebirges ausgedehnter Körper seine Vakuumschwingen aus, zarte Gespinste aus Molekülen, wie atmosphärische Wolken so groß, die fragil im dünnen Sternenlicht funkeln. Irgendwo dort draußen in dem unermesslichen Abgrund wird es des Flüsterns eines Denkens gewahr, das sich erneut von einer soliden Welt in die Höhe erhebt. Und erneut beginnen einzelne Bewusstseine zu erstarken, werden mit dem Gefüge dieses Universums abgestimmt.

Wann, so fragt es sich, während es sich in der sanften Strahlung aalt, die aus den Sternennebeln tropft, werden die Bewusstseine wohl die Kraft besitzen, wahrhaft auf die Wirklichkeit Einfluss zu nehmen. Solch eine Zeit, da stimmt es mit seinen Verwandten überein, wird untrüglich einst kommen. Dann wird die Schar den großen Nebel verlassen, um die Ankömmlinge ausfindig zu machen und ihre vollständigen Existenzen zurück in den Nukleus zu tragen, dorthin, wo am Ende alles Leben kulminiert.

Es war ein ergötzlicher Gedanke, der Araminta zufrieden aufseufzen ließ, auch wenn das Geschöpf in der Dunkelheit, in der es wohnte, entschwand. Dunstiges Sternenlicht wich dem einer Reihe flackernder Kerzen. Der hauchzarte Odem von Nebulastaub verfestigte sich zu kräftigen Fingern, die ihre Beine entlangglitten; noch mehr Hände begannen ihren Bauch zu liebkosen, dann drückte ein weiteres Paar ihre Brüste. Wohlriechendes Öl wurde mit sündhafter Beharrlichkeit in ihre Haut einmassiert. Zungen leckten voll intimer Sinnlichkeit über ihren Körper.

»Zeit aufzuwachen«, raunte eine Stimme.

Auf ihrer anderen Seite flüsterte ihr eine zweite Stimme zu: »Zeit, dich wieder ein wenig zu verwöhnen.«

Gefangen in einer köstlichen Schläfrigkeit drehte Araminta sich in die Richtung, in welche die Hände sie drängten. Sie blinzelte träge, sah den Mr Bovey, mit dem sie zum Essen aus gewesen war, neben dem riesigen Bett stehen. Lächelnd schaute er auf sie herab. Als sie zurücklächelte, wurde sie von hinten durchbohrt. Sie keuchte auf, überrascht und erregt, erkannte einen Ausdruck der Verzückung in seinem Gesicht. Ein weiteres Paar Hände begann ihr Gesäß zu erforschen. Sie öffnete ihren Mund, um den Schwanz eines wirklich jungen seiner Ichs zu empfangen. Was überaus unartig von ihr war.

Sie wusste nicht, wie viele Ichs von ihm sie diesmal in sich aufnahm. Wusste nicht, ob es fast Morgen war oder noch

Nacht. Und es war ihr auch völlig gleichgültig. Fleisch und Lust waren ihr Hier und ihr Jetzt, ihr ganzes Universum.

Nach dem Essen im Richard's hatte seine Kapsel sie zurück zu seiner Wohnung gebracht, einem großen Haus hoch über dem Südufer der Stadt mit Grünflächen, die sich bis zum Fluss hinunter erstreckten. Es war noch nicht einmal Mitternacht gewesen. Einige seiner Ichs hatten sich in der Lounge aufgehalten, ein paar andere waren beim Kochen, und drei tummelten sich im Pool. Im Obergeschoss befanden sich noch mehr von ihnen, so sagte er ihr, die sich ausruhten oder schliefen.

Es war fast so, als hätte sie Hof gehalten. Sie, auf dem breiten Ledersofa sitzend, zwei Ichs von Bovey zu jeder Seite und weitere auf großen Kissen fläzend zu ihren Füßen, während sie angeregt plauderten. Es dauerte eine Weile, bis sie die instinkthafte Vorstellung niedergekämpft hatte, dass diese Männer allesamt verschiedene Menschen waren. Er machte sich einen Spaß daraus, sie zu foppen, mitten im Satz den Sprecher zu wechseln und sich sogar mit seinen Ichs zu streiten. Doch das simultane Lachen all seiner Körper besaß etwas ungemein Einnehmendes. Es war eine wundervoll behäbige Verführung.

Dann hatte der, mit dem sie zum Essen aus gewesen war, sich zu ihr herübergebeugt und sie geküsst. Zu der Zeit hatten der Wein und die Erwartung ihr Herz bereits heftig zum Klopfen und ihre Haut zum Erglühen gebracht.

»Du darfst aussuchen«, flüsterte er seidig.

»Aussuchen?«

»Wie viele und welche.«

Sie schaute in die Runde und sah den absolut gleichen Ausdruck von Lust und Verlangen auf allen Gesichtern. Für diesen einen, langen Augenblick war jedes seiner Ichs vollkommen ununterscheidbar; es hätten genauso gut Klone sein können. Gleichzeitig war es der Moment, in dem sie auf einer unterbewussten Ebene endlich akzeptierte, dass er wirklich und wahrhaftig nur ein Individuum war.

»Zunächst einmal natürlich du«, sagte sie zu ihrer Abendessen-Begleitung. »Schließlich warst du es, der den schwierigen Job hatte, mich hierhin abzuschleppen.« Dann zeigte sie mit dem Finger auf zwei weitere. »Du.« Der Gutaussehende. »Und du.« Jung und ausgesprochen muskulös – das hatte sie gesehen, als er aus dem Pool geklettert war.

Die drei Auserwählten geleiteten sie die Treppe hinauf. Araminta hatte gedacht, allein das sei verwegen genug, doch die Nacht geriet schon bald zu einem sexuellen Abenteuer der Extreme, als Mr Bovey anfing, sie in Praktiken einzuweihen, die sich nur als Gruppe umsetzen ließen. »Vertrau mir«, sagte eins seiner Ichs, als er direkt vor ihrem Gesicht ein Aerosol öffnete. »Das ist ein Booster. Es verstärkt deine Lust, gleicht die Sache zwischen dir und meinen ganzen Ichs gewissermaßen aus.« Araminta atmete es tief ein. Die Wirkung war enorm.

Sie scharten sich um sie. Starke Hände stützten sie in den verschiedensten Stellungen. Der Reihe nach wurde sie mit jedem von ihnen zum Höhepunkt gebracht, und jedes Mal wurde das Gefühl durch den Booster, der nach und nach ihren Blutkreislauf durchdrang, um ein Vielfaches verstärkt. Nach dem dritten Orgasmus fiel sie in einen köstlichen warmen Dämmerzustand zurück auf die Matratze. Das war der Augenblick, in dem sie bemerkte, dass noch mehr seiner Ichs ins Zimmer getreten waren und sich schweigend und nackt um das Bett versammelt hatten. Sie erhob keinerlei Einwände, als sie erregt auf sie herunterstarrten. »Ja«, sagte sie zu ihnen. Wie ein Mann kamen die frischen Körper näher.

Mehr als einmal in dieser Nacht schwanden Araminta vor aus Erschöpfung und aerosolgeschwängerter Ekstase die Sinne. Jedes Mal gönnte er ihr eine kleine Pause, bevor er ihre Lüste aufs Neue entfachte. Und die Pausen waren es auch, in denen sie ihren seltsamen Traum träumte.

Sie wachte nicht vor dem nächsten Vormittag auf. Und als sie es endlich tat, waren die Einzelheiten jener Nacht zu einem einzigen Strang aus nicht endendem animalischen Tun verflochten. Sie konnte es selbst nicht begreifen, aber sie hatte alles, was er von ihr verlangt hatte, getan.

Der Dinner-Bovey lag neben ihr auf dem Bett. Er war das einzige seiner Ichs, das sich noch im Schlafzimmer befand. »Guten Morgen«, sagte er mit sanfter Höflichkeit.

»Ja«, erwiderte Araminta. Sie fühlte sich immer noch hoffnungslos erschöpft, und in etwa dem gleichen Maße peinlich berührt. Die Wirkung des Aerosols war abgeklungen, und ihre Haut fühlte sich kalt und klamm an.

»Du siehst wunderschön aus, wenn du schläfst, wusstest du das?«

»Ich ... Nein, das hat mir noch niemand gesagt.«

»Wie fühlst du dich?«

»Äh, ganz gut, nehme ich an.«

»Okay«, sagte er in verständnisvollem Ton und strich ihr eine wirre Haarsträhne aus dem Gesicht. »Lass es mich so formulieren: Würde dir eine weitere Nacht wie diese gefallen?«

»Ja«, flüsterte sie und wusste, dass sie dabei knallrot wurde. Trotz der wiederholten Rohheiten, zu denen er sich hatte hinreißen lassen, war es der absolut beste Sex gewesen, den sie jemals gehabt hatte. Genau die Art von Multipartner-Athletik, mit der Cressida immer prahlte und die sie selbst stets zu ängstlich gewesen war auszuprobieren. Doch faktisch gesehen war es in der letzten Nacht nur ein einziger Mann gewesen; auf diese Weise bekam sie den Thrill ohne ein Gefühl von Schuld – fast.

»Ich hatte gehofft, dass du das sagen würdest. Nicht jede Singuläre kann es so mit mir aufnehmen wie du. Du bist etwas ganz Besonderes, Araminta.«

»Ich ...« Sie zögerte, unsicher, wie viel sie ihm anvertrauen wollte. *Was völlig idiotisch ist.* »Es war, als wäre ich zu einem Teil von dir geworden. Ist das albern?«

»Nein. Bei einer so heftigen Erfahrung kommt es durch das Gaiafield immer zu einer Verschmelzung mit jedem in der

Nähe, obwohl du größtenteils bei mir geblieben bist. War das Absicht?«

»Ich besitze keine Gaiamotes.«

Er schaute sie mit einem seltsamen Blick an. »Interessant. Ich war mir sicher ... na, vergessen wir das. Das Haus lässt gerade ein Bad für dich ein.«

»Danke. Und wie geht's jetzt weiter?«

»Im Broadway Empire läuft gerade so ein Stück, so eine Art Komödie, mit echten Schauspielern. Ich hab uns für heute Abend zwei Plätze reserviert.«

Was nicht ganz das war, was sie von ihm hatte wissen wollen. »Wunderbar. Und danach?«

»Danach würde ich gern wieder hierher zurück, zurück in dieses Bett. Das würde mir wirklich gefallen.«

Araminta nickte zurückhaltend. »Okay.« Sie konnte sich nicht vorstellen, dass es jemals wieder so aufregend wie in der vergangenen Nacht werden würde. Die ersten Male waren stets etwas Besonderes, aber wenn seine Ichs heute Abend auch nur annähernd so geil waren wie gestern, dann wäre es immer noch der heißeste Sex in der Stadt. Sie befreite sich von den Bettlaken, zog scharf die Luft ein, als sie sich aufrichtete. »Ähm, wie viele Körper hast du?«

Nun war es an ihm, sich zurückhaltend zu geben. »Über dreißig.«

»Wie viele ... letzte Nacht?«

»Sechs«, erwiderte er mit einem ausgesprochen männertypischen befriedigten Grinsen.

»Ozzie!« *Das war's, jetzt bin ich offiziell 'ne Schlampe durch und durch. Kann's gar nicht abwarten, Cressidas Gesicht zu sehen, wenn ich ihr das erzähle. Sechs! Sie wird vor Neid platzen.*

»Was möchtest du zum Frühstück?«, fragte er, als sie die Tür zu der Nasszelle öffnete.

»Orangensaft, Bathsamiekaffee, stark, Croissants mit Erdbeer- und Hijunemarmelade.«

»Es wird alles fertig sein, wenn du es bist.«

Die Regravkapsel jagte tief über die Steppe hinweg. Tote und vertrocknete Büsche von annähernd der gleichen Farbe wie der zerbröckelnde, gelbsüchtige Lehm, aus dem sie wuchsen, flossen zu einem fleckigen Schleier ineinander, während Aaron durch den transparenten Rumpf auf sie heruntersah. Ihre ungeordneten, sich verwischenden Schlieren verwirrten seine visuelle Perspektive und machten es schwierig, zu bestimmen, ob ihre Flughöhe einen oder tausend Meter betrug. Mehrmals ertappte er sich dabei, dass er nach dem tiefschwarzen Kapselschatten suchte, der pfeilschnell über die flachen Geländeerhebungen glitt und ihm so einen Anhaltspunkt gab.

Wenige Minuten bevor sie die Ranch erreichten, sah er einen Zaun; Pfosten aus gebleichtem Holz ragten aus einem Wüstenstück empor, das sich scheinbar durch nichts von dem Rest der kärglichen Weite unterschied. Rostiger Stacheldraht hing schlaff zwischen ihnen herab. Während sie näher kamen, huschten unter ihnen noch mehr Zäune vorbei. Die Felder, die sie abgrenzten, waren kleiner, dichter nebeneinander. Schließlich kam die ungeordnete Ansammlung von Gebäuden, die die Ranch selbst ausmachten, in Sicht, in das Zentrum eines ausgedehnten Netzes aus Stacheldraht geschmiegt.

»Was züchtet er hier draußen?«, fragte Corrie-Lyn.

»Korrimues«, sagte Aaron.

»Ich sehe nirgends etwas, das sich bewegt.«

»Falsche Jahreszeit, schätze ich.«

Skeptisch ließ sie ihren Blick über die gewaltige Steppe wandern. »Hier draußen gibt es Jahreszeiten?«

»O ja. Alle zehn Jahre gibt es Regen.«

»Meine Güte, wie halten die Rancher so einen Stress bloß aus?«

Die Kapsel begann die Ranch zu umfliegen. Er zählte acht große, abseits angeordnete Schober, allesamt aus einem altertümlichen rötlich-braunen Komposit erbaut, während das Haus in der Mitte ein weißes Steingebäude war und von einem großen, smaragdgrünen Garten umgeben. Ein Außenswimmingpool glitzerte in tiefdunklem Türkis. Auf einer weitläufigen Koppel galoppierten irdische Pferde.

»Okay, das sieht ja wirklich alles ganz nett aus«, gab Corrie-Lyn widerwillig zu.

Seine Feldfunktionen teilten ihm mit, dass die Kapsel einem Breitbandscan unterzogen worden war. »Nicht gerade ein Paradies«, murmelte er. Sein eigener Passiv-Scan zeigte einige dichte Energieanhäufungen im Boden an. Sie waren in einem gleichmäßigen Kreis um die Gebietseingrenzung angeordnet. Irgendeine Art von Verteidigungsring.

Die Kapsel landete auf einem gekennzeichneten Bereich gleich außerhalb des Gartens.

»Können Sie ...«, setzte er zu Corrie-Lyn gewandt an, dann sah er den unbeteiligten Ausdruck in ihrem Gesicht. »Überlassen Sie das Reden einfach mir, okay?«

»Klar, mach ich. Soll ich nicht besser gleich hier? Oder möchten Sie mich lieber knebeln? Vielleicht würden Sie es aber auch vorziehen, mich in einen Suspensionsbehälter zu stecken?«

»Das klingt allerdings wirklich verlockend«, gab er freundlich zurück, ihre finsteren Blicke gar nicht beachtend.

Paul Alkoff lehnte an dem aus fünf Querbalken bestehenden Gatter, das auf die Koppel hinausführte, komplett in blassblauen Jeansstoff gekleidet und mit einem Stetson auf dem Kopf. Ein groß gewachsener Mann, der seinen siebeneinhalb Jahrhunderten schlussendlich erlaubt hatte, sich jedem zu offenbaren. Sein Haar war schneeweiß und wallte ihm als lange, wenngleich perfekt gebürstete Mähne über den Rücken. Seine Bewegungen wirkten auffallend langsam, so, als wären alle seine Glieder vollkommen steif. Bei der tief sonnengebräunten Haut, die er besaß, schienen die blassblauen Augen förmlich aus seinem hageren Gesicht heraus zu leuchten. Ein säuberlich getrimmter Kinnbart steigerte noch sein Fluidum von Persönlichkeit und Würde. Selbst Aaron erkannte, dass er einem außergewöhnlichen Mann gegenüberstand; unvermittelt begann er sich zu fragen, wie viel Leben wohl in diese siebenhundertfünfzig Jahre gestopft worden war. Eine ganze Menge jedenfalls, wenn er sich überhaupt ein Urteil erlauben konnte.

»Sir, ich danke Ihnen, dass Sie sich bereit erklärt haben, mich zu empfangen.«

Überrascht sah Corrie-Lyn ihn angesichts seines respektvollen Tons an.

Paul deutete ein Lächeln an, lüpfte sodann seinen Stetson einen Zentimeter von seinem Kopf und nickte Richtung Corrie-Lyn. »Ma'am. Herzlich willkommen.«

»Ähm ... hallo«, stotterte diese völlig irritiert.

»Dulde normalerweise Leute Ihres Schlags nicht in meinem Haus«, teilte Paul Aaron unverblümt mit. »Sie werden also verstehen, wenn ich Sie nicht hereinbitte und das Brot mit Ihnen breche.«

»Meine Biononics dienen dem Kampf. Ich bin kein Higher.«

»Aha. Glaube nicht, dass das heutzutage einen Unterschied macht, mein Sohn. Die Schlacht wurde schon vor langer Zeit geschlagen.«

»Haben Sie gewonnen?«

»Der Planet ist immer noch menschlich, also schätze ich, dass wir damals ganz gut gewesen sind.«

»Sie gehören also zum Protektorat?«

»Meine ehemaligen Partner baten mich, Sie landen zu lassen. Auf meine Nachfrage hin erfuhr ich, dass sie von Leuten ganz weit oben in der Bewegung bearbeitet worden waren, Leuten, von denen wir schon seit Ewigkeiten nichts mehr gehört haben. Und dafür haben Sie gesorgt, mein Sohn, also wäre ich Ihnen dankbar, wenn Sie mir das ganze Drumherumgerede ersparen würden.«

»Selbstverständlich.«

»Was wollen Sie?«

»Informationen.«

»So viel hatte ich mir auch schon gedacht.« Er drehte sich

um und stützte seine Ellbogen auf das Gatter. »Sehen Sie Georgia da hinten? Die mit der scheckigen Mähne?«

Aaron und Corrie-Lyn kamen zu dem Tor herüber. »Ja, Sir«, sagte Aaron.

»Ein munteres kleines Ding, nicht wahr? Ich kann ihren Stammbaum bis zu den Vollblutarabern auf der Erde um die Mitte des neunzehnten Jahrhunderts zurückverfolgen. Sie ist ebenso rein und unvermischt, wie sie es gewesen sind. Nicht eine künstliche Sequenz in ihrem Genom; auf natürlichem Wege empfangen und geboren aus dem Leib ihrer Mutter, so wie es bei jedem einzelnen ihrer Vorfahren war. Sehen Sie, das ist für mich Schönheit. Erhabene Schönheit. Ich möchte nicht erleben, wie das zerstört wird. Wahrhaftigt nicht, ich will nicht erleben, wie man ihre Fohlen *veredelt*. Dieses Pferd und seinesgleichen haben ein Recht darauf, in diesem Universum so zu leben, wie es von dem Planeten, der sie hervorgebracht hat, beabsichtigt gewesen ist.«

Aaron beobachtete das Tier, wie es, ungestüm die Mähne hin und her werfend, über die Koppel galoppierte. »Das kann ich verstehen.«

»So, können Sie das? Und mein Hut?«

»Sir?«

Paul nahm seinen Stetson ab und musterte ihn, bevor er ihn wieder aufsetzte. »Das hier ist ein echter McCoy, müssen Sie wissen. Einer der allerletzten, die noch aus Texas gekommen sind. Vor über zweihundertfünfzig Jahren. Aus einer Fabrik, die sie fast ein verdammtes Jahrtausend lang hergestellt hat, bevor ANA schließlich alles dichtgemacht hat, was ihr auch nur irgendwie bedeutungslos erschien. Die einstmaligen Menschen, die dieser Tage auf jener armen alten Welt leben, fertigen sie nicht mal mehr aus Liebhaberei an. Ich hab damals einen ganzen Schwung davon gekauft und sie in Stasebehältern gebunkert, damit ich, wenn einer verschlissen ist, immer gleich einen neuen zur Hand hab. Leider sind nur noch zwei von ihnen übrig. Eine Affenschande ist das. Aber andererseits rechne ich nicht damit, noch lange genug da zu sein, um auch den letzten zu benutzen. Ich sitze hier gewissermaßen direkt auf dem Deckel meines Sargs.«

»Tut mir leid, das zu hören, Sir.«

»Also sagen Sie mir, mein Sohn, kapieren Sie jetzt, was für einer ich bin?«

»Nicht ganz, nein.«

Paul fixierte Aaron mit einem beunruhigend intensiven Blick. »Wenn mir schon wegen der Echtheit eines Huts ganz heiß unterm Kragen wird, dann überlegen Sie mal, wie es mir wohl geht, wenn das Erbe der Menschheit vom Untergang bedroht ist.«

»Ah.«

»Ja. Ich gehöre zum Protektorat, und ich bin stolz darauf. Ich habe das Meinige dazu beigetragen, zu verhindern, dass diese obszönen Perversionen ihre scheinheilige schwachsinnige Überlegenheit über diese herrlichen Sterne verbreiten. Mit Higher ist es nicht so wie mit irgendeiner altmodischen Religion oder Ideologie. Bei denen können Kumpel, die unterschiedlicher Überzeugungen sind, die ganze Nacht über einer Flasche Whisky über ihre Ansichten lästern und streiten und dann am nächsten Morgen wie zwei Gentlemen herzlich darüber lachen. Nicht aber die Higher-Kultur. Für mich ist sie eine Art organischer Virus, der ausgemerzt werden muss. Er wird uns alle vergiften und uns jegliche Wahlmöglichkeit nehmen. Wenn du mit Biononics zur Welt gekommen bist, die deine Zellen infizieren, liegt die Entscheidung nicht mehr bei dir. Du wirst deine Gedanken in ANA downloaden. Schluss, Ende, aus. Keine andere Option, null Alternative. Dein Sein ist dir geraubt worden, noch ehe du geboren wurdest. Menschen, wirkliche Menschen, haben einen freien Willen. Higher nicht. Nein, wahrhaftig nicht.«

»Und das Leben, das sie zwischen Geburt und Download führen?«, fragte Corrie-Lyn.

»Irrelevant. Sie sind wie Haustiere, oder eher noch wie

Zuchtvieh, gehegt und gepflegt und von Maschinen beschützt bis zu dem Zeitpunkt, da sie bereit sind, sich in einem letzten Opfer ihrem Metallgott zu unterwerfen.«

»Und aus welchem Grund hat dieser Gott sie dann überhaupt erst geschaffen? Was ist der Sinn?«

»Letzten Endes gibt es keinen. Trotz all der Jahre stehen wir immer noch am Anfang. ANA glaubt, dass der Sinn in unserer Erneuerung besteht. Wenn man ihnen freie Hand lässt, wird dies unser Aussterben zur Folge haben.«

»Viele Spezies bestehen nach ihrer postphysischen Existenzebene fort«, wandte Aaron ein. »Für die meisten ist Singularität ein Vorgang der Regeneration, diejenigen, die nicht in eine postphysische Stufe übergehen, zerstreuen sich und breiten sich über neue Sterne aus.«

»Ja. Aber sie sind nicht mehr das, was sie waren.« Paul wandte seinen Blick wieder auf Georgia. »Wenn sie nicht geschützt wird, wird das Universum niemals mehr ihresgleichen sehen. Es ist falsch. Es darf nicht zugelassen werden.«

»Die radikale Higher-Bewegung ist so gut wie nicht mehr existent«, sagte Aaron. »Es gibt keine Infiltrierungen mehr. ANA hat dafür gesorgt.«

Paul lächelte dünn. »Ja, und ist das nicht eine Ironie? Vielleicht macht sich der liebe Gott ja einen Riesenspaß daraus, mit seinem Blechherausforderer um den Titel als letztgültige Instanz in Sachen Moral zu streiten.«

»Ich muss Sie ein paar Dinge über Ihre Zeit als aktives Protektoratsmitglied fragen.«

»Nur zu, mein Sohn, nur zu. Ich weiß zwar nicht, was Sie sind, doch bin ich mir ziemlich sicher, was Sie nicht sind, nämlich von der Polizei oder irgendetwas in dieser Art.«

»Nein, Sir, das bin ich nicht.«

»Freut mich zu hören.«

»Ich bin wegen Inigo hier.«

»Ah. Das stand ganz oben auf meiner Liste. Ihr beiden seid auf der Suche nach ihm?«

»Wussten Sie, dass er Higher war?«

Pauls Reaktion verblüffte Aaron. Der alte Mann schlug mit der Hand auf das Gatter und grinste übers ganze Gesicht. »Dieser *Huren*sohn! Ich wusste es, gottverdammt, ich wusste es. Zur Hölle, er war wirklich gerissen, das muss man ihm lassen. Haben Sie eine Ahnung, wie lange wir ihn beobachtet haben?«

»Demnach hegten Sie einen Verdacht?«

»Natürlich hegten wir einen Verdacht.«

»Das hieße dann, Erik Horovi war Higher?«

»Erik? Zum Teufel, nein. Armer Junge. Er wurde genau wie die Schwestern von diesen scheiß Angels nur benutzt.«

»Schwestern? Sprechen Sie von Inigos Tante?«

»Alles in allem wissen Sie nicht wirklich sehr viel, was, Söhnchen?«

»Nein, Sir. Aber ich muss so viel wie möglich erfahren. Es ist dringend.«

»Ha. Alles ist dringend. Das ganze Universum ist dieser Tage in Eile. Ich weiß, es liegt daran, dass ich älter geworden bin, aber verdammt –«

»Erik«, erinnerte Aaron ihn sacht.

»Fangen wir erst mal mit diesen Angels an. Der Begriff sagt ihnen was?«

»Ich hab von ihnen gehört.«

»Die radikalen Higher verfolgten die Absicht, ganze Welten zu ihrer Kultur zu bekehren. Sie wollten den Leuten keine Wahl mehr lassen. Wie ich schon sagte, wenn du mit Bionomics zur Welt gekommen bist, kannst du über dein Leben nicht mehr selbst bestimmten, darüber, was du irgendwann einmal wirst. Also landeten diese Angels damals einfach auf einem Planeten und verrichteten ihr schmutziges Werk; legten den Keim für die Seuche, die sich über die gesamte Bevölkerung ausbreitete. Nun ging das Protektorat dazu über, die Raumhäfen auf jeden hin, der über Bionomics verfügte, zu überwachen und die entsprechenden Personen für die Dauer eines Aufenthalts rund um die Uhr zu observieren. So ist es auch heute noch, nehme ich an. Folglich landeten die Angels fortan irgendwo in der Pampa. Sie sprangen aus ihren Schiffen, während diese sich noch im niedrigen Orbit befanden, und schützten ihre Kraftfelder durch Aerobraking.« Er sah Aaron mit einem langen Blick an. »Könnten Sie das auch?«

»Ja, vermutlich. Bloß eine Frage der Formatierung. Aber seinerzeit dürfte es topaktuell gewesen sein.«

»Oh, das waren sie, diese Schweinehunde, ganz ohne Frage. Diese Kraftfelder waren es auch, denen sie ihren Namen verdankten. Sie waren wie Flügel geformt und brachten sie inmitten eines feurigen Scheins runter auf den Planeten. Viele von ihnen kamen unbemerkt durch. Obwohl wir einmal Glück hatten; ein Sympathisant, der zum Fischen rausgefahren war, entdeckte die Thermospur, die eins dieser Kraftfelder über dem Meer hinterließ, und meldete es. Ich und meine Leute haben das Monster bis Kuhmo verfolgt. Aber wir waren nicht schnell genug. Als wir dort ankamen, hatte es sich bereits mit Erik Horovoi und Imelda Viatak getroffen, die sich, wie alle Kids, gern mal verabredeten. Nun ist die Sache mit den Angels die, dass sie hermaphroditisch sind ... und schön. Ich meine, richtig schön. Und dieser eine war selbst an ihren Standards gemessen eine außergewöhnliche Erscheinung, wahlweise ein ausnehmend hübscher Junge oder aber ein wahrer Traum von einem Girl, je nachdem ... Er war das, was du wolltest, das er war. Wie auch immer, er freundete sich mit Erik und Imelda an und stieg mit beiden ins Bett. Zuerst mit Erik. Und jetzt kommt das Entscheidende. Seine Organe injizierten Biononics in Eriks Sperma. Anschließend schob er 'ne Nummer mit Imelda und schwängerte sie mit Eriks verändertem Samen.«

»Empfängnisverhütung?«

»Zwecklos. Angels sind imstande, sie schneller zu neutralisieren als jeder Mediziner. Also sahen sich die beiden Kids kurz darauf mit dem Umstand konfrontiert, dass sie ein Kind bekommen würden, und der DNA-Test ergab, dass es zweifelsfrei ihres war. Biononics sind in einem Embryo verteufelt schwer aufzuspüren, selbst heute noch. Zu der Zeit damals war es praktisch unmöglich. Und zack, hat man ein Kuckucksei im Nest, ohne dass man jemals was davon erfährt. Biononics werden nicht vor Eintritt in die Pubertät aktiv, und dann ist es zu spät. Pflanzen Sie genug davon in eine Bevölkerungsgruppe ein, und ein paar Generationen später sind die meisten Neugeborenen Higher. Aber wir haben diese kleine ménage à trois rechtzeitig beendet.«

»Im Kunsttrakt der Akademie«, bemerkte Corrie-Lyn.

»Sehr richtig, Ma'am. Man könnte sagen, dass der Angel uns eine ziemliche Schlacht geliefert hat. Aber wir haben ihn gekriegt. Das Einzige, was man wirklich braucht, um Biononics zu schlagen, ist ein höheres Level an Feuerkraft. Der Kunsttrakt stand im Weg.«

»Was ist mit dem Baby?«

»Wir haben Erik und Imelda mit in unser Feldhauptquartier genommen. Sie war schwanger, in der zweiten Woche, wenn ich mich recht entsinne, und es war infiziert.«

»Ich dachte, das hätte sich nicht feststellen lassen.«

Paul richtete den Blick geradeaus auf den Horizont. »Es gibt durchaus Mittel und Wege, wie man es herausfinden kann. Man muss die Zellen direkt untersuchen.«

»Oh, Ozzie«, flüsterte Corrie-Lyn, plötzlich aschfahl.

»Wir haben es aus ihr herausgeholt und nachgesehen. Kein Embryo kann diese Art von Untersuchung überstehen. Zum Glück lagen wir diesmal richtig, es war einer von ihnen.«

»Sie sind kein Mensch, ganz egal, was Sie behaupten.«

Aaron warf ihr einen wütenden Blick zu. Sie setzte an, noch mehr dazu zu sagen, doch dann warf sie nur angewidert die Hände in die Luft und ging davon.

»Sorry dafür«, sagte Aaron. »Was geschah dann?«

»Das übliche Procedere in Fällen, wenn das Mädchen weiß, dass es schwanger ist, was bei Imelda zutraf. Wir konnten nicht einfach Wochen ihrer Erinnerung löschen, das hätte sich unter Umständen nachweisen lassen. Also nahmen wir ein anderes Ei von ihr, befruchteten es mit Eriks Samenspende und pflanzten es ihr ein. Am nächsten Morgen wachten die beiden mit einem mächtigen Brummschädel auf und konnten sich an das, was sie getan hatten, nicht mehr erinnern. Der typische Teenager-Morgen danach.«

»Ist demnach irgendetwas schief gelaufen?«

»Nein, mein Sohn, alles klappte perfekt. Neun Monate darauf bekamen sie ein entzückendes kleines Mädchen. Ein normales.«

»Und wie wurde dann Inigo empfangen?«

»Imelda hatte eine Schwester.«

»Sabine.«

»Genau. Sie waren Zwillinge. Eineiige Zwillinge.«

»Ah. Allmählich fängt die Sache an, einen Sinn zu ergeben.«

»Es hätte mir klar sein müssen. Die ultimative Phantasie jedes Jungen im Teenageralter; und die von Männern ebenso.«

»Er hat mit beiden geschlafen.«

»Yep. Er *und* der Angel. Sie haben es mir ja gerade eben bestätigt. Endlich. Zu der ganzen Bereinigungsprozedur des Protektorats gehört auch, die Erinnerungen des Angels zu überprüfen, um herauszufinden, wen er kontaminiert hat. Sich in sein Gehirn zu hacken ist eine entsetzlich grausame Sache, einer der größten erdenklichen Missbräuche medizinischer Technologie. Es dauert Tage, die Schutzvorkehrungen zu durchbrechen, mit denen die Biononics die Neuronen versehen. Für gewöhnlich hab ich das für mein Team gemacht, möge Gott mir vergeben, aber es war notwendig. Es gibt keine andere Möglichkeit festzustellen, was diese Ausgeburten der Hölle alles angestellt haben. Es ist keine exakte Wissenschaft, damals nicht wie heute. Gedächtnisse sind keine ordentlich aufgeräumten kleinen Memorykubes. Ich musste mein Bewusstsein mit dem seinen verschmelzen und seine ekelhaften schlüpfrigen Gedanken in meinem Schädel ertragen. Als ich seine jüngsten Erinnerungen prüfte, durchlebte ich tatsächlich seinen Geschlechtsakt mit Imelda.« Er schloss die Augen, sichtlich gequält von den nicht ihm gehörenden Erinnerungen. »Ihr Gesicht war nur wenige Zentimeter von meinem. Sie schmeckte so … süß. Aber nun, nach dem, was ich jetzt weiß, nehme ich an, dass sie es nicht immer war. Vielmehr waren es Erinnerungen nicht bloß an sie. Doch ich konnte den Unterschied zwischen den Mädchen nicht sehen. Verdammt, zu der Zeit wusste ich nicht mal, dass es einen Unterschied gab, nach dem ich hätte suchen sollen.«

»Also war Inigos Geburt Teil eines Infiltrationsplans radikaler Higher?«

»Ja. Wir waren geschockt, als wir erfuhren, dass Sabine schwanger war, aber da stand ihre Niederkunft bereits kurz bevor. Es hat in meinem Team eine Menge Diskussionen darüber gegeben, was wir nun tun sollten.«

»Sich das Baby schnappen und es untersuchen.«

»Das war eine Möglichkeit. Die gnädigere.« Paul sah zu Corrie-Lyn herüber, die auf einer niedrigen Betonmauer außerhalb einer der Scheunen saß. »Doch ein Eingreifen wird immer schwieriger und schwieriger, wenn die Zeit einem davonläuft, vor allem, wenn das Kind schon zur Welt gekommen ist. Wir sind keine … Es besteht ein Unterschied zwischen Schwangerschaftsabbruch und Kindstötung – jedenfalls für mich. Und wenn es geboren worden ist, hat es ein gesetzlich verbrieftes Wohnrecht. Selbst wenn wir es der Mutter weggenommen und mit irgendeinem Schiff zu den Zentralen Welten verfrachtet hätten, wäre es umgehend wieder zu uns zurückgeschickt worden. Juristisch gesehen ein einziges Hickhack. Was der Grund dafür ist, warum das Protektorat gebildet worden ist: um so ein Albtraumszenario zu beenden, bevor es politisch vertrackt werden kann.«

»Was haben Sie also gemacht?«

»Ich hab niemals so richtig daran geglaubt, dass es ein Zufall war, dass beide Mädchen im Abstand von nur zwei Wochen ein

Kind bekamen. Schließlich entschieden wir uns für Observation. Falls Inigo infiziert war, würde er sich früher oder später verraten. Das tun sie alle.«

»Doch nicht so er.«

»Nein. Wir haben ihn ohne Unterbrechung mehr als fünfundzwanzig Jahre überwacht. Niemals hat er auch nur einen Fehler gemacht. Er war in allem ein ganz und gar normaler Mensch. Schule. Uni. Freundinnen. Nicht in besonders auffälligem Maße sportlich. Zog sich beim Football Verletzungen zu. Musste sich einen Job suchen. Hielt sich aus der Kommunalpolitik raus. Schloss einen Vertrag mit einer Rejuvenationsfinanzierungsgesellschaft ab. Wenn er Aerosol nahm, wurde er high. Nahm eine langweilige Akademikerstelle im Kosmologischen Institut der staatlichen Hochschule an. Es gab nichts, aber auch nichts, das darauf hingewiesen hätte, dass er über Biononics verfügte. Bis heute, bis zu dem Moment, da Sie gekommen sind, hätte ich nach wie vor behauptet, dass er höchstwahrscheinlich keine hat. Ich war schon so weit zu akzeptieren, dass seine Geburt letzten Endes vielleicht doch nur ein Zufall war. Glauben Sie mir, mein Sohn, wenn wir es ihm, als er die Volljährigkeit erreichte, hätten nachweisen können, hätten wir ihm mit Sicherheit ein diskretes Ultimatum gestellt.«

»Hau ab oder stirb.«

»Exakt. Das ist die einzige Art, wie man mit ihnen verfahren kann.«

»Und dann ist er tatsächlich abgehauen, nicht wahr? Den ganzen weiten Weg bis nach Centurion Station.«

»Ja. Und was für eine gottverdammte erbärmliche Scheiße ist dabei rausgekommen. Die Hälfte der Aliens in der Galaxis will uns aus dem Weltraum blasen. Wer könnte es ihnen verdenken?«

»Lediglich das Ocisen-Empire.«

»Sie wollen sagen, die Ocisen sind die Einzigen, die sich dahin gehend geäußert haben. Erzählen Sie mir nicht, Sie glauben, die anderen würden sich einfach zurücklehnen und dabei zusehen, wie wir die Sterne vernichten.«

»Wer weiß? Wenn es uns gelingt, ihn aufzuspüren, können wir diese ganze Pilgerfahrt möglicherweise noch verhindern.«

»Ich hätte ihn im Mutterleib töten sollen, als ich die Gelegenheit dazu hatte.«

»Was immer er ist, er ist kein Higher.«

»Er mag vielleicht noch nicht von ihrer Kultur verpestet sein, aber im Endeffekt läuft es unweigerlich darauf hinaus.«

»Offenbar nicht. Wie es aussieht, hat er eine Alternative zu einem Weg gefunden, der Ihnen in Stein gemeißelt schien. Seine Bestimmung liegt im Innern der Leere, nicht bei ANA.«

Paul zuckte die Schultern. »Was auch immer, es ist keine menschliche Bestimmung.«

»Unsere Bestimmung ist das, was wir beschließen, zu ihr zu machen. Freiheit der Entscheidung, schon vergessen?«

»Sie liegen falsch, mein Sohn. Ich sehe, dass Sie an sich glauben, und ich wünsche Ihnen alles Gute dafür. Aber Sie liegen falsch.«

»Okay, in dem Punkt kommen wir wohl nicht mehr zusammen. Was geschah mit Erik?«

»Körperverlust.« Paul sah den Ausdruck in Aarons Gesicht. »Nein, das waren nicht wir. Ein ganz normaler Unfall. Er hat sich ordentlich krumm gelegt, um beide Mädchen durchzubringen. Ein anständiger Bursche, schätze ich. Der Farmer, bei dem er aushalf, hielt nicht viel von vorschriftsmäßiger Wartung. Der Agribot hat ziemliches Hackfleisch aus ihm gemacht. Das war vielleicht sechs Monate nach der Geburt der Kinder. Seine Versicherung war voll einbezahlt, aber er hatte gerade erst seine Memorycells angepasst. Es ist immer das Gleiche in solchen Fällen. Der neue Körper verfügte erst über ein paar wenige Monate Erinnerung, was niemals ausreicht, um ein annehmbares Persönlichkeitslevel zu installieren. In seinem Relife-Zustand zeigte er ein extrem kindliches Verhalten, paradoxerweise, denn seine komplette Kindheit war das, was ihm fehlte. Es gab keine echte emotionale Verbindung zu den Schwestern und seinen beiden Kindern. Nicht sofort. Imelda bemühte sich nach Kräften, das zu korrigieren. Mit Erfolg. Sie gingen zusammen weg. Sabine und der kleine Inigo blieben zurück. Die Sache hat einen riesigen Familienkrach heraufbeschworen. Danach haben die Schwestern nie wieder wirklich miteinander gesprochen.«

»Und deshalb wurde Tante Imelda aus seiner offiziellen Geschichte herausgeschrieben.«

»Das trifft es so ziemlich. Ja.«

»Das war ja wohl der verabscheuungswüdigste Mensch, der mir jemals untergekommen ist«, ereiferte sich Corrie-Lyn, als die Regravkapsel wieder von der Ranch abhob. »Und das meine ich einschließlich unseres hochverehrten Kleriker-Conservators.«

»Sind Sie jemals einem Higher-Angel begegnet?«

»Nein.«

»Na dann.«

»Das ist alles?«, schrie sie ihn aufgebracht an. »Das ist ihre ganze Rechtfertigung?«

»Ich versuche hier gar nichts zu rechtfertigen. Alles, was ich sagen will, ist, dass es für jede Aktion eine entsprechende Reaktion gibt. Was er damals gemacht hat, war Teil jener Zeit.«

»Er ist ein Psychopath. Weiß der Henker, wie viele Babys er auf dem Gewissen hat. Er gehört bis zum Ende aller Tage in Suspension.«

»Tot, meinen Sie.«

»Was auch immer!«, schnauzte sie ihn an und ließ sich in das Polster fallen. Ihre feinen Gesichtszüge waren zu einer zornigen Grimasse verzerrt.

»Ich hatte Ihnen doch gesagt, überlassen Sie das Reden mir.«

»Halten Sie verdammt noch mal das Maul.«

»Na ja, zumindest hat er uns geholfen.«

»Inwiefern?«

»Da sehen Sie es, wären Sie nicht wütend davongestapft ...«

»Leck mich! Ich wette, Sie waren vor der Gedächtnislöschung beim Protektorat. Das würde definitiv passen.«

»Nein.«

»Aber sicher können Sie sich da nicht sein. Und wie kommt es, dass Sie über so hoch gestellte Kontakte innerhalb deren schmutziger Organisation verfügen?«

»Ich weiß einfach, wen ich in solchen Fällen fragen muss, das ist alles. Informationsbeschaffung geht nicht automatisch mit Billigung einher; und ich hab keine Ahnung, woher meine Daten und Fakten stammen.«

»Pah!« Sie wandte sich ab, um hinab auf die unter ihnen hinweggleitende Steppe zu blicken.

Aaron gab ihr ein paar Minuten, um wieder einzulenken. Als nichts mehr von ihr kam, lächelte er ruhig und sagte: »Inigo hat eine Rejuvenationsversicherung abgeschlossen.«

»So?« Sie schaffte es, das Wort mit mehr Gereiztheit als eine bockige Fünfjährige auszuspucken.

»Es war Teil seiner Bemühungen, sich mit einer ganz normalen Existenz in Übereinstimmung zu bringen«, fuhr Aaron gleichmütig fort. »Niemand mit Bionoics benötigt eine Rejuvenationsbehandlung, das ist grundsätzlich nur etwas für Advancer und Normale. Bionoics erhalten die menschlichen Zellen in einem optimalen Zustand; der Körper altert biologisch nicht, bevor man die fünfundzwanzig erreicht. Er hat es, um das Protektorat zu täuschen, getan. Schließlich wusste er um sein Erbe, was heißt, dass er sich auch darüber im Klaren war, was sie mit ihm anstellen würden, sobald er sich irgendeinen Ausrutscher erlaubte.«

»Und das soll uns jetzt helfen?«

»Ja, es bedeutet, dass er einen gesicherten Erinnerungsspeicher besaß. Vermutlich datiert er zurück bis auf die Zeit seiner Anstellung auf Centurion Station.«

»Es tut mir schrecklich leid, aber ich hab gar nicht mitgekriegt, dass Sie schwerhörig sind. *Und das soll uns jetzt helfen?*«

»Irgendwo auf Anagaska befindet sich eine elektronische Version der Persönlichkeit des jungen Inigo. Alkoff hat mir den Namen der Gesellschaft gegeben, bei der er die Versicherung abgeschlossen hat.«

»Soll das etwa heißen, wir – Grundgütiger Ozzie! Das ist doch nicht ihr verdammter Ernst.«

Aaron grinste sie gut gelaunt an. »Wurde auch Zeit, dass dieser Planet mal ein bisschen Begeisterung sah.«

Vor dem Starflyer-Krieg, als das Commonwealth im Wesentlichen noch eine, sich vorwiegend aus körperlichen Bürgern zusammensetzende Gesellschaft gewesen war, hatte die Regierung ein äußerst hochrangiges Komitee namens ExoProtectorate Council ins Leben gerufen, dessen Auftrag es war, den Bedrohungsgrad, den jede neu entdeckte Alien-Spezies darstellte, zu ermessen. Nachdem ANA online gegangen war und hinsichtlich Konstruktion, Produktion und Einsatz der Commonwealth-Navy-Kriegsschiffe das Heft in die Hand genommen hatte, war der Begriff Bedrohung aus dem Vokabular quasi verschwunden. Wenn das alte Commonwealth in der Lage gewesen war, die Prime zu besiegen, dann schien es höchst unwahrscheinlich, dass für ANA mit ihrer annähernd postphysischen Technologie von etwas Geringerem als irgendeinem übelwollenden Postphysischen eine ernsthafte Gefahr ausgehen sollte. Was nicht hieß, dass dem verbliebenen physischen Teil des Commonwealth draußen zwischen den Sternen nicht eine gehörige Portion Ärger blühen konnte. Demzufolge bestand das ExoProtectorate Council innerhalb von ANA in veränderter Form weiter und ging, unabhängig von ANA:Regierung, wie gehabt seiner Aufgabe nach.

Seine Versammlungen fanden selten und unregelmäßig statt. Daher waren, als Kazimir eine solche einberief, die Delegierten, die Gründe bereits ahnend, ohne Ausnahme erschienen. Sie kamen in einer neutralen perzeptuellen Realität in einem sicheren Sektor innerhalb von ANA zusammen, bestehend aus einem unzeitgemäßen Konferenzraum mit reichlich extravaganten weißen und orangefarbenen Möbeln und einem Panoramafenster, das die mollawischen Ebenen mit ihrer Bergkette aus Wasserstoffvulkanen zeigte. Schauer von Eiskristall-Meteoriten graupelten von oben herab, glühende purpurrote Kondensstreifen mit verästelten Blitzen kräuselten sich in ihrem Windschatten.

Kazimir aktivierte die perzeptuelle Realität und materialisierte in dem Sessel, der sich am Kopfende des Tisches befand. Eine Millisekunde darauf flackerte Gores Ebenbild auf dem Platz zu Kazimirs Rechten auf. Ihm folgte Justine. Die Nächste, die auftauchte, war Ilanthe, eine zierliche Frau, die einen blaugrauen Trikotanzug trug. Ihr dunkles Haar war kurz gestutzt und mit violetten Strähnchen durchzogen. Sie stellten keine Art von Enrichments dar, sondern nur optische Highlights. Ein Style, den Kazimir irgendwo schon mal gesehen zu haben glaubte, doch ohne einen Check seiner erweiterten neuralen Strukturen nicht ganz einzuordnen vermochte. Ilanthe war den Aufwand nicht wert; sie war die Vertreterin der Accelerator-Fraktion im Council und liebte es, wo immer sie konnte, Unfrieden zu stiften. Im Umgang mit ihr war es daher ratsam, einfach nicht nach ihren Ködern zu schnappen.

Crispin Goldreich erschien in dem Sessel neben Justine. Vor mehr als eintausend Jahren war er Senator im ursprünglichen ExoProtectorate Council gewesen. Seitdem hatte er diese Stellung ununterbrochen innegehabt. Kazimir und ANA:Regierung duldeten seinen Verbleib nur deshalb, weil es, wenn es hinsichtlich der politischen Aspekte einer Krise keinen besseren Ratgeber als ihn gab, wenn mal wieder eine Regierungsvollversammlung anstand. Unglücklicherweise wurde seine Nützlichkeit durch seine xenophobische Einstellung gegenüber Aliens eingeschränkt; etliche Mitglieder seiner Familie waren während des Starflyer-Krieges auf Nattavaara gefallen, was seine Einstellung maßgeblich geprägt hatte. Vor diesem Hintergrund war er ein überzeugter Befürworter sowohl der Isolationistischen wie der Internalistischen Fraktion.

Die letzten beiden waren Creewan und John Thelwell, die jeweils die Positionen der Custodian- und der Darwinistischen Fraktion vertraten.

»Vielen Dank für Ihr Erscheinen«, begann Kazimir. »Ich habe diesen Rat einberufen, weil die Situation im Hinblick auf das Ocisen-Empire in eine neue Phase eingetreten ist. Die im Hancher-Hoheitsgebiet stationierte Navy-Staffel hat eine gewaltige Empire-Flotte geortet, die nun in Bewegung gesetzt worden ist. Ihre Flugbahn weist in direkter Linie auf das Commonwealth, konkret gesagt auf den Sektor, in dem Ellezelin liegt.«

»Wie viele Schiffe«, fragte Justine nach.

»Zweitausendachthundertundsiebzehn«, erwiderte Kazimir. »Neunhundert davon zählen zu ihrer Starslayer-Klasse, die größten, kostenaufwendigsten Schiffe, die jemals gebaut wurden. Die Wirtschaft des Empires hat in den letzten vierzig Jahren eklatante Rezessionen hinnehmen müssen, um ihre Produktion zu finanzieren. Sie sind mit Gefechtsköpfen ähnlich Quantenzerstörern bestückt. Die Ocisen befinden sich in dem Glauben, dass wir nichts von ihnen wissen, aber wir haben die Versuche durchaus mitbekommen, die sie vor fünfundvierzig Jahren gemacht haben.«

»Sie verfügen über Quantenzerstörer?«, fragte Crispin.

»Über eine Variante von ihnen, ja«, sagte Kazimir. »Eine solche Entwicklung war wohl unausweichlich. Dagegen sieht die Menschheit des Atomzeitalters wie ein Haufen Pazifisten aus.«

»Und die Navy hielt es nicht für nötig, uns davon zu unterrichten?«

»Das Empire glaubt, sein Vorteil uns gegenüber bestünde darin, dass wir keine Ahnung haben. Unser Wissen darum, dass das Empire etwas besitzt, was die Externen Welten als eine Waffe des jüngsten Gerichts ansehen würden, öffentlich zu machen, hieße, unseren Vorteil aufzugeben. Nicht zu reden vom Vertrauensverlust seitens der Öffentlichkeit.«

»Die müssen den Verstand verloren haben«, brummte Creewan. »Dem Empire muss doch klar sein, wie wir auf einen solchen Angriff reagieren werden. Sie wissen genau, wie kampfstark wir sind.«

»Im Grunde genommen wissen sie es nicht«, widersprach Kazimir. »Niemand, abgesehen von ANA:Regierung und mir, kennt das exakte Potenzial der Abschreckungsflotte.«

»Bitte sagen Sie mir, dass es groß genug ist, um mit dem Ocisen-Empire fertig zu werden.«

»Machen Sie sich, was das betrifft, keine Gedanken. Sie stellen keinerlei Bedrohung für uns dar.«

»Sind sie allein?«, fragte Gore. »Der Ocisen-Botschafter hat ziemlich deutlich durchblicken lassen, sie hätten irgendwelche respektablen Verbündeten aufgetan.«

»Es befanden sich keine Nicht-Empire-Schiffe in der gestarteten Flotte«, erwiderte Kazimir.

»Wir machen noch einen richtigen Politiker aus dir, mein Junge. Also, wissen wir jetzt mit Gewissheit, dass die Starslayer-Klasse lediglich mit Quantenzerstörern bewaffnet ist, oder müssen wir damit rechnen, dass sie irgendwelche hässlichen Hinterlassenschaften von jemandem, der ins Postphysische übergegangen ist, aufgetrieben haben?«

»Um hinsichtlich ihrer Bewaffnung sicher zu sein, müssten wir einen Starslayer abfangen und scannen«, entgegnete Kazimir. »Dazu würde ich allerdings nicht raten. Nach Ocisen-Verständnis käme eine solche Provokation einer Kriegserklärung gleich. Abgesehen davon würde ein solches Vorgehen ihnen verraten, wie schlagkräftig wir sind.«

»Nun, und wozu, zum Teufel, würden Sie dann raten?«, fragte Crispin. »Sie werden es am Ende ja doch herausfinden.«

»Das würde ich gerne vermeiden. Was ich bezüglich der Ocisen-Flotte wesentlich lieber sehen würde, wäre so etwas wie intensive Überzeugungsarbeit auf diplomatischer Ebene, die sie dazu veranlasst, mit ihrer Flotte beizudrehen und sich wieder auf die Heimreise zu machen.«

»Vergessen Sie's«, sagte Creewan. »Wenn das Empire schon so weit gegangen ist, praktisch seine gesamte Flotte gegen uns in Bewegung zu setzen, dürfte es für sie unmöglich sein, auf politischem Wege wieder nach Hause zu kommen, bevor die Pilgerfahrt verhindert worden ist. Sie nett zu bitten bringt es da nicht. Wir werden wohl oder übel Gewalt anwenden müssen.«

»Wie wäre es mit einer anderen unmittelbaren Bedrohung für das Empire?«, schlug Justine vor. »Irgendwelche unbekannten Schiffe, die sich ihm aus einer anderen Richtung nähern. Das ließe sich doch bewerkstelligen, oder?«

»Ja«, erwiderte Kazimir. »Doch dadurch würde das Unvermeidliche nur hinausgeschoben. Sicher wäre es möglich, etwas auf die Beine zu stellen, das wie eine Bedrohung aussieht, aber sobald ihre Flotte umkehrt, um sich einem Eindringling entgegenzustellen, fliegt unser Bluff auf. Ich kann nicht ganze Sternensysteme in die Luft jagen, bloß um eine Illusion aufrechtzuerhalten. Und mal abgesehen vom moralischen Aspekt gäbe es da ein beträchtliches physikalische Problem mit der Strahlung. Das hat unser Brandmauer-Projekt gezeigt.«

»Wie lange noch, bis sie hier sind?«, fragte Ilanthe.

»Ihre Flugdauer bis Ellezelin beträgt neunundsiebzig Tage«, sagte Kazimir. »Ein vielsagendes Timing, denn die Pilgerflotte wird bis zu diesem Zeitpunkt noch nicht fertiggestellt sein. Es ist daher anzunehmen, dass sie die Pilgerschiffe angreifen wollen, solange diese noch am Boden sind. Wenn Living Dream es schafft, seine Schiffe in den freien Raum zu bringen, wären sie weitaus schwieriger aufzuhalten, besonders für das Empire.«

»Dann verstehe ich Ihre Abneigung gegen ein Ablenkungsmanöver nicht. Sind die Pilgerschiffe erst mal im All, ist die Empire-Flotte praktisch kaltgestellt. Es ist also gar nicht nötig, etwas so Dramatisches zu inszenieren wie auf der anderen Seite des Empires einen Stern hochgehen zu lassen. Starten Sie einfach tausend Drohnen mit einer Phantomsignatur, sodass es aussieht wie eine feindliche Flotte, die auf das Empire zufliegt. Gewinnen Sie uns für Living Dream etwas Zeit.«

»Sie würden es merken«, sagte Gore. »Womit wir wieder beim Timing wären. Sie setzen ihre Flotte in Bewegung. Wir müssen sie aufhalten. Und siehe da, plötzlich nähert sich von der anderen Seite des Weltraums eine unbekannte Gefahr. Na, wenn das nicht mal ein Zufall ist. Im Ernst, nicht mal die Ocisen sind so blöd.«

»Darauf würde ich mich nicht verlassen«, brummelte John Thelwell.

»Es müsste eine absolut glaubwürdige Bedrohung sein, um sie von ihrem Vorhaben abzulenken«, sagte Kazimir.

»Dann treibt euch ein wenig an den Grenzen des Empires herum und vernichtet ein paar Sterne, oder zumindest Planeten.«

»Ich finde, wir gehen mit dem Begriff *Empire* ein wenig zu leichtfertig um«, sagte Justine. »Die wörtlichste Übersetzung für ihre Planeten lautet *Welten, auf denen wir nisten.* Ich bin beschämt, dass dieses Komitee nicht davor zurückschreckt, die Ocisen zu dämonisieren, um Gewalt zu rechtfertigen. Wir sollten uns auf friedliche Lösungen konzentrieren.«

Ilanthe bedachte Gore mit einem triumphierenden Lächeln, als dieser seine Tochter finster anblickte.

»Würden die uns nicht mit genug Quantenzerstörern, um jeden beliebigen Commonwealth-Planeten auszulöschen, auf die Pelle rücken, würde ich sie vielleicht auch nicht als einen Haufen psychopathischer Hackfressen bezeichnen«, schnauzte Gore sie an. »Nach Lage der Dinge sind wir heute hier, um der Navy einen Ratschlag zu geben, wie sie vorgehen soll. Du hast den Botschafter getroffen. Auf welche Art von friedlichem

Vorschlag wird das *Empire* denn deiner Meinung nach eingehen?«

»Wir müssen ihnen Alternativen bieten«, erwiderte Justine. »Vorzugsweise welche, die es ihnen ermöglichen, dabei das Gesicht zu wahren.«

»Wie zum Beispiel Living Dream zwingen, ihre lächerliche Pilgerfahrt abzublasen«, sagte Creewan.

»Das liegt außerhalb des Zuständigkeitsbereichs dieses Komitees«, sagte Ilanthe hastig. »Wir beraten die Navy in der Frage einer möglichen militärischen Reaktion.« Sie wandte nicht einmal den Kopf, um Creewan anzusehen. »Wenn Sie auf etwas in dieser Art drängen wollen, tragen Sie es bei einer politischen Versammlung vor, oder der Regierung selbst.«

»Es ist eine durchaus zulässige Option«, sagte Justine.

»Nicht hier, nein. Hier entscheiden wir darüber, wie viele ihrer Sonnen wir in eine Nova verwandeln, um sie zur Umkehr zu bewegen.«

»Niemand verwandelt hier irgendwelche Empire-Sonnen in Novas«, ergriff Kazimir erneut das Wort. »Wie ich schon sagte, ihre Flotte stellt für das Commonwealth in keinster Weise eine Bedrohung dar. Sie kann wirksam ausgeschaltet werden.«

»Das ist eine ziemlich starke Behauptung«, sagte Ilanthe. »Sind Sie sich dessen wirklich ganz sicher?«

»Vorausgesetzt, sie verfügen nicht über ein Übermaß an gestohlener Postphysischen-Technologie, ja.«

»Dann tun Sie das einfach, schalten Sie sie aus. Bringen Sie sie im interstellaren Raum vollends zum Stehen. Es ist ja nicht so, dass sie eine Ersatzflotte hätten, falls irgendetwas schief gehen sollte.«

Kazimir ließ seinen Blick um den Tisch herum wandern. »Lautet so die Empfehlung dieses Komitees?«

»Ganz sicher nicht«, protestierte Justine.

»Und Ihr Plan wäre ...?«, fragte Ilanthe arglistig nach.

»Eine Warnung«, sagte John Thelwell. »Aller Wahrscheinlichkeit nach mehrere Warnungen, eingedenk dessen, mit wem wir es zu tun haben. Gefolgt von einer Demonstration unserer Möglichkeiten und Absicht.«

»Würden das ebenfalls gleich mehrere Demonstrationen sein?«, fragte Justine säuerlich. »Nur damit ich weiß, wie mächtig und furchteinflößend wir sind.«

»Wenn sie einsehen, dass sie die Pilgerfahrt nicht stoppen können, werden sie sich wieder zurückziehen.«

»Das setzt einen beherrschenden Einfluss von Vernunft und Logik voraus«, sagte Crispin. »Ich meine, wir reden hier über die Ocisen. Sie haben sich in den Kopf gesetzt, uns aufzuhalten. Selbst wenn das die Vernichtung jedes Schiffs ihrer Flotte bedeutet, sie werden weiter Kurs auf uns halten.«

»Die Kriegsschiffe werden außer Gefecht gesetzt, nicht vernichtet«, stellte Kazimir klar. »Einen Verlust von Leben in dieser Größenordnung kann ich nicht gutheißen.«

»Dann verstehe ich nicht, wozu Sie überhaupt diese Versammlung einberufen haben«, erwiderte Crispin.

»Weil die Regierung und ich unsere tatsächlichen militärischen Möglichkeiten nicht aufgrund von etwas anderem als einer wahren, ernsthaften Bedrohung preisgeben werden. Und das ist hier keine.«

»Zwischen Baum und Borke«, grunzte Gore. »Der einzige Weg, mit ihnen ohne große Verluste fertig zu werden, besteht in dem Einsatz von ANA-Technologie, was uns im Gegenzug für alle physischen Aliens, die sich in diesem Bereich der Galaxis herumtreiben, zu einer Quelle von Angst und Schrecken macht.«

»Ist das hier eine Moral-Debatte?«, spottete Ilanthe.

»Es könnte zur Folge haben, dass selbst die Raiel sich Sorgen wegen uns machen.«

»Mir nur recht«, brummte Gore. »Arrogante kleine Scheißer. Höchste Zeit, dass ihnen mal jemand kräftig in ihr Untergestell tritt.«

»Oh, hör auf«, entgegnete Justine genervt.

Gore beugte sich nach vorn. »Übermittelt eine Warnung an

das Kommandoschiff«, sagte er. »Wird diese ignoriert, zieht das Schiff aus dem Verkehr. Fliegen sie dann immer noch weiter, legt einen ganzen Pulk von ihnen lahm. Setzt die niedrigste Technologiestufe ein, die wir haben, das sollte reichen, aber tut es.«

»Unterstützt«, sagte Crispin.

»Ich möchte darauf hinweisen, dass es ein Nestling des Imperators sein wird, der die Flotte befehligt«, gab Creewan zu bedenken. »Die politischen Folgen, die ein militärischer Fehlschlag des herrschenden Nests nach sich ziehen würde, wären unabsehbar. Die Wahrscheinlichkeit für eine nachfolgende Instabilität ist hoch.«

»Was uns weder schadet noch interessiert«, erwiderte John Thelwell. Er bedachte den Custodian mit einem verächtlichen Blick. »Wir haben dem Empire schon einmal eine Niederlage beigebracht; sie lernen's nie.«

»Unsere Position legt uns eine Verpflichtung auf«, sagte Justine.

»Nur nach Maßgabe menschlicher Moralvorstellungen«, wandte Ilanthe ein. »Das hier sind Aliens.«

»Ich würde gern mir selbst treu bleiben, danke«, erwiderte Justine steif.

»Aber sicher, natürlich wollen Sie das.«

»Ich bin gegen jeglichen Einsatz von roher Gewalt gegen die Empire-Flotte, ganz egal, wie eingeschränkt sie auch ist. Wir müssen nach einer anderen Lösung suchen.«

»Danke, Mutter«, sagte Kazimir. »Sonst noch jemand gegen den Antrag?«

Creewan hob seine Hand.

Kazimir schaute in die Runde. »Damit ist es die Entscheidung der Mehrheit, dass die Navy dem Kommandoschiff eine Warnung übermittelt und es, sollte es diese ignorieren, im Weiteren kampf- und manövierunfähig macht. Ich werde das umgehend in die Wege leiten.«

»Und was ist, wenn sie ihren Flug fortsetzen, obwohl das

Kommandoschiff ausgeschaltet worden ist?«, fragte Justine. »Was eintreten wird, und ihr alle wisst es.«

»Dann lasse ich dieses Komitte erneut zusammenkommen«, erwiderte Kazimir.

Verärgert stieß sie die Luft aus und zog sich entgegen aller Etikette unverzüglich zurück. Die anderen starrten auf die verwaiste Stelle, als die perzeptuelle Realität sich auf ihre Abwesenheit abglich.

»Da sieht man mal wieder, was das Leben in einem realen Körper aus einem macht«, murmelte Ilanthe gehässig.

»Ich werde selbstverständlich eine Sicherheitsverbindung zu dem Schiff einrichten, welches das Ultimatum übermittelt«, sagte Kazimir. »Sie alle werden in der Lage sein, die Geschehnisse zu verfolgen.«

»Wie lange wird es bis zur Übersendung der Aufforderung dauern?«

»Ich würde gern ein Schiff schicken, von dem ich weiß, dass es über die Kapazitäten verfügt, einen Starslayer auszuschalten, ohne dass es dabei zu Todesopfern kommt«, erwiderte Kazimir. »Ein Schiff aus der Hancher-Unterstützungsstaffel. Die Flugzeit wird etwa zehn Tage betragen. Das Ultimatum wird ihnen einen Erdentag zum Umkehren zubilligen.«

»Dann werden wir also in vierzehn Tagen wieder hier sitzen«, prophezeite Gore.

Weniger als eine Sekunde nachdem das Meeting offiziell beendet war, erbat Ilanthe Zugang zu Gores persönlicher perzeptueller Realität. Er hatte nichts anderes erwartet und gewährte ihr, während er den weißen Sandstrand unterhalb des Kaps entlangschlenderte, den Zutritt. Sie stieg aus dem Wasser herauf und kam, mit nichts als einem blau-weißen Bikini bekleidet, auf ihn zu.

»Sehr Ursula-Andress-mäßig«, stellte er bewundernd fest. Fort war die stachelige Katzenfrisur aus der Versammlung, sie schüttelte sich das Wasser aus langen, honigfarbenen Locken.

»Danke vielmals.« Mit einer blassen Hand schirmte Ilanthe ihre Augen ab und schielte in die Nachmittagssonne hinauf. »Die Regulatoren für diese Ortskonfiguration sind wirklich derbe. Denkst du, ich werde mir einen Sonnenbrand holen?«

»Sie sind nicht derbe, nur stark. Halten hässliche Überraschungen wie feindliche Trojanerangriffe ab. Und nein, du wirst dir keinen Sonnenbrand holen, setz einfach deinen Hautpigmentierungsfaktor rauf.«

»Ah.« Sie zwinkerte, während sich ihre Haut zu einem kräftigen Bronzeton verdunkelte. »Sieht für mich immer noch nach einer ziemlich irdischen Umgebung aus. Wirst du mich gleich betrunken machen und mich verführen?«

»Sex unter Feinden ist reichlich ordinär.«

»Oh, Gore«, erwiderte sie und zog einen Schmollmund. »Wir sind keine Feinde. Abgesehen davon haben wir beide bekommen, was wir uns von dem Meeting erhofft hatten.«

»Ach ja?«

»Wir haben beide für die gleiche Sache gestimmt. Warum? Ist die liebe Justine immer noch eingeschnappt?«

Er nahm seine Wanderung den Strand entlang wieder auf. »Ein gut gemeinter Ratschlag: Unterschätze niemals meine Tochter. Ich tue es gelegentlich immer noch. Es ist ein Fehler.«

»Okay, kapiert. Was meinst du, wird Kazimir wegen ihr die Angelegenheit verzögern?«

»Scheiße, nein. Er ist der korrekteste Mensch, dem du jemals begegnen wirst. Die Regierung hat ihm einen klaren Befehl erteilt, also schlägt er die Hacken zusammen, salutiert und drückt auf den Knopf.«

»Du bist so anachronistisch. Du solltest wirklich mal deine Quellen auf den neuesten Stand bringen.«

»Wie bitte? Mich den ganzen langen Weg bis ins fünfundzwanzigste Jahrhundert schleppen?«

»Na ja, Schritt für Schritt.«

»Das war doch die Zeit, in der du geboren wurdest, oder?«

Sie kicherte. »Sie haben recht. Du bist die reine Bosheit.«

»Wer sind sie?«

»So ziemlich jeder.«

»Dann wird wohl was dran sein. Also, was kann ich für dich tun?«

»Können wir verhandeln?«

»Wegen der Pilgerfahrt? Sicher.«

»Interessante Kapitulation. Wie kommt es, dass ich dir das nicht abnehme?«

»Das Ereignis wird einen völligen Wendepunkt darstellen. Jeder Fraktion ist das klar. Verdammt, sogar ein paar von den Tieren draußen wachen angesichts dessen, was da vor sich geht, auf. Die Darwinisten machen sich vor lauter Aufregung schon in die Höschen. Und deine Bagage ist auch nicht viel besser, läuft herum und schiebt und zerrt an Stellen, an denen sie es nicht sollte.«

»Ich hab keine Ahnung, wovon du sprichst.«

»Dieses Arschloch Marius düst mit ’nem ganz schönen Affenzahn durchs All.«

Mit gespieltem Schreck fuhr sie sich mit der Hand an den Hals. »Genau wie dein Delivery Man.«

»Echte Konservative sind paranoide kleine Geschöpfe. Und sie haben gute Gründe dafür.«

»Du behauptest, nicht einer von ihnen zu sein?«

»Ich habe eine Verbindung zu ihnen.«

»Komisch, unseren Informationen nach bist du der Vorstandsvorsitzende von dem Verein.«

»Du solltest wirklich mal deine Quellen auf den neuesten Stand bringen.«

Sie stemmte ihre Hände in die Hüften. »Hör zu, willst du jetzt verhandeln oder nicht?«

»Du siehst echt scharf aus, wenn du da so stehst, weißt du das?«

»Gore!«

»Okay, was ist dein Angebot?«

»Ein bisschen Entspannungspolitik. Etwas weniger Manipulation von beiden Seiten.«

»Die Tiere entscheiden lassen, meinst du. Ich glaube nicht, dass ich mich auf so einen Handel einlassen kann. So oder so, wir beide haben so viel Zeit damit zugebracht, unsere Schachfiguren in Stellung zu bringen, dass sie jetzt einfach ohne uns weitermachen würden.« Er legte den Kopf zur Seite und lächelte. »Oder hab ich was nicht mitgekriegt?«

»Nein.«

»Nein? Vielleicht irgendein kritisches Vorkommnis, das du ohne viel Aufhebens unter den Tisch zu kehren gedenkst?«

»Sowas denken sich Historiker aus, um ihre eigene traurige Existenz zu rechtfertigen. Es gibt nicht die eine Sache, die über das Wohl und Wehe der Pilgerfahrt bestimmt.«

»Tatsächlich? Hast du jemals versucht, das Ozzie oder Nigel zu erzählen? Dass das Handeln des Einzelnen historisch bedeutungslos ist?«

»Sie wurden von niemandem manipuliert. Aber hier läuft eindeutig was schief. Wir wollen einfach nur, dass beide Seiten sich wieder ein wenig beruhigen.«

»So so, die Accelerator-Fraktion möchte also Ereignisse von galaktischer Bedeutung der Entscheidung von Tieren überlassen. Hm. Kein Wunder, dass dir mein Environment nicht gefällt, es hat keine fliegenden Schweine.«

»Ist das deine Antwort?«

»Nein. Aber eins würde mich interessieren: Solange eine der Fraktionen oder ANA:Regierung nicht interveniert, werden die Pilgerschiffe starten. Also, was zur Hölle ist die Position der Accelerator im Hinblick darauf, dass die Galaxis in Kürze von der Leere verschlungen werden könnte, und mit ihr alles Leben, eingeschlossen uns selbst?«

»Das wird nicht geschehen. Aus diesem Grund bin ich hier. Um dir zu sagen, dass wir Vorsorgemaßnahmen für den Fall eines Worst-Case-Szenarios getroffen haben.«

Gore blieb stehen und wandte sich, aufrichtig überrascht, zu ihr um. »Wovon verdammt nochmal redest du?«

»Wenn sich die Grenzen der Leere in diesen Raumsektor hinein ausdehnen sollten, werden die Erde und ANA vollkommen sicher sein.«

»Das wisst ihr nicht.«

»Oh doch, das tun wir.«

»Ich hoffe wirklich, *wirklich*, dass ihr eure Ziele nicht auf einen Haufen Waffentechnologie gründet, die ihr mit ein paar alten Replikatoren zusammengeschustert habt. Die Raiel können gegen die Ausbreitung der Leere nichts ausrichten. Nicht einmal ANA:Regierung vermag vorauszuberechnen, was passieren wird, ob und wann ihre Dämme brechen.«

»Ein derartiges Expansionsniveau ist extrem unwahrscheinlich, nahezu unmöglich. Erstens besitzen die Sterne des Walls eine ungeheure Masse; genug, um jeden Living-Dream-Pilgerer auf Jahrhunderte auf Trab zu halten. Es ist ein Trugschluss, dass sämtliche Sterne in der Galaxis von der Leere verschluckt werden. Raiel-Propaganda, die sich in der ermüdenden Wiederholung durch die Ocisen nun überlaut Gehör verschafft. Die Raiel sind ein uraltes gescheitertes Volk, so unveränderlich wie die Leere selbst und daher wohl kaum die Richtigen, uns irgendetwas vorzuschreiben. Selbst wenn der gesamte galaktische Kern verschlungen wird, es spielt keine Rolle. Es gibt kein Leben darin, die Planeten darin sind nichts weiter als strahlungsgesättigte Gesteinshülsen. Du glaubst es ja sogar selber, beschuldigst uns immer wieder, dass wir die Absorbtion wollen. Habe ich das jemals behauptet?«

»Nein. Ich weiß genau, was die Accelerators wollen: Fusion. Richtig? Ihr wollt ANA mit dem Gefüge des Leerenkontinuums verschmelzen. Ihr glaubt, dass wir auf diesem Wege postphysischen Zustand erreichen.«

»Du hast Zugriff auf Inigos Träume gehabt, wir wissen, dass die Konservativen sie ebenso gründlich analysiert haben wie alle anderen. Im Innern der Leere hat das Bewusstsein direkten Einfluss auf die Struktur des Universums, wir können endlich unser Schicksal in die eigenen Hände nehmen.«

»Nein, nein, nein«, rief Gore aus. »Die Leere ist kein verdammtes Universum, sie ist ein Mikroversum, ein winziges, unbedeutendes Fleckchen Nichts. Kosmologisch betrachtet schlägt sie nicht mal zu Buche. Sicher, du kannst Gott darin spielen, der Waterwalker tut das. Aber du bist nur dort drinnen Gott, nirgendwo sonst. Es ist eine Alien-Variante von ANA, mehr nicht. Das hat mit Transzendenz nichts zu tun. Es bedeutet lediglich, den Kopf so weit über dem Arsch zu tragen, dass man alles, was draußen vorgeht, überhaupt nicht mehr mitkriegt.«

»Es bedeutet eine ungeheure Entwicklungsmöglichkeit. Die Leere ist ins Stocken geraten, seit Millionen – Milliarden – von Jahren ohne Veränderung geblieben. Wir können sie neu beleben. Menschen haben diesen Prozess bereits in Gang gesetzt; gewöhnliche, bemitleidenswerte Tiere, die nun über mentale Kräfte verfügen, die sogar wir uns höchstens in unserer Phantasie ausmalen können. Stell dir doch mal vor, was passieren wird, wenn ANA vollen Zugriff auf so eine Technologie hat und sie in neue Richtungen zu lenken beginnt.«

»Gütiger Ozzie, *ihr* seid bemitleidenswert. Ich würde euch verachten, wenn ich euch für empfindungsfähig halten würde, aber ihr seid nicht mal das.«

»Uns war klar, dass du gegen die Fusion sein würdest, und genau darum geht es bei unserem Angebot.«

»Red weiter«, sagte Gore misstrauisch.

»Wir werden ANA duplizieren. Diejenigen, die eine Verschmelzung mit der Leere erreichen wollen, können hierbleiben, alle anderen können hinübertransferieren und tun, was ihnen beliebt.«

»Mädchen, das löst nicht *ein* verdammtes Problem. Es darf der Leere nicht gestattet werden, sich mit einem postphysischen Bewusstsein zu verbinden, oder von mir aus auch mit ANA – die, machen wir uns nichts vor, noch längst nicht so weit ist.«

Ilanthes Gesichtsausdruck verhärtete sich. »Deine Wortwahl verrät dich. *Darf nicht gestattet werden?* Du hast nicht das Recht, so zu urteilen. Die Evolution wird stattfinden, entweder ausgelöst durch die Pilgerfahrt oder durch eine direktere Initiierung. Wie dir klar sein dürfte, könnte der Waterwalker selbst die Expansion herbeiführen.«

»Die Sache mit ihm ereignete sich vor Tausenden von Jahren, vor Zehntausenden, nach allem, was wir wissen.«

»Zeit ist hier ohne Bedeutung.«

»Scheiße! Ihr seid keine Accelarators, nicht mehr. Ihr habt das Licht gesehen und seid zu Living Dream konvertiert.«

»Wir haben eine Möglichkeit gesehen, uns weiterzuentwickeln. Und sie ergriffen. Wir haben aus unserer Absicht nie einen Hehl gemacht.«

»Accelerators fangen nicht an, nach der Leere zu gieren.«

»Jetzt offenbarst du dein Alter, deine eigene unveränderbare Natur.«

»Ich soll euch also einfach aus dem Weg gehen, stimmt's? Mich am besten selber löschen? Es der Neuen Ordnung hübsch angenehm und leicht machen.«

»Du selbst bist für dein eigenes Schicksal verantwortlich.« Sie zuckte eine grazile Schulter. »Deine Entscheidung.«

»Sehr richtig. Und ich werde sie treffen, glaub mir. Aber mal angenommen, ihr habt recht und die Leere breitet sich nicht aus wie ein Hyperraum-Tsunami, wenn die Pilger in sie hineinkommen, wie wollt ihr ANA mit ihr verschmelzen?«

»Das müssen wir nicht. Auf den Pilgerschiffen werden auch Higher mitfahren. Sie werden die wahre Natur des Leerengefüges studieren und die des Mechanismus, der sie erzeugt.«

»Wenn sie einmal geschaffen werden kann«, sagte Gore ruhig, »dann kann sie's auch ein zweites Mal.«

Ilanthe lächelte. »Jetzt hast du's begriffen. Wir können hier in diesem Solarsystem eine zweite Leere bilden und die Fusion sofort herbeiführen. ANA wird sich entfalten und transzendieren.«

»Nettes wissenschaftliches Experiment. Und was, wenn es nicht funktioniert? ANA ist das Herz der Higher-Kultur, die Erde das physische Commonwealth-Zentrum. Wenn ihr das wegnehmt, werden zwei Kulturen darunter leiden.«

»Ich hätte niemals gedacht, dass ich das noch einmal erleben würde: Gore Burnelli, ein liberalistischer Jammerlappen. Normale, Higher- und Advancer-Menschen werden ihren eigenen Weg im Universum gehen müssen. Auch das ist Evolution.«

»In einer Galaxis, der euer Hochmut eine äußerst knapp bemessene Zukunft beschert haben wird.«

»Unsere Lösung ist eine, die alle Fraktionen zufriedenstellen wird. Wir beide können beinahe genauso weitermachen wie bisher.«

»Du bist nicht mal auf der Erde geboren. Ich dagegen schon. Sie ist meine Heimat. Und ich lasse nicht zu, dass irgendjemand an ihr herumpfuscht.«

»Dann bist du sogar noch viel weniger weit entwickelt, als wir zu deinen Gunsten angenommen hatten. Unser Angebot steht. Ich rechne damit, dass die anderen Fraktionen auf uns zurückkommen werden, wenn sie erst die Unausweichlichkeit dessen erkannt haben, was auf uns zukommt.«

»Habt ihr vor, die Empire-Flotte aus dem Weltraum zu pusten?«

Ilanthe schaute ihn aufrichtig empört an. »Natürlich nicht. Sie sind belanglos. Kazimir wird schon mit ihnen fertig werden, auf die eine oder andere Art.« Sie lächelte kalt. »Bitte denk über unser Angebot nach, Gore. Es wurde im Geiste der Aussöhnung unterbreitet. Wenn irgendjemand der Vater von ANA genannt werden kann, dann bist schließlich du es. Vielleicht ist es an der Zeit, dein Kind loszulassen und ihm zuzugestehen, seinen eigenen Weg zu gehen.« Sie watete zurück in die Wellen und tauchte ab.

Gore starrte auf die Brandung, in der sie verschwand, verfolgte mit seinem Geist ihren Rückzug aus seiner persönlichen Realität. »Fick dich«, grunzte er.

Als er den Sandpfad entlangschritt, der sich um die Landzunge schlängelte, saß Nelson bereits zu Füßen des Turms am Swimmingpool. Wie üblich stand auf dem Tisch neben ihm ein großer Drink.

»Hast du alles mitbekommen?«, fragte Gore, während er sich hinsetzte.

»Hab ich. Ich denke nur nicht, dass ich viel davon glaube. Zuerst einmal war sie ziemlich vorschnell mit ihrer Annahme, dass die Pilgerschiffe tatsächlich hineinkommen. Was wirst du nun tun?«

»Ich wusste, dass sie's auf die Fähigkeiten der Leerensubstanz abgesehen haben, das ist eine logische Entwicklung auf dem Weg zu einer postphysischen Existenz. Aber ihre Methoden, sie sich zu beschaffen, bereiten mir Sorgen. Ich kaufe ihr die verdammte Geschichte nicht ab, dass ein Haufen selbstloser Akademiker nur deshalb mit auf Pilgerfahrt geht, um zu untersuchen, wie dieses Ding funktioniert. Wir werden wohl ein bisschen mehr graben müssen, um in Erfahrung zu bringen, was sie da draußen wirklich vorhaben. Finde alles, was du kannst, über diesen Typen heraus, den Marius auf Arevalo besucht hat, diesen Physiker: Troblum.«

»Geht klar. Und was, wenn ANA am Ende imstande sein wird, zu postphysischem Zustand aufzusteigen?«

»Ich hab immer gewusst, dass es darauf hinauslaufen würde. Das war ja der eigentliche Sinn der ganzen Sache – na ja, das und uns in die Lage zu versetzen, das Commonwealth zu verteidigen.«

»Wirst du versuchen, sie aufzuhalten?«

»Natürlich nicht. Ich will nur nicht, dass dabei die natürliche Entwicklung über Bord geht. Und genau das wird, wenn wir nicht aufpassen, passieren.«

Es war schon fast Abend, als Aarons Regravkapsel auf dem Feld der St-Mary-Klinik, direkt vor dem Rezeptionstrakt, landete. Er stieg aus und schaute sich um. Die Klinik war in vier Quadratmeilen dichten Wald hineingesetzt worden, mit einzelnen Gebäuden, die sich in der Landschaft zerstreuten. Hohe Gistrelbäume bildeten eine dunkle Mauer um das Feld, versperrten mit ihren langen, zarten Äste jeden Blick auf die Villen, medizinischen Trakts, Kureinrichtungen und Freizeitkuppeln, von denen er wusste, dass sie da draußen irgendwo waren. Das einzige Licht kam aus den hohen Fenstern des dreißig Meter entfernten Aufnahmegebäudes, matt durch die dunklen Bäume schimmernd.

Corrie-Lyn trat neben ihn, glättete ihre Bluse. Sie verzog das Gesicht. »Mann, wie ich diesen tristen Dschungel-mit-wilden-Kreaturen-Look liebe, auf den sie hier offenbar stehen. Sehr einladend.«

»Vielleicht könnte man sich Ihrer manischen Depressionen annehmen, während wir hier sind.«

»Leck mich.«

»Und ab jetzt immer dran denken, *Darling*, lächeln!«

Er ergriff ihre Hand und setzte ein breites Lächeln auf. Fast hätte sie sich wieder freigeschüttelt, doch dann besann sie sich und holte missmutig Luft. »Na gut, aber wir sollten besser schnell machen.«

Die Tür der Aufnahme öffnete sich, als sie auf das niedrige Gebäude zugingen. Das Interieur der Rezeptionshalle war vornehm und luxuriös und sah aus wie aus rosarotem und goldenem Marmor gemeißelt. In den Wänden befanden sich grottenähnliche Nischen. Die meisten waren von exklusiven Ladengeschäften in Beschlag genommen worden, als Ausstellungsfläche für ihre teuren Designerklamotten und -produkte.

Ihre persönliche Fachärztin erwartete sie bereits; Ruth Stol, die eindeutig für die Kompetenz der Klinik werben sollte, mit dem Körper einer Teenagergöttin, gehüllt in halb durchsichtige silberne und pinkfarbene Stoffe. Selbst Aaron, der ganz und gar auf seinen Auftrag konzentriert war, nahm sich einen

Moment Zeit, sie zu bewundern und diesen Inbegriff von Lebendigkeit, der ihm zur Begrüßung eine makellose Hand entgegenstreckte, anzulächeln. Seine Feldfunktionen registrierten einen diskreten Scan durch das Gebäude-Sicherheitsnetz, den er mühelos ablenkte und irreleitete, indem er den Sensoren das Bild eines leicht übergewichtigen Mannes vorgaukelte. Tatsächlich wurde der zusätzliche Umfang seines Oberkörpers von einem Gurtharnisch gebildet, in dem ein beachtliches Waffenarsenal untergebracht war.

Ruth Stol war bar jeglicher Enrichments, obwohl sie über mehr makrozellulare Cluster als ein Durchschnitts-Advancer verfügte, und ihr Nervensystem funkelte förmlich vor Impulsen in einer Geschwindigkeit, die normale Menschen nur durch eine bedenkliche Dosis von Beschleunigern zu erreichen vermochten.

»Vielen herzlichen Dank, dass Sie sich für unsere Klinik entschieden haben, Mr Telfer«, sagte sie. Ihre Hand presste sich gegen Aarons Handfläche und drückte sie kokett. Sofort checkten seine Biononics eine mögliche Pheromoninfiltration. *Paranoid!* Aber ihre Berührung und ihre Stimme erregten ihn definitiv, sein Exosicht-Grid zeigte seine erhöhte Herzschlagfrequenz und steigende Hauttemperatur.

»Keine Infiltration«, meldete sein U-Shadow. Demnach war also alles natürlich. *Kaum überraschend.* »Keine Ursache«, sagte Corrie-Lyn mit einer Stimme, so kalt, dass sie eigentlich Eiströpfchen hätte produzieren müssen.

»Äh, ja«, murmelte Aaron mit einiger Verzögerung. Widerstrebend zog er seine Hand zurück, genoss die neckische Erheiterung in den klaren grünen Augen der Ärztin. »Danke, dass Sie uns so kurzfristig empfangen konnten.«

»Wir freuen uns immer, wenn wir Paaren dabei helfen können, ihren Wunsch nach einer gesicherteren Beziehung zu verwirklichen«, entgegnete Ruth Stol. »Sie sagten, dass Sie Zwillinge wollten?«

»Zwillinge?«, wiederholte Corrie-Lyn verblüfft.

»Ganz recht.« Aaron legte Corrie-Lyn einen Arm um die Schulter, spürte, wie sich ihre Muskeln versteiften. »Die besten, die wir kriegen können.«

»Selbstverständlich«, versicherte ihm Ruth Stol. »Jungen oder Mädchen?«

»Darling?«, fragte Aaron nach.

»Jungen«, sagte Corrie-Lyn.

»Haben Sie schon Vorstellungen hinsichtlich ihres physiologischen Status?«

»Mindestens so gut wie Ihrer«, erwiderte Aaron, was ihm ein weiteres Lächeln einbrachte. »Und ich möchte, dass wir, die Eltern, ebenfalls auf dieses Level angehoben werden. Wird Zeit, dass ich mich wieder auf den neuesten Stand bringe.« Reumütig tätschelte er seinen unförmigen Bauch. »Vielleicht ein kleines Stoffwechsel-Tuning, um mich ein bisschen schlanker zu machen.«

»Dafür wäre ich sehr dankbar«, sagte Corrie-Lyn. »Sein Anblick ist derzeit wirklich abstoßend. Von Sex gar nicht zu reden.«

»Oh, Schatz, du hattest doch versprochen, das nicht anzusprechen«, sagte Aaron angespannt.

Sie lächelte fröhlich.

»Ein bewundernswerter Schritt, sich Probleme gleich zu Beginn einzugestehen«, sagte Ruth Stol. »Sie werden eine beneidenswerte Familie sein. Wir können morgen schon mit den Untersuchungen anfangen und schauen, was wir Ihnen anbieten können. Unser Premium-Service wird Ihre gewünschten Änderungen beschleunigen; ich rechne nicht damit, dass es länger als ein paar Wochen dauern wird. Haben Sie die Absicht, die Zwillinge selbst auszutragen?«, fragte sie Corrie-Lyn. »Oder soll es ein Wombtank sein?«

»Das haben wir noch nicht entschieden«, erwiderte Corrie-Lyn freundlich. »Ich liebe ihn genug, um die körperliche Belastung auf mich zu nehmen, aber Sie müssten mir vorher aufzeigen, wie Sie die Schwangerschaft für mich erträglicher machen können, bevor ich mich festlege.«

»Wie reizend. Ich habe ein sensorisches Simulationspaket der vollständigen Schwangerschaftsoption für Sie vorbereitet, das Sie sich morgen früh ansehen können. Und denken Sie daran, wir können die Änderungen jederzeit wieder rückgängig machen.«

»Wunderbar.«

»Wir haben Ihnen Villa 163 gegeben. Sie hat einen eigenen Swimmingpool und ist nicht weit von Block drei entfernt, wo Sie Ihre Behandlungen erhalten werden.«

»Ausgezeichnet«, sagte Aaron. »Ich denke, ich werd mal den Hauptpool und die Restaurants inspizieren, insbesondere diesen Singapore Grill, von dem ich gehört habe. Was ist mit dir, Schatz?«

»Es war ein langer Tag. Ich werde in die Villa gehen und mich dort einrichten.« Corrie-Lyns Blick wanderte über die mannigfaltigen Schaufensterauslagen rings um die Halle. »Nach einem kleinen Einkaufsbummel. Ein paar von diesen Designs gefallen mir wirklich sehr gut.«

»Gib nicht zu viel aus.« Er drückte ihr einen Abschiedskuss auf die Wange und startete los Richtung Tür. Sein U-Shadow extrahierte den Klinikplan aus dem lokalen Netz, was für ein paar weitere Minuten den Anschein von Normalität erwecken würde. »Kommst du in den Tresor?«, fragte er ihn.

»Nein. Es gibt keine Datenchannel in den Tresor.«

Aaron schlug einen Pfad ein, der ihn vom Landefeld fort und zum Hauptpool-Gebäude hinführen würde, eine große, bläuliche Kuppel, die eine üppige tropische Umgebung beherbergte, in der der Pool selbst ähnlich einer Lagune gestaltet war. Der Pfad leuchtete wie ein gelb glimmender Nebelstreifen unter seinen Füßen auf. »Was ist mit dem Sicherheitssystem?«, fragte er seinen U-Shadow.

»Ich kann lediglich auf die untergeordneten Level zugreifen. Alle Gäste stehen unter irgendeiner Art von Überwachung, einige sind rot markiert.«

»Tatsächlich? Sind wir auch rot markiert?«

»Nein.«

»Werden sie es merken, wenn ich den Pfad verlasse?«

»Ja. Es sind mehrere Passivsensoren an den Smartcore gekoppelt.«

»Starte bitte ein paar Ablenkungsmanöver. Löse Alarme aus, greif an mehreren Stellen das Sicherheitsnetz an, alles schön weit weg von mir. Aber nichts, was einen Anruf bei der Polizei rechtfertigen würde.«

»Initiiere.«

Aaron verließ den Weg und spurtete zwischen den Bäumen hindurch. Sein Anzug legte eine Tarnung um ihn. Nachdem er so einige Minuten ungesehen durch den Wald gehuscht war, erreichte er den Verwaltungstrakt. Er bestand aus zwei oberirdischen Ebenen sowie, wie seine Recherche ergeben hatte, aus zehn in das Grundgestein unter dem Wald hineingefrästen Geschossen. Der gesicherte Speichertresor befand sich ganz unten. Aarons Feldfunktionsscan registrierte eine komplexe Sensorenanordnung, die die Außenmauern und den umsäumenden Gartenstreifen überwachte.

Er sprintete an den letzten Bäumen vorbei, beschleunigte seinen Lauf mittels feldverstärkter Muskeln, bis er den Rand der Grünfläche erreichte, und stieß sich sodann, sein Kraftfeld weit ausdehnend und zu zwei langen, nach hinten gerichteten Blütenblättern formend, vom Boden ab. Getragen von seinen unsichtbaren Flügeln glitt er wie eine geräuschlose Missile geradewegs auf ein bestimmtes Fenster in der oberen Etage zu. Er grinste in die Luft, die ihm durchs Gesicht fegte und seinen Anzug kräuselte. Eine Erregung ergriff von ihm Besitz, die seine Biononics nur bedingt zu unterdrücken vermochten. Auch wenn er wusste, was er zu tun haben würde, empfand er dennoch Vergnügen; das hier war es, wofür er existierte.

Aaron gab über seine Biononics einen EM-Impuls ab, der darauf abzielte, die Sensoren und die Energieversorgung um das Fenster herum außer Kraft zu setzen. Als er etwa fünf Meter von der Gebäudewand entfernt war, löste er einen Disruptoreffekt aus. Glas verwandelte sich in weißes Pulver und explodierte mit dem Geräusch von feuchter Kleidung, die zerrissen wird, nach innen. Er zog seine Kraftfeldflügel ein, stürzte durch die Öffnung und rollte sich auf dem Fußboden ab.

Im Innern befand sich ein längliches Finanzabteilungsbüro. Düster und verlassen. Die Tür war geschlossen. Er verzichtete auf den Disruptoreffekt und schlug sie einfach mit der verstärkten Kraft seiner Muskeln in Trümmer. Der Korridor, auf den er hinaustrat, erstreckte sich über die gesamte Länge das Gebäudes. Die orangene Notbeleuchtung schuf seltsam verdrehte Schatten an den Wänden. Sein Scramblereffekt legte das Netz im halben Verwaltungstrakt lahm. Er eilte zum Nottreppenschacht und brach hindurch. Setzte über das Geländer hinweg und landete mit einem lauten Schlag auf dem Betonboden darunter, der Aufprall von den integralen Kraftfeldern gedämpft. Er scannte die Umgebung.

Zwei Sicherheitschefs saßen in der Kontrollzentrale, beide bis unter die Zähne mit Enrichments angereichert. Bewegungslos hockten sie da, während sie über ihre U-Shadows mit dem Sicherheitsnetz der Klinik in Verbindung standen und sich auf das, was quer durch den Wald vor sich ging, einen Reim zu machen versuchten.

Die Tür zerbarst, als Aaron durch sie hindurchtrat. Gleich acht Energy-Dumper feuerten aus den Bandeliergurten unter seinem Anzug – handgroße, schwarze Scheiben, die durch die Luft schwirrten wie kybernetische Hornissen. Sie trafen die Sicherheitschefs, noch bevor auch nur einer von ihnen einen Schuss abfeuern konnte. Beide transformierten zu Silhouetten aus sengendem weißen Licht, während ihre persönlichen Kraftfelder gnadenlos überlastet wurden; Tentakel aus Elektrizität peitschten aus den grell gleißenden Gestalten hervor, erdeten sich über Tische und Stühle in ihrer Nähe. Rauchfetzen stiegen aus dem Teppich zu ihren Füßen empor. Sie fingen an wild um sich zu schlagen, als die Energieentladung zu einem unerträglichen donnernden Kreischen anschwoll.

Leuchtpaneele an der Decke detonierten in Bruchstücke aus schmorendem Kunststoff.

Aaron zog eine Jelly Gun aus dem Gurtharnisch, als die Lichtaureole um den ersten Sicherheitschef zu verblassen begann. Unstet flackernd verwandelte sich das Kraftfeld des Mannes zu einem purpurn-orangefarbenen Schleier. Dunkle Schatten durchtränkten die ersterbende Luminiszenz, gaben den Blick auf schwelende Uniformfetzen frei. Aaron feuerte. In einer Welle aus durch den Raum spritzendem Blut löste sich der Security-Chef in seine Bestandteile auf. Anschließend wartete Aaron einfach ein paar Sekunden ab, bis die Energy-Dumper ihr Werk an der zweiten Sicherheitskraft vollbracht hatten und das Kraftfeld der Frau zusammenbrach. Der Raum wurde in jähe Finsternis getaucht, als sie als schluchzendes Häufchen Elend zu Boden sank, gerade eben noch bei Bewusstsein.

Er kniete sich neben sie und holte das chirurgische Schneidwerkzeug aus seiner Tasche. Das kleine schwarze Tool fuhr seine acht Malmetallarme aus, als er es vorsichtig auf ihrem Kopf platzierte. Anders als im Fall von Ruth Stol schien die Klinik bei der Sicherheitschefin keinerlei Schönheitsmaßnahmen durchgeführt zu haben. Sie hatte ein reizloses rundes Gesicht mit dunklen, angereicherten Augen; die Haut auf ihren Wangen war gerötet und wund von den knisternden Elektronenströmen. Tränen rannen an ihnen herab, als sie zu Aaron hinaufstarrte.

»Bitte«, krächzte sie.

»Keine Sorge«, sagte er zu ihr. »Wenn Sie erst mal relifed worden sind, werden Sie sich an diesen Abend nicht mehr erinnern.«

Das Schneidwerkzeug saß auf ihrem Kopf wie eine vampirische Kreatur, die Metallarme strafften sich, um sich besseren Halt auf ihrem versengten Fleisch zu verschaffen. Mikrochirurgische Energieklingen glitten hervor und begannen zu schneiden. Aaron wartete, während lediglich das Geräusch von zähflüssigem Blut, das von der rußgeschwärzten Decke tropfte, die Stille zerbrach.

»Prozedur abgeschlossen«, meldete schließlich sein U-Shadow.

Aaron griff hinab und zog sacht an dem chirurgischen Werkzeug. Mit einem schmatzenden Laut hob er es, zusammen mit ihrer Schädeldecke, in die Höhe. Eine kleine Menge Blut quoll über die Kanten der durchgetrennten Knochen, tröpfelte an ihrem filzigen Haar hinab. Blassgrau schimmerte ihr freigelegtes Gehirn im schwachen Schein der Notbeleuchtung, der vom Korridor her in die Kontrollzentrale drang.

Er ließ seine linke Hand ein paar Zentimeter über der blutigen nackten Masse verharren. Die Haut an seiner Handinnenfläche legte sich in Falten, um sieben kleine Kreise zu bilden. Dünne, wurmartige Tentakel begannen sich aus jeder Wölbung zu winden. Er senkte die Hand auf ihr Gehirn hinab und manipulierte sein Kraftfeld, um beide zu verbinden, während er sorgsam darauf achtete, dass seine Hand nicht verrutschte, nicht einmal um den Bruchteil eines Zentimeters. Die Tentakel stahlen sich in ihre neuronale Struktur, verästelten und teilten sich wieder und wieder, wie eine Wurzel auf der Suche nach Feuchtigkeit. Die Tentakel indessen stöberten bestimmte neurale Bahnen auf und verhinderten die bewusste Kontrolle nicht nur ihres Körpers, sondern auch ihrer Gedanken.

Synapsen wurden erfolgreich gestört und korrumpiert. Seine Mentalsoftware begann, zusammenhängende Stränge aus den chaotischen Impulsen zu ziehen.

Ihr Name war Viertz Accu. Einhundertundsiebzehn Jahre alt. Advancer-Erbgut. Zurzeit verheiratet mit Asher Lel. Zwei Kinder. Das jüngste, Harry, war zwei Jahre alt. Sie war verärgert, weil sie schon wieder für die Spätschicht eingeteilt worden war; Klein Harry liebte es so sehr, wenn sie ihm abends vor dem Schlafengehen noch etwas vorlas.

Aarons Software rückte den Akquisitionsfokus vor auf das Jetzt.

Alle früheren Emotionen wurden nun von blankem Entsetzen abgelöst. Die körperliche Reizeinströmung war minimal, versank unter den Schmerzwellen vom Zusammenbruch des Kraftfelds.

Eine einzige Erinnerung, die sich über alle anderen erhebt, stark und laut: die sich herabsenkende chirurgische Fräse. Beginnt sich zu wiederholen. Gedanken werden zusammenhanglos, als die Erinnerung zu einer Psychoseschleife gerät. Gliedmaßen erzittern, als der Körperschock einsetzt.

Vergiss das, weisen Aarons Gedanken das Gehirn, das er jetzt beherrscht, an. Er muss sich konzentrieren, um mit seinen eigenen Gedanken die Schreckenserinnerungen zurückzudrängen. Sein Einfluss wird durch die perfekte Positionierung der Neuron-Override-Tentakel unterstützt, die es ihr unmöglich machen zu widerstehen. Dann ändert sich die Art des ausgeübten geistigen Drucks. Ihre bewussten Gedanken verdorren zu Empfindungslosigkeit, lassen sie hinabstürzen in einen quasi komatösen Zustand.

Steh auf, befiehlt er dem marionettengleichen Körper.

Der Körper richtet sich auf und Aaaron erhebt sich mit ihm. Sicher ruht seine Hand auf dem verwüsteten Kopf, unverrückbar durch das Haftkraftfeld an Ort und Stelle gehalten.

Überprüfung des Klinik-Sicherheitssystems. Schematische Darstellungen poppen in ihrer gemeinsamen Exosicht auf, zeigen in Alarmbereitschaft befindliche Punkte. Sein U-Shadow stellt seine trügerischen elektronischen Angriffe ein, als Aaron über Viertz' persönliche Sicherheitsverbindung Zugriff auf das Kliniknetz erhält. Irreführende Meldungen werden in dem Verwaltungsgebäude generiert, um das Equipment, das er während seines Eindringens neutralisiert hat, zu ersetzen.

Codes. File um File mit Codes für jeden erdenklichen Klinikaspekt sprudelt aus Viertz' Erinnerung und ihren makrozellularen Clustern. Mit ihnen setzt er das Sicherheitsnetz herab, minimiert es auf den Status von Stufe null. Eine weitere Befehlskette hebt den Alarmzustand des Smartcores wieder auf und gaukelt ihm vor, er habe die Warnungen aufgrund von Fehlfunktionen erhalten und die Sicherheitsleiter hätten nun alles unter Kontrolle.

Anfragen etlicher über den Wald verstreuter Mitarbeiter gehen ein.

Alles in Ordnung, souffliert er, und Viertz sendet über einen Sicherheitslink: *Es gab eine Reihe von Störimpulsen, diese pupsverdammten Glints haben's schon wieder in die Leitungen geschafft. Haben an einem Nodus rumgeknabbert, die kleinen Mistviecher.* Pupsverdammt ist einer von Viertz Lieblingsausdrücken. Glints sind kleine einheimische Nager, die den Wald befallen und der Klinik und ihren technischen Einrichtungen ständig Probleme bereiten, trotz zweier illegaler Versuche des Managements, sie auszurotten.

Die Erklärung wird allgemein akzeptiert. Viertz wechselt noch ein paar für sie typische Kommentare mit Kollegen und meldet sich dann ab.

Tresor.

Seite an Seite gehen sie durch den Erdgeschosskorridor, Aarons Hand immer noch fest auf ihrem Kopf. Viertz' Code öffnet die Fahrstuhltür. Aaron extrahiert zusätzliche Overrides, die ihn berechtigen werden, sie nach unten zu begleiten.

Die Tresorebene stellt ein größeres Problem dar. Sie ist über und über mit Sensoren gespickt, die ausnahmslos über getrennte und abgeschirmte Leitungen direkt mit dem Klinik-Smartcore verbunden sind. Hier werden ihm Overrides das Durchkommen nicht erleichtern. Wenn der Core ihn sieht, wird er im gleichen Moment seine Identität in Frage stellen.

Von hier ab ist es eine zeitkritische Mission.

Als der Fahrstuhl auf der Tresorebene anhält, gibt Aaron einen EM-Impuls ab, der sämtliche Energieschaltkreise und unabgeschirmten Systeme unwirksam macht. Sein Scramblerfeld setzt das geschützte Sicherheitsnetzerk außer Kraft. Der Smartcore weiß jetzt, das etwas nicht stimmt, kann aber nicht ausmachen, was. Die komplette Etage ist eine elektronisch tote Zone.

Mit seiner freien Hand schiebt Aaron die Fahrstuhltür auf. Das Metall leistet beträchtlichen Widerstand. Die Aktivatoren geben ein Kreischen von sich, als sie sich unter seinem Druck verbiegen. Er tritt hinaus in die Finsternis. Feldfunktionen und Infrarotaufklärung offenbaren den kurzen, leeren Gang, der vor ihm liegt. Zusammen mit dem Zombie Viertz schreitet er ihn entlang, bis er an dessen Ende die große Tresortür aus metaverdichtetem Malmetall erreicht. Beide Wände sind wie die Tür von starken Kraftfeldern geschützt, die von innen selbständig mit Energie versorgt werden. Mit seiner freien Hand streicht er über die unverteidigte Korridorwand, bis seine Finger über der gepanzerten Verbindungsröhre ruhen, die einen Teil der Sicherheitsnetzverkabelung birgt. Er drückt den Arm nach vorn. Ein schwacher Disruptorimpuls zerbröselt den Beton. Staub quillt hervor, und er stößt seine Hand tiefer in das Loch. Er muss sich bis zum Ellbogen hineingraben, ehe er die Röhre zu fassen bekommt. Dann das kurze Getöse aufeinanderprallender Energiefelder und das Schutzrohr zerspringt, die Lichtleiterkabel in seinem Innern enthüllend.

Dünne Fäden schießen aus seinen Fingerspitzen hervor, durchdringen die Kabel, tauchen ein in den Schein kohärenten Lichts, das in ihrem Inneren glänzt. Seine Enrichments sind über eine ungeschützte Verbindung direkt mit dem Smartcore verbunden. Sein U-Shadow entlässt eine Flut zerstörerischer Software, zerfrisst die primären Routinen des Smartcores wie Säure auf Haut. In den ersten acht Millisekunden des Angriffs verliert der Smartcore mehr als die Hälfte seiner intellektuellen Verarbeitungskapazität. Seine vorgegebenen Schutzroutinen unterbrechen die Verbindung zum Tresor-Sicherheitssystem und erlauben ihm, sich zurückzuziehen und in aller Abgeschiedenheit seine Wunden zu lecken.

Währenddessen wendet Aarons U-Shadow seine Aufmerksamkeit den Verbindungen am anderen Ende des enteigneten Lichtleiterkabels zu und untersucht das innere Sicherheitsnetzwerk des Tresors. Es dauert weniger als eine Sekunde, die Nodi und Kuben zu lokalisieren, die es ihm ermöglichen, die Überwachungs- und Sicherungsprozeduren des Smartcores zu umgehen. Das Kraftfeld erlischt und mit einem leisen *Swish* von zurückgleitendem Malmetall öffnet sich die dickwandige Tür.

Aaron zieht seine Hand aus dem grobzackigen Loch. Hintereinander gehen er und Viertz weiter, schreiten, begleitet von einem sanften Summen, durch den Luft/Staub-Schild hindurch. Unabhängige Leuchtpaneele erwachen klickend zum Leben und offenbaren eine längliche Kammer, die mit vom Boden bis zur Decke reichenden Regalen voller durchscheinender pinkfarbener Kunststoffwürfel angefüllt ist.

Die Registratur bildet ein einfaches schlankes Podest gleich an der Tür.

Viertz greift auf die schlummernde Software darin zu. Sie wird um ihren DNA-basierten Autorisierungsnachweis ersucht.

Als Aaron über die Türschwelle tritt, macht sein Feldscan zwei seltsame Energiesignaturen aus, die von den Wänden an jeder Seite des Tresors abstrahlen. Die letzte Sicherung, um die kostbare halbe Million Memorycells zu schützen, die im Tresor lagern. Sie sind an keiner Stelle in den Inventarlisten des Sicherheitsnetzes verzeichnet und wurden still und leise von einer Zentralen Welt importiert, auf der derlei Technologie nichts Ungebräuchliches ist. Zwei Wächter mit schweren Waffenenrichments stehen versiegelt in der temporalen Suspensionszone von Exotische-Materie-Käfigen. Ihre Enrichments waren bereits in voller Bereitschaft, als sie zu ihrer zweijährigen Pflichtzeit angetreten sind. Sie stellen keine Fragen, als sie wieder in die Realzeit eintreten, sondern eröffnen einfach das Feuer.

Aarons Kraftfeld wird augenblicklich bis knapp an die Überlastungsgrenze getrieben, als es versucht, sich und Viertz zu schützen. Sein kampftechnischer Nachteil wird erschreckend offensichtlich, als Energiestrahlen auf ihn und die Frau einzuprügeln beginnen. Dichte Wellen aus scharlachroten Photonen flammen mit blindwütiger Wildheit um seine Brust und seine Arme herum auf. Er taumelt einen halben Meter zurück.

Autorisierungsnachweis übermitteln.

Doch die Registratur basiert auf Hardware von nichtmilitärischem Standard. Sie ist nicht für den Empfang und die Verarbeitung von Informationen in so einem feindlichen elektromagnetischen Umfeld geschaffen.

»Scheiße!« Sein Gurtharnisch feuert einen Schwarm elektronische Konterdrohnen und fünf Niling-Schwämme ab. Die Wächter weichen in wilden Verrenkungen der Gefahr aus, ducken sich hinter die Regale. Aaron streckt seine freie Hand aus und schafft es, die Oberkante des Podests zu erreichen, während das letzte Energiesperrfeuer von seinem Kraftfeld abfließt. Fäden schießen aus seinen Fingerspitzen und versuchen, sich in die Knotenpunkte und Kabel unter dem Metall zu graben.

Beide Wächter wirbeln zwischen den Regalen hervor und eröffnen erneut das Feuer. Die Niling-Schwämme ballen sich zusammen und aktivieren ihre Absorptionshorizonte. Energiestrahlen aus den Waffen zerteilen in bizarren Linien die brodelnd heiße Luft, um harmlos in den Blackstar-Floren zu versinken, die nun ruhig direkt vor Aaron schweben. Ihre Horizonte beginnen zusehends zu expandieren. Die Wächter greifen zu Kinetikkarabinern, deren Hypergeschwindigkeitsprojektile bleiben von den Niling-Schwämmen unbehelligt und krachen gegen Aaron und Viertz. Das Kraftfeld flackert grell kupfern auf, verfärbt sich zu Karmesinrot. Aaron kann die Belastung, mit der die Einschläge seinen Körper malträtieren, spüren, Verstärkungsfelder arbeiten auf Hochtouren, um ihn aufrecht zu halten.

Auf die Knie.

Augenblicklich sackt Viertz auf den funkelnd glänzenden Boden, nunmehr ein kleineres, weniger leicht zu treffendes Ziel. Schon sind seine Fingerfäden durch das Metallgehäuse des Podests vorgedrungen und beginnen sich mit den feinen Maschen aus Lichtleiterfasern darunter zu verbinden.

Einige Energy-Dumper gleiten auf Aaron zu. Mit einem einfachen Ionenschuss aus dem Enrichment in seinem Unterarm holt er sie aus der Luft. Um die Ionen durchzulassen, muss sich sein Kraftfeld vorübergehend reformatieren. Eine Schwachstelle, die die Wächter unbarmherzig ausnutzen, indem sie ihr Feuer konzentrieren. Er spürt, wie die kinetischen Projektile seine Schulter und seinen Oberkörper durchbohren. Seine Gefechtssoftware meldet fünf direkte Treffer. Feldscans verraten ihm die Art der fremdartigen Geschosse. Nummer eins ist ein reiner Sprengkörper, gekontert von einem Dämpfungsfeld, das einen Klumpen weißglühendes Metall aus ihm macht. Zwei entlässt eine Ladung Firewire-Tangles, die sich in seinem Fleisch ausbreiten, es auf molekularer Ebene zerfetzen und verbrennen und dabei biononische Organellen zerstören. Sie können nur von einem Disruptorfeld spezifischer Frequenz, die ihre Molekularstruktur angreift, abgewehrt werden, was einen schwächenden Effekt auf die Biononics hat, die in dieser Region noch funktionieren. Drei setzt einen Nervenkampfstoff frei; in ausreichender Menge, um fünfhundert Menschen zu töten. Biononics konvergieren rasch, um das tödliche Gift zu bekämpfen. Vier ist ein weiteres Explosivprojektil, neutralisiert zusammen mit eins. Fünf stellt einen Verbund von Microjanglern dar, mikrobengroße Generatoren, die sein Nervensystem lahmlegen und biononische wie Enrichmentoperationen unterdrücken; ein weiterer Effekt ist die Erzeugung von Schmerzimpulsen. Sie zu vernichten, erfordert ein Scramblerfeld.

Blut strömt aus dem von Kratern übersäten Fleisch und dem zerrissenen Anzug, der unter dem reformatierten Kraftfeld flach angedrückt wird. Bald schon ist der Stoff ringsum völlig durchtränkt. Biononics konzentrieren sich um die Ränder der Wunden und vereinen ihre Kräfte, um die Verletzungen zu beheben, Venen, Arterien und Kapillaren zu verschließen. In seinem Körper stellen die Firewire-Tangles ihre Ausbreitung ein, als der Disruptor ihren molekularen Zusammenhalt sabotiert. Es geht zu langsam und sie verursachen ein immenses Ausmaß an Schaden. Schaden, der durch die Microjangler noch vergrößert wird.

Aaron wirft den Kopf zurück, brüllend vor Qual, während der mikroskopische Technologiekrieg in seinen Muskeln und Blutgefäßen ausgefochten wird. Aber er behält Viertz ebenso wie das Podest fest im Griff.

Seine Biononics blockieren eine Reihe von Nerven, eliminieren den Schmerz und jedes Gefühl in Schulter und Arm. Ein alarmierend großer Bereich der medizinischen Statusanzeige in seiner Exosicht blinkt rot auf. Übelkeit setzt ihm zu. Schauer fahren seine Glieder entlang. Der Feldsanitätsbeutel in seinem Schenkel stößt eine Dosis Beruhigungsmittel in seinen Blutkreislauf aus.

Eine weitere Welle von Kinetics drischt auf ihn ein. Er droht, nach hinten zu stürzen. Seine Biononics und Enrichments erreichen ihre maximale Kapazität. Konterdrohnen geben ihr Bestes, die feindlichen Zielsensoren zu verwirren, doch die Enge des Tresors macht den Einsatz solcher Systeme nahezu nutzlos.

Seine Fäden verbinden ihn nun mit dem Registerkubus in dem Podest.

Autorisierungsnachweis übermitteln.

Die Registersoftware bestätigt seine Befugnis; der U-Shadow führt eine Suche nach Inigos Sicherheitsspeicher durch. Und lokalisiert die Memorycell. Die physikalischen Koordinaten werden in Aarons Gefechtsroutinen geladen. Ein Volumen von acht Kubikzentimeter, das es unversehrt zu bergen gilt. Der Rest der Tresoranlage ist nun verzichtbar.

Er lässt das Podest und Viertz los. Die Frau sackt nach vorn, eine Bewegung, die ihr ungeschütztes Gehirn erschüttert. Ein neuerlicher Blutschwall schwappt über den Rand ihres offenen Schädels. Der abschirmende Wirbel von Niling-Schwämmen schaltet sich ab, ihre schwarzen Horizonte falten sich in sich selbst zusammen. Aaron hebt den Kopf, grinst und schickt den Wächtern durch die sich klärende Luft ein animalisches Knurren entgegen. Ihr Sperrfeuer hat ausgesetzt, während sie Bestandsaufnahme machen.

»Jetzt seid ihr dran«, presst er zwischen den Zähnen hervor.

Krachend löst sich der erste Disruptorimpuls. Die Hälfte der kostbaren Regale zerbersten in einem Mahlstrom aus geschmolzenem Kunststoff. Beide Wächter taumeln zurück. Jelly-Gun-Geschosse hämmern gegen ihre Kraftfelder. Energy-Dumper schwirren umher, abgefeuert von beiden Parteien. Schwarze Niling-Horizonte dehnen sich aus und ziehen sich zusammen wie invertierte Novae. Kinetische Projektile fressen sich in die Beton- und Marmorwände des Tresors. Weitere Regale werden in Mitleidenschaft gezogen, zerspringen wie altertümliches Glas. Der Kunststoff fängt Feuer, verflüssigt sich und strömt in Rinnsalen über den Boden, aus denen matte Flammen züngeln.

Aaron positioniert sich zwischen den Wächtern und dem Regal mit Inigos Memorycell, um den Speicherkubus vor Schaden zu schützen. Es gelingt ihm, das Kraftfeld um das Bein von einem der Wächter zu durchschlagen; mit der Jelly Gun feuert er in die entstandene Lücke. Augenblicklich verwandelt sich das Bein in einen wässrigen Brei aus zerstörten Zellen. Der Wächter schreit auf und fällt. Sein Kraftfeld rekonfiguriert sich über dem Stumpf, lässt Blut und zähflüssige Klumpen hindurch, die auf den Boden klatschen und dort langsam zu dampfen beginnen. Energy-Dumper heften sich wie räuberische Nager an ihn. Hilflos schlägt er um sich, bevor sein Kraftfeld erlischt.

Jetzt sind nur noch Aaron und der andere Wächter übrig. Sie rücken aufeinander vor, jeder auf seine Waffenenrichments vertrauend. Dies ist kein Kampf der Software mehr, oder des menschlichen Verstands. Es ist allein brutale Kraft, die nun den Sieg davontragen wird.

Am Ende ähneln sie zwei aufeinanderprallenden atomaren Feuerbällen. Eine Schockwelle aus weißglühender Energie bricht aus dem Kollisionszentrum hervor, die alles, was mit ihr in Berührung kommt, vaporisiert. Ein Feuerball wird jählings vernichtet.

Aaron steht über dem Chaos aus Dunkelgrau, das noch Sekunden zuvor sein Gegner war. Noch während er nach unten blickt, streckt er seinen unverletzten Arm zur Seite hin aus. Aus seinem Unterarm schiebt sich die Mündung eines Röntgenlasers hervor. Sein Strahl fräst sich durch den Kopf des beinlosen Wächters, dringt nach oben vor, um die Memorycell des Mannes zu zerstören. Aaron stößt einen langen Seufzer aus, dann zuckt er zusammen, als der dumpfe Schmerz, der tief in seiner Schulter pocht, sein Bewusstsein erreicht. Er sieht an sich herunter und stellt fest, dass der Blutfleck sich fast über die gesamte Brust ausgebreitet hat. Das Loch, das in den Anzugstoff gerissen und gesengt worden ist, lässt nichts als zerfetzte und geschwärzte Haut erkennen, aus der Blut sickert. Seine medizinischen Überwachungsprogramme zeigen an, dass die Firewire-Tangles sich tief hineingegraben haben. Die Verletzung ist beträchtlich. Schmerzhafte Stiche an seinem linken Bein lassen ihn aufkeuchen. Sein Knie gibt beinahe nach. Biononics bündeln ihre Kräfte, um die Microjangler aufzuspüren und zu eliminieren, die rücksichtslos in seinem Blutkreislauf herumkreuzen. Wenn sie in sein Gehirn eindringen, ist er in ernsthaften Schwierigkeiten. Immer noch pumpt der Sanitätsbeutel Medikamente in ihn hinein, um dem Schock entgegenzuwirken. Wenn er keine medizinische Einrichtung erreicht, wird der Blutverlust sehr bald zu einem Problem werden. Immerhin, er ist immer noch aktionsfähig, obwohl er sich wegen des

Nervenkampfstoffs dringend einer Entgiftung unterziehen muss. Seine Biononics waren wenig erbaut, als sie all das Gift diagnostizierten. Selbsttätig nimmt seine Feldscanfunktion eine Feinabstimmung vor und scannt erneut.

Aaron macht sich auf zu dem Regal, das Inigos Memorycell enthält. Niling-Schwämme wehen durch die Luft und kehren zu seinen Bandeliergurten zurück, schmiegen sich wieder in ihre Taschen. Knirschend und schmatzend bahnen sich seine Füße ihren Weg durch Trümmer, Plastikmagma und Blut. Dann hält er die Memorycell in der Hand und der schwierigste Teil der Mission ist geschafft.

Flammen züngeln nach Viertz' Uniform, als er den Tresorraum verlässt. Sie hat sich aus ihrer knienden Position nicht herausbewegt. Aaron schießt ihr mit dem Röntgenlaser durch den Kopf, ein Akt der Gnade, für den Fall, dass ihre Memorycell noch immer Impulse aufzeichnet. Es ist zwar eigentlich nicht seine Art, doch so kurz vor dem Ziel kann er es sich durchaus einmal leisten, großzügig zu sein.

Drei Minuten später hatte Aaron es bis auf das Dach des Verwaltungstrakts geschafft. Keuchend und außer Atem hielt er einen Moment inne. Die Wunde in seiner tauben Schulter hatte zu brennen begonnen und rief schubweise Schwindelattacken hervor, die seine medizinischen Enrichments kaum in den Griff zu bekommen vermochten. Höllische Schmerzen tobten in seinem Bein, Bauch und Rücken und raubten ihm, während er sich vor Krämpfen krümmte, fast das Bewusstsein. Jenseits seines Exosicht-Displays vermeldeten die Biononics Fortschritte bei ihrem Bestreben, die verbleibenden, schwer fassbaren Microjangler, die immer noch sein Blut verseuchten, aufzuspüren und zu vernichten.

Langsam, schwerfällig richtete er sich wieder auf. Schwankte, stand kurz vor einem Sturz über zwei Etagen. Im gleichen Moment, als er aus dem Liftschacht kletterte, stellte sein U-Shadow den Kontakt zur Unisphäre wieder her und teilte ihm mit, dass der Rest des Smartcores auf jeder Verbindung, die die Klinik mit der Unisphäre hatte, um Hilfe schrie.

»Polizeitaktische Kampftruppen antworten«, informierte ihn der U-Shadow. »Klinik-Sicherheitspersonal rüstet sich mit Waffen aus. Der Perimeter wird verriegelt.«

»Dann sollten wir besser verschwinden«, sagte Aaron grimmig. Abermals zuckte er unter einer Schmerzwelle zusammen, die sein Schlüsselbein aussandte. Er straffte sich und rief Corrie-Lyn an. »Lassen Sie uns abhauen. Ich befinde mich auf der gekennzeichneten Position Eins-A.«

»Oh«, entgegnete sie. »Sind Sie schon fertig?«

Einen Moment lang dachte er, sie würde scherzen. »Was?«

»Ich hätte nicht gedacht, dass Sie so schnell sind.«

Wut verwandelte ihn augenblicklich in Eis. Der Plan, den er ihr erklärt hatte, war absolut eindeutig gewesen. Nicht einmal die unvorhergesehenen Wächter und das nachfolgende Feuergefecht hatten ihn mehr als vierzig Sekunden aufhalten können. »Wo stecken Sie?« Seine Exosicht zeigte ihm eine örtliche Karte mit den Funkstreifenkreuzern, die sich mit Mach acht der Klinik näherten.

»Äh ... ich bin immer noch im Empfangsbereich. Wissen Sie, die haben hier ein paar wirklich schöne Klamotten, und Ruth Stol hat sich als ziemlich brauchbare Styling-Beraterin entpuppt. Wer hätte das gedacht, was? Ich hab schon ein paar von diesen hübschen Woll –«

»Machen Sie verdammt noch mal, dass Sie in die Kapsel kommen! Auf der Stelle! Sofort!«, brüllte er. Taktische Software nahm eine Lageeinschätzung vor, die mit seinem Instinkt korrespondierte. Das Dach war entschieden zu exponiert. Wieder jagte ein unwillkürlicher Schauer seine Beine hinauf und er taumelte, sich völlig auf seine Gefechtssoftware verlassend, über die Kante. Das Programm formatierte sein Kraftfeld, um seine Landung abzufedern. Trotzdem schien in seinem Kopf der Schmerz geradezu zu explodieren, als er auf den Boden aufschlug. Er rollte sich ab und kam stolpernd auf die Beine. Viel zu langsam.

»Die Türen hier lassen sich nicht öffnen«, sagte Corrie-Lyn. »Ich komme nicht zur Kapsel. Der Alarm ist losgegangen. Warten Sie ... Ruth sagt mir gerade, ich soll mich nicht bewegen.«

Ächzend torkelte Aaron über den Grünstreifen, der das Verwaltungsgebäude umgab. Nicht, dass ihm die Bäume die geringste Deckung geboten hätten, nicht vor den Kampftruppen, die gerade auf ihn zusteuerten. Die Dunkelheit zu suchen war ein simpler animalischer Instinkt.

»Schalten Sie die Schlampe aus«, befahl er Corrie-Lyn.

»Wie bitte?«

»Hauen Sie ihr eine rein. Hier ist ein Kampfprogamm«, sagte er, während sein U-Shadow bereits das entsprechende File an sie übertrug. »Setzen Sie sie mit einem gezielten Schlag außer Gefecht. Nur keine Scheu.«

»Das kann ich nicht.«

»Los, verpassen Sie ihr eins. Und dann befehlen Sie die Kapsel zu mir. Ich werde für Sie durch die Tür brettern.«

»Aaron, kann ich mir nicht einfach die Kapsel holen, um durchzukommen? Ich fühl mich wirklich nicht wohl dabei, jemanden ohne Vorwarnung zu schlagen.«

Aaron erreichte den Rand der Bäume. Seine Beine gaben nach, beförderten ihn der Länge nach in den Dreck und das Dornengestrüpp. Schmerz, der mit den Microjanglern, die in seiner verletzten Schulter pulsierten, nichts zu tun hatte. »Hilfe«, krächzte er. »Oh Scheiße, Corrie-Lyn, schaffen Sie die verdammte Kapsel hierher.« Er fing an zu kriechen. Seine Exoimages waren nur mehr ein verwaschenes Szintillieren, das um seine sich verengende Sicht herum jagte.

»Hey, sie fasst mich an.«

»Corrie-Lyn-«

»Miststück!«

»Ich schaff's nicht.« Er presste seinen gesunden Arm gegen

das feuchte, sandige Erdreich, versuchte sich wieder auf die Füße zu stemmen. Lautlos rasten zwei Polizeikapseln über ihm hinweg. In der nächsten Sekunde schmetterte ihr Überschallknall ihn wieder zurück auf den Boden. Äste splitterten unter der Gewalt des Geräuschs. Wimmernd drehte Aaron sich auf den Rücken.

»Oh Ozzie, hier ist überall Blut. Ich glaub, ich hab ihr die Nase gebrochen. Dabei hab ich gar nicht so fest zugeschlagen, ehrlich.«

»Hol mich hier raus«, flüsterte er. Er schickte einen einzelnen Gedankenbefehl an die Niling-Schwämme in seinem Bandelier. Die kleinen Kugeln schwebten hinaus in die Nacht, erhoben sich über die wogenden Bäume. Violette Laserstrahlen zerschnitten die Luft, so hell wie sich verästelnde Blitze. Er grinste schwach. »Fehler«, sagte er zu der unsichtbaren Polizeikapsel am Himmel.

Gierig saugten die Niling-Schwämme die Energie, die die Kapsel in sie hineinpumpte auf. Theoretisch konnte der Niling-Effekt Milliarden von Kilowattstunden absorbieren, bevor er seinen Sättigungspunkt erreichte. Aaron hatte ein Limit einprogrammiert. Sobald die Polizeiwaffen ihre internen Aufladungen bis zu diesem Limit verschossen hatten, würde der Absorptionsprozess sich umkehren …

Fünf gewaltige Explosionen erblühten hoch über dem Wald, sandten massive, aufeinanderprallende Druckwellen aus. Den Polizeikapseln konnte der Ansturm nichts anhaben, dafür waren ihre Kraftfelder zu stark. Aber die Wellenfronten ließen sie haltlos durch den nächtlichen Himmel taumeln, schleuderten sie herum und trieben sie bis an den Rand des Walds vor sich her, während ihre Regrav-Antriebe darum kämpften, den Kräften zu trotzen. Unter ihnen knickten, dem Chaos voraus, Bäume um, als wären sie aus Papier. Sie krachten ineinander, einen Dominoeffekt hervorrufend, der in fünf Detonationszentren gipfelte.

Ein Blizzard aus Splittern und Schotter riss Aaron vom

Boden und wirbelte ihn fünf Meter weit durch die Luft. Erstaunlicherweise hielt er, als er sich platt auf dem Rücken liegend wiederfand und in einen Himmel starrte, der von einem Netz aus züngelnden Ionenluftschlangen durchsetzt war, noch immer die Memorycell in der Hand.

»Corrie-Lyn«, rief er verzweifelt.

Über ihm verdunkelte sich der herrliche Himmel zu endlosem Schwarz. Nicht ein Stern war mehr zu sehen in der Finsternis, die ihn umfing.

Inigos vierter Traum

Nachdem sie gleich nach Sonnenaufgang das Lager abgebrochen hatten, war die Karawane drei Stunden unterwegs, bevor sie den letzten Bergkamm erreichten und die Küstenebene vor ihnen in Sicht kam.

Lächelnd schaute Edeard auf sie herab, spürte das Adrenalin in seinen Adern. Nach fast einjähriger Reise blickte er endlich auf seine Zukunft. Neben ihm auf ihrem Ge-Pferd jauchzte Salrana glücklich auf und klatschte in die Hände. Weiter hinten in O'Iranys Karren grunzten ein paar Schweine aufgrund des unerwarteten Geräuschs.

Edeard befahl seinem Ge-Pferd stehen zu bleiben. Unerbittlich schob sich die Karawane voran. Wagen für Wagen ging es die steinige Straße hinab. Direkt vor ihm fielen die Ausläufer der Donsori-Berge steil zur ehrfurchtgebietenden Iguru-Ebene ab. Meile um Meile erstreckte sie sich weit in die Ferne. Eine plane Fläche fruchtbaren Ackerlands, das fast durchgängig landwirtschaftlich genutzt wurde und in riesige Parzellen voll reifender Feldfrüchte abgesteckt war. Ein gewaltiges Netz aus Wassergräben war in breite, seichte Flüsse eingeleitet worden, an deren Ufern Schutzdeiche aus Erde errichtet worden waren. Wälder breiteten sich rings um die niedrigen Hänge mit den merkwürdigen kleinen Vulkankegeln aus, die die Gleichförmigkeit der Ebene durchbrachen. So weit er erkennen konnte, gab es bei den schroffen Kuppen kein Muster. Sie waren völlig wahllos verstreut.

Es war eine fremdartige Geographie, ganz anders als das felsige umliegende Gebiet. Er zuckte angesichts der Eigentümlichkeit die Schultern und schaute blinzelnd nach Osten. Teils in seiner Vorstellung, teils hinter einem Dunstschleier am

Horizont, war dort die Lyot-See gerade eben noch als graue Linie zu erkennen.

Sich dagegen die Stadt nur vorzustellen, war indessen nicht nötig. Wie eine sonnenüberflutete Perle überspannte Makkathran den Horizont. Zuerst war er ein wenig enttäuscht darüber, wie klein es war, doch dann wurde er sich der Strecke, die es bis dahin noch zurückzulegen galt, bewusst.

»Das ist was, hm?«, sagte Barkus, als er mit seinem alten Ge-Pferd zu Edeard aufschloss.

»Ja, Sir«, erwiderte Edeard. Jeder weitere Kommentar schien überflüssig. »Wie weit sind wir noch entfernt.«

»Wir brauchen mindestens noch einen weiteren halben Tag, um in die Ebene hinunter zu kommen; dieses letzte Wegstück die Berge hinab ist heikel. Wir kampieren in Clipsham, der ersten halbwegs großen Stadt in der Iguru. Dann ist es noch gut und gern ein Tag bis Makkathran selbst.« Er nickte freundlich und trieb sein Ge-Pferd weiter voran.

Fast zwei Tage entfernt. Verzückt starrte Edeard auf die Metropole. Die angeblich einzig wahre Stadt auf Querencia. Auf ihrer Route hatte die Karawane etliche phantastische Orte besucht, Ballungsgebiete mit wohlhabender Einwohnerschaft; manche von ihnen hatten Parks gehabt, größer als Ashwell gewesen war. Bis jetzt hatte er diese Städte schon für gewaltig gehalten, war sicher gewesen, dass es nichts Größeres geben konnte. *Herrin, was für ein Bauerntölpel ich doch bin.*

»Zweifel, ausgerechnet hier?«, fragte Salrana. »Das sind ein paar ziemlich trübsinnige Gedanken, die du da gerade in deinem Kopf ausbrütest.«

»Ach, ich komme mir nur so klein vor«, sagte er ihr.

Ihre Gedanken funkelten vor Belustigung, riefen ein neckisches Lächeln hervor. »Hast du an Franlee gedacht?«

»Nein, seit Monaten nicht«, erwiderte er hoch erhobenen Kopfes.

Salrana lachte ihm frech ins Gesicht.

Er hatte Franlee in Plax kennengelernt, einer Provinzstadt

auf der anderen Seite des Ulfsen-Gebirges. Sie hatten unterwegs eine wahre Pechsträhne gehabt, einschließlich gebrochener Räder und kranker Tiere. Und dann hatten die ungewöhnlich früh einsetzenden Herbststürme die Karawane auch noch zu spät in Plax eintreffen lassen. Was zur Folge hatte, dass sie für sechs Wochen eingeschneit worden waren. Das war die Zeit, in der er Franlee begegnet war, einem Lehrmädchen der Eiformer-Gilde und seine erste wirkliche Liebesbeziehung. Sie hatten die meisten der eisigen Tage zusammen verbracht, entweder im Bett oder mit dem Auskundschaften der billigeren Tavernen. Dem Meister der Eiformergilde war sein Talent nicht verborgen geblieben, und er hatte ihm eine Senior-Lehrlingschaft angeboten, zusammen mit der Zusicherung des Gesellenstands in einem Jahr. Und er hatte *so* kurz davorgestanden zu bleiben.

Aber am Ende hatte sein letztes Versprechen an Akeem seine Richtung bestimmt. Der Abschied war für ihn so schmerzhaft gewesen, dass er wochenlang nur düster und verschlossen vor sich hingebrütet hatte, während die Karawane langsam die verschneiten Ulfsen-Täler entlanggerumpelt war. Ein Elend mit anzusehen, hatten die anderen Karawanenmitglieder gemurrt. Er hatte den ganzen restlichen Winter hinter sich und das Ulfsens Gebirge zwischen sich und ein Mädchen namens Franke bringen müssen, bis er sich wieder halbwegs von der Trennung erholt hatte. Und Roseillin, in einem der Bergdörfer. Und Dalice. Und … Na ja, einer ganzen Reihe anderer Mädchen zwischen dort und hier.

»Sieh es dir an«, sagte er ernst. »Ja, wir haben das Richtige getan.«

Salrana legte den Kopf in den Nacken und schloss halb die Augen gegen das helle Sonnenlicht. »Vergiss die Stadt«, sagte sie. »Ich hab noch nie so viel Himmel gesehen.«

Als er nach oben schaute, verstand er, was sie meinte. Von ihrem hohen Aussichtspunkt aus konnten sie frei in die azurblaue Endlosigkeit blicken, die die Ebene überdachte. Kleine, heitere Wölkchen jagten weit über ihnen dahin, spärliche Fetzen, die so zart waren, dass sie beinahe selbst saphirblau wirkten. Sie schienen sich in sich selbst zu verschlingen, während sie lange Bögen über die Iguru malten, bevor sie auf die Gebirgsaufwinde stießen, wo sie sich ausbreiteten und dunkler wurden. *Der Wind über der Stadt kommt immer von der See,* erinnerte er sich an Akeems Worte, *wenn er dreht, nimm dich in Acht.* »Was riecht hier so komisch?«, fragte er verwirrt. Die Luft war frisch, beinahe prickelnd, doch irgendwie gleichzeitig verdorben.

Von dem Wagen, der hinter ihm vorbeirollte, ertönte Gelächter. »Du Landei!«, spottete Olcus, der Kutscher. »Das ist der Geruch des Meeres.«

Edeard senkte seinen Blick wieder hinunter zum Horizont. Er hatte noch nie das Meer gesehen. Tatsächlich machte es aus dieser Entfernung nicht so viel her: eine graublaue, schmutzige Linie. Er nahm an, dass die Sache interessanter und beeindruckender werden würde, wenn sie erst mal näher herankamen.

»Vielen Dank, alter Mann«, rief er mit einer knappen Geste zurück. Inzwischen stand er mit so ziemlich allen Familien in der Karawane auf recht gutem Fuß. Ihnen in Makkathran Lebewohl zu sagen, würde für ihn mindestens ebenso schwer werden wie sein Abschied von Franke.

»Los, komm«, sagte Salrana. Sie setzte ihr Ge-Pferd wieder in Bewegung. Nach einem kurzen Moment tat Edeard es ihr gleich.

»Ich hab nach dem Frühstück mit Magrith gesprochen«, sagte Salrana. »Sie hat mir erzählt, dass diese Straße die gleiche ist, die Rah befahren hat, als er seine Schiffskameraden aus dem Kampf herausführte, der ihrer Landung auf Querencia folgte. Wenn das stimmt, hätte er die Stadt von genau derselben Stelle aus zum ersten Mal gesehen.«

»Es grenzt an ein Wunder, was er aus der Iguru gemacht hat«, murmelte Edeard.

»Weißt du, manchmal verstehe ich dich nicht, Edeard. Wir haben es bis Makkathran geschafft, woran ich, ehrlich gesagt, nie so wirklich hundertprozentig geglaubt hab. Wir beide, Kinder des kleinen Dorfes Ashwell, stehen hier am Mittelpunkt unserer ganzen Welt. Und alles, was du tust, ist dich über das blöde Ackerland draußen auszulassen.«

»Tut mir leid. Es ist nur ... Dieser Ort ist so eigenartig, das ist alles. Schau dich doch um, die Berge hören einfach so auf, als ob sie jemand abgeschnitten hätte.«

»Ich bin sicher, es gibt in Makkathran eine Geographengilde, die dir erklären kann, warum«, schnaubte sie.

»Das ist 'ne Idee«, entgegnete er mit scheinbarem Interesse. »Meinst du, es wäre schwierig, da hineinzukommen?«

»Oh!«, schrie sie wütend auf. Ihre dritte Hand schubste und versuchte ihn aus dem Sattel zu stoßen. Sofort schubste er zurück, woraufhin sie sich duckte und die Zügel fester ergriff. »Edeard! Pass auf!«

»'tschuldigung.« Es war in der Karawane fast schon zum Dauerwitz geworden, dass er seine eigene Stärke nicht kannte. Er schüttelte den Kopf und konzentrierte sich auf die Phalanx von Genistars, die neben der Karawane herlief. Er vergewisserte sich, dass die Ge-Pferde die Wagen in einer geraden Linie zogen, die Ge-Wölfe dicht zusammen blieben und dass die Ge-Adler sich in weiten Kreisen bewegten. Der Weg war in ausgezeichnetem Zustand, mit großen, flachen Steinen gepflastert und gut in Ordnung gehalten – fast wie eine Straße in einer Stadt. Aber schließlich war dies auch die Hauptroute durch die Berge, über die man direkt zur Metropole von Querencia kam. Sowohl mit den Augen als auch mit Fernblick erfasste er einige Wagen und kleine Konvois, die sich die breiten Serpentinen vor ihnen hinauf- und hinabschlängelten. Außerdem konnte er eine Gruppe von Männern auf Pferderücken erkennen, die, von Ge-Wölfen begleitet, gemächlich ihres Weges ritten. Er schätzte, dass sie das vordere Ende der Karawane gegen Nachmittag erreicht haben würden.

Mit weit geöffneten Sinnen wurde er mehr und mehr der Emanationen der Stadt gewahr. Ein stilles Hintergrundgemurmel, ganz ähnlich dem einer jeden menschlichen Siedlung. Nur dass er diesmal noch zu weit entfernt war, um Makkathrans Einwohner wahrzunehmen, egal, wie talentiert und empfänglich er war. Außerdem hatte dieses Murmeln ein anderes Tempo; behäbiger und um so Vieles zufriedener. Es war die Essenz eines trägen Sommernachmittags, destilliert in einer einzigen, langen harmonischen Schwingung. Angenehm und entspannend. Er gähnte.

»Edeard!«, rief Salrana.

Er blinzelte. In der nächsten Sekunde versetzte die Angst in ihrem Bewusstsein ihn in jähe Alarmbereitschaft. Sein Ge-Pferd schlenderte bedenklich nah an die Straßenkante heran. Nicht, dass es gefährlich gewesen wäre, die senkrechten Abhänge kamen erst dort, wo die Serpentinen begannen; hier oben gab es nur den gewölbten Höhenrücken und unebenes Terrain. Ein paar rasche mentale Instruktionen an das Ge-Pferd korrigierten den Kurs.

»Lass uns bitte versuchen, unverletzt dort anzukommen«, sagte sie spöttisch. »Herrin, aber deine Reitkünste sind immer noch furchtbar.«

Er war viel zu aufgeregt, um ihren üblichen Neckereien etwas entgegenzusetzen. Er konnte die schwerfälligen Gedanken der Stadt nicht mehr spüren – zu viel Adrenalin wurde durch seine Adern gepumpt. Jetzt, da Makkathran sichtbar vor ihm lag, wurde er er von einer wahren Welle aus Begeisterung erfasst. Endlich lag die schreckliche Vergangenheit ganz und gar hinter ihnen.

Es war Mittag, als die Karawane unter dem Ächzen hölzerner und metallener Bremsen, dem Schnauben von Tieren und dem unwilligen Murren von Menschen zum Stillstand kam. Der Tross spannte sich über eine halbe Meile, führte um eine der längeren Serpentinen herum und machte es für jeden anderen schwierig, die Straße zu nutzen. Der Hauptmann der Milizpatrouille, die sie angehalten hatte, zeigte mildes Bedauern, was ihn jedoch nicht minder beharrlich sein ließ.

Edeard befand sich nur wenige Wagen hinter der Karawanenspitze, als er Barkus fragen hörte: »Gibt es ein Problem, Sir? Das ist unsere alljährliche Tour, wir sind allen Stadtbehörden bestens bekannt.«

»Ich kenne Euch selbst, Barkus«, erwiderte der Hauptmann, während er argwöhnisch die Ge-Wölfe der Karawane beäugte. Er saß auf einem mitternachtsschwarzen Ross und wirkte in seiner blau-roten Uniform mit den blitzblanken Messingknöpfen, die an der Jacke funkelten, ungemein stattlich. Edeard benutzte seinen Fernblick, um den Revolver in dem weißen Lederholster des Mannes zu untersuchen. Er wies eine bemerkenswerte Ähnlichkeit zu dem auf, der Genrils Familie gehört hatte. Der Rest der Miliztruppe war in gleicher Weise bewaffnet; ganz gewiss trugen sie nichts in der Art der schnellfeuernden Pistolen der Banditen. Edeard wusste nicht, ob das gut oder schlecht war. Andererseits, wenn die Stadt dergleichen Waffen besaß, dann würden sie sie wohl kaum an eine Patrouille wie diese verteilen, damit jeder sie sah.

»Allerdings kann ich mich nicht erinnern, dass Ihr vorher schon so viele Ge-Wölfe hattet«, sagte der Hauptmann.

»Wir waren im vergangenen Jahr in der Rulan-Provinz; ein Dorf wurde von Banditen geplündert, Höfe haben bei Überfällen große Verluste erlitten. Man kann nie vorsichtig genug sein.«

»Verdammte Barbaren«, spie der Hauptmann aus. »Wahrscheinlich zwei Sippen, die sich wegen irgendeiner Hure in den Haaren lagen. Ich begreife nicht, wieso Ihr Euch da hinauswagt, Barkus. Wenn Ihr mich fragt, alles Tunichtgute und Banditen.«

Langsam richtete Edeard sich kerzengerade auf, hielt dabei seinen Blick auf den Hauptmann gerichtet. Er verstärkte seinen Schild um sich herum.

»Tu nichts«, schoss Barkus ein Longtalk-Flüstern an ihn ab.

»Edeard«, zischte Salrana leise. Er konnte die mühsam unterdrückte Wut in ihren eigenen Gedanken spüren. Alle Freunde um ihn herum strömten Betroffenheit und Zuneigung aus.

»Aber profitabel«, sprach Barkus in ruhigem Ton weiter. »Es lässt sich wirklich sehr günstig Ware einkaufen dort.«

Der Hauptmann lachte, sich des emotionalen Sturms, der sich um ihn herum zusammenbraute, überhaupt nicht bewusst. »Für die meine Freunde in der Stadt ordentlich tief in die Tasche greifen müssen, nehme ich an.«

»Das ist das Wesen von Handel«, sagte Barkus. »Immerhin reisen wir unter erheblicher Gefahr.«

»Na, dann viel Glück Euch, Barkus. Aber ich bin für die Sicherheit Makkathrans verantwortlich, ich muss Euch also bitten, dass Ihr Eure Tiere innerhalb der Stadtmauern an der kurzen Leine haltet. Sie dürften nicht an die Zivilisation gewöhnt sein. Wir wollen doch nicht, dass es zu irgendwelchen unglücklichen Vorfällen kommt.«

»Natürlich.«

»Ihr solltet vielleicht schon mal damit anfangen, wenn Ihr in der Ebene seit.«

»Werd mich dran halten.«

»Bestens. Und kein Handel mit den Bürgern des Sampalok-Distrikts, eh?«

»Auf keinen Fall.«

Der Hauptmann und seine Männer machten kehrt und ritten die Straße hinunter, ihr Rudel Ge-Wölfe hinter ihnen herjagend.

Barkus sorgte dafür, dass sich die Karawane wieder in Bewegung setzte, und trieb sodann sein Ge-Pferd zu Edeard und Salrana zurück. »Tut mir leid, dass du das mit anhören musstest«, sagte er.

»Es sind doch nicht alle so in der Stadt, oder?«, fragte Salrana besorgt.

»Gütige Herrin, nein. Milizoffiziere sind in der Regel die jüngeren Söhne einer alten Familie; kleine Armleuchter, die nichts vom Leben wissen. Ihre Geburt stattet sie mit jeder Menge Hochmut aus, aber nicht mit Geld. Die Miliz lässt ihnen die Illusion von fortdauerndem Stand, während das Einzige, was sie tatsächlich tun, ist, nach einem Leben in Wohlstand zu suchen. Zum Glück können sie, wenn sie hier draußen herumpatrouillieren, keinen wirklichen Schaden anrichten.«

Edeard war nachgerade geschockt von dieser Vorstellung. »Wenn sie Geld brauchen, warum schließen sie sich dann nicht einer Gilde an und entwickeln ihre geistigen Talente oder ziehen einen eigenen Laden auf?«

Zu seiner Überraschung brach Barkus in lautes Gelächter aus. »Oh, Edeard, trotz des weiten Weges, den du mit uns gereist bist, hast du immer noch ein gewaltiges Stück vor dir. Ein Edelmann, der seinen Lebensunterhalt *verdient!*« Erneut lachte er schallend, bevor er sein Ge-Pferd nach hinten zum nächsten Wagen beorderte.

Hinter Clipsham wollte Edeard am liebsten nur noch eins: auf dem Rücken eines Pferdes über die Iguru gallopieren, bis er Makkathran erreichte. Sicher würde es nicht mehr als ein paar Stunden dauern. Dennoch schaffte er es, seine Ungeduld im Zaum zu halten und pflichtgetreu neben den Wagen herzutrotten und dabei zu helfen, die Ge-Wölfe zu beruhigen, die es nicht gewohnt waren, an der Leine zu laufen.

Es war warm unten auf der Ebene, und es ging ein sachter beständiger Wind, der eine feuchte Meeresbrise heranwehte, die Edeard seltsam anregend fand. Der Winter hier war viel kürzer, als es für gewöhnlich in der Rulan-Provinz der Fall war, erklärte Barkus, obwohl diese Monate oft von äußerst scharfem Frost und vereinzelten Blizzards begleitet wurden. Dagegen waren die Sommer in der Stadt extrem heiß und währten mehr als fünf Monate. Die meisten herrschaftlichen Familien unterhielten Landhäuser in den Donsori-Bergen, wo sie den Höhepunkt der heißen Jahreszeit verbrachten.

Das Klima spiegelte sich in den Ackerlanden der Iguru wider und in ihren üppig tragenden Feldern. Die Straße wurde von hohen, schlanken Palmenbäumen gesäumt, gekleidet in einen Flor aus kobaltfarbenem Moos, knospende rote Büschel und mit smaragdgrünen Blättern oben an der Spitze. Die Feldfrüchte waren andere als die, die Edeard kannte. Zwar gab es hier auch einige Getreidefelder, doch es waren weit mehr Zitrushaine und Obstplantagen mit Äckern voller Weinreben und Fruchtstauden zu finden. Ein paar Zuckerrohrfelder wurden abgebrannt und ließen schwarze Rauchfahnen hoch in den klaren Himmel steigen. Der vulkanische Untergrund trug ebenso viel zur gesunden grünen Farbe der Vegetation bei wie die regelmäßigen Regenfälle und der sonnendurchtränkte Himmel. Heerscharen von Ge-Affen liefen geschäftig über das Land, hegten und pflegten die Pflanzen, während Aufseher zwischen ihnen umherritten. Die Höfe waren prächtige, weißgewaschene Gebäude mit roten Tonziegeldächern, ein jedes so groß wie die Gildenanwesen daheim in Ashwell.

Bei all den Stunden, die sie sich an diesem Morgen vorwärts wälzten, blieb der Anblick beiderseits der schnurgeraden Straße trotz aller Herrlichkeit nervtötend gleich. Einzig die Vulkankegel boten ihnen Markierungspunkte, an denen sich ihr Fortkommen messen ließ. Edeard konnte Adern von silbernen Strömen erkennen, die an ihren Flanken herabliefen, bevor sie in den dichten Rockschößen aus dunkel-jadegrünen Baumkronen verschwanden. Doch diese Vulkane besaßen keine Krater; ihre Gipfel waren nichts weiter als einfache, abgerundete Kuppen.

Auf vielen von ihnen waren an schmalen Felsvorsprüngen Landhäuschen errichtet worden, kompakte, doch kunstvolle Konstruktionen, die, wie seine Freunde ihm erklärten, wenig mehr darstellten als Pavillons für die Reichen der Stadt, die dort Tage voller Müßiggang verbrachten und die phantastische Aussicht genossen; noch üblicher sei es allerdings, in einem solchen Anwesen seine Lieblingsmätresse unterzubringen.

Als sie sich Makkathran näherten, wurde die Straße immer betriebsamer. Irdische Pferde waren nun häufiger zu sehen als Ge-Pferde; ihre Reiter trugen ausnahmslos kostbare Kleider. Karren, turmhoch mit Erzeugnissen der Bauernhöfe und Landgütern der Ebene beladen, rumpelten schwerfällig den Märkten und Kaufmannslagern entgegen. Luxuskutschen mit verhängten Fenstern ratterten vorbei. Edeard war überrascht, sie durch leichte Varianten seiner eigenen Tarnfähigkeit vor flüchtigen Fernblicken abgeschirmt zu sehen; ihre Lakaien strahlten einen verdrossenen Ingrimm aus, der jeden weiteren, allzu vorwitzigen Blick abhielt.

Das schlussendliche Wegstück bis zu den Stadtmauern bot Lebensraum für eine erstaunliche Vielfalt von Bäumen. Uralte schwarz-graue Baumstämme wachten an jeder Seite der Straße, streckten hoch oben ihre knorrigen Äste aus, um verschlungene Gewölbe zu bilden, die Jahrhunderte hatten vorüberziehen sehen. Zuerst hatte Edeard gedacht, dass vor Kurzem ein Erdbeben stattgefunden hatte. Alle Bäume, gleich welchen Alters und Größe, neigten sich zur gleichen Seite, die Äste herumgebogen in ein und dieselbe Richtung. Dann dämmerte ihm, dass es der konstante Wind gewesen war, der sie geformt und ihre Äste landeinwärts gebogen hatte.

Die letzte Viertelmeile bestand aus einfacher, flacher Wiese, auf der Schafherden grasten. Als sie den Schutz der Bäume verließen, wurde Edeard der erste Blick auf die Stadt zuteil, seit sie die Gebirgsausläufer herabgekommen waren. Die kristallene Mauer ragte vor ihnen auf, wuchs senkrecht aus dem Gras zu einer Höhe von fast dreißig Metern. Obwohl sie durchscheinend war, besaß sie eine goldene Schattierung, die die Silhouetten der Gebäude dahinter verzerrte und es unmöglich machte, einen genauen Eindruck von dem zu erhalten, was sich jenseits befand. Die Mauer bildete einen perfekten kreisförmigen Wall um die Stadt, der durchgängig die gleiche Höhe aufwies, unterbrochen nur von dem auf der Ostseite gelegenen Hafen, wo sie abfiel und den Wellen erlaubte, gegen die Kaimauern zu spülen. Querencias Gezeiten hatten auf die Mauer keinen erkennbaren Einfluss; das unbeugsame Kristall war gegen Erosionskräfte ebenso gefeit wie gegen alle anderen Arten von Bestürmung. Nicht Kugel noch Spitzhacke konnte es brechen, nichts gab es, das an ihm haften blieb. Als Verteidigungswall war die Mauer nahezu perfekt.

Ihre einzige bekannte Anfälligkeit war die gegen Telekinese, die ihre Festigkeit nach und nach mürbe zu machen vermochte. Auf genau diese Weise hatte Rah seinen Leuten die Stadt geöffnet. Selbst ein mächtiger Telekinet, hatte er sich systematisch durch das Kristall geschnitten und so drei Durchgänge geformt. Der Legende nach hatte er für jeden von ihnen zwei Jahre gebraucht. Seine Nachfolger hatten die gewaltigen herausgelösten Segmente an gigantischen Scharnieren befestigt und sie so in genau eingepasste Tore verwandelt. In den darauffolgenden zwei Jahrtausenden waren sie nur acht Mal geschlossen worden und in den letzten sieben Jahrhunderten waren sie geöffnet geblieben.

Die Karawane zog durch das Nordtor in die Stadt ein. An seiner Basis hatte es eine Breite von sechseinhalb Metern und erhob sich annähernd zehn Meter über Edeards Kopf. Das Tor selbst war ganz an die Innenseite der Mauer geschwenkt. Er fand es schwer zu glauben, dass das riesige Ding sich tatsächlich noch bewegen ließ; die Scharniere schienen ihm wundersam primitive Vorrichtungen zu sein, gefertigt komplett aus dicken Eisengelenken und Tragbalken, gespickt mit Nieten. Bis jetzt waren sie noch nicht korrodiert, die Angeln wurden anscheinend regelmäßig geölt.

Direkt hinter dem Tor, zur linken Seite der Straße, befand sich ein breiter Streifen Weideland, High Moat genannt, welcher der Krümmung des Walls zum Upper-Tail-Distrikt folgte, der gleich neben dem Hafen lag. Da Pferde in den Hauptdistrikten verboten waren, hielten sich viele Familien hier Ställe, schlichte Holzbauten, die über die Jahrhunderte hinzugekommen waren. Es gab hier auch Viehkoppeln und Verschläge für die Tiere von Durchreisenden und sogar ein paar billige Märkte. Auf der gegenüberliegenden Seite der Straße erstreckte sich in ähnlich sichelförmiger Weise der Bezirk Low Moat bis zum Haupttor. Entlang des inneren Saums der Moats verlief der North Curve Canal, befestigt mit dem gleichen weißlichen Material, aus dem der größte Teil der Stadt erbaut war. Es erinnerte an vereisten Marmor, doch es war widerstandsfähiger als jedes Metall, das Menschen in Querencia zu schmieden imstande waren.

Verzaubert starrte Edeard auf die Gondeln, die auf dem Kanal entlangglitten. Er hatte früher schon Boote gesehen, Thorpe-By-Water besaß sie in Hülle und Fülle, so wie viele andere Städte auch. Doch das waren bloß ungeschlachte Verwandte verglichen mit diesen eleganten, schwarzen Barken. Sie besaßen flache Kiele, mit schlanken, sich aus dem Wasser erhebenden Bugen, die zu grazilen Figuren geschnitzt waren. Die gepolsterten Sitzbänke im Mittelbereich waren durch helle Markisen vor der Sonne geschützt, während der Gondoliere auf einer Plattform am Heck des Boots stand und das Boot mit leichter Grazie sowie einem langen Holzriemen vorwärts bewegte. Jede Gondel hatte mindestens ein Paar Ge-Katzen an Bord. Edeard lächelte glücklich beim Anblick der althergebrachten Genistar-Arten, die überall im salzigen Wasser umherwuselten. Anders als die gedrungenen Exemplare, die er daheim in Ashwell geformt hatte, waren diese hier stromlinienförmige Wassertiere, mit schwimmhautversehenen Füßen und einem langen, geschmeidigen Schwanz. Die Oberfläche des Kanals wimmelte von leichtem Gekräusel, während die Tiere unermüdlich flinken Filratten nachjagten und auf Strängen von Trilan-Seegras herumkauten, um den Kanal sauber zu halten.

»Oh meine große Herrin«, keuchte Salrana auf und schaute mit Stielaugen hinaus auf die Stadt.

»Wir haben das Richtige getan«, sagte Edeard mit letztgültiger Gewissheit. »Ja, das haben wir.« Jetzt, da sie sich innerhalb der Kristallmauer befanden, brandete ihm die wahre Aura der Stadt förmlich entgegen. Noch nie hatte er eine solche Vitalität, eine derartig beglückende emotionale Berührung gespürt, wie sie nur von so vielen Menschen herrühren konnte, die ihrem betriebsamen Tagewerk in nächster Nähe zueinander nachgingen. Individualität ließ sich unmöglich unterscheiden, aber die kollektive Empfindung war ein Kraftwerk an Leben. Allein schon, dass er hier stand und die Bilder und Geräusche in sich aufnahm, ließ ihn wie auf Wolken schweben.

Die Karawane bog an der Straße ab. Barkus hatte eine kurze Unterhaltung mit einem städtischen Reisemeister, der ihnen drei Verschläge in High Moat zuwies, wo sie sich niederlassen konnten, um zu handeln. Kurz darauf rumpelten die Wagen den schmalen Pfad hinab auf ihren endgültigen Bestimmungsort zu.

Edeard und Salrane lenkten ihre Ge-Pferde zu Barkus' Wagen hinüber. Beide dachten an jene Zeit zurück, als sie sich in einem kleinen Ort namens Thorpe-By-Water dem gleichen Wagen genähert hatten, um den Karawanenmeister um Hilfe zu bitten. Damals war die Familie des ergrauten Mannes gerade dabei gewesen, die Vorzelte zu beiden Seiten des alten Wagens zu errichten. Sie alle waren einander seinerzeit Fremde gewesen, neugierig und misstrauisch zugleich. Nun kannte Edeard sie alle, und zählte sie zu seinen Freunden – was andererseits alles verteufelt schwierig machte. Salranas Gedanken waren gedämpft und grämlich, als Barkus sich zu ihnen umdrehte.

Der alte Karawanenmeister betrachtete die Bündel, die seine beiden Passagiere trugen. »Ihr habt also wirklich vor, hierzubleiben?«

»Ja, Sir.«

Er umarmte jeden von ihnen. Salrana musste sich gar ein paar Tränen aus den Augen wischen. Edeard tat sein Bestes, dafür zu sorgen, dass es ihm nicht ebenso ging.

»Habt ihr genug Geld?«

»Ja, Sir, uns geht's gut.« Edeard klopfte auf seine Hosentasche. Er hatte unterwegs genug Ge-Spinnen verkauft, um Wochen in einer der besseren Tavernen absteigen zu können, und er trug auch wieder ansehnliche Kleider am Leibe.

»Falls nicht alles so läuft, wie ihr euch das vorstellt, wir sind noch eine Woche lang hier. Ihr seid herzlich eingeladen, mit uns zu kommen. Ihr beide. Mit uns werdet ihr immer ein Zuhause auf der Straße haben.«

»Ich werde Eure Güte niemals vergessen«, sagte Edeard.

»Ich auch nicht«, fügte Salrana hinzu.

»Dann los jetzt; ab mit euch.«

Edeard konnte in den aufgewühlten Gedanken des alten Mannes erkennen, dass dies alles für ihn ebenso schmerzhaft war wie für sie. Bevor er sich abwandte, ergriff er Barkus' Arm und drückte ihn fest. Salrana warf dem Karawanenmeister ihre Hände um den Hals und küsste ihn dankbar.

Die Straße, über die sie in die Stadt gekommen waren, endete kurz vor dem North Curve Canal. Eine Weile schlenderten sie an dem Wasserweg entlang, bis sie eine Brücke erreichten, die hinüberführte. Sie bestand aus einer ockerfarbenen Abart des allgegenwärtigen Stadtmaterials, ein simpler Bogen mit einem Holzgeländer zu beiden Seiten. Edeard musste seine Schultertasche festhalten, so viele Menschen benutzten die Überführung, kamen ihnen geschäftig und in Eile entgegen. Doch Tiere sah er hier nicht, nicht einmal Ge-Schimpansen.

Die Brücke brachte sie in den Ilongo-Distrikt, der aus schmalen, schachtelartigen Gebäuden bestand. Sie waren zwei bis drei Stockwerke hoch und hatten gewölbte Liernendächer und Mauern, die oftmals nicht ganz senkrecht standen. Die Fenster folgten keinem erkennbaren Muster; mal waren sie eckige Schlitze, mal halbmond- oder tränenförmig, kreisrund oder oval, niemals jedoch quadratisch. Aber alle besaßen Scheiben aus dickem, durchsichtigem Kristall, das in der gleichen langsamen Weise wuchs, sich formte und ergänzte wie die Gebäude selbst. Die Eingänge waren schlichte, oben abgerundete Rechtecke oder Ovale, die die Erdgeschossmauern durchschnitten. Es waren die Menschen, die Holztüren hinzugefügt und Scharniere an den Gebäuden befestigt hatten, mit Nägeln, die mit Hilfe von Telekinese eingehämmert worden waren. Mit den Jahren wurden die Stifte von der Stadtsubstanz allmählich wieder abgestoßen und die Durchschlagslöcher, die sie verursacht hatten, mussten repariert werden – nach etwa einer Dekade war jeweils eine neuerliche Befestigung vonnöten. Die konstante allmähliche Erneuerung des Stadtgewebes ließ den gesamten Ort jungfräulich erscheinen, ganz so, als ob er eben erst errichtet worden wäre.

Die Durchgänge zwischen den einzelnen Gebäuden waren eng. Manchmal, an einer scharfen Ecke, blieb kaum ein halber Meter Platz zwischen den Mauern, und mehr als einmal war Edeard gezwungen, sich seitlich hindurchzuquetschen. Andere Passagen wiederum waren breite Trottoirs, sodass dort mehrere Personen bequem nebeneinander gehen konnten. Sie liefen über kleine Plätze und durch Innenhöfe, in denen sie plötzlich ohne Vorwarnung standen. Alle waren mit Brunnen ausgestattet, aus denen oben, am Ende einer dicken Säule, frisches Wasser hervorsprudelte.

»Arbeitet hier denn niemand?«, fragte Salrana verwirrt, nachdem sie sich zehn Minuten gegenseitig angerempelt und durch die engen Gassen gequetscht hatten. »Die ganze Stadt muss auf den Beinen sein.«

Edeard zuckte nur die Schultern. Der Distrikt war ein einziges verwirrendes Labyrinth. Dazu kam, dass die Stadtsubstanz, wie er festgestellt hatte, für Fernsicht so gut wie undurchdringlich war. Das Einzige, was er durch eine Wand hindurch wahrnehmen konnte, waren leiseste Andeutungen dunkler Schatten; was hinter einem ganzen Gebäude vor sich ging, das nahm er schon gar nicht mehr wahr. Er war es nicht gewohnt, seine

Sinne derartig beschnitten zu sehen, und es beunruhigte ihn ein wenig. Schließlich rief er seinen Ge-Adler herbei und schickte ihn hoch über die Dächer, um einen Weg für sie zu erkunden.

Sein Ziel war der Tosella-Distrikt, wo die Eiformergilde ihren Blauen Turm hatte. Das war der Bezirk östlich von Ilongo, von diesem nur durch den Hidden Canal getrennt. Doch obwohl sie so nah waren, brauchten sie an die vierzig Minuten, um durch Ilongo zu kommen, bevor sie den schmalen Kanal endlich über eine kleine hölzerne Brücke überquerten.

Die Gebäude in Tosella waren von weit größeren Ausmaßen als die, die sie bislang gesehen hatten. Längliche viereckige Wohnhäuser mit Reihen von hohen Fensterschlitzen, die sich zu sechs Stockwerken auftürmten, von Kuppeln aus konzentrischen Ringen gekrönt, die sich gegenseitig wie eingefrorene Wellenkämme überschnitten. Hohe, schlanke Pfeiler zäunten das Grundstück direkt außerhalb ihrer Mauern ab, trennten den öffentlichen Gehweg von den Emblemmosaiken aus glitzernden Primärfarbentupfen. Die Erdgeschosse stellten gewölbte Kreuzgänge dar, die zentrale Gevierte umschlossen. Pedantisch gepflegte Gärten gediehen dort in langen Mulden unter dem getönten Licht, das durch die Dachfenster herabfiel. Zum ersten Mal konnte er in der Stadt die Bewusstheiten von Genistars spüren. In einem der Häuser war das Erdgeschoss zu Ställen für sie umgebaut worden. Flüchtig konnte er sogar umhereilende Lehrlinge und Gesellen ausmachen. Ihre Gedanken waren ängstlich und unterwürfig, während sie sich redlich Mühe gaben, die Gunst ihrer Meister nicht zu verlieren. Ein stilles Lächeln trat auf Edeards Gesicht, als er sich an einige der haarsträubenden Geschichten erinnerte, die Akeem ihm über das Lehrlingsleben in Makkathran erzählt hatte.

»Ich weiß, jeder fragt das …«, sagte Salrana, während sie vor einem der riesigen Häuser stehen blieb. Bewundernd blickte sie auf die zarten Regenbogengebilde, die von des Hauses glänzend-schneeweißer Vorderfront zurückgeworfen wurden. »... aber ich würde zu gerne wissen, wer diesen Ort eigentlich erbaut hat.«

»Ich denke, dass es die Firstlifes waren. Ist es nicht das, was die Herrin sagt?«

»Es wird in ihren Lehren nicht ausdrücklich behauptet. Alles, was sie sagt, ist, dass die Stadt von jenen, die vorher kamen, verlassen worden ist.«

»Dann können es keine Menschen gewesen sein.«

»Was macht dich da so sicher?«

»Oh, wir können uns diese Stadt zunutze machen, das Konzept von Zuflucht ist universell, schätze ich. Aber nichts hier scheint wirklich richtig für uns zu sein. Das fängt schon damit an, dass es hier nicht mal Tore gab, bevor Rah kam.«

»Also kamen die Erbauer über den Seeweg hinein und hinaus; das passt jedenfalls wunderbar zu den ganzen Kanälen«, erwiderte sie grinsend.

»Nein.« Er konnte ihren unbekümmerten Humor nicht ganz teilen. Sein Blick schweifte über die gesamte Länge des Hauses. Die Wurzeln einer jeden Architektur waren speziesbasiert – von der grundsätzlichen Funktionalität bis hin zur Ästehtik – und Makkathran entsprach einfach nicht dem Wesen der Menschen. Er kam sich hier fehl am Platze vor. »Menschen haben diesen Ort niemals erbaut, wir haben uns nur an ihn angepasst.«

»Klar, du weißt natürlich wieder mal alles, dabei sind wir gerade mal eine Stunde hier.«

»'tschuldigung«, grinste er. »Aber es ist faszinierend, das musst du zugeben.«

»Ich hab gehört, so richtig verrückt soll erst der Eyrie-Distrikt sein. Das ist der, in dem Pythia ihre Kirche hat, das einzige Gebäude, das hier jemals für die Menschen geschaffen wurde. Die Stadt hat es der Herrin geschenkt, damit ihre Herde nah bei den Türmen ist, wenn die Skylords dereinst zurückkehren.«

»Türme?«

»Genau. Dort sind die Skylords erstrahlt, das letzte Mal, als sie hier waren, an jenem Tag, an dem sie Rahs Seele zu ihrer letzten Ruhe in Odins See gebracht haben.«

»Oh. Hey, Moment mal, du meinst, Menschen haben die Kirche der Herrin konstruiert?«

Sie seufzte in gespieltem Verdruss auf. »Siehst du? Wenn du dir jemals die Mühe gemacht hättest, dich in der Kirche blicken zu lassen, hättest du das gewusst. Es steht in den Schriften der Herrin.«

Er betrachtete das Gebäude mit einem weiteren argwöhnischen Blick. »Das ist wie Genistar-Formung, nur mit Gebäuden. Ich frage mich, ob die Erbauer der Stadt die Defaults nach Querencia gebracht haben.«

»Falls die Geographengilde dich nicht nimmt, kannst du's ja immer noch bei den Historikern versuchen.«

»Sei nicht so frech!« Er holte zum Schlag nach ihr aus.

Salrana tänzelte lachend beiseite und streckte ihm die Zunge heraus. Einige Passanten schauten sie befremdet an, nicht gewohnt, eine Novizin der Herrin sich so benehmen zu sehen. Reuevoll verzog sie das Gesicht und hielt ihre Hände sittsam hinter dem Rücken, ihre Augen und ihr Geist immer noch vor Belustigung funkelnd.

»Komm weiter«, sagte er. »Je rascher wir zum Blauen Turm kommen, desto rascher können wir dich ins Novizinnen-Dormitorium einsperren lassen, wo du hingehörst – in sichere Obhut und dahin, wo du keinen Ärger mehr machen kannst.«

»Erinnerst du dich an unser Versprechen? Ich werde einmal Pythia und du der Bürgermeister werden.«

»Klar«, grinste er. »Es könnte vielleicht ein paar Jährchen dauern, aber schaffen werden wir es bestimmt.«

Ihr Lächeln verblasste, während ihre Gedanken gleichzeitig nüchterner wurden. »Edeard, du wirst mich nicht vergessen, nicht wahr?«

»Hey – natürlich nicht.«

»Es ist mir ernst damit, Edeard. Versprich es. Versprich mir, dass wir jeden Tag miteinander sprechen werden, und sei es auch nur für ein Longtalk-Hallo.«

Er hob eine Hand, die Innenfläche ihr zugewandt. »Ich schwöre es bei der Herrin, ich werde dich nicht vergessen. So etwas ist schlichtweg unmöglich.«

»Danke.« Ihr spitzbübisches Lächeln kehrte zurück. »Möchtest du mich noch einmal küssen, bevor wir beide Nacht für Nacht in getrennte Schlafsäle eingeschlossen werden?«

Er ächzte resignierend. »Vielleicht sollte ich doch besser mit der Karawane weiterziehen.«

Nun war es an Salrana, zu einem Schlag auszuholen.

Der Blaue Turm befand sich in der Mitte des Tosella-Distrikts und ragte mindestens doppelt so weit in die Höhe wie das größte Haus, das sie bisher gesehen hatten. Für seine Mauern hatte sich die Stadtsubstanz zu einem dunklen Azurblau abgedämpft, welches das Sonnenlicht aufzusaugen schien, ganz als ob die Fassade ihren eigenen Schattennimbus besäße. Als er zwischen den fliehenden Stützpfeilern, die an uralte Baumwurzeln erinnerten, an der Basis des Turms stand, fühlte Edeard sich von der Hochburg seiner Gilde beinahe bedroht. Ganz gewiss war ein solches Gebäude niemals in der Absicht erbaut worden, Handwerker zu beherbergen, die dafür da waren, den Menschen die Bürden des Lebens leichter zu machen. Es wirkte mehr wie eine Festung, in der Banditen hausten.

»Bist du sicher, dass du das hier tun willst?«, fragte Salrana zweifelnd. Sie war von dem überwältigenden Bauwerk ebenso eingeschüchtert wie er.

»Äh, ja ... Bin ich.« Er wünschte, der Wankelmut in seinen Gedanken wäre nicht ganz so offensichtlich.

Durch ein breites Tor, dessen beunruhigende Ähnlichkeit mit einem geöffneten Maul nicht von der Hand zu weisen war, traten sie ein. Drinnen wechselten die Wände und Böden zu tiefdunklem Rot. Das besaß einen Oberflächenglanz, der sich mit dem von poliertem Holz messen konnte. Kräftige Säulen aus Sonnenlicht brachen durch die hohen Spitzbogenfenster herein und durchschnitten die Düsternis der weiten Eingangshalle.

Edeard hatte keine Ahnung, wohin er sich wenden sollte. Nirgendwo schien es irgendeine Art von Amtsperson zu geben, um Besucher in die entsprechenden Räume zu führen. Seine Entschlossenheit war dahin, sodass er inmitten des weiten offenen Raumes unschlüssig verharrte.

»Irgendwie kann ich mir nicht vorstellen, dass hier die Lehrlinge ihre Schlafsäle haben«, flüsterte Salrana. Es befanden sich mehrere Gruppen von Männern in der Halle, die sich alle in gedämpftem Ton unterhielten. Sie waren vornehm gekleidet und in wallende, pelzgesäumte Roben gehüllt, die das in goldenem Zwirn auf beiden Kragen aufgestickte »Ei in verschlungenem Kreis«-Wappen trugen. Tadelnde Blicke richteten sich auf Salrana und Edeard, gefolgt von den Fernblicken einer überraschend großen Anzahl von Menschen, die jäh ihre Aufmerksamkeit auf das junge Paar fokussierten.

Edeards eigener Fernblick warnte ihn vor drei Wachen, die, mit Revolvern bewaffnet, durch die Eingangshalle marschierten. Über ihren makellos weißen Baumwolluniformröcken trugen sie leichte Dro-Seidenjacken. Das Gildenwappen prangte prominent an ihren Helmen.

Mit finsterem Blick schaute der Sergeant Edeard an, wenngleich er Salrana gegenüber, als er sah, dass sie ihre vollständige Novizinnentracht trug, etwas weniger feindselig war. »Ihr beide«, grunzte er, »was habt ihr hier zu suchen?«

So viel zur warmen Begrüßung eines Gildenkollegen, der von weit her gereist war, dachte Edeard säuerlich. Dann wurde er sich bewusst, dass er von der Wache in keinster Weise eingeschüchtert war. Nach der Sache mit den Banditen kamen ihm der Sergeant und sein kleiner Trupp beinahe lächerlich vor.

»Ich bin ein Geselle der Gilde«, sagte Edeard, selbst davon überrascht, wie ruhig und bestimmt seine Stimme klang. »Ich bin aus der Rulan-Provinz hergekommen, um meine Ausbildung abzuschließen.«

Der Sergeant machte ein Gesicht, als ob er in eine faule Frucht gebissen hätte. »Du bist sehr jung dafür, dass du dich einen Gesellen nennst. Wo ist deine Plakette?«

»Es war eine lange Reise«, entgegnete Edeard, der plötzlich nicht die geringste Lust verspürte, jemandem, der das Leben jenseits der Stadtmauern wohl niemals würde verstehen können, zu erzählen, was mit seinem Dorf passiert war. »Ich hab sie verloren.«

»Ich verstehe. Und dein Schreiben?«

»Schreiben?«

Der Sergeant sprach langsam, Geringschätzung färbte seine Gedanken. »Dein Empfehlungsschreiben für die Gilde von deinem Meister?«

»Ich hab keins.«

»Willst du mich verarschen, Kleiner? Bitte um Verzeihung, Miss«, fügte er widerstrebend an Salrana gerichtet hinzu. »Geh jetzt besser, bevor wir dich wegen Hausfriedensbruch und Diebstahl vor den Richter bringen.«

»Ich hab keinen Diebstahl begangen«, protestierte Edeard laut. »Mein Meister war Akeem. Er starb, bevor er mir ein Empfehlungsschreiben aufsetzen konnte.«

»Der einzige Grund, hier widerrechtlich einzudringen, wäre, dass du uns beklauen willst, du kleiner Bauernscheißer«, schnauzte der Sergeant ihn an. »Und jetzt bist du völlig übergeschnappt und hast dich mit mir angelegt, und das ist nicht gut für dich.« Er griff nach Edeard und blinzelte im nächsten Moment überrascht, als seine Hand an dem extrem starken telekinetischen Schild abglitt. »Oh ... nun gut, das kannst du haben.« Die dritte Hand des Sergeanten versuchte ihn zu packen.

Edeard wehrte ihn mühelos ab. Dann hob er den Sergeanten

vom Boden. Erschrocken schrie der Mann auf, während er mit den Füßen um sich trat.

»Schnappt euch den kleinen Scheißkerl«, brüllte er seine Leute an. Ihre dritten Hände schlossen sich um Edeard, vergebens. Sie wollten ihre Pistolen zücken, mussten jedoch feststellen, dass ihre Arme sich nur langsam durch eine zähe Luft hindurch bewegten.

»Edeard!«, kreischte Salrana auf.

Edeard konnte nicht ganz begreifen, wieso die Dinge so schnell so aus dem Ruder gelaufen waren.

»Genug!«, donnerte plötzlich eine Baritonstimme.

Edeards Fernblick zeigte ihm einen alten Mann, der durch die Halle auf sie zukam. Lange Roben wallten hinter ihm, während er mit großen Schritten heraneilte. Er hatte in seinen letzten Jahren einiges an Gewicht zugenommen, seine ockerfarbenen Hosen waren hoch geschnitten, damit sein sich vorwölbender Bauch nicht über den Hosenbund hing. Ein weites Hemd setzte die diskrete Kaschierung fort, aber seine Fülle war nach wie vor offensichtlich, angefangen bei den dicklichen Fingern über den feisten Hals bis hin zu den schlaff herabhängenden Wangen. In diesem Moment allerdings legte er die Vitalität eines Mannes an den Tag, der allenfalls halb so alt war wie er. Auch ohne seine regulierten Gedanken wahrzunehmen, war er unschwer als ein Mann von ansehnlicher Autorität zu erkennen.

»Lass ihn runter«, befahl er Erdeard.

»Ja, Sir«, erwiderte Edeard kleinlaut. Er wusste sofort, dass er einem Akeem ebenbürtigen Meister gegenüberstand. »Ich bitte um Entschuldigung. Aber mir blieb kaum eine Wa –«

»Sei still.« Der Mann wandte sich zu dem Sergeanten um, der gerade damit beschäftigt war, seine Kleider zu ordnen, geflissentlich bemüht, dabei niemanden anzusehen. »Und Ihr, Sergeant, solltet lernen, euer Temperament unter Kontrolle zu halten. Ich bin nicht bereit, den Blauen Turm von kleingeistigen Paranoikern bewachen zu lassen. Entweder Ihr macht

Euch eine vernünftigere Haltung zu eigen oder Ihr werdet Eure Tage mit der Bewachung eines Gildenguts auf der anderen Seite der Donsori-Berge verbringen. Hab ich mich klar ausgedrückt?«

»Sir!«

»Hinweg mit Euch, während ich feststelle, wie groß die Gefahr, die von diesem Jungen ausgeht, wirklich ist.«

Der Sergeant führte seine Männer fort, nicht jedoch ohne Edeard einen letzten Blick zuzuwerfen, der schreckliche Vergeltung versprach.

»Dein Name, mein Junge?«

»Edeard, Sir.«

»Und ich bin Topar, Meister im Gildenrat und Stellvertreter Großmeister Finitans. Das sollte dir eine Vorstellung davon geben, wie tief du dich in die Default-Scheiße geritten hast. Novizin meiner Herrin, dürfte ich deinen Namen erfahren?«

»Salrana.«

»Aha. Und ich nehme an, dass ihr beide erst kürzlich in Makkathran angekommen seid. Richtig?«

»Ja, Sir«, sagte Edeard. »Es tut mir wirklich leid wegen ...«

Topar brachte ihn mit einer ungehaltenen Handbewegung zum Schweigen. »Ich sollte verärgert sein, aber der Name Akeem wurde in unserem erhabenen Turm schon seit beträchtlicher Zeit nicht mehr gehört. Ich bin neugierig. Hast du gesagt, er sei tot?«

»Ja, Sir. Ich fürchte, es ist so.«

Für einen Moment geriet Topars ehrfurchtgebietende Haltung ins Wanken. »Eine Schande. Ja, wirklich eine übergroße Schande.«

»Kanntet Ihr ihn, Sir?«

»Ich nicht, nein. Aber ich werde euch zu jemandem bringen, der das getan hat. Er wird alles darüber erfahren wollen, da bin ich sicher. Folgt mir.«

Er führte die beiden zu einem Torbogen am hinteren Ende der Halle und begann, die breite Treppe dahinter emporzusteigen. Während er ihm folgte, wurde Edeard klar, dass er recht gehabt hatte damit, dass, wer immer die Stadt erbaut hatte, keine Menschen gewesen waren. Die Stufen waren beschwerlich, mehr wie ein Abhang aus verhärteten Rippen. Sie waren gebogen genug, um unsicheren Halt zu verschaffen, indes war ihr Abstand für menschliche Beine entschieden zu groß. Bald schon geriet Edeard gehörig ins Schwitzen, während es immer im Kreis herum weiter und weiter hinaufging; seine Wadenmuskeln waren an solch anstrengende Übungen einfach nicht gewohnt.

Einmal, als sie bereits vier oder fünf Stockwerke über der Halle sein mussten, wandte Topar sich um und grinste die beiden jungen Besucher an. Er gab ein Grunzen von sich, als würde ihr Schnaufen ihn mit großer Befriedigung erfüllen. »Stellt euch vor, wie viel korpulenter ich wäre, wenn ich das hier nicht fünf Mal am Tag machen müsste, eh.« Er kicherte und ging weiter.

Als sie schließlich in einer Art großem Vorraum stehen blieben, war Edeard komplett außer Atem. Er hatte keine Ahnung, wie hoch sie geklettert waren, aber die Spitze des Turms konnte sich nur wenige Meter über ihnen befinden. Diese Höhe würde auch erklären, warum er sich so schwindelig fühlte.

»Wartet hier«, sagte Topar. Er verschwand durch eine Holztür, die mit dicken Eisenfiligranen verstärkt war.

Die Wände des Vorraums waren immer noch rot, wenngleich ein wenig heller als die in den unteren Geschossen. Über ihnen schimmerte die Decke in einem blassen Bernsteingelb und verlieh Edeards Haut eine hässliche, kränkliche Tönung. Er ließ seine Schultertasche auf den Boden und sich selbst in einen großen Sessel mit geschwungenen Holzrippen plumpsen. Salrana setzte sich in den Sessel neben ihm und schaute ihn einigermaßen verunsichert an. »Sind wir jetzt in Schwierigkeiten oder nicht?«, fragte sie.

»Ich glaube nicht, dass mich das noch kümmert. Dieses Schwein von einem Sergeanten. Er wusste ganz genau, dass wir absolut harmlos sind.«

Sie lächelte. »Du nicht.«

Er war zu erschöpft, um zu streiten. Sein Fernblick wurde vollständig durch die Turmmauern blockiert; er konnte gerade noch zwei Bewusstheiten hinter der Holztür ausmachen. Über ihre emotionale Verfassung ließ sich nur äußerst wenig erkennen, andererseits hatte er, während sie durch die Distrikte gelaufen waren, bereits bemerkt, wie versiert die Stadtmenschen darin waren, ihre Empfindungen zu hüten.

Topar öffnete die Tür. »Du kannst jetzt reinkommen, Edeard. Novizin Salrana, wenn du so nett wärst, uns noch für einen weiteren Moment zu entschuldigen. Jemand wird gleich kommen und sich um dich kümmern.«

Schon bevor er in das Zimmer hineinging, mutmaßte Edeard, dass er zu Großmeister Finitan gebracht worden war. Nun, da er eintrat, wäre er, als ein Fernblick wie ein kalter Windstoß durch ihn hindurchjagte, um ein Haar gestrauchelt. Sämtliche Härchen auf seinen Armen stellten sich auf. Kurz schoss im der Gedanke durch den Kopf, dass, wenn jemand in der Lage wäre, eine geistige Abschirmung zu durchdringen, es dieser Mann vor ihm war.

Großmeister Finitan saß auf einem Stuhl mit hoher Rückenlehne hinter einem schweren Eichenschreibtisch, mit Blick auf die Tür. Sein Arbeitszimmer musste auf dieser Höhe des Turms mindestens ein Viertel der Grundfläche einnehmen. Es war riesig, aber fast vollkommen leer; außer dem Tisch und dem Stuhl gab es kein Mobiliar. Es sei denn, man rechnete die Bücherregale dazu, die zwei der Wände bedeckten und Hunderte von ledergebundenen Wälzern enthielten. Die Wand hinter ihm bestand hauptsächlich aus einem Kristallfenster mit dünnen Liernen, das einen freien Blick über Makkathran bot. Edeards Kinnlade klappte herab. Er schaffte es gerade noch, sich zurückzuhalten und nicht hinüberzustürmen und sich wie ein verzücktes Kind die Nase an dem Kristall plattzudrücken. Soweit er es von dieser Stelle aus sehen konnte, erstreckten sich die gewellten Dächer über Meilen auf Meilen, während die Kanäle sie wie blaugraue Adern durchschnitten. So, wie er sie jetzt erblickte, erkannte er mit Gewissheit, dass die Stadt lebte. Hier waren Menschen nichts weiter als *fremde Bakterien*, die in einem Körper wohnten, den sie niemals gänzlich begreifen würden.

»Ganz nette Aussicht, was?«, sagte Großmeister Finitan sanft. Er war in vielerlei Hinsicht das völlige Gegenteil von Topar. Schlank und groß, mit vollem Haar, das bis auf die Schultern fiel und eben erst zu ergrauen begann. Gleichwohl war sein Alter an den Falten, die das Gesicht durchzogen, ersichtlich. Trotzdem waren seine Gedanken gelassen, war er eher neugierig und umgänglich denn herablassend und stolz.

Edeard verlagerte seinen Blick wieder zurück auf den Großmeister. »Ja, Sir. Äh, ich möchte mich nochmals für das entschuldigen, was da im unteren Stockwe –«

Der Großmeister hob einen Finger an seine Lippen und Edeard verstummte. »Nichts mehr davon«, sagte Finitan. »Du bist eine ziemliche Strecke gereist, nicht wahr?«

»Von der Rulan-Provinz, Sir.«

Finitan und Topar wechselten einen Blick, lächelten über irgendeinen Scherz, in den Edeard nicht eingeweiht war. »Ein weiter Weg«, sagte Finitan weise. »Etwas Tee?« Sein Geist sandte einen raschen Longtalk-Befehl aus.

Edeard wandte sich um und sah, wie sich am Fuß einer der Regalwände eine Tür öffnete. Sie war zu klein für einen Mann, kaum einen Meter hoch. Im nächsten Moment hüpften eine Reihe Ge-Schimpansen heraus und brachten zwei Stühle und ein Tablett. Die Stühle stellten sie vor dem Schreibtisch des Großmeisters ab und das Tablett mit seinem silbernen Teeservice darauf, gleich neben ein Gestell mit einem Genistar-Ei.

»Setz dich, mein Junge«, sagte Finitan. »Nun, ich habe gehört, dass du einem unserer Mitarbeiter gegenüber behauptest hast, Akeem sei tot. Wann ist das passiert?«

»Vor fast einem Jahr, Sir.«

»Da sind ein paar äußerst düstere Gedanken in deinem Geist, die deine Erinnerungen daran begleiten. Bitte erzähl mir die ganze Geschichte. Ich glaube, ich bin alt genug, um die volle Wahrheit zu ertragen.«

Verlegen, weil sein Geist so offen ausgebreitet lag, holte Edeard tief Luft und begann.

Beide, der Großmeister und Topar, schwiegen, nachdem er geendet hatte. Schließlich stützte Finitan sein Kinn auf die hoch gereckten Zeigefinger. »Ah, mein armer, teurer Akeem. Dass sein Leben so enden musste, ist eine unverzeihliche Tragödie. Ein ganzes Dorf, abgeschlachtet von Banditen. Ich finde das ungewöhnlich.«

»Es ist passiert«, sagte Edeard mit aufflammender Wut.

»Ich stelle keineswegs deine Geschichte in Frage, mein Junge. Ich finde die ganze Vorstellung zutiefst beunruhigend, dass es draußen in der Wildnis eine Art von Gesellschaft gibt, die sich von der unseren so gänzlich unterscheidet; zudem eine, die so unerbittlich feindselig ist.«

»Sie sind Tiere«, knurrte Edeard.

»Nein. Das ist deine instinktive Reaktion; und eine gesunde überdies. Aber solch einen Überfall zu organisieren ist eine ziemliche Leistung.« Er lehnte sich zurück und trank einen Schluck Tee. »Könnte es sein, dass irgendwo da draußen, jenseits der von uns kartographierten Gebiete eine konkurrierende Zivilisation existiert? Sie verfügen über Tarntechniken und wundersame Waffen. Ich war immer in dem Glauben, solche Dinge hätten ihren Ursprung allein in dieser Stadt.«

»Ihr habt Schnellfeuerpistolen?«, fragte Edeard. Während all seiner Reisen hatte noch nie jemand von so etwas gehört. Nach einem Jahr der ständigen Zurückweisung hatte er selbst schon angefangen, an seinen Erinnerungen an jene schreckliche Nacht zu zweifeln.

Finitan und Topar wechselten einen weiteren Blick. »Nein. Und das ist wesentlich besorgniserregender, als zu erfahren, wie du dich vor ihnen verbergen konntest. Aber schön zu hören, dass Akeem die Technik kannte, die normalerweise nur von Gildenmeistern praktiziert werden darf.«

»Er war ein Meister, Sir.«

»Ja, gewiss, ich meine diejenigen von uns, die im Rat sitzen. Bedauerlicherweise hat es Akeem nie so weit gebracht. Natürlich hatte das mit Politik zu tun. Ich sage es nur ungern, junger Edeard, aber ich fürchte, du wirst mit der Zeit lernen, dass in dieser Stadt alles immer nur um Politik geht.«

»Ja, Sir. Habt Ihr Akeem gekannt, Sir?«

Finitan lächelte. »Hast du es noch nicht herausgefunden, mein Junge? Wahrhaftig, ich dachte du wärest schneller. Dich und mich, uns verbindet etwas. Er war nämlich auch mein Meister, als ich noch ein kleiner, junger Lehrling an diesem Ort war.«

»Oh.«

»Was bedeutet, dass du mich vor ein äußerst unangenehmes Problem stellst.«

»Tue ich das?«, fragte Edeard besorgt.

»Du besitzt kein offizielles Empfehlungsschreiben von deinem Meister. Und was noch viel fataler ist: Nachdem es dein Dorf nicht mehr gibt, werden wir niemals mehr belegen können, dass du tatsächlich in die Gilde aufgenommen wurdest.«

Edeard lächelte unsicher. »Aber ich weiß, wie man ein Ei formt.« Sein Fernblick huschte durch das Ei auf dem Schreibtisch des Großmeisters, zeigte ihm den kauernden Schatten eines Embryos. »Ihr habt einen Ge-Hund geformt; ich kann zwar einige Merkmale nicht ganz genau einordnen, weil sie außerhalb der üblichen Norm liegen, aber es ist definitiv ein Hund. Zwei Tage vor dem Schlüpfen, würde ich meinen.«

Topar nickte anerkennend. »Beeindruckend.«

»Akeem war der beste Meister«, entfuhr es Edeard.

Finitans seufzte noch schwerer als zuvor. »Ganz offensichtlich hast du eine Gildenausbildung erhalten und verfügst eindeutig sowohl über Können wie Kraft. Und das ist das Problem.«

»Ich verstehe nicht, Sir.«

»Du sagst, Akeem hat dich zum Gesellen gemacht?«

»Ja, Sir.«

»Ich kann dich mit diesem Rang nicht in die Gilde aufnehmen. Ich weiß, dass dir das unerträglich hart vorkommen wird, Edeard, aber es gibt gewisse Formalien, denen selbst ich mich beugen muss.«

Edeard war sich darüber bewusst, dass seine Wangen glühten. Es war nicht regelrecht Wut, doch alles, woran er in diesem Augenblick denken konnte, war die Kleingeistigkeit des Gildenmeisters in Thorpe-By-Water. Ganz gewiss konnte das Oberhaupt der Gilde doch nicht ebenso engstirnig sein? Dieser Mann hier war schließlich die höchste Instanz. Was er entschied, war Gesetz. »Ich verstehe.«

»Das bezweifle ich, aber ich kann dir die Verbitterung, die du empfinden musst, nachfühlen. Ich werde dich mit Freuden in die Gilde hier in Makkathran aufnehmen, aber es muss als Junior-Lehrling sein. Ich kann keine Ausnahmen machen, besonders nicht in deinem Fall.«

»Was meint Ihr damit?«

»Ohne ein förmliches Schreiben von deinem Meister, in dem dein Gesellenstatus bestätigt wurde, würde ich mich seitens der anderen im Gildenrat automatisch dem Vorwurf der Begünstigung aussetzen.«

»Politik«, ergänzte Topar.

»Ich verstehe«, sagte Edeard leise. Er hatte Angst, vor den beiden in Tränen auszubrechen. Endlich nach Makkathran zu kommen, dem Großmeister gegenüberzustehen, und dann gesagt zu bekommen, das alles, was er erreicht hatte, nichts wert war, weil ihm ein kleines Stück Papier fehlte ... »Entschuldigt, Sir, aber das ist unsinnig«, sagte er trotzig.

»Es ist viel schlimmer als das. Aber ich weiß deine Höflichkeit zu schätzen, mein Junge.«

Edeard schniefte und wischte sich die Nase. »Wie lange würde es für mich dauern, wieder in den Gesellenstand erhoben zu werden?«

»Hier im Blauen Turm und angenommen, dass du über die entsprechende Begabung verfügst: sieben Jahre. Dich in deinem Alter zum Gesellen zu ernennen war ... gewagt, selbst für Akeem. Aber andererseits auch wieder typisch für ihn.«

»Sieben Jahre?«, wiederholte Edeard wie betäubt. Sieben Jahre des Wiederholens sämtlicher Lektionen und Kenntniserweiterungen, die er bereits hinter sich hatte. Sieben Jahre, in denen er sich weiter zurückhalten musste. Sieben Jahre Unterordnung unter Gesellen, die weniger konnten als er. *Sieben Jahre!*

»Ich weiß, was du denkst, und ich muss dazu nicht einmal meinen Fernblick bemühen«, sagte Finitan sanft. »Es ist eine ziemliche Zumutung für dich.«

»Ich bin nicht sicher, dass ich das kann«, sagte Edeard. »Als ich hierherkam, war ich überzeugt, dass ich nichts mehr wollte, als Teil dieser Gilde zu sein, aber jetzt ... Diese Formalitäten. Akeem hat immer gesagt, ich würde es hier schwer haben. Ich dachte, er wollte mich aufziehen.«

»Hör mir zu, Edeard«, sagte Finitan. »Ich werde dir jetzt etwas sagen, das fast an Gotteslästerung grenzt.«

»Sir?«

»Die Hierarchie, die wir in der Gilde haben, nicht nur in unserer, sondern in allen, besteht für jene, die es sich zum Ziel gesetzt haben, in unserem politischen System weiterzukommen. Sicher spielt Begabung auf dem gewählten Gebiet eine Rolle, aber letztendlich entscheidend sind immer Geld und Politik. So laufen die Dinge nun mal hier in der Hauptstadt. Wenn du nicht in eine noble Familie hineingeboren wurdest und ambitioniert bist, trittst du einer Gilde bei und kämpfst dich nach oben. Erwäge das bitte mit äußerstem Bedacht, denn dies ist eine Entscheidung, die über dein ganzes weiteres Leben entscheidet. Ist die Eiformergilde wirklich das, was du willst? Sie ist, was ich wollte, und ich habe mein Ziel erreicht. Ich bin Großmeister. Aber sieh dir die Schlachten an, die ich überall und immer wieder zu schlagen habe. Ich bin von so vielen Menschen umgeben, die nach genau dem gleichen trachten, nach diesem Stuhl in diesem Amtsraum, dass ich selbst für jemanden, der so begabt ist wie du, keine Ausnahme machen kann, nur weil ich vor hundert Jahren einen Meister hatte, der später auch dich unterwies. Ist das Vernunft, Edeard? Ist das das Leben, das du dir für dich wünschst? Jeden Tag solche Rücksichten zu nehmen. Dir nicht einen einzigen Fehler erlauben zu dürfen. Die Tradition fortzusetzen, ganz gleich, wie trocken und nutzlos sie ist, weil sie das ist, worauf du dich stützt. Nicht in der Lage zu sein, irgendetwas zu ändern, auch wenn Veränderung das Einzige ist, das dich vorantreibt und weitermachen lässt. Das ist es, was ich bin, Edeard. Das ist es, was Topar ist. Manchmal verzweifle ich an mir selbst, wenn ich sehe, wie ohnmächtig ich geworden bin, gefangen in genau dem System, das ich mir einstmals vorgenommen hatte zu verändern und zu verbessern.«

»Aber Sir, wenn Ihr nichts verändern könnt, wer dann?«

»Niemand kann es, Edeard. Nicht heute, nicht in diesen Zeiten. Unsere Gesellschaft ist in die Jahre gekommen. Veränderung bedeutet Instabilität. Aus diesem Grunde widersetzen sich alle unsere Institutionen dem Neuen. Unser einziges Ziel im Leben ist die Erhaltung des Status quo.«

»Das ist falsch.«

»Ja, das ist es. Aber was wollen wir machen? Willst du dich wirklich sieben Jahre lang abrackern, um Geselle zu werden und dann diesen ersten wirklichen Schritt hin zum Meisterstand zu tun, wo deine Begabung irrelevant wird und es mit der Politik erst richtig losgeht? In jedem Rat, in dem du sitzt, um mehr Macht und Kontrolle zu erlangen, gewinnst du Verbündete und schaffst dir neue Feinde. Und doch ist es nur die Macht und Kontrolle über den jeweiligen Rat. Letzten Endes zählt das nur wenig.«

»Wollt Ihr damit sagen, es wäre besser, ich würde gehen und mich wieder der Karawane anschließen?«

»Nein. Mein Angebot, dich in die Gilde aufzunehmen, gilt und bleibt bestehen, solange ich Großmeister bin. Wer weiß? Möglicherweise kannst du ja etwas bewirken, wenn du es bis in dieses Arbeitszimmer schaffst. Allerdings sollte ich dir wohl besser sagen, dass auf diesem Stuhl noch nie jemand, der unter hundert Jahre alt war, gesessen hat.«

»Ich weiß nicht«, sagte Edeard hilflos.

»Es gibt immerhin eine Alternative. Wie man Eier formt, hast du bereits gelernt, mit deinem Beitritt in die Gilde würdest du quasi zustimmen, dass dein Leben von nun an auf ein politisches Ziel hin ausgerichtet ist. Gleichwohl sind die Konstabler in der Stadt immer auf der Suche nach Rekruten. Es ist ein ehrenwerter Beruf. Meine Position im Obersten Rat erlaubt es mir, dich in ihren Reihen unterzubringen. Sie wären erfreut, jemanden mit einer so starken dritten Hand aufzunehmen. Und diese Stadt braucht dringend starke Männer, um das Gesetz durchzusetzen, ohne dass wir alle zu nichts würden.«

»Ein Konstabler?« Er war nicht ganz sicher, was ein Konstabler war.

»Selbst in einer so kultivierten Stadt wie Makkathran gibt es Verbrechen, Edeard. Ehrbare Menschen, vor allem in den ärmeren Distrikten, leben in ständiger Angst vor Banden, die sich des Nachts in den Straßen rumtreiben. Die Kaufleute werden bestohlen und erhöhen im Gegenzug entsprechend ihre Preise, was wiederum jedermann trifft. Du würdest den Menschen auf direkte Art helfen. Und sofort. Anders als bei den übrigen Gilden, werden Konstablerlehrlinge nicht irgendwohin weggesperrt, wo sie sich dann, ohne dass es jemand mitkriegt, abrackern, um ihren Meistern ein angenehmes Leben zu verschaffen. Die Hierarchie bei den Konstablern ist wesentlich weniger kompliziert als bei einer normalen Gilde. Die Aufstiegschancen sind gut. Du bist klug und stark. Ich will nicht behaupten, dass es ein leichtes Dasein ist, denn das ist es nicht.

Aber du bist schon einmal in einen echten Kampf auf Leben und Tod verwickelt gewesen und das ist mehr, als jeder andere Rekrut von sich behaupten kann. Du solltest dich dort wacker schlagen.«

»Ich bin nicht sicher.«

»Natürlich nicht. Ich hatte auch nicht erwartet, dass du mir sofort eine Antwort gibst. Du brauchst Zeit, um über deine Zukunft nachzudenken. Wozu du dich jetzt entschließt, wird den Rest deines Lebens bestimmen. Warum begleitest du deine Freundin nicht zu ihrer Kirche und siehst dich erst einmal in Ruhe um. Versuche, ein Gefühl für die Stadt zu bekommen, bevor du eine Entscheidung triffst. Wenn du bei den Konstablern anfangen möchtest, melde dich bei Topar hier über Longtalk, und wir werden alles für deinen Eintritt veranlassen.«

»Danke, Sir.«

»Nichts zu danken. Und Edeard?«

»Sir.«

»Ich bin froh, dass Akeem am Ende so einen talentierten Schüler hatte. Es wäre ihm sonst nicht leicht gefallen in Ashwell. Du musst eine große Bereicherung für ihn gewesen sein.«

»Danke.« Edeard erhob sich von seinem Stuhl, wissend, dass seine Zeit um war. »Sir? Warum hat Akeem den Blauen Turm verlassen?«

Finitan lächelte liebevoll. »Er war wie du, mein Junge. Er wollte etwas bewirken, den Menschen helfen. Hier konnte er nur wenig tun. Jenseits unserer Kristallmauer, in Ashwell, hatte er, so nehme ich an, einen profunden Einfluss auf das Leben der Dorfbewohner.«

»Ja, Sir. Das hatte er.«

»Was war da drin los?«, fragte Salrana, als Edeard wieder in den Vorraum trat. »Du siehst nicht gerade glücklich aus.«

»Bin ich auch nicht«, gab er zu und klaubte seine Schultertasche vom Boden auf. »Los, komm, wir müssen dich vor Einbruch der Dunkelheit zur Kirche bringen. Ich erzähl dir unterwegs, was passiert ist.«

»Du kannst nicht aufgeben«, sagte Salrana, als sie eine Brücke über den Grove Canal hinüber in den Eyrie-Distrikt überquerten. Ihre Stimme klang fast flehend. »Nicht nach alldem.«

»Aber Finitan hatte recht. Worum geht es denn im Grunde genommen? Ich kann bereits so gut wie jeder andere Eier formen. Wenn ich der Gilde beitrete, dann deshalb, um in der Hierarchie aufzusteigen, sonst nichts. Und was hab ich dann davon, selbst wenn ich es schaffe, Gildenmeister zu werden? Ich hocke oben in der Turmspitze und organisiere die Gilde, während alle anderen im Rat nur darauf warten, dass ich irgendeinen Fehler mache. Ich hätte Millionen von Feinden und keine Freunde und nichts würde sich ändern. Ich würde niemandem helfen. Denk an Ashwell, daran, was es war, bevor die Leute eingesehen haben, dass Genistars ihr Leben verbessern könnten. Na ja, Makkathran ist da tausend Jahre weiter. Bessere Genistars als hier kann man nicht formen, und nirgendwo sind mehr von ihnen in Gebrauch.«

»Dann musst du, wenn du Großmeister wirst, den Menschen am Rande der Wildnis den Segen der Genistars bringen. Die Eiformergilde kann jenseits der Iguru-Ebene immer noch etwas bewirken. Du hast doch selbst gesehen, wie das Leben der Menschen in den fernen Provinzen ist. Mach es besser für sie, Edeard, mach ihr Leben so frei von Mühen, wie es hier für jedermann ist.«

»Das ist zu viel«, entgegnete er. »Das kann ich nicht, Salrana. Vor allem kann ich nicht wieder sieben Jahre als Lehrling ertragen. Ich kann's einfach nicht. Ich hab meine Gildenlektionen gelernt, hab mich ein Jahr lang auf der Straße allein durchgeschlagen. Jede geringere Stellung als Geselle wäre für mich ein

Riesenschritt zurück. Es tut mir leid.« Er konnte Akeem förmlich vor sich sehen, wie er über den beschwerlichen Weg, den sein Schüler zu gehen hatte, den Kopf schüttelte. Die Gilde war grausam.

Sie streichelte seine Wange, was einige verwunderte Blicke von Passanten zur Folge hatte. »Ich werde dich nicht aufgeben. Und ganz gewiss werde ich nicht zulassen, dass du deinen Traum aufgibst. Nicht nach dem, was wir durchgemacht haben.«

»Ich wüsste nicht, was ich ohne dich tun sollte.«

»Keine Ursache«, erwiderte sie vergnügt.

Er schaute zu den seltsam verdrehten Kirchturmspitzen auf, die wie gigantische Stalagmiten aus dem Gelände ragten. Selbst der kleinste von ihnen war größer als der Blaue Turm. Es gab weder Fenster noch Balkone, nur einen einzelnen ebenerdigen Eingang, der zu einer zentralen Wendeltreppe führte. An ihrem oberen Ende weitete sie sich zu breiten Plattformen aus, die entsetzlich instabil aussahen, so, als ob sie jeden Augenblick abbrechen würden.

Nach der hektischen Betriebsamkeit in den anderen Distrikten wirkte Eyrie beinahe verlassen. Mit dem Hereinbrechen der Dunkelheit begaben sich die Gottesfürchtigen zur Abendandacht und Danksagung in die Hauptkirche der Empyreischen Herrin. Licht begann aus den Spalten des gewellten Turms um sie herum zu erstrahlen und tauchte den harten Boden in einen blass mandarinfarbenen Schein. Neugierig betrachtete Edeard ihn und bemerkte, dass es das gleiche Leuchten war, das seinen Weg die Stufen des Blauen Turmes hinauf erhellt hatte. Auf irgendeine Weise verströmte die Stadtsubstanz es ohne irgendeine Hitzeentwicklung.

»Wo willst du heute Nacht hin?«, fragte sie.

»Keine Ahnung. Ich such mir ein Zimmer in irgendeiner billigen Taverne, schätze ich.«

»Oh, Edeard, du wirst so fürchterlich allein dort sein. Warum gehst du nicht zurück zur Karawane? Jeder dort würde dir mit Freuden ein Feldbett leihen.«

»Nein«, sagte er bestimmt. »Ich gehe nicht mehr zurück.«

Verärgert presste sie die Zähne zusammen. »Dein Stolz wird dich noch einmal umbringen.«

Er lächelte. »Wahrscheinlich.«

Die Hauptkirche der Herrin war beeindruckend. Eine wolkenweiße Kuppel, deren oberes Drittel aus dem gleichen Kristall wie die Stadtmauern bestand. Strahlenförmig breiteten sich von der Mitte her drei Flügel aus, gesäumt von Altanen.

»Ich bin hier«, sagte Salrana voll Staunen. Tränen schimmerten in ihren Augen und ihr Geist leuchtete vor Freude. »Die Herrin selbst hat die letzten Jahre ihres Lebens hier gelebt. Kannst du die Heiligkeit des Bodens hier spüren? Es ist alles real, Edeard. Die Botschaft der Herrin an die Welt ist wahr.«

»Ich weiß«, sagte er.

Das Hauptportal der Kirche war weit geöffnet. Ein breiter Fächer aus rosa-goldenem Licht ergoss sich auf die weite Plaza davor. Einige Mütter, in prächtige weiße und silberne Roben gekleidet, standen im Eingang und hießen ihre Gemeinde persönlich willkommen. Salrana straffte die Schultern und ging hinauf zu der ersten. Es folgte ein längeres Gespräch, das Edeard sich alle Mühe gab nicht zu belauschen. Es endete damit, dass die Mutter Salrana umarmte. Zwei andere Mütter eilten auf ihren Longtalkruf hin herbei. Aufgeregt begannen sie zu schnattern, das jäh überwältigte Mädchen in ihrer Mitte.

Salrana wandte sich um und hielt Edeard einen Arm hin. »Sie haben mich aufgenommen«, sagte sie, das Gesicht überflutet von Glück.

»Das ist gut«, erwiderte er sanft.

»Komm, Kind«, sagte die erste Mutter und legte schützend ihren Arm um Salrana. »Junger Mann.«

»Ja, Mutter.«

»Wir preisen dich dafür, dass du unserer verlorenen Seele

geholfen hast. Möge die Herrin dich für das, was du getan hast, segnen.«

Er wusste nicht, was er sagen sollte, also senkte er einfach nur tölpelhaft den Kopf.

»Möchtest du zum Gottesdienst bleiben?«

»Ich, äh, muss mich um mein Quartier kümmern, vielen Dank.« Er trat zurück, drehte sich um und schritt rasch aus über die Plaza.

»Nicht vergessen«, ermahnte ihn Salranas Longtalk. »Sprich morgen früh als Erstes mit mir. Ich will wissen, dass es dir gut geht.«

»Geht klar.«

Trotz des gedämpften orangenen Lichts, das von den verdrehten Türmen herabschien, fühlte er sich mulmig, als er durch den menschenleeren Distrikt stiefelte. Die dunklen oberen Bereiche der Türme bildeten schwarze Silhouetten vor dem leuchtenden nächtlichen Himmel. Sein Geist blieb fest auf die menschlichen Bewusstheiten drüben auf der anderen Seite des Grove Canal konzentriert. Noch bevor er an einer Brücke anlangte, traf er eine Entscheidung. Sein Fernblick dehnte sich aus, um den Blauen Turm zu erreichen. Die Bewusstseinsfunken waren durch dessen Mauern schwer zu unterscheiden, aber er blieb beharrlich. Schließlich fand er eines, das er erkannte.

»Verzeihung, Sir?«, sagte er über Longtalk zu Topar.

Er spürte ein kleines Aufflackern von Erstaunen bei dem Mann, das jedoch rasch unterdrückt wurde. »Wo bist du, Edeard?«

»In Eyrie, Sir.«

»Und du hast mich von dort durch die Mauern des Blauen Turms mit deinem Fernblick ausgemacht?«

»Äh, ja, Sir.«

»Natürlich hast du das. Also, was kann ich für dich tun.«

»Ich weiß, dass es ihnen möglicherweise etwas überhastet erscheint, aber ich habe über das nachgedacht, was der Großmeister mir gesagt hat. Ich möchte der Konstablergilde beitreten. Es gibt hier nichts anderes für mich.«

»Ja, das hatten wir dir wohl versprochen, nicht wahr? Nun gut. Melde dich bei der Konstablerhauptwache im Jeavons-Distrikt. Man wird dich dort erwarten. Der Hauptmann hat dein Bürgschaftsschreiben morgen früh auf dem Schreibtisch.«

»Ja, Sir. Bitte richtet dem Großmeister meinen Dank aus, Sir. Ich werde ihn nicht enttäuschen.«

»Irgendwie, Edeard, glaube ich auch nicht, dass du das wirst. Ein kleiner Rat noch von jemandem, der sein Leben lang ein Bürger Makkathrans war.«

»Sir?«

»Lass deine Konstablerkollegen nicht merken, wie stark du bist, jedenfalls zunächst nicht. Das könnte auf die falsche Art von Interesse stoßen. Politik, du erinnerst dich?«

»Ich erinnere mich, Sir.«

»Hoch mit euch, ihr kleinen Scheißer!«

Edeard stöhnte, unendlich müde, und blinzelte in das orangene Licht, das in den Schlafsaal hinabflutete. Seine Gedanken waren ein einziges wirres Gewirbel, als die Wirklichkeit in seinen schwindenden Traum einbrach.

»Los jetzt. Aufgestanden. Ich hab keine Zeit, euch eure erbärmlichen Ärsche zu pudern. Wenn ihr morgens nicht mal euren Hintern hochkriegt, wozu seid ihr dann nütze? Zu nichts und wieder nichts! Was mich im Übrigen überhaupt nicht wundert. In zehn Minuten steht ihr alle fix und fertig im kleinen Saal. Jeder, der, bevor ich die Türen schließe, nicht da ist, kann sich gleich wieder nach Hause verpissen und bei seiner Mammi ausheulen. Und jetzt bewegt euch!«

»Waa –?«, war das Einzige, was Edeard herausbrachte. Dann trat jemand an sein Bettende und schlug ihm mit einem Polizeiknüppel auf die Füße. »Autsch!«

»Wenn du glaubst, dass das wehgetan hat, dann wart erst mal ab, bis es ans Eingemachte geht, Bauerntölpel.«

Hastig stieß Edeard die Schlafdecke zurück und wälzte sich aus dem Bett. Es gab sechs Bettnischen in dem Schlafsaal, nur zwei waren unbelegt. Er hatte die anderen Konstabler-Rekruten am Vorabend getroffen. Eine rasche Zusammenkunft bevor Chae, der Ausbildungssergeant ihres Trupps, hereingestapft war und sie angebrüllt hatte, sie sollten gefälligst die Schnauzen halten und sich in ihre Betten verziehen. »Der Tag fängt für euch nämlich morgen ziemlich früh an.«

Während er sich das Hemd anzog, mutmaßte Edeard, dass es Chae gewesen war, der sie gerade geweckt hatte. Die Stimme schien ihm vertraut.

»Der macht wohl Witze«, sagte Boyd, ein großer Bursche mit strähnigem blonden Haar und großen Ohren. Als vierter Sohn eines Bäckers im Jeavons-Distrikt nicht weit von der Wache, befand er sich in seinen frühen Zwanzigern. Als er mitbekommen hatte, dass sein älterer Bruder die Backstube mehr und mehr übernahm, hatte er aufgehört, sich etwas vorzumachen und sich damit abgefunden, dass er wohl niemals einen Teil des Familienbesitzes erben würde. Seine Schwestern waren verheiratet und hatten das Haus verlassen. Seine anderen Brüder hatten sich alle neue Distrikte gesucht, um es auf eigene Art zu etwas zu bringen. Boyd selbst fehlte dazu die unternehmerische Ader, also entschied er, dass sein einziger Ausweg in den Gilden oder im Anmustern bei der Miliz oder bei den Konstablern bestand. Um sich in die Miliz einzukaufen, fehlte ihm das Geld und seine mentalen Talente waren begrenzt.

»Oh nein, macht er nicht«, meinte Macsen, während er sich eilig die Hosen hochzog. Seine Geschichte war ähnlich der von Boyd. Er war der nicht anerkannte Sohn einer Mätresse des Patriarchen einer noblen Familie. Normalerweise würde der Vater einem solchen Sprössling stillschweigend irgendein unbedeutendes Patent bei der Miliz erkaufen oder ihm den Weg in eine Berufsgilde wie den Advokaten oder den Kontoristen ebnen. Unglücklicherweise hatte dieser Patriarch beschlossen, auf einem seiner Handelsschiffe entlang der Küste nach Süden zu reisen, als die Lyot-See von Stürmen aufgewühlt wurde. Seine Frau und sein ältester Sohn hatten Macsen und dessen Mutter schneller aus ihrem geerbten Landhaus in der Iguru hinausgeworfen, als der Gedenkgottesdienst für den Toten abgehalten werden konnten.

Edeard zwängte seine nackten Füße in die Stiefel. »Wir sollten besser tun, was er sagt, zumindest bis wir herausgefunden haben, wie schlimm die Offiziere tatsächlich sind«, sagte er. Kurz betrachtete er den Spind neben dem Feldbett und fragte sich, ob er wohl sicher vor unbefugten Zugriffen sein würde. Nicht dass sich irgendetwas Wertvolles darin befand. *Und überhaupt, das hier ist eine Konstablerstation.*

»Chae ist richtig schlimm«, sagte Dinlay. Ihr letzter Zimmergenosse war ebenfalls ein jüngster Sohn, doch sein Vater war ein Konstabler. Als solcher war Dinlay der Einzige, der bereits eine Uniform hatte. Er schloss die silbernen Knöpfe vorn an seinem dunkelblauen Waffenrock. Die kleinen Metallringe waren auf Hochglanz gebracht, ebenso wie seine schwarzen knöchelhohen Stiefel. Die Hosen waren gebügelt und zeigten vorn zwei säuberliche Falten. Es war keine neue Uniform, aber man musste schon sehr genau hinsehen, um Verschleiß zu entdecken. Dinlay hatte ihnen am Vorabend erzählt, dass sie einmal seinem Vater gehört hatte, als dieser selbst noch ein Konstabler-Anwärter gewesen war. Er schien der Einzige der vier zu sein, der von seinem neuen Metier begeistert war. Er benutzte Longtalk, um ihnen zu verraten: »Vater sagt, Sergeant Chae ist ein starker Trinker. Er wurde zu dieser Wache abgeordert, weil er überall anderswo in der Stadt nur Mist baut.«

»Und dann haben sie ihm die Verantwortung für die Rekrutenausbildung übertragen?«, rief Macsen empört aus.

Dinlay zuckte zusammen, schaute sich unbehaglich um. »Nicht so laut. Er mag es nicht, wenn man ihn daran erinnert, dass er seine Karriere in den Sand gesetzt hat.«

Boyd kicherte. »Karriere. Bei den Konstablern. Du bist'n echter Komiker, was?«

Dinlay warf ihm einen verärgerten Blick zu, bevor er seine Drahtgestellbrille aufsetzt. Etwas an ihm erinnerte Edeard an Fahin, nicht nur seine Kurzsichtigkeit, sondern auch die Art, wie er sich so bestimmt einem erklärten Lebensziel widmete und doch gleichzeitig so offensichtlich nicht das nötige Zeug dazu hatte.

Edeard fröstelte trotz seines dicken Wollpullovers. Er hatte schon lange Zeit nicht mehr an Fahin gedacht. Keine schöne Art, seinen ersten Morgen anzutreten.

Nicht, dass es schon Morgen gewesen wäre, registrierte er, als sie die Mitteltreppe der Wache zu dem kleinen Saal hinunterhetzten, wo sie die nächsten sechs Monate damit verbringen würden, ihr neues Handwerk zu lernen. Die leuchtenden Nebel von Querencias Nachthimmel waren durch die zarten Wolkenschleier, die vom Meer her landeinwärts wehten, immer noch zu sehen. Bis Tagesanbruch war es mindestens noch eine Stunde.

Edeard hatte sich immer noch nicht daran gewöhnt, dass Makkathrans Gebäude seinen Fernblick blockierten. Daher war er, als sie in dem Saal ankamen, überrascht, neben Sergeant Chae einen weiteren Konstabler-Anwärter zu sehen. Sie war ungefähr in seinem Alter, vielleicht ein bisschen älter, und hatte dunkles Haar, das kürzer geschnitten war, als er es jemals bei einem Mädchen gesehen hatte. Ihr Gesicht wurde von pausbäckigen Wangen bestimmt und von etwas, das aussah, wie eine permanent gerunzelte Stirn. Selbst für Makkathrans Verhältnisse waren ihre Gedanken extrem stark verschleiert und gaben nicht den allerkleinsten Hinweis auf ihre wahren Gefühle. Edeard gab sich Mühe, sie nicht allzu offensichtlich zu mustern, doch als sein Blick von ihren Beinen – lang, aber die Oberschenkel eher ein wenig zu dick – zu ihrer Brust hinaufwanderte, bemerkte er plötzlich, dass sie ihn beobachtete. Spöttisch hob sie eine Augenbraue. Er errötete und wandte sich ab.

Chae stand am Kopfende des Raumes, unter einer der runden Lichtquellen in der Decke. Glücklicherweise schien sein Ärger verraucht. »Sehr gut, Jungs und Mädels, fast pünktlich. Und ob ihr's nun glaubt oder nicht, diese frühe Morgenstunde wurde nicht in der alleinigen Absicht festgesetzt, euch das Leben zur Hölle zu machen, dafür hab ich die nächsten sechs Monate noch Gelegenheit genug. Nein. Heute möchte ich, dass wir erst einmal miteinander bekannt werden. Das bedeutet, dass wir mit ein paar einfachen Tests anfangen, um den Stand eurer mentalen Fähigkeiten festzustellen. Oder eben den Mangel an ihnen, je nachdem. Auf diese Weise können wir einen Trupp aus euch bilden, der im Verbund sehr viel besser funktionieren wird, als die Summe seiner Teile. Und glaubt mir, ihr werdet zusammenarbeiten müssen. Es gibt da draußen Banden, die euch mit Vergnügen zerfetzen und an die Filratten verfüttern werden, wenn ihr ihnen bei ihren Aktivitäten in die Quere zu kommen versucht.«

Edeard war sich nicht ganz sicher, ob er das glaubte, und hoffte, seine Gedanken verrieten seine Zweifel nicht. Er konzentrierte sich darauf, nach außen hin den gleichen unbeteiligten Eindruck wie alle anderen zu machen.

»Konstabler Kanseen, wenn Ihr bitte anfangen würdet?«, sagte Chae. Er deutete auf einen Tisch, der vor ihm stand. Fünf Metallkugeln lagen auf dem uralten Holz, die kleinste vom Umfang einer menschlichen Faust, die anderen in fortschreitender Weise größer. Eine sechste Kugel lag auf dem Boden. Ihr Durchmesser betrug gute vierzig Zentimeter.

»Welche?«, fragte Kanseen.

»Zeigt mir einfach, was Ihr könnt, junge Lady«, erwiderte Chae. Ein deutlicher Ton von Geringschätzung schwang in seiner Stimme mit. »So kann ich einschätzen, zu welchen Aufgaben Ihr taugt. Falls überhaupt.«

Kanseens Züge verhärteten sich zu einer noch abweisenderen Miene. Sie starrte auf die vierte Kugel. Langsam erhob die sich in die Luft.

Macsen pfiff anerkennend und klatschte. Die anderen Konstabler-Anwärter grinsten beifällig. Edeard zögerte einen Moment, dann schloss er sich den Beifallsbezeugungen an. Er vermutete, irgendjemand hatte dem Mädchen den gleichen Rat gegeben wie ihm und ihr empfohlen, nicht ihre wahre Stärke zu offenbaren.

»Das war's?«, fragte Chae.

»Sir«, knurrte Kanseen.

»Okay, dann Ihr, Boyd, lasst sehen, aus welchem Holz Ihr geschnitzt seid.«

Grinsend trat Boyd vor. Die vierte Kugel erzitterte und erhob sich ein paar Zentimeter vom Holz. Boyds Stirn glänzte von Schweiß.

Macsen schaffte es, die fünfte Kugel anzuheben. Dinlay setzte ein selbstsicheres Grinsen auf und ließ die fünfte und die zweite Kugel gleichzeitig schweben, was ihm eine ordentliche Runde Applaus einbrachte. Selbst Kanseen fiel in den Beifall mit ein.

»Also gut, Edeard, zeigt ihnen, wieso die Provinz so viel besser ist als die Stadt.«

Edeard nickte langsam und begab sich nach vorn. Gespannt sahen die anderen zu. Er hatte nicht übel Lust, die sechste Kugel direkt auf den Sergeanten zu schleudern, aber Topars Warnung war ihm noch in frischer Erinnerung.

Seine dritte Hand schloss sich um die fünfte Kugel und beförderte sie tanzend durch die Luft, bis sie halbwegs unter der Decke hing. Die anderen jubelten. Er hob die zweite Kugel an, tat, als müsste er sich ungeheuer anstrengen, und ließ sodann die dritte Kugel steigen, gestattete ihr, wenige Zentimeter über der Holzplatte zu schweben.

Die erste Kugel schoss vom Tisch und kam auf Edeard zugesaust. Sein Schild verhärtete sich, wehrte sie mühelos ab. Gleichzeitig ließ er die drei Kugeln, die er in der Höhe hielt, fallen.

Alle Konstableranwärter verstummten, starrten ihn und Chae an.

»Sehr gut, Edeard«, sagte Chae gedehnt. »Ihr habt mich beinahe überzeugt. Obwohl es zwischen dem Stoß und dem Fallenlassen eine Winzigkeit zu lange gedauert hat. Arbeitet daran.«

Edeard funkelte den Sergeanten mit trotzigem Blick an.

Chae beugte sich vor und sagte mit Flüsterstimme: »Ich habe Freunde in der Eiformergilde, Bürschchen.«

Edeard wurde rot.

»Konstabler sollten vor allem eines sein, nämlich aufrichtig«, fuhr Chae fort. »Besonders gegenüber ihren eigenen Gruppenkameraden. Letztlich hängt euer aller Leben voneinander ab. Nun, wollt Ihr es jetzt noch mal versuchen?«

Edeard stemmte die sechste Kugel in die Luft. Er hörte, wie Boyd überrascht aufkeuchte.

»Vielen Dank, Edeard«, sagte Chae. »Wohlan, kommen wir zum Fernblick. Ich hab einige Markierungen überall im Distrikt platziert. Mal sehen, wer mir sagen kann, wie viele.«

Edeard ließ die sechste Kugel sanft wieder herab. Er fragte sich, was Chae wohl sagen würde, wenn er wüsste, wie viel mehr er zu heben vermochte.

Die Tests setzten sich noch eine weitere Stunde lang fort. Sie bemaßen ihre verschiedenen Veranlagungen und Stärken, bis Chae schließlich verkündete, dass es reiche. Edeard interessierte sich für die Ergebnisse. Kanseen besaß einen Fernblick, der beinahe so gut war wie sein eigener, während Dinlay mit seinem Longtalk wahrscheinlich über die halbe Iguru-Ebene brüllen konnte – eine Fähigkeit, auf die er außerordentlich stolz war. Macsens Schild schien unverhältnismäßig stärker als seine dritte Hand zu sein – nichts, was Chae nach ihm warf, kam durch. Boyd erwies sich als rundherum alltäglich. Edeard fragte sich, ob er selbst wohl über dem Durchschnitt lag oder seine Gruppenkameraden deutlich darunter. Sergeant Chaes mentale Fähigkeiten waren allerdings überzeugend genug.

Chae sagte ihnen, sie sollten erst einmal frühstücken gehen und sich anschließend zur Anprobe der Uniformen melden. »Falls irgendeiner von euch Geld hat, so würde ich anraten, es für euren Waffenrock zu verwenden. Denjenigen ohne Geld werden die nächsten sechs Monate lang die Kosten dafür vom Sold abgezogen und ich versichere euch, von dem dürfte am Ende einer jeden Woche nicht mehr viel bleiben.«

Sie marschierten hinüber zum Hauptsaal der Station, einem länglichen Raum mit gewölbter Decke und einem großen Kristallfenster am anderen Ende. Einige der Tische waren bereits besetzt. Ein Sergeant teilte ihnen mit, dass der letzte Tisch ganz hinten für die Dauer ihrer Ausbildung für sie vorgesehen war. Die übrigen Konstabler beachteten sie nicht.

Ge-Affen kamen aus der Küche geeilt und schafften Geschirr herbei. Sie waren darauf geschult, Befehle entgegenzunehmen, wie Edeard herausfand, als er einem von ihnen auftrug, Tee und Rührei zu bringen. Immerhin stellte die Station ihnen das Essen. Er fragte sich, ob er versuchen sollte, über Longtalk mit Salrana zu sprechen. Draußen ging gerade erst die Sonne auf.

»Ich hab noch nie jemanden so viel hochheben sehen«, sagte Boyd. »Du hast ein ziemliches Talent, Edeard.«

Edeard zuckte die Achseln.

»Hiermit erhebe ich als Erster Anspruch darauf, hinter ihm zu stehen, wenn uns die Scheiße entgegenfliegt«, sagte Macsen. »Und die Kugeln.«

»Ihr seht mir alle so aus, als wüsstet ihr euch eurer Haut ganz gut selbst zu wehren, wenn wir mal in die Enge getrieben werden sollten.«

»Uns bleibt ja auch kaum eine andere Wahl, oder?«, sagte Macsen. »Nicht genug Talent für eine Gilde und nicht reich genug, um sich in die Miliz einzukaufen. Und da sind wir nun, klammern uns fest am Arsch des Lebens und stehen gerade erst am Anfang. Von hier an ist es ein einziger großer langer Sturz in die Kloake, meine lieben Mitgescheiterten.«

»Beachte ihn einfach nicht«, sagte Dinlay. »Er ist bloß verbittert über die Art und Weise, wie er von der Familie seines Vaters behandelt worden ist.«

»Nicht so verbittert wie sie, wenn ich erst mal mit ihnen fertig bin«, erwiderte Macsen mit unerwarteter Leidenschaft.

»Rachepläne?«, fragte Kanseen.

»Dazu brauche ich keinen Plan. Diese aufgeblasenen Scheißer brechen das Gesetz mindestens ein dutzend Mal die Woche. Eines Tages werde ich die Macht haben, dieses ganze Lumpenpack hinter Gitter zu bringen und zugrunde zu richten.«

»Hey, das sieht man gern: Da ist mal jemand ambitioniert.«

»Wie kommt es, dass du dich keiner Gilde angeschlossen hast, Edeard?«, fragte Macsen. »Du hast mehr mentale Begabung als wir alle zusammen.«

»Ich hatte keine Lust, die nächsten sieben Jahre herumkommandiert zu werden«, erwiderte er bloß.

»Herrin behüte«, sagte Dinlay. »Wir müssen nur sechs Monate die Zähne zusammenbeißen, dann haben wir's geschafft.«

»Eine merkwürdige Definition von ›es geschafft haben‹«, sagte Kanseen verächtlich, während ein Ge-Affe ein Tablett mit einer Schüssel Haferbrei und einem großen Glas Milch vor ihr abstellte. »Allein draußen auf den Straßen herumrennen zu dürfen, um uns von Banden rumschubsen und bei dem Versuch, Kneipenprügeleien zu beenden, zusammenschlagen zu lassen.«

»Warum bist du dann hier?«, fragte Macsen.

Sie trank einen kräftigen Schluck Milch. »Kannst du dir mich als properes kleines Frauchen irgendeines Kaufmannsschnösels vorstellen?«

»Nicht alle Kaufmänner sind Schnösel«, wandte Boyd indigniert ein.

Macsen ignorierte ihn. »Gut für dich«, sagte er zu Kanseen.

Betont langsam wandte sie den Kopf zu ihm um und starrte ihn an. »Kein Interesse, danke.«

Edeard grinste und Dinlay und Boyd lachten.

»Ich auch nicht!«, erklärte Macsen mit Nachdruck, aber er hatte den rechten Moment verpasst und klang nicht sehr überzeugend.

»Hat Chae denn nun recht, von wegen die Uniform kaufen?«, fragte Edeard. Er war sich dessen bewusst, dass er wahrscheinlich mehr Geld in der Tasche hatte, als die anderen zusammen aufbringen konnten.

»Kommt drauf an«, meinte Dinlay. »Falls du definitiv vorhast, ein Konstabler zu werden, spielt es wohl keine Rolle, wie du bezahlst. Aber wenn du noch unsicher bist, kommst du am besten davon, wenn du es dir vom Sold abziehen lässt. Dann kannst du ihnen, wenn du nach ein paar Wochen wieder abhaust, die Uniform einfach zurückgeben und hast nichts von deinem eigenen Geld verloren.«

»Ach, sieh doch den Tatsachen ins Auge«, sagte Macsen. »Wenn wir hier sind, dann sicher nicht deshalb, weil wir unsicher sind: Es ist die nackte Verzweiflung.«

»Sprich für dich selbst«, sagte Dinlay. »Dieser Beruf hat bei uns Familientradition.«

»Dann entschuldige ich mich in aller Form. Ich verfüge nicht über den netten Vorzug von Alternativen.«

»Du hättest dich den Banden anschließen können«, sagte Kanseen leichthin. »Wahrscheinlich zahlt sich das sogar besser aus.«

Macsen zeigte ihr eine unflätige Geste.

»Wie schlimm sind die eigentlich?«, fragte Edeard. »Die Banden, meine ich. Ich hatte, bevor ich in die Stadt kam, noch nie von ihnen gehört.«

»Herrin, du bist wirklich aus der allertiefsten Provinz, was?«, entgegnete Macsen. »Wann bist du hier angekommen?«

»Gestern.«

»*Gestern!*«, entfuhr es ihm so laut, dass einige Konstablers neugierig zu ihrem Tisch hinübersahen.

»Ja, gestern«, sagte Edeard bestimmt.

»Ist ja gut. Na ja, zu spät jetzt. Die Banden sind in einigen Distrikten stark, in anderen dagegen nicht; der Großteil sitzt in Sampalok. Wenn du reich bist, sind sie kein großes Problem, bist du arm, wird's schon schwieriger für dich. Sie haben sich auf Schutzgelder spezialisiert. Stell sie dir einfach als eine Art Zusatzsteuersystem zu dem des Großen Rates vor.«

»Aber unter Zuhilfenahme von Gewalt«, sagte Dinlay. »Sie sind blutrünstiger Abschaum und sie sollten ausgemerzt werden.«

»Nachdem sie vorher von einem Gericht ordnungsgemäß für schuldig befunden worden sind«, setzte Macsen mit einem Lächeln hinzu.

»Sie stellen ein echtes Problem dar und werden immer dreister«, sagte Boyd. »Mein Bruder muss ihnen Geld dafür bezahlen, dass sie die Bäckerei in Ruhe lassen, und die befindet sich gerade mal zehn Minuten von dieser Station und damit so weit von Sampalok entfernt, wie es eben nur geht. Eigentlich sollte es dort sicher sein; mein Vater hatte nie solchen Ärger.«

»Warum zeigt dein Bruder sie nicht bei den Konstablern an?«, fragte Edeard.

Macsen schnaufte verächtlich. »Sieh dich doch um, Edeard. Würdest du uns etwa bitten, dich vor einer organisierten Bande zu beschützen, die es witzig findet, deine Kinder oder deine Mutter mit einem Stein um den Hals im Kanal zu versenken? Stellst du dich zehn Jahre lang vierundzwanzig Stunden am Tag vor eine Bäckerei, um sie zu bewachen? Glaubst du, Chae würde dich lassen? Und selbst wenn er es würde, was ist mit all den anderen in dem Distrikt? Nein. Die Banden sind in Makkathran fast schon ein Naturgesetz. Das Beste, was die Konstabler tun können, ist, eine beklemmende Waffenruhe aufrechterhalten und die Stadt daran hindern, in völlige Anarchie zu verfallen.«

»So jung, und schon so zynisch«, sagte Kanseen. »Hör nicht auf sie, Edeard, es ist nicht annähernd so schlimm, wie sie sagen.«

»Ich hoffe, nicht«, erwiderte er mit matter Stimme. Gut möglich, dass er noch unter dem Großstadtschock litt, aber er wurde das mulmige Gefühl nicht los, dass Großmeister Finitan, was das Leben in Makkathran betraf, nicht ganz ehrlich zu ihm gewesen war.

Zeitleiste

1.500 Jahre zwischen der Commonwealth-Saga und der Leere-Trilogie

2384 Das erste »Lifeboat« (ein Raumschiff der Brant Dynasty) bricht auf, um außerhalb des Commonwealth eine Menschenkolonie zu gründen

2384 Abschluss des Brandmauer-Projektes, keine weiteren Außenposten von Prime-Aliens entdeckt

2385 Die Barsoomianer befürworten das Konzept einer Advancer-Genetik und erklären Far Aways politische Unabhängigkeit vom Commonwealth

2413 Das letzte (23.) ursprüngliche Dynasty-Lifeboat startet zum Koloniegründungsflug

2403 Paula Myo gewinnt in letzter Berufung vor dem Obersten Gerichtshof des Senats das Verfahren gegen Gene Yaohui, der 1100 Jahre Lebenssuspensionsstrafe erhält

2518 Ende der Wirtschaftsrezession infolge des Starflyer-Krieges, als der Ausbau der New47-Welten seine Vollendung erreicht, Herabsetzung der Umsiedlungssteuern

2520 CST bildet Raumschiff-Explorationsdivision, um neue H-kongruente Planeten zu erkunden

2520– Second47-Bevölkerungen erscheinen auf ihren neuen
2532 Welten

Seit Einsatz von Großraumschiffen, um im sich annähernd
2545 500 Lichtjahre von der Erde ausdehnenden Phase-Drei- bis Phase-Fünf-Raum die »Externen« Commonwealth-Welten zu etablieren

2547 «The Cat« gründet auf Far Away ihre Knights-Guardian-Bewegung

2550 Aufbau der Commonwealth-Navy-Explorationsflotte, um die Galaxis jenseits des Phase-Fünf-Raums zu erforschen

2552– Kontakt zu 47 intelligenten (physikalische Entwick-
3450 lungsstufe) Spezies in der Galaxis

2560 Das Commonwealth-Schiff *Endeavour* umrundet unter Captain Wilson Kime die Galaxis, Entdeckung der Leere

2603 Die Navy stößt auf das 7. High-Angel-Typ-Schiff

2620 Die Raiel bestätigen ihren Rang als uraltes Volk der Galaxis, das einen Kampf gegen die Leere verlor, und als Erbauer von High-Angel-Schiffen als transgalaktische Archen

2652 Paula Myo verhaftet »The Cat«, Unruhen auf Far Away

2653 »The Cat« wird zu 5000 Jahren Suspensionsstrafe verurteilt

2833 Vollendung der ersten Stufe von ANA auf der Erde, Mitglieder der Großen Familien beginnen, ihre Erinnerungen in ANA anstatt in die SI downzuloaden

2856 ANA nimmt erste Kontakte zu anderen postphysischen Existenzformen in der Galaxis auf

2867 Das Gigalife-Projekt der Sheldon Dynasty erweist sich als teilweise erfolgreich, erste bionische Ergänzungen des menschlichen Körpers zur Regeneration und zu allgemeinmedizinischen Zwecken

2872 Geburtsstunde des Higher-Menschen, biononische Ergänzungen ermöglichen eine Zivilisationskultur mit allmählich fortschreitend hoher Lebenserwartung, Abwendung von Wirtschaftsökonomie und alten politischen Ideologien

2880 Entwicklung von Waffenbiononics

2913 Die Erde beginnt, »gereifte« Menschen in ANA aufzunehmen, die »Migration nach Innen« setzt ein

2934 Die Knight Guardians eignen sich die Higher-Biononics-Technologie an

2955 Phase-Eins-Welten jetzt vorwiegend Higher-Kultur

2958 Kontakt mit der Heimatwelt der Hancher (der Spezies des Alien Tochee), 8640 Lichtjahre entfernt, auf der anderen Seite des Eagle Nebula (7000 Lj)

2967 Der erste NeoGuardian downloadet Erinnerung in ANA

2973–3060 Die Commonwealth-Navy hilft den Hanchern, ihre Heimatwelt gegen die Expansionswellen des Ocisen-Empires zu verteidigen

2984 Formierung radikaler Higher, die das Ziel verfolgen, die gesamte menschliche Spezies zu einer Higher-Kultur umzuwandeln

2991 Gründung des Protektorats, einer Anti-Higher-Bewegung auf den Externen Welten

3001 Ozzie erzeugt einen einheitlichen neuralen Verschränkungseffekt, auch als Gaiafield bekannt

3040 Die Explorationsflotte der Commonwealth-Navy schließt sich Centurion Station an, dem Leeren-Observationsprojekt unter der Leitung der Raiel und der Beteiligung von mehr als 30 Alien-Spezies

3084 Unterzeichnung eines Nichtangriffsvertrags zwischen der Heimatwelt der Hancher und dem Ocisen-Empire

3088 Militärisches Unterstützungsabkommen zwischen der Hancher-Heimatwelt und der Commonwealth-Navy zur Durchsetzung des Nichtangriffsvertrags

3120 ANA wird offiziell zur Regierung der Erde, Planetenbevölkerung fünfzig Millionen (aktivierte Körper) und fallend

3150 Besiedlung Ellezelins, 420 Lj von der Erde, pro-kybernetische, kapitalistische Advancer-Kultur

3255 Radikaler Angel erscheint auf Anagaska, Inigos Empfängnis

3290 Ellezelin öffnet Wurmloch nach Tari, 15 Lj entfernt, Beginn der Ellezelin-Freihandelszone

3320 Inigo begibt sich ins Centurion-Sonnensystem, sein erster Traum

3324 Inigo lässt sich auf Ellezelin nieder, gründet die Living-Dream-Bewegung und beginnt mit der Errichtung von Makkathran2

3338 Ellezelin öffnet Wurmloch nach Idlib

3340 Ellezelin öffnet Wurmloch nach Lirno

3378 Ellezelin öffnet Wurmloch nach Quhood

3407 Ozzie verlässt das Commonwealth für »The Spike«, um einen »galaktischen Traum« zu erbauen

3456 Die Living-Dream-Bewegung zählt 5 Milliarden Anhänger auf den Externen Welten, ist besonders stark in der Ellezelin-Freihandelszone

3466 Ellezelin öffnet Wurmloch nach Agra (der letzte Planet, der mit dem Core der Freihandelszone verbunden wird)

3478 Living Dream wird Mehrheitspartei in Ellezelins Parlament (72 Prozent) und wandelt den Planeten in eine Theokratie um, Makkathran2 wird planetare Hauptstadt

3503 Gene Yaohui wird aus der Suspension entlassen, relifed in neuem Advancer/Higher-Körper, lässt sich auf Tourakom nieder, am Rand des Externen Raums, 520 Lj von der Erde

3520 Inigo »ruht sich aus« vom öffentlichen Leben, der Klerikerrat übernimmt Führung von Living Dream

3587 Fragmente des Zweiten Traums tauchen im Gaianetz auf

3589 Ethan wird zum Kleriker-Conservator gewählt und kündigt die Pilgerfahrt an

Abenteuer-SF für alle Freunde von
KRIEG DER STERNE, STAR TREK *und*
DER WÜSTENPLANET

Tobias S. Buckell
CHILO
Roman
464 Seiten
ISBN 978-3-404-23327-4

Chilo ist eine höchst unwirtliche Welt. Glücklicherweise lebt der junge Timas in einer sicheren Kuppelstadt, hoch über der Oberfläche. Timas' Leben gerät aus den Fugen, als eines Tages ein Fremder in der Stadt notlandet. Der Mann wird von Wesen verfolgt, die nicht nur die Existenz von Timas' Welt bedrohen, sondern das ganze Sonnensystem ...

»Tolle Story mit so viel Action wie in einem herausragenden Hollywood-Blockbuster.« *Publishers Weekly*

Bastei Lübbe Taschenbuch